M. G. Guiard • Rotmund in den Weiden

M. G. Guiard

ROTMUND IN DEN WEIDEN

Roman

CORNELIA GOETHE
LITERATURVERLAG
IM GROSSEN HIRSCHGRABEN ZU
FRANKFURT A/M

Das Programm des Verlages widmet sich aus seiner historischen Verpflichtung heraus der Literatur neuer Autoren. Das Lektorat nimmt daher Manuskripte an, um deren Einsendung das gebildete Publikum gebeten wird.

©2006 CORNELIA GOETHE LITERATURVERLAG FRANKFURT AM MAIN
Ein Imprintverlag des Frankfurter Literaturverlags GmbH
Ein Unternehmen der Holding
FRANKFURTER VERLAGSGRUPPE
AKTIENGESELLSCHAFT AUGUST VON GOETHE
In der Straße des Goethehauses/Großer Hirschgraben 15
D-60311 Frankfurt a/M
Tel. 069-40-894-0 ✱ Fax 069-40-894-194

www.cornelia-goethe-verlag.de
www.haensel-hohenhausen.de
www.fouque-verlag.de
www.ixlibris.de

Die Deutsche Bibliothek – CIP-Einheitsaufnahme
Ein Titeldatensatz für diese Publikation ist bei
der Deutschen Bibliothek erhältlich.

Umschlaggestaltung: Michael Guiard

Satz und Lektorat: Heike Margarete Worm
ISBN 3-86548-267-8
1. Auflage 2005
2. Auflage 2006
3. Auflage 2007

Die Autoren des Verlags unterstützen das Albert-Schweitzer-Kinderdorf in Hessen e.V.,
das verlassenen Kindern ein Zuhause gibt.
Wenn Sie sich als Leser an dieser Förderung beteiligen möchten, überweisen Sie bitte
einen – auch gern geringen – Beitrag an die Sparkasse Hanau, Kto. 19380, BLZ 506 500 23,
mit dem Stichwort „Literatur verbindet". Die Autoren und der Verlag danken Ihnen dafür!

Dieses Werk und alle seine Teile sind urheberrechtlich geschützt.
Nachdruck, Vervielfältigung in jeder Form, Speicherung,
Sendung und Übertragung des Werks ganz oder
teilweise auf Papier, Film, Daten- oder Ton-
träger usw. sind ohne Zustimmung
des Verlags unzulässig und
strafbar.

Printed in Germany

Für meine Leseratten

Prolog

Das Wasser füllte das enge Bachbett und ergoß sich jubelnd über mehrere Tonstufen in ein kleines Bassin. Sprudelnd quoll es aus der Tiefe, um seinen Weg wieder fortzusetzen. Einzelne Zweige mit grünen Blättern des Ufersaumes tanzten rhythmisch teils in der Strömung, teils im lauen Luftstrom eines warmen Julitages. Das glasklare Wasser schlängelte sich munter und quirlig durch das weite Tal. Entlang der steilen Uferböschung wanden sich Wurzelgeflechte und kieselhaltige Ablagerungen bildeten vereinzelte Inseln in dem stetigen Strömen des erfrischend kalten Wassers.

Zwei Menschen genossen die Kühle des Baches. Das Wasser reichte dem Mann bis kurz unter die Knie und er bewegte sich zügig im Bachbett, getrieben vom Kälteschmerz. Die Frau hatte ihr Haar zu einem losen Zopf gewunden. Jetzt strich sie es mit zurückgeneigtem Kopf aus dem Gesicht. Es schmiegte sich perfekt in den anmutigen Bogen ihres Rückens. Zwischen den beiden herrschte ein stilles Einvernehmen. Ihre freudigen Blicke trafen sich mehrmals. Trotz der vielen Sonnenstunden war ihre Haut fast weiß und verriet vieles über ihre Herkunft. Das bäuerliche Volk war längst braun gegerbt. Eine blanke kahle Stelle am Hinterkopf des Mannes, inmitten der dunklen Locken seines Haupthaares, verriet seine Berufung. Der Körper der Frau trug widersprüchliche Zeichen. Ein Streifen heller Haut umrahmte ihr Gesicht effektvoll, während sie ihr Haupthaar für eine Ordensfrau eindeutig zu lang trug. Mit einem Griff in einen verborgenen Hohlraum in der Uferböschung förderte sie ein hell gewirktes Gewebe zutage. Mit sicherem Schwung stülpte die enge Haube über ihren nassen Kopf und befestigte das Kleidungsstück mit einer Schleife im Nacken. Auf der

Wölbung ihres nassen Bauches tanzte das Sonnenlicht. Rote Streifen über den Hüften bestätigten eine fortgeschrittene Schwangerschaft. Mit großen Augen und enganliegender Haube kam ihr schöner Kopf noch mehr zur Geltung. Sie blickte entspannt in Richtung des geliebten Mannes, während sie ihre restliche Kleidung anlegte. Auch er zog ein Wäschestück aus der Uferböschung. Wenig später hatte er seine Kutte übergeworfen, deren Saum beinahe die Wasseroberfläche berührte. Eine Wasseramsel flog pfeilschnell an den Liebenden vorbei und verschwand hinter der nächsten Biegung des Wasserlaufes. Der Mann stand jetzt neben der Frau und wortlos erwiderte sie lächelnd seinen Blick, während sie ihm die Hand reichte. Wasserperlen und Lichtflecke tanzten auf ihren Gesichtern. Er setzte an, um etwas zu sagen, aber die Frau verschloß seinen Mund sanft mit zwei Fingern. Dann stiegen sie beide über die Uferböschung und entfernten sich eilig in entgegengesetzter Richtung.

1

Der Sturm hatte viele Bäume entwurzelt und das entblößte Holz der Fichten stach bleich und spitz aus den bemoosten Stämmen ohnmächtig nach dem Angreifer. Manche Buche lag niedergeworfen am Boden. Zusammen bildeten die sterbenden Pflanzen ein Labyrinth aus tiefen Schluchten. Ein Gewirr aus Wurzelwerk, welches nun nutzlos über der dunklen Walderde in die Luft ragte, machte ein Durchkommen am Fuße der Alb unmöglich. In den tiefen Wurzelkratern bildeten sich Teiche aus den gewaltigen Niederschlägen des Vorabends. Heftige Böen hatten eine breite Schneise durch Wälder und Felder der Umgegend gerissen. Die Landschaft sah aus, als hätte ein riesiger Kamm eine neue Ordnung schaffen wollen. Viele Tiere hatten in der Nacht den Tod gefunden, und neben einer abgemagerten Kuh mit heraushängender Zunge kniete ungläubig eine Frau in bäuerlicher Kleidung. Der Bauer lehnte zwanzig Meter weiter an den Überresten eines Gatters und barg sein Gesicht in den Händen. Mit lehmverschmierten Händen strich die Frau zärtlich über den verdreckten Kadaver, als wollte sie das tote Tier wieder zum Leben erwecken. Hier lag ihre Hoffnung auf ein besseres Leben am Boden. Von nun an mußten sie selber den Pflug durch den überaus steinigen Kalkboden ziehen.
„Es nützt nichts, wir müssen vorwärts."
Mit zusammengekniffenen Lippen zog der Bauer sein Messer aus der Scheide und begann das tote Tier zu schlachten.
„Lauf zum Haus zurück, Lintrut. Bringe mir Körbe und sorge für ein Feuer. Holz haben wir jetzt ja genug."

Mit roten Augen richtete sich Lintrut auf und stützte sich mit der Hand das schmerzende Kreuz. Die Bäuerin blinzelte geblendet ins Tageslicht. Eine Strähne ihres Haupthaares hing wirr und fettig quer über ihr gerötetes Gesicht. Die in Lumpen gehüllten Füße hielten geschickt das Gleichgewicht auf den groben Erdschollen des Ackers. Das grobe Arbeitsgewand hing schief über ihren stämmigen Schultern.
Lintruts Wirbelsäule hatte sich im Laufe ihres harten Lebens verkrümmt, aber eine starke Muskulatur hatte bisher das Schlimmste verhütet. Sie machte sich auf den Weg. Wenn während der Herbststürme Feuchtigkeit in das Strohlager kroch, trieb es sie vom Nachtlager an die Feuerstelle. Heimlich legte sie dann ein Scheit Holz auf die spärliche Glut. Ihr Mann hätte sie gescholten für diese Verschwendung. Dort saß sie dann und hielt meist ein Kind im Arm. Der gnadenlose Winter kündigte sich wieder an. Kalte Nächte waren von jetzt an keine Seltenheit mehr. Da half dann nur noch enger Körperkontakt mit Kindern und Vieh. Im vorigen Winter waren zwei ihrer Kinder trotzdem am Morgen nicht mehr erwacht. Ganze vier Monate lagen die kleinen toten Leiber zusammengefroren hinter dem Holzvorrat vor dem Haus. Als dann das Frühjahr endlich kam und die Temperaturen ein Begräbnis zuließen, lag nur noch ein kleines Knäuel hinter dem Holzstoß. Der andere Leichnam hatte wohl einem Fuchs oder Wolf durch die schlimme Zeit geholfen.
Der Tod ihrer letzten Kuh erschütterte Lintrut mehr, als sie noch ertragen konnte. Alles schien sich gegen sie zu wenden. Eine Kuh lieferte Milch, Fett, Wärme und war ein kräftiges Zugtier. Selbst der Dung tat gute Dienste als Isolierung, Brennstoff und Gewürz. Was sollte jetzt werden? Das Fleisch würde die Familie durch den Winter bringen, aber im Frühjahr würde die Situation mit aller Härte auf Lintrut zurückfallen.

Der Weg durch den verwüsteten Hain führte zu einer kleinen Anhöhe. Der Berghain ließ hier einen weiten Blick zu. Das Unterland führte hier in sanften Linien gegen die Kalkfelsen der Alb. Lintrut entdeckte in kurzer Entfernung einen Wanderer, welcher durch Bodenerhebungen und Blattwerk verdeckt auftauchte und wieder verschwand. Eigentlich war ihr nicht nach Gesellschaft zumute, aber außerhalb des Pfades gab es kein Durchkommen. Lintrut beschloß, den Fremden mit gesenktem Kopf vorbeiziehen zu lassen. Er hatte sie sicher schon bemerkt und es war zu spät, um sich zu verstecken. Ihre Anspannung wich, als sie die Kutte eines Geistlichen zu erkennen glaubte. Lintruts tiefes Mißtrauen gegenüber Fremden hatte Gründe. Der Landadel machte sich gelegentlich einen Spaß daraus, das einfache Landvolk mit allerlei Bosheiten zu plagen. Während der letzten Ernte hatte sie eine solche Begegnung. Ein junger Geck hatte ihr ein ganzes Bündel mit Roggenähren vom Rücken gestoßen. Dann hatte er Lintrut beschimpft und mit seinem Pferd in einen Graben getrieben. Dort stand sie bis an die Knie im Morast und Unrat. Die geistlichen Herren hatten wenigstens ab und zu ein gutes Wort oder eine freundliche Geste für die Landbevölkerung übrig. Auch wenn sie sich nicht wirklich für die Nöte des Bauernvolkes einsetzten, verbot ihnen ihr Gelübde Übergriffe auf die Frauen der Unterschicht. Der Geistliche trug ein einfaches Wallfahrtsgewand mit Gürtel und Wanderstock. Er hatte ein Bündel von weißem Leinen bei sich. Ein klägliches Wimmern war zu vernehmen.
Roland blieb stehen und wiegte das Bündel mit großer Inbrunst in seinen Armen. Der Säugling ließ sich nicht beruhigen. Er zog ein in Milch aufgeweichtes Stück Brot unter der Kutte hervor und tupfte vorsichtig in Richtung des weit geöffneten Mundes des Kindes. Die Antwort auf sein Bemühen war noch mehr Wehklagen. Er war so sehr vertieft, daß er Lintrut erst bemerkte, als sie neben ihn trat.

Mit gerötetem Gesicht schaute er hilfesuchend in ihre Richtung. Doch Lintrut senkte verschämt den Blick zu Boden. Roland hatte große Erfahrung mit der Landbevölkerung. Niemand vermutete unter der einfachen Kleidung ein hohes kirchliches Amt. Er kannte aus zahllosen Begegnungen die weitverbreitete Sprachlosigkeit der Menschen niederer Herkunft. So vermied er es klug, selbst das Wort zu führen und fuhr fort, dem schreienden Säugling nasses Brot anzubieten.

„Wenn ihr das Wurm mit eurer Brotkante erstickt, werdet ihr bald Ruhe haben."

Lintrut war selbst erstaunt über die Kühnheit ihrer Worte. Ihre Stimme war leise und sie sprach starken schwäbischen Dialekt. Die menschliche Situation, welche sich hier bot, hatte sie ermutigt.

Wortlos unterbrach Roland seinen Versuch. Der Säugling lief im Gesicht blau an vor Wehklagen.

Lintrut näherte sich. Als wäre sie ein Sendbote Gottes, überreichte Roland ihr mit leuchtenden Augen das warme Bündel. Er wagte es kaum zu glauben. Lintrut legte den Säugling an ihre große weiche Brust. Augenblicklich verstummte das Wehgeschrei und wich einem genüßlichen Maunzen, Saugen und Schmatzen.

Lintrut bemerkte zufrieden: „Seht ihr? Das ist die richtige Speise."

Roland betrachtete zufrieden die wundersame Wendung.

„Kommt ihr von der Arbeit, gute Frau?"

Er bereute seine einfältige Frage sofort. Wo sollte am hellen Tage eine Frau auf dem Lande schon herkommen, wenn nicht von der Feldarbeit oder ähnlichen Verrichtungen? Lintrut schob die noch feuchte Brust verschämt wieder unter ihr einfaches Kleid und hielt Roland den Säugling entgegen.

„Jetzt muß ich mich aber sputen, sonst setzt es Hiebe von meinem Manne. Lebt wohl Herr. Ich habe viel zu tun."

Roland nahm das Bündel mit dem Kind wieder entgegen. Dann rief er ihr nach:
„Was wird es kosten, wenn ihr den Knaben in eure Obhut nehmt?"
Lintrut hielt inne. Sie wandte sich um und rief:
„Treibt keinen Spott mit mir Herr! Wollt ihr mir die Sünden vergeben als Entlohnung?"
Roland wußte keine rechte Antwort auf die Frage. Statt dessen lief er Lintrut nach und begann seinerseits zu sündigen.
„Die Eltern des Knaben sind schuldlos umgekommen und die heilige Kirche möchte etwas für dieses junge Leben tun."
Er hatte gelogen und wunderte sich, wie leicht es ihm von den Lippen ging.
„Ich denke, wir werden uns einigen. Nennt mir euren Preis."
Mit diesen Worten schob er Lintrut das Bündel mit Nachdruck zurück in die Arme.
„Ich werde euch schon bald in eurem Haus aufsuchen. Sagt mir, wo ich euch finden kann."
Nachdem Lintrut den Weg zum Hof beschrieben hatte, verabschiedete sich Roland und machte sich eilends davon. Mit großer Liebe betrachtete Lintrut den Kleinen auf ihrem Arm. Zwei ihrer Kinder waren ihr genommen worden. Gerne dachte Lintrut an ihre Zeit als Amme zurück. Damals hatte sie selbst eine kleine Tochter geboren. Für eine wohlhabende Bürgerin in der Stadt durfte sie die Stillzeit übernehmen, da es ihr nicht an Milch mangelte. Der Verdienst war gering gewesen, aber trotzdem leicht verdientes Geld. Ihr Mann war nicht einverstanden gewesen. Erst als sie gutes Brot in ihre ärmliche Behausung brachte, war sein Protest verstummt. Er duldete sogar, daß sie von einem Knecht im Pferdewagen täglich abgeholt wurde. Vielleicht bot sich jetzt wieder eine Gelegenheit, etwas zum Unterhalt beizusteuern. Hoffentlich ließ sich der geistliche Herr nicht

zu viel Zeit, um das Angebot ihrem Gatten schmackhaft zu machen. Ein zusätzliches Kind unter dem eigenen Dach würde viel Zeit in Anspruch nehmen. Die Jahreszeit war günstig. Bald schon war der Boden gefroren und die Feldarbeit mußte ruhen. Dann gab es wieder viel Arbeit im Haus zu verrichten. Dort wäre der Säugling im Kreis ihrer leiblichen Kinder gut aufgehoben. Schon früh hatten ihre beiden Ältesten Verantwortung übernommen. Wer nicht auf dem Feld arbeitete, versorgte die Ziegen oder die jüngeren Geschwister. Der jüngste Knabe war vor wenigen Wochen zur Welt gekommen. Ein zartes Kind mit hellen Haaren und wächserner Haut. Deshalb hatte Lintrut Milch im Überfluß. Trotz der kräftigen Nahrung kränkelte der kleine Werner. Nach einem mühevollen Marsch durch Morast und Verwüstung erreichte Lintrut schwer atmend das Gehöft. Eingebettet in eine Baumgruppe war der Hof kaum auszumachen. Das Gebäude war vollständig aus Materialien der Umgebung gefertigt. Das gesamte umliegende Land war ein Lehn der Herren von der Burg. Deren Appetit wuchs beständig und ließ sich kaum durch den bescheidenen Zins befriedigen. Eine Mißernte oder ein Sturm wie am vorhergehenden Tag trieb die ärmliche Landbevölkerung vollends bis an den Rand des Ruins. Der gefürchtete „Schmalhans" hatte die Menschen dann vom Unter- bis ins Oberland im Griff. Lintrut kannte den Hunger seit ihrer frühesten Kindheit. Dann beteten die Bauern, Gott möge möglichst viele Kaufleute durch das Tal schicken. Die mußten den Burgherren Wegezoll entrichten und hielten die Landadeligen vom Hof fern. Auf den Märkten der Stadt jedoch wuchs der Unmut. Der freie Warenfluß war zunehmend gefährdet. Der kleine Weilerhof war in der Vergangenheit regelmäßig heimgesucht worden. Die Angst vor den bewaffneten Männern auf ihren schweren Pferden belastete die Kinder.

Lintrut trat in den dunklen Stall und stolperte über zwei Hühner auf der Schwelle. Das Kratzen eines Reisigbesens auf den rohen Schwellen im ersten Stock verstummte. Ein verschmutztes Mädchengesicht blickte vorsichtig durch eine Bodenluke in die Dunkelheit des Stalles. Die Ziegen meckerten mit dünner Stimme und weit vorgestreckter Zunge. Sie waren jetzt die einzigen Milchlieferanten für die ganze Familie.
„Gretel, feg schön weiter, daß kein Hühnerdreck mehr in den Ecken bleibt. Und wische dir den ‚Butzameckerler' von der Nase!"
Lintrut ermahnte ihre jüngste Tochter und schützte mit den Armen das Leinenbündel. Das blauäugige Mädchen in zerrissenem Leinenhemd zog entschlossen die Nase hoch. Zielsicher griff sie in die Ecke neben einer winzigen Fensteröffnung. Dann zog Gretel das zusammengebundene Bündel aus Weidezweigen energisch über den Boden. Einige der Zweige waren inzwischen so trocken, daß sie brachen. Das störte das Mädchen nicht bei ihrer Arbeit. Sie würde im Frühjahr einen neuen Besen binden. In der kleinen Mehrzweckstube putzte Gerda grüne Stangenbohnen, welche sich in einem hölzernen Bottich türmten. Werner lag tief schlafend in einem einfachen Holzkasten verborgen. Als die Kinder das Bündel im Arm der Mutter entdeckten, gab es kein Halten mehr.
„Was hast du da, Mutti? Schon wieder ein neues Geschwister?"
Gerda hatte eine gute Beobachtungsgabe.
„Rede keinen Unsinn. Das arme Kind hat seine Eltern verloren und wenn es der Vater zuläßt, wird er eine kleine Zeit bei uns bleiben."
„Au fein! Dann kann er später mit uns Steine vom Acker lesen und Stock spielen!"
Die kleine Gretel war nun ebenfalls vom Heuboden gekrochen.
„Weil doch Werner so schwach ist und gar nicht richtig essen mag."
Die unschuldigen Worte ihrer Tochter rührten Lintrut.

„Schnell, Gerda, laufe zur Hütte und bringe dem Vater vier Körbe! Die Kuh ist vom Sturm erschlagen worden!" Lintrut konnte sich keine Schwäche leisten.

2

„Ach, der Veit ist's! Habe ihn gar nicht gleich als lebendigen Menschen erkannt neben dem Fleischberg. Siehst beinah aus wie dein totes Rindvieh! Ha!"
Der feiste Mann im viel zu engen Lederwams lachte anscheinend gerne über seine eigenen Witze.
„Verzeiht, Herr, aber die arme Kuh hat der Blitz getroffen. Jetzt mag ich sie hier eben nicht einfach liegenlassen."
Der Bauer nahm seine Kopfbedeckung ab und bewegte sie nervös in den Händen hin und her. Er wagte es nicht aufzublicken, um die adeligen Herren nicht herauszufordern. Als er schließlich doch ein wenig den Kopf hob, war er vollends verzagt. Er erkannte keinen einzigen der Männer. Das verhieß nichts Gutes.
„Brav, Weilerbauer! Und gut, daß ich des Weges war mit meiner Meute."
Die Jagdgesellschaft bestand aus drei Herren von niedrigem Adel und zwei Jagdknechten. Das Reißen am ledernen Zaumzeug konnte die schweren Rosse kaum bändigen, deren heißer Atem Veit entgegenschlug. Gewalt hing spürbar in der Luft. Vier kräftige Jagdhunde rissen an ihren Leinen und strebten wie irrsinnig dem Blutgeruch des Kadavers entgegen.
„Was sagt man dazu", rief der schwitzende Recke seinen Knechten zu, „da stellt man der Sau nach und erlegt statt dessen einen Rinderbraten!"
Die zahnlosen und stoppelbärtigen Männer unter glatten Lederkappen brüllten und johlten vor Vergnügen. Ihr Anführer war heute guter Dinge. Einer der Knechte spie verächtlich in Richtung des zusammen-

gesunkenen Bauern. Dann stieß er einen großen Spieß in den geschlachteten Kadaver. Das Metall erzeugte ein schmatzendes Geräusch.

„Lade das Fleisch stracks auf unsere Rosse! Die Därme und die Hufe kannst du behalten!"

Verzweiflung stieg in Veit hoch. Diese Männer wollten das Verderben für ihn und seine Familie. Er umklammerte die Hippe in seiner Tasche, so daß die Knöchel seiner Hand weiß hervortraten.

„He, du Sack Erbsen!"

Der Knecht trat nach dem Bauern. Völlig grundlos rammte er dem wehrlosen Mann den Fuß in die Weichteile. Die Hunde rasten an den ledernen Leinen. Zähnefletschend verhedderten sie sich an Veits Beinen. Ein schwarzbrauner Köter mit gelben Augen zerrte bereits an einem der Hufe der Kuh. Da er nun mit wüsten Schlägen nach den entfesselten Tieren beschäftigt war, ließ er von Veit ab. Statt dessen knüppelte er auf die Rüden ein, welche sich zähnefletschend ineinander verbissen hatten. Veit dachte, sein letztes Stündlein hätte geschlagen.

„Her mit dem Fleisch!" brüllte der Anführer, „und schneide uns noch rasch die Lende heraus. Wir sind mächtig hungrig von der Jagd!"

Veit begann bebend am ganzen Leib das beste Fleisch der Kuh herauszulösen. Nach wenigen Minuten war er fertig und legte die länglichen Fleischstränge auf die abgezogene Haut.

„Schnell damit auf mein Roß!" herrschte ihn der Ritter barsch an.

Veit tat, was von ihm verlangt wurde. Jetzt erst sah er seinen Peiniger aus der Nähe. Der heruntergekommene Adelige zog mit der gepanzerten Hand einen Hirschfänger aus einer kunstvoll gewirkten Scheide. Seine Augen glühten wild und die feuchten Lippen wurden von einem pechschwarzen Bart eingerahmt. Die Jagdkleidung des Anführers war schmutzig und das braune Leder an vielen Stellen zer-

rissen. Veit roch, daß die Männern lange im Freien zugebracht hatten. Als er die Pferde der beiden anderen Schergen musterte, entdeckte er eiternde Wunden an den Flanken der Tiere.
„So jetzt bekommen zuerst meine Lieben ihren Anteil, weil sie uns so brav zur Beute geführt haben."
Er zerteilte die Lende in mehrere Stücke und warf sie gezielt unter die schnappenden Hunde. Die Knechte waren verstummt.
„Und die ist für mich!"
Der Ritter küßte die zweite Lende und hob sie in die Luft, während er seitlich am Zügel seines Schlachtrosses riß. Ähnlich einem Krähenschwarm, der sich auf ein geheimes Zeichen in die Luft hebt, setzte sich die Gruppe in Bewegung. Als die Jagdgesellschaft bereits lärmend über die Magerwiesen verschwunden war, rang Veit immer noch nach Atem. So lag er gekrümmt am Boden, als seine Tochter mit den Körben eintraf.

3

Das Wasser der Echaz sprudelte in kühler Klarheit über die kleinen Stufen, welche quer durch das einige Meter breite Bachbett verliefen. Breite Felder aus abgelagertem Kalkkies zeichnete das Wasser an der Oberfläche in weichem Kräuseln nach. Überhaupt fiel es den Kindern leicht, anhand der Ausformung der Wasseroberfläche abzuschätzen, was sich darunter verbarg. Seichte Stellen waren sehr bewegt und glitzerten in der Sonne. Über tiefen Stellen floß das Wasser besonders ruhig in langen Schlieren. Kleine Strudel kündigten die unheimlichen Tiefen an, in denen die Phantasie ein und aus ging. Das Bachbett glich einer Persönlichkeit mit vielen Eigenschaften und Facetten. Wie ein Rückgrat hielt es das Wasser in Form. Auf zahllosen Gängen entlang eines verwunschenen Weges hatten die Kinder einen Abschnitt des Wasserlaufes verinnerlicht. Jeder Baum, jeder Busch entlang des Gewässers hatte seine Bedeutung und war ein Verweis hin zu allerlei lebendigen oder bemerkenswerten Dingen. Jede Jahreszeit hatte ihr eigenes Gesicht am Bach. Der Sommer war der Höhepunkt im Geschehen rund um das Wasser. Ganz vorsichtig kroch ein Junge auf dem Bauch durch einen Hollerbusch, um an die steile Uferböschung zu gelangen. Dabei verfing er sich andauernd mit den blonden Locken im Gestrüpp. Unterhalb des Busches ragte eine Weide in weitem Bogen über den Bach hinaus. Dorthin wollte er möglichst geräuschlos gelangen. Gelenkig wie eine Schlange, glitt der Knabe auf dem rauhen Baumstamm entlang. Hier roch das Wasser frisch und kühl in der brütenden Mittagshitze. Eigentlich schwänzte Rotmund. Das Heu auf der angrenzenden Wiese war ihm anvertraut. Im Westen türmten sich bereits bauschige Wolken. Das bleierne Licht wies auf ein nahendes

Gewitter hin. Schon ein tüchtiger Regenguß verminderte die Futterqualität der trocknenden Wiesenkräuter. Rotmund hatte schnell die Situation abgewogen und sich für einen Fischzug entschieden. Oberstes Gebot war, sich nicht von einem Schergen des Fürsten erwischen zu lassen. Wildern war ein ernsthaftes Vergehen. So mancher Wilddieb war schon an Ort und Stelle über dem Bach gebaumelt. Aber dazu mußte man ihn erst einmal erwischen. Rotmund verließ sich auf seine hellwachen Sinne und Schnelligkeit. Schon mehrmals hatten ihn diese Eigenschaften vor Strafe bewahrt. Der Wildschütz war meistens betrunken und ziemlich dickleibig. Keine Gefahr für einen wieselflinken Springinsfeld.

Langsam schob Rotmund seinen Kopf über die glucksende Wasseroberfläche. Es dauerte einen Moment, bis seine scharfen Augen den matt dunklen Schwanz einer Bachforelle entdeckten. Der Fisch schwebte über dem Sandgrund inmitten von Wurzelwerk. Hier war die Strömung minimal und ein beliebter Ruheplatz. Kleine Krebse eilten bleich und geschäftig über den hellen Grund des Uferbereiches. Rotmunds Hand tauchte sanft in das kalte Wasser. Eine plötzliche Bewegung des Fischschwanzes und schon erstarrte die helle Hand im sanften Strömen eiskalten Wassers. Dutzende kleiner Luftblasen perlten um Rotmunds Finger, als sie unter den ruhenden Fisch glitten. Vorbei an der Afterflosse mit weißem Rand bis nach vorne hinter die Kiemen. Unendlich sanft schloß sich die Hand um den schleimigen Leib. Dann packte Rotmund zu. Der Fisch war vollkommen erstarrt. Ohne die leiseste Gegenwehr zog er seine Beute aus dem klaren Wasser. Dann blickten blaue Augen in ein rundes Fischauge. Ein kurzer Schlag beendete die Jagd. Rotmund zog sich von der Uferböschung zurück und ließ das wunderschöne Tier in seinem weiten Hemd verschwinden. Die prickelnde Jagd war zu Ende und voller Vorfreude lief Rotmund barfuß zu seiner aufgetragenen Arbeit.

Er wurde schon voller Ungeduld erwartet:
„Was ist nun mit der Fledermaus? Jetzt gehört sie mir!"
Werner streckte Rotmund fordernd die Hand entgegen. Mit der Linken hielt er eine schwere Heugabel mit zwei Zinken von sich gestreckt wie eine Hellebarde. Überhaupt sah man dem bleichen Werner nicht an, was für beachtliche Kräfte in ihm wohnten. Bei der letzten Prügelei hatte er den fetten Sohn des Müllers so in den Schwitzkasten genommen, daß sich hernach der dicke Müller bitter beim Vater beschwert hatte. Sein Junge hätte drei Tage gar keinen richtigen Appetit mehr verspürt. Die verdiente Prügel nahm Werner ohne Wehklagen entgegen. Er sprach auch sonst nicht sehr viel. Nur wenn es ums Geschäft ging, kannte er keine Verwandtschaft und war ein zäher Händler. Als er noch ein Säugling war, hatte die alte Muhme einmal durch ihre zahnlosen Kiefer geraunt:
„Der wird das nächste Frühjahr nicht erleben."
Statt dessen war sie selber kurz darauf an Altersschwäche gestorben. Aller schlechten Vorzeichen zum Trotz hatte er sich zu einem „Steh auf Männchen" entwickelt. Alle Kinderkrankheiten überwand er ohne Medizin. Die hätte sich der arme Bauer Veit ohnehin nicht leisten können. Rotmund war immer eine Herausforderung für Werner gewesen, es ihm gleich zu tun. Der Stiefbruder zerrte unwillig ein kleines mumifiziertes Tier unter dem Hemd hervor. Zögerlich übergab er das Artefakt an Werner. Das war der ausgehandelte Preis für die Jagd gewesen.
„Entweder arbeiten oder bezahlen!" zitierte Werner altklug wie ein Erwachsener. Ganz weit oben im Weltbild der Bauernkindern stand der Handel. Rotmund hatte es in dieser Disziplin zur Meisterschaft gebracht. Merkwürdige Dinge wie große Käfer und Insekten aller Art standen ganz hoch im Kurs. Aber auch mit besonders schönen Steinen ließen sich gute Geschäfte machen. Das höchste Ansehen brachten

aber heilige Reliquien menschlicher Herkunft. Sämtliche ausgefallenen Milchzähne von Kindern der Umgegend waren im Umlauf. Nur trugen sie inzwischen würdige Namen wie „Backenzahn der heiligen Klara" oder „Zahn des Märtyrers Theodor". Letzterer war ein gut drei Zentimeter langes gelbes Etwas mit häßlichen schwarzen Löchern. Schon der Anblick des sagenumwobenen Kleinods verursachte den Kleinen eine Gänsehaut. Werner wurde nicht müde, die Geschichte des Zahnes in Frage zu stellen. Er hatte den Schmied im vorigen Sommer genau beobachtet. Jammervolle Gestalten hatten sich abends beim großen Amboß eingefunden. Einem nach dem anderen schob er beherzt eine eiserne Zange in den Mund. Unter Wehgeschrei erlöste er die Geplagten von ihrem Schmerz und strich hernach kleine Münzen ein. Seither war Werner etwas vom Glauben abgefallen. Andere Reliquien, wie der „Fußnagel des heiligen Franz", waren zwar nicht so spektakulär, aber für alle Wünsche des Kinderlebens äußerst hilfreich. So spiegelte die Kinderwelt die der Erwachsenen in erfrischender Heiterkeit wider. Die getrocknete kleine Mumie der Fledermaus wechselte also den Besitzer. Werners Gesichtszüge erhellten sich merklich, als er den Schatz entgegennahm. Dann kehrte wieder der Ernst des Tages zurück:
„Jetzt bist du dran, ich habe schon mehr als die Hälfte zusammengetragen. Schnell auf die Schochenstangen damit!"
Rotmund packte fest zu, um die Arbeit voranzutreiben. Nebenan stand der Wiesenbocksbart in voller Blüte. Die gelben Blütensterne des „Gutzigai" wogten wellenförmig in den warmen Böen der Gewitterfront. Die Menschen in der Stadt liebten das frische Gemüse. Die Schößlinge wurden wie Spargel, die Blätter wie Salat oder Spinat zubereitet. Alles an der Pflanze war verwertbar. Aus der Wurzel ließen sich delikate Gerichte zubereiten. Die Mutter benutzte das Kochwasser als Grundlage für Suppen und Brühen. Werner brach sich

einige Stengel ab und ließ sich rückwärts in einen Heuhaufen fallen. Während er das süße Stengelmark genoß, betrachtete er fasziniert die heranbrausenden Wolkentürme. Einige Mehlschwalben und Mauersegler tummelten sich in verwegenen Flugmanövern am Himmel. Die leisen Rufe verrieten ihre Flughöhe. Grashüpfer flüsterten zauberhaft im duftenden Heu, als wollten sie die Wolken beschwören.

„Sieh nur!" rief Rotmund und riß Werner aus seiner Wetterbeobachtung. Unter einem Heuhaufen lag eine schwarzweiß gescheckte Katze bei ihren neugeborenen Jungen. Ängstlich fixierte sie die Buben mit gelben Augen. Doch sie flüchtete nicht ins tiefe Gras. Dicht an ihren warmen Leib gedrängt lagen vier Kätzchen an ihrem Gesäuge. Mit den winzigen Vordertatzen traten sie abwechselnd gegen den Bauch der Mutter, um den Milchfluß anzuregen. Ein schwarzes Kätzchen war der Höhepunkt inmitten des quirligen Haufens. Junge Katzen waren das Höchste, insbesondere für die Mädchen der näheren Umgebung. Mit geübten Griffen nahmen die Buben die Kätzchen an sich. Das Muttertier ließ es geschehen und blinzelte nur maunzend in die Sonne. Dann sputeten sie sich wortlos, den hölzernen Karren mit Heu zu beladen. Obenauf betteten sie die wertvolle Fracht. Die Katzenmutter machte es sich unbemerkt in deren Nähe bequem. Mit vereinten Kräften zogen und schoben sie den einachsigen Holzkarren über den unbefestigten Weg.

4

Als der Karren vor der bäuerlichen Behausung ächzend stehenblieb, stieben die Hühner links und rechts aus ihren Sandkuhlen. Federflaum schwebte in der lauen Luft und sank langsam trudelnd zu Boden. Es war ungewöhnlich still um das Gebäude und die beiden Halbbrüder sahen sich erstaunt an. Irgend etwas war anders als sonst. Für gewöhnlich lärmten die Schwestern, Vater oder Mutter bei irgendeiner Verrichtung rund um das Bauernhaus. Mit gemischten Gefühlen entfernten sie das Heu und den Staub aus Nase und Ohren. Dann trotteten sie brav zur Vordertür des Hauses, welche offenstand. Dies war ein sicheres Zeichen, daß Fremde der Familie einen Besuch abstatteten. Die Mutter wollte das so während der warmen Jahreszeit. Angeblich war es dann schön hell auf dem groben Holztisch und es stank nicht so penetrant vom Viehstall her. Es kam nicht oft vor, daß Fremden die Stube geöffnet wurde.

Auf der hölzernen Bank neben dem Tisch saß der gute Roland im Gespräch mit den Eltern. Im einfachen Gewand eines Wandermönches unterschied er sich kaum von den zahlreichen Geistlichen, welche zu jener Zeit ohne Anstellung und bettelarm durch die Lande zogen. Doch es ging eine Ausstrahlung von dem Manne aus, der sich keiner so einfach entziehen konnte. Er besaß eine natürliche Autorität, welche gleichzeitig anziehend, aber auch zwingend wirkte. Vermittelt wurde diese Eigenschaft vor allem durch die dunkelbraunen Augen, welche jedes Lebewesen in seiner Nähe zu durchdringen schienen. Gerade so als stöbere man mit einer Gerte in der feuchten Erde, dachte Rotmund still bei sich. Im Laufe der Jahre hatte der gute Roland regelmäßig den Weilerhof besucht. Meist zwei- bis dreimal im Frühjahr und Sommer und einmal im Winter. Der spärliche Haarkranz auf seinem Kopf wurde immer grauer und lichter. Immer wenn er das Haus verlassen hatte, waren die Eltern für Tage völlig verändert. Ein Lächeln lag auf dem Gesicht der Mutter und der Vater schlug ausnahmsweise seltener zu, wenn die Kinder ihren Pflichten nicht nachkamen. Auf unergründliche Weise vermehrte sich manchmal das Vieh im Stall nach seinem Aufenthalt. Stets hielt er bei seinen Besuchen etwas für die Kinder bereit, sorgfältig unter der Kutte versteckt. Heute hatte selbst der Vater ein entspanntes Lächeln auf dem Gesicht.

„Da sind die beiden Burschen. Haben wohl noch den Karren abgeladen."

Diese Entschuldigung aus dem Munde des Vaters versetzte Rotmund und Werner vollends in Panik. Eine Tracht Prügel wäre nicht schlimmer gewesen. Es war etwas Furchtbares im Gange, und das spürten die Knaben bis in die großen Zehen. Nun blickte der Vater wieder gestreng hinter dem Tisch hervor. Die Mutter hielt es nicht mehr aus und sprudelte los:

„Seht nur, wer zu Besuch da ist!"

Werner tauschte einen verständnislosen Blick mit seinem Bruder.

„Ihr sollt eine richtige Erziehung bekommen."

Sie sprach den Satz langsam und betont aus und blickte dabei ehrfurchtsvoll auf den Geistlichen. Das war mehr, als die einfache Frau begreifen konnte. Weder sie selbst noch sonst jemand aus der gesamten Ahnenreihe hatte je eine Schule von innen gesehen. Eigentlich wußte sie überhaupt nicht, was eine Erziehung eigentlich bedeutete. Solche Dinge waren dem Adel, der Geistlichkeit oder reichen Bürgern vorbehalten. Die Jungen waren stocksteif und blaß geworden, trotz der beachtlichen Sommerbräune in ihren Gesichtern. Das alles klang nach Veränderung. Eine tiefe Beklommenheit machte sich in Rotmund und Werner breit.

Roland hatte sich den Jungen zugewandt und schien in ihren Gedanken zu lesen.
„Jetzt seid nicht so erschrocken! Keiner will euch das Fell über die Ohren ziehen. Aber es ist höchste Zeit, daß ihr eine Bildung erhaltet."
Rotmund faßte als erster Mut und antwortete forsch:
„Da danken wir schön, Hochwürden. Wäre es vielleicht möglich, daß Ihr die Bildung gleich hier den Eltern überreicht. Verzeiht, wir zwei sind ziemlich außer Atem und haben das Seitenstechen vom vielen Rennen."
Der Geistliche mit den großen dunklen Augen sah dem Jüngling direkt ins Gesicht und fing dann schallend an zu lachen. Die Eltern und Geschwister stimmten artig mit ein. Rotmund wurde verlegen.
„Das muß gefeiert werden!" rief der Vater über den Tisch und zog einen grauen Mostkrug aus dem kühlen Erker.
„Schlachte einen Hahn, Frau. Heute soll es uns gutgehen!"
Die ganze Familie machte sich zu schaffen, um ein Fest auszurichten. Roland hatte sein Versprechen eingelöst, welches er einst Lintrut und Veit gegeben hatte. Zwar konnte der Geistliche keine nennenswerten Geldmittel zum Unterhalt Rotmunds beisteuern, aber der Weilerhof war auf unerklärliche Weise in den Besitz der Kirche übergegangen. Nun war der Bauer ein Lehen von St. Peter und Paul. Die Aussicht auf ein besseres Leben für ihre Kinder war mehr, als die Eltern je erwarten durften. Als „Roland, der Gute", wie sie ihn nannten, wieder den Hof verließ, küßte Lintrut den Ring an seiner Hand und Veit machte mehrere Bücklinge. In der folgenden Nacht lagen Werner und Rotmund wach. Die ganze Familie schlief zufrieden in der Stube auf mit Stroh gefüllten Säcken. Leise erhoben sich die Jungen und schlichen über die knarrenden Planken. Vater und Mutter schnarchten lautstark. Vorsichtig huschten die Buben ins Freie. Unter einer weit ausladenden Ulme neben dem Haus machten sie es sich bequem.

Im wechselnden Licht des Mondes saßen sie beide in düsterem Schweigen. Es war Rotmund, der als erster die Sprache wiederfand.
„Werner, ich habe richtig Schiß. Der Paul hat mir erzählt, vom Lesen bekommt man Eselsohren. Mir gefallen aber meine Ohren ganz gut!"
Werner saß mitfühlend und brütend seinem Bruder gegenüber. Das kalte Mondlicht unterstrich die düstere Stimmung der beiden Jungen.
„Wir haben keine Wahl, sonst hetzt der gute Roland uns die Teufel an den Hals!"
Verächtlich warf Werner ein Stück Holz in die Dunkelheit. Eine tiefe Furcht vor der jenseitigen Welt plagte die Buben. Die Angst vor dem Fegefeuer und den Höllenqualen der Sünder saß tief. Solche finsteren Vorstellungen paßten so recht zu ihrer Stimmung.
„Höre auf damit, Werner! Mir wird ganz bange."
Beklommen und frierend beobachteten die beiden das Spiel der Wolken. Der Mond hatte einen farbigen Hof und beleuchtete kühl das wilde Jagen der Nebelfetzen. Rotmund erhob sich feierlich.
„Laß uns einen Schwur tun, daß keiner den anderen verlassen oder verraten wird, solange wir leben."
Auch Werner schien ergriffen. Die Knaben reichten sich die Hände und besiegelten den feierlichen Akt, indem sie dreimal auf den Boden spukten und darüber pinkelten. Etwas besseres war ihnen nicht eingefallen. Dann zogen sie sich wieder schlotternd ins Haus zurück.
„Ich habe es genau gesehen, ihr wart draußen!"
Die kleine Gretel zischelte mit vorgehaltener Hand den Brüdern entgegen. Eigentlich war sie vier Jahre älter als Werner und Rotmund, aber mindestens einen Kopf kleiner. Die fehlende Körpergröße glich sie mit beachtlicher Zähigkeit aus und sie besaß Hände, die mächtig zupacken konnten.
„Hier nimm das, aber verrate uns nicht!"

Werner zog die Mumie einer Fledermaus unter seinem Hemd hervor und übergab sie Gretel mißmutig. So war das mit dem Reichtum. Aber Hauptsache war, man hatte immer etwas zum Tauschen. Werner sah trotz der Dunkelheit ein Glitzern in den Augen seiner Schwester, als sie die Bezahlung entgegennahm. Gretel verstaute unverzüglich die Mumie neben sich zwischen den Strohsäcken.
Der Sommer verging viel zu rasch. Rotmund und Werner hatten sich besonders eifrig in die Arbeit gestürzt. Veit sah es mit Wohlwollen. Und dann kam der große Tag ohne Vorankündigung.
„Steht auf, es dämmert bereits!"
Der Vater stand im Halbdunkel der Stube mit einer kleinen Öllampe. Die Kinder rieben sich ungläubig die Augen. Das schwache Licht tanzte auf den groben Holzdielen. Gerda hatte schon auf der Feuerstelle einen Gerstenbrei gekocht. Die älteste Tochter war der Mutter eine große Hilfe und unverzichtbar bei der Feldarbeit. Ihre Augen waren gerötet und ab und zu wischte sie sich mit dem Ärmel über das Gesicht. Die Geschwister hatten sich um den unförmigen Tisch versammelt und wirkten noch recht verschlafen in der Dämmerung. Schnell und stumm wurde die Mahlzeit eingenommen. Gerda reinigte den großen Holzlöffel in einem Wasserzuber. Dann half ihr die kleine Gretel still, das Tragegestell mit den Waren für die Märkte in der Stadt anzulegen. Die Bürger der Reichsstadt hatten stets Bedarf an frischer Ware. Veit träumte schon lange von einer eisernen Kette an der Deichsel, aber der Schmied ließ sich nicht mit Roggen oder Gutzigai bezahlen. Als die kleine Schar aus dem Haus zog, herzte Lintrut ihre Söhne, welche zunächst zurückwichen, da zärtliche Umarmungen im harten Landalltag eher die Ausnahme waren. Heimlich wischte sie sich eine Träne aus dem Gesicht. Die Jungen erhielten leinene Beutel, gefüllt mit Roggenfladen und Dörrobst.

Die kleine Gretel lief ihren Brüdern nach und sah recht unglücklich aus. Mit ausgestreckter Hand übergab sie Werner einen kleinen Gegenstand. Rotmund wußte sofort, daß es die Fledermaus war. Dann wanderten sie zügig in den anbrechenden Tag hinein. Rauhreif hatte die Gräser überzogen und leichter Nebel verschleierte den Weg. Die Täler lagen noch im Dunkeln. Auf den steilen Hängen standen zahllose Bäume und Büsche in tiefe Schatten gehüllt. Ihre Äste ragten wie schwarze Finger in den morgendlichen Himmel und Wurzelwerk klammerte sich haltsuchend um den kalkigen Fels.

Der Vater schwieg und die Knaben taten es ihm gleich. Alles was sie vom städtischen Leben wußten, hatten sie von Gerda, da beide nie eine größere Ortschaft noch eine Stadt betreten hatten. Ihre Phantasie tat das übrige und so war in ihrer Vorstellung allerlei Unsinniges gewachsen. Werner beispielsweise behauptete steif und fest, alle Städter hätten einen Ring durch die Nase und werden abends in einem der zahlreichen Häuser angepflockt. Das wäre nötig, damit sie nicht vor Angst schrien in der Nacht. Rotmund gab sich etwas kritischer, verstand aber auch nicht den Sinn einer Ansammlung von Häusern umgeben von Wehranlagen. Die armen Städter mußten wirklich große Furcht haben, wenn sie sich derartig einsperrten.

Vogelschwärme zogen am morgendlichen Himmel vorüber. Der Pfad lag noch immer im Nebel, während die Sonne sich langsam über die anmutigen Hügel der Voralb erhob. Das Licht brachte die erste zarte Wärme des Tages und schmolz den eisigen Belag von Blättern und Gräsern. Rote und gelbe Ahornblätter leuchteten am Waldboden und der Himmel erstrahlte in klarem Blau. Straßen und Wege durch das Tal waren nicht immer ganz sicher.

Gerda brachte vom Markt in der Stadt immer die neueste Kunde mit. Neben Tratsch und Klatsch gab es auch wichtige Entwicklungen.

Viele adlige Herren hatten sich verstärkt darauf verlegt, Wegezoll zu erheben. Besonders gierige Burgherren hatten keine Skrupel mehr, reiche Handelsreisende festzusetzen und Lösegelder zu erpressen. Einfache Leute vom Land ließen sie meist ziehen, aber darauf verlassen wollte sich Veit nicht. So wählte er einen Umweg über die Albhöhe. Am Vortag hatten sich die Jungen zwei Haselruten abgeschnitten. Diese dienten ihnen nun als Wanderstöcke und Bewaffnung. Nach einem anstrengenden Aufstieg über den steilen Abhang des Hochbideck vorbei am Sauhag machten sie kurze Rast im noch erhaltenen Halsgraben der ehemaligen Burg der Herren vom Greifen.

„So soll es allem Raubgesindel ergehen, die uns schröpfen bis aufs Blut", bemerkte der Vater leise und wies auf die Überreste der vor vielen Jahren geschleiften Burg.

Quer durch den Wald erreichten sie einen Schotterhang unterhalb der Wollefelsen.

„Gebt acht, daß ihr nicht von herabfallenden Brocken erschlagen werdet!" warnte Veit seine Kinder. Er lauschte unruhig in den Wald. Mit großem Respekt und offenen Sinnen querte die kleine Schar den natürlichen Bruch. Auf allen Vieren überwanden sie das steilste Stück. Gerda hatte am meisten zu kämpfen. Gewöhnlich nahm sie mit ihrer Last den direkten Weg im Tal. Aber der Vater hatte das letzte Wort und was er sagte, war Gesetz. Dann betraten sie wieder offenes Gelände. Die Albhochfläche breitete sich in sanften Formen bis zum Horizont aus.

„Dort ist ein sicherer Weg!"

Damit wies er zur Albkante hin, welche dicht mit Buschwerk bewachsen war. So liefen sie im Schutz der Vegetation unterhalb einer steilen Bergwiese entlang.

Als sie eine Lücke im Dickicht passierten, blieben Rotmund und Werner der Mund offenstehen. In der Ebene, eingebettet zwischen

zwei kugelförmigen Bergen, lag die Reichsstadt, gesäumt von einer umlaufenden Mauer. Aber nicht nur eine große Ansammlung von Häusern war zu erkennen. Verteilt auf der gesamten sichtbaren Fläche stieg Rauch aus Hunderten von Feuerstellen in den blauen Herbsthimmel. Auch Veit genoß den Ausblick. Die Echaz schlängelte sich in weitem Bogen der Stadt zu und markierte etwa die Mitte des Tales. Veits innere Unruhe wuchs und riß ihn aus seinen Betrachtungen.
„Wir steigen jetzt wieder hinunter! Sputet euch!"
Für einen einfachen Bauern hatte er die Grenze zu seiner Welt hier überschritten und das bedeutete Gefahr. Die Kinder ließen sich von der Unruhe des Vaters anstecken und hasteten den Pfad entlang. Der Abstieg ins Arbachtal war steil und zog sich hin. Rotmund konnte sich nicht erinnern, so weit von zu Hause entfernt gewesen zu sein. Er verspürte ein erregendes Gefühl aus Neugierde und Angst.
Wie ein perfekter Kegel erhob sich auf der gegenüberliegenden Talseite die Achalm. Am höchsten Punkt konnte man im Blätterdickicht eine bewehrte Schloßanlage erkennen. Am Fuße der Achalm lag die Reichsstadt nun schon viel näher. Fremde Gerüche schlugen Rotmund und Werner entgegen. Inmitten einer Ansammlung von Dächern und Giebeln ragte eine mächtige Kirche geradewegs bis in den Himmel. So empfanden es jedenfalls die Jungen. Der Vater trieb die beiden mehrmals an, da sie einfach mit offenen Mündern stehenblieben. Dabei war der einfache Mann selbst von dem monumentalen Bauwerk stets tief beeindruckt.
„Das ist die Kapelle zur guten Frau!"
Der einfache Karrenweg wies tiefe Furchen auf, in denen sich das Wasser sammelte. Je näher sie den Stadtmauern kamen, um so dichter war das Gedränge. Einachsige Holzkarren, turmhoch beladen, Ochsengespanne mit und ohne Aufbau, Männer und Frauen mit Tragegestellen. Alles schien unter Lärmen und Fluchen magisch von einem

der hohen Stadttore angezogen zu werden. Veit hatte alle Mühe, seine kleine Familie zusammenzuhalten. Rotmund und Werner kamen aus dem Staunen nicht mehr heraus. Kurz vor dem Mettmannstor hielt Veit die beiden Buben zurück. Gerda verabschiedete sich flüchtig von ihren Brüdern und reihte sich in den Strom ein, welcher sich langsam, aber stetig durch das Tor in die Stadt ergoß. Die Enttäuschung in den Gesichtern der Brüder war groß.
„Wir gehen weiter!"
Mit diesen Worten schob Veit Rotmund und Werner einer kleinen Böschung zu, welche den Weg zum Stadttor säumte. Entlang der mächtigen Wehrmauer aus Kalkquadern befand sich ein breiter Wassergraben, welcher über zahlreiche Kanäle mit der Stadt verbunden war. Die Wasseroberfläche lag recht tief, doch an der Mauer hatten vergangene Hochwasser deutliche Spuren hinterlassen. Rotmund und Werner ertrugen den Gestank tapfer, welcher aus dem Graben emporstieg. Abgeerntete Felder reichten bis an die Stadt heran. Im Vorübergehen beobachteten sie das Treiben rund um die Stadttore. Einzelne Reiter und Gespanne verhandelten mit den Torwächtern. Kein Detail entging ihren wachen Sinnen. Die ungewohnte Geräuschkulisse in Verbindung mit fremdartigen Gerüchen erregte ihre einfachen Gemüter. In kurzer Entfernung zur Stadtmauer im Nordwesten erhob sich ein weiteres monumentales Gebäude. Die Kirche St. Peter und Paul überragte die umstehenden Weiden. Sie war viel weniger filigran gebaut als die Kapelle zur guten Frau und auch nicht so hoch. Als Veit sich mit Rotmund und Werner dem mächtigen Kirchenschiff näherten, überkam sie abermals große Ehrfurcht. Das Gebäude schien wie ein riesenhaftes Wesen im Boden zu ruhen. Einfache Formen und wenige Bögen hatten die Baumeister verwendet. Das Bollwerk vermittelte ein Gefühl von Unüberwindbarkeit. Rotmund bewunderte die

nahtlos aufeinandergetürmten Sandsteinquader. Wer konnte solche riesenhaften Mauern errichten? In der Höhe umkreisten einige Bergdohlen das Bauwerk. Mit kurzen melodischen Rufen ließen sie sich in die Tiefe gleiten. Eine Ansammlung von zweistöckigen Nebengebäuden flankierte seitlich die alte Weihestätte. Mächtige Weidenbäume markierten den Verlauf eines vorbeifließenden Gewässers.
In diesem Moment erklang aus dem Kirchturm der dunkle Baß einer riesigen Glocke. Rotmund und Werner fielen vor Schreck zu Boden. Auch der Vater war stehengeblieben. Das Läuten dauerte nur kurz und Veit trieb seine Schutzbefohlenen zur Eile an. Er schien sich jedoch nicht schlüssig zu sein, wohin er sich wenden sollte. Schließlich folgten sie zwei Laienbrüdern, welche vom Feld her auf St. Peter und Paul zustrebten. Ein schmaler Pfad zwischen Kirche und Nebengebäuden führte steil und steinig zu einer ummauerten Holztüre. Sie taten es den Mönchen gleich und hoben den schweren hölzernen Querriegel, welcher das Türblatt aus massiven Eichenbohlen sicherte. Schwer ächzend bewegte sich das Portal gerade so weit, daß sich zwei Mann nebeneinander ins Innere eines ausgedehnten Hofes bewegen konnten. Dies war in der Tat der einzige ebenerdige Zugang und ebenso klug wie vorausschauend angelegt. Raubgesindel und Diebesbanden wurde so ein Eindringen deutlich erschwert. Wölfe und Bären kamen ohnehin nur in die Nähe der Stadt, wenn sich der Winter weit ins neue Jahr dahin zog. An den Fachwerken der Wirtschaftsgebäude waren nur wenige kleine Fensteröffnungen eingelassen. Galgenartige Ausleger waren oberhalb einiger Dachgauben angebracht. Werner wunderte sich, wozu diese Einrichtungen wohl gut sein sollten. Veit erklärte:
„Man kann damit die Ernte unters Dach schaffen."
Werner kratzte sich am Kopf, aber sein Vater schwieg, wohl weil er selber nicht mit dem Prinzip des Flaschenzuges vertraut war.

Rotmund trat als letzter in den Innenhof, dessen gesamte Ausdehnung neben dem riesigen Rumpf der Kirche nicht überschaubar war. In unmittelbarer Nähe zum Eingang plätscherte eine Quelle in einen grob behauenen Trog aus Sandstein. Das steinerne Becken war zur Hälfte mit einem Brett abgedeckt, in dessen Mitte sich eine Griffmulde befand. Rotmund sah gerade noch zwei ältere Laienbrüder, welche durch eine kleine Pforte in das Kirchenschiff verschwanden.

5

Roland beobachtete den Mann und die beiden Knaben durch das Fenster seines Amtszimmers. Trotz der aufwendigen Bleiverglasung zog es durch zahllose Spalten. Während er den Weilerhofbauern standesgemäß warten ließ, wanderten seine Gedanken um die kleine inoffizielle Kirchschule in den Mauern von St. Peter und Paul. Als rechte Hand des Bischofs genoß er gewisse Freiheiten. Die klösterliche Gemeinschaft von älteren Laienbrüdern und Geistlichen war das Ergebnis seiner Initiative. Ohne Rolands Bemühungen wären jene dazu verdammt, von den Almosen der Gläubigen zu leben und durch die Lande zu wandern. Mit der Aufnahme junger Menschen in die Kirchschule verbanden sich zwei Notstände. Alte Menschen benötigten Hilfe bei schwerer körperlicher Arbeit, und junge Menschen bedurften der Bildung. So bevölkerte eine ausgewählte Schar von Jungen unterschiedlicher Herkunft ganzjährig die Werkstätten und Felder von St. Peter und Paul. Als Entlohnung erhielten die Knaben jeweils den Unterricht, welcher ihren Fähigkeiten entsprach. Einige Schüler stammten aus bürgerlichen Verhältnissen und wurden von ihren Eltern unterstützt. Aus verschiedenen Gründen waren sie Unehrliche geworden. Ihren Kindern war somit eine ständische Ausbildung kaum mehr zugänglich und nicht jeder Bewohner der Reichsstadt konnte sich einen Lehrer leisten. Andere stammten aus dem Armenhaus, zeichneten sich aber durch irgendeine auffällige Fähigkeit aus. Die Schüler teilten sich zwei Schlafstuben unter dem Dach des Getreidespeichers. Das Leben im heiligen Bauchladen, so nannten die Jungen ihre Schule, war geprägt durch feste Tagesabläufe.

Sobald das Tageslicht es zuließ, begann der Unterricht mit einer Frühmesse in der Kirche. Dann folgte eine gemeinsame Mahlzeit. Der anschließende Unterricht in Gruppen schloß mit einer Zeit des Gebetes ab. Abhängig von der Jahreszeit begannen die Arbeiten zum Broterwerb einzeln oder in Gruppen. Jeder Laienbruder hatte somit unentgeltliche Arbeitskräfte, um das Überleben der losen Gemeinschaft zu sichern. Neben den Feldern und Äckern im Besitz der Kirche unterhielt St. Peter und Paul eine beachtliche Viehherde und mehrere Fischteiche.

„Ihr könnt die beiden Neuankömmlinge jetzt willkommen heißen, Bruder Anselm."

Der Archidiakon sprach zu dem alten Mönch mit schiefer Hakennase, welcher gebeugt unter dem Türsturz des Amtszimmers stand. Genauso geräuschlos wie er dort erschienen war, verschwand Anselm wieder und hinterließ nur einen kühlen Hauch. Roland sah verschwommen durch das Bunzenglas, wie Anselm im Vorhof auf Veit und die Jungen zuging. Rotmund studierte soeben einen Schmetterling an der Kirchenmauer, welcher die wenigen wärmenden Strahlen des Tages aufsog. Die Flügel des Tagpfauenauges waren zerschlissen und rechts fehlte schon ein Stück. Werner hatte indessen den Kräutergarten in Augenschein genommen. Die Anpflanzungen entsprachen so gar nicht dem, was Rotmund und Werner auf dem Hof des Vaters bislang gesehen hatten. Spöttelnd zwickte Werner seinen Bruder in den Arm.

„Sieh nur das Durcheinander an! Und dort haben sie sogar das Obst mit Pfählen an die Wand genagelt."

Teils belustigt, teils neugierig deutete er auf eine Reihe von Spalieren entlang der Wand. Dort hingen unter leuchtend roten und gelben Blättern noch die Reste der Traubenernte. Veit rügte die Jungen sich ruhig zu verhalten, denn ein bleicher Mönch in schwarzer Kutte eilte ihnen entgegen.

„Was ist euer Begehr, Mann? Seit ihr der Veit vom Weilerhof, dann tretet näher, ansonsten geht weiter bis in die Stadt, wenn ihr Almosen betteln wollt."
Veit war verlegen und trat von einer Stelle zur anderen. Ein ziemlich dunkler Haarkranz um den ansonsten kahlen Schädel des Mönches paßte nicht recht zu dem fast zahnlosen Mund. Der einfache Strick um die Hüfte verriet, daß nicht viel Leibesfülle unter der langen Kutte verborgen war. Seine eckige Nase stand schief im Gesicht. Das auffälligste Merkmal jedoch waren zwei stechende dunkle Augen, welchen nichts zu entgehen schien. Der Bauer antwortete schließlich nach langer Pause:
„Ich bin's wohl, der Veit, Hochwürden. Wenn es recht ist, werde ich die Buben nun hier lassen."
Damit packte er Werner und Rotmund im Genick und schob sie dem Mönch entgegen. Unbeweglich wie zwei Kaninchen hingen die Buben im eisernen Griff des Vaters. Dann ließ er sie los und trat rasch ein paar Schritte zurück. Mit gesenktem Haupt entfernte er sich und walkte seine Filzkappe verlegen in den Händen.
„Haltet ein, guter Mann! Ihr müßt erschöpft sein vom weiten Weg. Stärkt euch zunächst, bevor ihr uns verlassen werdet."
Jetzt war der Mönch wie umgedreht und von ausgesuchter Freundlichkeit. Rotmund und Werner war bang ums Herz. Bruder Anselm winkte die drei tiefer in den sauberen Innenhof der Kirchenanlage. Unter einer gewaltigen Weide waren hölzerne Sitzgelegenheiten um den Stamm angebracht. Dort hieß er sie, im Schatten Platz zu nehmen. Dann eilte er davon und kehrte kurz darauf mit einem kühlen Steinkrug und einem gewaltigen Brotlaib zurück. Vorsichtig bissen alle drei in die dargebotene Speise und tranken von dem kühlen Most. Nach dem schweigsamen Imbiß drängte Veit ungeduldig zum Aufbruch. Er murmelte unverständliche Sätze und berührte die beiden

Knaben kurz am Oberarm. Zu mehr körperlicher Nähe war er nicht fähig. Rotmund sah die feuchten Augen seines Pflegevaters, der kurz darauf das Eingangstor in Richtung offenes Feld verließ. Den Brüdern war nicht recht wohl in der neuen Umgebung. Anselm riß die Knaben aus ihrer wehmütigen Betrachtung:
„Folgt mir!"
Mit diesen knappen Worten führte er die Jungen zu einem großen hölzernen Bottich, welcher mitten im Hof aufgestellt war. Auf dem Boden aufgebahrt lagen in ordentlicher Reihe verschiedene Gegenstände.
„Zieht euch ganz aus und steigt in die Wanne!"
Daher blies also der Wind. Voller banger Ahnungen taten Werner und Rotmund wie befohlen und bereuten es wenige Augenblicke später. Anselm packte die beiden nackten Knaben und tauchte sie in dem bräunlichen Sud vollständig unter. Nach Luft japsend, tauchten beide wieder auf. Anselm griff nach einer groben Bürste und begann seine Opfer von oben bis unten abzuscheuern. Rote Striemen entstanden auf ihren Leibern, welche in der Brühe schmerzlich brannten. Als dieser Teil der Prozedur beendet war, wies er die Knaben an, sich mit klarem Wasser am Brunnentrog abzuwaschen.
„Das werdet ihr jedesmal wiederholen, wenn ihr vom Vieh hüten zum Gebet erscheint", erklärte Anselm knapp. Werner und Rotmund tauschten einen erstaunten Blick aus. Vom Vieh hüten hatte bislang keiner gesprochen, aber vielleicht war das ja auch Teil der Bildung, welche sie erhalten sollten. Der Mönch reichte den schlotternden Knaben einen Becher mit einer widerlich riechenden Flüssigkeit.
„Trinkt, das ist wurmtreibend", erklärte Anselm mit ungerührter Miene. Als sie den Trank zu sich genommen hatten, blieb die Wirkung nicht lange aus und sie übergaben sich abwechselnd. Der Mönch kannte die üblichen Begleiterscheinungen und führte die Jungen zu

einer Abwasserrinne. Keine Sekunde zu früh, wie sich herausstellte, denn nun ging der Schuß nach hinten los.

6

Anselm zerrte ihre zerschlissenen Lumpen mit Hilfe eines Stockes auf einen Haufen und entschwand kurz in eines der umstehenden Gebäude. Als er wiederkehrte, hielt er einen glimmenden Span in der rechten Hand und entfachte genüßlich den Kleiderstapel. Rotmund und Werner wechselten langsam wieder von grüner zu weißer Gesichtsfarbe und sahen wehmütig zu dem lodernden Haufen hin. Dabei galt ihr Schmerz weniger den Lumpen, welche sie getragen hatten, als dem Inhalt ihrer Taschen. Jetzt hatten sie nichts mehr zum Tauschen. Aber der Mönch gönnte den beiden keine Pause:
„Reinigt euch abermals und dankt Gott für Knabenkraut und Pfaffenhütchen. Ist es nicht wunderbar, wie diese Gaben alle Sünden hinwegwaschen?"
Schlotternd und bibbernd standen Rotmund und Werner wenig später mit eng an den Körper gepreßten Armen neben dem Holzbottich, in welchem nun angeblich ihre Sünden umher schwimmen sollten. Den Abschluß der Prozedur genoß Anselm ganz besonders. Mit einer scharfen Fliete rasierte er den Knaben mit großer Meisterschaft die Köpfe kahl. Als das Werk vollendet war, lächelte der Mönch zufrieden und entblößte die wenigen, unansehnlichen Zahnstümpfe, welche ihm noch geblieben waren. Während Rotmund und Werner in ihre neuen Gewänder stiegen, wischte Anselm die scharfe Klinge am Saum seiner Kutte ab und schob das Werkzeug in eine versteckte Innentasche. Das Lächeln verschwand augenblicklich von seinem Gesicht und machte einer steinernen Miene Platz.
„Folgt mir und schweigt!"

Die Schärfe seines Befehles ließ keinen Zweifel entstehen, daß er es ernst meinte. Voller Demut hefteten sich Rotmund und Werner an die Fersen des Mönches. Mit ausgreifenden Schritten durchquerte er den Innenhof, welcher teilweise mit Steinplatten ausgelegt war. Die beiden Knaben konnten nicht mithalten und verfielen immer wieder ins Laufen.

„Hier wird nicht gerannt! Wenn es schnell gehen soll, macht größere Schritte!"

Rotmund und Werner versuchten mit möglichst großen Schritten dem behenden alten Mann zu folgen.

Wie ein riesiger Fels überragte die Fassade des Kirchengebäudes das gesamte Gebäudeensemble. Hoch türmten sich die Steinquader des Hauptportals über einer halbkreisförmig angelegten Treppe aus hellem Sandstein. Die Stufen waren zum Teil beschädigt und angebrochen durch das Jahrhunderte lange Auf und Ab der Gläubigen. Aus zahllosen Spalten wuchsen Pflanzen und Trockenheit liebende Kräuter, welche die Treppe mit Leben und Farbe überzogen. Links und rechts erhoben sich die Türpfeiler wuchtig in die Höhe und trafen sich in einem perfekten Halbkreis. Als wären sie aus dem weichen Stein herausgewachsen, verbanden sich unzählige Stränge wie die Äste von natürlichen Bäumen zu immer kompakteren Bündeln aus versteinertem Laub- und Blattwerk, bevölkert von zahllosen phantastischen Gestalten und den verkleinerten Ausgaben namenloser Heiliger. Nur zwei Figuren konnte Rotmund im Durchgang bestimmen. Nackt und voller Scham wurden dort in einiger Höhe Adam und Eva von einem Engel mit Flammenschwert aus dem Paradiesgarten vertrieben.

Rotmund war so aufgeregt, daß er beinahe über seine eigenen Füße stolperte. Der Mönch führte sie auf direktem Weg zum Amtszimmer des Archidiakons, welcher die neuen Schüler bereits erwartete.

Der Raum war sowohl von der Außenmauer als auch durch den Chor zugänglich. Eine schwere Eichentür trennte die Sakristei vom öffentlichen Geschehen. Der gute Roland, wie ihn die Jungen kannten, hatte jedoch eine Wandlung erfahren. Wie eine Lichtgestalt stand er inmitten des Raumes und blickte den Ankommenden aufmerksam entgegen. Sein Gewand war von schlichter Vornehmheit und wies ihn als kirchlichen Würdenträger aus. Anselm fiel sogleich auf die Knie und küßte in gemessenem Tempo Rolands Ring, um sich dann gebeugt wieder rückwärts zurückzuziehen. Die unmittelbare Nähe, die Roland bei seinen Besuchen auf dem Weilerhof stets gepflegt hatte, war nun einer spürbaren Distanz gewichen, welche seine natürliche Autorität unterstrich. Als er zu reden begann, war Roland für die Jungen mindestens um drei Köpfe gewachsen.
„Heute heiße ich euch in St. Peter und Paul in den Weiden willkommen. Ihr wurdet ausgewählt, um der heiligen Kirche Gottes mit eurem Leben zu dienen. Doch bis ihr brauchbare Werkzeuge zum Ruhme Gottes seid, werdet ihr euch in Demut üben."
Roland machte eine kurze Pause und blickte ernst auf seine neuen Zöglinge.
„Verleugnet niemals die Heiligkeit des Ortes, an dem ihr euch die nächsten Jahre befinden werdet. Hier hat die Sünde keinen Platz und muß offenbar werden, zur Rettung eurer armen Seelen."
Rotmund und Werner verstanden nicht sehr viel, aber der vorgetragene Ernst hatte sie beide ergriffen.
„Wie alle Schüler, werdet ihr an der Arbeit zur Sicherung des täglichen Lebens teilhaben, bis ihr die innere Reife für einen anderen Dienst gewonnen habt."

Diese Aussage löste widersprüchliche Gefühle in den Knaben aus. Rotmund war zunächst enttäuscht. Er hatte sich nicht vorgestellt, dort weiter zu machen, wo er auf dem Weilerhof aufgehört hatte. Werner hingegen fiel ein Stein vom Herzen, war ihm doch körperliche Arbeit vertraut und bedeutete keine Veränderung in seinem jungen Leben.

„Und nun befehle ich euch der Obhut Anselms an. Er wird euch in alles weitere einführen, bis wir uns wiedersehen."

7

Als sie wieder durch das Hauptportal ins Freie traten, durchflutete die Vormittagssonne den Innenhof.

„Ihr habt Glück, heute ist Feiertag, und wenn ihr euch sputet, bekommt ihr noch eine Mahlzeit", bemerkte Anselm und steuerte auf die Fachwerkbauten östlich des Kirchenschiffes zu.

„Hier ist die alte Schmiede und gleich dort das Skriptorium", erklärte er beiläufig. Er beschrieb mit den Fingern den Bereich entlang einer überdachten Fassade, welche hölzerne Scheunentore vor der Witterung schützte. Die neuen Schüler verirrten sich allesamt zwangsläufig in den verbauten Gebäuden mit uneinheitlicher Struktur, welche sich durch ständige Erweiterungen und Anbauten ergaben. Generationen von Geistlichen und Gläubigen hatten hier ihre Spuren hinterlassen, welche nun allmählich wieder zerfielen oder erneuert wurden. Als wollten die Baumeister zur vollständigen Verwirrung beitragen, hatte man versucht, zusätzlich einen Kreuzgang an der uneinheitlichen Fassade ringsum zu führen. Im Osten verband die Dachkonstruktion freistehend zwei gegenüberliegende Fachwerkbauten, wie eine hölzerne Brücke. Darunter hindurch verlor sich der Blick im wuchernden Blattwerk des Gartens. Viele der Bauten wirkten eigentümlich verlassen und ohne Funktion. Vor einer schmalen Pforte machte Anselm halt und zog einen großen eisernen Ring unter seiner Kutte hervor. An dem Ring hingen drei geschmiedete Schlüssel. Rotmund und Werner beobachteten interessiert, wie Anselm einen der Metallhaken durch einen Spalt in der Tür schob. Nach einer kraftvollen Drehung knirschte es in den Angeln und das Schloß entriegelte sich mit metal-

lischem Kratzen. Verstohlen warfen sich die Brüder Blicke zu als der Mönch erklärte:
„Ja, diese Tür hat ein Schloß und ist unüberwindbar."
Eine Tür mit Schloß hatten sie auf dem Weilerhof noch nie gesehen. Im dunklen Innern war eine Treppe erkennbar. Abgestandene Luft schlug ihnen entgegen. Eine Mischung aus verfaulendem Holz, Fisch und Rauch entwich langsam, wie die Gase im Bauch eines verendeten Tieres. Das Gebäude war sehr alt und baufällig.
Noch älter als Anselm, dachte Rotmund und er stellte sich vor, wie der Mönch wohl aussehen würde, wenn er einst tot wäre. Doch noch war dieser höchst lebendig und erklomm die steilen Holzstufen flink wie ein Wiesel. Im ganzen Haus schien es keine Lichtquelle zu geben und es roch zunehmend nach Fisch. Die Wände waren allesamt schwarz und mit Ruß überzogen. Wohl zum Schutz gegen die Witterung, wie Rotmund vermutete. Aber weshalb ein Schloß vor solch einer Räucherkammer? Dann sah er die Heiligen. In regelmäßigen Abständen waren Nischen in einem endlos wirkenden Gang eingelassen. Dort standen oder lehnten Holzfiguren in prachtvoller Bemalung an den Wänden. Sorgsam hatte man die wertvollen Werke abgestützt und auf sauberen Balken abgesetzt. Hier lagerte ein Schatz, welcher ursprünglich andere Gotteshäuser geschmückt haben mußte. Die Teilvergoldung der Figuren bildete einen beinahe überirdischen Kontrast zum rußigen Einerlei der Wände.
Werner und Rotmund taumelten hinter ihrem Führer her, wie im Traum. Jede der gefaßten Holzfiguren strahlte etwas Himmlisches aus, oder zumindest das, was die Buben für überirdisch hielten. Dennoch wirkten sie allesamt sonderbar deplaziert in dem baufälligen Gebäude. Die Ansammlung von Heiligen und Abbildern von Kirchenfürsten erschreckte und faszinierte die Kinder gleichermaßen.
„Nicht langsamer werden!"

Anselm trieb zur Eile an. Der hölzerne Gang ging über in ein Rundbogengewölbe aus hellem Stubensandstein. Überhaupt wirkte dieser Teil des Gebäudes viel freundlicher und der penetrante Geruch war einem angenehm aromatischen Duft gewichen.
Vor einer Tür mit geschmiedeten Eisenbeschlägen blieb Anselm stehen und öffnete vorsichtig den rechten Flügel. Geräuschlos schwang das schwere Türblatt auf und gab den Blick in das Refektorium frei. Anselm schob die beiden Knaben in den Raum. Rotmund und Werner traten nervös von einem Bein auf das andere und wagten es nicht aufzublicken. Ständig fuhren sie sich mit der Hand über die glattrasierte, weiße Kopfhaut, welche stark zu jucken begonnen hatte. An zwei langen Tafeln saßen die Brüder und Schüler von St. Peter und Paul in den Weiden und lauschten dem eintönigen Gesang eines Vorbeters. Dieser stand erhöht über den Köpfen der Anwesenden in einem hölzernen Erker, welcher nach draußen von einem länglichen Fenster begrenzt war. Auf ein unbestimmtes Zeichen hin fielen alle Anwesenden in den Lobpreis mit ein und sangen kurze Verse in einer fremden Sprache.
Werner und Rotmund verstanden kein Wort von all dem und schielten abwechselnd zu den Tischen und dann wieder zu Anselm hin. Der stand in tiefer Versenkung mit geschlossenen Augen hinter ihnen und schien sie völlig vergessen zu haben. Es wirkte alles schon sehr ungewöhnlich auf die beiden Knaben und ihre tiefe Beklommenheit wollte einfach nicht weichen. Rotmund lenkte sich ab, indem er das Refektorium mit den Augen durchwanderte. Mehrere Steinsäulen unterteilten den Raum in drei Bereiche. Die Säulen wirkten alle sehr verschieden. Da gab es einfache, glatte Ausführungen, welche auf stämmigen Sockeln ruhten. Ganz besonders anziehend für Rotmund waren die in sich gewundenen Säulen.

Am oberen Ende tummelte sich eine ganze Schar von Engeln mit Flügeln und Schreckgestalten mit aufgerissenen Mäulern. Nach der linken Seite hin endete das runde Gewölbe des Raumes und ging in eine hölzerne Wand über.
Inzwischen war die Andacht vorüber und es entstand Bewegung an den Tischen. Anselm schob die Buben vor sich her und geleitete sie zu zwei freien Plätzen auf einer der Holzbänke. Für die Greise unter den Mönchen hatte man einfache Rückenlehnen an den stabilen Sitzflächen befestigt. So waren drei Generationen an den Tafeln versammelt. Rotmunds erste Wahrnehmung bei Tisch waren die verschiedenartigen Hände der Anwesenden. Er sah derbe breite Handflächen mit all den Spuren, wie sie die Feldarbeit hinterlassen hatten. Andere Hände mit langen weißen Fingern und einer zerbrechlich wirkenden Haut, unter welcher blaue Adern hervortraten. Und schließlich viele Kinderhände, welche ungeduldig in Bewegung auf Nahrung zu warten schienen. Seine eigenen Hände hielt er noch verborgen unter dem Tisch. Es roch nach gekochtem Gerstenbrei. Rotmund verspürte großen Hunger.
Ein unsichtbarer Ruck ging durch die Tischgemeinschaft, als ein dicklicher Mönch, begleitet von zwei Schülern, in einer Pforte erschien. Unter offensichtlicher Anstrengung überreichte er den Schülern einen dampfenden Kessel. Die nahmen das schwere Gefäß links und rechts beim Henkel und strebten leicht gebückt der Tafel zu. Inzwischen hatte der Dicke einen riesenhaften Schöpflöffel aus Holz zum Vorschein gebracht, welchen er gewissenhaft und behende an seiner Kutte ausrieb. Einer nach dem anderen zog eine Schale unter der Kutte hervor, wenn er an der Reihe war und erhielt demütig eine Ration. Dies alles geschah schweigend. Nur der leiernde Vortrag des Rezitators vermischte sich mit den natürlichen Geräuschen der Nahrungsaufnahme. Als Werner und Rotmund an der Reihe waren, brachte der

nun schwitzende Mönch mit dem freundlichen runden Gesicht zwei Schalen samt Löffel zum Vorschein. Wortlos füllte er die Behältnisse zur Hälfte und stellte sie auf der Tischplatte vor den Knaben ab. Der Brei war heiß und schmeckte leicht salzig, aber er war nicht angebrannt, wie es auf dem Weilerhof oft der Fall gewesen war. Danach gab es ein halbrundes Brot, in der glühenden Asche gebacken, für jeden der Schüler. Rotmund brach die knusprige Kruste auf und begann zu essen. Ganz in sich gekehrt, formte er aus dem weichen Inneren einen winzigen Hasen mit zwei langen Löffelohren und stellte ihn auf den Tisch. Werner grinste ihm entgegen. Als Rotmund es wagte, einen Blick über den Tisch zu riskieren, bemerkte er die Anteilnahme seiner zukünftigen Mitschüler. In wenigen Augenblicken saßen an verschiedenen Stellen der Tafel kleine Figuren aus Brotteig. Man konnte sich auch ohne Worte ganz gut verständigen. Einer der Mönche räusperte sich unüberhörbar und hüstelte in seine geschlossene Faust. Im nächsten Augenblick verschwanden viele der Machwerke in den Kindermündern. Rotmund verlor langsam seine Scheu und beobachtete seinerseits die Tischgemeinschaft. Immer noch wurde kein Wort gesprochen. Nur das monotone Leiern des Vorlesers hallte von der Decke und den Wänden. Er sah von einem zum anderen, aber der gute Roland schien nicht mit bei Tisch zu sitzen. Rotmund atmete tief ein und aus und ein leiser Seufzer drang aus seinem Inneren.

Doch keiner beachtete seine Regung, denn just in diesem Moment erklang vom Kirchturm her ein leiser feiner Ton, welcher sich dreimal wiederholte. Der Vorleser begann mit dünner Stimme eine monotone Melodie zu singen. Alle wiederholten den Vortrag und erhoben sich dann von ihren Plätzen. Nun schienen sie plötzlich ihre Stimmen wiedergefunden zu haben. Eine angeregte Unterhaltung entstand, während die Reste der Mahlzeit sorgsam beseitigt wurden und jeder sein Eßgeschirr bei sich verstaute. Anselm tauchte wieder bei den Neu-

lingen auf, in seinem Gefolge ein hochgewachsener Junge von etwa vierzehn Jahren. Rotmund war er schon durch sein herablassendes Grinsen am anderen Ende der Tafel aufgefallen. Er trug dieselbe graue Kutte, wie alle anderen Schüler. Zahllose Sommersprossen zierten sein Gesicht. Ein orangeroter Flaum auf seinem Kopf verriet seine Haarfarbe. Wimpern und Augenbrauen waren nahezu weiß und ließen den Jungen viel älter wirken. Anselm ergriff das Wort:
„Edmund wird euch alles weitere erklären."
Dann entfernte er sich zügig und gesellte sich zu den anderen Brüdern, welche in angeregter Unterhaltung umher standen.
„Ich zeige euch, wo ihr schlafen werdet, wartet hier kurz."
Edmunds Kehlkopf überschlug sich aberwitzig als Folge des Stimmbruches, dann ging er zu einer kleinen Schar von Jungen an der Tür. Rotmund sah dem dicklichen Mönch beim Reinigen der Tischplatte zu. Die Mönche waren nun allesamt aus dem Saal verschwunden und eilten zur Kirche. Auch die Schüler hatten die strenge Verpflichtung, an den Gebeten teil zu nehmen. Dennoch nutzten sie jede Gelegenheit, um die wenigen freien Momente auszukosten. Bis jetzt war es noch keinem Schüler gelungen, sich unentdeckt um die Gottesdienste zu drücken. Anselm hatte so etwas wie einen sechsten Sinn entwickelt, wenn es darum ging, seine Schafe beieinander zu halten. Der kurze Moment nach dem Essen war stets willkommen, um wichtige Dinge abzuwickeln. Bis die Geistlichen sich in der Kirche eingefunden hatten, verging meist eine Weile. Dann war es höchste Zeit, durch die Seitenpforte zu huschen, bevor sie mit einem Riegel verschlossen wurde. Ärgerlich war es, als Ministrant eingeteilt zu sein. Das hieß dann, eine Woche keine Zeit für private Dinge, denn dann gab es viel zu tun. Ein freundlicher Junge mit Augen wie dunkle Kirschen gesellte sich zu Werner und Rotmund.

„Hallo, ich bin der Thomas. Ist wohl alles ziemlich aufregend für euch beiden."
Kaum hatte er die ersten Sätze zu Ende geführt, als Edmund wieder auftauchte und seine Stimme erhob.
„Wer hat dir erlaubt, mit den Neuen zu reden, Dachsgesicht?"
Sein Kehlkopf überschlug sich dabei mehrmals häßlich. Edmunds kleine Augen glitzerten angriffslustig. Sofort trat Thomas einen Schritt zurück. Edmund baute sich vor ihm auf und rief in die Runde:
„Heute ist Zahltag!"
Schlagartig wurde es wieder ruhig und einige der Jungen kramten mißmutig in ihren Kutten. Andere warfen sich ängstliche Blicke zu, wohl weil sie nichts mehr hatten, was sie abgeben konnten. Ein dicker Knabe mit kleinen Pockennarben auf dem Kopf bemerkte ärgerlich:
„Verzeihung bitte, aber wir haben doch erst vorgestern bezahlt."
Edmund wurde noch lauter.
„Bezahlt wird, wann immer es mir einfällt!"
Dann sah er kurz in Richtung der Neulinge und schlug, ohne hinzusehen, nach rechts dem Dicken seine geballte Faust in die Magengrube. Lautlos krümmte sich der Junge zusammen und rang nach Luft. Es war nun wieder ganz still geworden. Edmund lachte blechern nach links und rechts. Mehrere seiner Mitstreiter fanden die Szene nun ebenfalls amüsant. Rotmund half dem Dicken hoch und blieb an seiner Seite. Darauf hatte Edmund gewartet.
„He da, Bauerngesindel! Was könnt ihr bezahlen?"
Er hatte sich in voller Größe mit verschränkten Armen neben der Tafel aufgebaut. Es dauerte einen Moment, bis Werner und Rotmund begriffen, daß die Frage an sie beide gerichtet war. Die Brüder sahen sich an und Werner zwinkerte nur kurz. Dann machte er wenige Schritte auf Edmund zu, bis er genau vor ihm stand. Der saß inzwischen selbstbewußt inmitten seiner Kumpane. Viele der jüngeren

Schüler dachten mit Schrecken an die eigene erste Begegnung mit dem brutalen Eintreiber zurück. Werner sah dem Anführer direkt ins Gesicht. Der war mindestens zwei Kopf größer als der drahtige Werner und nun im Sitzen etwa auf gleicher Augenhöhe. Edmund forderte mit einer eindeutigen Handbewegung Bezahlung. Rotmund sah, wie sein Bruder zu erklären versuchte, daß sie nichts mehr besaßen. Doch Edmund stieß Werner den Finger auf die Brust und spuckte verächtlich auf den Boden. Die jüngeren Schüler wandten sich beschämt ab, sie wollten nicht mit ansehen, was nun kommen würde. Edmund war ein gemeiner Schläger und ließ keine Gelegenheit aus, sich an Schwächere zu vergreifen. Rotmund wollte seinem Bruder beistehen, doch Werners Faust schoß pfeilschnell geradewegs nach vorne. Dort traf sie Edmunds Nase genau an der empfindlichsten Stelle. Ein häßliches Knacksen war zu hören und der hochgewachsene Junge fiel hinterrücks von der Bank, wie vom Blitz gefällt. Werner rieb sich beiläufig die Faust und gesellte sich dann zufrieden zu seinem Bruder.
„Er hat angefangen", sagte er seelenruhig. Rotmund lächelte still. Ein Raunen ging durch die Menge. Zwei Anhänger Edmunds knieten neben ihrem betäubten Wortführer. So etwas hatte es noch nie gegeben. Edmund war noch immer benommen, aber wieder auf den Beinen. Bevor er den Saal verließ, trat er erbost mit dem Fuß gegen die Bank. Samt seiner Anhängerschaft verließ er unter hämischem Gelächter den Ort der Schmach.
Plötzlich waren Werner und Rotmund umringt von freudig erregten Mitschülern, welche wild auf sie einredeten. Der Dicke mit den Pokkennarben schüttelte Werner unablässig die Hand. Im Kreuzgang nahmen sie ihre neuen Helden in die Mitte und eilten zur Messe. Rotmund ahnte schon das Unheil, als Anselm wie ein Schatten am Nebeneingang auftauchte. Er stand einfach nur da, als wäre er aus dem Boden gewachsen und verschmolz beinahe mit dem alten Ge-

mäuer. Alle hatten es jetzt sehr eilig und schoben sich an der Autorität verkündenden Gestalt vorbei in das Innere der Kirche. Im Vorbeigehen kontrollierte er gewissenhaft jeden einzelnen. Wer keine sauberen Hände hatte, wurde zum Brunnen geschickt. Dort lagen mehrere Wurzelbürsten beim eiskalten Wasser. Wer sich dann nicht sputete, stand vor verschlossener Kirchtür. Anselm erteilte dann Bußen für die Sünder nach seinem Ermessen. Die Bestrafungen reichten vom stundenlangen Knien auf dem harten Steinboden bis hin zum Essensentzug. Es war schon vorgekommen, daß einzelnen Missetätern mehrere Tage lang die Nahrung vorenthalten wurde. Erst auf das Drängen des Archidiakons hatte Anselm die Buße auf einen Tag begrenzt.

Das Licht im Gang fiel durch ein winziges Fenster, genau auf das Gesicht des Mönches und verlieh seinen Zügen eine unnachgiebige Härte. Die Art, wie er mit den Augen alles zu durchbohren schien, bereitete Rotmund großes Unbehagen. Rotmund und Werner zeigten willig ihre Hände. Bestimmt waren die noch nie so sauber gewesen wie am heutigen Tag, aber Anselm verwehrte den beiden den Eintritt. Dann verschwand er durch die Pforte und schob von innen geräuschvoll einen Riegel vor. Rotmund schoß vor Verlegenheit die Röte ins Gesicht. „Das fängt ja gut an. Ich glaube, der mag uns nicht besonders."

Werner zog die Schultern hoch und schwieg einen Moment, bevor er antwortete: „Ich mag ihn auch nicht."

8

Anselm überreichte den beiden je eine Bürste und ein kleines Bündel Seifenkrautwurzeln. Voller Skepsis betrachtete Werner die spärlichen Borsten an seinem Arbeitsgerät, welche auch noch in jämmerlichen Krümmungen nach außen gebogen waren. Damit konnte man höchstens noch Fliegen verjagen. Die Messe war vorüber und mit gesenktem Köpfen nahmen Rotmund und Werner ihre Buße entgegen. Ein spindeldürrer Schüler, Adam war sein Name, nahm ebenfalls seine Bestrafung entgegen. Er war am gestrigen Tage zu spät von der Feldarbeit zurückgekehrt und dann überhaupt nicht zum Gebet erschienen. Heute hatte ihn Anselm gleich zweimal zum Brunnen geschickt, um sich zu waschen. Teilnahmslos nahm er die Buße entgegen: Zwei Stunden knien mit Exerzitien und einen Tag fasten. Rotmund und Werner wußten nicht recht, was Exerzitien waren, aber es klang sehr unangenehm.

„Ihr beiden kommt mit mir."

Die beiden Knaben folgten Anselm durch Gänge und zwei schmale Treppen. In einem langgezogenen Raum machte er halt. Entlang der südöstlichen Außenfassade verlief eine Steinstufe in Sitzhöhe. Die Quader aus Stubensandstein waren teilweise behauen und mit Blattornamenten versehen. Ihre wahllose Schichtung verriet, daß sie wohl für einen anderen Zweck in der Vergangenheit gedient hatten. Zwischen Steinstufe und Außenmauer verlief eine Rinne schräg nach unten. Dort führte eine Öffnung direkt durch das Fachwerk ins Freie. Über einen Schieber war es möglich, die Rinne mit Wasser zu fluten. Ein schmaler Kanal direkt an der Außenmauer machte es möglich. Die Wände waren feucht und es stank nach Moder und Fäkalien.

So eine Einrichtung hatten die Jungen noch nie gesehen und sie fragten sich, warum man in St. Peter nicht einfach aufs Feld ging, um sich zu erleichtern. Dort tat der Dung seinen Zweck. Anselm zog sich zurück und überließ die beiden ihrer Strafarbeit. Mit großem Eifer begannen sie nun, die Überreste der verdauten Mahlzeiten zu entfernen. Am meisten Spaß machte es, das Wasser durch die Rinne zu jagen. Unter Gejohle wurde die Latrine unter Wasser gesetzt, bis das kalte Bachwasser knöcheltief auf dem Boden umherschwappte. Solche Strafarbeiten waren genau das Richtige für Rotmund und Werner. So hätte die Buße wirklich zu einem vergnüglichen Nachmittag werden können, wäre Werner nicht auf die glorreiche Idee gekommen, unbedingt auch die Außenmauer abschrubben zu müssen. Zu diesem Vorhaben zwängte er sich, die Beine voraus, durch die schmale Öffnung in der Wand. Womit er nicht gerechnet hatte, war die Tatsache, daß die Öffnung auf der anderen Seite hoch über dem Erdboden lag. Hier stürzte das Wasser mehrere Meter in die Tiefe. Seine Beine zogen ihn aufgrund der Schwerkraft so unglücklich in das enge Loch, daß er steckenblieb. Werners Kutte hatte sich weit hochgeschoben, so daß er wie ein Korken in der Flasche festsaß. Zu allem Unglück ließ sich der Schieber des Zulaufes nicht mehr vollständig abdichten. Trotz Rotmunds Bemühungen lief das eiskalte Wasser stetig nach und überschwemmte bald den gesamten Fußboden. Werner befand sich in einer mißlichen Lage. Rotmund tat sein bestes, aber es gelang ihm nicht, Werner zurück zu ziehen.
„Ich muß es von draußen versuchen! So geht das nicht! Hör mir gut zu. Ich hole dich von der anderen Seite raus!"
Werner nickte mit angsterfüllten Augen. Das Wasser hinterließ schon einen dunklen Rand an der Mauer, welcher sich beständig nach oben bewegte. So schnell er es vermochte, rannte Rotmund los, um seinem Bruder zu helfen. Zu allem Unglück verlor er die Orientierung und

kam durch Gänge und über Stiegen, die er noch nicht kannte. Aber schließlich zwängte er sich durch ein kleines Fenster und gelangte in den Innenhof. Trotz eines schmerzhaften Seitenstechens rannte er durch das Haupttor aus dem Kirchhof. Keuchend suchte er die langgezogenen Fassaden rings um die Anlage mit den Augen ab. Endlich erkannte er an einer der Mauern die weißen Beine seines Bruders, welche aberwitzig in der Luft ruderten. Ohne zu zögern, rannte er auf die steil aufragende Grundmauer zu und versank sofort bis an die Brust im Morast. Mit größter Mühe rettete sich Rotmund zum Stamm einer Weide, indem er sich an den langen Zweigen hochzog. Die gedämpften Schreie Werners trieben ihn an. Mit äußerster Anstrengung schaffte er es, einen dickeren Ast zu erreichen.

„Bitte Gott hilf mir!" schrie er in höchster Bedrängnis. Ast um Ast der biegsamen Weide brachten ihn höher hinauf. Schließlich gelang es Rotmund, auf ein gemauertes Gesims in der Fassade zu steigen. Nach wenigen Augenblicken war er endlich soweit, daß er Werners Beine greifen konnte. Schlaff und kalt hingen diese bereits reglos nach unten. Er zerrte nach Kräften, aber nichts rührte sich. Mit verzweifelter Entschlossenheit setzte Rotmund sein ganzes Körpergewicht ein, um den Bruder vor dem Ertrinken zu retten. Hoch in der Wand baumelte er nun an dessen Beinen. Erst langsam und dann mit einem schmatzenden Geräusch zog es Werner durch den Spalt. Der freie Fall war kurz und der Aufprall weich. Schwarzer Morast schlug über ihnen zusammen. Wenig später saßen Rotmund und Werner am Ufer der Kloake und lachten leise. Stinkender Schlamm bedeckte sie von oben bis unten, aber sie waren am Leben. Erschöpft genossen sie die Sonne, welche bereits flach am Horizont in ein Wolkenband eintauchte.

„Wir müssen wieder in den Hof und an den Brunnen. Der Anselm schlägt uns tot, wenn er sieht, was aus den neuen Gewändern geworden ist."

Rotmund war in Sorge, denn die einstmals grauen Kutten waren nun augenscheinlich verschmutzt und verströmten ein unerhörtes Aroma. So schlichen die zwei Knaben möglichst unauffällig bis hin zum Haupteingang. Dabei kam ihnen zugute, daß viele Gläubige aus der Stadt zur heiligen Messe strömten. Schon in einiger Entfernung zogen unsichtbare Schwaden von Weihrauchduft aus silbernen Räucherkesseln über den Kirchhof, schließlich war Feiertag. Das lenkte ein wenig von den Ausdünstungen der Unglücklichen ab. Unbehelligt erreichten sie den Brunnentrog und reinigten sich notdürftig.

Als schließlich die Gebetsglocke ertönte, huschten sie durch den Nebeneingang in die Kirche. Dabei stießen sie beinahe mit den Zelebranten zusammen, welche soeben feierlich im Gefolge des Archidiakons zum Altar wanderten. Der silberne Weihrauchkessel verfehlte nur knapp Rotmunds Kopf, als er an einem langen Seil nach hinten durch das Kirchenschiff schwang. Drei Zelebranten waren damit beschäftigt, den silbernen Kessel wie ein Pendel vor und zurück zu dirigieren. Durch den Fahrtwind entfachte sich das glimmende Harz. Ganz eingehüllt in Schwaden des Wohlgeruches fanden die beiden schließlich Platz unter der Vierung. Der feierliche Einzug endete mit dem hellen Klang einer Zimbel. Die Schülerschar war nun komplett versammelt, bis auf drei Jungen, welche erkrankt im Siechhaus lagen.

Rotmund war überwältigt von dem riesigen Innenraum der Kirche. Jedes Geräusch schien sich um ein Vielfaches zu verstärken und erhielt einen langen Nachhall. Durch wenige Rundbogenfenster fielen sanfte Inseln aus farbigem Licht auf den peinlich sauberen Steinboden von oben herab. Dies war wahrhaftig „Gottes Haus", wie der Vater die Kirche in seinen Erzählungen bezeichnet hatte. Im vorderen Teil war die Lichtfülle auf den Altarbereich begrenzt. Dort stand ein aufwendig geschnitzter Kasten mit zwei aufgeklappten Seitenteilen. Auf diesen strahlten prächtige Darstellungen in leuchtenden Farben.

Doch Rotmund und Werner wußten weder von Kreuzigung noch Auferstehung Christi und so blieb ihnen der Inhalt der Bilder ein Rätsel. Noch rätselhafter war allerdings, was sich vor dem Altar abspielte. Einer der Zelebranten küßte soeben das Evangeliar, welches der Archidiakon in den Händen hielt. Dieses wertvolle Buch war in einen verschließbaren Deckel aus Gold gehüllt. Lichtreflexe tanzten auf dem Boden und in den Gesichtern. Ein weiterer Zelebrant trug einen schweren Leuchter, welchen er unter zahlreichen Verbeugungen neben dem Altar abstellte. Der Weihrauchkessel schwang wieder in ausladenden Flugbahnen durch den Altarbereich und zog eine dichte Rauchwolke hinter sich her. Von den Gläubigen war leider nicht viel zu sehen. Nur ab und zu hörte man ein Husten oder Schneuzen, welches von deren Anwesenheit zeugte. Der Raum war durch einen hölzernen Sichtschutz abgetrennt. Dann endlich begann der Archidiakon zu predigen. So sehr sich Rotmund und Werner auch bemühten. Sie verstanden kein Wort.
„Er redet in einer fremden Sprache", flüsterte Werner Rotmund zu.
Gebet und Lesungen wechselten sich ab mit eintönigen Gesängen, welche die Gemeinde mit dünner Stimme beantwortete. Zunächst bemerkten nur die Schüler in ihrer unmittelbaren Nähe einen zunehmend strengen Geruch, welcher sich rasch gegen den herben Weihrauchduft behauptete. Dann begannen auch die Zelebranten vereinzelt die Nase zu rümpfen. Irritiert versuchten sie die Quelle des Ungemaches zu entdecken. Es war schon vorgekommen, daß einer der Schüler während der langen Feiertagsmessen in höchster Not eine kleine Pfütze hinterlassen hatte. Doch diese Ausdünstungen wiesen eindeutig auf größere Verrichtungen hin. So war es nur natürlich, daß die Schüler auf Abstand zu Rotmund und Werner gingen. Die beiden stanken wie ein mit Jauche gedüngtes Roggenfeld.

Es war wiederum Anselm, welcher die Situation klärte. Entschlossen teilte er die Menge und trat hinter die Verursacher. Die Finger seiner Hände legten sich wie Schraubstöcke um die Ohrmuscheln der beiden unwürdigen Neulinge. Ohne einen Klagelaut, aber mit vor Schmerz verzerrten Gesichtern, führte er die Sünder aus dem heiligen Dunstkreis. Dabei versuchte er möglichst viel Raum zwischen sich und die stinkenden Knaben zu bringen. Rotmund und Werner erlebten die Reinigungsprozedur zum dritten Mal an diesem Tage, anstatt am Abendessen teilzuhaben. Nachdem die Glocke abermals zum Nachtgebet in die Kirche gerufen hatte, begann das hohe Silentium.

9

Im Schlafsaal der Schüler regte sich etwas. Neugierige Mäuse saßen aufgeregt auf den Hinterbeinen neben angefressenen Strohsäcken und lauschten mit dunklen Knopfaugen und vibrierenden Barthaaren. Als der erste Schüler durch die Bodenluke stieg, huschten sie in alle Richtungen davon. Der Junge angelte nach den gefüllten Säcken, welche hier auf dem zweiten Oberboden lagerten, und zog sie nach unten. Vorsichtig stieg er auf der senkrechten Leiter wieder nach unten. Die Neuen sollten schließlich eine Schlafunterlage bekommen. Normalerweise war es Aufgabe der Neulinge, sich ihren Nesselsack selbst mit Stroh zu füllen, aber in diesem Fall war es etwas anderes. Thomas erinnerte sich an seine eigene Ankunft in der Kirchschule vor einem Jahr. Wer einmal durch Anselms Waschbottich gegangen war, kannte das Leben. Immer noch zornig über die erfahrene Schmach, warf Thomas die beiden Säcke durch die Luke des ersten Oberbodens auf der anderen Seite des Giebels. Als er den Schlafsaal erreichte, stand Edmund bereits mit verschränkten Armen in der Tür.
„Kannst es wohl nicht erwarten, den Neuen deine Aufwartung zu machen."
Sein Kehlkopf überschlug sich gehässig.
„Warum kannst du mich nicht einfach in Ruhe lassen?"
Thomas war rot angelaufen und zwängte sich an Edmund vorbei in den Schlafsaal. Endlich traute er sich gegen den selbsternannten Anführer aufzulehnen. Edmund war nicht unverwundbar, das hatte die Szene nach dem Morgenmahl gezeigt. Jetzt setzte er seine Hoffnung auf die beiden mutigen Neuen.

Thomas schob zwei Strohsäcke unter die Dachschräge neben seinen Schlafplatz und erwartete die Ankunft der Tageshelden. Es war ein jämmerlicher Anblick. Durch die Türe des Schlafsaales traten zwei bedauernswürdige Wesen, welchen sichtbar die Folgen der Reinigungsprozedur ins Gesicht geschrieben stand. Wurzelbürste und Seife hatten abwechselnd die gesamte Hautoberfläche in rote und weiße Bereiche verwandelt. Anselms Reinigungszeremonie schien alles ausgelöscht zu haben, was an ihr vergangenes Dasein erinnerte. Übergangsweise trugen sie zwei ausgediente Sackgewänder, welche nur Öffnungen für den Kopf, Arme und Beine besaßen und die Lächerlichkeit ihres Anblickes vollständig machten. Ihre entweihten Kutten hingen zum Trocknen über einem Holzstapel im Kirchhof.
Der erniedrigende Einzug in den Schlafsaal der Schüler stieß auf geteiltes Interesse. Rotmund und Werner hätten sich am liebsten verkrochen. Linkisch liefen sie in der Mitte zwischen den Schlafstätten hindurch und hielten Ausschau nach einem geeigneten Schlafplatz. Thomas fuchtelte wie wild mit den Armen, um die beiden in die hinterste Ecke des langgezogenen Raumes zu lotsen. Edmund und seine Anhänger beobachteten das Treiben aus dem Dunkeln der Dachschräge heraus und fuhren dann fort, ihre Einnahmen untereinander zu verteilen. Eigentlich war es nicht erlaubt, während des hohen Silentiums zu reden, aber das scherte niemand. Jetzt war Zeit für die Schüler, sich auszutauschen. Offenes Licht oder gar Feuer war streng verboten. Bevor das Tageslicht langsam schwand, war noch Zeit für Austausch und Begegnungen. Im Winter verbrachten sie die Zeit im Schlafraum meist in völliger Dunkelheit. Aber daran hatten die Jungen sich gewöhnt. Jetzt wurden die Ereignisse des Tages erörtert und allerlei geschmuggelte Leckereien verzehrt, was natürlich streng verboten war. Ebenso streng verboten war es, zusammen auf einem Lager zu schlafen.

Aber keiner der Geistlichen wollte ständig Nachtaufsicht führen. So war der Schlafsaal eine Art privater Freiraum für die Schülerschaft. Hier wurden Freundschaften geschlossen, aber auch Kämpfe ausgetragen. Rotmund und Werner waren inzwischen an der Rückwand angekommen. Sie blickten im schwindenden Licht auf zwei lange Reihen von Strohsäcken unter der Schräge des Dachstuhles. Über ihren Köpfen knarzten die Holzplanken und unter ihren Füßen ächzten die Dielen bei jedem Schritt. Scharrende Geräusche und gelegentliches Meckern drang vom Stall herauf, fast wie zu Hause auf dem Weilerhof. Die Nähe der Ziegen gab ihnen etwas Sicherheit in der vollkommen fremden Umgebung der Kirchschule. Stallgeruch zog durch die Schlitze im Boden, geradewegs bis hoch durch das mit flachen Schieferplatten gedeckte Dach. Rotmund und Werner nahmen dankbar die Strohsäcke entgegen, welche ihnen Thomas freudestrahlend überreichte.
„Wenn ihr noch mehr Stroh zum Stopfen braucht, ich weiß, wo es welches gibt."
Erschöpft ließen sich die Brüder auf ihren neuen Betten nieder. Thomas flüsterte jetzt leise:
„Der Wind pfeift oft schaurig durch das Dachgebälk. Wirklich unheimlich!"
Dunkle Augenringe und ein matter Glanz in den großen braunen Augen ließen Thomas älter erscheinen als er war.
„Edmund behauptet Dämonen reiten auf dem Dachfirst in der Nacht, mit feurigen Augen und scheußlichem Gebrüll. Er schwört, selbst einen gesehen zu haben."
Werner bemerkte skeptisch:
„Wahrscheinlich hat er am Abend zu viel Linsen gegessen und hat dann schlecht geträumt."

Rotmund lächelte und griff in sein Sackgewand. Seine Hand kam mit einigen Zwetschgen zum Vorschein. Großzügig verteilte er die vollreifen Früchte. Thomas rollte mit den Augen.
„Hast du die etwa gemaust?"
Rotmund nickte arglos.
„Wenn dich der Anselm erwischt, läßt er dich Donaten abschreiben, bis du blutige Finger bekommst. Sei bloß vorsichtig. Du weißt nicht, wie gemein der sein kann."
Und ob Rotmund das wußte. Was aber Donaten abschreiben anbetraf, hatte er keine genaue Vorstellung. Wahrscheinlich wieder eine ähnliche Bestrafung wie Wurzelbürste und Seife.
Langsam senkte sich die Nacht über St. Peter und Paul. Im Schlafsaal wurde es leiser. In den Nischen und regelmäßigen Unterteilungen der langen Dachkammer kehrte langsam Ruhe ein. Die Gespräche erstarben. Nur noch wenige lagen wach. Rotmund betrachtete die stabilen Eichenbalken, welche die Dachlast trugen. Auch Werner lag noch lange wach mit verschränkten Armen im Nacken und grübelte in Gedanken. Der Tag war ereignisreich gewesen und die neue Umgebung fremd. Dann fielen die Brüder in einen unruhigen Schlaf.
Rotmund hatte einen lebhaften Traum. Er saß in der Astgabel eines Baumes und betrachtete die finstere Gegend ohne Konturen. Es war Nacht und Sterne funkelten wie Glühwürmchen am Horizont. Eine riesige Mondscheibe war die einzige Beleuchtung am Himmel. In ihrem fahlen Licht flog ein Vogel direkt auf Rotmund zu und setzte sich auf einen Ast in seiner Nähe. Rotmund sah jede Kleinigkeit im Antlitz der Eule. Sie drehte ihren Kopf in seine Richtung. Ihre Augen fixierten ihn sanft. Als die Eule ihren Schnabel bewegte und zu sprechen begann, war das nicht ungewöhnlich. Sprechende Tiere fanden sich oft in Rotmunds Träumen.

„Hüte dich vor dem schwarzen Hund! Warte auf mein Zeichen, es soll dich beschützen!"
Meistens sprachen die Vögel in Rotmunds Träumen über belanglose Dinge. Zum Beispiel wo es besonders leckere Futterplätze gab oder wann der beste Zeitpunkt war, ins Winterquartier zu fliegen. Er hatte sie eigentlich immer nur belauscht. Daß ein Vogel ihn direkt im Traum ansprach, war neu. Rotmund erinnerte sich an die Worte und versuchte sie so bis zum Aufwachen zu retten. Da veränderte sich die Traumszene. Es war nun Tag und er blickte von seinem Sitzplatz auf dem Baum aus über das verwüstete Land. Rotmund stieg von seinem Ansitz und irrte suchend durch die Einöde. Aber alles Leben schien ausgelöscht zu sein. Endlose Sandflächen breiteten sich vor ihm aus und der Boden unter seinen Füßen schien zu glühen. Die Sonne brannte wie ein gewaltiges Feuer am Himmel auf eine ausgestorbene Erde nieder. Rotmund wurde von einer schmerzlichen Einsamkeit ergriffen, wie er sie noch nie zuvor empfunden hatte. Heftiges Schluchzen ganz in seiner Nähe riß ihn aus seinen Gefühlen. Als er zurückblickte, entdeckte er eine zusammengekauerte Gestalt am Boden, dann erwachte er. Rotmunds Gesicht war vollkommen naß. Der Traum war so lebendig gewesen, daß er zunächst nicht begriff, wo er sich eigentlich befand. Jetzt bemerkte er die Regentropfen, welche ihm stetig ins Gesicht fielen. Ein Schauer ging rauschend auf das Gebäude nieder. Noch war es dunkel und es herrschte Ruhe im Schlafsaal. Werner zu seiner Rechten wälzte sich heftig stöhnend auf seinem Strohsack. Vorsichtig berührte Rotmund den Schlafenden am Arm. Augenblicklich beruhigte sich Werner wieder und atmete gleichmäßig. In der Dunkelheit ertastete Rotmund die Unterseite des Daches über seinem Kopf. Mit einer Hand voll Stroh dichtete er das kleine Leck zwischen den Schieferplatten ab. Das Rauschen des Regens verstärkte sich noch und Rotmund war froh, im Trockenen zu liegen.

Er fühlte sich wohlig geborgen und schlief endlich wieder ein. Um fünf Uhr in der Frühe war die Nachtruhe vorüber. Der Mönch, welcher am vorigen Tag das Essen serviert hatte, lief mit einer Triangel aus rostigem Eisen durch den Schlafsaal und erzeugte einen unglaublichen Lärm. Dann zog er eine Ratsche aus Holz hervor, lang wie sein Unterarm, und schleuderte das Instrument wirbelnd um seine Achse. So hätte er wohl auch Tote zum Leben erwecken können. Die Schüler jedenfalls saßen in ihren Betten oder hatten bereits schon Sekunden vor dem Erscheinen des Peinigers die Finger in die Ohren gesteckt.
„Wenn der so weitermacht, sind wir alle bald ohne Gehör", beschwerte sich Thomas und rieb sich benommen den Schlaf aus den Augen. Der taubstumme Mönch mit dem runden Gesicht hatte vor Eifer und Spielfreude rote Wangen bekommen. Seine Tonsur war frisch rasiert und kreisrund wie mit dem Zirkel gezogen. Keiner der Jungen lag mehr auf seinem Strohlager. Rotmund fühlte sich erfrischt und ausgeschlafen und war gespannt, was der erste Tag in der Schule wohl bringen würde. Werner hatte inzwischen seine Bettnachbarn kennengelernt, zwei schmächtige Jungen, welche einander glichen wie ein Ei dem anderen.
„Ich heiße Franz", nuschelte der eine.
„Und ich bin der Hans", fügte der andere hinzu.
„Das ist mein Bruder Rotmund, und ich heiße Werner."
Es war alles gesagt für den Moment. Noch bevor es hell wurde, strömten sie über die Holzstiege nach unten am Ziegenstall vorbei. Hier war Gelegenheit zum Pinkeln. Obwohl sie unablässig ermahnt wurden, die Latrine zu benutzen, war der Ziegenstall während der Nacht die Notlösung. Es war recht kühl an diesem Morgen und die Luft roch nach Stroh und Feldblumen. Über eine gewölbtes Portal gelangte die Schar schließlich wieder in den Kreuzgang.

Die Türe zum Refektorium stand weit offen und geschäftige Betriebsamkeit kündigte das Morgenmahl an. Anselm stand wie eine Heiligenfigur neben dem Eingang. Als Rotmund und Werner vorbeigehen wollten, versperrte er ihnen den Weg.
„Ihr werdet nicht essen, der Archidiakon möchte euch sehen!"
Thomas winkte seinen neuen Freunden still nach, als sie im Gefolge von Anselm den Gang entlang hasteten. Weder Rotmund noch Werner hatten je etwas von einem Archidiakon gehört. Jedenfalls klang es ziemlich wichtig und unangenehm. Ein flaues Gefühl in der Magengegend stellte sich ein. Als ihr schweigsamer Führer schnurstracks Richtung Kirche eilte, verstärkte sich die unangenehme Empfindung im Bauch. Durch ein niedriges Seitenportal gelangten sie zu einer Treppe, welche über drei Stufen in den Innenbereich des Anbaus führte. Anselm öffnete eine zweite Pforte und schwacher Weihrauchduft schlug ihnen entgegen. Die Sakristei war erfüllt vom farbigem Licht der Fenster. Hohe Regale lagen in dunklen Schatten verborgen. Eine Empfindung stiller Geborgenheit erfaßte die Jungen, aber gleichzeitig ein tiefes Unbehagen, da die tatsächlichen Ausmaße des Raumes nicht ersichtlich waren. Wer konnte wissen, was sich in den Schatten und finsteren Winkeln verbarg? Im farbigen Licht eines Fensters stand der gute Roland und blätterte in einem wertvollen Buch. In den Lichtkaskaden tanzten Staubteile. Als Anselm das Portal hinter ihnen schloß, stoben sie alle ruckartig auseinander. Nun waren sie allein mit der unnahbaren Lichtgestalt. Der Archidiakon machte keine Anstalten, Notiz von den beiden Jungen zu nehmen.
Rotmund und Werner hüpften von einem Bein auf das andere, denn der Mosaikboden war ziemlich kalt. Rotmund blickte auf die unregelmäßig angeordneten Felder des Bodenbelages. Nach langem Schweigen schloß Roland das schwere Buch und legte es auf einem hölzernen Stehpult ab. Dann sah er den Knaben direkt ins Gesicht.

„Was soll ich jetzt mit euch machen? Auf die Knie mit euch!"
Damit wies er mit dem Zeigefinger auf den Boden. Er war jetzt nicht mehr der gute Roland, sondern der Vertreter des Bischofs. Sie beeilten sich zu gehorchen und rutschten mit gesenktem Blick auf die Knie.
„Ich habe hier, Gott weiß es, andere Sorgen, als mich mit solch nichtigem Ungemach zu belasten! Ihr habt einem Mitschüler das Nasenbein gebrochen, wie ich höre. Am ersten Tag ohne nennenswerten Grund?"
Werner und Rotmund dachten gleichzeitig an den Vorfall im Speisesaal. Roland drehte ihnen den Rücken zu. Ein amüsiertes Leuchten huschte über seine Augen. Dann fuhr er in strengem Ton fort:
„So etwas hat es noch nicht gegeben in diesen Mauern! Seid ihr toll geworden? Und überhaupt: Zwei gegen einen! Bruder Anselm hat zu Recht gefordert, euch unverzüglich von der Schule zu entfernen."
Mit gesenktem Haupt erwarteten Rotmund und Werner den Schulverweis. Nach einer langen Pause erhob der Archidiakon seine Stimme:
„Ihr werdet bis auf Widerruf dem Unterricht und den Schülern fernbleiben. Tag und Nacht sollt ihr beim Vieh auf der Weide verbringen und im Siechhaus niedere Dienste verrichten."
Rotmund und Werner ließen das Urteil des gestrengen Mannes still über sich ergehen. Ein zentnerschwerer Stein fiel ihnen vom Herzen.
„Und jetzt begebt euch direkt zu Bruder Simon Lukas. Er erwartet euch schon."
Dann gab er ihnen mit einer Handbewegung zu verstehen, daß sie sich nun entfernen konnten. Mit roten Köpfen schlichen die beiden Knaben zur Türe. Die schwere Klinke aus polierter Bronze setzte das schwere Portal lautlos in Bewegung. Vorsichtig schoben sie den Türflügel hinter sich zu und blinzelten in die Sonne eines freundlichen Herbsttages. Der Archidiakon blieb noch in der Sakristei zurück.

Mit der rechten Hand befühlte er das wertvolle Buch mit Ornamenten aus feinstem Blattgold.

„Solche Bengel! Schlagen am ersten Tag den längsten Kerl geradewegs auf die Nase", murmelte er amüsiert in die Stille des Raumes und stellte das Buch zurück in eines der Regale.

10

„Wo ist denn nun das Siechhaus?"
Werner fragte nun schon zum dritten Mal, aber bekam wieder keine Antwort. Rotmund war ebenso unschlüssig, wohin sie sich nun wenden sollten. Zunächst war es eine Erleichterung gewesen, endlich wieder draußen unter freiem Himmel zu sein. Jetzt saßen sie schon eine Stunde im Kirchhof beim Brunnen, ohne daß irgendwer aufgetaucht wäre, um sie an die Stätte der Buße zu führen.
„Wir sollten jemanden fragen", schlug Rotmund vor. Auch das war unbefriedigend, denn es war keine Menschenseelen im Kirchhof unterwegs. Werner warf kleine Steine in den Brunnentrog. Rotmund stand entschlossen auf und begann sich interessiert umzusehen, ohne Erfolg. Schließlich, nach einer weiteren Stunde, kam Bewegung in den Kirchhof. Vom einzigen Zugang her näherte sich ein Ochsengespann in gemächlichem Tempo. Als der Wagen das Tor durchqueren wollte, gab es Probleme. Die Räder der Hinterachse hatten sich in den Spurrillen verkeilt und die Ochsen scharten vergeblich mit den Hufen, um den schweren Pritschenwagen vorwärts zu bewegen. Zwischen den Buchshecken, welche das Tor säumten, tauchte eine gedrungene Gestalt auf, um gleich wieder Drohungen ausstoßend hinter dem Wagen zu verschwinden. Lustlos zogen die Ochsen nochmals an, aber wieder vergeblich. Der Karren bewegte sich nicht mehr von der Stelle. Schließlich wurde es den Tieren zuviel und sie legten sich einfach unter die Toreinfahrt. Der Mönch stellte sich direkt vor die beiden Ochsen und begann mit verschränkten Armen auf sie ein zu reden. Rotmund und Werner beobachteten interessiert die Szene.

Die Statur des Mannes war dem eines Ochsen gar nicht so unähnlich. Sein massiger Oberkörper stand im Mißverhältnis zu den unteren Extremitäten. Rotmund sprang auf: „Komm, laß uns helfen! Das ist besser, als hier herum zu sitzen."
Werner folgte seinem Bruder erleichtert. Als der Mönch die beiden Knaben nahen sah, rief er ihnen erleichtert entgegen.
„Dem Himmel sei Dank! Zwei Schüler wollen den Pfad der Tugend beschreiben. Wie ihr seht, befinde ich mich in einer mißlichen Lage."
Bruder Simon Lukas strahlte über beide Backen, welche von kleinen violetten Blutgefäßen durchzogen waren. Eingerahmt von einem schwarzen Vollbart saß eine dicke Nase etwas schief in seinem gegerbten Gesicht. Das Riechorgan war tatsächlich enorm rot mit großen Poren und tiefen Ausbuchtungen.
„Habe es schon mindestens zehnmal gesagt: Eines Tages bleibt der Wagen auf der vermaledeiten Zufahrt stecken. Jetzt haben wir die Bescherung! Die beiden faulen Viecher wollen nicht mehr. Wenn wir nicht durch das Tor kommen, müssen wir eben unsere Toten auf dem Buckel zum jüngsten Gericht geleiten."
Rotmund und Werner standen jetzt direkt neben dem Karren und betrachteten neugierig die Ladung. Ordentlich gestapelt lagen dort längliche Bündel von grobem Tuch und allerlei Grünzeug in Weidenkörben.
„Wenn ihr erlaubt, mein Bruder kann ganz gut mit Ochsen umgehen", sagte Rotmund.
Simon Lukas hatte keine Einwände und überließ den beiden Knaben seinen havarierten Ochsenkarren. Werner kannte jede Stelle am Leib der Huftiere, welche geeignet war, Vortrieb zu erzeugen. So drückte er mal hier mal da und schaffte es tatsächlich, die behäbigen Ochsen wieder zum Aufstehen zu nötigen. Der Mönch sah mit Freude, wie der Junge, ohne den Ochsenziemer zu benutzen, das Gespann dirigierte.

Rotmund indessen hatte in die Speichen des Hinterrades gegriffen und schob nach Leibeskräften. Mit einem gewaltigen Ruck hob sich die Achse aus der Spur und das Gespann setzte einen Meter vorwärts. Die Ladung geriet seitlich ins Rutschen und Rotmund sah nur noch Körbe und Stoffbündel über die Pritsche rutschen. Dann war er auch schon darunter begraben. Aus einem der Bündel stakste ein fleckiger Fuß mit borkigen Zehennägeln. Rotmund schrie auf vor Entsetzen und schob das Leichenbündel panisch zur Seite. Im Nu war er wieder auf den Beinen und drückte sich gegen die kalte Kirchenmauer. Grauen hatte ihn erfaßt. Bruder Simon Lukas war schnell zur Stelle und gemeinsam hievten sie das starre Bündel wieder auf die Pritsche zurück.
„Du zitterst ja ganz mein Junge", flachste Simon Lukas.
„Du frierst doch nicht etwa, nein?"
Rotmund sammelte tapfer die restlichen Körbe wieder ein.
„Es ist nur wegen der Toten. Ich habe noch nie einen so nah gesehen", entgegnete Rotmund schüchtern.
„Wir warten hier eigentlich nur auf Bruder Simon Lukas, der Archidiakon hat es befohlen."
Der Mönch sah dem Jungen in die Augen und lachte schallend.
„Da habt ihr euch ja was Schönes eingebrockt, wenn der Archidiakon euch ins Siechhaus schickt. Nun, mir soll es recht sein. Ich kann immer gut Hilfe gebrauchen. Meine letzter Helfer ist am Fieber gestorben. Gott hab ihn selig. Er liegt hier begraben. Das war nun fürwahr eine derbe Nachricht, wie?"
Bei diesen Worten zog Simon Lukas mit seinem Zeigefinger ein Augenlid nach unten und begann wiederum schallend zu lachen. Dabei entblößte er sein tadelloses Gebiß.
„Seht zu, daß ihr eurer Buße ernsthaft nach kommt. Folgt meinen Anweisungen, dann wird euch nichts geschehen."

Damit klopfte er Rotmund ermunternd auf die Schulter. Werner hatte nicht allzuviel von dem Gespräch mitbekommen. Gewissenhaft führte er die Ochsen am Joch durch den Kirchhof. Das Gefährt schwankte immer noch gefährlich, aber die eigentümliche Fracht blieb am Platze liegen. Der Totenacker lag im hinteren Bereich des Kirchhofes und umschloß entlang der Außenmauer seit Jahrhunderten das gesamte Kirchengebäude. Acker war für die Begräbnisstätte eigentlich nicht der richtige Ausdruck. Ein Dickicht von Wildrosen überwucherte die Bestattungsflächen, als wollte man die Toten daran hindern, ihre Gräber zu verlassen. Simon Lukas nahm einen langen Holzstab von der Pritsche und übergab ihn Rotmund. An dem Stab waren mehrere Markierungen und Zeichen eingeritzt.

„Hier, das ist ein Maß für die Tiefe der Gräber. Es ist sehr alt und zerbrechlich, gebt mir fein acht darauf! Bis zu dieser Marke müßt ihr die Grube ausheben. Bis zum Abend bin ich zurück und werde ein Miserere sprechen, bevor ihr das Grab wieder zudeckt."

Der Mönch steckte mit sicherem Augenmaß die Länge und Breite des Grabes ab und half den Knaben beim Abladen der Toten. Dann reichte er Rotmund noch behutsam ein kleines Bündel, welches einen Säugling barg.

„Dies lege zu der Frau dort. Wenn sie ihr Kind nicht im Leben haben durfte, so doch wenigstens jetzt im Tode."

Rotmund erschauderte, aber er ließ sich nichts anmerken und legte den toten Säugling einfach zu der eingewickelten Leiche. Das Päckchen war erstaunlich leicht und kalt. Nachdem auch noch das Werkzeug abgeladen war, bestieg Simon Lukas wieder den Bock des Ochsenkarrens und fuhr dieselbe Strecke zurück, die er gekommen war. Werner bemerkte fachmännisch:

„Er sollte unbedingt ein Pferd vor den Karren spannen, die sind viel ausdauernder und haben einen kleineren Wendekreis."

Dann begannen sie mit bloßen Händen die Wildrosen auszureißen. Mehr als einmal fuhren ihnen die Stacheln unter die Haut und hinterließen brennende Wunden. Glücklicherweise war der Boden sehr locker und nicht durch Mensch oder Vieh verdichtet. Mit einer Hakke, ähnlich der auf dem Weilerhof, öffnete Rotmund die Krume und Werner hob das Erdreich mit einem Weidenkorb aus. Trotz ihres jugendlichen Alters kamen die Knaben gut voran. Nach wenigen Stunden hatten sie bereits eine beachtliche Grube ausgehoben. Nachdem sie am Brunnen ihren Durst gestillt hatten, erledigten sie den Rest und machten sich daran, die Leichen nebeneinander zu betten. Rotmund wunderte sich, wie schnell er sich an die Anwesenheit der Toten gewöhnt hatte. Jetzt kam es ihm albern vor, wie er sich anfangs gefürchtet hatte. Neben der unbekannten Toten mit dem Säugling legte er einen Zweig mit leuchtend roten Hagebutten ab.
Als Simon Lukas wieder im Kirchhof eintraf, lagen die Toten bereits in der feuchte Erde. Aus einem Stoffsack zog der Priester ein Kruzifix aus bemaltem Holz und ein Brevier. Mit seinen Helfern zur rechten und zur linken Seite sang er das „Homo Quidam" für die Verstorbenen und betete ein Miserere für ihr Seelenheil. Obwohl Rotmund und Werner abermals nichts vom Latein verstanden, empfanden sie den Abschied als etwas Feierliches. Nachdem Simon Lukas geendet hatte, deckten die Knaben die Gräber mit der ausgehobenen Erde wieder zu. Die Arbeit ging schnell von der Hand. Simon Lukas war sehr zufrieden und das ließ er sich auch anmerken.
„Hier habe ich etwas zu essen für euch mitgebracht. Wer arbeitet, soll auch gut essen!"
Dann zog er einen ganzen gebratenen Kapaun aus seinem Beutel und überreichte diesen den Jungen. Die machten große Augen. Das war freilich eine üppigere Mahlzeit als der tägliche Gerstenbrei im Refektorium.

„Ich muß euch jetzt leider alleine lassen. Wenn ihr dort hinten durch die Lücke zwischen den Bäumen geht, erreicht ihr den Brühl."
Er deutete auf eine dichte Hecke im Norden.
„Ihr müßt noch das Vieh versorgen. Wenn es hell wird, brauche ich einen von euch im Siechhaus. Seid Gott befohlen in dieser Nacht!"
Dann ging er davon.
Nachdem sie dreiviertel von dem köstlich gebratenen Vogel verzehrt hatten, machten sich Rotmund und Werner guter Dinge auf die Suche nach dem Brühl.
„Also das gefällt mir eigentlich gar nicht schlecht hier", sagte Werner launig mit gefülltem Bauch. Rotmund wiederholte pfeifend das Homo Quidam.
Nach Norden befand sich eine Lücke zwischen den Mauern, dort wo der Kreuzgang scheinbar unvollendet geblieben war und der Kirchhof durch einen dichte Hecke begrenzt wurde. Eigentlich sah man nur eine hochgewachsene, grüne Wand. Aber zwei Reihen dichter Eibenbäume standen hier versetzt zueinander, so daß ein Durchgang entstand. Dahinter führte ein Pfad leicht abschüssig, zu sorgfältig angelegten Beeten und Anpflanzungen. Trotz der fortgeschrittenen Jahreszeit blühten hier prächtige Herbstastern. Ein Bachlauf mäanderte in weiten Bögen und bildete die natürliche Grenze zum Brühl. Im Anschluß an die sorgfältig gepflegten Gärten lag das Siechhaus, geduckt zwischen Jahrhunderte alten Weiden. Je näher Werner und Rotmund dem Brühl kamen, um so ausgelassener wurde ihre Stimmung. Hier war es wie zu Hause auf dem Weilerhof, ja schöner noch! Ein munterer Bach mit prachtvollen Forellen direkt vor der Nase. Was konnte es Schöneres geben? Als sie die Stallungen am gegenüberliegenden Ufer entdeckten, zögerten sie nicht, durch das eiskalte Wasser zu waten. Die Ställe waren simple Unterstände aus Holzplanken, welche entlang der Bäume und Büsche aufgestellt waren.

In ihrer natürlichen Form waren die Baumstämme der Uferbepflanzung die Säulen, welche das unsymmetrische Bauwerk trugen. Herausragende Äste dienten zur Aufnahme der Dachplanken und ein Verhau aus Holzdielen inmitten einer Astgabel diente den Hirten als Materiallager. Dort lagerten verschiedene Werkzeuge zum Errichten oder Ausbessern der Mauern und Zäune, welche nötig waren, um die Viehherden beieinander zu halten.
„Schau dir das mal an, so was hast du noch nicht gesehen!"
Rotmund zog Werner am Ärmel, der dabei war, in einem Stapel Holz zu wühlen. Auf Holzgestellen ruhten Unmengen von Heu und Stroh, geschützt vor der Nässe.
„Damit käme der Vater für viele Jahre über den Winter!"
Werner entdeckte eine Gruppe von Rindern, welche neugierig auf die Unterstände zutrotteten. Es dämmerte schon langsam und die Tiere waren gewohnt, vor der Nacht eine Ration Heu zu fressen. Jetzt im späten Herbst waren die Weiden zu weiten Teilen in Morast verwandelt und gaben nicht mehr genug her für alle Tiere, um satt zu werden. Wie von einem Magneten angezogen, strömten Rinder und Kühe unterschiedlichster Färbung den Unterständen zu. Es wollte kein Ende nehmen. Der gesamte Viehbestand der Stadt und reicher Bürger kam von den Weiden zum Abendessen. Rotmund und Werner kletterten auf einen Baum, um sich ungläubig einen Überblick zu verschaffen. Zählen hatten die beiden nie gelernt, aber es waren mehr, als sie je auf einmal gesehen hatten. So begannen sie also, Heu von den Gestellen in die Unterstände zu werfen. Schon bald entdeckten sie, wie man bequem, ohne den Boden zu berühren, von einem Stadel zum anderen gelangte. Alle waren miteinander verbunden. Aber dennoch war es bereits Nacht, als sie die letzten Tiere mit Futter versorgten. Dann machten sie es sich über der Herde thronend im Heu gemütlich.

„Mich graut vor den Kranken im Siechhaus", murmelte Werner auf dem Rücken liegend. Als Antwort bekam er nur die gleichmäßigen Atemzüge seines Bruders zu hören.

11

Rotmund erwachte, als unter dem Schlafplatz Unruhe entstand. Es war noch dunkel, aber die Kühe schrieen und dumpfes Getrampel von zahllosen Hufen hatten ihn aufgeweckt. So war es auch meistens auf dem Weilerhof gewesen. Die Tiere im Stall hatten eine untrügliche innere Uhr und weckten alle verläßlich vor dem Morgengrauen. Als er nach unten blinzelte, sah er, daß sie nicht mehr alleine waren. Rotmund zählte mindestens fünf Personen, welche damit beschäftigt waren, die Kühe, welche noch Milch hatten, zu melken. Alle trugen die praktischen Kutten und hatten die Kapuzen weit ins Gesicht gezogen, außer Werner, welcher ebenfalls auf einem Melkschemel saß und fleißig an einem Euter hantierte. Rotmund mußte grinsen. Zu Hause war Werner immer derjenige gewesen, der sich um das Melken drückte, so gut es nur ging. „Mädchenkram", hatte er stets behauptet und dann schon lieber den Stall ausgemistet. Hier im Verein mit fünf schweigsamen Mönchen hatte diese Arbeit einen anderen Stellenwert für ihn. Rotmund kletterte vom Heustadel und klaubte sich die Halme aus Haaren und Gewand. Es war also entschieden, wer ins Siechhaus gehen würde. Werner war so sehr ins Melken vertieft, daß es Rotmund leid tat, ihn zu stören.
„Ich muß mich beeilen, sonst komme ich zu spät."
Werner murrte etwas in seinen noch nicht vorhandenen Bart und legte den Melkschemel beiseite. Im Vorübergehen stellte er den halbgefüllten Milchbottich wortlos bei einem der Mönche ab. Der grüßte mit einer Geste seiner Hand geradeso, als würden sie schon seit ewigen Zeiten zusammen arbeiten. Die Morgendämmerung kündigte sich an.

Ein purpurroter Himmel durchsetzt mit rosa Wolken ging einem Feuerwerk von Rot und Orange voraus. Werner sah recht unglücklich aus. Geradeso als würde es ihm leid tun, daß Rotmund nun den schweren Gang tun mußte.

„Ist schon gut, Werner. Mir macht es nichts aus, mit Kranken umzugehen", log Rotmund und machte sich daran, den Bach zu überqueren. Werner blieb erleichtert zurück. Das Vieh und die Landwirtschaft waren ihm vertraut. Jenseits des Baches standen die Pflanzen immer noch in dichten grünen Inseln beieinander. Hier gab es keine Huftiere, welche die saftigen Kräuter rund ums Jahr abfraßen. Es gab Pflanzungen, welche schon viele Jahre sich selber überlassen waren, neben sorgfältig angelegten Beeten und Flächen mit Stauden und Feldblumen. Rotmund entdeckte mehrere Gartenarbeiter in blauen Kutten tief über die Beete gebeugt. Als er sich ihnen näherte, zogen sie die Kapuzen ins Gesicht und eilten davon. Von zahlreichen Weiden gesäumt, glich das Siechhaus den Gebäuden rund um den Kirchhof. Ähnlich einem bäuerlichen Anwesen gab es ein Stalltor mit darüberliegenden Heuböden. Zwei langgezogene Gebäudeteile mit kleinen Fenstern in regelmäßigen Abständen waren jedoch später angebaut worden. Auf den Dächern dienten Bündel von Weidenzweigen als Eindeckung, welche durch die Witterung schon stark gelitten hatten. Ein langgezogener Vorplatz vor dem Siechhaus lag bereits in der wärmenden Morgensonne. Dort waren Holzpritschen aufgestellt, welche mit Stroh bedeckt waren. Zwei Nonnen geleiteten einen alten Mann mit eingebundenem Kopf aus dem Inneren des Gebäudes. Offensichtlich hatte er große Schwierigkeiten beim Gehen und jammerte fortwährend. Aber die Krankenpflegerinnen hatten ihn sicher links und rechts untergehakt und setzten ihn auf einer der Pritschen ab. Eine der Ordensfrauen hatte Rotmund entdeckt und lief sofort freundlich lächelnd ins Siechhaus zurück. Er wußte nicht recht,

was zu tun war und verweilte geduldig auf dem Vorplatz. Hier standen noch mehr Krankenlager. Kranke und alte Menschen lagen oder saßen auf ähnlichen Möbel in der Morgensonne. Rotmund blickte in eingefallene und ausgemergelte Gesichter. Einigen stand der Mund offen wie eine schwarze Höhle. Andere zerrten beständig an den Lumpen, in welche sie gehüllt waren. Den tiefsten Eindruck auf Rotmund machte der Geruch, welcher von ihnen ausging. Alter und Krankheit, Leiden und Sterben vermischten sich hier mit Aromen von Pflanzen und deren Zubereitungen. Freudestrahlend kam Bruder Simon Lukas um die Ecke. In seinen Armen hielt er ein Stoffbündel, wie es Rotmund bereits am Vortag gesehen hatte. Aber er sprach sanft zu der Last und ging beinahe zärtlich mit ihr um.
„Es freut mich sehr, einen Helfer hier zu haben."
Dann sah er sich um und flüsterte mit vorgehaltener Hand.
„Nichts gegen die Schwestern, aber viel zu viel Weibsvolk hier, verstehst du? Da fällt mir ein: Ich weiß nicht einmal deinen Namen, mein Junge."
„Rotmund heiße ich."
Simon Lukas schürzte die Lippen.
„Ein ungewöhnlicher Name für ein Bauernkind."
Rotmund fragte sich, wie der freundliche Mönch wohl seine Herkunft erraten hatte.
„Also Rotmund!" sagte Simon Lukas.
„Jetzt möchte ich dich mit Kätchen bekanntmachen. Gehe ein wenig mit ihr durch den Garten. Das macht ihr große Freude."
Er hob eine alte Frau von einem der Betten.
Dann drückte er Rotmund das Bündel in die Arme. Kätchen war federleicht. Rotmund blickte in zwei lebendige dunkle Augen. Aber das Gesicht der Frau war nur mehr ein Schädel, überzogen mit bleicher Haut. Aus dem unnatürlich groß wirkenden Mund drang leise rasseln-

der Atem. Sobald Rotmund in den Garten hinausgelaufen war, schien Kätchen selig zu sein. Hier blühten immer noch leuchtend gelbe Blumen entlang langer Reihen von Kräuterkulturen. Unter einem großen Ahorn machte Rotmund halt und setzte sich am Stamm nieder. Große Blätter in Gelb und Orange segelten sanft zu Boden, wenn eine Brise durch die Baumwipfel ging.
„Ans Wasser gehen."
Kätchens feine Stimme drang dünn zwischen den Tüchern hervor.
Rotmund fragte nach: „Du möchtest lieber zum Bach?"
Das traurige weiße Gesicht nickte langsam mit geschlossenen Augenlidern. Kätchen sah, ohne die Augen zu öffnen, wo sie sich befand. Rotmund lief geradewegs zu den alten Weiden am Ufer. Kätchen lauschte dem munter dahinfließenden Bach mit verklärtem Gesicht. Gerade so, als würde sie einer Musik lauschen oder ein Lied hören. Das Gesicht der Frau war eigenartig ausdrucksvoll, nicht schön, aber auch nicht häßlich. Rotmund betrachtete sie lange. Er sah einen zarten Flaum von Haaren um Mund und Stirn. Alles Leiden und Krankheit in Kätchens Leben schien einer erstaunten Freude gewichen zu sein. Sie lächelte zufrieden. Rotmund hörte, wie ihr Atem kam und ging. So verbrachten sie beide eine glückliche Stunde am Bach. Die Gebetsglocke von St. Peter und Paul wurde von einem dünnen Klingeln einer weitaus bescheideneren Glocke im Siechhaus beantwortet. Auch hier beteten die Nonnen zu festgelegter Zeit die Mittaghoren. Allerdings war das Ritual nicht so aufwendig wie in der Kirche. Sie hatten sich einfach in eine stille Ecke neben dem Siechhaus unter freiem Himmel zurückgezogen. Rotmund beobachtete Bruder Simon Lukas, welcher aufrecht stehend mit einer Schärpe um den Hals mit drei Nonnen das Stundengebet sprach. In der Hand hielt er ein kleines Brevier und ein Kruzifix. Als das Zeremoniell beendet war, winkte er Rotmund aus der Ferne zu.

„Wir gehen jetzt wieder zurück Kätchen. Ist dir das recht?"
Kätchen nickte und flüsterte leise: „Morgen kommen wir wieder."
Als sie auf das Siechhaus zugingen, kam Simon Lukas ihnen entgegen und schob nebenbei das Brevier in die Innentasche seiner Kutte.
„Ich sehe schon, ihr habt bereits Freundschaft geschlossen. Na, wie war er, Kätchen?"
Sie hauchte lächelnd und öffnete halb ihre dunklen Augen.
„Er ist ein begabter Junge, man wird noch von ihm hören."
„Oho, hast wohl einen Blick in seine Seele getan, meine Gute", feixte Simon Lukas. Rotmund wußte nicht recht, was er davon halten sollte.
„Dann wollen wir dich jetzt in die Sonne legen, Kätchen, sonst bekommst du wieder kalte Füße. Dein neuer Freund wird mich jetzt begleiten und etwas über das Leben lernen."
Kätchen bekam ihren Platz auf einem der Holzgestelle vor dem Siechhaus. Eine Nonne half dabei, die gelähmte Frau im angewärmten Stroh zu betten. Viele Patienten befanden sich nun im Freien. Simon Lukas führte Rotmund durch eine niedere Pforte in das Gebäude. Die Wände waren sorgfältig gekalkt, der Boden aus gestampftem Lehm. Es roch streng nach Exkrementen und Verwesung durchsetzt von einer Mischung aus Weihrauch und Essenzen. Simon Lukas erläuterte:
„Hier drin streitet das Leben mit dem Tode. Man kann es riechen."
Er faßte sich an die übergroße Nase und lächelte.
„Aber wir haben beschlossen, Gevatter Tod nicht so einfach gewähren zu lassen." Rotmund blickte in die lange Stube, welche zur linken des Ganges abzweigte. Das Stöhnen und Ächzen aus zahlreichen Kehlen wurde vom Wimmern eines Säuglings begleitet. Auf einfachen Holzgerüsten lagen die Kranken und Alten, welche nicht mehr in der Lage waren aufzustehen.
„Das sind die Ärmsten. Wir können nicht mehr sehr viel für sie tun. Eine Essenz gegen die Schmerzen vielleicht und ein gutes Wort."

Mit diesen Worten beschrieb Simon Lukas einen weiten Bogen mit seinem starken Arm. Der Mönch stand im Raum wie ein Anker, an dem sich die Kranken festzuhalten schienen. Sie verfolgten ihn mit ihren Blicken, wo immer er sich hinbewegte. Entfernt erinnerte das Stroh, verteilt über den gesamten Boden, an einen Stall. Die Einstreu war verschmutzt und der Gestank hielt sich hartnäckig in der Luft.
„Du wirst hier ausmisten und die Betten reinigen. Das wird deine tägliche Pflicht sein. Wenn du Mäuse oder Ratten entdeckst, töte sie und wirf sie in die Echaz. Hier im Erker steht Werkzeug und Stroh mußt du am Morgen vom Brühl mitbringen."
Rotmund hatte seine Aufgabe verstanden und Simon Lukas ging hinaus, um sich um seine Patienten zu kümmern. Nachdem Rotmund an den Lagern der Kranken entlang gegangen war, verließ ihn der Mut. Er konnte sich einfach nicht vorstellen, diese Aufgabe alleine zu bewältigen. Einen todkranken Menschen auf frisches Stroh zu betten, war eine undankbare Aufgabe. Rotmund begann am Anfang der ersten Reihe bei einem alten Mann mit eingefallenem Gesicht. Unter wüsten Beschimpfungen des Alten schaffte es Rotmund, wenigstens die Exkremente, welche sich im Laufe der Nacht auf dem Lager angesammelt hatten, zu entfernen. Aufgrund seiner zahlreichen Gebrechen schrie der Greis schon bei der leisesten Berührung auf.
Plötzlich bemerkte Rotmund zwei helfende Hände. Als er sich umwandte, blickte er in die wissenden Augen einer Ordensfrau. Sie sprach kein Wort, aber bedeutete dem Jungen, wie er vorgehen sollte. Mit geschickten Bewegungen rollte sie ein Tuch ein und schob es unter den Leib des Kranken. Dann breitete sie ihre Arme aus und erfaßte die losen Enden. Mit einem plötzlichen Ruck rollte der Mann zur Seite. Mit den Augen wies sie Rotmund an, das verschmutzte Stroh durch neues zu ersetzen. Diese Prozedur wiederholten sie auf der anderen Seite und in wenigen Minuten war die Arbeit getan.

Rotmund bedankte sich bei der Nonne und zurück kam ein freundliches Lächeln, welches alle Verzagtheit vertrieb.
Nach drei Stunden waren alle Kranken auf frisches Stroh gebettet. Den Rest des Tages verbrachte er damit, den Patienten Wasser aus einer Kelle zu reichen. Dabei beobachtete er Bruder Simon Lukas bei seiner Arbeit. Mit wenigen ärztlichen Instrumenten verabreichte er Salben und Kräuterumschläge. Doch war es hauptsächlich seine Anwesenheit und Ansprache, welche den Geplagten Linderung von ihren Leiden verschaffte. Als die Sonne feuerrot über dem fernen Schwarzwald versank, entließ Simon Lukas den Schüler von der Arbeit. Rotmund hatte keinen Blick für das Naturschauspiel übrig. Völlig erschöpft machte er sich auf den Rückweg zum Brühl.

12

„Was soll das heißen, wir können erst im nächsten Jahr daran denken, Neuaufträge entgegen zu nehmen? Wir haben einen Kontrakt zu erfüllen! Wenn ich mich recht erinnere, waren wir bereits im Frühjahr im Rückstand!"
Der Archidiakon verabscheute diese Gespräche zutiefst. Als rechte Hand des Bischofs und Verwalter der Diözese hatte er auch finanzielle Verpflichtungen mit zu tragen. Die lose brüderliche Gemeinschaft in St. Peter und Paul mußte nachhaltigen Gewinn erarbeiten, so lautete die stille Abmachung. Landwirtschaft und Viehhaltung diente größtenteils dem Eigenverbrauch und es war unklug, der verarmten Landbevölkerung zusätzliche Konkurrenz auf den Märkten zu machen. Ein lohnendes Geschäft war die Vervielfältigung von Lateinbüchern als unverzichtbares Lehrmittel in Klöstern und Universitäten. Anselm stand der kalte Schweiß auf der Stirn.
„So laßt es mich abermals erklären. Eine Donate, das sind achtundzwanzig Seiten Pergament. Die Lieferung von Ziegenhäuten hat nicht die Hälfte dessen abgedeckt, was nötig gewesen wäre, um den Bedarf zu decken."
Unwirsch fuhr der Archidiakon auf.
„Dann nehmt in Gottes Namen endlich Papier zum Beschreiben!"
Anselm fuhr fort zu erklären:
„Ziegenhäute sind haltbar und geschmeidig. Besser und dünner als jede andere Haut zum Beschreiben. Und was dieses Papier angeht: Es zerfällt in seine Einzelteile, auch wenn es nur feucht wird oder in starkem Gebrauch ist!"

Der Archidiakon blieb beharrlich.
„Keiner verlangt von euch, die Ziegen, Lämmer und Kälber auf den Weiden wundersam zu vermehren. Ich weiß, daß es eurem Gelübde zur Armut widerspricht, aber bedenkt, daß wir jedes Jahr einhundert Kilo Heller nach Königsbronn abzuliefern haben. Auch ihr müßt euren Beitrag dazu leisten. Wie geht die Arbeit im Skriptorium voran?"
Anselm hielt jetzt den Kopf gesenkt. Der versteckte Vorwurf traf den hageren Mönch und er verteidigte sich. „Die Arbeitskräfte im Skriptorium stehen sehr wohl bereit. Der Nachwuchs gedeiht unter meiner Hand. Allein das Pergament reicht bei weitem nicht aus, den Bedarf zu befriedigen. Bedenkt, daß die Donaten durch viele Hände gehen. Papier verdirbt leicht und ist weniger haltbar."
Jetzt platzte dem Archidiakon endgültig der Kragen.
„Ihr wiederholt euch! Kümmert euch um Papier aus der Mühle in der Stadt. Die Unzulänglichkeiten sollen uns nur recht sein, um so schneller bedarf es wieder der Erneuerung. Dann bieten wir eben billiger an. Wie denkt ihr darüber, Bruder?"
Anselms Antwort war vorhersehbar.
„Das widerspricht aller guten Lehre und allem segensreichen Werk! Zwingt mich nicht, Blendwerk unter dem Volk zu verteilen. Eher schreiben wir Ablaßzettel und verkaufen wunderwirkende Gegenstände, wie es viele tun!" Verzweifelt rieb sich der Mönch die knochigen Hände und schwitzte nun heftig vor innerer Erregung. Roland wußte nur zu gut, daß der Mann an diesem Punkt nicht weiter zu bewegen war. Er sperrte sich in seinem Qualitätsbewußtsein gegen jede Erneuerung der Arbeitsabläufe im Skriptorium. Der Archidiakon biß die Zähne zusammen, so daß einzelne Muskelstränge seiner Wangen hervortraten und blickte gedankenverloren zu Boden. Licht und Schatten wechselten heute häufig und warfen veränderliche

Stimmungen an die kalten Wände des Kreuzganges. Die Sakristei hingegen war in das
immer konstante, farbige Licht der wertvollen Glasfenster getaucht. Nur die Schatten der massiven Bücherregale innerhalb des Amtszimmers reflektierten die vorbeiziehenden Wolken, indem sie mehr oder weniger stark von den Wänden hervortraten. Roland wollte sich nicht weiter mit den Belangen Anselms belasten. Eine lange Reise zu den einzelnen Gemeinden der Diözese stand unmittelbar bevor und nahm seine Aufmerksamkeit in Anspruch. Die niedere Geistlichkeit der gesamten Region unterstand seiner Amtsgewalt und Fürsorge. Jeder Dorfgeistliche erwartete in diesen Zeiten den Segen des Bischofs mit gemischten Gefühlen. Besonders den kleinen Sprengeln auf der Alb war es beinahe unmöglich, die Abgaben aufzubringen. Dann kam sich Roland wie ein Steuereintreiber der heiligen Kirche Gottes vor und verabscheute seine Stellung als Vertreter des Bischofs. Deshalb war es ihm so wichtig die Donatenherstellung als Einnahmequelle zu erweitern. Der Archidiakon sah von seinem Stehpult auf und blickte dem Mönch direkt ins Gesicht.

„Ich werde eine Druckerpresse in St. Peter und Paul einrichten lassen."

Anselms hageres Gesicht erstarrte zu einer Maske. Er verdankte dem Archidiakon seine Stellung innerhalb der Kirchenmauern wie alle Geistlichen in St. Peter und Paul. Lange Jahre hatte er seine Berufung nicht ausüben können, obwohl er die heiligen Weihen erhalten hatte. Wie die anderen Brüder war er von Ort zu Ort gezogen und hatte sich mit allerlei Hilfsgeschäften den Lebensunterhalt verdient. Bis er den guten Roland kennenlernte. Jetzt war er Leiter des Skriptoriums. Bebend kniete er vor dem Archidiakon nieder und küßte den Siegelring. Dann bekreuzigte er sich in rasender Geschwindigkeit und erhob sich rasch. Mit einer kurzen Verbeugung verließ er schweigend das Amtszimmer. Als die Türe wieder geschlossen war, atmete Roland seufzend aus und lehnte sich an eines der Holzregale. Mit den Händen massierte er sich die Schläfen und schloß die Augen. Es hatte Zeiten gegeben, da war er mit glühendem Geist von Sprengel zu Sprengel gezogen, voller Hoffnung und Liebe für die Aufgabe. Aber der finanzielle Druck wuchs beständig und lähmte zunehmend seine einst so strahlende geistige Kraft. War denn nur noch der Mammon ein Maß für alle Dinge, selbst für die Belange der Kirche? Roland hing seinen Gedanken und Vorstellungen nach. Er wollte die neue Technik des Buchdrucks unbedingt einsetzen. Noch gab es wenige, die das komplizierte Spiel mit verschiedenen Materialien beherrschten. Aber er hatte aufmerksam die Entwicklung dieser Kunst mitverfolgt.

Die unsägliche Amtreise belastete ihn bis an seine Grenzen. Doch der Brief des Bischofs hatte ihn zur Eile gedrängt. Roland zog das Schreiben aus einem der Regale, wo er unliebsame Korrespondenz zwischen zwei Buchdeckeln zu verwahren pflegte. Er öffnete das geborstene Siegel und las die ersten Zeilen. Dann rollte er das Pergament hastig wieder zusammen und steckte es zurück. Wäre es an ihm gewesen, er hätte die gesamte Strecke zu Fuß zurückgelegt, nur um Zeit zu gewinnen, aber der Winter nahte hart und unberechenbar und so bestieg er widerwillig am nächsten Tag eine Kutsche.

13

Bruder Simon Lukas bedauerte, daß er seinem Schützling in der kalten Jahreszeit nur getrocknete Pflanzen zeigen konnte. Zum Bestimmen der Drogen waren die Exponate seines umfangreichen Herbariums eine unverzichtbare Hilfe. Aber ihre einzigartige Erscheinung konnten die getrockneten und blassen Pflanzen so nicht vermitteln. Unter dem Dach des Siechhauses hatte Simon Lukas eigenhändig einen mannshohen Schrank mit zahllosen Fächern angefertigt. Hier ruhten in geschnürten Leinensäcken die Pflanzendrogen des vergangenen Jahres. Aus ihnen stellte der kundige Mönch all die Zubereitungen her, welche geeignet waren, Besserung und Heilung für die Kranken zu bewirken. Rotmund war noch völlig außer Atem. Gerade hatte er noch die Krankenstuben gesäubert und frisch eingestreut, als der Mönch ihn zu sich gerufen hatte. Über zwei steile Treppen waren sie in das Herz des Siechhauses gestiegen. Der Mönch hatte schweigsam eine Stofftasche geöffnet, eine Pflanze entnommen und erklärte nun:
„Dies ist Benediktinerkraut, ein wirksames Mittel gegen die Pest und schlechtheilende Geschwüre. Betrachte die Blätter mit ihren fiedrigen Lappen und das zottig behaarte Köpfchen!"
Liebevoll führte er die getrocknete Pflanze vor, wobei seine derben Finger erstaunlich sanft die Blätter und die Blüte berührten.
„Zusammen mit Schwarzerle, Odermenning, Eberraute, Gänsefingerkraut und Schweinefett läßt sich eine wirksame Salbe herstellen."
Damit öffnete er einen Tiegel mit Holzdeckel und reichte das Gefäß Rotmund, um dessen Inhalt zu studieren.

Rotmund sah dieselbe schwarze Paste, welche er nun schon zum dritten Mal auf Kätchens Steißbein aufgetragen hatte.
„Das sind allesamt Pflanzen, welche Wunden säubern und sie schnell wieder schließen können."
Rotmund war hochkonzentriert. Jedes Wort und jede Handlung des kundigen Lehrers sog er in sich auf.
„Du sollst jeden Tag eine neue Pflanze kennen und bestimmen lernen. Präge dir nur alles gut ein bis zur nächsten Wiederholung."
Dann setzte er sich mit Rotmund auf eine Holzbank entlang des Fensters und nutzte die kurze Ruhe vor den Behandlungen für eine ausgiebige Betrachtung der Heilpflanzen und ihrer Anwendungen. Das erwachende Interesse seines Schülers war ihm nicht entgangen und willkommener Anlaß, seiner eigenen Wissenschaft Gehör zu verschaffen. So hatte er es von seinem Lehrer erfahren und so überlieferte er es nun weiter. Schriftliche Aufzeichnungen machte er nur selten und bewahrte die wenigen Pergamente an sicherem Orte auf.
Rotmund bemerkte freudig: „Das wächst direkt neben dem Weilerhof und sieht im Sommer aus wie ein silberner Teppich mit gelben Tupfen." Er hielt eine kleine, seidig behaarte Pflanze in seinen Händen und untersuchte sie von allen Seiten. Simon Lukas erklärte geduldig: „Sehr richtig! Das Gänsefingerkraut blüht gerne an Wegesrändern und auf Gänseweiden. Hast es wohl an den scharf eingeschnittenen Fiederchen erkannt, welche aussehen wie ein Sägeblatt. Ich kaue die Wurzel selber gerne, wenn mein Zahnfleisch entzündet ist. Außerdem ist es den Frauen eine Hilfe beim Monatsleiden."
Rotmund nickte verständig. Im Erdgeschoß wurden erregte Stimmen laut. Es rumpelte, als hätte jemand mit einem schweren Gegenstand gegen die Wand geschlagen. Ein Mensch schrie gedämpft und verstummte jäh wieder. Dann ertönte eine Schelle.

Simon Lukas erhob sich unwillig. Völlig vertieft in die Pflanzenbetrachtung, war ihm das rechte Bein eingeschlafen. Dann aber kam er in Fahrt: „Laß alles stehen und liegen, mein Junge, wir werden gebraucht!"
Selbstbewußtsein wuchs in Rotmund. Wir werden gebraucht, damit war auch er gemeint. Und so folgte er dem kräftigen Mönch, welcher soeben hastig die Stiege hinabstieg. In der Krankenstube herrschte große Verwirrung. Die Nonnen waren damit beschäftigt gewesen, die Patienten wieder in die frischgerichtete Krankenstube zu tragen, als eine Gruppe von Männern in Arbeitskleidung ins Siechhaus stürmten. In ihrer Mitte trugen sie eine bleiche Gestalt an Händen und Füßen. Allesamt waren mit feinem Staub bedeckt. Eine der Ordensfrauen rannte mit einer Handschelle in der einen und einem Stapel Tücher in der anderen Hand im Siechhaus ein und aus. Der Lärm verstummte erst, als Simon Lukas die Stiege herabkam. Inzwischen hatten die schwitzenden und schwer atmenden Männer ihre Last auf einem der Holzgestelle abgelegt. Ein Arm und ein Bein des nun heftig schreienden Verunglückten hing seitlich schlapp zu Boden.
„Was ist geschehen?"
Simon Lukas wandte sich an die erschöpften Männer. Zunächst redeten sie wild durcheinander, doch schon bald war klar, was geschehen war. Es handelte sich um Steinmetze aus der Stadt. Sie hatten wohl mit einem Flaschenzug versucht, in großer Höhe schwere Sandsteinblöcke vor Ort zu bringen. Dabei war ein Tau gerissen und ein zentnerschwerer Block war auf den Gesellen gefallen. Nachdem die aufgeregten Männer nach draußen geschickt waren, begann Simon Lukas mit der Untersuchung. Von Anfang an bezog er Rotmund mit ein.
„Wir müssen ihn vorsichtig entkleiden, damit ersichtlich wird, wo der Stein ihn getroffen hat."

Der Unglückliche röchelte vernehmbar, aber rührte sich nicht und hatte offenbar das Bewußtsein verloren.
„Hier nimm das und schneide das Wams und die Beinkleider auf. Aber sieh zu, daß nicht der ganze Staub in die Wunden fällt."
Simon Lukas reichte Rotmund ein kleines scharfes Messer mit gebogener Klinge. Zuerst ganz vorsichtig, dann aber immer beherzter führte Rotmund die Schnitte aus. Schon bald kam der bleiche nackte Leib eines Jungen zum Vorschein. Das Gesicht war so mit Staub und Dreck bedeckt, daß erst jetzt sein tatsächliches Alter erkennbar war. Er mochte nicht viel älter als dreizehn Jahre alt sein. Rotmund wollte etwas für ihn tun und beobachtete Bruder Simon Lukas, welcher ohne Eile völlig entspannt auf das Holzgestell hinabblickte.
„Was hörst du?" fragte er leise.
Rotmund spitzte die Ohren und versuchte sich ganz auf den Verunglückten zu konzentrieren. Nur das leise Röcheln war vernehmbar. Als sich Rotmund mit seinem Ohr dem weißen Gesicht näherte, hörte er ein feines Knistern bei jedem Atemzug.
„Es ist wie das Geräusch unter den Füßen, wenn man über nasses Moos geht", beschrieb Rotmund seinen Eindruck.
„Sehr gut, Junge! Und jetzt sag mir, was siehst du?"
Simon Lukas Augen leuchteten lebendig. Rotmund musterte den Leib vom Kopf bis zu den Füßen.
„Ich sehe keine offenen Wunden, nur die Haut ist an manchen Stellen gerötet oder blau unterlaufen."
Simon Lukas drängte: „Sieh genauer hin! Achte nicht nur auf die Oberfläche! Du mußt die natürliche Form begreifen!"
Dann näherte er sich dem Patienten und beschrieb einen abgegrenzten Bereich zwischen Brustkorb und Oberbauch der linken Körperhälfte mit dem Zeigefinger.

„Hier hat der Leib einen schweren Druck erhalten. Wenn du genau hinsiehst und beide Körperseiten vergleichst, erkennst du die Veränderung. Das Fehlen von offenen Wunden deckt sich mit den Unfallbeschreibungen. Ein schwerer stumpfer Gegenstand hat ihn hier getroffen und zu Boden geworfen. Allein das Geräusch seines Atems in Verbindung mit den Veränderungen des Leibes läßt nichts Gutes erwarten. Sein Inwendiges ist vermutlich zerquetscht und ertrinkt im Blute."

Diese leicht dahingesagte Diagnose erschütterte Rotmund und er platzte heraus: „Was kann ich für ihn tun?"

Anstatt zu antworten, bedeckte Simon Lukas den Verunglückten mit einem sauberen Tuch und sprach ein stilles Gebet. Dann bekreuzigte er sich und verließ rasch den Krankensaal. Rotmund war unschlüssig, wie er sich verhalten sollte. So blieb er bei dem Verletzten sitzen. Keine der Schwestern störte ihn mit einem Arbeitsauftrag. Es schien so, als würde es gern gesehen, daß er die Krankenwache hielt. Eine der Nonnen, mit Namen Klara, brachte ihm sogar etwas kalte Gerstengrütze. Rotmund betrachtete das Gesicht des Jungen, welches immer noch unter einer verkrusteten Staubschicht wie eine Maske wirkte. Kurz entschlossen besorgte er sich ein feuchtes Tuch und reinigte das schmale Gesicht. Unter der Kruste erschien ein Antlitz, welches seinem eigenen ähnelte.

Am späten Nachmittag wurden die Atemzüge flacher. Simon Lukas trat wieder an das Lager und gab dem Sterbenden die Krankensalbung. Rotmund faßte die kalte Hand des namenlosen Jungen und legte sie in seine eigene warme. Ohne das Bewußtsein wieder zu erlangen, starb der namenlose Geselle eine halbe Stunde später. Verstört erhob sich Rotmund, als Schwester Klara sich daran machte, die Leiche herzurichten. Vor dem Siechhaus standen mehrere Männer in Erwartung der unvermeidlichen Nachricht. Rotmund schritt bleich und wortlos zwischen ihnen hindurch. Es war schon dunkel, als er den Bachlauf erreichte, und er hatte Mühe, die Steine zu entdecken, welche ihn trockenen Fußes ans andere Ufer bringen sollten. Ein Schleier von Tränen hing vor seinen Augen und er zog geräuschvoll die Nase hoch. Vorsichtig tastete er sich zwischen mehreren Kühen hindurch, um die Herde nicht zu erschrecken. Aber außer ein paar nassen Schnauzen, welche ihn neugierig berochen, scherten die Tiere sich nicht um den späten Besucher. Werner schlummerte bereits fest, als Rotmund in den Heubaum stieg. Der Anblick des toten Jungen wollte ihn nicht verlassen. Es wurde lange Zeit nicht warm im Heu, aber schließlich fiel Rotmund in einen tiefen Schlaf.

14

Am nächsten Morgen stieg Rotmund als erster vom Heubaum. Kurz darauf kroch auch Werner barfuß aus dem warmen Lager und bereute es auf der Stelle. Zweige und Äste hatten einen weißen Überzug von Eiskristallen, welche in der Morgendämmerung glitzerten. Die Kühe wollten ebenfalls nicht aus der schützenden Deckung hervortreten und verharrten unter den Überdachungen.
Mit übereinander gekreuzten Armen, die Hände tief in den Kutten versteckt, näherten sich drei Mönche dem Brühl. Einer der Brüder stakste über die völlig steif gefrorenen Schlammschollen, welche bei jedem Schritt ein knisterndes Geräusch erzeugten, direkt auf Rotmund und Werner zu.
„Na ihr beiden? Ich fürchte, heute morgen bekommt ihr keine warme Milch direkt aus dem Euter. Bruder Anselm möchte euch unverzüglich sehen. Wenn ich an eurer Stelle wäre, würde ich mich schleunigst dorthin begeben. Anselm vertritt den Archidiakon in dessen Abwesenheit und schätzt es nicht, wenn man ihn warten läßt."
Werner und Rotmund zögerten.
„Geht nur rasch! Heute ist Schlachttag, das Melken besorgen wir ohne euch."
Er wandte sich wieder um und nuschelte etwas von der Milch, welche bei einer solchen Witterung im Eimer zu frieren drohe. Weder Werner noch Rotmund konnten der Nachricht etwas Gutes abgewinnen. Jetzt würde der unangenehme Teil der Buße über sie kommen. Als sie zwischen den Buchsbäumen hindurch in den Kirchhof liefen, herrschte bereits reges Treiben. Der ganze Hof wimmelte von Mönchen und

Schülern, die Brennholz heranschleppten und große Kessel scheuerten, in welchen Wasser zum Sieden gebracht werden sollte. Am Rande hatte man ein Gerüst aus je zwei Holzreitern errichtet, welche durch einen massiven Stamm miteinander verbunden waren. Über dem Stamm hingen dicke Seile, an denen bald das Schlachtvieh hochgezogen werden sollte. Auf dem Weilerhof hatte es ab und zu eine Schlachtung gegeben. Aber der Vater hatte stets darauf geachtet, dies im Verborgenen zu tun, um keine unliebsamen Mitesser anzuziehen. Als würden sie schon das kommende Ereignis vorher sehen, hatten sich bereits Scharen von Krähen und Rabenvögeln auf dem Dach der Kirche eingefunden. Heiseres Krächzen und Flügelschlag mischte sich mit dem geschäftigen Lärmen im Kirchhof. Jetzt loderten schon kleine Feuer auf mehreren Kochstellen entlang der Steinmauer. Die Kessel hingen an hölzernen Auslegern, welche von oben in dafür vorgesehen Maueröffnungen verkeilt wurden. Inmitten der emsig arbeitenden Menge erkannte Rotmund den langen Edmund und den bleichen Thomas, welche damit beschäftigt waren, einen Kessel mit Wasser zu befüllen.

„Haltet keine Maulaffen hier feil, sondern packt mit an!" keifte Anselm plötzlich hinter ihnen.

„Wenn ihr nicht arbeitet, werdet ihr nicht essen!"

Rotmund und Werner beeilten sich, sich unter die Arbeiter zu mischen. Sie setzten sich zu drei jüngeren Schülern, welche damit beschäftigt waren, kleine Holzschnipsel aus den Ästen eines Nadelbaumes herzustellen. Dazu benutzten sie kleine gebogene Klingen, welche zwischen zwei Holzstücken fest eingebunden waren. Dort lagen schon mehrere verschiedene Haufen mit losen Holzschnipseln, welche ein Bruder mit hochgezogenen Ärmeln fachkundig prüfte. Als er die beiden bemerkte, rief er sie zu sich.

„Helft mir den Räucherofen zu beschicken! Verteilt dies am Boden der Kammer, außen mehr davon wie innen!"

Mit der Kammer war eine langgezogene Nische in der Mauer gemeint. Im Gegensatz zu der kalkig hellen Schichtung des Mauerwerkes war die Einbuchtung vollständig mit schwarzem Ruß überzogen, welche durch den Harzanteil des Räuchermehles teils fettig glänzte. In einigem Abstand lehnten hölzerne Abdeckungen an der Wand.

„Wenn ihr damit fertig seid, werdet ihr mich mit den anderen zu den Forellenteichen begleiten", ordnete der Mönch an, dann mischte er sorgfältig in einem Weidenkorb trockene und feuchte Holzspäne. Die Aussicht, der Gegenwart Anselms schnell wieder zu entrinnen, erfüllte Rotmund und Werner mit Zuversicht. Versehen mit Reusen aus Weidengeflecht verließen sie wenig später St. Peter und Paul zu fünft im Gefolge von Bruder Jakobus. Werner hatte sein Lächeln seit der frohen Kunde, einen Fischzug machen zu dürfen, nicht mehr verloren. Als sie jedoch in unmittelbarer Nähe zur Kirche schon wieder halt machten, nahm sein Gesicht einen unbestimmten Ausdruck an. In einiger Distanz zum Bach lagen drei ausgedehnte ovale Vertiefungen inmitten der flachen Wiesenlandschaft beinahe unsichtbar in der diffusen Beleuchtung des verhangenen Himmels. Zwei Teiche waren trocken gelegt und vollständig am Boden mit Schlick überzogen. Auch die Kanäle, in welchen gewöhnlich Frischwasser floß, waren abgelassen worden und boten den selben Anblick.

„Ich warte hier auf euch", entgegnete Jakobus entspannt und ließ sich an der Böschung nieder. Die Schüler zogen wortlos ihre Kutten trotz der Kälte aus. Rotmund und Werner folgten zögerlich ihrem Beispiel. Der Mönch beobachtete gelassen, wie die dürren weißen Leiber der Knaben barfuß und nackt in den kalkigen Schlamm wateten, wo sie sofort bis an die Hüften versanken.

„Seid vorsichtig mit dem Schilf. Das ist scharf wie Anselms Fliete", raunte ein hohlwangiger Junge den beiden Brüdern zu.
„Seid froh, daß euch der Anselm nicht in die Finger gekriegt hat. Wenn der Archidiakon nicht da ist, hat er meist schlechte Laune."
Trotz der schneidenden Kälte war es im Schlamm beinahe angenehm warm, je tiefer man einsank. So war bald keine Stelle Haut mehr unbedeckt, während sie sich, die Reusen über ihren Köpfen balancierend, im Kanal fortbewegten. Der gesamte Teichboden war übersät mit Fischen, welche teilweise zappelten und in unwillkürlichen Bewegungen die roten Kiemen entblößten. Hunderte von grauen Fischleibern auf und zwischen nassen Vorhängen von Wasserpflanzen breiteten sich vor ihnen aus. Rotmund entdeckte die versteckte Schleuse, welche den Abfluß regelte und nun weit geöffnet war. Eine ebensolche mußte sich am Eingang zum Zulauf befinden, durch welchen sie soeben gewatet waren. Wortlos begannen die Knaben ihre Reusen zu füllen. Immer wenn der Deckel sich kaum noch verschließen ließ, machten sie sich auf den mühevollen Rückweg durch den weichen Schlick. Die Prozedur war kräftezehrend und Rotmund und Werner knurrte der Magen wie lange nicht mehr. Und dann begann der wirklich anstrengende Teil des Tages. Unter den aufmunternden Zurufen von Bruder Jakobus, welcher es sich inzwischen an einem kleinen Feuer bequem gemacht hatte, befreiten die Knaben den Teich samt Zulauf von Schlick und Wasserpflanzen. Für diese Arbeit besaßen sie nichts als ihre Hände. Während sich Jakobus eine Forelle am offenen Feuer briet und sie genußvoll verspeiste, blieb den Jungen nichts weiter als die Hoffnung auf eine deftige Metzelsuppe zum Nachtmahl. Jakobus las seelenruhig in seinem Brevier, während die Knaben den Unrat auf die Deckel packten und fein säuberlich am Ufer wieder absetzten. Nach fünf Stunden mühevoller Arbeit beschloß der Mönch, daß es genug sei. Es war noch nicht einmal die Hälfte ge-

schafft, aber keiner der Jungen konnte mehr einen Fuß vor den anderen setzen. Ein kurzes erfrischendes Bad in der Echaz belebte jedoch wieder die Lebensgeister und so verließen sie gereinigt und guter Dinge die Fischteiche. Sie hatten so viele Fische eingesammelt, daß Jakobus beschloß einen Ochsenkarren vorbei zu schicken, um die Fische zum Räuchern in den Kirchhof zu transportieren. Ausgelaugt, aber in euphorischer Stimmung steuerten sie dem Schlachtfest zu. Im Kirchhof herrschte immer noch große Betriebsamkeit. Ein unbeschreiblicher Duft hing über dem gesamten Areal. Schwaden des Wohlgeruches aus den siedenden Fleischtöpfen vermischten sich mit den rauchigen Nuancen gebratenen Fleisches. Das alles erzeugte ein wohliges Glücksgefühl in Rotmund und Werner. Bruder Jakobus ließ eines der Pferdegespanne, welches eben mit einer letzten Fuhre Holz in den Kirchhof einfuhr, abladen und machte sich dann mit zwei Schülern auf, um die Fische zum Räuchern einzuholen. An den Gestellen und Holzreitern hingen fein säuberlich hintereinander noch Ziegen, Schafe und Rinder, welche nach und nach verarbeitet wurden. Bereits ausgenommen und gehäutet wanderte Stück um Stück in die Fleischkessel mit Pökelsalz oder in die qualmenden Räucheröfen. Für das Nachtmahl hing ein Hammel an einem Drehspieß und stetig tropfte goldenes Fett in die Flammen, wo es mit einem Zischen verbrannte und einen unnachahmlichen Duft verbreitete. Die ausgelassene Stimmung der Schüler hatte sich auch auf die Brüder übertragen, welche heute öfter als gewöhnlich ein herzhaftes Lachen hören ließen. Rotmund beobachtete den dicklichen Bruder Bruno mit fettglänzendem Gesicht, welcher den Hammel über der Glut drehte. Mit einem kurzen Schwert schälte er die satt braune Kruste von den Keulen des Bratens auf ein langes Eichenbrett. Dann faßte er hinter sich in ein kleines Holzfaß und bestäubte das schmurgelnde Fleisch mit einer üppigen Gewürzmischung. Der Duft war so überwältigend, daß Rotmund und Werner sich einfach in der Menge treiben ließen, um in die Nähe des Fleischberges zu gelangen. Da standen sie nun auf Augenhöhe mit den dampfenden Köstlichkeiten und ihre Augen wanderten flehentlich zwischen dem Objekt der Begierde zu dem taubstummen Mönch. Offenbar waren die Vorbereitungen zum Nachtmahl kurz vor dem Abschluß, denn Bruder Bruno arbeitete fieberhaft und ließ sich von den flehentlichen Blicken der hungrigen Schüler nicht ablenken.

Währenddessen ratterte das Fuhrwerk mit Bruder Jakobus auf dem Bock in den Kirchhof. Hunderte von Fischen warteten dunkel in den Körben glänzend auf die Verarbeitung. Wortlos schickten sich Rotmund und Werner an, beim Entladen des Karrens zu helfen. Und dann hieß es Fische ausnehmen. Die kleine Gruppe positionierte sich müde im Schein eines der Feuer. Zunächst mußte ein hölzerner Bottich mit Wasser vom Brunnen aufgefüllt werden. Dieser diente zur Aufnahme der Innereien und zur Reinigung der Fischleiber. Jakobus verteilte ringsum wieder jene kleinen geschmiedeten Klingen, welche sie schon am Morgen bei der Herstellung des Räuchermehles benutzt hatten. Rotmund und Werner fiel das Ausnehmen nicht schwer, lediglich die Finger wurden ihnen klamm in der Kälte. Und dann endlich war es soweit. Der letzte Eisenspieß mit aufgefädelten Forellen wurde in der Räuchernische eingehängt. Als alle Abdeckungen an ihrem Platz waren und die Nische dicht, entzündete Jakobus an mehreren Stellen das Räuchermehl und verschloß die Brennkammer mit Lehm. Nur an wenigen Stellen durchstach er diesen mit einem Stab. Das war seine Methode, um die Glut nur minimal glimmen zu lassen. Jetzt konnte das Räuchern beginnen. Als die scheppernde kleine Glocke von St. Peter zum Nachtmahl rief, ging ein erfreutes Raunen durch den ganzen Kirchhof. Die letzten Handreichungen wurden erledigt und dann strömte alles in das Refektorium.

Nur ein Schüler, der lange Edmund, blieb zurück, um Feuerwache zu halten. Das war der Preis dafür, Anselms Günstling zu sein.
Werner und Rotmund mischten sich unter die Schülerschar und schon während sie zum Nachtmahl eilten, mußten sie von der schrecklichen Buße erzählen, welche ihnen auferlegt worden war. Immerhin waren sie Rekordhalter, so schnell hatte es bisher noch keiner geschafft, auf unbestimmte Zeit ins Exil im Brühl geschickt zu werden. Auch die Arbeit im Siechhaus trug das Stigma eines gefahrvollen Schicksals. Grauenvolle Erzählungen machten meist in der Nacht im Dormitorium der Schüler die Runde. Und tatsächlich war es schon mehrmals geschehen, daß Schüler nicht mehr von dort zurückgekehrt waren, wenn sie sich mit einem Fieber oder ähnlichem angesteckt hatten. So waren Rotmund und Werner in ihrer Abwesenheit in den Augen vieler Mitschüler zu Giganten gewachsen. Werner genoß die neue soziale Stellung sichtlich und erzählte selbst noch mit Braten gefüllten Backen von seinen Erlebnissen in der Leprahölle. Das Nachtmahl ließ nichts zu wünschen übrig. Es herrschte solch ein Schmausen und Feiern, daß die erbaulichen lateinischen Texte des Vorlesers völlig im Lärmen unterging. Er nahm es gelassen und rezitierte im Schein einer Öllampe die Capitula. Rotmund aß soviel Fleisch, bis kein Bissen mehr nach unten rutschen wollte.
„Ich kann nicht mehr, wenn ich noch einen Bissen esse, wird mir übel", seufzte Rotmund zufrieden.
„Seht nur, der Anselm hat sich den Hammelkopf und die Hoden auf den Teller gelegt."
Thomas deutete mit dem Kopf unauffällig ans andere Ende der Tafel.
„Dem graust es vor gar nichts."

15

Als die Glocken zur Matutin riefen, verebbten die Gespräche vollends im Refektorium. Die Lampen, welche das Mahl beleuchtet hatten, wurden aus den Nischen in den Wänden gehoben. Sie sollten den Weg zur Messe beleuchten, welche in der großen Kirche stattfinden würde. Zu dieser Gebetszeit kamen meist auch einige fromme Bürger der Stadt. Doch die Filialkirche zur lieben Frau lag sicher innerhalb der Stadtmauern und so schwankte die Anzahl der Kirchgänger in St. Peter und Paul sehr. Es war sehr feierlich, als die Brüder begannen, das Alma redemptoris anzustimmen. So zogen sie singend durch den Kreuzgang, während im Kirchhof noch schwach die Feuer glühten. Rotmund wurde von den einstimmigen Weisen davongetragen. Die Lampen warfen weiches warmes Licht in die Gewölbe aus Stubensandstein, während der Atem in der Luft fror und als sanfter Niederschlag zu Boden fiel. Trotz der schneidenden Kälte war Rotmund warm ums Herz. Aus dem Gesang der Brüder sprach eine Woge der Harmonie, wie sie Rotmund nur im stillen Glück der Stunden am Bach empfunden hatte. Als der singende Zug durch den Nebeneingang in der Kirche eintraf, empfing sie der vertraute Duft von Weihrauch. Das gesamte Querhaus war erleuchtet von zahlreichen Kerzen, welche die Gläubigen bei sich trugen. Aus den Gewölben der Radialkapellen blickten die Darstellungen der Apostel vom Ruß geschwärzt milde auf die heilige Zeremonie. Wie vielen Gebeten sie wohl schon hier stumm beigewohnt hatten? Für Werner und Rotmund jedenfalls war es die erste Matutin. Zu gerne hätte Rotmund verstanden, was in der Kirche vorgetragen wurde.

Gebet, Lieder und die Lesungen aus dem Meßbuch waren allesamt in der fremden Sprache der Geistlichen.
In Rotmund wuchs der Wunsch, etwas von dem zu begreifen, was Gott den Menschen zu sagen hatte. Weshalb sprach Gott lateinisch? Als er sich reckte, um einen Blick über die Köpfe hinweg auf das Geschehen zu werfen, entdeckte er Bruder Simon Lukas. Neben ihm saß Anselm im Chorgestühl. Die beiden unterhielten sich unauffällig. Am Nachtmahl hatte Simon Lukas nicht teilgenommen und war auch nicht mit der Prozession in die Kirche eingezogen. Rotmund beobachtete, wie der Mönch sein Gesicht in den Händen barg und nervös zitterte. Dann löste er sich aus der Menge der Brüder und verschwand lautlos durch eine Pforte im Altarbereich. Etwas an dem Verhalten seines Lehrers beunruhigte Rotmund. Im Siechhaus ging der Mönch stets aufrecht und strahlte Überlegenheit aus. Irgendein Umstand schien ihn so innerlich zu bewegen, daß er die Messe vor dem Ende verließ. Eine Unruhe entstand unter den Geistlichen. Rotmund dachte daran, daß er wortlos am Morgen losgezogen war, ohne sich im Siechhaus abzumelden. Andrerseits hatte man ihm befohlen, unverzüglich im Kirchhof zu erscheinen. Kurz vor Ende der Messe drängte sich Anselm zwischen den Schülern hindurch. Schweigend nahm er Rotmund bei der Kutte und führte ihn an der dunklen Wand entlang in den Schein einer Kerze, welche im Luftzug flackerte.
„Höre mir gut zu, was ich zu sagen habe. Vor dem Morgengrauen meldest du dich im Siechhaus. Da bleibst du bis zum Mittagsläuten. Den Rest des Tages unterstehst du mir. Hast du das verstanden, Tölpel?"
Anselm hatte die Worte Rotmund förmlich entgegengespuckt. In seiner Stimme lag unterdrückter Zorn und trotz des gesenkten Tones hörte Rotmund einen persönlichen Vorwurf heraus.

War seine Buße im Siechhaus der Grund für eine Auseinandersetzung zwischen den beiden Mönchen gewesen?
„Geh mir jetzt aus den Augen!"
Anselm wies Rotmund aus der Kirche. Rotmund gehorchte und ging durch den Nebeneingang in die klare Nacht hinaus. Der Kreuzgang wurde vom fahlen Mondlicht durchflutet. Edmund saß immer noch vor einem großen Haufen Holzkohle und stocherte mit einem Ast in der Glut. Er hatte die Kapuze seiner Kutte weit über den Kopf gezogen, so daß sein Gesicht völlig im Dunkeln lag. Rotmund mochte ihm nicht alleine begegnen und schlich so lautlos wie irgend möglich den dunklen Gang entlang. Von der Kirche her klang noch schwach ein gesungenes Kyrie. Edmund stand auf und sah zum Kreuzgang hin. Rotmund erstarrte mitten in der Bewegung und das Herz begann ihm zu rasen. Ein Nachtvogel glitt in lautlosem Flug über den Kirchhof und Edmund sah ihm nach. Dann setzte er sich wieder und stocherte in der heißen Asche. Rotmund wagte kaum sich zu bewegen. Er war nicht auf eine nächtliche Begegnung mit Edmund erpicht.
Mit einem klatschenden Geräusch lief Rotmund geradewegs gegen eine lebendige Mauer, welche vor ihm im Dunkel des Kreuzganges aus dem Nichts aufgetaucht zu sein schien. Der Schatten breitete seine Arme aus wie zwei Schwingen und stieß ein tiefes Knurren aus, welches Rotmund erstarren ließ. Im nächsten Moment umfaßte eine übelriechende Pranke seinen Mund und verschloß ihn. Dabei preßte das Wesen Rotmunds Kopf gegen seine massige Brust, so daß dieser ihn nicht sehen konnte und drehte ihm mit der anderen Pranke den Unterarm auf den Rücken. Lautlos schleifte es den Jungen rückwärts über den Steinboden in einen dunkle Ecke des Kreuzganges. Rotmund erwartete jeden Moment, den Tod zu finden und sein Herz raste ihm bis zum Hals.

Doch statt dessen begann der Unhold zu reden: „Du hast mich nicht gesehen, noch weißt du, wer ich bin! Wenn du mich verrätst, komme ich wieder und reiße dir dein Herz heraus!"
Die Stimme hatte nicht viel Menschliches an sich. Es klang eher wie das Knurren eines Hundes oder Wolfes. Rotmund konnte nicht atmen, so fest war der Griff, aber er nickte so gut es ging mit dem Kopf. Dann wurde er unsanft in die Büsche der Einpflanzung gedrückt, wo er nach Luft ringend einige Momente zwischen den Ästen verharrte.
Ein Stimmengewirr erhob sich, als sich die Kirchentore öffneten und die Gläubigen mit Lampen und Fackeln den Heimweg antraten. Völlig verwirrt mischte sich Rotmund unter eine Schar von Schülern, welche im Kreuzgang dem Dormitorium zustrebten. Der taube Bruno ging allen mit einer heftig qualmenden Öllampe voran, die steile Treppe hoch in den Schlafsaal. Rotmund zitterten die Knie, als er sich endlich auf sein Lager setzen konnte. Er wollte sich mit keinem mehr unterhalten und nur noch schlafen. Als er sich auf seinem Strohsack lang machte, dauerte es nur Sekunden und er fiel in einen dunklen Tiefschlaf. Die Anstrengungen und Erlebnisse des Tages forderten ihren Tribut.
Werner war ebenfalls hundemüde, wie die meisten der Schüler an diesem Abend, aber er brannte darauf zu erfahren, weshalb Anselm Rotmund frühzeitig aus der Messe gerufen hatte. Doch das mußte bis zum Morgen warten, denn sein Bruder schlummerte bereits tief, als er sich bis zu seinem Schlafplatz durchgekämpft hatte. Als Rotmund erwachte, lag eine fremde Hand auf seiner Schulter, welche ihn beharrlich wachrüttelte. Im Schein einer Öllampe erkannte er Bruder Simon Lukas und noch zwei ältere Schüler zwischen den Reihen der Schlafenden. Rotmund erhob sich unverzüglich mit trockenem Mund und strich die Falten aus seiner Kutte. Schweigend verließen sie das Dormitorium, um auf schnellstem Wege zum Siechhaus zu gelangen.

Irgend etwas war vorgefallen, dessen war Rotmund sich jetzt sicher. Morgennebel verhüllte bleiern die Pflanzungen im Kirchgarten. Simon Lukas teilte im Gehen einen Laib Brot unter sich und den drei Schülern. Wortlos nahmen sie das improvisierte Frühstück entgegen und kauten still die trockene Speise im Gehen. Vor dem Siechhaus herrschte bereits helle Aufregung. Eine Menschenmenge hatte sich im Morgengrauen auf dem Vorplatz gebildet und von der nahen Stadt her sah man einen beständigen Zug von Trägern mit Bahren oder Karren, auf welchen Kranke gebettet lagen, zum Siechhaus ziehen. Ein unbeschreibliches Stöhnen, Kreischen und Gemurmel hing in der Luft. Rotmund sah einen Körper im Dämmerlicht auf einem Holzgestell liegen. Er vermochte nicht zu sagen, ob es ein Mann oder eine Frau war. In qualvollen Schüben erbrach sich der Mensch auf den Boden, während sich die Hände wie Krallen zusammenzogen und die Füße irrwitzig überstreckten. Jetzt hatten die umher stehenden Bürger Bruder Simon Lukas entdeckt und bestürmten ihn mit angstvollen Fragen. Rotmund sah, wie sich der Ring um seinen Lehrer immer enger schloß und handelte aus einem Impuls heraus.
„Wir müssen ihm da raus helfen!"
Rotmund sah erwartungsvoll in das Gesicht des größeren Mitschülers. Der sah ihn an und lächelte.
„Was schlägst du vor?"
Rotmund antwortete:
„Wir sollten versuchen die Menge zu teilen, damit er schnell im Haus Schutz findet und wir die Türen schließen können."
Und so geschah es. Mit sanfter Gewalt bahnten die Jungen ihrem Lehrer einen Weg ins Siechhaus, wobei sie sich nicht scheuten, die eine oder andere Bahre mit Kranken aus dem Weg zu räumen. Die Nonnen im Krankensaal waren völlig überfordert. Überall standen oder saßen Angehörige in dichtem Gedränge über kranke Familienmitglieder

gebeugt und machten ein Durchkommen fast unmöglich. Die Patienten zeigten alle dieselben Symptome. Bruder Simon Lukas blickte von Bahre zu Bahre und untersuchte angespannt das Krankheitsbild. Viele der Unglücklichen litten unter furchtbar brennenden Schmerzen, während andere sich in Krämpfen wanden oder sich am ganzen Körper zu kratzen begannen.

„Kein Zweifel, es ist das Sankt Antonius Feuer, aber das erklärt nicht alles", stellte Bruder Simon Lukas abschließend fest.

„Wir müssen zuerst die Angehörigen loswerden und dann schnellstens Ordnung schaffen. Ich fürchte, es verbirgt sich noch Schlimmeres in dem Tumult. Ich muß nochmals einen Blick auf die Kranken im Freien werfen. Du begleitest mich, Rotmund. Und ihr beiden sorgt hier im Saale für Ordnung. Schickt jeden raus, der noch stehen kann!"

Vor dem Siechhaus war nun die halbe Stadt auf den Beinen. Frauen und Männer, in Umhänge gehüllt, standen in Gruppen beieinander oder waren damit beschäftigt, die Kranken zu trösten. Simon Lukas lief scheinbar ziellos zwischen den Kranken umher, bis er an einer Bahre plötzlich niederkniete. Der Mann war nicht mehr bei Bewußtsein. An seinem Hals unterhalb der Ohren waren die Lymphknoten dunkel angeschwollen. Er hob vorsichtig das Laken und untersuchte die Leistengegend. Auch hier fanden sich ähnliche Geschwüre. Der Mönch wandte sich an die Personen, welche abwartend umher standen.

„Kennt ihr die Familie, aus welcher dieser hier gekommen ist? Seid ihr verwandt?"

Die beiden Träger zuckten mit den Schultern.

„Ihr braucht keine Angst vor mir zu haben. Ich muß jedoch mehr über den Verlauf der Krankheit erfahren, um etwas Gutes zu bewirken."

Die einfachen Männer sahen sich verlegen um.

Dann entgegnete einer der beiden: „Den Sohn des Gerbers haben wir bereits in die Krankenstube getragen. Seine Frau ist noch bei ihm. Wir tun nur, für was wir bezahlt wurden."
Bruder Simon Lukas erstarrte und Rotmund entdeckte echte Bestürzung in seinen Augen.
„Allmächtiger!" entfuhr es ihm, als er sich rasch erhob. Im Laufen wandte er sich an Rotmund.
„Schnell, wir müssen ihn aus dem Haus tragen!"
Tatsächlich gelang es ihnen, den halbtoten Jungen samt seiner Mutter in einem Winkel des Saales zu entdecken. Unter den wütenden Protesten der Frau schafften sie den Leblosen samt Holzgestell ins Freie. Simon Lukas wandte sich schwer atmend an Rotmund:
„Und jetzt lasse uns zu Gott beten, mein Junge, daß nicht noch Schlimmeres über uns kommen wird! Der schwarze Tod geht um!"
Als hätte der Mönch Feuer unter die Bahren gelegt, machte die Diagnose die Runde. Entsetzen pflügte durch die Menge von Bürgern und Helfern. Viele schlugen sich Umhang oder Mantel vor den Mund und flohen vom Ort des Schreckens. Binnen weniger Minuten war das Siechhaus frei von unbeteiligten Personen. Den Rest des Morgens verbrachten Rotmund und die neuen Hilfen Berthold und Harald damit, die Kranken nach Anweisung ihres Lehrers zu verlegen. Während des Mittagsmahls zeigte sich Bruder Simon Lukas gesprächig und bemerkte ganz nebenbei:
„Ich muß mich vergewissern, ob noch mehr Bürger mit denselben Anzeichen in den Pflegehöfen der Stadt liegen."
Rotmund fragte erstaunt: „Gibt es mehrere Pflegehöfe in der Stadt?"

Mit einem kräftigen Stück Braten im Mund antwortete Simon Lukas: „Das will ich meinen! Vom Kloster Zwiefalten, Salem, Marchtal und Bebenhausen. Außerdem muß ich noch den Spechtshart aufsuchen. Der ist zwar ein wüster Aderlasser, aber dennoch ein verantwortungsbewußter Arzt."
Nachdenklich machte sich Rotmund nach dem Essen auf den Rückweg ins Skriptorium von St. Peter und Paul.

16

Rotmund hatte keinerlei Vorstellung, was ihn in der Schreibstube erwarten würde. Insgeheim fürchtete er sich vor der neuen Aufgabe. Bruder Anselm erwartete ihn bereits ungeduldig im Kreuzgang.
„Du kommst spät, Tölpel! Aber du wirst lernen, was es heißt, seine Pflicht gewissenhaft zu erfüllen."
Rotmund hatte nichts anderes als eine Standpauke erwartet. Er kam eindeutig zu spät, weil er noch durch den Garten geschlendert war. Anselm hatte ihn wohl dabei beobachtet.
„Da ich annehme, daß du der Schrift nicht mächtig bist, wirst du zunächst mit Krampus das Pergament zurichten. Da kannst du beweisen, was wirklich in dir steckt."
Anselm sprach den letzten Satz mit einem zynischen Unterton aus. Dann führte er Rotmund in gewohnt schnellem Schritt in den hinteren Trakt des Gemeinschaftshauses im ersten Stock. Dort befand sich das Skriptorium. Die Räumlichkeiten machten den Eindruck, als würden Fußboden, Wände und Stehpulte oft gereinigt. Unterschiedliche Holzgriffel lagen als Schreib- und Ritzwerkzeuge in peinlich sauberer Anordnung auf schräg gestellten Eichenplatten. Ein sauberer Stapel mit Pergamenten lag von einer Steinplatte beschwert neben zahlreichen aufgeschlagenen Büchern. Rotmund betrat den lichten Raum mit gemischten Gefühlen. Es roch nach Seife, Wachs und Baumharz. Die Stehpulte in der Schreibstube strahlten eine Strenge aus, welche dem Jungen Respekt einflößten. Alle Tätigkeiten rund um die Feld- und Gartenarbeit waren Rotmund vertraut. Mit körperlicher Arbeit hatte er Erfahrung. Hier waren andere Fähigkeiten gefragt.

Peinlichste Genauigkeit und Disziplin hatte Rotmund noch nie einhalten müssen. Er begann zu zweifeln, ob die Sache gut für ihn ausgehen würde.

„Nehmt eure Plätze ein und schwatzt nicht!"

Anselms Stimme riß Rotmund aus seiner Betrachtung. Hinter einem schweren Eichenpult entdeckte er den bleichen Thomas, welcher neben zehn anderen Schülern ebenfalls im Skriptorium arbeitete. Thomas war nun schon das dritte Jahr in Anselms Obhut und machte seine Arbeit schon recht gut. Als Thomas Rotmund ebenfalls bemerkte, ging ein Lächeln über sein Gesicht. Es tat gut, einen Freund in der fremden Umgebung zu haben.

„Du da, der Neue! Komm her zu mir. Die anderen wissen, was zu tun ist. Teilt die Pergamente aus und sputet euch!"

Rotmund trat gehorsam zu Anselm mit gesenktem Blick. Einige der Schüler kicherten hämisch hinter vorgehaltener Hand. Rotmund folgte Anselm durch eine schmale Pforte im hinteren Teil des Raumes. Über eine steile Wendeltreppe stiegen sie endlos lange nach unten in totaler Dunkelheit. Rotmund fühlte mit der linken Hand den feuchten kalten Stein und versuchte nicht zu stolpern. Beißender Qualm lag plötzlich in der Luft und Rotmund begann zu hüsteln. Langsam gewöhnten sich seine Augen an die Dunkelheit und erkannten undeutlich, wie Anselm eine schwere Kellertür öffnete. Im Inneren des Verlieses tanzte der Schein eines Feuers über das geschwärzte Gewölbe. Durch zwei Lichtschächte fiel Tageslicht in die Höhle. In der Luft lag Verwesungsgeruch. Unter einer gewaltigen Esse hing ein mächtiger Metallkessel, in den wohl zehn Schüler gleichzeitig gepaßt hätten. An Ketten, so dick wie Rotmunds Oberarme, baumelte der Behälter über einem lodernden Holzkohlefeuer, wie eine umgestülpte Bronzeglocke. Türme von Tierhäuten stapelten sich in den Ecken bis unter die Decke des Kellergewölbes. Das Knistern des lodernden Feuers hatte einen eigenartigen Nachhall, was Rotmund vermuten ließ, daß er noch längst nicht die gesamte Ausdehnung des Raumes überblicken konnte. Blasen zerbarsten an der Oberfläche des Topfes, in welchem eine Flüssigkeit brodelte. Ein Mann, schwarz wie die Holzkohle, welche haufenweise umher lag, fischte gerade mit einem langen Metallhaken in dem Sud. Als er die Besucher bemerkte, stellte er das Werkzeug flink beiseite und näherte sich hündisch von unten heraufblickend, während er allerlei eigenartige Laute ausstieß. Rotmund zuckte zusammen. Er hatte dieselben Laute gehört, als er die unliebsame nächtliche Begegnung im Kreuzgang gehabt hatte.

„Der gnädige Härr! Muscha mir guat sei! Vergelt's Gott!"

Der schwarze Mann hatte sich die Lederkappe vom Kopf gerissen und entblößte einen blanken Schädel, welcher von Narben übersät war. Wie ein Hund warf sich der muskulöse Mann auf den Boden und küßte den Saum von Anselms Kutte.

Der zog sich zurück und kreischte: „Laß das! Du weißt, ich will das nicht! Ich habe eine zusätzliche Hilfe für dich nach Mittag", damit schob er Rotmund an den Schultern vor sich her, „zeige ihm alles und lasse ihn zur Vesper wieder gehen."

Zwei kleine Augen hefteten sich auf den Knaben. Dann lächelte er verzückt in Richtung des Mönches und entblößte zwei gelbe Zahnreihen: „Bisch a guader Herr, soo guat! Vergelt's Gott ond älle Engel seiet mit dir en Ewigkeit."

Anselm bedachte die Segenslitanei mit einer abwehrenden Geste und verließ fluchtartig den unwirklichen Ort. Mit seinen kleinen Schweineaugen verfolgte der schwarze Knecht den Geistlichen und als weit oben die Türe geräuschvoll ins Schloß fiel, fuhr Rotmund erschrocken zusammen. Seine Anspannung machte sich mit heftigem Zähneklappern Luft. Der schwarze Krampus machte eine schnelle Dreh-

bewegung mit dem Oberkörper und umfaßte das Gesicht des entsetzten Knaben mit beiden Händen.
„Angst?"
Rotmund starrte in das schrecklich nahe Antlitz mit den gelben Fangzähnen und einem Atem, der Blumen welken ließ. Der Mann brach in ein irres Gelächter aus. Als er sich wieder beruhigt hatte, fuhr er fort: „Angst habe ich manchmal auch."
Krampus lächelte nun und seine Stimme hatte völlig den knurrenden Unterton verloren.
„Das ist das erste, was du von mir lernen kannst. Nicht überall, wo Angst drauf steht, ist auch Angst drin."
Krampus machte eine gewichtige Pause, dann sagte er: „Und jetzt laß dich einmal anschauen, mein Junge. Bei unserer ersten unfreiwilligen Begegnung war keine Zeit zum Kennenlernen."
Krampus ertastete Rotmunds Oberarme und versuchte seine Körperkräfte einzuschätzen.
„Bist wohl ein Kind vom Land und hast mehr mit den Muskeln gearbeitet als mit dem Kopf. Gut, mein Junge! Die Arbeit hier unten geht in die Knochen, das wirst du noch feststellen."
Krampus machte eine ausladende Bewegung mit dem Arm über den gesamten Raum.
„Dies ist mein Reich. Hier arbeite und lebe ich. Hier unten entscheide nur ich, welche Tierhaut einst als Seiten eines Buches im Skriptorium landet."
Dann verwies er auf acht Bottiche, gefüllt mit Kalklauge.
„Da drin lagert der Rohstoff. Alles rohe Häute von Ziegen, Lämmern und Kälbern. Gestern frisch geschlachtet."
Rotmund begriff den Zusammenhang zum gestrigen Schlachtfest.
„Sind die alle vom Brühl?" fragte er leise.
Krampus schüttelte den Kopf.

„Die würden nicht ausreichen. Wir beziehen die rohen Häute aus verschiedenen Quellen." Krampus griff mit der bloßen Hand in die ätzende Brühe und zog eine Haut aus der Lauge, um sie Rotmund zu präsentieren.
„Siehst du, fast nichts mehr dran. Die liegen nun schon seit fünf Wochen. Die sind bald soweit!"
Verwesende Reste von Fleisch entwickelten einen schier unerträglichen Geruch.
Krampus sah den Ekel in Rotmunds Gesicht und erklärte: „Ich rieche das Zeugs gar nicht mehr. Die Borsten und Haarreste fallen in der Brühe innerhalb von sechs Wochen einfach ab. Wenn dann alles abgekocht ist, stinkt auch nichts mehr. Das Kochen entfernt die Kalklauge und nimmt das Fett von den Häuten. Sonst perlt die Tusche beim Schreiben ab."
Der schwarze Krampus führte Rotmund in die Nähe eines Lichtschachtes. Dort stand ein riesiger Metallklotz ähnlich dem in einer Schmiede.
„Am Bock wird die Haut mit einer scharfen Klinge abgezogen, bis sie so blank ist wie der Hintern des Bischofs. Anschließend werden die Häute aufgespannt und getrocknet."
Mit diesen Worten verwies er auf den hinteren Teil des Raumes. Ein kühler Luftzug aus der dämmrigen Dunkelheit war spürbar. Im Dunst des Holzkohlefeuers standen aufgereiht an der Wand lehnend Stapel von Holzrahmen. Die unergründliche Tiefe des Gewölbes beunruhigte Rotmund.
„Du wirst für die Glut sorgen. Das Wasser im Kessel darf nicht kalt werden. Kohle findest du nahe dem alten Wald hinter dem Brühl. Die Säcke wirfst du über den Schacht hier herunter. Am frühen Morgen wird eingeheizt, das mache ich selbst. Mittags ist es deine Aufgabe."

So kam es, daß Rotmund das Gewölbe bald wieder verließ, um Holzkohle zu beschaffen. Mit einem Tragekorb aus Weidengerten über den Schultern tastete er sich die Wendeltreppe empor. Als er die Tür zum Gewölbekeller aufstieß, blendete ihn das Tageslicht. Anselm hatte die volle Kontrolle, wer den Keller betrat oder wieder verließ. Auf dem Weg zum Brühl dachte er lange über den eigenartigen Krampus nach. Weshalb hatte er ihn in der Nacht mit dem Tode bedroht, falls er seine Anwesenheit nahe der Kirche verraten sollte?
Als Rotmund die Echaz an einer seichten Stelle überquerte, breitete sich der Brühl vor ihm aus. Die Suche währte nicht lange. Mehrere Rauchfahnen auf einer bewaldeten Erhebung markierten die frischen Meiler, welche aufgeschichtetes Holz zu Kohle verglommen. Als sich Rotmund über eine ausgedehnte Schneise im Wald den rauchenden Erdhügeln näherte, entdeckte er in der unmittelbaren Nähe eine ärmliche Hütte. Anscheinend war keiner zu Hause und so machte sich Rotmund daran, den Weidenkorb mit der leichten schwarzen Kohle zu füllen. Schon wenig später war der Korb fertig zum Abtransport. Rotmund schulterte die Last auf dem Rücken und balancierte das sperrige Gerüst in Richtung St. Peter. Freudig genoß er die frische würzige Luft und summte eine Melodie, die ihm im Moment in den Sinn gekommen war. Es war ein liturgischer Gesang, welchen er während der Messe gehört hatte. Er liebte die Musik ebenso wie Bewegung an der frischen Luft. Auf dem Weilerhof hatte die Mutter manchmal mit ihren Kindern gesungen. Meistens während der Ernte, wenn die Freude über den Abschluß der mühseligen Feldarbeit einkehrte. Aber die einfachen Weisen konnten sich nicht mit den heiligen Gesängen der Bruderschaft messen. Rotmund erinnerte sich gerne daran, wie er eine Gänsehaut bekommen hatte, als er zum ersten Mal den Gesängen in der Kirche lauschen durfte.

Langsam kroch die Kälte unter seine Kutte und es war ihm allmählich unangenehm, barfuß einher zu gehen. Für Schuhwerk war auf dem Weilerhof nie Geld dagewesen. Im Herbst hatten die Kinder mit Lumpen und Lederriemen mehr schlecht als recht die Füße eingebunden. Mit einem gewissen Neid hatte Rotmund die Fußbekleidungen seiner Mitschüler bewundert. Eigentlich war es nur ein Stück kreisrundes Leder, welches über dem Fußrücken gebunden wurde. Sein stiller Wunsch war es, einmal solche Schuhe zu besitzen. Rotmund eilte dem Kirchhof unter dem bleigrauen Himmel entgegen. Erste Schneeflocken tanzten federleicht vor der Landschaft, um sie Minuten später fast vollständig zu verhüllen. Rotmund konnte die Luftschächte zu der unterirdischen Werkstatt nicht finden. Nachdem er mehrere Male an den Außenmauern entlang gegangen war, gab er es auf. Das Skriptorium war wie ausgestorben. Anscheinend hatte die Vesper bereits begonnen. Rotmund beeilte sich, seine Last los zu werden. Er hatte keine Lust, schon wieder eine Buße auferlegt zu bekommen. Mit seinem Tragekorb stolperte er die Stiege zum Kellergewölbe hinunter. Feuchte Wärme schlug ihm wohltuend entgegen.

17

Bruder Simon Lukas hatte recht behalten. Innerhalb weniger Tage erfaßte die Lungenpest wie eine Woge die Kranken im Siechhaus. Es war nicht mehr möglich, alle Menschen in ihrem Leiden zu begleiten. In den Nächten wurden die Bahren aus der Stadt mit Infizierten vor dem überfüllten Gebäude einfach abgestellt. Alle klösterlichen Pflegehöfe innerhalb der Stadtmauern waren überfüllt mit Infizierten, die alle dieselben Symptome aufwiesen: Nach anfänglicher Blässe, Atemnot und Husten folgte schnell innerhalb von zwei bis fünf Tagen der Tod. Die Angst vor Ansteckung ging um und hielt viele Angehörige vom Siechhaus fern. Auch das Umbetten auf frisches Stroh hielt das Sterben nicht auf. Dennoch war es das einzige, was Rotmund für die Unglücklichen tun konnte. Die Auswirkungen des Sankt Antonius Feuers entstellte die Körper der Leidenden noch zusätzlich. Nasen und Ohren vertrockneten und fielen von den gequälten Gesichtern wie welkes Laub. Selbst der wackere Bruder Simon Lukas war nahezu machtlos. Die ohnehin geschwächten Körper hatten der Lungenpest nichts entgegen zu setzen. Das Sterben schien kein Ende zu nehmen. Rotmund irrte zwischen den Reihen von fiebernden Kranken umher auf der Suche nach Bruder Simon Lukas. Als er durch das niedere Portal zum Herbarium trat, sah er seinen Tutor am Boden knien. Rotmund trat vorsichtig neben den betenden Mönch. Als er den Jungen bemerkte, sah er kurz zu ihm auf. Seine Augen waren rot vor Müdigkeit und Schmerz.
„Verzeiht mir, daß ich mich kurz zurückgezogen habe. Eigentlich darf ich die Kranken jetzt nicht alleine lassen."

Mühsam erhob sich der Mönch.
„Morgen früh werden wir die Toten verbrennen. Wir können sie nicht mehr länger im Kühlloch liegen lassen."
Rotmund nickte betrübt. Im Kühlloch war tatsächlich kein Platz mehr, um die Leichen der Verstorbenen zu lagern. Eigentlich war die Erdkammer einst ein natürlicher Kühlschrank gewesen, um Lebensmittel länger frisch zu halten. Nun lagen dort die Leichen von vierzig Bürgern, gestorben an den Folgen des rätselhaften Fiebers. Gerüchte machten die Runde, der Teufel sei auf der Stadtmauer gesehen worden. Kurz darauf beschuldigte man eine Hebamme, sie hätte schwarze Samen unter die frische Gerste gestreut, um die Bürger in der Stadt zu vergiften.
Als Rotmund nach Mittag aufbrach, war er froh, den Ort für kurze Zeit verlassen zu dürfen. Bleigraue Wolken bedeckten den Himmel wie ein Leichentuch. Es herrschte vollkommene Stille im Garten, bis auf das wütende Krächzen eines Krähenschwarmes, den Rotmund beim Vorübergehen von einem kahlen Nußbaum aufgescheucht hatte. Selbst der Kirchhof war verlassen und trostlos an diesem Tag. Nur im Skriptorium herrschte große Aufregung, Anselm war in Fahrt, wie schon lange nicht mehr.
„Weshalb heißt die Donate wohl „ars minor", ihr Dummköpfe? Allius Donatus würde sich in seinem römischen Grab herumdrehen, könnte er eure Schmierereien hier sehen!"
Damit warf er einen Stapel von bereits beschriebenen Pergamenten geräuschvoll zu Boden.
„Ich verlange doch keine große Kunst von euch, aber abschreiben werdet ihr doch wohl noch können!"
Rotmund wagte es kaum, mitten durch die Reihen von Stehpulten zu marschieren, um zur Kellertreppe zu gelangen. Mit eingezogenen Köpfen brüteten alle Schüler über ihren Manuskripten, um ja nicht

Anselms Aufmerksamkeit auf sich zu lenken. Rotmund lief Anselm direkt in die Arme.

„Siehe da, unser junger Herr beliebt zur Arbeit zu erscheinen! Mich dünkt freilich, ihr seid etwas spät! Wie oft soll ich es noch wiederholen? Pünktlichkeit ist Voraussetzung für alles gute Werk! Ich sehe schon von einem Bauerntölpel ist nicht mehr zu erwarten. Euresgleichen ist nicht fähig zu geistiger Arbeit. Ich werde meine Zeit nicht mit dir verschwenden. Geh wieder zum Viehhüten! Das ist deine Bestimmung!"

Anselm hatte sich derart in Rage geredet, daß er einen roten Kopf bekommen hatte. Rotmund war überrascht von dem ungerechten Angriff. Er sah Anselm direkt in die Augen und wich nicht aus. So standen sie beide schweigend für Sekunden gegenüber. Dann ging Rotmund wortlos an dem erregten Mönch vorbei zum Kellergewölbe. Während er die Treppe hinunterstieg, schwor er sich, selbst Latein zu lernen, ohne Anselms Unterricht. Langsam entwickelte Rotmund Interesse für das eigenartige Handwerk der Pergamentherstellung. Krampus war ein geschickter Lehrmeister. Er verstand es meisterhaft, den Idioten gegenüber den Mönchen zu spielen und andrerseits mit großer Fertigkeit das Handwerk vor seinem Schüler darzulegen. Er spannte soeben eine nasse Kalbshaut auf einen Holzrahmen. Rotmund reichte ihm kurze Holzpflöcke, um die Schnüre zu verkeilen, welche die Haut nach allen Seiten in Spannung hielten. Dies geschah in unmittelbarer Nähe der Feuerstelle, da die Sonne im späten Herbst nicht mehr genügend Kraft besaß, die Häute im Freien zu trocknen. Es war Rotmunds Aufgabe, die Gestelle oft zu wenden. Wenn die Spannung der Schnüre auf dem Höhepunkt war, klopfte Krampus mit dem Finger sanft an mehreren Stellen auf die Haut. Am Ton erkannte er Qualität und Gleichmäßigkeit der Haut und zog bei Bedarf die Schnüre an oder lockerte sie. Dann wurden sie wieder mit einem

nassen Tuch befeuchtet und abermals getrocknet. In den Ecken des Gewölbes türmten sich die rohen Häute jetzt bis unter die Decke. Der Gestank war dementsprechend, aber Rotmund gewöhnte sich langsam an den strengen Geruch.
„Wir brauchen morgen mehr Kohle. Nimm dir noch einen Gehilfen aus dem Skriptorium mit. Das kannst du nicht alleine herbeischleppen."
Krampus reichte Rotmund das Tragegestell aus Weidengeflecht. Als er Rotmunds Gesicht sah, hakte er nach.
„Hat dich Bruder Anselm wieder am Wickel gehabt? Du siehst aus, als wäre deine Lieblingsziege gestorben. Worum ging es denn diesmal?"
Als hätte er nur darauf gewartet, sich endlich Luft zu machen, sprudelte Rotmund los.
„Nichts ist dem recht! Alles mache ich falsch! Und überhaupt, er soll doch sein Latein lehren, wem er will! Er haßt mich ohne jeden Grund, einfach nur weil ich da bin!"
Krampus lachte schallend, als er den zornigen Jungen mit geballten Fäusten auf der untersten Treppe stehen sah.
„Na ja, ist schon ein echter Stinker, der Anselm. Nicht so sehr aus dem Maul als mehr aus dem Hirn und dem Herzen!"
Jetzt stimmte auch Rotmund ein befreiendes Lachen an. Mit einem Mal war der Druck verschwunden, welcher den ganzen Tag auf ihm gelastet hatte. Krampus klopfte dem Jungen auffordernd auf die Schulter und schickte ihn die Treppe hoch zum Skriptorium.
„Und morgen bekommst du von mir deine erste Lateinlektion", rief er Rotmund nach. Dann murmelte er an sich selbst gewandt: „Ich hoffe, ich habe noch nicht alles vergessen."
Nach dem gemeinsamen Nachtgebet füllte sich der Schlafsaal rasch. Das Komplet hatte nicht lange gedauert und nur eine kleine Abordnung von Schülern war im Chorraum zurückgeblieben, um ge-

meinsam mit den Mönchen die Vigilien zu beten, um den kommenden Tag des Herrn zu erwarten. Rotmund liebte diese Zeit des nächtlichen Gebetes. In der Kirche herrschte völlige Dunkelheit. Eine einzige Kerze erhellte den Altar mit dem Allerheiligsten. Rotmund verstand den Inhalt der lateinischen Verse nicht, aber dennoch erfüllte ihn ein tiefes religiöses Gefühl der Öffnung hin zu einem größeren, alles umfassenden Sein. Die Anwesenheit der Mönche, welche die Nachtwache gerne zur geistlichen Erneuerung nutzten, gab Rotmund ein Gefühl der Zugehörigkeit in der unvertrauten Umgebung.
Neben ihm kniete der schmächtige Thomas auf einer harten Holzbank, welche neben dem Chorgestühl den Schülern als Gebetsplatz diente. Gemeinsam verließen sie später den Chor durch die Seitenpforte. Im Kirchhof versanken die Jungen bis zu den Knien im Schnee und immer noch fielen lautlos dicke Flocken vom Himmel. Alles lag unter einer federleichten weißen Decke. Rotmund und Thomas tollten durch die weiße Pracht und wälzten sich übermütig auf dem Boden, wie es ihrem Alter entsprach.
Thomas riß die Arme empor und rief aus: „Sic itur ad astra!"
Rotmund blickte fragend zu seinem neuen Freund.
Thomas erklärte freimütig: „Das habe ich in einem Buch gelesen."
Rotmund war wieder hellwach.
„Du kannst lesen?"
Thomas kicherte verlegen.
„Und schreiben kann ich auch. Ich glaube, der Satz stammt aus der Äneis von Vergil. Übersetzt heißt es: So steigt man zu den Sternen empor!"
Rotmund staunte nicht schlecht und setzte sich in den Schnee.
„Wie hast du das gemacht, lesen und schreiben lernen? Ich will das auch, aber der Anselm läßt mich niemals in seinen Lateinunterricht gehen, er haßt mich!"

Thomas ließ sich jetzt ebenfalls in den weichen Schnee neben Rotmund sinken.

„Anselm und Lateinunterricht! Daß ich nicht lache! Wir machen nichts anders im Skriptorium, als Texte zu kopieren. Manchmal habe ich den Verdacht, der versteht selber nicht so richtig, was er uns da abschreiben läßt. Ich hatte einen Lateinlehrer nur für mich, bis mein Vater starb."

Thomas machte eine kleine Pause.

„Aber vieles habe ich mir selber beigebracht und der Archidiakon hat mir dabei geholfen."

Rotmund runzelte die Stirn und Thomas erklärte weiter: „Immer wenn er eine Dienstreise antreten muß, bekomme ich den Schlüssel zu seiner Bibliothek in der Sakristei. Anselm sieht es zwar gar nicht gerne, aber er wagt es nicht, mich zu stören."

Rotmund bekam immer größere Augen. Hinter dem bleichen Jungen verbarg sich mehr, als er bisher vermutet hatte. Dann sagte er bedeutungsvoll, indem er seine Hand freundschaftlich auf die Schulter von Thomas legte.

„Du mußt mir helfen, lesen und schreiben zu lernen. Ich möchte auch verstehen, was die heiligen Dinge bedeuten."

Thomas ergriff Rotmunds Hand und sah ihm in die Augen. In seinem Blick leuchtete mehr als nur stille Verehrung.

Dann rief er aus: „Sic atur ad astra!"

Und Rotmund wiederholte das alte Zitat und stimmte in den Freudentanz mit ein.

„Sic atur ad astra!"

Der Lateinunterricht hatte begonnen.

Im Schlafsaal herrschte muntere Betriebsamkeit. Talg gab es zur Zeit zur Genüge.

Beim großen Schlachtfest war soviel Fett abgefallen, daß die eingeschmuggelten Öllampen stets warmes Licht im Dormitorium erzeugten. Mehrere Schüler vergnügten sich auf dem Boden mit einfachen Brettspielen, welche sie auf die Holzdielen mit Kreide gemalt hatten. Andere tauschten lautstark Gegenstände und Nahrungsmittel, um ihren Eigenbedarf zu decken.

Werner lag verstimmt auf seinem Strohsack und spielte mit einer jungen Maus, welche er zuvor unter den Dielen eingefangen hatte. Nun baumelte eine Schnur um ihren Schwanz. Er ließ das Tier wenige Schritte laufen, dann zog er die Maus wieder zurück. Gerne hätte er sich mit seinem Bruder ausgetauscht, aber der saß gegenüber und übte sich in der eigenartigen Sprache, die bei jeder Gelegenheit im Bereich der Kirche gesprochen wurde. Nicht daß Werner die Messen als langweilig empfunden hätte, im Gegenteil. Der Kirchenbau übertraf alles an Schönheit und Größe, was er bislang gesehen hatte. Aber eigentlich gehörte sein Herz eher dem Brühl. Dort konnte er seine gewohnte Arbeit tun und sich um die Tiere kümmern. Bei den Mönchen, welche allmorgendlich zum Melken erschienen, hatte er bereits einen guten Ruf erworben. Werner war zuverlässig und ein verantwortungsvoller Hirte. Das hatte er bereits bewiesen. Inzwischen kannte er die Besitzverhältnisse auf dem Brühl genauer. Einer der Mönche namens Stefan hatte es ihm erklärt.

„Der größte Teil der Viehherde im Brühl ist eigentlich samt Grund und Boden im Besitz der Patrizierfamilie Ungelter. Seitdem sich das Kloster Königsbronn mit den Städten auf einen Rechtsstreit eingelassen hat, wächst die Herde beständig. Leihvieh bringt fette Taler in die Kassen von St. Peter und Paul. Eigenes Vieh eben nur die tierischen Produkte."

Heute hatte Bruder Simon Lukas ihn jedoch von seinem Posten auf der Weide zur Kirche geschickt. Am nächsten Morgen müsse ein

großes Feuer nahe dem Totenacker entzündet werden. Da er gut mit dem Ochsengespann umgehen konnte, hatte er den ganzen Mittag bis zum Abend Holzstämme aus dem Wald herangefahren. Jetzt war er eigentlich hundemüde und der ungewohnte Umtrieb in der Schlafstube störte ihn heute. Am liebsten hätte er die Nächte bei der Herde verbracht, aber die Einäscherung verlange seine Anwesenheit innerhalb von St. Peter und Paul hatte man ihm versichert. Und so schleppte er sich mißmutig zu den kirchlichen Pflichtveranstaltungen. Heute nachmittag war er während der ermüdenden Gebetsstunde eingenickt, was ihm Anselms erboste Blicke einbrachte. Aber das scherte Werner wenig. So war er eigentlich der einzige im Dormitorium, der sich heute an das hohe Silentium hielt. Endlich warf sich Rotmund mit zum Bersten angefüllten Kopf auf seine Schlafstatt.
Werner sprach seinen Bruder beleidigt an: „Bei dem Krach, den ihr veranstaltet, kann ja keiner schlafen, außer vielleicht der Bruno, aber der ist ja auch taub wie einen Nuß."
Rotmund grinste zufrieden: „Du glaubst ja gar nicht, was ich alles erlebt habe die letzten Tage."
Rotmund fror und zog sich einen alten Nesselsack über die Füße. Seine Zähne klapperten hörbar.
„Wenn du so weitermachst, wirst du noch krank werden. Hier nimm!" Mit diesen Worten reichte er Rotmund einen großen Apfel hinüber.
„Danke Werner! Weißt du, es ist alles so neu und interessant, daß ich einfach oft die Zeit nicht im Auge behalte. Morgen helfe ich das Pergament zu schneiden."
Rotmund war voller freudiger Erwartung. Der Zuschnitt war der diffizile Abschluß der Pergamentherstellung. Dort wurde entschieden, was für ein Format die Bücher später haben würden. Krampus hatte ihm die Schablonen gezeigt, welche die üblichen Buchformate repräsentierten und der Größe der unterschiedlichen Tierhäute entsprachen.

„Ich weiß nichts von diesem Parment und dem ganzen Zeug, dem du da hinterher jagst. Eigentlich dachte ich, wir würden hier zusammen lernen. Statt dessen hat man uns auseinandergerissen. Ich schufte im Brühl bei den Rindviechern und du siehst den ganzen Tag nur den Tod und kein Licht mehr. Da hat uns der gute Roland etwas Schönes eingebrockt!"
Werner hatte seiner Enttäuschung Luft gemacht. Rotmund erwiderte nichts und war mit dem angebissenen Apfel in der Hand eingeschlafen. Werner schmollte und rollte sich ein, wie ein Säugetier in seinen Bau.

18

Der Schnee und die fallenden Temperaturen machten den Schülern langsam zu schaffen. Weder im Dormitorium noch im Refektorium der Schule wurde geheizt, ganz zu schweigen von der alten Kirche in St. Peter und Paul. Nur an Feiertagen oder wenn reiche Patrizier dem Gottesdienst beiwohnten, wurden glühende Kohlen auf Eisengestellen im Kirchenschiff verteilt. Die Laudes im eiskalten Kirchengebäude wurde zur Qual. Den Schülern war es verboten, im hölzernen Chorgestühl bei den Brüdern zu sitzen. Auf dem Steinboden war es inzwischen so kalt, daß nach wenigen Minuten auf den Knien ein stechender Kälteschmerz entstand. Viele Schüler behalfen sich mit Polstern aus Stroh, welche sie am Morgen mit Lumpen um die Knie gebunden hatten. Unter der Kutte war der praktische Kälteschutz unsichtbar, störte aber sehr beim schnellen Gehen. Im Winter waren alle Arbeiten, welche mit Feuer verbunden waren, sehr beliebt unter den Schülern. Dank des beständigen Holzkohlefeuers im Kellergewölbe war der Boden im Skriptorium stets angenehm handwarm. Schon früher als gewöhnlich durchquerte Rotmund den Saal, um schnell die Stiege zu Meister Krampus hinunter zu steigen. Bruder Anselm stellte sich ihm in den Weg.
„Deine Zeit in der Pergamentwerkstatt ist beendet", sagte er nur kühl.
„Der junge Walter wird jetzt diese Arbeit übernehmen."
Mit dieser knappen Erklärung schob er einen kleinen ängstlichen Burschen vor sich her, dem die Angst im Gesicht geschrieben stand.
„Suche dir einen leeren Platz und erwarte meine Anweisungen."

Rotmund wunderte sich ehrlich über die plötzliche Wendung. Er begab sich hinter eines der Stehpulte nahe der Fensterfront. Auf der geneigten Arbeitsfläche aus dunklem Eichenholz ruhte eine honiggelbe Wachsplatte mit Holzeinfassung. Rotmund blinzelte nach allen Seiten und erkannte den bleichen Thomas, welcher konzentriert mit einem Gänsekiel Buchstaben auf einem Pergamentbogen aneinanderreihte. Von allen Plätzen sichtbar lag ein aufgeschlagenes Buch auf einem der Stehpulte. Die Schüler benutzten die handgeschriebene Donate offensichtlich als Vorlage für ihre Schreibarbeit. Jetzt, da er tatenlos da stand und auf die Anweisungen Anselms warten mußte, überfielen ihn Bilder der morgendlichen Einäscherung nahe dem Totenacker. Noch immer loderte der gewaltige Scheiterhaufen und fraß all die Leiber der Toten, welche in den vergangenen Tagen an der Lungenpest gestorben waren.

„Ich sehe, du hast keine Vorstellung, was hier von dir erwartet wird."
Anselms Worte rissen Rotmund aus seinen düsteren Betrachtungen.
„Nun, du hast wie alle Schreibschüler Anspruch auf eine Einführung. So ist es festgelegt und sinnvoll. Man wird schnell sehen, ob du Talent zum Schreiben besitzt."
Das Gesagte klang wie auswendig gelernt.
Anselm fuhr fort: „Wir verwenden für diesen Donatus die Missalschrift. Du wirst nun lernen, wie die Schreibfeder für diese Schrift gehandhabt wird."
Rotmund hörte aufmerksam zu, wagte es aber nicht, eine Frage zu stellen.
„Nimm jetzt diesen Holzgriffel und versuche alles, was du auf den Seiten siehst, in das Wachs zu ritzen. Aber zerbreche mir nichts, Tölpel!"
Anselm entfernte sich und überließ Rotmund seiner ersten Schriftübung. Rotmund betrachtete die Buchstaben und Zeichen auf den

aufgeschlagenen Seiten genau. Das Schriftbild wirkte dunkel und schwarz. Eine große Strenge sprach aus den dicht aneinandergefügten Buchstaben. Im Skriptorium herrschte absolutes Redeverbot. Nur der Lehrer war befugt, das Wort zu ergreifen. Rotmund versuchte das Gesehene in eine Struktur zu fassen. Doch es stellte sich als unendlich schwer heraus, die vielen senkrechten Abstriche mit ihren winzigen Unterstrichen genau zu kopieren. Rotmund beobachtete die Arbeitsweise seiner Mitschüler. Sie erfaßten mit den Augen eine Gruppe von Strichkombinationen und fügten sie dann scheinbar mühelos mit der Schreibfeder auf das Pergament. Rotmund beobachtete auch, wie ein neuer Bogen Pergament zum Schreiben vorbereitet wurde. Feines Kalkpulver wurde hauchdünn auf dem Bogen verteilt und dann wieder abgeklopft, damit die Tinte nicht milchig, aber die Haftung derselben verbessert wurde. Doch das half ihm auf der immer noch unberührten Wachsplatte wenig. Rotmund versuchte nun, das elegante Gleiten der Gänsekiele nachzuahmen. Nachdem er einige unbeholfene senkrechte Linien in das Wachs gezogen hatte, wurde ihm klar, daß es sehr schwer war, einen gesteuerten Abstrich in das kalte störrische Material zu ritzen. Auch war es beinahe unmöglich, alle Striche auf dieselbe Höhe zu stellen. Nach zwei mühevollen Stunden ging es ihm etwas leichter von der Hand. Er hatte die Erfahrung gemacht, daß es leichter war, den Griffel schräg zu halten und durch das Wachs zu führen. Dadurch entstand am oberen und unteren Ende der Abstriche eine Spitze, welche sich leicht zu den typischen Verdickungen der Missalschrift erweitern ließ. Als er nach einer weiteren Stunde die zweite Zeile in das Wachs kopiert hatte, betrachtete er sein Werk. Bruder Anselm war neben ihn getreten und hielt in der Hand ein eigenartiges Werkzeug. Zwei bewegliche Holzschienen waren so miteinander verbunden, daß sie sich in einem rechten Winkel zueinander verschieben ließen. Eine Skala war auf dem senkrechten Schenkel eingeritzt.

Anselm legte die Senkrechte am Rahmen der Wachsplatte an und verschob die Waagrechte entlang der Markierungen. Mit dem Griffel zog er wiederholt Linien quer über das Wachs. Allmählich entstand ein regelmäßiges Raster. Rotmunds Buchstaben tanzten in Schlangenlinien zwischen den Linien auf und ab.

„Siehst du, Tölpel, wie ungenau dein Auge arbeitet? So sieht die richtige Regulierung aus. Das sind die Grundlinien."

Anselm beschrieb die unterste Linie einer Zeile.

„Darüber liegen die Mittellinien. Das ist die Versalhöhe."

Er deutete erklärend auf drei übereinanderliegenden waagerechten Linien, welche sich stetig auf der gesamten Platte wiederholten.

„Dies ist die linke und rechte Zeilenbegrenzung. Und das sind die unbeschriebenen Ränder, welche den Satzspiegel auf der Seite einschließen. Zur Rechten zwei Teile, oben drei Teile. Zur Linken vier Teile und unten fünf Teile".

Rotmund schwirrte der Kopf. Was war rechts und was war links? Er begriff, daß er die Konstruktion der Seiten unbedingt erlernen mußte.

„Nochmals dieselbe Übung!" forderte Anselm und zog die Wachsplatte mit seiner Leiste glatt. Rotmund kratzte sich am Kopf. Der Mönch hatte sein Lineal wieder mitgenommen. Rotmund versuchte es aufs neue. Nach zwei weiteren Stunden hatte er ein ähnliches Ergebnis wie beim ersten Versuch erzielt. Der Lehrmeister trat erneut neben Rotmund, während die anderen Mitschüler bereits ihre Arbeitsplätze säuberten. Er riß die halbfertige Wachsplatte vom Tisch und funkelte wütend mit seinen fast schwarzen Augen.

„Es scheint, du willst nicht begreifen, Tölpel! Das ist völlig unbrauchbar. Dann wirst du eben den Boden reinigen! Auf die Knie!"

In diesem Moment gellte ein entsetzlicher Aufschrei aus dem Kellergewölbe. Kurz darauf war zu hören, wie jemand panisch über die Kellertreppe nach oben stürmte. Es war Walter, mit vor Entsetzen auf-

gerissenen Augen fiel er über die letzte Stufe der Länge nach ins Skriptorium und schlug dabei hart mit den Knien auf den Steinboden. Doch ohne dem Schmerz Beachtung zu schenken, richtete er sich wieder auf und stammelte unverständliche Worte. Anselm war jetzt bei ihm und schüttelte den Jungen wie einen Hund.
„Was ist geschehen? So rede!"
Wenige Augenblicke später war klar, daß sich ein Unfall im Gewölbe ereignet hatte. Anselm und Rotmund stürmten in das Dunkel des Treppenhauses. Als sie in das Gewölbe traten, verschleierte Wasserdampf die Sicht. Über dem zischenden Holzkohlefeuer hing der Kupferkessel schief in seiner Verankerung. Immer noch schwappte kochende Flüssigkeit über den Rand, um in der Glut zu verdampfen. Krampus lag reglos an die Wand gelehnt vor der Feuerstelle. Als Anselm bei ihm anlangte, stöhnte der kräftige Mann leise und wimmerte wie ein Tier.
Zur Treppe weisend rief Anselm Rotmund zu: „Schnell, wir brauchen Bruder Simon Lukas! Beeile dich!"
Krampus schrie wieder entsetzlich auf, als Anselm vergeblich versuchte, ihm auf die Beine zu helfen. Rotmund stürmte die Treppe hoch und rannte vorbei an seinen Mitschülern durch das Skriptorium. Auf dem Weg ins Siechhaus versank er oft bis an die Hüfte im lockeren Schnee. Rotmund hätte sich sicherlich verirrt, da Himmel und Landschaft völlig ineinander übergingen. Doch die Leprakranken in ihren blauen Kutten irrten selbst bei diesem Wetter durch den Garten und waren wie Wegweiser in dem verwirrenden Treiben der Schneeflocken. Rotmund hatte keines dieser verhüllten Geschöpfe je im Siechhaus aus- und eingehen sehen. Er beschloß, Bruder Simon Lukas bei Gelegenheit darüber zu befragen. Endlich tauchte das Gebäude aus dem weißen Einerlei auf. Völlig außer Atem schob Rotmund den Riegel beiseite und stürmte durch die Türe. Er stolperte und fiel

geradewegs in die Arme seines Lehrers. Mit ungelenken Worten schilderte er den vermutlichen Hergang des Unfalles und den Zustand des verbrühten Krampus. Simon Lukas Blick ging mitten durch Rotmund hindurch. Anscheinend war er gerade dabei gewesen, die leeren Holzgestelle im entvölkerten Krankensaal an die Wand zu stellen. Sein Haarkranz stand fettig und wirr in alle Richtungen von seinem Kopfe ab. Jetzt bemerkte Rotmund, daß sie alleine waren in dem streng riechenden Gebäude. Anscheinend hatte Bruder Simon Lukas auch die Ordensfrauen weggeschickt. Mit staubtrockenem Mund versuchte der Mönch einen Satz zu formulieren. Es gelang ihm nur zögerlich:
„Du mußt ihm helfen, mein Junge. Ich bin im Moment nicht dazu in der Lage. Der schwarze Tod geht um. Ich muß ihn aufhalten. Verstehst du?"
Dann wankte er und geriet aus dem Gleichgewicht. Rotmund stützte den schweren Mann und half ihm, sich auf die Treppe zum Herbarium zu setzen.
„Sagt mir, was ich tun muß, Herr!"
Rotmunds Stimme überschlug sich beinahe. Simon Lukas rang mit sich selbst, um einen klaren Kopf zu bekommen.
„Warte einen Moment, dann fällt es mir wieder ein. Ah ja, das Tüpfeljohanniskrautöl und ein Aufguß von der Hundsrose werden Linderung verschaffen. Aber nicht auf schwarz gefärbte oder verkohlte Stellen auftragen, hörst du."
Simon Lukas faßte Rotmund beschwörend bei den Schultern. Er hatte immer noch Mühe, den Jungen zu fixieren, sein Blick war verschleiert und die Pupillen stark verengt. Dann griff er unter seine Kutte und zog eine Masse hervor, welche aussah wie helles Wachs. Mit zwei Fingern teilte er wenig davon ab und rollte drei winzige Kügelchen.

„Hier, gib ihm davon. Das nimmt zuverlässig den Schmerz und läßt manches vergessen. Aber nicht zu viel auf einmal, hörst du! Das Harz des Schlafmohn ist ein mächtiger Verbündeter."
Rotmund nahm das Opium in die hohle Hand und sah seinem Lehrer fragend ins Gesicht. Der erklärte mit gesenkter Stimme:
„Der schwarze Tod hat Einzug in der Stadt gehalten. Sie tragen Tag für Tag dreißig Tote aus der Stadt. Alle Pflegehöfe sind angehalten, die Erkrankten abzuweisen. Wer die Krankheit bereits hat, darf sich nicht mehr von der Stelle bewegen. Man will verhindern, daß sich die Seuche ausbreitet. Sie schließen die armen Menschen in ihren Häusern ein, wenn bekannt wird, daß die Pest dort ein Opfer gefunden hat. Wer dennoch das Haus verläßt, wird niedergemacht und verbrannt."
Simon Lukas kniff die Lippen zusammen und bekam einen ausdruckslosen Blick. Dann sagte er plötzlich entschlossen: „Meister Krampus braucht dich jetzt, mein Junge! Ich stelle dir rasch zusammen, was du für die Behandlung brauchst!"
Als Rotmund das Kellergewölbe wieder betrat, lag Krampus alleine an die Wand gelehnt, wie er ihn verlassen hatte. Anselm hatte sich zurückgezogen. In aller Eile zerrieb Rotmund ein kleines Bündel Kräuter auf einem Reibstein und fügte etwas Öl aus einer Schweinsblase hinzu. Als er den Verletzten aufrichten wollte, um ihn zu entkleiden, erwachte Krampus und schrie auf vor Schmerz.
„Was tust du da, Junge?"
Rotmund war erleichtert, die Stimme des Mannes zu vernehmen.
„Gott sei Dank, ihr seid noch am Leben!"
Krampus lächelte bittersüß.
„Das will ich meinen, obgleich mich der Schmerz übermannt hat. Wenigstens ist diese elende Krähe wieder aus meinem Keller verschwunden!"

Rotmund war sofort klar, daß nur Anselm damit gemeint sein konnte.
„Schert sich ja sonst auch nicht um mein Wohlbefinden: Sag, was hast du vor mit mir?"
Krampus Blick glitt über den Reibstein und die pastöse Substanz aus Pflanzenteilen.
„Du mußt mich jetzt an deine Verbrennungen lassen", sagte Rotmund besorgt.
„Hier, nimm von diesem Harz und zerkaue es gründlich. Du darfst es nicht schlucken!"
Krampus ließ sich eine Opiumkugel in den Mund schieben und kaute gierig auf der weichen Masse. Dann begann er sein Wams zu öffnen. Die Brust des Mannes war übersät mit aufgeworfenem Gewebe. Die Narben waren Zeugen früherer Verletzungen, aber nicht die Ursache für den unsäglichen Schmerz. Sie bildeten ein regelmäßiges Muster, als hätte sie jemand absichtlich dort hinterlassen. Rotmund erkannte eine schwer entzündete längliche Wunde vom Brustbein bis zur Schulter.
Krampus erklärte: „Ich habe eigentlich gar nicht viel kochendes Wasser abbekommen. Aber es ist mir unter das Wams gelaufen und hat mich umgehauen."
Rotmund begann zu verstehen. Der kochende Sud war direkt in eine bereits bestehende Wunde gelaufen und hatte fürchterlichste Schmerzen verursacht. Rotmund betupfte die Wundränder mit der frischen grünen Paste aus Blättern und Blüten. Krampus entspannte sich zusehend, als das Opium zu wirken begann. Mit halb geöffneten Augen fragte er Rotmund schläfrig:
„Was hat dir der alte Quacksalber mitgegeben, um mich zu verarzten?"
Rotmund errötete. Er konnte sich nicht mehr erinnern. Bruder Simon Lukas hatte auf seinen Bericht hin verschiedene Pflanzen vom Trokkenplatz zusammengestellt und mit frischen Zutaten ergänzt.

Er hatte Rotmund nur Anweisungen gegeben, wie er die Drogen aufbereiten mußte.
„Es tut mir leid, ich weiß es einfach nicht, Meister."
Das Narkotikum wirkte schnell und zuverlässig. Krampus bekam glasige Augen und rollte sich auf dem erwärmten Boden zusammen, wie ein Tier auf seinem Lager.
„Aber ganz geschickt machst du das, junger Freund, gerade so als würde die Mutter mich verarzten", nuschelte er noch, bevor er dahindämmerte.
Als es nichts mehr zu tun gab, zog Rotmund sich zurück. Es war ihm gleichgültig, wie es in der Pergamentwerkstatt weiterging. Anselm hatte ihn aus dem Keller abgezogen und so empfand er keine Notwendigkeit, die Arbeit dort wieder aufzunehmen. Nur Meister Krampus tat ihm leid. Wer hatte den fleißigen Mann so verstümmelt? Und weshalb war er dazu verdammt, sein gesamtes Leben im Kellergewölbe zu verbringen?
Im Skriptorium war es bereits dunkel. Rotmund hatte das Zeitgefühl verloren. Waren alle Schüler bereits beim Abendessen oder schon beim Nachtgebet? Aus einer dunklen Ecke das Saales trat Anselm mit einer winzigen Öllampe in der Rechten.
„Du wirst Demut erlernen, bis du geläutert bist", sagte er knapp und wies auf einen Holzeimer, welcher auf dem Boden stand. So verbrachte Rotmund eine Stunde auf den Knien und schrubbte den Fußboden unter den gestrengen Blicken Anselms.

19

„Wie soll ich schreiben lernen, wenn ich nicht die Bedeutung der vielen Striche kenne?"
Rotmund warf zornig die Reste eines Holzgriffels in die Ecke der Dachkammer. Thomas blieb ruhig auf seinem Strohsack liegen und stützte den Kopf entspannt auf seiner linken Handfläche. Mit seiner Rechten zog er mehrere elegante Linien in den glattgestrichenen Staub auf dem Boden des Dormitoriums. Dann bemerkte er:
„Mir erging es ebenso. Aber ich zeige dir ja gerade; wie du schnell vorwärtskommen kannst. Sag deinem Bruder; er soll Rindertalg und Schnur besorgen. Vertrau mir einfach. Und nun wirst du ein lateinisches Gedicht schreiben und auswendig lernen. Das ist ganz einfach!"
Thomas strich den Sand auf dem Boden glatt und begann mit dem Finger zu schreiben. Rotmund war neugierig geworden.
„Was schreibst du?"
Thomas las laut vor und übersetzte: „Ecce gratum et optatum ver reducit gaudia. Auf zu grüßen Lenz den süßen. Freude hat er wiederbracht."
Rotmund legte die Stirn in Falten.
„Du hast Nerven! Draußen fallen die Krähen erfroren vom Himmel und ich soll den Frühling lobpreisen?"
Thomas ließ sich nicht beirren und fuhr fort.
„Purpuratum floret pratum sol serenat omnia. Blumen sprießen auf den Wiesen und die liebe Sonne lacht."
Rotmund mußte an seinen Bruder denken. Werner war nicht zur Vesper und auch nicht zum Komplet erschienen. Rotmund war sicher,

daß er im Brühl übernachtete. Er wußte zwar nicht; wie er es angestellt hatte; eine Sondergenehmigung zu erhalten, aber irgendwie hatte er es geschafft. Insgeheim beneidete er seinen Bruder. Werner hatte sich durch die Nische; welche er sich erobert hatte; eine gewisse Freiheit erstritten.

„Sol serenat omnia lamiam cedant tristia! Und die liebe Sonne lacht; nimmer sei dem Leid gedacht!"

Während Rotmund sich von einem übellaunigen Mönch schikanieren lassen mußte, genoß Werner die Stille und Wärme bei den Tieren. Thomas schrieb die letzten Zeilen in den Staub.

„Aestas redit nunc recedit niemis saevitia. Von dem jungen Lenz bezwungen weicht des Winters grimme Macht!"

Einziger Lichtblick war die morgendliche Unterweisung bei Bruder Simon Lukas gewesen. Aber eben diese wichtigen Stunden waren nun in Gefahr. Das Siechhaus stand leer und Simon Lukas war ein Schatten seiner selbst, seit die Pest in der Stadt wütete. Anselm würde ihn möglicherweise gänzlich ins Skriptorium hineinziehen. Thomas riß Rotmund aus den trüben Gedanken.

„Jetzt bist du dran! Versuche es einfach auswendig."

Am nächsten Morgen waren alle Zukunftsängste verflogen. Im Siechhaus herrschte das übliche Gedränge. Noch in der Nacht hatte der Pflegehof des Klosters Königsbronn einige der Kranken aus der Stadt ins Siechhaus ausgelagert. Man hoffte, so die Schwächsten vor der Pest zu schützen und dies schien auch zu gelingen. Während der nächsten Woche hatte Bruder Simon Lukas keine Toten zu beklagen und das baute ihn mehr auf, als er zu sagen vermochte. Eine weitere große Erbauung verschafften ihm die Stunden mit seinem gelehrigen Schüler Rotmund, welcher große Fortschritte auf dem Gebiet der Heil- und Pflanzenkunde machte. Simon Lukas schob soeben ein getrocknetes

Bündel Wasserminze in eines der Regalfächer zurück. Rotmund stand gegen die Wand gelehnt neben dem winzigen Giebelfenster.

„Sagt Bruder Simon Lukas, ist es schwer für einen Schüler, lesen und schreiben zu lernen?"

Der Mönch fuhr sich durch den kurzen Bart.

„Nun, es kommt auch darauf an, wie leicht sich der Lehrer tut."

Rotmund dachte kurz nach.

„Ihr meint also, bei einem guten Schüler tut sich auch der Lehrer leicht?"

„Nun", der kräftige Mann formulierte mit Bedacht, „es gibt schlechte Schüler mit guten Lehrern, ebenso wie gute Schüler und schlechte Lehrer. Ich meine, wenn beide ihr Bestes geben, ist Lernen immer ein Gewinn."

Die Augen des Mönches blitzten schelmisch unter den buschigen Augenbrauen. Eigentlich hatte er nichts Neues gesagt, aber Rotmund gab sich damit zufrieden.

Nach Mittag machte Rotmund einen Abstecher im Brühl und bestellte Fett und Schnur bei seinem Bruder. Auch hier lag der Schnee schon vor Weihnachten ungewöhnlich hoch. Werner war immer noch verdrießlich über Rotmunds neue Vorlieben, versprach aber, sein Anliegen zu unterstützen.

„Aber versprich mir, daß du mich regelmäßig besuchen kommst."

Rotmund hatte keine Wahl und versprach es, um in den Genuß der bestellten Waren zu kommen. Die Nächte unter dem Dachstuhl waren der Jahreszeit entsprechend. Schnee und Eis tauten jetzt nicht mehr ab. Es war zu kalt. Die Schüler hatten sich näher mit ihren Strohlagern aufeinander zu bewegt. Die Wärme der Gruppe war jetzt unerläßlich. Viele hatten sich lose mit Heu gefüllte Säcke als Decke übergezogen. Nur wenige genossen den Luxus eines Schaf- oder Ziegenfelles. Rotmund hatte wenig Fett auf den Rippen.

Das bekam er jetzt unangenehm zu spüren. Oft fror er in der Nacht und wurde nicht recht warm. Auch Bruder Anselm hatte schon Bemerkungen zu Rotmunds Zustand fallen lassen.
„Gib acht, daß du nicht zu sehr vom Fleische fällst, Tölpel!"
Rotmund hatte nichts erwidert und weiter seine Arbeit verrichtet. Mit Thomas Hilfe machte Rotmund gute Fortschritte beim Lernen. Rotmund besaß eine rasche Auffassung und verfügte über ein gutes Gedächtnis. Er kannte nun schon alle Buchstaben des lateinischen Alphabetes und ihre Schreibweise als Großbuchstaben in der Missaleschrift, aber auch die rundlichen Kleinbuchstaben der Minuskel. Wie sie klangen und sich zu Worten zusammenfügten, wurde ihm langsam geläufig. Dennoch gab es eine Unmenge an Bedeutungen und Gesetzmäßigkeiten, welche Jahre der unablässigen Übung erfordern würden.
„Du prägst dir vorerst einfach die Bedeutung ganzer Wörter ein, dann kannst du den Sinn vieler Sätze grob erfassen."
Rotmund fand diese Übung sehr schwer, versuchte aber den Rat seines Freundes Thomas an zu wenden.
„Es will mir einfach nicht gelingen, weil ich oft nicht weiß, was ich da schreibe."
Thomas lächelte.
„Das wissen die wenigsten im Skriptorium. Die Donate ist eine Einführung in die Grundzüge der lateinischen Sprache für die Gelehrten und Geistlichen. So bekommst du, während du abschreibst, Lateinunterricht. Ist das nichts?"
Thomas war ein guter Lehrer und Rotmund profitierte sehr von dem schmächtigen Jungen. Dennoch ging es ihm nicht schnell genug. Abend für Abend, während viele Mitschüler schon schliefen, schrieb Rotmund im glimmenden Licht einer Öllampe Wörter und ganze Sätze in den Staub neben seinem Strohlager. Unter dem Giebel glitzerte

bereits eine Eisschicht vom aufsteigenden Atem der Schüler. Kälte war etwas, mit dem man leben mußte, ebenso wie die Hitze des Sommers. Und doch herrschte in dem Schlafsaal eine Illusion von Behaglichkeit. Die tägliche Arbeit ließ den Heranwachsenden nicht viel Zeit, sich um die Belange ihrer Freunde zu kümmern. So reichte der matte Schein einer Öllampe aus, um das soziale Leben unter dem Dach zu entfachen. Rotmund buchstabierte eine Buchstabenanordnung, welche Thomas in den Staub gekritzelt hatte. Als er das letzte Zeichen entziffert hatte, sagte er freudestrahlend:
„Ars minor steht da."
„Prima", lobte ihn sein Lehrer, „das ist der Titel der Donate."
Rotmund strich den Staub auf dem Boden wieder glatt und fing an eine Kombination von Linien zu zeichnen.
„Ist das auch ein Buchstabe oder ein Wort?"
Thomas versuchte den Sinn der Zeichnung zu ergründen.
„Wo hast du das her? Latein ist es jedenfalls nicht."
Rotmund antwortete: „Dieses Zeichen trägt Krampus auf der Brust. Ich habe es erkannt, obwohl jemand versucht hat, es mit allen Mitteln auszulöschen. Ich habe seine Wunden versorgt. Der Anselm hat ihn einfach da unten liegengelassen."
Thomas erklärte: „Es war anständig von dir, ihm zu helfen. Nur so können wir Unehrliche überleben. Keinem aufrichtigen Menschen in der Stadt würde es einfallen, sich mit einem Unehrlichen sehen zu lassen. Anselm hat Angst, selber unehrlich zu werden, wenn er sich mit Krampus abgibt. Für ihn leben wir Unehrliche auf der untersten Stufe."
Nach einer langen, kalten Nacht herrschte große Betriebsamkeit in St. Peter und Paul. Zahlreiche Abordnungen aus den umliegenden Dörfern machten dem Archidiakon ihre persönliche Aufwartung. Gehüllt in winterliche Mäntel strebten viele wunderlich gekleidete Geistliche,

meist in Begleitung eines Knechtes, welcher den Wagen lenkte, aber auch zu Fuß durch den Schnee stapfend, zur Kirche vor den Toren der Stadt. In Beuteln und Börsen oder in kleinen Truhen lieferten sie getreu ihr Scherflein für das vergangene Jahr ab. Roland haßte diese „Krämerprozession", wie er das jährliche Ereignis für sich zu nennen pflegte. Dahinter stand, in seinen Augen, die unheilvolle Verweltlichung der heiligen Kirche. Ablaßzahlungen und der Handel mit „heiligen" Dingen aller Art nahm beunruhigende Ausmaße an. Wo waren die hohen klösterlichen Ideale seiner Jugend geblieben? Roland kannte die Gründe für den inneren Niedergang sehr wohl. Da war der Landadel, welcher sich vermehrt in die Klöster eingekauft hatte, wohl weniger um zu fasten und zu beten. Über die Jahre war die heilige Kirche Christi zu einem politischen Instrument im Spiel der Mächtigen verkommen. Roland war in seiner Position streng an die Weisungen des Bischofs gebunden. Er konnte sich keine Kritik an dessen Handeln erlauben. Die höchsten Würdenträger standen im Verdacht des Verrates an ihrem Herrn zugunsten weltlicher Macht und fleischlicher Begierden. Zu viel stand auf dem Spiel. Die Hölle, welche die Priester über Jahrhunderte ihren Gläubigen gepredigt hatte, schien sie nun selber verschlingen zu wollen. Erst am späten Abend, als der letzte Dorfgeistliche sich anschickte, sein Nachtquartier in der Stadt zu beziehen, zog Roland sich erschöpft in seine Räumlichkeiten zurück. Es gelang ihm nicht, seine Ängste zu verdrängen. So plagten ihn schlimme Alpträume und Visionen der Verwüstung in der folgenden Nacht. Der schwarze Krampus spielte in diesen Träumen eine wichtige Rolle. Immer und immer wieder versengten glühende Eisen dessen Brust und er, Roland, der Archidiakon, stand untätig daneben, voller Angst, ein ähnliches Schicksal zu erleiden. Im Kopf des Träumers hallten verzweifelte Schreie wie eine Anklage. Aber es half nicht, die Ohren mit den Händen zu verschließen. Da flammte ein mächtiges Zeichen wie eine Felswand aus Gold vor seinem inneren Auge auf und näherte sich ihm bedrohlich.

„Alles ist Zahl!" donnerte dann eine Stimme aus dem Nichts und verwandelte sich in einen Sturm der Zerstörung. Alles wirbelte durcheinander. Leiber von Frauen, Kindern und Männern von entsetzlichen Kräften zerrissen. Mit einem stillen Schrei in der Kehle erwachte der Archidiakon auf seinem Lager. Die Vorhänge seines Bettes bewegten sich lautlos. Roland atmete schwer und mühte sich die Traumbilder zu verscheuchen. Seine Gedanken kehrten zurück zu jenen Tagen, als der schwarze Krampus noch Bruder Andreas hieß, ein Freund seiner Jugendjahre.

20

Der taube Bruno nahm die Backsteine entgegen und ritzte mit einem angespitzten Griffel einen Haken in den Kalk hinter der Feuerstelle. Rotmund und Thomas zogen sich wieder aus der muffigen Küche zurück und waren froh, in die frische Winterluft hinauszutreten. Manchmal liehen sich die Jungen einen heißen Backstein für die Nacht. Die Bezahlung war Küchenarbeit aller Art, vom Wasser holen bis zum Holz besorgen. Besonders unangenehm war es, den großen Kessel zu reinigen. Außen haftete eine fettige, schwarze Schicht Ruß und innen der eingetrocknete Rest von Gerstengrütze des Vortages. Hinterher war man selbst zur Reinigung am eiskalten Brunnen fällig. Trotzdem hatte Bruno stets seine Küchenhilfen und die Schüler warme Füße in der Nacht.
Munter schwatzend gingen sie die Treppe zum Skriptorium hinauf inmitten der Schar von Schreibschülern. Anselm stand bereits wie eine unheilvolle Statue inmitten des Raumes, als sie eintraten. Das war kein gutes Zeichen. Augenblicklich verstummte die Schülerschar und jeder suchte mit eingezogenem Genick schnellstens seinen Platz auf. Aber nichts geschah. Das war vollends ungewöhnlich. Jeder hatte erwartet, eine Strafpredigt anhören zu müssen. Das geschah regelmäßig, wenn sich auch nur einer der Schüler verspätete. Dann beschwor Anselm das jüngste Gericht herauf und schilderte in glühenden Farben die Marter der armen Seelen im Fegefeuer. Verspätung hieß für alle, nach dem Lehrer den Arbeitsplatz zu betreten. Heute wäre es jedoch keinem Schüler möglich gewesen, zur angegebenen Zeit im Skriptorium zu sein. Anselm war schon vor dem Morgenmahl dort gewesen,

nachdem er eine weitere Unterredung mit dem Archidiakon nach dessen Rückkehr gehabt hatte. Rotmund klopfte das frische Pergament vorsichtig ab. Lautlos glitt Anselm hinter ihn. Daran hatte sich Rotmund inzwischen gewöhnt. Der Mönch verstand es wie ein Schatten aufzutauchen. In der Hand trug er einen versiegelten Umschlag und ein dickes Bündel mit fertig beschriebenen Pergamenten, welche sorgfältig in Leinen eingeschlagen waren. Anselms Stimme zitterte leicht, als er Rotmund ansprach:
„Heute wirst du die Arbeit der letzten Woche zum Buchbinder in der Stadt tragen, Tölpel! Säume nicht und halte dich nicht auf mit Glotzen!"
Damit lud er Rotmund den Stapel auf. Als Rotmund sich anschickte, aus dem Skriptorium zu eilen, hielt ihn der Mönch am Ärmel zurück.
„Damit nicht genug!"
Jetzt klang seinen Stimme beinahe bitter.
„Dieses Schreiben sollst du überbringen."
Rotmund nahm den Umschlag umständlich entgegen, da bereits beide Arme voll belegt waren. Jetzt war Anselm dicht bei seinem Ohr und umfaßte den Kragen seiner Kutte.
„Denke ja nicht, du seiest etwas Besseres, Tölpel. Deine Arbeiten sind unbrauchbar und dein Talent ist mäßig. Wenn du wieder hier bist, schreibst du, bis dir die Finger bluten!"
Unverhohlener Haß schlug Rotmund entgegen. Rotmund fürchtete sich einen Moment vor dem harten Mann. In seinem Inneren erwachte wieder der Widerstand gegen die ungerechte Behandlung. Mit viel Fleiß und Mühe war es ihm gelungen, in kürzester Zeit mit den anderen Schritt zu halten. Aber dieser Mann spie ihm seinen Haß entgegen und forderte ihn heraus. Mit einem feinen Sausen in den Ohren verließ Rotmund den Saal. Im Vorübergehen sah er ein Lächeln auf dem Gesicht von Thomas und auf seinem Rücken drückte

er den Daumen seiner Hand. Rotmund verstand und war dankbar für den moralischen Beistand. Mit dem schweren Bündel über der Schulter bewegte er sich vorsichtig über den vereisten Hof vorbei am hoch aufragenden Kirchengebäude. Aus den Fratzen der Wasserspeier hingen lange Eiszapfen und ein feines Rinnsal lief stetig aus ihren Mündern. Die Sonne taute die Eisschichten auf dem Dach der Kirche an. Bevor das Wasser auf dem Boden ankam, erstarrte es zu phantastischen Gebilden. Als Rotmund den Zugang zum Kirchhof durchschritten hatte, überkam ihn ein beglückendes Gefühl von Freiheit und große Erleichterung stellte sich bei ihm ein. Spontan beschloß er sich dem Willen Anselms zu widersetzen. Der Brühl war zwar genau in der anderen Richtung, aber der Buchbinder mochte noch eine Weile auf die Ware warten. Rotmund entdeckte seinen Bruder schon aus der Ferne und näherte sich ihm von hinten. In der Winterlandschaft stand das Vieh weit verstreut auf der Weide und die Rinder scharrten mit den Hufen nach Resten von Kräutern und Gräsern. Nur wenn der Wind allzu streng über die sanften Hügel des Albvorlandes strich, suchten sie Schutz unter den langen Unterständen. Rotmund schlich sich von hinten an den ahnungslosen Werner heran.
„Hallo Bruderherz, darf ich mich an deinem Feuer aufwärmen?"
Werner zuckte zusammen.
„Heilige Mutter Gottes! Da möchte einem ja das Herz aus dem Hals springen! Was machst du hier in der Einsiedelei? Ich wähnte dich beim hochgelehrten Studium und plötzlich stehst du leibhaftig vor mir. Bist du es auch wirklich? Oder ist es nur dein Geist?"
Mit gespieltem Entsetzen griff er nach Rotmunds Ärmel.
„Wahrlich, es fühlt sich an wie mein Bruder und stinken tust du auch wie der!"
Werner hielt sich die Nase mit zwei Fingern zu und grinste Rotmund frech ins Gesicht.

„Alter Spruchbeutel! Dein loses Mundwerk hast du hier noch nicht verloren, wie es scheint. Ich bin auf dem Weg in die Stadt und dachte, ich besuche dich stinkenden Furzbeutel."
Jetzt war es genug. Fröhlich jauchzend rangen die beiden wie schon so oft in den Tagen ihrer Kindheit. Dabei wälzten sie sich prustend im Heu. Lachend blieben die Brüder nebeneinander im Stroh liegen und es war ein wenig wie zu Hause auf dem Weilerhof.
„Wie es wohl daheim gerade sein mag? Sicher sitzen die jetzt alle um den warmen Ofen."
Werner lag auf dem Rücken und sah wehmütig ins Leere unter dem Verhau.
„Eigentlich wäre ich lieber wieder zu Hause. Die Rindviecher ersetzen keine Familie."
Rotmund schielte zu seinem Bruder hinüber und erkannte, daß er selbst mehr von der Schule profitierte, als Werner es tat.
„Was hast du vor? Möchtest du weg von hier und wieder zur Familie?" fragte Rotmund.
Werner überlegte lange: „Ich weiß es nicht."
Gemeinsam trugen sie das schwere Bündel in Werners „gute Stube" zwischen Ballen aus Stroh, unter den hölzernen Verschlag. Ein Erdofen spendete angenehme Wärme. Als Brennmaterial diente getrockneter Rinderdung. Davon gab es reichlich. Die einfache Mulde gab soviel Wärme ab, daß man sich zumindest keine Erfrierungen auf dem freien Feld zu zog.
„Hinter dem Feldgehölz steht sogar eine richtig stabile Hütte für den Hirten", erklärte Werner, „aber mich graut davor, darin zu übernachten."
Rotmund hatte von dem grausigen Ende des ehemaligen Hirten gehört.

Angeblich war der Mann im Fieberwahn in den Bach gestürzt und ertrunken. Rotmund führte das begonnene Gespräch fort, während er die Wärme des Ofens genoß.

„Ich werde auf keinen Fall im Frühjahr wieder auf den Hof zurückgehen. Die Feldarbeit kann tun, wer will!"

Werner gab zu bedenken: „Glaubst du etwa, Vater kann so einfach auf unsere Hilfe verzichten? Außerdem hat der gute Roland den Eltern versprochen ..."

Rotmund fiel ihm ins Wort: „Ja, er hat versprochen, wir kommen zurück, wenn wir eine Ausbildung genossen haben. Ich erinnere mich genau ... Aber das hat ja noch Zeit bis zum Frühjahr. Ich glaube, jetzt muß ich endgültig los. Der Anselm röstet mich sonst bei lebendigem Leib."

Rotmund hatte sich rasch erhoben und hatte es plötzlich sehr eilig. Das Gesagte hatte ihn schmerzlich daran erinnert, daß der Aufenthalt in St. Peter und Paul zeitlich begrenzt war. Er hatte völlig verdrängt, daß im Frühjahr wieder die Feldarbeit auf ihn wartete. Rotmunds Entschluß stand fest. Er wollte nicht mehr in das bäuerliche Leben zurückkehren. Er wußte noch nicht wie, aber er würde einen Weg finden.

„Hier habe ich noch was für dich, damit es dir nicht zu lange wird."

Rotmund griff unter seine Kutte und brachte eine hübsche Rohrkolbenpfeife zum Vorschein. Die hatte er gegen eine fette Ration Kräuter aus dem Klostergarten eingetauscht. Er überreichte Werner das Geschenk und verabschiedete sich mit einer kurzen Umarmung. Dann schulterte er sein Bündel und verließ den Unterstand in Richtung Stadtmauer. Der alte Gottesacker lag im bleiernen Licht unmittelbar neben dem Querschiff von St. Peter und Paul. Auf den wenigen Gedenkstelen wohlhabender Reutlinger Familien saßen

schwarze Saatkrähen und krächzten fade. Bleigrau hing der Himmel über der
verschneiten Landschaft. Wie ein unwirklicher Schatten zeichnete sich die Stadt scharf und markant hinter der eintönig weißen Schneelandschaft ab. Rotmund war noch durch keines der Stadttore gegangen, obwohl sie nur wenige hundert Meter entfernt zur Kirche lagen. Stolze Ansammlungen von Häusern lugten über die unüberwindbare Stadtmauer, überragt von der wundervollen Kapelle zur lieben Frau. Jetzt eilte er geradewegs auf eines der Tore zu, welches einziger Ein- und Ausgang für Menschen, Vieh und Waren zu sein schien. Dabei vermied er es, dem Graben zu nahe zu kommen, welcher bis zur Hälfte mit stinkendem braunen Wasser angefüllt war. Dort teilten sich Ratten und Krähen die Reste dessen, was durch schmale Öffnungen in der Wehranlage aus der Stadt geschwemmt wurde. Trotz der kalten Witterung stank es unangenehm nach menschlichem Unrat und Fäkalien. Jenseits des Fahrweges dampfte das Wasser des Flusses dichte weiße Schwaden. Gräser, Büsche und Bäume waren unter einer dicken Eiskruste in Bewegungslosigkeit erstarrt. Rotmund bewegte sich zügig um den nordwestlichen Teil der Einfriedung und stand schließlich am Ende einer Wagenkolonne vor einem der zwölf Stadttore. Die Räder der Ochsengespanne standen teilweise knietief im Schlamm. Der Morast war eine Mischung aus Erde, Sand und Schneematsch. Trotz der beißenden Kälte fror der Brei nicht vollständig. Bei jedem Schritt sank Rotmund bis über die Waden in die kalte Sülze. Als er sein Glück neben dem Fahrweg suchte, brach er prompt mit einem Bein durch die dünne Eisdecke einer ausgedehnte Pfütze. Eine trügerische Schneedecke hatte den Graben entlang des Fahrweges verdeckt. Jetzt waren die Lumpen an seinen Füßen endgültig durchweicht. Auch die Lederriemen, welche die notdürftigen Beinkleider in Form hielten, waren eingeweicht. Kalte Nässe

umschloß seine Beine und drang durch die dünnen Ledersohlen, welche längst durchlöchert waren. Die Bauern und Händler auf ihren Fuhrwerken machten ihrem Ärger Luft und verwünschten den schlechten Zustand der Straße. Zu allem Ungemach fing es an zu schneien. Rotmund schützte sein Bündel so gut es eben ging. Die Abfertigung der Wagen ging nur schleppend voran. Rotmund traute sich zunächst nicht, einfach an der Kolonne vorbeizulaufen. Einer der Torwächter kontrollierte die Fuhrwerke, schaute hier und da in einen Warenkorb und gab Anweisungen. Als er Rotmund in der Schlange entdeckte, rief er ihm zu:
„He, ihr da, Mönch, folgt mir sogleich, sonst friert ihr noch an einem Karren fest bei diesem Sauwetter!"
Der Wächter trug einen schützenden Umhang, welcher bis unter die Knie reichte. Auf seinem blanken Helm schmolzen die Schneeflocken und hinterließen kleine Wassertropfen. Rotmund reagierte nicht sofort und sah sich um, ob nicht jemand anderer gemeint sein könnte. Unter den neidischen Blicken schlechtgelaunter Bauern und Kaufleute ging Rotmund an der Schlange vorbei auf den Wächter zu.
„Nun junger Freund, was begehrt ihr in der Stadt?"
Rotmund gab willig Auskunft und wies sich durch den Brief des Archidiakons aus. Der Wächter prüfte das Siegel gewissenhaft und gab das Schreiben wieder zurück.
„Ihr könnt passieren! Gehabt euch wohl und haltet euch fern von Pest, Wein und Weibern!"
Der Mann lachte schallend über seinen eigenen Wortwitz. Als Rotmund unter dem düsteren Torbogen hervortrat, erwartete ihn die Stadt. Zunächst ging er umher wie ein Tagträumer. Einen Irrgarten von Gassen und Winkeln zwischen alten und neuen Fachwerkbauten hatte er wahrlich nicht erwartet. Wohin sollte er sich wenden? Und waren das dieselben Menschen, wie er sie bisher erlebt hatte? Nie-

mand schien Notiz von ihm zu nehmen. Kein Augenkontakt entstand, weil ein jeder wie an unsichtbaren Fäden gezogen an ihm vorbeiging. Als Rotmund vor einem der wenigen Steinhäuser stehenblieb, wurde er unsanft von hinten angerempelt.

„Hat der keine Augen im Kopf? Bleibt einfach mitten auf der Straße stehen!" keifte eine Bauersfrau mit roten Wangen und drückte Rotmund mit ihren Weidekörben, welche links und rechts an einer Stange baumelten, zur Seite. In diesem Moment ratterte schon ein Fuhrwerk heran und hätte ihn beinahe erfaßt. Hier ging es eng zu und in den Gassen herrschte reger Betrieb. Links und rechts füllten zudem Marktstände jeden noch so schmalen Winkel und die Händler boten lautstark ihre Waren an. Meisterlich gestaltete Patrizierhäuser standen neben alten Fachwerkgebäuden, von welchen der Lehm bröckelte. Zahlreiche Kinder rannten umher und waren guter Dinge. Ihnen war das niederdrückende Grau des Himmels einerlei. In ihrer Phantasie wurden aus Stecken und Lumpen prächtige Schlösser und feine Gemächer. Edle Ritter mit zerfledderten Beinkleidern und Rotz an der Nase beschützten vornehme Burgfrauen mit Dreck verschmierten Backen. Das Spiel der Stadtkinder war hier ebenso phantasievoll, wie es Rotmund auf dem Lande erlebt hatte. Er lächelte, als er sich an die glücklichen Stunden erinnerte. Dann wurde ihm bewußt, daß er dieses Reich bereits verlassen hatte. Bald schon lief Rotmund hilflos im Kreis. Er hatte die Orientierung in den Gassen verloren. Wie sollte er hier das Haus des Buchbinders jemals finden? Ein Haus glich in gewisser Weise dem anderen. Da sprach ihn ein Händler an, der Latwerg auf einem Handkarren feilbot:

„Tretet näher, mein geistlicher Herr! Versucht diese Köstlichkeit aus eingedickten Säften. Das wird euren Geist beflügeln und eure Seele hin zur ewigen Glückseligkeit führen."

Auffordernd streckte er Rotmund ein Stück der dunklen Süßigkeit entgegen.
„Nehmt und eßt! Auch wenn ihr nichts kaufen wollt, so sagt es wenigstens euren Brüdern weiter, daß ihr vom Himmelsbrot beim billigen Hannes genascht habt!"
Rotmund zögerte immer noch, griff dann aber vorsichtig nach dem eingedickten Sirup. Eine junge Frau, welche ebenfalls beim billigen Hannes eine Probe kostete, erregte Rotmunds Interesse. Eingehüllt in einen blauen Umhang von feinem Samt trug sie auf dem Kopf einen kugelförmige Haube mit Perlenbesatz. Rotmund faßte sich ein Herz und sprach sie an:
„Verzeiht mir, edle Dame, zum Hause des Buchbinders wurde ich geschickt. Wärt ihr so freundlich, mir den Weg dorthin zu weisen?"
Die Magd reagierte zurückhaltend. Eigentlich ziemte es sich nicht, sich von einem Fremden auf offener Straße ansprechen zu lassen. Andrerseits wurde sie nicht sehr oft wie eine Eveldame behandelt. Sie betrachtete Rotmund interessiert. Ein flüchtiges Lächeln huschte über ihr Gesicht. Offenbar ging von dem Jungen in der Kleidung eines Novizen keine Gefahr aus.
„Wohlan, da haben wir denselben Weg. Ich muß noch zum Vogler, zum Federkrämer, Waidhändler und anschließend zum Seidenkrämer. Das ist keinen Steinwurf vom Haus des Buchbinders entfernt. Ich war schon beim Lakenkrämer, beim Essigmann und beim Tändler."
Rotmund schwirrte der Kopf. Die Magd war in ihrer Rede nicht zu bremsen.
„Ihr tragt meine Einkäufe und ich liefere euch beim Buchbinder ab."
Rotmund hatte keine Gelegenheit mehr, sich eines anderen zu besinnen, denn schon hatte er ihren Korb mit Einkäufen umhängen.
„Jetzt seid ihr so schwer beladen, daß ihr mir nichts antut. Folgt mir einfach und leistet mir Gesellschaft."

Rotmund nickte willig und lief neben der Frau im blauen Samt durch die ansteigende Gasse. Nach einer kurzen Wegstrecke gelangten sie zum großen Marktplatz. Mit funkelnden Augen musterte die Frau ihren Weggenossen heimlich und es gefiel ihr, was sie sah.

„Ein Mönch seid ihr nicht, aber tragt eine Kutte wie ein Kirchenmann. Sagt mir, wie alt seid ihr und wo kommt ihr her?"

Rotmund wich den Fragen vorsichtig aus. Er erinnerte sich an den Rat seines Freundes Thomas, besser nicht zuviel von sich preis zu geben.

„Ich bin hier im Auftrag des Archidiakons und werde nach getaner Arbeit wieder dorthin zurückkehren."

Sie schien nur mit einem Ohr seiner Antwort gelauscht zu haben. Voller Stolz zeigte sie mit dem Finger auf ein fürstliches Steinhaus mit bemalten Kästen vor den Fenstern.

„Seht, das ist das Haus meiner Herrschaft! Ist es nicht ein prächtiges Anwesen?"

Mit Stolz geschwellter Brust gingen sie an dem drei Stockwerke hohen Patrizierhaus vorbei, welches den weitläufigen Marktplatz flankierte.

„Ihr müßt wissen, ich bin in Diensten der Familie Spiegel."

Als wäre die bloße Erwähnung des Namens der Edelleute selbst erklärend, schwoll ihre üppige Brust nochmals um eine Handbreit. Dann zupfte sie Rotmund begeistert am Ärmel.

„Kommt hier entlang, wir müssen zu unser Fraw Capel. Wenn ihr schon in der Stadt seid, müßt ihr unbedingt dort vorbeigehen. Merkt euch gut den Weg, den wir genommen haben, der führt euch sicher zurück durch das Mettmannstor. In dieser Stadt gibt es nämlich zwölf Tore und sechsunddreißig Türme. Ihr wollt doch nicht durch das falsche Tor die Stadt wieder verlassen, oder? Hier entlang!"

Sie zog ihn am Ärmel in eine schmale Gasse. Schlagartig war es warm um sie her und ein Geruch von Holzkohle erfüllte die Luft. Der Gang war verwinkelt und teilweise überdacht. Rotmund erfaßte Beklemmung zwischen den eng aufeinander stehenden Steinfundamenten. Er war eine solche Enge nicht gewohnt. Die Magd lief behende durch die Häuserschlucht, welche nur noch spärlich von oben beleuchtet war. Vor einer schwarzen Holztüre machten sie halt. Das ganze Gebäude gab eine angenehme Wärme ab.

„Das ist der wärmste Platz der Stadt. Möchtest du einen Blick in die Waffenschmiede werfen?"

Rotmund nickte überrascht. Die Magd schob einen schmalen Schieber an der Türe beiseite und ließ Rotmund durch die entstandene Öffnung blicken. Nur schemenhaft waren mehrere Gestalten zu erkennen, welche unter einer Esse ein Glutfeuer entfachten. Ein mannshoher Blasebalg trieb fauchend Luft unter die Glut. Die Magd war hinter Rotmund getreten und nahm ihm den Einkaufskorb und das schwere Pergamentbündel ab. Sorgfältig legte sie beides beiseite. Schneeflocken tanzten in der schmalen Gasse, aber erreichten nicht den Boden, bevor sie schmolzen. An die warme Tür gepreßt, empfand Rotmund ein unbeschreibliches Wohlgefühl trotz der nassen Füße. Das Gesicht der Magd war plötzlich neben dem seinen. Mit sanftem Druck versuchte sie ebenfalls einen Blick in die Schmiede zu erhaschen. Schwere Hämmer fielen jetzt in rhythmischer Abfolge auf ein Stück glühendes Metall. Funken stieben durch den dunklen Raum. Rotmund fühlte den weichen Körper der Frau an seiner Seite. Fast unmerklich bewegte sie sich im Takt der Hammerschläge auf und ab. Rotmund roch ihren herben, süßen Atem. Dann war ihr Gesicht vor dem seinen.

„Bist ein hübscher junger Kerl", flüsterte sie und küßte ihn auf die Wange. Er fühlte ihre heißen Lippen an seinem Ohr und fand Gefallen an dem Spiel. Die Glut in der Feuerstelle schwoll wieder an, als der Blasebalg frische Luft zuführte. Plötzlich hielt die Magd inne.

„Es kommt jemand, ich kann es hören!"

Rotmund vernahm nur die monotonen Hammerschläge aus der Waffenschmiede. Hastig zog sie ihren Umhang und die Haube zurecht.
„Man darf uns hier nicht zusammen sehen! Rasch, nimm dein Bündel und gehe weiter, als sei nichts geschehen."
Rotmund verstand nicht recht den Grund der Aufregung. Gerne hätte er das verführerische Spiel fortgesetzt. Dann nahm er sein Bündel auf und ging forsch vorwärts.
„Wenn du möchtest, sehen wir uns Donnerstag im Badehaus!" rief die Magd ihm hinterher.
Als er sich nochmals umwandte, war sie verschwunden.

21

Als Rotmund die Stadtmauer im Osten erreichte, wurde ihm klar, daß er sich verlaufen hatte. Der Zwinger rund um die Stadt mochte wohl gute Dienste gegen Angriffe von außen tun, aber das half Rotmund jetzt nicht weiter. Die mächtige Mauer verstellte ihm den Weg. Er beobachtete einen Stadtwächter, welcher gelangweilt auf dem umlaufenden Wehrgang seinen Dienst tat. Der hatte wenigstens ein Dach über dem Kopf, während Rotmund der feine Pulverschnee in den Kragen fiel. Also wandte er sich um und hielt Ausschau nach der „guten Fraw Capel", wie die neue Kirche genannt wurde. Wo das Wasser in den Gassen munter in den Kanälen lief, war der Gestank erträglich. Sobald jedoch eine Eisschicht den Abfluß blockierte, ergab sich ein übelriechender Stau. Rotmund versuchte dem Ungemach so gut wie möglich auszuweichen, aber allmählich fror die Kloake an seinen Beinen fest. Er begegnete zwei Abdeckern, welche mit langen Stangen versuchten, die Kanäle frei zu halten.
Rotmund fragte nach dem Weg: „Wo finde ich den Buchbinder?"
Einer der Männer drehte sich um und Rotmund blickte in das Gesicht eines Schwachsinnigen. Der Mann brachte nur grunzende Laute hervor und schlug wild mit seiner Stange auf die Erde. Rotmund flüchtete und stand unvermittelt vor dem Pfennigturm der gotischen Kathedrale. Als sein Blick nach oben wanderte, stockte ihm der Atem. Als hätte man die Steine zum Leben erweckt, wanden sich Figuren und Rankwerk in die Höhe. Den Kopf tief in den Nacken gedrückt, stolperte er voller Ehrfurcht an dem Bauwerk entlang. Eines der umstehenden Häuser versperrte ihm hier den Weg. Es sah gerade so aus,

als wolle die gewaltige Kirche das windschiefe Fachwerkhaus mit Maßwerk geradewegs überwuchern. Hier war kein Durchkommen, der Hausbesitzer weigerte sich anscheinend noch, sein Haus zugunsten der Kirche preis zu geben. Rotmund setzte seinen Rundgang in die andere Richtung fort. Eingelassene Grenzsteine im Boden markierten das Eigentum der Kirche in wenigen Metern Abstand zu den Außenmauern. Dicht gedrängt um das gesamte Bauwerk hielten sich zahlreiche Bettler und Arme auf. Rotmund beobachtete ihr Treiben und wunderte sich über die irrwitzigen Utensilien, welche einige bei sich trugen. Einer der Bettler trug eine rostige Kette um den Hals und klagte mit lauter Stimme:
„Erbarmen! Habt Erbarmen! Seht, man hat mich zu Unrecht ins Loch gestoßen! Nun ist es mir nicht mehr möglich, ein ehrliches Leben zu führen."
Ein Vorübergehender warf ihm darauf eine kleine Münze zu, welche im Handumdrehen unter seiner Kappe verschwand. Dann ging der Vers von vorne los. Ein Blinder tränkte ein Stück Wolle mit dem Blut eines Huhnes, welches er zuvor geschlachtet hatte. Rotmund beobachtete, wie er das blutige Bündel unter seine Augenklappe drückte. Dann stimmte er sein Wehklagen klagen:
„Gute Christen, tretet mir euren Kugelhut ab! Ich bin ein ehrlicher Kaufmann und soeben überfallen worden! Alles haben sie mir genommen und mich dann an einen Baum gebunden. Selbst meinen Kugelhut haben sie geraubt! Als ich nichts mehr zu geben vermochte, hat das üble Volk mich geblendet!"
Rotmund mochte nicht glauben, was er sah. Einer der Passanten reichte dem Aufschneider tatsächlich voller Rührung seinen Kugelhut. Kaum hatte sich die gute Seele entfernt, bot der Bettler die Kopfbedeckung zum Verkauf an. Rotmund war fasziniert von dem Schauspiel und vergaß für einen Moment, warum er eigentlich hier war.

Und dann wurde er plötzlich von hinten angerempelt. Er strauchelte und fand sich im Bannkreis der Kirche wieder. Doch hier herrschten die Bettler. Plötzlich waren überall Hände die ihn befingerten.
Eine keifende Stimme rief: „Er ist ein Habenichts!"
Eine andere zischte: „Was hat er in dem Bündel?"
Eine alte Frau ohne Beine keifte: „Schlagt ihn zu Brei, der hat hier nichts zu suchen!"
Es wäre sicherlich schlimm für Rotmund ausgegangen, wenn sich nicht drei Barfüßer Mönche dazwischen geworfen hätten, um ihm zu helfen. Eilends zogen sie Rotmund aus der Gefahrenzone. Dem hing seine Kutte bereits bis zum Bauchnabel. Es gelang den Mönchen auch, das Bündel mit den Pergamenten sicher zu stellen. Rotmund war den Tränen nahe. Ein älterer Mönch half ihm wieder, seine Kutte hoch zu ziehen.
„Das war knapp, junger Freund. Diese Leute sind so arm, daß sie jedem buchstäblich die Kleider vom Leibe reißen, der ihnen zu nahe kommt."
Rotmund hatte in diesem Moment kein Verständnis für die Belange der Armen. Aber er behielt seine Gewaltphantasien für sich.
„Dennoch sind sie Geschöpfe Gottes. Nur er weiß, warum er diese Menschen zu Gefäßen der Unehre bestimmt hat."
Auch diese Entschuldigung half Rotmund nicht wirklich weiter.
„Sei unser Gast und begleite uns zum Mahle."
Rotmund gefiel dieser Gedanke, denn er bewegte sich nun seit Stunden in der Stadt und nichts war erreicht. Die Mönche machten einen vertrauenswürdigen Eindruck. So würde er wohl endlich erfahren, wo sich die Werkstatt des Buchbinders befand. Außerdem knurrte ihm der Magen. Unwillkürlich dachte er an Anselm. Schnell verdrängte Rotmund den Gedanken und verließ die Kathedrale inmitten der Mönche, welche fürsorglich sein Bündel geschultert hatten.

Irgendwie mußte er einen recht erbärmlichen Eindruck auf die Brüder gemacht haben, denn während des gesamten Weges trafen ihn besorgte Blicke. Rotmund beobachtet seinerseits die drei Barfüßer. Sie trugen schlichte Kutten und hatten nur dünne Ledersandalen an den Füßen. Die Kälte schien sie nicht im geringsten zu interessieren. Alle drei hatten einfache Stoffbeutel umhängen, aus dem selben groben Gewebe wie ihre Kleidung. Die drei Männer strahlten eine wohltuende Ausgeglichenheit aus. Wo immer sie auch Menschen in den Gassen begegneten, wurden sie herzlich begrüßt. Rotmund sah, wie eine Frau aus einem der Hauseingänge trat und den Mönchen wortlos zwei halbe Brote reichte, welche jene in ihren Beuteln verstauten. Die Frau kniete auf der Straße nieder und wurde gesegnet. Das alles ging rasch vor sich und Rotmund hatte den Eindruck, daß es sich um ein eingespieltes Ritual handelte. Der älteste unter den dreien mit einem offenen Blick hatte wohl in Rotmunds Gedanken gelesen.

„Du siehst, auch wir sind auf die Gaben des Herrn angewiesen. Er gibt auf die eine oder andere Weise. Wir sind vierzig Brüder und umsorgen die Seelen aller, die uns begegnen. Jeden Tag besuchen wir die zweiundfünfzig Altäre in der Stadt und segnen die Menschen, welche Trost in ihrer irdischen Schwachheit suchen. Auf diese Weise werden auch unsere älteren Mitbrüder satt, und wir können dich zum Mahle einladen."

Rotmund war nachdenklich geworden. Kaum hatte er sich über das häßliche Gesicht der Armut erhoben, beschämten ihn diese drei Mönche, welche ihr mühsam erbetteltes Brot mit ihm teilen wollten.

Der Mönch fuhr fort: „Sage mir, wie geht es dem Archidiakon?"

Rotmund antwortete, ohne zu überlegen: „Ganz gut, denke ich."

Und schon hakte sein Gegenüber nach: „Also machst du einen Botengang für das Skriptorium in St. Peter."

Rotmund war sprachlos.

Der Mönch lächelte: „Es war nicht schwer zu erraten. Ein Junge in der abgelegten Kutte eines Geistlichen mit einem Bündel Pergament unter dem Arm erscheint hier nicht jeden Tag."
Jetzt hatten sie die Stadtmauer im Westen erreicht. Das Barfüßer Kloster befand sich in unmittelbarer Nähe zum Zwinger. Um einen kleinen Innenhof fügten sich einfache Fachwerkbauten mit wenigen Fenstern. Rotmund war erschöpft und sehnte sich danach, sein Bündel endlich loszuwerden. Ein Röhrenbrunnen spendete glasklares Wasser in einen Trog aus Sandstein direkt an der Stadtmauer. Hier machten die Mönche halt, um sich zu reinigen. Auch Rotmund hatte das Bedürfnis, den Schmutz der Straße loszuwerden. Unter angeregtem Plaudern wuschen die Männer ihre Füße, Hände und Gesichter. Rotmund tat es ihnen gleich. Die Sonne hatte sich inzwischen einen Weg durch das einheitliche Grau des winterlichen Himmels erkämpft und spendete goldgelbes Licht über die mit Eis bedeckten Giebel der Stadt. Das Licht vermittelte eine gewisse Behaglichkeit. Dennoch dampfte das eiskalte Wasser auf der Haut und verursachte wonnige Nadelstiche, als sie in die Wärme des Hauses traten.

22

Im Refektorium war ein Disput im Gange. Rotmund erhaschte nur da und dort einen Wortfetzen. Irgendwo in dem Gebäude mußte ein Ofen stehen. Diesen angenehmen Luxus verdankten sie dem Zisterzienserkloster in Königsbronn. In inhaltlichen Fragen gingen die Barfüßer jedoch eigene Wege und duldeten keine Bevormundung. Rotmund entdeckte inmitten der Mönche einen Mann in weltlicher Kleidung. Er trug von Kopf bis Fuß Schwarz. Bei jeder Bewegung blitzten weiße Falten an seinem Wams auf. Gedankenverloren drehte er seinen enormen Oberlippenbart um den Zeigefinger. Eine große Kappe aus schwarzem Samt rundete seine stattliche Erscheinung ab. Er führte das Wort gegen einen Mönch mit schlohweißem Haar. Jener war blind und hatte milchig trübe Augen. Das Streitgespräch wurde in lateinischer Sprache ausgetragen. Anscheinend war schon ein Ende absehbar, denn die hitzige Diskussion hatte bereits wieder einen einvernehmlichen Charakter angenommen.
„Wer ist dieser Mann?"
Rotmund versuchte den Grund für die hitzige Debatte zu ergründen und wandte sich an einen seiner Gastgeber.
„Das ist der Präzeptor Keller von der Lateinschule. Er besucht unsere Bruderschaft mindestens einmal die Woche, um sich am Disput zu beteiligen. Dabei geht es weniger um theologische Streitfragen als um den lebendigen Dialog in lateinischer Sprache. Soll ich euch vorstellen?"
Rotmund lehnte bescheiden ab. Der Präzeptor hatte seinerseits bereits den neuen Gast bemerkt und beendete sein Gespräch mit einer ab-

schließenden Phrase: „Ut loquendi finem faciam: Non scholae, sed vitae dicimus! Zu guter Letzt: Nicht für die Schule, für das Leben lernen wir!"
Dann verließ er seine Gesprächspartner und ging direkt auf Rotmund zu: „Ich sehe ein neues Gesicht. Erlaubt mir, daß ich mich vorstelle. Hyronimus Keller ist mein Name. Meines Standes Gelehrter der lateinischen Sprache."
Rotmund stellte sich seinerseits vor und nannte den Grund seines Botenganges in die Stadt.
„Dann seid ihr gewissermaßen ein Kollege. Ihr kopiert die lateinische Grammatik und ich bringe sie unter die Leute. Ausgezeichnet! Sagt mir, junger Freund, ist es erlaubt, einen Blick auf die Blätter zu werfen?"
Rotmund wollte die Pergamente endlich abliefern. Er folgte einer schnellen Eingebung.
„Ich wollte das Bündel soeben im Hause des Buchbinders abgeben. Leider habe ich mich verlaufen. Vielleicht könnt ihr mich begleiten und mit mir gemeinsam die Pergamente sichten?"
Hyronimus Keller zeigte sich nicht abgeneigt und drehte angeregt seinen rotbraunen Schnauzer zwischen zwei Fingern.
„Glänzende Idee, junger Freund! Wenn ich es mir recht überlege, wollte ich sowieso im Bären ein Mahl zu mir nehmen. Das liegt direkt am Weg."
In Wahrheit verspürte der verwöhnte Gelehrte keine große Lust, die karge Mahlzeit der Mönche zu teilen.
„Seid mein Gast und trinkt einen guten Humpen Bier mit mir. Das wird euch gefallen!"
Er klopfte Rotmund vertraulich auf die Schulter und erhob die Hand zum Abschiedsgruß. Die Mönche zeigten sich etwas überrascht, denn soeben wurde das Essen aufgetragen. Mit freundlichem

Händeschütteln entschuldigte sich Rotmund und bedankte sich für die großzügige Einladung, aber sein Auftrag dulde keinen Aufschub mehr. Das fiel ihm nicht leicht, denn noch immer hatte er nichts im Magen.
Hyronimus war sehr gesprächig, als sie auf die Gasse hinaustraten.
„Ich komme oft hierher, um mich im lateinischen Disput zu üben. Die Brüder sind zwar alle bettelarm aber, ho parvi momenti est, das hat nichts zu sagen. In punkto Latein sind sie allesamt äußerst gewandt. Es ist stets ein Genuß, ein Streitgespräch mit ihnen zu führen."
Rotmund hatte Mühe mit dem großen Mann Schritt zu halten.
„Sind mir immer noch lieber als diese fürchterlichen Domini canes, Spürhunde des Herrn! Mein letzter Revisor war leider so einer! Ich mußte ihn entlassen! Jetzt habe ich niemanden mehr, der mich in der Lateinschule unterstützt. Haltet euch dicht bei mir, daß wir uns im Gedränge nicht verlieren."
Hyronimus schwenkte ins Viertel der Gerber ein. Jetzt im Winter war der strenge Geruch aus den Werkstätten einigermaßen erträglich. Nebenan in der Gasse der Höker reihten sich zahllose Verkaufsstände aneinander. Hier sah die Kundschaft jedoch nicht so wohlhabend aus, wie rund um den Marktplatz. Rotmund hatte Mühe, von seinem Weggenossen nicht abgehängt zu werden. Lautstark boten die Höker links und rechts ihre Waren an. Da war der Merzler und der Pfragner, der Tratschler und der Gängler, der Winkerer und der Kremper. Jeder bot seinen Artikel des täglichen Lebens an. Hyronimus hatte nicht einen Moment seine Rede unterbrochen.
„Schlimme Zeiten für den Ensslin Kasper, ist wirklich zu bedauern, der Mann. Erst stirbt ihm die Frau an der Pest und jetzt auch noch das ganze Gerede, von wegen er halte es mit der Ketzerei. Wirklich bedauerlich."

Für Rotmund war der Gesprächsfaden längst abgerissen. Zu viele Eindrücke stürmten auf ihn ein. Alles war sehr verwirrend.
Sie bogen ab in eine schmale Gasse. Vor einem Haus mit effektvoll bemalten Fensterläden machten sie halt. Der Lärm der Märkte drang nur noch leise bis in diese Gasse vor. Mit der Faust hieb der Präzeptor gegen die Eingangstür. Zunächst blieb es still. Rotmund lauschte erwartungsvoll. Dann waren Geräusche auf der Stiege zu hören.
„Macht euch hinweg, wir dulden kein unehrliches Volk vor unserem Haus!"
Eine zornige Mädchenstimme drang durch die Türe.
„Ich bin es, der Präzeptor Keller und ein Bote des Archidiakons mit Pergamenten."
Es entstand eine kurze Pause.
„Ist das wieder ein Spitzel der Inquisition?" fragte das Mädchen argwöhnisch.
„Das werdet ihr nicht erleben, selbst wenn die heiligen Spürhunde behaupten, sie handeln im Auftrag des Allerhöchsten. So einen bringe ich nicht noch einmal in euer Haus!"
Schließlich wurden mindestens zwei Riegel hinter der Türe geräuschvoll beiseite geschoben. Ein kleiner Spalt tat sich auf, gerade breit genug, um hindurch zu blinzeln.
Hyronimus beschwichtigte abermals: „Ich versichere euch, würde die heilige Inquisition nach euch verlangen, wäre die Türe längst aus den Angeln."
Nun wurde vollends geöffnet. Und da stand sie, Elisabeth Ensslin. Ihre wunderschönen, blauen Augen waren groß und von absoluter Klarheit. Ohne Haube lag ihr kastanienbraunes Haar eng am wohlgeformten Kopf und wurde von einem blauen Band im Nacken zusammen gehalten. Ein Hauch von Zerbrechlichkeit hing über ihrer zarten Gestalt und paßte nicht so recht zu ihrem selbstbewußten Auf-

tritt. Rotmund betrachtete ihren Hals, welcher ihre Anspannung verriet. Feine blaue Blutgefäße schimmerten unter der Hautoberfläche. Ihre Augen ruhten einen Moment in stiller Betrachtung auf seinem Gesicht. Rotmund wurde rot und senkte den Blick. Dann wandte sie sich an den Präzeptor: „Verzeiht, Hyronimus, ich habe eure Stimme nicht sogleich erkannt. Tretet ein! Der da allerdings muß draußen bleiben!"
Rotmund schoß abermals das Blut in den Kopf. Die entschlossene Ablehnung des hübschen Mädchens traf ihn hart.
Hyronimus beschwichtigte: „Er ist ein ehrenwerter Schüler des Skriptoriums, werte Jungfer Elisabeth! Sozusagen auf dem Weg, ein ehrlicher Geselle zu werden. Ihr mögt wohl ungefähr im selben Alter sein, wie ich meine?"
Rotmund sah Elisabeth direkt in die Augen. Der Präzeptor brannte darauf, endlich die Pergamente zu sehen.
„Wollen wir jetzt hineingehen?" fragte Hyronimus ungeduldig.
Rotmund und Elisabeth wurden aus ihrer Betrachtung gerissen. Elisabeth fand wieder die Worte.
„Verzeiht, ich betrage mich unziemlich. Folgt mir, mein Vater sitzt im Erker. Seit Mutter tot ist, arbeitet er nur noch. Man muß Geduld mit ihm haben."
Elisabeth ging voran und die Besucher folgten ihr ins Haus. Rotmunds Magen verkrampfte sich, als er den feinen Duft von gebratenem Fleisch in die Nase bekam. Ein Blick in die Küche offenbarte, daß der Buchbinder wohl eben zu Tisch sitzen wollte. Auf einem steinernen Pfannenträger stand ein dampfender Topf neben dem Herd aus Sandstein. Die Flanken der Feuerstelle waren mit Scharten versehen, in welchen ein drehbarer Spieß ruhte. Der Herd war mit allerlei magischen Darstellungen versehen und verlieh der Küche eine schaurig

schöne Atmosphäre. Am Spieß hing ein knuspriger Braten, welcher einen unerhört leckeren Duft im ganzen Haus verbreitete.
So jedenfalls empfand es Rotmund, dem das Wasser im Mund zusammenlief. Die Glut in der Feuerstelle tauchte die Küche in ein sanftes Glühen.
„Hier entlang!"
Elisabeth lotse die Besucher in den Erker. Dort stand ein Tisch und mehrere Sitzgelegenheiten.
„Tretet ein und setzt euch. Ich muß schnell wieder in die Küche, sonst verbrennt mir der Braten."
Drei Fenster mit wertvollen Glaseinsätzen erhellten den Raum. Auf der Ofenbank über Eck saß der Buchbinder und rührte Hasenleim in einem kleinen Topf. Als er die Besucher erblickte, stellte er wortlos sein Werkzeug beiseite und machte seinen Gästen Platz.
„Seid mir willkommen", sagte er mit brüchiger Stimme, „ich sehe, ihr habt es geschafft, an meinem Wachhund vorbeizukommen. Tragt es ihr nicht nach. Es sind schwierige Zeiten angebrochen für ehrliche Menschen und zwingen uns zur Vorsicht. Seit die Pest in der Stadt ist, schleicht allerlei Volk durch die Gassen und plündert am hellichten Tage."
Jetzt erst richtete er seine müden Augen auf Rotmund.
„Euch, werter Präzeptor, kenne ich wohl, doch sagt mir, wen habt ihr mitgebracht?"
Hyronimus zwirbelte die Spitzen seines Schnauzbartes.
„Das, lieber Ensslin, ist ein Bote aus dem Skriptorium, welcher euch Donaten überbringen soll. Ihr kennt mich und meine Leidenschaft für das geschriebene, lateinische Wort. Mit Verlaub, ich wollte einen ersten Blick auf die jungfräulichen Seiten werfen, bevor ihr sie zu wertvollen Büchern zusammenfügen werdet."

Hyronimus rieb sich in kindlicher Vorfreude die Hände und seine Wangen glühten rot.
„Es war ein glücklicher Zufall, daß wir uns über den Weg gelaufen sind", sagte er und damit klopfte er Rotmund freundschaftlich auf die Schulter zum Zeichen, daß es an der Zeit war, das Bündel zu öffnen.
Kaspar Ensslin gab Elisabeth Anweisung.
„Tochter! Reiche unseren Gästen das Aquamanile, wir wollen unsere Mahlzeit mit ihnen teilen."
Hyronimus winkte verlegen ab, besann sich kurz und ließ es geschehen, um den Buchbinder nicht zu verärgern.
Der wandte sich soeben an Rotmund: „Nun, werter junger Freund. Wollt ihr mir nun die Pergamente übergeben, welche mir der gestrenge Anselm schon seit Tagen angekündigt hat?"
Rotmund nickte verlegen und hob das Bündel, welches ihm inzwischen fast an den Leib gewachsen war, auf den Tisch. Elisabeth hatte inzwischen das Aquamanile auf dem Tisch abgestellt und verschwand wieder in der Küche.
Rotmund sah ihr nach und fuhr dann fort: „Dieses Schreiben hat mir der Archidiakon für euch mitgegeben."
Mit der rechten Hand hielt er Kaspar den gesiegelten Umschlag entgegen. Der blieb einfach unbewegt sitzen und machte keine Anstalten es entgegenzunehmen.
„Seid so gut und entfaltet das Anschreiben für mich. Legt es einfach auf den Tisch."
Rotmund entrollte das Schriftstück und glättete es. Dann legte er den Bogen in Sichtweite des Buchbinders auf den Tisch. Weit nach vorne gebeugt versuchte Kaspar die Handschrift Zeile für Zeile zu entziffern. Mit zusammengekniffenen Augen schien es ihm zu gelingen. Elisabeth betrat wieder die Stube und brachte eine flache Schüssel mit, welche sie vor dem Präzeptor abstellte. Lächelnd streckte Hyronimus seine

Hände aus und Elisabeth goß vorgewärmtes Wasser aus dem Aquamanile in das Waschgefäß. Rotmund kannte diesen Brauch nicht, aber beobachtete genau, um es ihm gleich zu tun. Kaspar legte seine Hände auf den Tisch. Beide waren fest mit sauberem Leinen eingebunden.
„Verzeiht, daß ich nicht mit euch speisen kann, aber die Arbeit ruft mich wieder."
Elisabeth blickte besorgt über den Tisch.
„Vater, du mußt essen. Man kann nicht nur von der Arbeit leben."
Dann lief sie um den Tisch und zog mit mütterlicher Fürsorge sein Wams zurecht und legte eine Decke über die Beine ihres Vaters. Kaspar blickte liebevoll in das Gesicht seiner Tochter.
„Wenn ich diesen Engel nicht hätte, stände es schlimm um mich."
Elisabeth wurde verlegen und verließ rasch den Raum. Rotmund sah ihr nach. Es klapperte in der Küche und sie erschien wieder mit drei üppig beladenen Tellern. Das gegrillte Fleisch duftete herrlich. Rotmund und Hyronimus machten sich über die Mahlzeit her, und schon bald waren die Teller vollständig geleert. Kaspar Ensslin sah mit Wohlwollen, wie es den beiden schmeckte. Immer wenn Elisabeth zu ihm hinüberschaute, nahm er artig ein kleines Stück und kaute darauf herum. Rotmund bekam eine weitere Portion und genoß die Mahlzeit so sehr, daß Elisabeth ihm über den Tisch leise zulächelte. Als alle gesättigt waren, räumte Elisabeth das Geschirr beiseite und fuhr mit einem feuchten Tuch über den Tisch. Rotmund war beeindruckt.
Kaspar ergriff wieder das Wort und sagte: „So laßt uns nun einen Blick auf die neuen Lagen werfen. Ich räume nur noch schnell die laufende Arbeit beiseite." Mit diesen Worten erhob sich der Schreiber ächzend von seinem Stuhl und kam unsicher in den Stand. Offenbar machten dem Mann auch seine Beine zu schaffen.

„Seht mich nicht so mitleidig an, junger Freund. Das Reißen in den Gliedern kommt vom Alter und der vielen Arbeit. Im Winter ist es besonders schlimm."

Kaspar räumte einige Buchdeckel mit Lederüberzug beiseite. Rotmund beeilte sich, sein Bündel zu öffnen und legte vier aufeinander folgende Bögen auf dem Tisch aus. Wenig später waren der Präzeptor und der Buchbinder in stille Betrachtung versunken. Elisabeth lehnte an der Küchentür, die Arme vor der Brust verschränkt und beobachtete Rotmund heimlich.

„Sehr sauberes Schriftbild ... Erstklassige Arbeit! Was meint ihr Kaspar?" bemerkte Hyronimus.

„Nun, werter Präzeptor, mein Augenmerk gilt zuallererst der Vollständigkeit und Anordnung der Schriftblöcke innerhalb der Lage."

Er bezeichnete mit dem Finger jeweils zwei Schriftböcke auf Vorder- und Rückseite der Pergamente.

„Hier in der Mitte verläuft der Falz und ich brauche genügend Platz, um die Häute mit Leinenzwirn zu durchstechen. Jeweils vier werden zu einer Lage verbunden und nebeneinander auf eine Hanfkordel geheftet."

Hyronimus nickte gelehrig, obwohl er kaum etwas von diesen handwerklichen Dingen verstand.

Kaspar fuhr fort: „Es steht mir nicht zu, über den Inhalt oder die Gestaltung der Bücher zu befinden. Das ist Sache des Schreibers. Ihr müßt entscheiden, wie viel Aufwand eurer Bestellung angemessen ist."

Jetzt räusperte sich Hyronimus Keller geräuschvoll. Der Buchbinder sah zu ihm auf.

„Also zumindest einen ordentlichen Buchdeckel mit Metallschließe empfehle ich euch dringend für die Donaten. So glatt sind die Pergamente nur, wenn sie absolut trocken sind." Kaspar kannte den Geiz des Präzeptors in diesen Dingen. Als alle Pergamente gesichtet waren,

bemerkte der Buchbinder: „Ihr könnt Bruder Anselm unsere volle Zufriedenheit zum Ausdruck bringen, junger Mann.
Allein die etwas geringe Auflage bereitet mir Kummer. Das Skriptorium ist bereits mit fünfzig Exemplaren im Verzug."
Rotmund wußte nichts darauf zu erwidern und Kaspar ergänzte: „Ich werde die Werke erst binden, wenn die Lieferung vollständig ist. Das könnt ihr Bruder Anselm mitteilen."
Kaspar ließ sich schwerfällig auf einem unbequemen Hocker nieder, welcher vor einer rohen Werkbank stand. Dort ruhte an eisernen Haken ein Buchdeckel und wartete auf die Verbindung mit dem Buchblock. Kaspar trug den warmen Leim auf.
Plötzlich hielt er inne: „Ach, ehe ich es vergesse. In dem Schreiben brachte der Archidiakon den Wunsch zum Ausdruck, ich möge euch an einen dieser Drucker vermitteln. Ich muß euch enttäuschen, aber in unserer Stadt gibt es noch keine Druckerpresse. Da müßt ihr nach Blaubeuren oder Ulm. Wie ihr seht, bin ich leider ans Haus gebunden und kann selber nichts für euch in dieser Sache tun."
Rotmund war sehr enttäuscht, ließ es sich aber nicht anmerken.
Kaspar fuhr fort: „Es wird nun Zeit, wieder an die Arbeit zu gehen. Wenn meine Frau nach Hause kommt, muß die Arbeit fertig sein."
Schwerfällig fuhr der Buchbinder mit seiner Arbeit fort. Er schien sehr müde und gebrechlich zu sein. Offensichtlich hatte er den Tod seiner Frau völlig verdrängt. Rotmund verspürte Mitleid mit dem Mann. Hyronimus zupfte ihn am Ärmel und mahnte zum Aufbruch. Als die beiden durch die Türe auf die Straße hinausgehen wollten, lief ihnen Elisabeth hinterher: „Wartet noch einen Moment! Ich habe noch eine Kleinigkeit für euch."
In der Hand hielt sie ein verknotetes Tuch.
„Es ist nicht viel, nur etwas Wegzehrung."

Rotmund nahm die Speise dankbar entgegen. Als ihm Elisabeth zum Abschied noch zulächelte, war es vollends um ihn geschehen.
„Seid dem Vater nicht böse", sagte sie leise.
„Er ist nur noch ein Schatten, seit Mutter gestorben ist."
Sie biß sich auf die Unterlippe.
Hyronimus legte ihr vertraulich seine Hand auf die Schulter.
„Seid ohne Sorge, Jungfer. Solange ich eurem Vater eine Gefälligkeit erweisen kann, werde ich es tun."

23

Auf der Straße war es beißend kalt. Die warmen Becherkacheln am Ofen des Buchbinders hatte die beiden vergessen lassen, daß der Winter über dem Land lag. Rotmunds Zähne klapperten in der klirrenden Kälte.
Hyronimus zog sein Wams zurecht.
„Wohlan, laßt uns schleunigst den ‚Bären' aufsuchen! Dort ist es gemütlich warm und nicht so trocken wie beim Buchbinder."
Zielstrebig führte er Rotmund durch Gassen und Winkel. Die Nässe des Tages war mitsamt dem Unrat der Straße zu einer kompakten Masse gefroren, welche unter den Sohlen knirschte. Vor dem Gasthaus „Zum Bären" herrschte bereits helle Aufregung. Die Türe flog auf und kräftige Arme stießen eine zerlumpte Gestalt in die Gasse. Der Mann rutschte unsanft über das Eis und blieb liegen. Die Tür zum Wirtshaus flog abermals auf und ein schwerer Mantel landete neben ihm in der Gosse. Mißmutig angelte sich der Betrunkene das Kleidungsstück. Dann ballte er die Faust und lallte.
„Das könnt ihr mit mir nicht machen. So wahr ich der Basten bin, das werdet ihr bereuen!"
Als er sich aufrappelte, um wieder in das Wirtshaus zu wanken, trat der Wirt bekleidet mit Lederschurz und Kappe ihm entgegen. Ohne zu zögern, schlug er den Mann mitten ins Gesicht.
„Hast wohl immer noch nicht genug, du Saufkerl! Das nimmt ein schlimmes Ende mit dir! Geh deiner Wege! Hier kommst du nicht mehr rein!"

Als er die neuen Gäste neben dem Eingang entdeckte, war er wie umgedreht. Er zog ein Tuch aus feinem Leinen aus dem Gürtel und verbeugte sich.
„Verzeiht die Unbill, werte Herren. Tretet doch ein in meine Stube. Es ist reichlich aufgetischt. Bestes Bier soll euch den Abend versüßen."
Der Präzeptor winkte herrisch ab.
„Non omne quod licet honestum est. Nicht alles Erlaubte ist auch ehrenwert, mein lieber Wirt. Ich hoffe, wir finden einen stillen Winkel in deinem Hause. Wir möchten nicht gestört werden. Du verstehst, was ich meine?"
Nun küßte der feiste Wirt beinahe den Boden und schielte linkisch zum Präzeptor hin.
„Aber natürlich, werteste Herren, folgt mir!"
Rotmund ließ sich mit Hyronimus an einen Tisch im hintersten Winkel der Gaststube führen. Im Dunst des Gemäuers saßen Gruppen von Männern und Frauen. Einige Gespräche erstarben, wurden aber gleich wieder aufgenommen, da die Neuankömmlinge keinen Argwohn erregten. Das allgemeine Gemurmel vermischte sich mit den Klängen einer schlechtgestimmten Laute. Rotmund sah den Musiker über dem Dunst auf einem Podest sitzen, ganz in der Nähe der Feuerstelle. Über der glühenden Holzkohle schmorten die Reste eines Huftieres, wahrscheinlich ein Schaf. Abgenagte Rippen stauksten schwarz und verkohlt aus der Glut. Am drehbaren Spieß saß eine steinalte Frau mit zahnlosem Mund, welche unentwegt die Reste des Bratens über der Glut bewegte. Unaufgefordert trat der Wirt mit zwei randvollen Bierkrügen an den Tisch und stellte die Humpen geräuschvoll vor den neuen Gästen ab. Seine Augen flackerten gefährlich im Schein der spärlichen Beleuchtung und Rotmund wollte auf keinen Fall Ärger mit diesem Mann bekommen. Hyronimus drückte dem schwitzenden Wirt eine Münze in die Handfläche, welche jener mit einem Bückling entgegen-

nahm und im Saum seiner Geldkatze verschwinden ließ. Rotmund brannte darauf, mehr über den Buchbinder und Elisabeth zu erfahren.
„Sagt mir, warum hat die Tochter des Buchbinders solche Angst vor der Inquisition?"
Hyronimus tat sehr geheimnisvoll und wich der Frage aus.
„Si tacuisses, philosophus mansisses. Wer sich an der falschen Stelle zu weit aus dem Fenster lehnt, fällt leicht aus demselben. Mehr werdet ihr in dieser Sache nicht von mir erfahren."
Sein Gesichtsausdruck veränderte sich. Offensichtlich hatte Rotmund ein heikles Thema angeschnitten. Plötzlich schien der Präzeptor wie verwandelt und packte den Jungen begeistert bei den Schultern.
„Was würdet ihr davon halten, mein Revisor zu werden? Viel Lohn kann ich euch freilich nicht bezahlen. Aber für ein warmes Nachtlager und regelmäßige Mahlzeiten würde ich aufkommen. Was haltet ihr davon?"
Rotmund war überrascht von dem Angebot. Da er nicht gleich reagierte, hakte der Präzeptor nach.
„Also gut, ihr bekommt außerdem ein anständiges Gewand und festes Schuhwerk, aber das ist mein letztes Wort. Entscheidet euch schnell!"
Rotmund antwortete zögerlich: „Ich weiß nicht recht, was ein Revisor eigentlich so macht. Und überhaupt der Archidiakon ..."
Hyronimus unterbrach ihn schroff.
„Der Archidiakon schickt euch los, um etwas über die Druckerkunst in Erfahrung zu bringen. Jetzt ist klar, ihr müßt es in einer anderen Stadt versuchen. Ohne einen ehrlichen Bürger, der euch dort empfiehlt, habt ihr wenig Glück mit eurem Ansinnen. Wenn ihr erst eine gewisse Zeit mein Revisor gewesen seid, werde ich mich für euch verwenden."
Das Angebot war verlockend. Hyronimus bearbeitete den Jungen so lange, bis dieser ohne recht zu wissen, was er tat, in die dargebotene Hand einschlug. Der Präzeptor grinste in Feierlaune.

„Wirt, wo bleibt der Nachschub!"
Die beiden hatten ihre Humpen noch kaum angerührt. Hyronimus führte Rotmund nun ausführlich in seine neuen Pflichten ein. Dem Jungen begann der Kopf zu sausen. Da war doch noch die Schule, der Unterricht bei Bruder Simon Lukas, das Skriptorium. Langsam dämmerte ihm, daß er wohl einen Fehler begangen hatte. Er konnte sich nicht für eine zusätzliche Aufgabe verpflichten. Aber das lauwarme Bier beeinflußte langsam seine Gedanken. Stechapfel, Bilsenkraut und Sumpfporst begannen zu wirken. Das Gebräu erzeugte einen pelzigen Nachgeschmack, aber von Humpen zu Humpen schmeckte die Brühe besser. Rotmund erlebte eine Ekstase aus Stimmen und Eindrücken. Die Welt begann zu schwanken und das lachende Gesicht des Präzeptors verzog sich mit jeder Drehung ein wenig mehr. Und dann geriet alles außer Kontrolle. Der Boden schwankte unter seinen Füßen und er fiel unsanft vom Stuhl. Ein Aufblitzen im Kopf und dann völlige Dunkelheit, das war alles, was noch in Rotmunds Bewußtsein drang. Als er erwachte, hatte er keine Ahnung, wo er sich befand. Mit den Händen befühlte er vorsichtig das Bett, auf dem er lag. Durch die Fensterläden fiel eine bleiche Lichtkaskade auf den Boden der Kammer. Als er versuchte, den Kopf zu heben, durchfuhr ihn ein stechender Schmerz. Die Trockenheit in seinem Mund war unerträglich. Er mußte unbedingt Wasser trinken. Dieser Gedanke trieb Rotmund hoch. Im Sitzen versuchte er, den Kopf aufrecht zu halten, aber es gelang ihm nicht. Dann wurde ihm wieder schwarz vor Augen. Ein Zupfen und Ziehen an seinem Gewand weckte ihn allmählich.
„Aufwachen, aufwachen, aufwachen!" keifte eine dünne Stimme zu seiner Rechten. Als Rotmund die Augen öffnete, erblickte er die Alte ohne Zähne aus der Wirtstube. Unentwegt zupfte sie an seinem Ärmel und nuschelte durch ihre zahnlosen Kiefer. Rotmund richtete sich mechanisch auf und setzte beide Füße auf den Boden. Er fror

erbärmlich und versuchte durch kleine Bewegungen, warm zu werden. Die Alte schob ihm lächelnd einen Holzbecher mit heißem Wasser in die Hände. Vorsichtig nahm Rotmund einen kleinen Schluck. Als er sich bedanken wollte, war die Frau bereits aus der Kammer verschwunden. Ganz langsam kam die Erinnerung an den Vorabend wieder. Durch das offene Fenster drang die Frische eines strahlenden Wintertages und trieb ihn auf die Beine. Warum hatte er nur soviel von dem höllischen Gebräu getrunken? Mitten in die Gedanken der Reue drang die vertraute Stimme des Präzeptors:
„Wie ich sehe, seid ihr erwacht! Ich schlage vor, ihr solltet euch vom Biere fernhalten in der nächsten Zeit. Es war dennoch ein famoser Abend, auch wenn ich alleine weitertrinken mußte, nachdem ihr euch unter den Tisch verabschiedet hattet."
Rotmund fuhr die lautstarke Rede des Lateingelehrten stechend in den Kopf. Einen weiten Bogen würde er für den Rest seines Lebens um das Gebräu machen, versprach er sich selbst. Hyronimus schien keinerlei Nachwirkungen aus dem durchzechten Abend davongetragen zu haben.
„Während ihr noch selig den Morgen verschlafen habt, war ich schon fleißig und habe euer Schreiben einem Freund vorgelegt."
Hyronimus zupfte die Falten seines Wamses zurecht.
„Es verhält sich so, wie ich es euch bereits angekündigt habe. Dieses Druckervolk hält sich recht bedeckt, was diese neue Kunst anbetrifft. Mein Bekannter war auch der Meinung, ihr solltet zunächst als mein Revisor arbeiten, um hernach die Druckkunst zu erlernen."
Hyronimus log, ohne rot zu werden. Rotmund tastete in seiner Kutte nach dem wichtigen Dokument. Der Präzeptor hatte es ihm tatsächlich abgenommen. In dem Schreiben war der Buchbinder ausdrücklich darum gebeten worden, Rotmund weiter zu empfehlen. Der aber weigerte sich. Selbst der Präzeptor hatte nichts erreichen können.

Wohin sollte er sich nun wenden, um die neue Kunst zu erlernen? Hyronimus Keller ließ Rotmund keine Zeit zum Überlegen.

„Beeilt euch. Der Schneider wartet schon, um Maß zu nehmen. Die Zeche im Wirtshaus habe ich bereits bezahlt. Kommt jetzt schnell heraus aus den Federn!"

Wenige Augenblicke später stand Rotmund vor dem Wirtshaus. Hyronimus lief voraus. Vor einer schmalen Werkstatt blieb er stehen und erklärte: „Die Zeit drängt. Mein Unterricht beginnt sogleich. Sagt dem Schneider einfach, der Keller bezahlt das Gewand!"

Mit diesen Worten schob er Rotmund unter dem niederen Türsturz hindurch zur Anprobe.

24

Johann und Günther Zainer hatten alle Hände voll zu tun. Doch heute ging den beiden Brüdern die Arbeit gut von der Hand. Als die letzen Bögen zum Trocknen auf der Leine hingen, nahm sich Günther ein frisches Tuch und wischte sich den Schweiß aus dem Gesicht. Sein Hemd war längst naß von der anstrengenden Arbeit an der Handpresse.
„In drei Tagen ist es soweit, Bruder!" sagte Günther freudig.
„Straßburg, lebe wohl! Zwei Gesellen auf Wanderschaft!"
Johann hob mit einem Spachtel die restliche Druckerschwärze vom Reibstein ab. Dann verglich er den Druckstock nochmals mit dem gedruckten Ergebnis auf feinem Papier. Alles mußte stimmig sein. Den Hintergrund bildeten zarte Texturen des Himmels bis hin zu kräftigen Linien im Vordergrund, welche den Ackerboden beschrieben. Johann kniff die Augen zusammen, um auch noch die kleinste Unzulänglichkeit auf dem Druckbogen zu entdecken. Der Holzschnitt faszinierte ihn ebenso wie die erregenden Möglichkeiten, Texte im Druck zu vervielfältigen. Johann war eher von schmächtiger Statur mit einem schmalen Gesicht. Sein langes braunes Haar trug er im Nacken zusammengebunden. Schmale Lippen verliehen seinem Gesicht eine Ernsthaftigkeit, welcher auch sein Wesen entsprach. Günther hingegen war ein kräftiger, blonder Bursche mit einer überwältigenden Offenheit gegenüber allem und jedem. Außer der Haarfarbe und ihrer gemeinsamen Eltern hatten sie körperlich nicht viel gemeinsam. Prüfend hielt Günther seinen Ausdruck in die Wintersonne, welche flach über dem Münster geradewegs in die Fenster der Druckerei strahlte.

Der Bogen enthielt ein Schriftmuster mit allen Typen und Zeichen, welche sich Günther und Johann während der Lehrzeit in Straßburg erarbeitet hatten. Dann entriegelte er den Druckstock. Wörter und Silben waren teils aus Holz, teils aus Metall hergestellt. Wie die Perlen einer Kette mit Löchern versehen, und hintereinander an einer Schnur aufgereiht, entstanden so ganze Sätze. Auf der Rückseite des Stockes war Zeile an Zeile angefügt und festgebunden.

„Es muß mehr Illustration zwischen das gedruckte Wort, so daß es jedermann gerne lesen möchte, schon wegen der Ausgestaltung der Buchstaben!"

Johann schwieg und war vertieft in die Korrekturen seines Holzschnittes. Günther wurde noch leidenschaftlicher.

„Die Venezianer sind auf dem richtigen Weg, sage ich dir. In Venedig sollten wir unsere Kunst ausüben!"

Johann schmunzelte und sagte amüsiert: „Du und Venedig! Sei froh, wenn du im eigenen Land nicht verhungern mußt."

Günther verteidigte sich: „Wirst schon sehen, die Agnes und ich gründen einen eigenen Hausstand in der Fremde! Ich für meinen Teil werde meinen Montag vollends im Badehaus verbringen. Das werde ich sicher vermissen auf der Wanderschaft. Gehst du mit? Die Gesellen von der Malerinnung geben heute sicher einen aus."

Er verdrängte den Gedanken, was seine junge Frau davon halten würde. Und so machten sie sich daran, die Offizin zu reinigen. Der Umgang mit Druckerschwärze verlangte peinlichste Sauberkeit. Ein Teil der Kunst bestand darin, saubere Hände zu behalten, um die Druckbögen makellos in den Kasten der Presse einlegen und wieder entnehmen zu können. Als sie endlich die Offizin hinter sich abschlossen, glühte die riesige Glasrosette des Münsters rot und golden im frühen Abendlicht. Johann versteckte den Schlüssel hinter einem Blumenkübel neben dem Eingang.

Am Fronhof zum Tiergarten herrschte heute allerhand Betrieb. Die Brüder waren noch keine zwanzig Meter von der Offizin entfernt, als ihnen Johann Mentelin in Begleitung des Drechslers Konrad Saßbach entgegen kam.
„Das trifft sich gut, daß wir euch beide noch erwischen!"
Mentelin keuchte seinem Alter entsprechend.
„Die Spindel von der Druckerpresse muß unbedingt nachgearbeitet werden. Habt ihr was bemerkt bei der Arbeit?"
Günther zuckte in gespielter Unwissenheit mit den Schultern.
Mentelin fuhr fort: „Helft uns kurz, die Spindel zu heben. Ihr seid noch jung und habt Kraft!"
Johann Zainer verdrehte die Augen, aber traute sich nicht zu widersprechen. Mentelin besaß natürliche Autorität. Er war stets gut zu ihnen gewesen und hatte sogar eine Stube unter seinem Dach für die beiden jungen Druckerkünstler leergeräumt. Da sie keiner Zunft angehörten, hatten sie auch keine verbrieften Rechte gegenüber ihrem Lehrherren. Trotzdem erhielten sie warme Mahlzeiten und ein Bett während der ganzen Zeit ihrer Ausbildung. Mentelins Großmut hatte auch nicht darunter gelitten, daß sein ehemaliger Schüler Gensfleisch, der sich inzwischen Gutenberg nannte, jetzt alle Verdienste für sich in Anspruch nahm. Es hieß, er ließe sich in Mainz als Erfinder des Buchdruckes mit Metallettern feiern.
„Außerdem habe ich noch einen Brief für euch", merkte Mentelin mit einem Augenzwinkern an. Er zog einen versiegelten Umschlag aus der Tasche seines Rockes. Günther brach hastig das Siegel und entfaltete das Schreiben. Johann drängte sich neben ihn, um ebenfalls den Inhalt zu erfahren.
„Der Brief ist vom Archidiakon in Reutlingen. Er lädt uns ein, in unserer Heimatstadt eine Druckerpresse zu errichten und unsere Kunst an die Schüler des Skriptoriums in St. Peter und Paul weiterzugeben.

Er schreibt, als Entgelt erhalten wir Empfehlungen für die Geistlichkeit in Augsburg und Ulm."
Johann Zainer pfiff durch die Zähne: „Das nenne ich eine gute Nachricht! Wer hätte das gedacht, wir werden unser Elternhaus wiedersehen."
Die Reparatur an der Druckerpresse war zeitraubend. Doch Johann und Günther waren voller Freude über die unerwartete Einladung.
„Und ich habe mich schon mit Blasen an den Füßen im Heu schlafen sehen", flachste Günther, während er den schweren Tiegel anhob.
Mentelin war guter Dinge nach getaner Arbeit.
„Ihr habt großes Glück. Nur wenige verstehen sich auf das komplizierte Spiel mit den unterschiedlichen Materialien. Ihr seid inzwischen vertraut mit Holz und Metall. Ich habe euch alles gelehrt, was ich darüber weiß. Diese Empfehlung in eine der großen Reichsstädte ist der Weg zu einem gesicherten Arbeitsplatz. Wenn ihr es klug anstellt, wird euch der Archidiakon dort unterbringen."
Günther brannte schon darauf, seiner Frau Agnes die Neuigkeit zu erzählen und anschließend mit den Malergesellen zu feiern. In wenigen Tagen ging es zurück in die Heimat nach Reutlingen.

25

Der Schneidermeister war mit Feuereifer bei der Sache. In unglaublicher Geschwindigkeit vermaß er Rotmunds Körper und machte sich kleine Notizen.
„Vielen Dank, ihr mögt in drei Tagen wiederkommen, dann ist das neue Gewand fertig."
Kaum hatte er geendet, als die Frau des Schneiders Rotmund bereits wieder mit sanftem Druck ins Freie beförderte. Vermutlich war sein schäbiger Aufzug schlecht für das Geschäft. Bei jedem Schritt spürte Rotmund seinen Kopf auf den Schultern. Er erneuerte sein Versprechen, in Zukunft die Finger vom Bier zu lassen. Als er an die Kirchschule dachte, wurde ihm ganz bange. Eigentlich hätte er auf schnellstem Wege wieder zurückkehren sollen, aber mit jeder Stunde in der Stadt wuchs der Widerstand in seinem Inneren. Alles hatte sich verändert innerhalb eines Tages. Zuerst die verwirrende Begegnung mit der Frau in Blau, dann die Suche nach dem Buchbinder, die Begegnung mit der Stadt und dem Barfüßer-Kloster, dann die schöne Elisabeth, der verhängnisvolle Abend im Wirtshaus und jetzt auch noch ein neues Gewand. Das Tempo der Ereignisse war verwirrend. Keine Zeit, um einen eigenen klaren Gedanken zu fassen. Und Klarheit benötigte Rotmund jetzt dringend. Er spürte, daß etwas mit ihm vorging und er mußte reagieren.
„Denk nach, Rotmund, denk nach ...", sagte er gedankenverloren zu sich selbst und wischte sich die blonden Locken aus dem Gesicht. Und dann handelte er. Erst langsam und dann immer schneller näherte er

sich einem Stadttor. Als er die Schnellbrücke mit Fallgatter erreichte, ließ er sich einfach in der Menge aus der Stadt treiben.

Schnell war er jenseits des Wassergrabens vor dem Zwinger. In der klaren Luft breitete sich die Winterlandschaft links und rechts des Karrenweges aus. Die Hügel und Täler der schwäbischen Alb reihten sich in abgestuften Blautönen nach Osten und Westen hin. Rotmund atmete befreit die frische Luft ein und aus. Sehnsucht nach der unbekannten Ferne überkam ihn. Was mochte die Welt noch für ihn bereithalten? Als er den Zwinger zur Rechten auf St. Peter und Paul zustrebte, freute er sich wieder, vertraute Gesichter zu sehen. Sein Auftrag war erfüllt. Obgleich das Schreiben des Archidiakons noch in den Händen des Präzeptors war, hatte Rotmund seinen Auftrag zu Ende gebracht. Die Erinnerung an den Gelehrten bereitete ihm Unbehagen. Die Kirche St. Peter und Paul stand in der winterlichen Landschaft wie ein riesiger Steinhaufen. Viele Jahre Regen und Schnee, Eis und Sonne hatten Spuren an der Fassade hinterlassen. An vielen Stellen war das Mauerwerk schadhaft und wurde weich. Dennoch waren die ursprünglichen Formen immer noch erkennbar, so wie die ersten Mönche geplant und gebaut hatten. Längs- und Querschiff bildeten ein liegendes Kreuz. Im Kreuzungspunkt ruhte der Turm mit quadratischem Grundriß. Dem mächtigen, äußeren Gleichgewicht mit den gestreckten Giebeln antwortete innen eine weiträumige Vierung. Dort trugen vier einfache Rundbogen auf Ecktrichtern die weite Kuppel. Zahlreiche kleine Öffnungen in den massiven Mauern spendeten spärliches Licht ins Innere des gewaltigen Leibes und sorgten für stetige Belüftung. Ein Rundbogenfenster aus wertvollem Glas sorgte an der Stirnseite für die Beleuchtung des Schiffes. Von außen eher unscheinbar entfaltete die Glasfläche im Inneren eine biblische Szene in leuchtenden Farben. Petrus war dort abgebildet mit dem Himmelsschlüssel in seinen Händen. Zu beiden

Seiten der Apside befanden sich kleinere halbrunde Radialkapellen und das Amtszimmer des Archidiakon. Alle Gebäudeteile besaßen separate Dächer entsprechend ihrem Grundriß. Auf den Steinen der Eindeckung hatten sich Gräser und Moose niedergelassen, welche sich unter einer Decke aus Schnee und Eis verbargen. Rotmund hatte es nicht eilig, den Kirchhof zu betreten. Als er sich endlich entschließen konnte, dem Unausweichlichen ins Auge zu sehen, kam ihm eine vertraute Gestalt durch das Tor entgegen. Rotmund erkannte den guten Roland. Der Archidiakon schien erfreut und nicht überrascht, seinen Schützling hier anzutreffen. Er trug wieder die einfache Kutte eines gewöhnlichen Geistlichen, so wie er sie immer zu tragen pflegte, wenn er sich unter das Volk begab.

„Sieh an, unser hoffnungsvoller Künstler ist schon wieder zurück aus der Stadt. Ich wähnte dich bereits beim Erlernen der Buchdruckkunst."

Rotmund wußte nicht, was er antworten sollte und so schwieg er.

Nach einem prüfenden Blick fuhr Roland fort: „Mit deiner Erlaubnis, für deine erste Nacht in der Stadt siehst du furchtbar aus. Komm mit mir, du mußt mir alles erzählen!"

Roland legte seinen Arm um die Schulter des Jungen. Langsam durchschritten sie den Kirchhof.

„Bruder Bruno soll dir warmes Wasser in einem Zuber bereiten und deine Kleidung reinigen. Du stinkst erbärmlich. Anschließend erwarte ich dich in meinem Amtszimmer."

Zum erstenmal in seinem Leben lernte Rotmund die erfreulichen Seiten eines Bades kennen. In einem Holzzuber neben der Feuerstelle in der Küche stiegen dampfende Schwaden aus dem warmen Wasser auf. Rotmund entspannte sich und beobachtete die Verwandlung der Küche in eine feuchte, neblige Höhle. Bruno rieb Rotmund mit einem Hanfbündel ab und goß von Zeit zu Zeit heißes Wasser in den Bottich.

Es war derselbe, in welchem gewöhnlich die Küchenutensilien gereinigt wurden. Brunos Gesicht war weich und aufgedunsen.
Seine Augen blickten ausdruckslos auf den nackten Leib des Jungen. Eine weiße Schürze, welche er um den dicken Leib trug, gab ihm entfernte Ähnlichkeit mit einer Amme. Wenig später erschien Rotmund frisch gewaschen in eine saubere Kutte gekleidet vor dem Amtszimmer des Archidiakon. Im halbdunklen Querhaus trennte eine mächtige Holztüre mit Eisenbeschlägen Amtszimmer und Kirchenraum. Zu beiden Seiten befanden sich leere Nischen in der Wand. Rotmund erinnerte sich lebhaft an die Galerie von Heiligenfiguren, welche in einem Nebengebäude verweilten. Stammten die Statuen aus der Kirche? Weshalb wurden sie hier nicht mehr aufgestellt? Aber eigentlich bereitete Rotmund eher die anstehende Befragung Herzklopfen. Mit der flachen Hand pochte er schließlich gegen das Türblatt. Es hallte erschreckend laut in der Kirche nach.
Von jenseits der Tür rief der Archidiakon gedämpft: „Tritt ein!"
Rotmund betätigte die sperrige Klinke. Ohne jegliches Geräusch schwang das Türblatt nach innen. Schon zum zweiten Mal betrat Rotmund den gewölbten Raum. Buchrücken an Buchrücken türmten sich in hohen Regalen wertvolle Bücher und schriftliche Zeugnisse vieler Generationen an den Wänden. Große Ehrfurcht überkam Rotmund und er wirkte etwas eingeschüchtert.
„Diese Bücher sind die größten geistigen Schätze der Diözese, einmal abgesehen von den vielen lebendigen Geistlichen."
Roland bemühte sich, Rotmund die Befangenheit zu nehmen.
„Hier ist einiges von dem versammelt, was der menschliche Geist durch Gottes Güte von der Welt erfahren hat. Wenn du Latein lesen kannst und dich auf die Kunst zu drucken verstehst, wirst auch du vielleicht so der Kirche Christi dienen."

Rotmund begann leise die wenigen zusammenhängenden Sätze zu sprechen, welche er während der nächtlichen Lateinstunden gelernt hatte: „Ecce gratum et optatum ver reducit gaudia. Auf zu grüßen Lenz den süßen. Freude hat er wiederbracht. Purpuratum floret pratum sol serenat omnia. Blumen sprießen auf den Wiesen und die liebe Sonne lacht."
Roland lauschte fasziniert den Versen.
„Sol serenat omnia lamiam cedant tristia! Und die liebe Sonne lacht, nimmer sei dem Leid gedacht! Aestas redit nunc recedit niemis saevitia. Von dem jungen Lenz bezwungen weicht des Winters grimme Macht!"
Ein feines Lächeln huschte über das Gesicht des Archidiakon.
„Wer hat dir dieses Gedicht beigebracht?"
Rotmund kehrte wieder in seine Verlegenheit zurück und antwortete pflichtschuldig: „Der Thomas ist mein Lehrer. Immer abends während der großen Stille."
Beinahe hätte er sich auf die Lippe gebissen.
„Während der großen Stille also", wiederholte der Archidiakon.
„Dieses Gedicht gehört mit zum Schönsten, was unsere Vorfahren an Dichtkunst zustande gebracht haben. Hier, gleich da vorne müßte die Abschrift zu finden sein."
Roland lief suchend an den Regalen vorbei und griff dann zielsicher einen wertvollen Einband aus feinem Schweinsleder heraus.
„Das ist eine Gedichtsammlung aus dem Kloster Blaubeuren, die Carmina Burana."
Roland schlug den schweren Band auf und legte das Buch auf seinem Stehpult nieder.
„Hier, sieh nur die herrlichen Illuminationen! Es gibt nur ein paar wenige Abschriften, aber alle meisterlich ausgestattet."

Rotmund war neben den guten Roland getreten und seine Scheu war der Neugier gewichen.
„Und jetzt, Junge, berichte!"
Rotmund gehorchte und gab alle Ereignisse folgerichtig wieder. Die erotische Begegnung mit der Dame in Blau und seine Gefühle für die schöne Elisabeth behielt er schamhaft für sich. Als er fertig war, blickte der Archidiakon sinnierend in die Farbflut, welche sich durch die bunten Gläser in das Innere der Sakristei ergoß.
„Er will uns also am langen Arm aus dem Fenster hängen."
Rotmund verstand nicht recht.
Roland erklärte: „Hyronimus Keller ist nicht nur ein gewöhnlicher Lateinlehrer. Er kontrolliert beinahe den gesamten Handel mit Donaten an den umliegenden Universitäten und Lateinschulen. Also genau dort, wo auch wir unseren besten Absatz finden. Die Kirche soll weiterhin brav ihr Skriptorium pflegen, während er mit den umliegenden Druckereien stillschweigend ein Monopol errichtet. Ein schlauer Fuchs, der Keller! Daß er nun schon versucht, seine Arbeitskräfte in der Kirchschule zu werben, geht zu weit! Das würde dem so passen! Ich habe Vorsorge getroffen. Wir werden unsere eigene Druckwerkstatt einrichten und den Handel selber abschließen. Noch sind die Drucker nicht in einer Zunft vereinigt. Für uns heißt das, wir haben einen Zeitvorsprung!"

26

Die folgenden Tage verliefen für Rotmund zum besten. Der Archidiakon hatte ihn persönlich im Skriptorium abgezogen. Statt dessen verbrachte Rotmund seine Zeit im Siechhaus bei Bruder Simon Lukas. Er genoß jede Stunde bei seinem Lieblingslehrer und war ein aufmerksamer Schüler. Im Herbarium lernte er zahlreiche neue Pflanzen und ihre Wirkungen auf den Menschen kennen. Simon Lukas blühte auf, denn selten teilte ein Schüler seine Leidenschaft so begierig. Schon bald nach dem Treffen mit dem Archidiakon trafen die Brüder Johann und Günther Zainer nebst Frau Agnes in St. Peter und Paul in den Weiden ein. Argwöhnisch beobachtete Anselm das Treiben im Kirchhof durch die schmalen Fenster im Skriptorium. Die Zainer bewohnten das elterliche Haus in der Mettmannsgasse, wo seit ihrem Weggang nach Straßburg eine Tante das Erbe verwaltete. Jetzt liefen sie zwischen den baufälligen Mauer der alten Schmiede umher und überwachten die Arbeiten. Das Dach mußte erneuert werden, da an vielen Stellen bereits Wasser eingedrungen war. Eigentlich hatte nur die große Esse die Jahre schadlos überstanden. Die Feuerstelle war ideal zum Schmelzen und Gießen von Metall geeignet. Wo einst Beschläge, Pflüge und Werkzeug geschmiedet wurden, sollten jetzt die Bleilettern für den Buchdruck entstehen. Der Archidiakon hatte kurzerhand alle verfügbaren Arbeitskräfte mobilisiert, um die Schmiede zum Laboratorium erweitern zu lassen. Die neue Kunst steckte noch in den Kinderschuhen und die technischen Anforderungen waren gewaltig. So arbeiteten neben Handwerkern aus der Stadt auch Bruder Jakobus, welcher im übrigen jede Chance für

eine kleine Stärkung des Leibes nutzte, auch einige der Schüler an dem ehrgeizigen Projekt.
„Sie wandeln auf dem breiten Pfad der in die Hölle führt", murmelte Anselm und trat wieder vom Fenster zurück. Auch am Abend war die Baustelle das Gesprächsthema im Dormitorium. Keiner wollte hinter dem anderen stehen und so mangelte es nicht an Gesprächsstoff. Inmitten seiner Kumpane und Anhänger führte der rote Edmund das Wort. Immer wieder schielte er in Rotmunds Richtung welcher wie gewöhnlich eine Lateinlektion auf seinem Strohsack erhielt.
Edmund rief quer durch den Raum: „Was treibt ihr da in der Schmiede? Wollt ihr gar in den Krieg ziehen?"
Edmund erntete erwartungsgemäß die Lacher seiner Anhängerschaft. Rotmund setzte sich auf und gab dem rothaarigen Anführer Antwort.
„Wir wollen keine Waffen schmieden, wir bauen eine Druckwerkstatt!"
Die jüngeren Schüler staunten im schwachen Licht der Talglampen mit offenen Mündern und Ohren. Edmund trat einige Schritte vor und verschränkte die Arme vor der Brust. Er wollte sich keinesfalls die Schau stellen lassen.
„Was ihr da ausheckt, weiß ich nicht, aber in der Zimmerei bauen wir eine riesige Maschine."
Er benutzte die Arme, um der geneigten Zuhörerschaft die gewaltigen Dimensionen zu veranschaulichen. Dabei übertrieb er etwas. Erwartungsvoll stand den Schülern die Faszination ins Gesicht geschrieben.
„Im Stadtwald mußten drei dicke Eichen gefällt werden. Man sagt, zwei Männer hätten dabei ihr Leben gelassen."
Ein Raunen ging durch den Schlafsaal.
„Aus den Brettern sollen ein Fundament für die Maschine entstehen. Allein schon die Querbalken zwischen den beiden Wänden sind so dick wie die Oberschenkel von Bruder Jakobus!"

Abermals gab es Kundgebungen des Erstaunens. Die Balken mußten gewaltig sein.

„Ihr baut eine Druckerpresse", erklärte Rotmund gelassen. Er hatte sich die Konstruktion von Günther Zainer auf einem gezeichneten Plan erklären lassen.

Edmund ergriff wieder das Wort: „Auf jeden Fall läßt sich ein Kasten auf Schienen darauf ein- und ausfahren."

Solche technischen Details überstiegen das Vorstellungsvermögen der meisten Anwesenden. Dennoch lauschten sie wie gebannt dem technischen Schlagabtausch.

„Am schwierigsten ist die Herstellung der Preßspindel, welche zusammen mit dem Tiegel Druck auf den Kasten ausübt!"

Edmund wurde rot im Gesicht, was aber im Halbdunkel niemandem auffiel. So genau hatte er sich den Aufbau der Druckerpresse nicht merken können. Aber anstatt laut loszupoltern, sagte er einfach: „Sehr richtig!"

Dann zog er sich wieder in seine Ecke zurück, um nicht im Beisein seines Gefolges eine weitere Schlappe zu riskieren. Auch Thomas und die Zwillinge zeigten großes Interesse an der Funktionsweise des neuen Apparates und Rotmund erklärte ihnen bereitwillig alles, was er wußte. Da er seit der Ankunft der Zainer Brüder zu jedem Gespräch mit dem Archidiakon hinzugezogen worden war, hatte er einen Wissensvorsprung. Vollständig erfaßt hatte er die vielen Arbeitsschritte, welche schließlich zu einer gedruckten Seite führten, freilich nicht. Und so fieberte er dem nächsten Morgen entgegen, um mehr zu erfahren.

Nach der Morgenmesse eilte Rotmund erwartungsvoll zur Baustelle. Günther und Johann Zainer saßen schon seit dem Morgengrauen an einem improvisierten Tisch aus zusammengenagelten Eichenbrettern, welche auf zwei Holzböcken ruhten. Beide waren in schwarzen Samt gekleidet und trugen ebenfalls schwarze Mützen. Unter der Esse spendete ein Feuer angenehme Wärme an diesem Wintermorgen. Das Dach war noch nicht vollständig wieder hergestellt. Überall lagerte noch Baumaterial und Werkzeug. Johann strich sich den kurzen Vollbart glatt, welcher effektvoll sein junges Gesicht einrahmte. Verschiedene technische Zeichnungen und Skizzen lagen vor ihnen ausgebreitet auf dem Tisch. Günther schien der Jüngere von beiden zu sein. Er hatte kräftige, kurze Finger, welche unentwegt ein mechanisches Problem zu lösen schienen. Günther verglich einige glänzende Kupferteile mit den gezeichneten Vorgaben. Schließlich warf er die rechteckigen Metallteile unwillig auf den Tisch.

„Die verflixten Matrizen sind nicht sauber gearbeitet. Der Goldschmied Alber hat die Funktionsweise einfach nicht richtig verstanden!"

Johann ergänzte an Rotmund gewandt: „Oder wir haben es ihm nicht richtig deutlich machen können, was wir von ihm wollen."

Günther warf ein: „Wir bringen die Vorlagen besser zum Goldschmied nach Tübingen."

Johann überlegte kurz.

„Mag sein, Bruder, aber wir sind hier im Moment unentbehrlich. Vielleicht wäre das ja etwas für unseren neuen Lehrling."

Rotmund nickte und gab zu bedenken: „Wahrscheinlich bin ich euch hier keine große Hilfe, aber einen Botengang kann ich gerne übernehmen."

Dann deutete er auf eine Apparatur aus Holz und Metall, welche ebenfalls auf dem Tisch lag und fragte: „Was ist das für ein Gerät?"

Johann entgegnete: „Das ist ein Handgießgerät, so wie es auch der Gutenberg benutzt. Wir haben das Prinzip übernommen. Damit werden die Lettern gegossen. Buchstaben für Buchstaben.

Aus Buchstaben lassen sich Wörter zusammensetzen und daraus wiederum Sätze und ganze Seiten. Hört sich einfach an, ist aber dennoch ein ziemlich langer Weg."
Er nahm das Instrument vom Tisch, um seine Funktion zu demonstrieren.
„Das Prinzip ist einfach. Geschmolzenes Metall füllt ähnlich wie Wasser jeden Hohlraum vollständig aus. Das machen wir uns zunutze, indem wir einen veränderlichen Hohlraum benutzen."
Johann verschob zwei Metallwinkel gegeneinander und Rotmund konnte sehen, wie sich der Spalt erweiterte.
„Am einen Ende des Hohlraumes sitzt die Matrize aus Kupfer, so wie diese Unbrauchbaren hier auf dem Tisch."
Er nahm eines der kleinen, schimmernden Rechtecke zwischen Daumen und Zeigefinger.
„Wenn du genau hinsiehst, entdeckst du einen eingravierten Buchstaben."
Rotmund näherte sich, um die winzige Fläche genau betrachten zu können und entdeckte tatsächlich ein winziges „a" auf dem Kupferrechteck.
„Die Qualität dieser Gravur entscheidet über die Schönheit und Ebenmäßigkeit der gedruckten Buchstaben."
Rotmund lächelte. Soweit hatte er alles begriffen, nur eine Kleinigkeit war ihm noch nicht klar.
„Aber auf dem Tisch liegen doch auch viel breitere kleine Rechtecke mit zwei Buchstaben, welche aneinander kleben."
Johann lächelte.
„Sehr gut beobachtet, diese verbundenen Buchstaben heißen Ligaturen. Jetzt kannst du verstehen, wie wichtig es ist, einen verstellbaren Hohlraum am Instrument einstellen zu können. Schmale Buchstaben – schmaler Hohlraum. Breite Buchstaben – breiter Hohlraum."

Johann demonstrierte sofort die Funktion.

„Wenn alle Teile des Handgießinstrumentes zusammengefügt sind, kann von oben flüssiges Metall eingegossen werden. Wir wollen eine Mischung aus Blei, Zinn und Antimon versuchen."

Rotmund staunte, wieviel notwendig war, um eine einzige brauchbare Metalletter zu erzeugen.

Johann fuhr fort: „Sobald das Metall erkaltet ist, öffnet man die Form mit einem leichten Schlag und entnimmt die fertige Letter."

Er schlug gezielt gegen eine Kante des Instruments. Mit einem leisen Scheppern fiel eine Hälfte auf die Tischplatte.

„Wir haben fast unser gesamtes Geld darauf verwendet, um an die Pläne zum Bau des Gerätes heranzukommen. Der Gutenberg ließ alle Mitarbeiter ein heiliges Versprechen abgeben, nichts von seinen Entwicklungen an Dritte zu verraten. Zu dumm, daß er sie nicht anständig dafür bezahlte. So sickert manches Geheimnis schneller durch wie ein Ochsenfurz."

Rotmund war begeistert.

„Vielleicht sollten wir die Matrizen einfach auch selber herstellen!"

Johann und Günther lachten schallend.

„Du bist richtig! Dann bestelle schon mal fünf zusätzliche Gehilfen beim Archidiakon!"

Die beiden schienen ihn nicht ernst zu nehmen. Wortlos verließ Rotmund die Schmiede. Nach einer halben Stunde kehrte er mit fünf Schülern des Skriptoriums zurück. Als die Gruppe in der Schmiede eintraf, kratzte sich Günther verlegen am Kopf.

„Ich sehe schon, du fackelst nicht lange."

Das war durchaus ein Kompliment und Rotmund hatte es verdient. Bruder Anselm stand beinahe der Schaum vor dem Mund, als Rotmund im Gefolge des Archidiakons fünf der besten Schreibkräfte aus dem Skriptorium abzog. Außerdem hatte der Archidiakon nochmals

jegliche materielle Unterstützung zur Durchführung der notwendigen Maßnahmen zugesichert. Johann Zainer organisierte die Arbeit und führte Buch.
„Zunächst brauchen wir Vorlagen für alle Buchstaben und Zeichen, welche wir später in gedruckte Form bringen wollen. Besorgt euch Feder, Tinte und Papier!"
Johann war ganz in seinem Element. Seine ganze Liebe galt der Schrift. Insbesondere die Schriftmuster aus Venedig beeinflußten seine eigenen Arbeiten. Jeden Buchstaben dieser eleganten Handschriften mit Groß- und Kleinbuchstaben hatte er während seiner Ausbildung in Straßburg den Vorbildern nachempfunden und hergestellt. In einem Holzkasten ruhte alles in der elterlichen Wohnung an einem sicheren Ort. Das war sein Betriebskapital für die Errichtung einer eigenen Offizin.
„Seid ihr auch noch mit anderen Schriften vertraut?" fragte Thomas, fühlte sich angesprochen und antwortete: „Bernhard und Franz schreiben ab und zu die gotische Kurrent. Georg und ich beherrschen die gotische Bastarda."
Johann resümierte: „Sehr gut! Dann fehlt eigentlich nur noch eine schöne Minuskel und wir haben eine schöne Auswahl zu jedem Verwendungszweck."
Den Rest des Tages verbrachten die Schüler mit dem Entwerfen von Vorlagen für die Matrizenherstellung. Eifrig versuchten sie einander zu übertreffen und schrieben alles, was ihnen einfiel, säuberlich zwischen exakt gezogene Schriftlinien. Dann wurde die Arbeit systematischer. Schließlich mußte jedes Zeichen des Alphabetes in seiner schönsten Form erarbeitet werden. Oft war es gar nicht möglich zu entscheiden, welche Form sich in welcher Kombination besser darstellte. So ergab es sich ganz natürlich, daß oft viele verschiedene Variationen eines Buchstabens graviert werden sollten. Über der Vorarbeit vergingen die

ersten Wochen in der Schmiede wie im Flug. Am Abend kehrten die Schriftkünstler ermattet in das Refektorium zurück. Von dem täglichen Gebetszeremoniell waren sie vom Archidiakon entbunden worden. Dafür wurde von ihnen erwartet, daß sie an der nächtlichen Zusammenkunft der Mönche in der Kirche teilnahmen.

27

Edmund prahlte während der Mahlzeit, wieviel Geschick und Überlegung es kostete, die Druckerpresse endlich fertigzustellen. Er verschonte keinen bei Tisch mit sämtlichen technischen Details, die er sich hatte merken können.
„Aber unser Schriftkünstler weiß sicher noch mehr zu berichten, stimmt doch, oder?"
Rotmund blieb gelassen und aß seinen Gerstenbrei, obwohl Edmund angriffslustig zu seinem Platz herüberschielte. Er hatte im Moment andere Sorgen und war nicht in Stimmung, sich mit dem aufgeblasenen Rotschopf zu messen. In der kommenden Nacht hatte er viel vor. Nur Werner wußte Bescheid und würde ihn begleiten. Das allabendliche Gebet dauerte heute besonders lange und Rotmund saß wie auf glühenden Kohlen. Als schließlich alles in Richtung Schlafsaal strömte, warf er Werner einen verschwörerischen Blick zu. Der nickte schweigend und verschwand neben dem Kreuzgang im Gebüsch. Alles war für den nächtlichen Ausflug bereit. Nach dem üblichen Zeremoniell und wenigen Streitereien, der dicke Heinrich wurde dabei um ein paar Rauchwürste erleichtert, kehrte Ruhe ein unter dem Dach. Werner war wieder erschienen und hatte sich auf seinem Sack langgestreckt. Die Brüder lagen schon mindestens eine Stunde wach und angezogen unter ihren wärmenden Lagen, als Bewegung im Schlafsaal entstand. Mehrere Schatten huschten geräuschlos zwischen den Strohsäcken umher und strebten zur Treppe ins Erdgeschoß. Offenbar waren die Brüder nicht die einzigen Schlafwandler in dieser Nacht. Werner berührte Rotmund an der Schulter.

Das vereinbarte Zeichen zum Aufbruch. Thomas stöhnte laut auf im Schlaf. Die Brüder erstarrten mitten in der Bewegung. Nach wenigen Augenblicken war der Schläfer wieder in seiner eigenen Welt. Mit pochenden Herzen setzten die beiden ihren Weg fort. Nächtliche Ausflüge besaßen den Reiz des Verbotenen. Nur nachts war es möglich, ohne die ständige Aufsicht der Mönche den eigenen Neigungen nachzugehen. Werner hatte nur durch Zufall entdeckt, wie sich eine kleine Gruppe von älteren Schülern regelmäßig absetzte, um in den frühen Morgenstunden wieder auf die Strohsäcke zu kriechen. Auf solch ein Vergehen standen drakonische Strafen bis hin zum Verweis von der Schule. Aber offensichtlich hielten sich nicht alle an das Gebot und die Mönche hatten einen guten Schlaf. Werner und Rotmund wollten den nächtlichen Ausflüglern folgen.
Heute war es also soweit. Verborgen in den Schatten der Treppe im Erdgeschoß hielten sie den Atem an, um nicht entdeckt zu werden. Fahles Mondlicht beleuchtete den kristallklaren Himmel und fiel durch ein schlankes Fenster des Schulgebäudes. Edmund und seine Gefolgsleute waren gerade dabei, durch eine Öffnung in der Wand ins Freie zu kriechen. Werner pfiff leise durch die Zähne. So einfach war es also, ins Freie zu gelangen. Tagelang hatten sie gegrübelt, wie es sich unbemerkt bewerkstelligen ließ, die Schule zu verlassen. Als letzter von fünf Kumpanen wollte der dicke Heinrich durch die verborgene Öffnung im Mauerwerk kriechen, aber er blieb stecken. Unruhe entstand vor dem Fenster.
Jemand zischte undeutlich: „Kriech wieder zurück! Du bist zu fett!"
Heinrich bewegte sich panisch vor und zurück und quiekte schließlich wie ein Schweinchen: „Ich will aber mit. Ihr habt es mir versprochen und bezahlt habe ich auch schon!"
Es half nichts. Edmund griff ein: „Du bekommst alles wieder, aber mach jetzt keinen Radau, sonst steht der Anselm auf der Platte!"

Heinrich ließ sich nicht beruhigen. Seine Beine staksten durch die Mauer ins Freie, aber die Hüften steckten immer noch zwischen den eiskalten Steinblöcken fest. Da hatte einer der Ausreißer eine glänzende Idee.

„Ich stecke dir einfach meine Ratte unter die Kutte, vielleicht kann sie dir ja ein wenig am Hintern nagen!"

Mit einem gewaltigen Satz stand der dicke Junge aufrecht wie eine Kerze auf dem dunklen Gang. Von draußen her war gedämpftes Lachen zu hören. Selber erstaunt über die eigene artistische Darbietung, hatte es Heinrich die Sprache verschlagen. Das Problem war gelöst und die Bande hatte ihren Spaß dabei gehabt.

„Ich traue mich aber nicht, alleine die dunkle Treppe hochzugehen", jammerte Heinrich.

In der Maueröffnung tauchte der Kopf des roten Edmund auf.

„Sei keine Memme! Geh wieder ins Bett und keinen Laut mehr, sonst ...", er erzeugte ein häßliches Geräusch mit dem Mund. Offenbar hatte er den richtigen Ton getroffen. Vorsichtig tastete sich der Dicke in die Dunkelheit zurück. Rotmund und Werner zogen sich schleunigst unter die Treppe zurück. Heinrich sang mit zitternder Stimme ein Kinderlied und erklomm die Stiege. Es dauerte eine kleine Ewigkeit, bis nichts mehr zu hören war. Rotmund und Werner trauten sich unter der Treppe hervor und inspizierten den geheimen Ausstieg durch die Mauer.

„Ziemlich einfach", flüsterte Werner.

„Die haben nur einen lockeren Block aus der Mauer gewuchtet und ihn dann durch eine leichte Steinplatte ersetzt. Wenn die Platte in der Wand eingefügt ist, sieht man absolut nichts von der Öffnung."

Ein Aus- und Einstieg war gefunden, darüber mußten sie sich keine Gedanken mehr machen. Als sie aus dem Gestrüpp hervortraten, welches den Geheimgang von außen überwucherte, empfing sie beißende

Kälte und Dunkelheit. Jeder Schritt erzeugte ein entsetzliches Knirschen auf dem vereisten Boden und die beiden hoben ihre Beine wie zwei Störche, um möglichst wenig Lärm zu erzeugen. Weit voraus entdeckten sie die kleine Schar. Sie bewegten sich wie schwarze Ameisen im Mondlicht in der winterlichen Landschaft vor den Stadttoren.
Werner flüsterte: „Komm, wir gehen lieber in den Brühl. Da haben wir es bald schön warm, wenn noch etwas Glut im Erdofen ist."
Rotmund wäre gerne weitergegangen, aber schloß sich schließlich Werner an. Bei dieser Kälte machte ein Ausflug über das freie Feld wahrlich keinen Spaß. Mit klappernden Zähnen gelangten sie zum Unterstand. Von außen sah der Holzverschlag recht ärmlich aus. Alle Tiere lagen jetzt eng beieinander auf trockener Streu unter Dach. Einem Gänsepaar vom nahen Weiher hatte Werner bereits vorsorglich den Garaus gemacht. Besonders der Erpel war aufmerksam wie ein Wachhund gewesen. Solch eine nächtliche Ankunft im Brühl wäre nicht unentdeckt geblieben. Werner versicherte jedem, der es wissen wollte, ein Fuchs hätte sich an dem Geflügel schadlos gehalten. Insgeheim ruhte der Weihnachtsbraten in der Astgabel einer hohlen Eiche, hoch über dem Boden. Immer wenn ihm danach war, briet sich Werner ein kleines Stück von dem fetten Fleisch. Mit Hilfe von getrockneten Kuhdung und Flint war nach kurzer Zeit wieder ein Feuer entfacht und glomm wärmespendend in dem einfachen Erdofen aus Lehm und Ton. Wolken von Eiskristallen hüllten die beiden ein, als Werner in die Eiche kletterte, um eine Gänsekeule zu organisieren.
Plötzlich rief Werner aufgeregt vom Baum nach unten: „Es brennt! Die Stadt brennt!"
Rotmund kletterte ebenfalls durch den hohlen Baumstamm nach oben. Als er in einiger Höhe über dem Boden endlich freie Sicht hatte, bot sich ein seltenes Bild. Vor ihm lag das tiefblaue Schneefeld und glitzerte geheimnisvoll im Mondlicht.

Innerhalb der schwarzen Schatten der Stadtmauer glomm es feuerrot. Am Himmel türmte sich eine Rauchwolke bedrohlich auf, als wolle sie alles einhüllen. Jetzt erklang auch ein kleine Glocke. Dann waren es zwei und schließlich rief jede Glocke in der Stadt um Hilfe. Schon sah man gelblodernde Flammen inmitten der zahlreichen Giebel und Türme.
„Jetzt werden sie die Echaz in die Gassen umleiten. Nur noch der Fluß kann jetzt helfen."
Werner starrte auf das elementare Schauspiel.
„Woher weißt du das?" fragte Rotmund erstaunt.
„Ein Torwächter hat es mir erklärt. Es gibt mehrere Einlässe für das Wasser, die man notfalls fluten kann."
Rotmund war beeindruckt. Sein Bruder wußte viel mehr, als er ihm zugetraut hatte. Tatsächlich konnte man wenig später ein fernes Rauschen vernehmen. Jetzt schoß das Wasser durch die Gassen und sollte das Übergreifen der Brände verhindern. Fast eine Stunde später kletterten die Brüder wieder vom Baum und machten sich daran, die Gänsekeule über dem Ofen zu schmoren. Die Sterne funkelten verführerisch und glasklar. An Schlaf war nicht mehr zu denken. Erst am frühen Morgen kurz vor dem Wecken kehrten sie unbemerkt in den Schlafsaal zurück. Als die Morgengebet abgehalten wurde, fehlten vier Schüler und waren auch bis zum Abend nicht zurück. Auch am folgenden Tag blieben ihre Strohsäcke unbenutzt. Am dritten Tag nach dem Brand in der Stadt zogen düstere Schneewolken über das Land, während die Schüler ihre Plätze im Refektorium aufsuchten. Bruder Bruno betrat den Speisesaal mit geröteten Augen. Ab und zu kullerte eine Träne über seine Wangen und fiel in den Kessel voller Gerstenbrei. Beim Austeilen mit der Schöpfkelle auf die Holzteller zog er mehrmals geräuschvoll die Nase hoch.

Das Portal zum Speisesaal öffnete sich und der Archidiakon in Begleitung von Bruder Anselm betrat den Saal. Soviel Ernst und Gram lag auf seinem Gesicht, daß sofort alle Gespräche verstummten, um das Unfaßbare zu erfahren. Bedeutungsvoll hob er die Arme, aber es war bereits absolut still.
„Wie wir alle wohl bemerkt haben, fehlen vier Schüler in unserer Mitte." Seine Stimme zitterte etwas, dann zählte er die Namen der Vermißten auf: „Edmund Schradin, Eusebius Fischer, Veit Reiser und Daniel Kindsvatter." Er machte eine kleine Pause, dann fuhr er fort: „Zunächst war es nur eine Befürchtung und ist nun traurige Gewißheit: Ich muß euch leider mitteilen, daß sie nicht mehr am Leben sind."
In den Gesichtern aller Anwesenden spiegelte sich blankes Entsetzen.
„Wie es sich uns offenbart, haben die Schüler unerlaubt St. Peter und Paul verlassen und wollten über einen geheimen Wehrgang die Stadt betreten. Unglücklicherweise machte ein Brand in der Stadt es nötig, den Fluß in das Kanalsystem zu leiten. Davon war auch besagter Wehrgang betroffen. Die Jungen sind alle ertrunken heute aufgefunden worden."
Rotmund und Werner schwankte der Boden unter den Füßen. Ein paar junge Schüler fingen an zu weinen. Der Archidiakon hatte noch nicht geendet: „Ich erwarte, daß sich der Vorfall mit eurer Mithilfe lückenlos aufklären wird. Es ist mir ein persönliches Anliegen zu erfahren, warum vier junge Menschen unter meiner Obhut so leichtfertig den Tod gefunden haben!" Mehr zu sagen war er nicht mehr imstande. Er drehte sich um und verließ das Refektorium. Im Saal war vollkommene Stille. Die älteren Schüler versuchten das Geschehene mit dem Verstand zu begreifen und begannen sich zaghaft zu unterhalten. Aber keiner konnte die Sinnlosigkeit in Worte kleiden. Viele hatten schon einen nächtlichen Ausflug hinter sich.

Aber keiner hatte je so teuer für ein Vergehen bezahlt, wie die vier Ertrunkenen. Der dicke Heinrich war so grau wie die Gestengrütze auf seinem Teller.
„Manchmal ist es ganz gut, fett zu sein", sagte er leise schluchzend. Niemand hatte ihm zugehört. Im Schlafsaal wurde gerätselt und gemutmaßt, wie es zu dem Unglück kommen konnte. Einige behaupteten steif und fest, die Juden seien schuld. Sie hätten aus lauter Bosheit die Stadt angezündet. Und womöglich seien sie dabei von den Unglücklichen beobachtet worden. Die Juden seien die heimlichen Mörder. Andere wiederum vertraten die Ansicht, es hätte sich um eine Entführung mit Lösegeldforderung gehandelt. Die Kirche hätte nichts bezahlen wollen und dies sei jetzt das Ergebnis. Nur einer der Anwesenden wußte mehr als der Rest. Heinrich starrte grau und mit roten Augen auf den Boden. Nicht einmal die gebratene Hühnerkeule wollte ihm schmecken. Rotmund und Werner gesellten sich links und rechts neben den Dicken.
„Hör zu, wir wissen, daß du dabei warst, als die vier das Haus verlassen haben."
Werners direkte Anrede wirkte auf den fetten Jungen wie ein Schock.
„Nein, war ich nicht, das ist eine Lüge!" schrie er mit hoher Fistelstimme und wollte sich erheben. Rotmund zog ihn sanft nach unten und senkte die Stimme, um keine Aufmerksamkeit zu erregen.
„Wir wissen, daß du nichts Schlechtes getan hast. Du mußt uns nur genau sagen, was ihr in der Stadt vorhattet, dann werden wir nichts weitererzählen."
Heinrich war in erheblichem Streß und fing an zu schwitzen.
„Der Edmund war es, er hat es eingefädelt. Ich habe nur bezahlt!" Schweißperlen standen auf seiner Stirn. Er begann zu weinen.
„Wir wollten doch nur zu den Mädchen gehen. Ihr wißt schon. So wie richtige Männer."

Rotmund sah zu Werner hin, dann tröstete er Heinrich: „Ist schon gut, das will fast jeder von uns. Du hast nichts Schlechtes getan."
Mehr war nicht aus Heinrich herauszubekommen. Er war nur noch ein hemmungslos heulendes Häufchen Elend. Die Geschichte war an Tragik nicht mehr zu überbieten und die Brüder waren sich einig, Stillschweigen zu bewahren. Die Leichen der vier Jungen wurden auf Anordnung des Archidiakons in der Krypta von St. Peter und Paul aufgebahrt. Zum einen war es nicht möglich, in dem hart gefrorenen Boden des Gottesackers die Gräber auszuheben, zum anderen sollten die Toten ein warnendes Beispiel für die Folgen des Ungehorsames sein. In der unterirdische Kammer war es inzwischen so kalt, daß keine Verwesung zu erwarten war. Vorsorglich benetzte der stumme Bruno die Leichen mit allerlei Essenzen. So begleitete die Anwesenheit der Toten die Schüler an jedem Tag während der Gebetszeiten in der Kirche. Ihre Gegenwart war faßbar und die Nähe eine Möglichkeit mit der Trauer umzugehen.

28

Günther Zainer hielt das hauchdünne, mit Öl getränkte Papier gegen das Licht einer Öllampe.
„Sieht gut aus! Die Pausen werden immer besser. Aber wir müssen sehr vorsichtig damit umgehen. Das Papier reißt bei der kleinsten Unachtsamkeit ein und die Arbeit beginnt von vorn. Durch das Leinöl werden die Pausen vollständig durchsichtig."
Jeder Schriftkünstler hatte inzwischen die handgeschriebenen Buchstaben auf dünnes Papier gepaust. Günther führte die weiteren Verarbeitungsschritte bis zur fertigen Matrize vor.
„Jetzt müssen wir die Buchstaben spiegelverkehrt auf diese kleinen Metallklötze übertragen."
Er hielt einen glänzenden Würfel in der Hand und drehte ihn zwischen den Fingern.
„Das Material ist sehr hart, aber das muß so sein. Schließlich soll daraus einen Stempel entstehen, der in das Kupfer der Matrizen einzudringen vermag."
Thomas beobachtete aufmerksam, wie Günther einen Metallklotz mit einem Schraubstock am Tisch befestigte.
„Jetzt beginnt die Schwerarbeit. Das Werkstück muß absolut rechtwinklig zur Höhe gefeilt und poliert werden. Erst dann können wir die Pausen übertragen und in das Metall schneiden."
Günther hielt einen Schaft mit einer winzigen Klinge in die Höhe.
„Die geschlossenen Innenräume der Buchstaben nennen wir Punzen. Schaut euch zum Beispiel mal das kleine „o" an. Mit der Klinge könnt ihr das Material in der Mitte unmöglich ausheben.

Dafür müssen wir uns genau geformte Schlagbolzen herstellen. Dadurch wird das Metall aus dem Inneren nach den Seiten verdrängt."
Die Schüler versuchten die Arbeitsschritte nachzuvollziehen. Mit lautem Klirren fielen abwechselnd Werkzeuge und Metallklötze. Am Abend war das Ergebnis niederschmetternd. Drei teure Feilen waren unbrauchbar geworden und zwei Schüler hatten sich verletzt. Kein einziger Buchstaben war bis jetzt auf einen der zugerichteten Stempel übertragen worden. Günther und Johann verließen die Schmiede mit gemischten Gefühlen. Nach anfänglichen Erfolgen nahmen die Schwierigkeiten zu. Mehrere Male mußte Rotmund tiefe Schnittwunden behandeln. Die Arbeit mit Metall verlangte viel Fingerspitzengefühl und die Verletzungsgefahr durch die scharfen Klingen war groß. Doch in den folgenden Tagen gelang immer mehr und innerhalb einer Woche hielt Günther den ersten brauchbaren Stempel in der Hand. Die Zuwendungen des Archidiakon trieben das Vorhaben voran. Ging ein Werkzeug zu Bruch, wurde schnell Ersatz aus der Stadt beschafft. Johannes war zufrieden. Zusammen mit den Arbeiten des Goldschmiedes in Tübingen lagen nach einigen Wochen mehrere vollständige Stempelsätze vor.
„Jetzt kommt der schwierigste Teil!" schickte Johann voraus.
„Eure Metallstempel müssen in die Kupfermatrizen eingeschlagen werden."
Rotmund wurde ungeduldig: „Zeigt uns einfach, wie es geht, kein Problem!"
Johannes hob die Hand.
„Sachte, sachte! Die Tiefe des Einschlages muß bei allen Buchstaben gleich sein. Das heißt, Buchstaben mit viel Fläche bedürfen eines stärkeren Schlages wie feingliedrige. Warum wohl?"
Thomas wußte die richtige Antwort. „Damit alle Buchstaben anschließend gleich stark drucken, nehme ich an."

Johannes lächelte befriedigt: „Sehr richtig, ich sehe, du hast den Zusammenhang begriffen. Außerdem müssen wir berücksichtigen, daß die Schriftlinie bei allen Buchstaben eines Alphabetes gleich ist und die Kanten der Buchstaben und Matrizen parallel zueinander verlaufen müssen."
Kaum einer der Jungen hatte jemals etwas von Parallelen gehört. Johannes erklärte geduldig, bis jeder verstanden hatte.
„Aber nun genug der Erklärungen. An die Arbeit!"
In einer Holzkiste lagen viele glänzende Kupferstücke bereit. Schon bald war die Schmiede erfüllt vom Hämmern und Schlagen der Kupfermatrizen. Rotmund war am Abend einer der Letzten, der die Schmiede verließ. Die anspruchsvolle handwerkliche Arbeit bewahrte ihn vor dem Nachgrübeln. Eigentlich war sein Tag angefüllt mit interessanten neuen Erfahrungen. Der Dienst im Siechhaus bei Bruder Simon Lukas verschaffte ihm zusätzlich Anerkennung unter seinen Mitschülern. Einige kamen schon mit ihren Warzen und lockeren Zähnen zu ihm. Mit Johann und Günther verband ihn inzwischen eine angenehme Freundschaft. Sie hatten ihm sogar angeboten, Quartier in ihrem elterlichen Haus in der Stadt zu nehmen. Aber dafür fühlte sich Rotmund noch nicht bereit. Er bewegte sich zwischen den Welten und hatte seinen Platz noch nicht gefunden. Werner hingegen ging in seiner Rolle als Hirte vollständig auf. So trug er eine Sicherheit in sich, welche Rotmund abging. Abends lagen sie meistens beide lange wach. Da Thomas oft zu müde war, um noch eine Lateinstunde abzuhalten, blieb den Brüdern viel Zeit zum Gespräch über dies und jenes. Rotmund hatte die Hände über dem Bauch gefaltet und starrte unter das vereiste Gebälk.
„Ich stelle mir das schrecklich vor im kalten Wasser zu ertrinken. Glaubst du, die vier haben sehr gelitten? Wenn ich mir vorstelle, wir wären ihnen nachgegangen."

Werner entgegnete: „An so was solltest du gar nicht denken! Du hast doch viele Male gesehen, wie wahllos der Tod im Siechhaus zuschlägt. Ich glaube, die vier haben nicht lange leiden müssen. Sind älter geworden als die zwei Gänse, welche wir uns einverleibt haben."
Der Vergleich war unschlagbar und Rotmund lächelte zum erstem Male an diesem Tag, bevor er einschlief.
Am nächstem Morgen gab es hohen Besuch in der Schmiede. Ohne Ankündigung erschien der Archidiakon, um sich über den Stand der Dinge persönlich zu informieren. Johann und Günther gingen in die Knie und küßten seinen Siegelring. Immerhin verfügte er über die Macht, ihre weitere berufliche Laufbahn entscheidend zu beeinflussen. Außerdem hatten sie allen Grund zur Demut. Der Aufbau einer eigenständigen Offizin war der Traum eines jeden Schriftkünstlers. Dank der großzügigen Zuwendungen des Archidiakon gab es keinen Mangel. Die Zainer Brüder gaben Rechenschaft ab und wiesen darauf hin, welche technischen Schwierigkeiten noch zu meistern waren. Um die Fertigstellung der Druckerpresse war es schlecht bestellt. Die verunglückten Schüler fehlten jetzt in der Zimmerei. Die große Spindel, als Herzstück der Presse, lag halbfertig aus dem vollen Holz gestemmt auf der Werkbank.
„Wenn hier die erste Seite gedruckt wird, möchte ich unbedingt dabei sein", bemerkte der Archidiakon, als er die Werkstatt wieder verließ. Am Abend desselben Tages schob Günther die letzte Bügelfeder in die Glut. Die Hitze in der düsteren Schmiede war enorm. Schweiß perlte auf der Stirn des jungen Mannes und seine rechte Wange war mit Ruß verschmiert.
„Mehr Luft!" sagte er konzentriert. Rotmund betätigte abwechselnd zwei alte Blasebälge mit den Füßen. Günther positionierte die Feder mit Hilfe einer Zange auf dem Amboß und verformte das Material mit sanftem Druck.

„So, jetzt haben wir bald vier komplette Handgießgeräte", stellte er fest. „Jetzt wird es spannend. Wir werden einen ersten Gußversuch unternehmen."
Sorgfältig legte er sich eine Kupfermatrize und die zwei Hälften des Apparates zurecht. Dann fügte er die Teile zusammen und verspannte alles mit der Bügelfeder. Rotmund war beeindruckt von Günthers enormen technischen Fähigkeiten. Alleine schon die komplizierten Geräte nachzubauen, war eine mechanische Meisterleistung. Günther angelte mit einer langen Zange in der Glut, während Johann das Handgießgerät mit einem ledernen Lappen festhielt. Günther entnahm der Glut einen kleinen Tontiegel, welcher eine geschmolzenen Bleilegierung enthielt. Ein feines Zischen erklang, als das Metall von oben in die Form einschoß. Johann entfernte vorsichtig den Federbügel und schlug die Form auf. Dann hob er das dampfende Metallstück mit einem Haken vorsichtig aus dem Gerät. Alle standen um die Werkbank und betrachteten das kleine schimmernde Ding. Es war nur schwer vorstellbar, wie daraus einmal lesbare Buchseiten entstehen sollten. Georg entfernte den Gießzapfen, welcher durch das Einfüllen entstanden war. Für den nächsten Tag wurden weitere Gußversuche eingeplant. Jeder Schüler mußte sich Fertigkeit mit dem Handgießgerät erwerben. Johann beschickte zusammen mit Rotmund das Feuer mit Holzkohle vom Meiler im nahen Wald. Es mußte die ganze Nacht durchglühen, um bei den niederen Außentemperaturen die Bleilegierung schmelzen zu können. Schon jetzt sorgte die Hitze der Glut für angenehme Temperaturen in der Schmiede. Als beide kurz nach draußen gingen, um Kohlensäcke vom Karren zu holen, erkundigte sich Johann: „Wird es dir hier in den Kirchenmauern nicht manchmal zu eng?"
Rotmund zuckte mit den Schultern.

„Es nützt ja nichts, wir dürfen nicht in die Stadt. Und jetzt erst recht nicht mehr seit dem Unglück."
Johann pflichtete bei: „Ich habe davon gehört. Aber ich bin der Meinung, die Dinge geschehen mit oder ohne unser Zutun. Gott alleine weiß, warum er diese Jungen haben wollte."
Johann sah Rotmund lange an.
„Ich habe dich lange beobachtet. Du hast eine schnelle Auffassung und kannst dich durchsetzen. Es gibt noch viel wichtigere Dinge, als das, was wir hier umtreiben. Wenn du verstehst, was ich meine?"
Rotmund verstand nicht und schaute entsprechend kariert.
Johann fuhr fort: „Nun komm schon! Du bist jung und hast doch sicher Sehnsucht nach dem einen oder anderen, Wünsche, Phantasien. Noch vor ein paar Jahren wäre ich an deiner Stelle durch jedes Mäuseloch gekrochen, um der Enge zu entfliehen."
Ja, Rotmund kannte diesen Drang nur zu gut. Aber er mußte sich eingestehen, daß er ihn stets beiseite geschoben hatte. Er hatte dann meistens noch härter gearbeitet, um nicht in Versuchung zu geraten, dem Drängen in seinem Inneren nachzugehen. Irgendwo fühlte er sich schuldig. Weshalb mußten vier Schüler sterben? Er hätte mit seinem Bruder ebenfalls unter den Toten sein können. Aber er lebte und für die anderen war alles vorbei. Rotmund spürte, daß er diesen Konflikt lösen mußte. Es war an der Zeit, aus dem Alltag herauszutreten. Die Unterhaltung mit Johann beschäftigte ihn die halbe Nacht. Während er wach auf seinem Strohsack lag, hatte er nur noch ein Bild vor Augen: das wunderschöne blasse Gesicht von Elisabeth. Schon am nächsten Tag sprach Johann ihn wieder an. Er achtete darauf, daß keiner der Schüler in der Nähe war: „Heute nacht treffen wir uns mit einigen sehr interessanten Leuten. Wenn du willst, kannst du uns begleiten. Ich habe mit Günther gesprochen, er hat auch nichts dagegen."
Rotmund hatte schon mit etwas Derartigem gerechnet.

„Wenn es mir gelingt, unbemerkt die Schule zu verlassen, würde ich sehr gerne mitkommen."
Johann senkte jetzt die Stimme.
„Wie du es anstellst, ist deine Sache. Falls du kommst, warte am Totenthörle. Dort wirst du abgeholt. Die Losung lautet: Alles ist Zahl. Achte auf dieses Zeichen."
Johann öffnete sein Wams und zog einen goldenen Anhänger heraus. Die feine Goldschmiedearbeit funkelte. Ein Stern mit fünf Zacken, dessen Linien alle miteinander verbunden waren. Rasch verbarg er das Pentagramm wieder. Rotmund erinnerte sich daran, das Zeichen schon einmal gesehen zu haben. Der restliche Arbeitstag in der Schmiede erforderte großen körperlichen Einsatz. Hitze und Ausdünstungen, welche beim Metallgießen entstanden, machten allen sehr zu schaffen. Augenbrauen und Wimpern versengten in der Hitze und so manche Brandblase mahnte zur Achtsamkeit mit der flüssigen Bleilegierung. Es wurde stets in Zweiergruppen gearbeitet, um zügig die schwere Arbeit zu bewältigen. Als Rotmund sich am Abend zum Nachtmahl im Refektorium niederließ, war ihm nicht danach, sich die halbe Nacht um die Ohren zu schlagen. Doch als er später neben Werner auf seinem Strohsack lag, stand sein Entschluß fest.
„Heute nacht mache ich einen Ausflug in die Stadt."
Werner fuhr auf: „Bist du von allen guten Geistern verlassen! Du fliegst hochkant von der Schule, wenn das rauskommt. Und gerade jetzt!"
Werner sah sich vorsichtig um, aber die anderen nahmen keine Notiz von der Unterhaltung. Rotmund hatte schon mit einer solchen Reaktion gerechnet.
„Ich habe ja nicht von dir verlangt, mich zu begleiten. Auf dem Brühl hast du deine Freiheit. Ich fühle mich hier wie in einem Gefängnis. Ich muß hier mal raus!"

Rotmund blieb fest bei seinem Vorhaben.

„Und wie ist es, hilfst du mir dabei?"

Werner hatte keine Wahl und fragte also: „Und wie sieht dein Fluchtplan aus?"

Der alte Ein- und Ausstieg war nach seiner Entdeckung fachgerecht verschlossen worden und neuerdings wurde das Portal vom tauben Bruno nach Einbruch der Dunkelheit wieder abgesperrt. Ein riesiges Schloß sicherte den Querriegel. Selbst wenn dieses Hindernis überwunden werden konnte, blieb die massige Eichentür, welche den Kirchhof sicherte. Das wiederum bedeutete eine waghalsige Kletterpartie über das Obstspalier, an der Mauer entlang, vorbei am Fenster von Bruder Anselm. Man entschied sich für ein geschicktes Täuschungsmanöver und den Umweg über den Brühl. Als endlich Ruhe im Schlafsaal eingekehrt war, schlich Werner in der Dunkelheit zur Treppe. Im Vorübergehen registrierte er vage die verwaisten Schlafplätze der verunglückten Schüler und spürte einen Kloß im Hals.

„Auf was habe ich mich da nur eingelassen?" flüsterte er leise, als auch Rotmund am Treppenabsatz auftauchte. In unmittelbarer Nähe befand sich Bruder Brunos Kammer. Bei geöffneter Tür flackerte eine Öllampe auf der Schwelle des Zimmers. Es kam mitunter vor, daß während des großen Silentium einzelne Schüler austreten mußten. Der Abort war am anderen Ende des Kirchhofes untergebracht. Den kannten Rotmund und Werner bereits aus eigener Anschauung. Jetzt im Winter war dort alles vereist und so behalf man sich mit einer Grube im Freien unter einer alten Ulme. Die Brüder zogen ihre Kapuzen tief ins Gesicht. In der Dunkelheit waren sie so kaum zu unterscheiden. Rotmund verbarg sich unter der Holztreppe. Bruno schlief bereits, als Werner an seinem Laken zupfte. Bruder Bruno war wie gewöhnlich verärgert, wenn er im Schlaf gestört wurde.

Man hätte einen Mörser neben seinem Bett abfeuern können, ohne daß er es wahrgenommen hätte. Das Zupfen am Laken jedoch bedeutete stets Unannehmlichkeiten. Gestern hatte sich ein junger Schüler auf seiner Türschwelle erbrochen, weil er nicht schnell genug zur Stelle war. So zog er so schnell wie irgend möglich seine Sandalen über. Werner spielte seine Rolle wirklich gut. Er ließ keine Zweifel bei Bruder Bruno aufkommen, daß er unter fürchterlichem Durchfall litt und möglichst schnell ins Freie gelangen mußte. Bruno warf sich noch hastig die Kutte über und griff nach dem Schlüssel unter seinem Lager. Dann nahm er die Öllampe und leuchtete Werner ins Gesicht. Der setzte seine Leidensmiene auf und der Mönch eilte mit einem Seufzer voraus. Hinter seinem Rücken nahm Rotmund Werners Platz ein. Mit übergezogener Kapuze war sein Gesicht im Schatten verborgen. Werner versteckte sich unter der Treppe. Mit mitleidigem Kopfschütteln entließ Bruno den angeblich Darmkranken in den Kirchhof. Minute um Minute verstrich, und der dickliche Mönch bekam allmählich kalte Füße unter der geöffneten Tür. Zunächst lief er noch hin und her, aber schon bald zog er sich in Richtung Küche zurück. Dort glomm immer noch die Glut vom Vortag im Herd. Darauf hatten die Brüder nur gewartet. In geduckter Haltung sprintete Werner zügig durch das offene Portal. Wenig später trat er wieder in die Türöffnung, um von Bruder Bruno in Empfang genommen zu werden. Der sah die Umrisse eines Knaben im Mondlicht und eilte herbei, um die Holztüre wieder mit dem Schlüssel zu verriegeln. Rotmund lief bereits durch den tief verschneiten Kirchgarten in Richtung Siechhaus. Dann hielt er sich links, um den Bach beim Brühl zu überqueren. Eiskristalle umhüllten die Zweige der Weiden, welche bis in das dunkle Wasser reichten. Rotmund kletterte auf einen der weit geneigten Baumstämme hinaus über das glucksende Bachbett. Dort suchte er nach passenden Ästen von Bäumen am gegenüberliegenden Ufer. Es gelang

ihm, ein ganzes Bündel zu umfassen. Mit einem beherzten Schwung vertraute er sein Körpergewicht den elastischen Weidenzweigen an und schwang zum gegenüberliegenden Ufer. So schaffte er so es, den Bach zu überqueren, ohne naß zu werden. Jetzt beschleunigte er seine Schritte, um keine kalten Füße zu bekommen. Rotmund machte einen großen Bogen nach Süden, um zur Brücke über die ehemalige Königsfurt zu gelangen. Von dort war es, immer an der Stadtmauer entlang, nicht sehr weit bis zum Totenthörle. Eigentlich lag St. Peter und Paul nur wenige Minuten entfernt. Durch den weitläufigen Umweg jedoch benötigte Rotmund beinahe eine halbe Stunde, bis er vor dem Totenthörle ankam. Der Zugang vom Friedhof zur Stadtmauer war gerade mal so breit, daß ein Leichenwagen hindurch paßte. Der Schnee lag hier knietief und war nur unzulänglich beiseite geräumt. Ehrliche Bürger vermieden es, diesen Zugang zu benutzen. Gewöhnlich war er verschlossen. Rotmund konnte im Mondlicht niemanden entdecken. Die Nordflanke der Stadtmauer lag in schwarzen Schatten. Plötzlich löste sich eine dunkle Gestalt aus der Dunkelheit.
„Was ist euer Begehr?" fragte eine rauchige Stimme.
Rotmund antwortete: „Ich warte auf ein Zeichen."
In der Dunkelheit war sein Gegenüber nicht zu erkennen.
„Reicht mir eure Hand", sagte der Unbekannte. Rotmund streckte zögerlich seinen Arm aus. Die Schattengestalt griff sanft nach seiner Hand und beschrieb langsam mit dem Finger ein Pentagramm auf die Handfläche. Rotmund war erleichtert und flüsterte die Losung:
„Alles ist Zahl."
Die unheimliche Gestalt zog ein Tuch hervor und machte Anstalten, Rotmund die Augen zu verbinden. Rotmund hätte in der Finsternis ohnehin keinen Stein wiedererkannt, aber er ließ die Vorsichtsmaßnahme über sich ergehen. Als das Tuch fest um seinen Kopf gebunden

war, nahm der Führer ihn bei der Hand. Die Berührung war angenehm warm. Rotmund gab sich ganz in die Hände des Fremden. Er stolperte mehrmals über grobe Kiesel, welche aus dem Weg ragten. Sie kamen zügig und lautlos voran durch völlige Dunkelheit. Rotmund hatte Mühe nicht ständig zu stolpern. Es war eine neue Erfahrung, von einem fremden Menschen geführt zu werden.

29

Rotmund blinzelte und rieb sich die Augen. Sie befanden sich in einem Raum aus Tuffstein. Es roch nach frischem Wasser. Der geheimnisvolle Führer streifte sich die Kapuze vom Kopf. Ein Schwall schwarzer Locken ergoß sich über nackte Schultern. Eine junge Frau lächelte Rotmund entgegen. Im Schein der Fackeln sah ihre Haut aus wie eine Mischung aus Zink und Kupfer, welche in der alten Schmiede in Tiegeln geschmolzen wurde. Ihre Augen blitzten klar und tief wie ein Brunnen in ihrem anmutigen Gesicht. Mit einem geübten Schwung zog sie das nachtschwarze Surkot über ihren Kopf und hängte es über einen Haken in der Wand. Auf einem gemauerten Absatz rings um den Raum lagen Kleidungsstücke, fein säuberlich abgelegt von ihren Besitzern. Am Boden stand allerlei Entenschnabelschuhe und hochwertige Surkots auf Haken an den Wänden. Offenbar befanden sie sich in einer Kleiderkammer. Die geheimnisvolle Frau sprach kein Wort und wies Rotmund mit Handzeichen an, auf einem Absatz Platz zu nehmen. Ehe Rotmund sich versah, begann die Frau ihn zu entkleiden. Die Röte schoß ihm ins Gesicht, aber er ließ es geschehen. Die schweigsame Schöne führte ihn, nackt wie er war, durch einen Durchgang. Rotmund schlug angenehme Wärme entgegen. Eine verschwenderische Fülle von Kerzen beleuchtete eine unwirkliche Badeszene. Wasserdampf vernebelte die Sicht und zeichnete alle Konturen weich und angenehm. Die Fliesen unter Rotmunds nackten Füßen waren schlüpfrig und feucht. Sie führte ihn zu einem steinernen Becken, welches in den Boden eingelassen war. Die Frau bückte sich und hielt prüfend eine Hand in das dampfende Wasser.

Rotmund betrachtete die vollkommene Rundung ihrer Hüften. Dann griff sie in das steinerne Maul eines Wasserspeiers an der Wand und entfernte einen Spund. Augenblicklich ergoß sich ein Schwall von heißem Thermalwasser in das Becken. Rotmund konnte seinen Blick nicht mehr von der anmutigen Bademeisterin abwenden. Unter ihrer weißen Houppelande meinte er ihre Brüste zu erkennen. Als das Wasser am anderen Ende des Beckens durch einen Ablauf zu entweichen begann, verschloß die Schöne wieder den Zulauf. Dann gab sie Rotmund zu verstehen, er möge in das Becken steigen. Zögerlich kam er der Aufforderung nach. Der Grund des Beckens war nicht sichtbar, und es kostete ihn einige Überwindung hineinzusteigen. Rotmund hielt sich hinterrücks am Beckenrand fest und ließ die Beine locker treiben. Er stellte fest, daß er nicht alleine war. Durch die aufsteigenden Dampfschwaden sah er ein Paar auf der anderen Seite des Beckens. Die nahmen keine Notiz von dem Neuankömmling und gaben sich ganz ihrem stummen Liebesspiel hin. Rotmunds Augen gewöhnten sich an das Kerzenlicht. Langsam erforschte er die neue Umgebung. Das Becken war vollständig mit Mosaiksteinen ausgekleidet. Ein wellenförmiges Muster wiederholte sich fortlaufend am Rand des Beckens. Eine wohltuende Entspannung stellte sich bei ihm ein. Zuerst war das warme Wasser wie feine Nadelstiche an seinen durchgefrorenen Füßen gewesen. Jetzt fühlte Rotmund wohlige Wärme durch seinen nackten Körper strömen. Es duftete nach kostbaren Nardenöl, welches dem Wasser zugegeben war. Im hinteren Teil des Badehauses waren Pritschen aufgestellt, abgedeckt mit weißem Leinen. Vorhänge bis unter die Decke teilten den großen Raum. Jetzt stiegen noch weitere Gäste in das Thermalwasser. Rotmund rutschte am Beckenrand entlang, um Platz zu machen. Irgendwo wurde eine Tür aufgestoßen. Lachen und angeregte Unterhaltung wogten durch das Bad, welches sich stetig füllte. Schemenhaft sah Rotmund Männer und Frauen jeden Alters in das Becken steigen. Die sanfte Ruhe wich einem angeregten Murmeln und entspannten Gesprächen. Jemand tippte sanft auf Rotmunds Schulter. Die Schöne war zurückgekehrt und machte dem Jungen Zeichen, das warme Wasser zu verlassen. Inzwischen zierte eine helle Haube ihren Kopf. Locker und effektvoll umfaßte die Hennin den schwarzen Reigen ihrer Lockenpracht. An ihrem Ohr blitzte ein großer goldener Ring, welcher ein Fünfeck umspannte. Ihre Augen waren mit breiten schwarzen Strichen geschminkt, welche bis hin zu den bronzegefärbten Schläfen verliefen. Als Rotmund am Beckenrand stand, schlang sie geschickt ein großes Tuch um seine Schultern, welches ihm bis zu den Knöcheln reichte. Dann bedeutete sie ihm, sich auf eine der Pritschen zu setzen. Rotmund beobachtete skeptisch, was sich auf den anderen Liegen abspielte. Sowohl weibliche als auch männliche Bedienstete bearbeiteten die Körper der Gäste mit Inbrunst. Rotmund wurde unwillkürlich an die wilden Ringkämpfe seiner Jugend erinnert. Nur wehrten sich die Unterlegenen hier überhaupt nicht. Im Gegenteil, sie schienen es ausgiebig zu genießen, in die Mangel genommen zu werden. Es blieb ihm wenig Zeit, das seltsame Treiben weiter zu beobachten. Schon wurde er von seiner Vertrauten abgeholt und hinter einen der Vorhänge geführt. Dort nahm sie ihm sein Tuch wieder ab und reichte ihm ein viel kleineres, gerade groß genug, um es um die Hüften zu wickeln. Dann schickte sie ihn durch eine niedere Türe in der Wand. Rotmund sah überhaupt nichts mehr. Überall war feuchter, heißer Nebel. Irgendwie tastete Rotmund sich voran und stieß an die Beine bereits Sitzender. Also nahm er auch Platz und kämpfte gegen den Drang, diesen Raum schnellstens wieder zu verlassen. Das Klima erinnerte etwas an die dichten Morgennebel am Bach. Nur roch es hier gänzlich anders. Das Aroma war mit nichts anderem zu vergleichen, was er bislang gerochen hatte. Langsam geriet er ins Schwitzen und an seiner Haut bildeten sich Wasserperlen.

„Zedernholz", erklärte ein älterer Mann, welcher wohl Rotmunds Keuchen richtig gedeutet hatte. „Gut für das Wohlbefinden."

Rotmund nickte beipflichtend. Als sich mehrere Personen anschickten, den dampfenden Raum zu verlassen, schloß Rotmund sich einfach an. Ihm war bereits ein wenig schwindelig von den Anwendungen. Am Eingang wurde er wieder von seiner Begleiterin in Empfang genommen. Rotmund hätte sich nicht träumen lassen, jemals mitten im Winter Sehnsucht nach einem kühlen Ort zu verspüren. Und schon ging ein Schwall von kaltem Wasser über ihm nieder, so daß er nach Luft japste. Die Bademeisterin entleerte noch einen zweiten Kübel über seinem Haupt. Dann führte sie ihn zu einer der Liegen, auf welcher er sich ermattet ausstreckte. Zu seinem Erstaunen fühlte sie sich warm an und war nicht aus Holz, sondern aus Stein. Mit geübter Hand goß seine Begleitung wertvollen Balsam aus einer Kalebasse auf seinen Oberkörper. Zunächst war Rotmund steif wie ein Brett. Unter den kreisenden Bewegungen ihrer Hände entspannte er sich langsam. Die Frau beherrschte unzählige Griffe um Muskelmassen zu lockern. Kundig durchforschte sie beinahe jeden Bereich seines Körpers und schenkte ihm Beachtung. Eine tiefe Wohltat durchflutete jede Faser seines Körpers. Willig ließ sich Rotmund in jede Stellung drehen, welche seine Wohltäterin forderte. Sanftes Kreisen und Streichen steigerte sich bis zu rhythmischen Schlägen auf die nackte Haut. Alles versank um ihn herum. Wenig später fand er sich beglückt und schläfrig in einer langen weißen Robe wieder. Inzwischen war kaum mehr Platz im Badehaus. Nur das kalte Wasserbecken im Frigidarium stand leer. Männer und Frauen in weißen Roben lagen zu Tisch oder standen in angeregten Gesprächen beieinander. Die Tafeln bogen sich unter der Last der Speisen aller Art. Aus einem Brunnen

quoll Wein. Ein überschwängliches Mahl war in Gang. Allerhand gebratene Vögel lagen auf Platten bereit, um verspeist zu werden.
Rotmund erkannte Auerhähne, Fasane, Enten, Wachteln und Schnepfen. Das gegrillte Fleisch war bunt eingefärbt. Rotmund rieb sich die Augen. War dies alles ein Traumbild? Einer der Männer schnitt eine riesige Pastete auf. Der Teig war vollkommen blaugefärbt und mit Kornblumen und Veilchen verziert. Aus der Pastete flatterte zur Erheiterung der Gäste ein ganzer Schwarm kleiner Vögel hervor. Musikanten mit Flöten und Harfen stimmten fröhliche Weisen an. Ein engelhaftes Mädchen mit langem Haar tanzte anmutig zur Musik und schlug dabei eine kleine Trommel. Rotmund war so hingerissen, daß er Johann nicht bemerkte. Der gestikulierte wild mit den Händen, um in dem Gedränge auf sich aufmerksam zu machen. Als Rotmund nicht reagierte, bahnte er sich einen Weg, indem er seinen Trinkbecher über dem Kopf hielt und mit der freien Hand die Menschen beiseite schob.
„Na, junger Freund, wie gefällt dir das? Habe ich zuviel versprochen? Du hast großes Glück. Heute abend sind viele wichtige Leute hier."
Johann war wie ausgewechselt. Sonst eher wortkarg hatte der Wein ihm bereits die Zunge gelöst.
„In Straßburg habe ich auch gern das Badehaus besucht, aber hier wirst du heute kein gemeines Volk finden."
Rotmund hatte das Gefühl, noch nicht alles von Johann erfahren zu haben. Wozu die Geheimniskrämerei und weshalb hatte man ihn eingeladen? Wer waren diese Leute?
„Der große Pythagoras soll anwesend sein. Das ist eine besondere Ehre. Er ist ein Meister des Schauspiels."
Rotmund hakte nach: „Erzähl mir mehr. Ich weiß nichts von alldem."
Doch nun entstand Unruhe in der Therme. Johann wehrte ab und sagte nur: „Vielleicht später, ich glaube, es geht los! Wir sollten uns beeilen, dann bekommen wir noch einen guten Platz."

Alle Anwesenden schienen es plötzlich eilig zu haben. Die Frauen strichen ihre Haare zurecht. Kleine Gruppen entstanden, welche eilends die Speisen beiseite räumten. Der Weinbrunnen versiegte. Die Musikanten entledigten sich ihrer Instrumente und wickelten sie in schützende Tücher. Das große Becken wurde mit Holzdielen abgedeckt, um noch mehr Sitzgelegenheiten zu schaffen. Dort wo kurz zuvor noch Tische standen, wurde ein Mosaik auf dem Boden sichtbar. Eine junge Frau lächelte Rotmund freundlich zu, als er sich zusammen mit Johann auf den warmen Boden setzte. Jetzt war eine kreisrunde Arena entstanden. Die Gespräche verebbten langsam. Nur noch vereinzelt war nervöses Hüsteln und Schnäuzen zu hören. Beinahe so andächtig wie in der Kirche, schoß es Rotmund durch den Kopf. Über alle Kerzen und Öllampen, welche in Nischen in den Mauern den Raum erhellten, wurden blaugefärbte Glaszylinder gestülpt. Inmitten des Mosaiks stand eine Schale mit Docht und Lampenöl. Als sie entzündet wurde, ging ein Raunen durch die Reihen.

Unzählige Pyritsteine, welche in das Mosaik am Boden eingearbeitet waren, reflektierten das Licht, wie die Sterne am Nachthimmel. Das geheimnisvolle Fünfeck erstrahlte am Boden. Wie ein kreisrunder Kranz wanden sich einfache Darstellungen von Gestirnen, Menschen, Tieren und Pflanzen um das glitzernde Symbol. In der Höhe des Raumes setzte ein mechanisches Klicken und Knarren ein. Als Rotmund nach oben blickte, entdeckte er eine Ansammlung von Zahnrädern und Gewichten an Seilen. Mit einem sirrenden Geräusch drehte sich ein Metallstab wie ein viel zu schnelles Mühlrad in Bewegung. Wie von Geisterhand bewegt entstand an der Decke eine kreisrunde Öffnung, als eine Bronzeplatte von Gewichten gezogen zur Seite glitt. Langsam gab eine Wolke am Himmel den Vollmond frei. Er stand in diesem Moment exakt über der Deckenöffnung und warf sein fahles

Licht auf das Pentagramm. Rotmund schaute sich um. Die Menge hatte begonnen unruhig zu werden. Unter der Decke setzte sich ein hölzerner Klöppel in Bewegung. Kupferstäbe in verschiedenen Längen wurden angeschlagen und füllten den Raum mit feinen Klängen. Dann kehrte plötzlich Stille ein. Ein Sprecher mit geschminktem Gesicht erschien und stellte sich in das Zentrum.
„Grenze und Unendliches."
Eine Frau mit Maske erschien ihm gegenüber und ergänzte:
„Ungerades und Gerades."
Sie setzten den Dialog fort.
„Männliches und Weibliches."
„Ruhendes und Bewegtes."
„Gerades und Ungerades."
„Licht und Finsternis."
„Gutes und Böses."
„Quadrat und Parallelogramm."
Dann verschwanden die Schauspieler wieder in der Menge. Einige der Zuhörer applaudierten, andere riefen: „Pythagoras! Wir wollen Pythagoras!"
Eine gebeugte Gestalt betrat die vom Mondlicht beleuchtete Bühne. Mit gespielter Gebrechlichkeit wandte er sich an das Publikum: „Ich hörte sie wohl, die Gegensätze, auf die sich alle Dinge zurückführen lassen. Doch warum stört ihr mich in meinem Grabe?"
Rotmund hatte den stillen Verdacht, daß der lange Bart des stark geschminkten Alten wohl aus Roßhaar gefertigt war. Auch die wirre Mähne schien unecht zu sein. Aber die Faszination, welche von dem Schauspieler ausging, hatte ihn erfaßt.
„Wie - ihr schweigt, so steige ich sofort wieder in meine kühle Gruft."
Er machte Anstalten, die Bühne wieder zu verlassen. Sofort wurden Zurufe laut: „Lehre uns, Pythagoras, lehre uns!"

Der Alte hielt inne und wandte sich wieder dem Publikum zu. Er hielt eine Hand ans Ohr und rief: „Wie, ich verstehe euch so schlecht!"
Jetzt brach ein Tumult los und das Publikum nötigte den Alten, seinen Vortrag fortzuführen. So etwas hatte Rotmund noch nicht erlebt. Der Alte genoß die ungeteilte Aufmerksamkeit aller Zuschauer. Dann flüsterte er und sah sich ängstlich nach links und rechts um.
„Aber ihr wißt, daß meine Lehre für die heilige Kirche schlimme Häresie und Ketzerei ist. Schon mancher ging dafür in Flammen auf."
Ein ängstliches Raunen ging durch die Menge. Manchen schien es wahrhaftig ungemütlich zu werden und es entstand Unruhe.
„Aber ich bin ja bereits tot, und wie könnte man einen Toten auf dem Scheiterhaufen verbrennen?"
Das schien alle Zuschauer wieder zu beruhigen.
„Aber vielleicht hat der Papst ja inzwischen noch einen Zehennagel von mir aufgetrieben, auf welchen er seinen Bann legen kann!"
Das Publikum lachte lauthals und wieder wurden Rufe laut:
„Lehre uns, lehre uns."
Der Alte breitete die Arme aus und sofort wurde es so still, daß man eine Nadel fallen hätte hören können.
„Alles ist Zahl. Es ist so einfach und so leicht zu verstehen. Geht in euch und entdeckt die Harmonie, welche diese Welt durchdringt."
In diesem Moment sah Rotmund das Mädchen inmitten einer Gruppe von Frauen sitzen. Elisabeth, die Tochter des Buchbinders, lauschte gebannt dem Schauspiel. Wie lange er sie anstarrte, wußte er anschließend nicht mehr.
„Die Zahl eins ist das Symbol für die Einheit der Welt. Sie ist in jeder Zahl wiederzufinden. Monas ist die göttliche Zahl!"
Der Alte sah jetzt direkt in Rotmunds Richtung und als hätte er in sein Inneres geblickt, fuhr er fort: „Dyas oder Zweiheit macht das Le-

ben erst möglich. Männliches und Weibliches, Gutes und Böses, Licht und Finsternis."
Als hätte der Schauspieler ein unsichtbares Band gesponnen, begegneten sich Rotmunds und Elisabeths Blicke. Sie lächelte und Rotmund lächelte zurück.
„Die drei ist das geistige Urelement, welches aller Erscheinung vorausgeht. Die vier ist das körperliche Produkt aus der Verbindung der Monas mit der Dyas. Mit reinem Sinne schwöre ich dir bei der heiligen vier, dem Urquell der ewigen Natur, dem Urgrund der Seele."
Rotmund hätte in diesem Moment wohl jeden Schwur geleistet. Als der Schauspieler sich verbeugte und sich alle erhoben, um stürmischen Beifall zu spenden, kam ihm Elisabeth bereits entgegen. Rotmund versagte die Stimme. Er war stumm wie ein Fisch und konnte einfach seine Befangenheit nicht verbergen.
Elisabeth eröffnete das Gespräch: „Du hier, das hätte ich nicht erwartet. Bist du nicht der Bote aus dem Skriptorium von St. Peter und Paul?" Elisabeth spielte die Überraschte. Längst wußte sie alles, was es über den hübschen Jungen zu erfahren gab. Und doch mochte sie nicht glauben, daß er hier vor ihr stand.
Rotmund gab sich einen Ruck und antwortete: „Ich bin heute zum ersten Mal dabei und ich fasse es kaum, was hier vorgeht."
Dabei lächelte er verschämt und Elisabeth tat es ihm gleich.
„Das ist nicht gerade ein Ort, an dem man einen Mann der Kirche vermuten würde", fuhr Elisabeth fort, „hast du keine Angst, deine Gelübde zu brechen?"
Rotmund klärte sie auf.
„Ich besuche die Kirchschule, aber ein heiliges Versprechen habe ich nicht abgelegt."
Elisabeth wurde rot. Ihre Aufregung wuchs. Nach einer kurzen Pause erklärte sie: „Wie du siehst, gehen viel Bürger, Gelehrte und Patrizier

nicht nur in die Messe, um ihren Geist zu beschäftigen. Hier findest du Christen, Juden und Heiden friedlich beieinander sitzen. Doch sage mir, wer hat dich zu dieser geheimen Zusammenkunft geführt?"
Elisabeth war neugierig geworden, das verrieten ihre wachen Augen. Rotmund erklärte ihr die Umstände. Als er von den Zainer Brüdern berichtete und dem Vorhaben des Archidiakon, eine Druckwerkstatt in St. Peter und Paul zu errichten, wurde Elisabeth blaß. Rotmund bemerkte den Umschwung.
„Was ist mit dir? Ist dir nicht gut?"
Elisabeth setzte sich auf eine der Pritschen. Es war inzwischen recht laut geworden und die übriggebliebenen Speisen und Getränke wurden erneut aufgetischt.
„Nein, nein, das war zu erwarten. Das Skriptorium hat meinem Vater viele Jahre Arbeit und Brot verschafft. In letzter Zeit läßt seine Kraft nach. Den Tod meiner Mutter hat er immer noch nicht angenommen."
Ein Schatten von Trauer lag auf ihrem schönen Gesicht. Rotmund versuchte sie zu trösten.
„Ich kann mir nicht vorstellen, daß der Archidiakon euch vergessen wird."
Völlig unvermittelt sagte sie plötzlich: „Komm mit! Ich muß dich ein paar Leuten vorstellen."
Im Vorübergehen sah Rotmund die Schöne mit ihrer überquellenden Lockenpracht wieder. Sie nickte ihm freundlich zu und schon zerrte Elisabeth ihn weiter. Ganz beiläufig bemerkte sie: „Das eben war Jerome. Er liebt es, sich wie eine Frau zu kleiden. Ich glaube, er hat ein Auge auf dich geworfen. Wenn ich mich nicht irre, hat er dich an diesen Ort geführt."
Rotmund wollte nicht glauben, was er hörte. Elisabeth amüsierte sein Gesichtsausdruck.

„Es gibt eben Männer, die männliche Gesellschaft bevorzugen, wenn du verstehst, was ich meine."

Rotmund verstand nicht. Beim zweiten Hinsehen entdeckte er die Haare auf der Brust von Jerome, welcher sich bereits mit zwei jungen Männern tröstete. Elisabeth grinste still und zog Rotmund weiter zwischen den Anwesenden umher, welche sich angeregt austauschten. Endlich hatte sie hinter einem Vorhang gefunden, wen sie suchte. Sokrates lag ausgestreckt auf dem Boden und fragte in die Runde: „Und? Wie war ich?"

Einer der umstehenden Kritiker strich sein blankrasiertes Kinn mit skeptischer Miene.

„Also ich weiß nicht. Immerhin bist du eben an den Folgen einer Schierlingsvergiftung gestorben. Mir sah das eher so aus, als seiest du vom Blitz getroffen worden."

Sokrates verteidigte seine spielerische Leistung: „Es ist nicht so einfach, an einem Giftbecher zu sterben. Oder kennt ihr etwa jemanden, der sich mit so was auskennt?"

Die Kritiker verstummten.

Rotmund wußte nicht, wie ihm geschah. Er fühlte sich angesprochen und erklärte: „Der gefleckte Schierling tötet durch aufsteigende Lähmungen innerhalb einer knappen Stunde. Zunächst wird euch übel. Der Speichel fließt. Ihr müßt erbrechen und habt Leibschmerzen. Bei vollem Bewußtsein wird euch der Tod durch Ersticken ereilen."

Sokrates und den Kritikern stand der Mund offen.

Elisabeth fragte nach: „Und das ist sicher?"

Rotmund antwortete und zuckte mit den Schultern: „Todsicher."

Ein Mann mittleren Alters, mit kühnem Gesicht und blauen Augen, richtete seinen Finger auf die beiden jungen Leute.

„Dich kenne ich, werte Elisabeth, aber wen hast du uns da mit gebracht?"

Elisabeth stellte Rotmund kurz vor. Ein Blitzen ging über das Gesicht des Mannes.
„Dann seid ihr der entlaufene Revisor des Präzeptor Keller?"
Die Mienen der umstehenden Kritiker erhellten sich urplötzlich.
„Wir haben kräftig gelacht über die Posse! Geschieht der gierigen Krämerseele ganz recht."
Er klopfte Rotmund belustigt auf die Schulter.
„Und was den Giftbecher anbetrifft, ihr müßt mir berichten, wo ihr dieses Wissen erworben habt, junger Freund."
Inzwischen war eine merkwürdige Verwandlung mit Sokrates im Gange. Auf dem Boden saß jetzt ein fast nacktes Wesen. Im Haar steckten einige Vogelfedern aufrecht, als wären sie dort gewachsen. Poliphil hielt eine kleine Holzflöte an die Lippen und schürzte den Mund so weit nach vorne, daß er aussah wie ein großes Insekt. Dann sprang er auf und plusterte sich auf wie ein Kranich. Auf einem Bein blieb er stehen, das andere ruhte stark angewinkelt auf dem Oberschenkel. Mit launigem Ausdruck rief er:
„Hypnerotomachia Poliphili!"
Das Publikum raste vor Vergnügen. Neben der Kritikerschar hatten sich noch andere Frauen und Männer in die Runde gestellt. Das Schauspiel begann.
„Poliphil beginnt seine Geschichte in einer frühen Morgenstunde. Im Traum betritt er einen dunklen und gefährlichen Wald!"
Die Umstehenden wußten anscheinend schon, wie es weiterging. Einige der Zuschauer mimten so gut es ging einen Baum. Andere ahmten den Ruf eines Kauzes nach. Rotmund war gefangen von der Kraft der Darstellung mit einfachsten Mitteln. Elisabeth betrachtete Rotmunds Gesicht und lächelte dann still. Das Stück war frivol und voller erotischer Anspielungen. Am anderen Ende der Therme entstand Unruhe. Der Tumult drang bis in den Wald des Poliphil.

„Die Stadtwache ist im Anzug! Wir sind verraten worden!"
Als hätte jemand Feuer gelegt, leerte sich das Badehaus wieder. Alles strömte in die ableitenden Gänge. Kaum jemand sprach ein Wort, aber alle wollten so schnell wie möglich diesen Ort verlassen.
Rotmund fragte ungläubig: „Was ist los?"
Elisabeth zischte leise: „Frag jetzt nicht! Man darf uns hier auf keinen Fall zusammen sehen! Wir müssen gehen!"
Als sie die Kleiderkammer betraten, hatte sich die Reihe der abgelegten Kleidungsstücke bereits gelichtet. Am hintersten Ende des Ganges stand bereits der schöne Jerome, eingehüllt in eine schwarze Kutte.
Elisabeth verabschiedete sich flüchtig: „Vielleicht werden wir uns wiedersehen!" Dann rannte sie wieselflink davon.
Rotmund fand seine Kutte fein säuberlich gefaltet vor. Statt der abgerissenen Sandalen lagen zwei Lersen aus Rindsleder neben seinem Gewand. Er schaute erstaunt zu seinem Begleiter auf.
„Euer altes Schuhwerk war nicht mehr zu gebrauchen."
Rotmund hatte keine Zeit sich Gedanken zu machen. Schnell zog er die strumpfartige Fußbekleidung bis über die Knie. Im oberen Drittel des Schaftes war das geheimnisvolle Fünfeck eingebrannt, welches bei umgeklapptem Stiefelschaft nicht mehr sichtbar war. Die Stiefel paßten, als hätte der Schuhmacher einen Leisten von seinem Fuß angefertigt. Willig ließ er sich das Tuch wieder vor die Augen binden und der verwirrende Gang unter der Stadtmauer hindurch begann erneut. Rotmund hatte kein Zeitgefühl mehr. Als sie wieder die Treppe ins Freie erklommen, schlug ihnen Kälte entgegen. Jerome war bereits verschwunden, als er sich die Binde von den Augen nahm. Hinter ihm ragte der Zwinger dunkel und bedrohlich auf. Ob wohl seine vier Kameraden auf dem selben Weg in die Stadt gelangen wollten und dann

elend ertranken? Rotmunds Nackenhaar stellte sich auf und er eilte auf dem dunklen Weg zurück zur Brücke über die Königsfurt.
Mit jedem Schritt wurde die Gewißheit größer, daß er es bis zum Wecken nicht mehr nach St. Peter schaffen würde. Es dämmerte bereits und er mußte denselben Umweg zurücklegen, wie er ihn in die Stadt genommen hatte. Als er völlig außer Atem die großen Weiden am Fluß erreichte, konnte er bereits die Glocke hören, welche zum Morgengebet rief. Er konnte im Vorübergehen das Klappern der Holzschüsseln im Siechhaus hören. Bruder Simon Lukas und seine Helfer verteilten das Morgenmahl. Wie gerne wäre er jetzt einfach bei seinem Lieblingslehrer geblieben. Mit klopfendem Herzen wollte er sich gerade über den Kirchhof zur Druckwerkstatt stehlen, als eine scharfe Stimme rief:

„Wohin des Weges? Jetzt wirst du Rede und Antwort stehen für deine Taten!"

30

Bruder Anselm trat hinter der Hecke hervor. Hier hatte er gelauert, um wie gewöhnlich einen Schüler beim unerlaubten Verlassen des Kirchhofes zu ertappen. Seit dem tragischen Unfall hatte er freie Hand, auch kleinste Verstöße dieser Art zu bestrafen. Sein Einsatz wurde heute morgen belohnt. Er hatte Rotmund bereits entdeckt, als er durch den Kirchgarten geschlichen war.
„Der Archidiakon soll entscheiden, was mit dir zu tun ist!"
Mit Genugtuung zerrte er den Jungen an der Kutte zum Diakonat. Endlich hatte er ihn da, wo er ihn haben wollte. Für dieses Vergehen mußte der Archidiakon den Jungen von der Schule verweisen. In blindem Zorn riß er Rotmund vor der Kirche zu Boden.
„Knie nieder, du armseliger Wurm, und erwarte dein Urteil!"
Dann holte er aus und schlug Rotmund mit dem flachen Handrücken ins Gesicht.
„Das genügt Bruder Anselm!"
Der Archidiakon stand in der offenen Tür. Wie einer der geschnitzten Apostel stand er groß und überlegen vor der Dunkelheit des Kirchenraumes.
„Das weitere Maß der Buße werde ich selber bestimmen."
Er wurde nicht laut, aber wie er es sagte, war von solcher Kraft, daß Anselm in der Bewegung erstarrte. Er verbeugte sich widerwillig und lief mit den Händen tief in den weiten Ärmeln seiner Kutte verborgen davon.
„Steh auf und folge mir!"

Rotmund war bereit, jede Buße an zu nehmen. Der Archidiakon durchquerte sein Arbeitszimmer und kehrte Rotmund den Rücken zu.
„Schließe die Türe!"
Rotmund befolgte den knappen Befehl.
„Ich hoffe, dein Verhalten ist die Sache wert gewesen. Du zwingst mich in eine peinliche Lage. Ich habe keine andere Möglichkeit, als dich von der Schule zu verweisen."
Es konnte einfach nicht wahr sein. Rotmund fühlte eine bittere Woge der Enttäuschung.
„Noch heute sollst du deine persönlichen Dinge an dich nehmen und die Schule verlassen."
Wie Peitschenhiebe schlugen die Worte auf ihn nieder.
„Du wirst bei den Zainer Brüdern in der Stadt wohnen. Ferner wirst du hier weiterhin deinen Dienst tun und die Druckwerkstatt eigenverantwortlich führen. Bruder Simon Lukas hat ausdrücklich nach deiner Mitarbeit verlangt, das sei dir als ständige Buße auferlegt."
Rotmund blickte erstaunt auf.
„Danke Hochwürden, guter Roland, Archidiakon! Ich werde versuchen es wieder gut zu machen."
Im nächsten Moment ärgerte er sich schon über die unüberlegten Worte, welche er von sich gab.
„Du weißt nicht, wofür du dich bedankst", entgegnete der Archidiakon ungehalten, „du hast die Nabelschnur zu deiner Kindheit selbst durchschnitten! Du meinst, Erwachsensein bedeutet gedankenlos nach vorne zu preschen, im Vertrauen auf deine Kraft? Täusche dich nicht! Es ist ein Weg voller Dornen und Schmerzen. Doch nun genug! Entferne dich und tritt deine Buße an!"
Dann drehte er ihm wieder den Rücken zu. Rotmund erhob sich und verließ das Amtszimmer. Lange noch stand der Archidiakon still wie eine hölzerne Heiligenfigur am Fenster.

Dann sagte er leise: „Zeig ihnen, was in dir steckt, mein Junge."
Rotmund stieg unverzüglich unter das Dach in den Schlafsaal der Schüler. Einen Winter lang war dieser Platz unter dem spitzen Dach ihm Heimat gewesen. Jetzt hieß es Abschied nehmen. Alle gingen ihrer Arbeit nach oder hatten Unterricht. Mit wehem Blick ließ sich Rotmund auf seinem Strohsack nieder und schaute sich um. Jeder Schlafplatz hatte eine Geschichte zu erzählen. Obwohl viele Schüler inzwischen dicht beieinander lagen, um sich warm zu halten, konnte Rotmund jeden verlassenen Platz einem Gesicht zuordnen. Seine wenigen Habseligkeiten hatte er schnell zusammengepackt. Eigentlich besaß er nichts außer einem Lederriemen und einigen beschriebenen Pergamentabfällen. Sein wertvollstes Gut trug er stolz seit dem Vorabend an den Füßen. Dann stieg er schnell die steile Treppe hinab und ging geradewegs zur Schmiede. Günther Zainer unterwies die Schüler soeben im Umgang mit dem Winkelhaken. Mehrere Setzkästen aus Holz lagen auf der großen Werkbank. In deren Mitte waren die handgeschriebenen Vorlagen befestigt. Es war schwierig, die schmalen Lettern aus Metall auf einer kleinen Schiene zu sinnvollen Sätzen zusammenzustellen. Alles verlief spiegelverkehrt und den Schülern fehlte noch das nötige Augenmaß für die Wortabstände. Günther wurde nicht müde, die Schüler auf Unzulänglichkeiten innerhalb des Schriftbildes hinzuweisen. Mit feinen und feinsten Abständen aus flach gehämmertem Kupfer glich er auch kleinste Fehler aus. Und noch war keine einzige Seite gedruckt. Rotmund setzte sich an die Werkbank und sah den anderen müde zu. Der versäumte Schlaf der vergangenen Nacht machte sich bemerkbar. In diesem Moment betrat Johann die Druckwerkstatt. Als er Rotmund erblickte, ging er freudig auf ihn zu. So, daß es alle hören konnten, sagte er laut in die Runde:

„Es gibt gute Neuigkeiten! Einer unter euch wird in Zukunft bei mir und meinem Bruder in der Stadt wohnen."
Die Schüler spitzten die Ohren.
„Das ist deshalb so bedeutsam, weil derjenige die neue Offizin hier in St. Peter und Paul leiten wird, wenn wir nicht mehr hier sein können."
Johann machte eine effektvolle Pause und obwohl Rotmund schon wußte, was kommen würde, schlug ihm das Herz bis zum Hals vor Aufregung. Die Ereignisse überstürzten sich.
„Es ist Rotmund! Er wird in Zukunft unser Stellvertreter hier sein."
Jetzt war es heraus und Rotmund war ganz betreten. Soviel Verantwortung hatte er sich nicht herbeigesehnt. Thomas und die anderen Mitschüler bestürmten ihn mit Glückwünschen und ehrlich gemeinten Komplimenten. Für Günther und Johann war dies ein wichtiger Schritt nach vorne. Schon sehr bald würden sie Reutlingen wieder verlassen. Der Rest des Tages verging in freudiger Stimmung. Das einzige, was sich Rotmund noch herbeisehnte, war eine warme und trockene Schlafstätte. Als die Schüler die Werkstatt verließen, wurde es Rotmund bewußt, daß ein neuer Abschnitt seines Lebens begonnen hatte. Thomas reichte Rotmund die Hand zum Abschied. Das hatte er noch nie getan. Seine Augen glitzerten feucht, aber er lächelte Rotmund offen ins Gesicht.
„Unsere Lateinstunden werden mir fehlen."
Dann entfernte er sich. Das ging Rotmund unter die Haut und am liebsten hätte er dem Freund hinterhergerufen, daß sich nichts zwischen ihnen geändert hatte. Aber er blieb stumm und sah ihn am anderen Ende des Kirchhofes verschwinden.
Johann versuchte zu trösten: „Mach Dir nichts daraus, bei uns wird es dir an nichts fehlen. In unserem Haus ist es nicht so lausig kalt wie in dem heiligen Gemäuer."

Jetzt, da sie allein waren, äußerte Rotmund Bedenken.
„Ich weiß nicht, ob das alles so einfach ist. Auch die Eltern ahnen nichts von meinem Rausschmiß aus der Schule.
Der Vater rechnet im Frühjahr fest mit meiner Hilfe auf dem Hof."
Rotmund hatte zwar längst für sich entschieden, nicht mehr auf den Weilerhof zurückzukehren, aber die neue Verantwortung begann schon zu drücken. Johann winkte ab.
„Bis dahin ist noch Zeit genug. Es wird sich eine Lösung finden. Weißt du eigentlich, was für einen mächtigen Wohltäter du hier in St. Peter hast? Ich kann mir nicht vorstellen, daß er dich wieder freiwillig auf den Acker ziehen läßt."
Johanns Vorhersage war hoffnungsvoll. Aber Rotmund hatte sich eigentlich schon mit der neuen Situation abgefunden.
„Ich würde noch gerne meinem Bruder Lebewohl sagen. Kommt ihr ohne mich aus?"
Günther nickte und sagte: „Wir wollen die Winkelhaken noch ausbessern, geh nur. Du kannst uns ja nachher aus der Werkstatt zerren, bevor uns die Nasen an den Tisch gewachsen sind."
Alle drei lachten herzlich. Rotmund lief in das Dämmerlicht hinaus. In den neuen Stiefeln war es warm und trocken. Mit guten Schuhen machte ein Gang durch aufgeweichten Schnee deutlich mehr Spaß. Immer wieder warf Rotmund einen verzückten Blick auf das satt gefettete Leder. Werner war nicht im Unterstand auf der Weide. Rotmund entdeckte die Viehherde auf einer Anhöhe. Dort war der Schnee bereits abgetaut und das welke Gras des Vorjahres kam zum Vorschein. Die Tiere weideten die kümmerlichen Halme ab und Werner sah ihnen auf einen Hirtenstab gestützt dabei zu. Hier auf dem freien Feld war es etwas länger hell und das Vieh nutzte jede Gelegenheit, um satt zu werden. Werner war in einen weiten Umhang aus Filz gehüllt, welcher ihn gegen die feuchte Kälte schützen sollte.

Als er Rotmund nahen sah, rief er ihm zu: „Geh nicht durch die Senke. Dort steht der Matsch knietief!"
Rotmund folgte der Empfehlung und stand wenig später bei seinem Bruder.
Werner sah ihm ins Gesicht und sagte: „Du brauchst mir gar nichts erzählen, ich sehe es dir schon an. Er hat dich also rausgeschmissen! Stimmt doch, oder?"
Werner rammte seinen Hirtenstab mit ärgerlichem Schwung in den weichen Boden: „So ein Mist! Vater wird uns in Stücke reißen!"
Rotmund machte einen betretenen Eindruck, als er hinzufügte: „Wirklich schlimm ist, daß wir uns nicht mehr treffen können, außer ich besuche dich auf der Weide."
Werner schüttelte energisch den Kopf.
„Von wegen auf der Weide besuchen, in die vermaledeite Stadt wollen sie mich stecken! Ich soll in die Papiermühle und beim Basten das Handwerk erlernen!"
Rotmund wurde hellhörig:
„Sag das noch mal! Da sind wir dann ja näher beisammen als jetzt!"
Werner wurde verlegen und kratzte sich am Kopf.
„Heiliger Backenzahn! Das mußt du mir erklären."
Und Rotmund berichtete ihm von der auferlegten Buße und seiner neuen Bleibe in der Stadt.
Werner gab zu bedenken: „Aber wie soll der Vater ohne uns das Land bestellen?"
Darauf wußte auch Rotmund keine befriedigende Antwort. Werner machte sich ernstlich Sorgen um die Eltern. Doch was er nicht wissen konnte, war der Handel, welcher sein Vater mit dem Archidiakon abgeschlossen hatte. Inzwischen besaß Veit ein Pferd samt Kumet und Metallpflug zum Bestellen des Ackers. Eigentlich war es Eigentum der Kirche, aber der Bauer durfte das Tier in seinem Stall unterstellen.

Damit war er doppelt so schnell beim Pflügen wie mit den eigensinnigen Ochsen. Der Archidiakon hatte verschiedene Auflagen mit der Leihgabe verbunden. Die neue Dreifelderwirtschaft war eine der Maßnahmen. Der Ernteüberschuß ging an die Kirche. Außerdem war Veit verpflichtet, das Arbeitstier für die Belange von St. Peter und Paul bereit zu halten. Dem Vertrag vorausgegangen waren beharrliche Verhandlungen des Archidiakons mit dem Lehnsherrn des Weilerbauern. Schließlich führte ein großzügiger Ablaßbrief und die Aufnahme des jüngsten Sohnes in ein Kloster zum gewünschten Ergebnis. Mit Brief und Siegel wurde der Kontrakt rechtskräftig. Diese Politik verfolgte der Archidiakon beharrlich und der Bischof würdigte das fleißige Streben zur Ehre Gottes.
„Sag mal, du trägst ja Stiefel! Die müssen ein Vermögen gekostet haben!"
Werner hatte Rotmunds Lersen entdeckt und staunte nicht schlecht. „Feinstes Schuhwerk!" bekräftigte er und befingerte die umgeschlagenen Schäfte. „Darf ich sie auch mal ausprobieren?"
Jetzt war Werner wieder ganz der kleine Bruder. Rotmund zögerte nicht.
„Einen kannst du anziehen."
Rotmund zog den rechten Stiefel aus und setzte den nackten Fuß auf dem linken Stiefelrücken ab. Als Werner den Stiefelschaft bis zum Knie hochzog, wurde das eingebrannte Pentagramm sichtbar.
„Heilige Mutter Gottes, das Teufelszeichen!"
Werner schaute mit echtem Entsetzen auf das schwarze Fünfeck und bekreuzigte sich. Wortlos und ziemlich bleich zog er sich den Stiefel vom Fuß und gab ihn Rotmund zurück.
„Ich wußte es, das geht nicht mit rechten Dingen zu, wenn man so etwas Wertvolles geschenkt bekommt!"

Rotmund wurde die Sache langsam unheimlich. Was wußte er eigentlich wirklich über das geheimnisvolle Zeichen? Die verwirrenden Monologe eines Schauspielers waren keine Erklärung für das wertvolle Geschenk eines Mannes, welcher offenbar dem eigenen Geschlecht zugetan war. Nachdem er sich von seinem Bruder verabschiedet hatte, kehrte Rotmund zur Druckwerkstatt zurück. Günther und Johann saßen tief über die Werkbank gebeugt im Schein einer rußenden Öllampe. Es gab Probleme mit den Handgießgeräten. Die enorme Hitze der flüssigen Metallegierungen hatte Schäden an den hölzernen Teilen der Gußformen verursacht. Am nächsten Morgen mußten die Apparaturen wieder zur Verfügung stehen. Zu allem Übel zerbrachen auch noch zwei Federbügel. Günther war trotz der späten Stunde voller Konzentration bei der Sache. Rotmund nutzte die Gelegenheit, um die neuen Setzkästen in Augenschein zu nehmen. Johann nahm eine schmale Metalletter aus einem der kleinen Fächer und erklärte: „Wir überlegen, ob wir den Zinnanteil noch erhöhen sollen, aber ansonsten geht es gut voran.",
Er fuhr fort, indem er die Letter zwischen zwei Fingern drehte.
„Hier unten sollten wir noch eine Markierung oder Kerbe anbringen, damit die Buchstaben nicht versehentlich auf dem Kopf im Winkelhaken stehen." Dann sah er Rotmund an und fragte: „Du machst nicht gerade einen glücklichen Eindruck. War wohl ein schwerer Abschied von deinem Bruder?"
Rotmund zog schweigend die Lersen von seinen Füßen und hielt sie Johann unter die Nase.
„Weshalb habe ich diese Stiefel geschenkt bekommen? Kein ehrlicher Mensch verschenkt solche kostbaren Dinge ohne Gegenleistung. Und was bedeutet dieses unheimliche Zeichen?"
Johann sah voller Unbehagen hinüber zu seinem Bruder, welcher alle Hände voll zu tun hatte.

„Laß uns ein Stück zusammen gehen. Günther kommt hier alleine zurecht."

Er wechselte ein paar Worte mit seinem Bruder und nahm seinen Umhang von einem Haken hinter der Türe. Dann verließ er gemeinsam mit Rotmund die Werkstatt. Im Kirchhof war um diese Zeit niemand mehr anzutreffen. Johann schloß das Tor zur Schmiede und zog den Kragen seines schwarzen Umhangs ins Genick.

„Ich möchte dir eine traurige Geschichte erzählen und dann entscheide selbst", begann Johann und zog auch noch seine Arme unter den Mantel zurück.

„Nathanael war ein frommer Mann und geschickter Händler. Er machte gute Geschäfte im Salzhandel, welchen er bis an die Gestade des Ozeans im Westen betrieb. Auf einer seiner Reisen lernte er die Lehren des Pythagoras kennen und wurde Mitglied des geheimen Bundes. Trotz seines rechtschaffenen Glaubens sah er keinen Widerspruch und keinen Irrglauben darin, das Wesen der Dinge in Zahlen zu begreifen. Nathanael hatte eine Tochter. Isolde war eine junge Frau voller Liebreiz und wachem Verstand. Oft begleitete sie ihren Vater auf Reisen und war ihm seine rechte Hand in allen Dingen. Es schickte sich, daß die Reisenden Einladungen ihrer Kundschaft annahmen, um die Beziehungen zu pflegen. So geschah es auch eines Tages in Burgund, als sie Gast im Hause des Bernhard de Gui waren. Als Gastgeschenk überreichte Isolde dem Gastgeber drei Säcke mit grauem Salz der Guérande. Auf jeden der Säcke hatte sie in schöner Handarbeit das Fünfeck gestickt, welches als goldener Anhänger den Hals ihres Vaters zierte. Kurz darauf fanden sich Nathanael und seine Tochter im Gewahrsam der heiligen Inquisition wieder, angeführt von Bernhard de Gui. Der alte Mann wurde einer peinlichen Befragung unterzogen. Im Verlauf des Verhöres gestand er alles, was man ihm in den Mund legte, um seiner Tochter die Folter zu ersparen.

De Gui rechtfertigte sein Vorgehen damit, es sei zweifelsfrei bewiesen, daß das Pentagramm auf dem Kopf stehend ein Zeichen für den Antichristen sei."
Rotmund hatte schweigend zugehört, aber fragte nun zögerlich:
„Wer ist der Antichrist?"
Johann lächelte nicht mehr, als er fortfuhr.
„Damit ist der Teufel gemeint. Isolde hatte den Fehler begangen, das Fünfeck auf der Spitze stehend auf die Gastgeschenke zu sticken. Das hat beide beinahe das Leben gekostet."
Johann endete seine Erzählung.
„Wer hat wem Unrecht getan?"
Statt zu antworten, zog Rotmund schweigend die Stiefel mit dem geheimnisvollen Zeichen bis unter die Knie und schlug die Schäfte sorgfältig um. Eigentlich hatte er immer noch keine Antwort auf seine Frage bekommen. Statt dessen konfrontierte ihn Johann mit verwirrenden neuen Gedanken. Johann schritt jetzt weit aus.
„Ich denke, wir sollten die Arbeit bis zum Morgen ruhen lassen. Begleite mich in die Stadt! Ich zeige dir dein neues Zuhause."

31

Rotmund konnte sich noch nicht recht vorstellen, außerhalb von St. Peter und Paul die Nacht zu verbringen. Die neue Freiheit war berauschend, aber verursachte auch ein Gefühl der Einsamkeit. Wortlos gingen sie ihren Weg in Richtung Stadtmauer. Über den Türmen der Wehranlage zogen Wolkenfetzen Richtung Osten. Dann und wann blitzten Sterne am Himmel, um sogleich wieder zu verschwinden. Das elterliche Haus der Zainer lag zwischen Mettmannstor und dem belebten Marktplatz, welchen Rotmund bereits bei seinem ersten Aufenthalt kennengelernt hatte. Als sie das mehrstöckige Stadthaus betraten, schlug ihnen bereits Wärme und Behaglichkeit am Eingang entgegen. Johann legte seinen Umhang ab. Rotmund behielt seine graue Kutte an, denn er trug nichts weiter auf dem Leib. Die ungewohnte Wärme erfüllte ihn mit angenehmen Vorahnungen.
„Du wohnst in der Kammer im obersten Stock unterm Dach, wenn es dir recht ist. Aber laß uns noch einen Abstecher in die Küche machen. Seit unsere Eltern nicht mehr sind, kocht Tante Agnes für uns. Sie bereitet jeden Abend eine kräftige Mahlzeit und sieht nach dem Ofen, solange wir bei der Arbeit sind."
Der Boden des Stadthauses war nicht etwa aus gestampftem Lehm, wie Rotmund es erwartet hatte. Fein zugerichtete Holzbohlen fügten sich nahtlos im ganzen Haus aneinander. Johann entzündete zwei Öllampen im Wohnzimmer. In der Stube befand sich ein Kachelofen mit Ofenbank, mehrere Sitzgelegenheiten ringsum im Raum und ein Tisch mit kunstvoll geschnitzten Beinen. Der alte Zainer mußte ein wohlhabender Mann gewesen sein. Johann hatte bisher kein Wort über

seinen Vater verloren. In einem abgetrennten Anbau des Wohnhauses befand sich die Küche. Durch einen überdachten Gang im Hinterhof war sie bequem zu erreichen. Agnes stand schwitzend vor unzähligen Kochgefäßen. Auf dem Kopf trug sie ein gewundenes Tuch, welches nach hinten über ihr Kleid fiel. So waren alle Haare bedeckt und außer Gefahr, über der offenen Kochstelle Feuer zu fangen. Gefäße aus Metall und Keramik hingen über verschiedene Gluthaufen. Eigentlich war der Herdblock nur eine gemauerte Fläche, welche bis über die Knöchel reichte. Agnes wählte gerade kunstfertig das richtige Gefäß. Aus einem großen Hauptfeuer angelte die Frau mittleren Alters geschickt glühende Holzspäne mit einer eisernen Zange und verteilte sie auf die unterschiedlichen Kochplätze. Dann regulierte sie emsig die Hitze, indem sie die Ketten und Haken verkürzte oder verlängerte. In einem großen Zuber aus Holz befand sich Quellwasser, welches immer dann zum Einsatz kam, wenn etwas anzubrennen drohte. Über dem Herdblock war eine aufwändige Überdachung angebracht, welche den Rauch und Dunst wie ein riesiges Maul in sich aufsog. Trotzdem schwitzte Agnes gewaltig. Ihr Gesicht glänzte und von ihrem ewigen Lächeln fielen dicke Tropfen zischend in die Glut. Eine feine Haarsträhne hatte sich dem Turban entwunden und klebte quer über der Stirn. Aus kleinen glänzenden Augen funkelte sie hinüber zur Tür und rief erfreut aus: „Ich hoffe, ihr habt heute einen ordentlichen Appetit!"
Dann entdeckte sie Rotmund.
„Oh ihr habt Besuch mitgebracht, tretet nur rasch ein und schließt die Tür. Es zieht sonst mächtig kalt durch den Öhrn."
Damit war der Hausgang gemeint. Rotmund schloß brav die niedere Tür und stellte sich zu Johann ans Feuer. Ihm lief das Wasser im Mund zusammen. Es roch verführerisch an der Kochstelle und am liebsten hätte er direkt aus den Töpfen genascht.

„Setzt euch geschwind in die Stube. Ich habe frisch aufgelegt im Ofen und den Tisch gedeckt."
Das ließen die jungen Männer sich nicht zweimal sagen und gingen durch den Öhrn in die Stube.
„Die Tante kocht fürstlich und umsorgt uns treu", erklärte Johann.
„Nimm schon Platz, ich steige noch schnell ins Kellerloch. Da ruht noch ein Legel Wein vom Vorjahr. Tante Agnes traut sich nicht hinunter über die steilen Steffeln wegen der Mäuse."
Mit einem Augenzwinkern entfachte er einen Kienspan und ließ Rotmund an der gedeckten Tafel zurück. Im Ofen knisterte die Glut, genährt von trockenem Buchenholz. Eine Seite des rechteckigen Tisches war nicht eingedeckt, um das Servieren zu erleichtern. Auf einer langen Holzbank lagen Polster und Kissen. Soviel Bequemlichkeit hatte Rotmund nicht erwartet. An der gegenüberliegenden Wand hing ein Wirkteppich mit aufwendig gearbeiteten Darstellungen und Rankwerk. Über den ganzen Tisch ausgebreitet lag ein feines Leintuch. Drei kleine Holzbretter mit Messer wurden von verschiedenen Trinkgefäßen eingerahmt. Johann kam mit einem glasierten Krug aus Irdenware zurück und stellte ihn geräuschvoll ab. Er rieb sich voller Vorfreude die Hände, als Agnes mit einer großen Zinnplatte in der Tür erschien. Unter einer Deckplatte, welche das schnelle Auskühlen verhindern sollte, ruhten mehrere Fleischspieße.
„Geröstetes Fleisch mit Spezereien, so wie ihr es gerne habt, junger Herr! Greift tüchtig zu!"
Agnes nahm den Deckel von der Platte ab und ein unvergleichlicher Duft breitete sich in der Stube aus. Rotmund starrte erwartungsvoll auf die ordentlich gebräunten Fleischstücke. Der Fleischsaft brutzelte noch und lief auf der Platte zusammen. Johann kniff die Tante in Höhe des Gesäßes in den weichen Faltenrock. Diese quietschte schrill und schlug mit gespielter Entrüstung nach seiner Hand.

„Laß das, elender Lausejunge, was soll unser Gast denken?"
Dann eilte sie mit rotem Kopf und dem unvermeidlichen Lächeln um die Mundwinkel wieder in die Küche. Kaum lagen die saftigen Stücke vor ihnen auf den Holzbrettern, schaffte sie einen Korb voller frischer Spitzbrote und Wecken herbei. Dazu wurden noch Nüsse und getrocknete Früchte gereicht. Rotmund schob sich genüßlich einen Fleischbrocken in den Mund und fragte Johann kauend:
„Kommt der Günther und seine Frau nicht zum Essen?"
Zwei Gedecke am Tisch lagen immer noch unangetastet bereit. Johann brach sich ein Stück von einem knusprigen Spitzbrot ab, um es im Fleischsaft zu wälzen, bevor er antwortete.
„Der ist vermutlich noch auf einen Sprung ins Wirtshaus geeilt und seine Frau verweilt im Pflegehof. Er liebt das Bier mitunter mehr als ein schönes Stück gebratenes Fleisch." Aus seinen Worten sprach ein Hauch von Abgrenzung. Rotmund fragte sich, ob Günther wohl über die heimlichen Umtriebe seines Bruders Bescheid wußte.
„Sag selber, wie kann man eine stinkende Kneipe so einem herrlichen Schweinebraten vorziehen?"
Johann grinste und biß in ein saftig braunes Stück Fleisch. Dann lachten beide und machten sich über den kühlen Wein her. In der folgenden Nacht schlief Rotmund sehr unruhig. Das gehaltvolle Getränk und die allzu üppige Mahlzeit drückten mächtig auf Bauch und Kopf. Rotmund hatte Mühe, alles bei sich zu behalten. Doch schließlich siegte das bequeme Bett über die Unmäßigkeit. Eisiger Wind strich um die Dächer der Stadt, aber Rotmund lag warm und geborgen und kein Mitschüler störte den Schlummer.
So war es denn viel zu früh am Morgen, als Johann Rotmund weckte. Völlig schlaftrunken kroch er unter der bauschigen Decke hervor und rieb sich die Augen. Jetzt erst, bei Tageslicht, sah er sich in der gemütlich eingerichtete Kammer um, in welcher er übernachtet hatte.

Neben einem richtigen Bett mit Matratze, Decke und zahlreichen Kissen standen noch eine Fülle von fremdartigen Gegenständen in der Kammer oder lehnten an den Wänden. Von der Decke der Dachkammer hingen feingewebte Tücher und umhüllten die Liegestatt. Durch ein Fenster mit Bunzenglas fiel Tageslicht auf schwungvoll gekrümmte Säbelklingen und zeichnete helle Linien auf die durchsichtigen Stoffbahnen. Der Schlauch einer beinahe mannshohen Wasserpfeife lag gekrümmt wie eine Schlange, unbeweglich am Boden. Rotmund beeilte sich, Johann zu folgen. Jetzt saßen auch Günther und seine Frau mit am Tisch. Nach einem kräftigen Imbiß machten sich die drei jungen Männer wieder auf in die Druckwerkstatt, während die alte und die junge Agnes den Tisch abräumten. Nach einem zügigen Fußmarsch bogen sie in den schmalen Durchgang zum Kirchhof ein. Über dem Torsturz hingen ungewöhnliche Rauchschwaden. Als sie durch das Tor in den Innenhof eintraten, entdeckten sie die Ursache des beißenden Qualms. Wie ein stetiger Strom quoll gelber Rauch durch die Ritzen des halbrunden Holztores der Tischlerei. Völlig lautlos und unbemerkt von Mönchen und Schülern hatte sich ein Brand entwickelt. Johann fand als erster seine Stimme wieder:
„Feuer! Feuer! Es brennt in der Tischlerei! Um Gottes willen, die neue Druckerpresse!"
Rotmund stand wie gelähmt da.
Günther schrie ihn an: „Schnell! Lauf in die Küche! Wir brauchen Löscheimer! Bruno wird wissen, was zu tun ist!"
Dann lief er quer über den Hof zum Brunnen. Rotmund rannte durch das Portal in Richtung Speisesaal. Noch war kein Schüler irgendwo zu sehen. Rotmund wähnte alle bei der morgendlichen Andacht in der Kirche. Als er das Refektorium erreichte, sah er schon die vertraute Gestalt des tauben Bruno durch die geöffnete Küchentür. Der war damit beschäftigt, den schweren Kupferkessel mit heißem Wasser von

der Feuerstelle zu hieven. Als er den Jungen in vollem Lauf auf sich zu kommen sah, fiel ihm vor Schreck eine der schweren Eisenketten in die offene Glut. Funken stieben nach allen Seiten und der Topfinhalt schwappte bedrohlich über den Rand des Kessels.
Rotmund rief panisch: „Feuer, Feuer! Es brennt in der Tischlerei!"
Der taube Mönch las die Worte von den Lippen des Jungen ab und ließ den Kessel mit heißem Wasser einfach auf dem Küchenboden stehen. Gemeinsam rannten sie die Treppe hinab durch das Portal ins Freie. Dicke schwarze Schwaden stieben nun schon aus den Fenstern der Tischlerei. Bruno überholte Rotmund und rannte erstaunlich flink zur Sakristei hinüber. Für kurze Augenblicke verschwand er dort und kehrte mit einem Stapel Ledersäcke zurück. Er drückte Rotmund die Löschgefäße in die Arme und wies ihn an, zum brennenden Gebäude zu laufen. Dann rannte Bruno zum Kirchturm. Rotmund füllte zwei der Ledersäcke im Vorübergehen am Brunnen. Günther stand an dem offenen Scheunentor und hielt einen Arm vor dem Gesicht. Johann war in dem beißenden Qualm nicht mehr zu sehen. Mutig wagte sich Rotmund durch das breite Tor und schlug sich den Ärmel seiner Kutte vor Mund und Nase. Schemenhaft erkannte er Johann, welcher mit seinem Wams auf einen lodernden Brandherd in der Nähe des Holzlagers einschlug. Die Sonne war soeben über den Horizont geklettert und fiel direkt durch die wenigen Fenster der Tischlerei. Rotmund sah das hölzerne Skelett der Druckerpresse aus dem Rauch aufragen. Wie ein Fabeltier stand sie da in einer unwirklichen Szene aus Licht, Rauch und Feuer. Einem Impuls folgend schüttete Rotmund den Inhalt seines Löschsackes in Johanns Richtung aus.
Augenblicklich fing der an zu schimpfen: „Ich denke, das war nicht nötig! Jetzt werde ich nicht nur gebraten, sondern auch noch gekocht! Hier, da rein mit dem Wasser! Es sieht schlimmer aus, als es ist. Nur der Funkenflug macht mir Sorgen. Wo bleibt die Verstärkung?"

In diesem Moment hörten beide die Feuerglocke vom nahen Kirchturm. Der taube Bruno tat sein bestes und der durchdringende Klang riß die Mönche und Schüler aus ihrer Andacht. Nach wenigen Minuten stand eine aufgeschreckte Schar bereit und bildete eine Schlange vom Brunnen bis zum Brandherd. Die Mönche organisierten die Löschaktion. Anselm erklärte den Schülern mit schnellen Anweisungen die Funktion einer Löschkette. Da die jüngeren Schüler den Sinn des organisierten Miteinanders nicht gleich begriffen, entstanden zunächst Lücken. Doch nach einer kurzen Anlaufphase wanderte Sack um Sack hin zum Tor, aus welchem noch immer dichte Rauchschwaden drangen. Rotmund und Johann hatten sich nach draußen gekämpft und überließen anderen die Löscharbeit am Brandherd. Beide husteten und rangen nach Luft. Ihr Atem ging rasend schnell, um möglichst viel von der kühlen Luft aufzunehmen.
„Das war knapp. Länger hätte ich das nicht durchgehalten."
Johann faßte sich an die stechende Brust.
„Wie um alles in der Welt kann dort ein Feuer entstehen?"
Rotmund antwortete ohne nachzudenken: „Vielleicht hat es die Glut aus dem Ofen entfacht."
Johann lächelte immer noch schwer atmend.
„Daran dachte ich auch zuerst, aber in der Tischlerei gibt es keinen Ofen."
Der Rest des Morgens gehörte den Lösch- und Bergungsarbeiten. Eine Gruppe von Helfern aus der Stadt konnte schon bald wieder nach Hause geschickt werden. Es schien so, als hätte die frühe Entdeckung des Feuers Schlimmeres verhütet. Im großen und ganzen war der Schaden gering. Lediglich ein Stapel abgelagerter Nadelhölzer war in Flammen aufgegangen. An der Druckerpresse waren nur leichte Brandspuren entstanden. Erleichtert zogen sich die Männer durchnäßt und mit vom Ruß geschwärzten Gesichtern zurück.

Nur eine Feuerwache mit Löschledern an langen Bohnenstangen wurde abgestellt, um ein etwaiges Auflodern kleiner Glutnester zu verhindern. Am Nachmittag stand das Gebet ganz im Zeichen des Dankes an Gott, welcher gnädig eine Feuersbrunst von der Kirche abgewendet hatte.

32

Nach den aufregenden Ereignissen war an Arbeit in der Druckwerkstatt nicht mehr zu denken. Rotmund beschloß, Bruder Simon Lukas im Siechhaus aufzusuchen. Als er den schmalen Pfad zwischen den für den Winter abgedeckten Kräuterbeeten entlang lief, empfand er eine tiefe Genugtuung über das große Glück im Unglück. Beinahe wäre die wertvolle Druckerpresse in Flammen aufgegangen und er war daran beteiligt gewesen, daß ein gefährlicher Brand entdeckt und verhütet worden war. Im Türsturz der Eingangstür stand schon Simon Lukas und strahlte. Er empfing Rotmund mit einem anerkennenden Klopfen auf die Schulter.
„Die Neuigkeit ist dir schon vorausgeeilt. Du bist der Held des Tages."
Rotmund wollte die Geschichte berichtigen, aber der Mönch ließ ihn nicht zu Wort kommen.
„Du brauchst mir nichts zu erklären! Sei einfach dankbar. Nicht oft wird einem solches zuteil."
Rotmund schwieg lieber. Sein Lehrer hatte sich schon seine eigene Version des Vorfalls zurechtgelegt. Rotmund half mit, die Kranken für die Nacht zu lagern. Dabei wunderte er sich, wie schnell sich die Lager wieder mit Bedürftigen gefüllt hatten. Nachdem die Arbeit erledigt war und auch noch der letzte Kranke ein gutes Wort erhalten hatte, zog sich Simon Lukas mit seinem Schüler in das Herbarium zurück. Beim Schein einer Öllampe war die Unterweisung in die Geheimnisse der Pflanzen noch reizvoller für Rotmund. Der Mönch senkte seine Stimme beinahe zu einem Flüstern, um den Schlaf der Bedürftigen nicht zu stören.

„Heute sollst du einiges über die stärksten Giftpflanzen erfahren und wie sie in deinen Händen zum Segen werden können."
Pflanzengifte waren ein stetig wiederkehrendes Thema im Unterricht.
„Die Giftigkeit der Pflanzen ist sehr unterschiedlich und abhängig von Fundort, Wetter und Jahreszeit. Ihr sinnvoller Gebrauch ist deshalb sehr schwierig abzuschätzen. Das wird vielen zum Verhängnis. Was ist zu tun, wenn ein Mensch sich bereits absichtlich oder unabsichtlich vergiftet hat?"
Rotmund kannte bereits diese Form von Fragen seines Lehrers. Anfangs hatte er noch versucht, irgendeine laienhafte Antwort zu geben. Das hatte meist ein kritisches Stirnrunzeln zur Folge. Also war es besser zu schweigen und die richtige Antwort abzuwarten. Simon Lukas machte, wie zu erwarten war, eine effektvolle Pause und strich sich durch den Bart. Dann faltete er die Hände und fuhr fort.:
„Der sorglose Umgang mit diesen wirksamen Drogen ist leider häufig und viele bezahlen ihre Torheit mit bleibenden Schäden oder sogar ihrem Leben. Vergiftungen durch Tollkirsche, Stechapfel, Bilsenkraut und Tollrübe ziehen meist sofortiges Erbrechen nach sich. Der Vergiftete spürt eine große Trockenheit im Munde. Bei voranschreitender Vergiftung sind die Pupillen stark erweitert, das Durstgefühl wird unerträglich. Auch steigert sich das Bewußtsein bis zum Wahn und Dämonen tanzen unsichtbar vor ihren Augen. Dann folgt mitunter zwanghaftes Lachen, Tanzen und allerlei lächerliche Bewegung bis hin zur Raserei. Schließlich verfällt der Unglückliche erschöpft in tiefen Schlaf zum Tode."
Rotmund hing an den Lippen seines Lehrers.
„Bereite also einen Trank aus Wasser und zerstoßener Birkenkohle. Diese Flüssigkeit muß in den Magen und sei es mit einem Trichter, da die Gifte oftmals Schluckunfähigkeit verursachen. Vielleicht gelingt es so, das Gift aus dem Körper zu entfernen, vorausgesetzt, es ist noch

nicht zu tief in den Leib eingedrungen. Doch die Seele der Armen kann noch Tage und Wochen schweren Störungen unterworfen sein."
Rotmund lauschte hellwach und nahm alles in sich auf.
„Leider ist es eine traurige Tatsache, daß Teile von Stechapfel, Bilsenkraut und Sumpfporst dem Bier zugesetzt werden, um es berauschender zu machen. Das ist törichter Leichtsinn und führt immer wieder zu schlimmen Vergiftungen."
Jetzt war Bruder Simon Lukas lauter geworden als beabsichtigt und schlug empört mit der Faust auf den Tisch. Das holte Rotmund aus den leidvollen Erinnerungen seines ersten Wirtshausbesuches.
Mit gesenkter Stimme fuhr der Mönch fort: „Noch gefährlicher sind die Zusätze Taumelloch und Giftlattich nur zu dem Zweck, den Rausch zu steigern."
Simon Lukas saß jetzt ganz aufrecht neben seinem Schüler auf der Holzbank. Trotz seines Alters ging eine große Kraft von ihm aus. Er wirkte nie schwach oder hinfällig angesichts der schweren Aufgabe im Siechhaus. Der Unterricht war für den kräftigen Mann eine wohltuende Abwechslung und geistige Bereicherung.
„Aber nicht alle Pflanzen mit berauschender Wirkung sind derart schlimme Gesellen!"
Mit diesen Worten griff er in eine der zahllosen Schubladen des Holzregals, welches die gesamte Front des Raumes ausfüllte. Er entnahm ein bauchiges Gefäß mit kunstvollen Verzierungen und Schriftzeichen. An einer Seite des Behälters war ein Pfeifenkopf mit Deckel angebracht, welcher über ein Rohr mit dem Behälter verbunden war. Aus der gegenüberliegenden Seite ragte ein geflochtener Schlauch, welcher biegsam in einem Mundstück aus Elfenbein endete. Rotmund hatte etwas ähnliches bereits am Morgen gesehen. Doch dieses Ding war viel zierlicher als jenes Instrument im Haus der Zainer. Sorgsam öffnete Simon Lukas das Gefäß und füllte es vorsichtig mit Wasser aus

einem irdenen Krug. Dann griff er abermals in das Herbarium und zog einen dunkelbraunen Riegel heraus, welchen er auf einem Holzteller ablegte.
„Das ist das Harz des heidnischen Hanfs. Diese Pflanze gedeiht gut in warmen Gegenden. Man gewinnt das Harz aus den Blütenständen der Pflanze. Ich habe das Rauchgerät samt einem kleinen Vorrat an Harz und Samen von einem Muselmanen erworben. Da den Heiden der Wein verboten ist, rauchen sie das Harz, um sich zu berauschen."
Simon Lukas legte einen kleinen Knödel von heller brauner Farbe auf den Teller.
„So sieht das Harz aus, welches ich im Vorjahr selber im Klostergarten angebaut habe. Und nun sollst du am eigenen Leibe erfahren, wie stark der Einfluß des Standortes auf die Wirkung der Pflanzen ist."
Mit Sorgfalt brach er ein kleines Stück des Harzes aus der eigenen Zucht ab und zerbröselte es auf dem Teller. Dann stopfte er vorsichtig den Kopf der Pfeife mit der Masse und nahm einen Kienspan, welchen er an der Öllampe entzündete. Als der Mönch am Mundstück des Schlauches sog, entstand ein blubberndes Geräusch im Wasserbehälter. Nach wenigen Augenblicken blies er die Reste des Rauches ins Zimmer. Dann reichte er seinem Schüler das Mundstück.
„Nur Mut. Es wird anfangs etwas kribbeln und kitzeln, aber lasse dich nicht beirren."
Ein aromatischer Geruch erfüllte den ganzen Raum. Als Rotmund den Schlauch ansetzte und ansog, glühte das Harz kurz auf und kühler Rauch schoß in seine Lungen. Ihm war, als würden Hunderte von Ameisen in seinem Inneren krabbeln, doch er schaffte es, ohne zu husten, den Rauch bei sich zu behalten. Abwechselnd wiederholten sie die Prozedur. Außer einem entspannten Gefühl im Kopf und einer gewissen Leichtigkeit des Körpers spürte Rotmund rein gar nichts.

Es schien ihm angenehm, aber der Bierrausch war damit nicht zu vergleichen. Simon Lukas ermunterte Rotmund, über seine Empfindungen zu sprechen, während er den zweiten Durchgang mit dem dunkelbraunen Harz aus dem Orient vorbereitete. Schon nach dem ersten Zug war alles anders. Ein überaus starkes Gefühl des Schwebens umfing den Geist des Jungen. Die Leichtigkeit seiner Gedanken zauberte ein Lächeln auf sein Gesicht. Rotmund mußte unablässig kichern und Bruder Simon Lukas wußte, daß die Droge zu wirken begann.
„Achte auf die Farben, welche deine Phantasie dir vorgaukeln wird."
Rotmund dachte darüber nach, ob sein Lehrer den Satz jetzt oder erst nachher gesagt hatte oder sagen würde. Und überhaupt, wo befand er sich eigentlich? Die farbigen Blasen hatten keinen Anfang und kein Ende. Sein Zeit- und Raumempfinden begann zu wanken. Er mußte lachen, wie lustig ihn das Verweilen zwischen den Augenblicken stimmte. Er wollte nochmals an der Pfeife ziehen, doch statt dessen war da ein Hund, welcher sich weich und warm an sein Bein schmiegte.
„Sieh in das Feuer!" drang eine Stimme in sein Bewußtsein. Rotmund verlor das Gefühl für Raum und Zeit. Dann begann er zu reden. Endlos sprach er Dinge aus, welche sich stets bedeutungsvoll aneinander zu fügen schienen. Der Mönch hörte einfach nur zu und ließ ihn gewähren. Rotmund fühlte eine tiefe Verbundenheit mit allem Lebendigen und er glaubte in diesem Moment wahrhaftige Gedanken zu hegen. Er fragte sich, weshalb er nicht schon längst all diese wunderbaren Schlüsse gezogen hatte. So verweilte er bis tief in die Nacht im Gespräch mit seinem Lehrer. Als der Mond seinen höchsten Stand erreicht hatte, verabschiedete sich Simon Lukas, um noch etwas Schlaf zu finden. Es hatte vergessen, daß der Junge noch bis in die Stadt zu laufen hatte. Rotmund beschloß, die restliche Nacht im Unterstand auf dem Brühl bei den Tieren zu verbringen. Es war ziemlich

kalt und Rotmund beeilte sich, die Strecke in der Dunkelheit zurückzulegen. Seine neuen Stiefel bewahrten ihn davor, sich an den scharfen Eisschollen die Füße zu verletzen. Noch immer begleitete ihn die Leichtigkeit des Harzrauches und die nächtliche Landschaft war trotz der spärlichen Beleuchtung mit angenehmen Geistern angefüllt. Nach einem endlos langen Zickzackkurs erreichte er schließlich das überdachte Gatter. In einem großen Strohhaufen arbeitete er sich in die Tiefe und zog die Kapuze über den Kopf. Eingerollt wie ein Dachs in seinem Bau schlief er sanft ein und weder Kälte noch das gelegentliche Brüllen der Rinder drangen bis zu ihm vor.

Als Rotmund die Augen öffnete, war es bereits heller Tag und er lag fröstelnd auf dem Rücken. Direkt vor seinem Gesicht starrten ihn ein Paar große Augen an und ein warmer Luftstrom aus geblähten Nüstern blies ihm ins Ohr. Eine warme Zunge fuhr ihm quer über die Stirn und hinterließ einen feuchten Film auf der Suche nach Spuren von Salz auf seiner Haut. Angewidert wischte Rotmund den feuchten Belag mit dem Ärmel ab und schob das aufdringliche Tier beiseite. Das Rind schüttelte den massigen Kopf und begann ersatzweise an den Strohhalmen zu knabbern. Als Rotmund sich vom Stroh befreite, blinzelte er in die Sonne, welche ihm direkt über dem Horizont ins Gesicht schien. Die Weideflächen dampften und das Vieh stand in Gruppen beieinander. Werner kauerte am Boden und war damit beschäftigt, die Glut in dem einfachen Erdofen zu entfachen. Rotmund schlang seine Kutte fest über der Brust zusammen und fröstelte. Werner nahm keine Notiz von seinem Bruder und fuhr fort, Holzscheite und kleine Äste in der Feuerstelle zu stapeln. Rotmund trat etwas näher heran. Der Boden war noch immer gefroren und knirschte bei jedem Schritt.

„Ich hatte schon vergessen, wie gut man im Stroh schläft. Schön, dich zu sehen."

Anstatt zu antworten, fuhr Werner fort, den Ofen zu bestücken. Nach einer quälenden Pause sah Werner hoch und erwiderte die Begrüßung barsch: „Du trägst immer noch die Zeichen des Bösen an deinen Füßen. Warum sollte ich mich freuen, wenn du nachts in meine Nähe schleichst?"
Rotmund war nicht in der Stimmung, den schwelenden Streit fortzuführen.
„Ich hatte nicht die Absicht, dir etwas anzutun. Was ist bloß los mit uns beiden? Können wir nicht mehr wie Brüder miteinander reden?"
Statt einer Antwort griff Werner nach seinem Hütestab und verließ wortlos die Feuerstelle, um sich der Herde zu widmen. Rotmund erkannte schmerzlich, daß kein Gespräch mit seinem Bruder möglich war. Es waren nicht nur die Stiefel, welche die Entzweiung herbeigeführt hatten. Die Brüder hatten sich voneinander entfernt. Deprimiert und ratlos machte er sich auf den Weg in die Druckwerkstatt. Warmes Sonnenlicht lag über den gefrorenen Gräsern und Büschen der ländlichen Landschaft. Im zarten Morgennebel ragte der Kirchturm von St. Peter und Paul aus dem Dunst, wie ein Ausguck auf mildere Zeiten. Rotmund betrachtete die weit hinreichenden Täler und Erhebungen der Alb, welche sich in zarten Pastelltönen am Horizont von West nach Ost staffelten. Eine tiefe Lust ergriff ihn, all diese Weite zu entdecken. Er liebte die Bäume und die Wälder, solange er sich erinnern konnte. Es erschien ihm beinahe schmerzlich, wie lange er auf die innige Verbindung mit der Natur seit der Ankunft in der Kirchschule verzichtet hatte. Die Sehnsucht in seinem Inneren wuchs und verdichtete sich zu dem Bild Elisabeths. Schon einige Tage waren vergangen, seit er ihr bei der nächtlichen Zusammenkunft begegnet war. Es war ungewiß, ob er ihr jemals so nahe kommen würde, wie er es wünschte. Sie war eine Ehrliche aus der Stadt und er nur ein Bauernjunge.

Was würde geschehen, wenn sie von seiner niederen Herkunft erfuhr? Die Kluft schien unüberbrückbar, aber die Verliebtheit trieb Rotmund an. Auf dem Weg zum Hauptportal traf er auf eine Gruppe von Gläubigen, welche sich anschickten, in die Kirche eingelassen zu werden. Sie wurden von zwei Mönchen, welche Rotmund hier noch nie gesehen hatte, zum Warten aufgefordert. Anscheinend war der Platz in der Kirche bereits belegt oder reserviert. Unmutig stellten sich die Städter beiseite. Zahlreiche Pferde waren unter dem Dachvorsprung der alten Schmiede festgemacht. Umherstehendes Gesinde machte deutlich, daß es sich um eine adelige Gesellschaft handeln mußte. Rotmund betrachtete interessiert einige ankommende Fuhrwerke, welche den schmalen Fahrweg in den Kirchhof entlang holperten. Frauen und Männer, gehüllt in schwere Nuschenmäntel und Houppelande, stiegen aus. Kostbare Gewänder in bunten Farben lugten bei jedem Schritt hervor. Einige Damen trugen enganliegende Kalotten auf dem Kopf. Rotmund bestaunte die Kopfbedeckungen aus Goldstoff. Perlen glitzerten in der Morgensonne. Andere trugen Hennin und Flinder, was aussah wie große Schmetterlinge mit länglichem Schleier. Die Männer trugen an ihrer Hüfte über dem Nuschenmantel eine fette Almosentasche zur Schau. So eine fein herausgeputzte Gesellschaft sah man nur, wenn hoher Besuch angekündigt war. Rotmund ging an der festlichen Gesellschaft vorbei, um schnell in die Druckwerkstatt zu gelangen. Nachdem er zwei Pferde sanft beiseite geschoben hatte, stand er vor verschlossener Tür. Ganz verwirrt stellte er fest, daß wohl Sonntag sein mußte. Rotmund beschloß kurzerhand, durch die Stadt zu wandern. Sein Zeitgefühl war etwas durcheinander geraten aufgrund des Drogengenusses vom Vorabend. Als er den Kirchhof verlassen wollte, mußte er einem weiteren Konvoi von Reitern und Wagen Platz machen, welche nach St. Peter und Paul strebten. Als der Bischof das Tor auf seinem schwankenden

Wagen passierte, blickte er kurz mit unbeweglicher Miene zu dem Jungen hinunter. Das Fuhrwerk kam kurz zum Stillstand, um Augenblicke später wieder mit einem Ruck anzuziehen. Rotmund war völlig in Gedanken versunken. Wenig später passierte er das Mettmannstor, ohne daß die Stadtwachen Notiz von ihm nahmen. Die Männer schienen den schmalen Jungen in der grauen Kutte bereits zu kennen. Rotmund dachte an den geheimen Zugang unter dem Zwinger hindurch. Ob die Männer wohl auch so gleichgültig weg gesehen hätten, wenn sie ihn dabei erwischt hätten? In den Gassen war an diesem Morgen viel Betrieb. Der erste sonnige Sonntag im Vorfrühling lockte die Städter aus ihren Häusern. In kleinen Gruppen standen sie beieinander oder nutzten den Gang zur Messe als erstes zaghaftes gesellschaftliches Ereignis. Und da lief sie Rotmund über den Weg.
„Elisabeth!" schoß es ihm fast schmerzhaft in Hirn und leeren Bauch. Das Mädchen lief allein zügig über den Marktplatz in Richtung Kirche. Rotmund beeilte sich, hinter ihr Schritt zu halten. Sein Herz hatte seinen Takt deutlich erhöht. Eine tief rote Hoike verbarg Elisabeths Körper vollständig. Ihr Gesicht war durch einen kleinen Schleier verdeckt. Aber Rotmund hätte sie unter Tausenden wiedererkannt. Sein Herz stand in Flammen. Nach kurzer Strecke tauchte die Ostfassade der gotischen Kirche auf. Das Mädchen ging zügig auf das Nordportal zu, durch welches bereits andere Kirchgänger zur Messe drängten. Als Rotmund nur noch wenige Meter hinter Elisabeth aufgeschlossen hatte, nahm er allen Mut zusammen und rief ihr zu:
„Auf ein Wort, Jungfer Elisabeth!"
Das Mädchen hielt inne und drehte sich um. Ihr Gesicht war nicht zu erkennen unter dem leichten Flinder, welcher an ihrer Hennin befestigt war.
„Es ziemt sich nicht, eine ehrliche Frau auf offener Straße am Sonntag morgen anzusprechen, mein Herr!" entgegnete sie harsch.

Rotmund entgegnete außer Atem: „Aber ich muß mit euch reden!"
Elisabeth sah sich rasch um und flüsterte dann: „Nicht hier. Erwartet mich nach der Messe im kleinen Eck des Barfüßer-Klosters."
Ohne sich nochmals umzuwenden, durchschritt sie das riesige Portal aus kunstvoll behauenen Sandstein. Einen Moment lang zögerte Rotmund, ob er ihr einfach folgen sollte. In seiner abgerissenen Kutte konnte er sich unmöglich in ihrer Nähe aufhalten und unter die Bettler und Krüppel mochte er sich nicht mischen. So blieb ihm nichts weiter, als durch die Gassen zu schlendern und sich die Zeit bis nach der Messe zu vertreiben. Auch die weniger frommen Städter nutzten das milde Wetter und tummelten sich auf kleinen Plätzen, Hauseingängen und Winkeln. Ein Gaukler jonglierte zur Erheiterung des umstehenden Volkes mit allerlei Küchenutensilien. Seine dünnen Beine endeten in Schnabelschuhen, welche mit Schellen versehen waren und bei jeder Bewegung klimperten. Der Mann war untersetzt und trug eine Narrenkappe auf dem Kopf. Mit seinem zahnlosen Mund erzählte er während seiner Kunststücke lustige Geschichten, so daß Gaffer und Zuhörer laut heraus lachten und kleine Münzen in seinen Brotbeutel warfen. Rotmund sah dem Treiben eine Weile zu und ging dann weiter. Über der Menge entdeckte er einen Mann, welcher sich weit aus dem Fenster eines Stadthauses lehnte. Jener winkte ihm wortlos zu und gab ihm Zeichen, näher zu treten. Rotmund sah zum Fenster und war sich sicher, daß er jenes freundliche Gesicht schon einmal gesehen hatte. Über dem Eingang des Hauses prangte eine Natter, welche sich um einen gekreuzten Stab wand. Im Eingang erschien eine junge Magd mit lustigem Gesicht und leicht aufwärts gerichteter Nasenspitze.
„Hier, das ist für euch!"
Gehorsam überreichte sie dem Jungen ein gefaltetes Futteral aus braunem Leder.

„Eine Gabe meines Herrn."
Mit diesen Worten machte das Mädchen einen linkischen Knicks und war sogleich wieder hinter der Tür verschwunden. Als Rotmund nach oben sah, nickte der Mann mit dem wohlrasierten Gesicht ihm freundlich zu. Dann hielt er seine rote Samtmütze fest, welches seine graue Haarpracht nur unzureichend bedeckte und verschwand im Haus. Rotmund dachte an das kurze nächtliche Gespräch. Dieser Mann hatte sich angeregt mit ihm über die Wirkung des Schierlings bei jenem geheimnisvollen Treffen unterhalten. Die Neugier auf den Inhalt des weichen Ziegenleders erwachte. Als er das unverhoffte Geschenk näher betrachtete, entpuppte es sich als Umhängebeutel. Das Behältnis war durch zwei angenähte Lederriemen verschließbar. An der Innenseite der Tasche war ein Futteral eingearbeitet, wohl um einen Hapen, ein Messer mit gebogener Klinge, wie es Bruder Simon Lukas benutzte, aufzunehmen. Außerdem kam ein Holztiegel mit kleinem Mörser aus Messing zum Vorschein. Ein goldenes Pentagramm schmückte den Boden des Tiegels. Rotmund ließ die Gegenstände sogleich wieder in der Tasche verschwinden.
„Zur Seite! Platz dem Marktgrafen!"
Ein Landsknecht stieß Rotmund zur Seite. Innerhalb weniger Augenblicke war Rotmund von einer unüberschaubaren Menschenmenge eingerahmt. Der Mob schob ihn vorwärts und nur mit Mühe gelang es ihm, in eine Seitengasse zu entkommen. Rotmund hatte keinerlei Bedürfnis, einer Prozession der weltlichen Macht beizuwohnen. Mit beiden Händen barg er das unerwartete Geschenk und betrachtete es hin und wieder ungläubig. Um zum vereinbarten Treffpunkt zu gelangen, mußte er bis an den Zwinger um die Stadt. Egal in welche Richtung er gehen würde, das Barfüßer-Kloster lag direkt an der großen Außenmauer. An der Wehranlage angekommen, hielt er sich südlich und erreichte den langgezogenen Bau. In der Fortsetzung des Gebäudes lag

jener kleine Garten mit Röhrenbrunnen, wo sich die Mönche zu säubern pflegten, bevor sie das Kloster betraten. Rotmund zögerte, doch als er niemanden entdeckte, ging er in die Gartennische hinein. Da es die einzige Möglichkeit war, aus der engen Gasse nach der Seite zu entweichen, lag der kleine Hof mit Brunnen geschützt zwischen Zwinger, Kloster und umliegenden Häuserfronten. Von oben fiel angenehmes Licht wie ein heller Vorhang auf das plätschernde Wasser, welches die einzigen Bewegungen in dem kleinen Garten vollführte. Eine Sitzgelegenheit aus Stein verbarg sich unter einer dicken Eisschicht. So lehnte sich Rotmund stehend gegen die Stadtmauer und schloß die Augen. Das Sonnenlicht wärmte sein Gesicht. Dann nahm er den Garten entlang der Mauer in Augenschein. Auf dem schmalen Streifen waren unauffällig mehrere Gräber untergebracht. Kleine Büsche von Buchs und Eibe trennten die unscheinbaren Ruhestätten voneinander. Hier ruhten die Gebeine der Ordensbrüder, welche keine Habe besaßen, außer dem, was sie sich erbettelten. Der Ort verbreitete eine friedvolle Atmosphäre, wie geschaffen für Begegnungen am Rande der lärmenden Stadt.
„Ich hoffe, du mußtest nicht allzu lange auf mich warten."
Rotmund öffnete die Augen. Da stand sie wieder vor ihm. Elisabeth jetzt ohne züchtigen Schleier in einen winterlichen Umhang gekleidet. Unwillkürlich pochte ihm das Herz bis zum Hals. Derselbe Zauber lag auf ihrem Gesicht, wie bei ihrer ersten Begegnung. Abgesehen davon, daß sie ihm jetzt wesentlich freundlicher entgegentrat, war ihr Blick offen und erwartungsvoll. Rotmund versuchte sie zu begrüßen, aber seine Stimme wollte ihm nicht gehorchen. Statt dessen entstand eine peinlich lange Pause und die Röte stieg ihm ins Gesicht.
„Ich kann wieder gehen, wenn es dir unangenehm ist", fügte Elisabeth an, nachdem Rotmund immer noch keinen Ton herausgebracht hatte.

Endlich rappelte er sich auf und faßte Mut: „Es ist ja nur, weil ich es schön finde, dich wieder zu sehen."
Elisabeth freute sich, daß Rotmund seine Stimme wiedergefunden hatte und kam gleich zur Sache.
„Ich habe dir etwas mitgebracht. Nimm es mir nicht übel, aber in solch schäbiger Kleidung kannst du mich unmöglich auf offener Straße ansprechen. Was sollen denn die Leute von mir denken?"
Sie war ganz in ihrem Element und zog ein zusammengefaltetes Bündel unter dem Arm hervor.
„Ich denke, das wird dir passen."
Flink entfaltete sie eine dunkelbraune Schecke. Das Kleidungsstück war im Brustbereich wattiert und in der Hüfte tailliert mit einem kleinen Stehkragen. Rotmund schaute an dem Textil vorbei. Wieder war er verzaubert von ihrem langen weißen Hals und den riesigen Augen, welche ihr Gesicht so klein erscheinen ließen.
„Die wollte mein Vater schon dem Lumpensammler geben, aber ich habe das gute Stück gerettet. Es ist nicht mehr ganz modern, aber mit Strümpfen und Bruche siehst du dann wenigstens wie ein Mensch aus."
Emsig zog sie zwei ordentlich zusammengefaltete Strümpfe aus Scharlach hervor, einen roten und einen grünen.
„Damit sieht die Schecke dann nicht mehr so langweilig aus. Worauf wartest du noch? Zieh es gleich an!"
Elisabeths Augen funkelten wie lebendige Sterne und Rotmund war völlig überwältigt von ihrem Charme. Wie ein Schneidermeister hielt sie die Beinkleider dorthin, wo sie Rotmunds Hüfte unter der Kutte vermutete.
Der fragte jetzt etwas irritiert: „Und wo soll ich mich umziehen?"
Mit gespielter Entschlossenheit stemmte Elisabeth die Fäuste in die Taille.

„Weshalb glaubst du, haben wir uns am entlegensten Winkel der Stadt verabredet? Dort hinter dem Lorbeer sieht dich außer mir bestimmt keiner."
Rotmund war in die Falle gegangen. Jetzt mußte er am heiligen Sonntag vormittag vor seiner Angebeteten alles zeigen, was er sonst niemandem zeigen würde. Elisabeth zeigte nicht die Spur von Zurückhaltung. Sie beobachtete kritisch, wie Rotmund mit rotem Kopf hinter einem mickrigen Lorbeerstrauch die Kutte fallen ließ. Ungeschickt griff er nach der Bruche und versuchte sich das Wickeltuch sachgerecht anzulegen. Nach mehreren Anläufen hatte er es dann geschafft, die Strümpfe mit Hilfe zweier Nestel an der Bruche einzufädeln. Er kam sich vor wie auf der Fleischbeschau und Elisabeth genoß jede Sekunde der Vorstellung.
Etwas ärgerlich entgegnete er: „Vor der Kirche hast du mir etwas über die Tugendhaftigkeit am Sonntag erzählt und hier stehst du nun und grinst über beide Backen, während ich die Hüllen fallen lasse. Wärst du meine Schwester, könntest du jetzt was erleben!"
Tatsächlich lächelte das hübsche Mädchen schelmisch und wiegte sich von links nach rechts. Als Rotmund die Schecke vorne zugeknöpft hatte, zog er schnell noch die Lersen bis über die Knie, denn langsam wurde ihm kalt. Dann kam er hinter dem Busch hervor.
Elisabeth gefiel, was sie sah.
„Was sagt man dazu, aus dem grauen Küken ist ein prächtiger Hahn geworden."
Elisabeth sah einen ansehnlichen jungen Mann vor sich. Nicht zu kräftig, aber hochgewachsen mit blauen Augen wie ein Bergsee. In diesem Moment war es auch um sie geschehen.
„Nun, wie sehe ich aus? Ich kann mich ja leider nicht selber in dem neuen Gewand betrachten."

Rotmund sah verlegen an sich hinunter, noch fühlte er sich nicht recht wohl in den neuen Kleidern. Elisabeth erwachte aus ihrer innigen Betrachtung. Dann drohte sie frech: „Komm mir jetzt ja nicht auf dumme Gedanken, wenn dir die Mädchen in den Gassen hinterherschauen. Vielleicht sollte ich dir noch einen Schellengürtel besorgen, damit jede weiß, daß du es eigentlich nicht ernst meinst."
Rotmund hatte schon den einen oder anderen Herrn mit einem Dusing um die Hüften gesehen. Warum sollte er soviel Aufhebens um sein Äußeres machen? Es war ihm fremd, Wert auf diese Dinge zu legen. Weshalb statteten ihn plötzlich alle so gönnerhaft aus? Noch nie war er so von allen Seiten mit Geschenken überhäuft worden. Was erwartete man von ihm?
„Ich will sie nicht umsonst, sag mir, was die Kleider wert sind."
Elisabeth neigte den Kopf zur Seite und sagte bestimmt: „Ich bin niemand, den du je bezahlen könntest."
Rotmund fühlte sich mißverstanden. Er hatte nicht die Absicht gehabt, Elisabeth zu beleidigen.
„Versteh doch, ich bekomme all die schönen Dinge geschenkt und darf nur danke sagen. Findest du, das ist genug?"
„Für den Anfang ja!" sagte Elisabeth und ließ keinen Zweifel daran, daß sie es genauso meinte.
„Sag mir, weshalb läßt Gott den Vögeln Flügel wachsen und macht sie stets satt?"
Rotmund wußte nicht recht, worauf sie hinaus wollte.
„Der Tag wird kommen, an dem du vielleicht etwas für mich von deinem Überfluß abgeben wirst. Und jetzt erzähle mir mehr von dir. Ich weiß nur, daß du Schüler in St. Peter und Paul bist und mit der Druckkunst vertraut sein mußt."
Rotmund wußte nicht recht, wo er beginnen sollte. Schließlich berichtete er vom Weilerhof und den Stiefeltern, von seinen Halb-

geschwistern, vom guten Roland und der kirchlichen Erziehung. Er ließ nichts aus. Besonders seine Arbeit im Siechhaus und sein Studium der Pflanzen interessierten das Mädchen und sie stellte viele Fragen. Er hatte noch nie jemand kennengelernt, der so gut zuhören konnte wie Elisabeth. Wie selbstverständlich tauschten sich die beiden aus.

„Eigentlich weiß ich immer noch nicht, weshalb die Druckkunst so wichtig zu sein scheint. Es ist doch nur eine weitere Handwerkskunst ohne eigene Zunft", bemerkte Rotmund.

In diesem Moment betrat eine Gruppe von Bettelmönchen singend den Hof und strebte zum Brunnen. Elisabeth drängte sofort zum Aufbruch.

„Laß uns zusammen in die Stadt gehen zum Tanz. Ich möchte dich meinen Freundinnen vorstellen."

Etwas ungelenk in dem neuen Aufzug verstaute Rotmund seine alte Kutte in der neuen Umhängetasche, welche reichlich Platz bot. Dann schloß er sich Elisabeth an. Die ganze Stadt schien in ihrer Nähe heller und freundlicher zu sein. Er wollte die ganze Welt umarmen und sehnte sich den Frühling herbei. Elisabeth grüßte fleißig nach links und rechts, wenn ihnen Passanten entgegenkamen. Um die Kirche hatte sich eine Menge Volkes versammelt und verbrachte den Sonntag mittag schwatzend und lärmend in der Frühjahrssonne. Die Kirchenportale waren weit geöffnet und Kinder spielten und tollten umher. Sie flanierten zwischen den Häusern wohlhabender Patrizier, und Elisabeth erklärte Rotmund leise und beinahe ehrfürchtig, wer es zu etwas in der Reichsstadt gebracht hatte. Durch ein überdachtes Tor betraten die beiden schließlich den Vorhof des prächtigsten Hauses am Platz, mit kunstvoll zusammengefügtem Mauerwerk. Es überragte alle umstehenden Häuser, mit seinem spitz zulaufenden Dachgiebel, um mindestens ein Stockwerk. An der Fassade waren in regelmäßigen Abständen farbige Holzkästen angebracht, aus welchen wohl bald üp-

pige Blumen sprießen würden. Der weitläufige Eingangsbereich war eigentlich ein sonnendurchfluteter Garten. Umgeben von einer hohen Mauer gab es hier zahlreiche Sitzgelegenheiten. Im Zentrum des Hofes stand ein Wasserspiel aus Marmor. Drei Schalen, welche natürlichen Blattformen nachgebildet waren, wurden von einem plätschernden kleinen Bach gefüllt. Der Wasserlauf tauchte inmitten des Hofes auf und verschwand am anderen Ende wieder unter der Mauer. Der gesamte Hof war angefüllt mit grünen Kübelpflanzen und bildete in seiner Gesamtheit einen blühenden Garten. Rotmund bestaunte seltsame grüne Keulen mit langen Stacheln, an welchen weiße und rosa Blüten prangten. Kein Baum und keine Pflanze in der Umgebung hatte jetzt schon grüne Blätter und Blüten. Inmitten der blühenden Pracht hatte es sich eine Damengesellschaft gemütlich gemacht. Die Gastgeberin, eine Dame mit wallenden blonden Locken, welche nur unzulänglich unter der Seidenhaube Platz fanden, kam auf sie zu und hieß beide willkommen.
Die Dame des Hauses entgegnete freundlich: „Wir halten in unserem Zirkel fest an alten Traditionen. Der höfliche Brustkuß ist stets ein Zeichen der Wertschätzung gewesen."
Sie schob die Rise um ihren Hals anmutig beiseite und bot Rotmund ihre nackte Haut zum Kuß. Zögerlich trat er vor und Elisabeth schob ihn sanft von hinten. Die Frau mit dem schönen weichen Gesicht flüsterte: „Seid mir willkommen, junger Herr."
Rotmund küßte zärtlich die duftende weiße Haut. Die Hausdame wandte sich an die weibliche Gesellschaft: „Jetzt wollen wir tanzen!"
Geräuschvoll nahmen alle Damen Aufstellung. Das Vorhaben wurde freudig begrüßt. Eine rothaarige Musikantin in schwarzweißer Cotte griff nach ihrer Fiedel und rief aus: „En avois!"
Zwei junge Männer beeilten sich, noch rasch ihre Instrumente zu stimmen, eine Laute und ein Clavicytherium.

Die Musiker verständigten sich durch Augenkontakt und begannen ihr Spiel. Rotmund war wie verzaubert von den ungewohnten Klängen des Clavicytherium. Das Instrument sah aus wie eine kleine Kathedrale. Der Ton drang aus kleinen Fenstern, welche im Korpus eingelassen waren. Kunstvolles Maßwerk aus Elfenbein zierte die Oberfläche. Viele Saiten waren aufrecht in dem Kasten gespannt und wurden vermittels einer Holzmechanik angeschlagen. Eine burgundische Weise erklang. Der Lautenspieler strich anmutig mit einem Federkiel über die Saiten. Fiedel und Clavicytherium folgten. Wie selbstverständlich fand sich auch Rotmund plötzlich zwischen zwei Partnerinnen und die Saiten der Laute erzeugten erstaunlich volle Harmonien. Zunächst war er unbeholfen und sehr damit beschäftigt, den Schrittkombinationen irgendwie zu folgen. Aber seine Tanzpartnerinnen halfen geduldig nach. Schließlich erkannte er eine Struktur in den wiederkehrenden Schrittkombinationen und tat es ihnen gleich. Eine Dame nach der anderen griff nach seiner Hand. In der anderen Hand trugen sie meist ein verziertes Fazilettlein, was ihre Bewegungen noch eleganter aussehen ließ. Rotmund fand Gefallen an dem Spiel und es kribbelte in seinem Inneren, als er den Duft der Frauen einatmete. Ihr Geruch war so anders als der des Waldes und der Felder. Die Fülle der weiblichen Eindrücke begann ihn zu verwirren. Elisabeth entfernte sich aus den Reihen der Tänzer und verschwand aus Rotmunds Blickfeld. Als Rotmund ihre Abwesenheit bemerkte, wurde er unruhig und machte Anstalten, ebenfalls zu gehen.

Die Gastgeberin hielt ihn auf: „Aber junger Herr, wollt ihr nicht mit uns essen?"

Dann fügte sie lächelnd an: „Wie ihr seht, sind fast alle Männer aus dem Haus. Wollt auch ihr uns schutzlos hier zurücklassen?"

Soviel Überredungskunst hatte Rotmund nichts entgegenzusetzen. Man ließ sich auf weichen Kissen nieder, welche rings im Hof verteilt auf bequemen Sitzmöbeln bereitlagen. Zwei Mägde schütteten frische Glut in Körbe aus Metallgeflecht und entfernten gekonnt die Asche, welche sich auf dem Boden angehäuft hatte. Abschließend legten sie kleine Mengen aromatischer Blätter auf die wärmenden Gluthäufen. Die Stimmung wurde immer ausgelassener und Rotmund genoß die weibliche Gesellschaft. Der nahende Frühling war spürbar und alle waren voller Erwartung und Vorfreude auf mildere Tage. Es wurde viel gescherzt und gelacht. Rasch wurde Rotmund in ein angeregtes Gespräch verwickelt.

„Stimmt es, daß der Archidiakon einen Doppelgänger hat, welcher ihn ersetzt, wenn er heimlich außer Haus geht?" fragte eine brünette Dame mit neckischen Grübchen in den Wangen. Sie brachte den Unsinn mit unschuldigem Blick so überzeugend hervor, daß alle lachen mußten.

„Ist mir nicht bekannt", antwortete Rotmund in gespieltem Ernst.

„Indessen ist er ein so fleißiger Mann, daß man mitunter dergleichen vermuten könnte."

Eine hochaufgeschossene Frau mit lachsfarbener Cotte beteiligte sich an der Konversation: „Schämt euch, Schwestern, Witze über einen Heiligen zu machen, das kostet euch mindestens einen Ablaßzettel!"

Dann wandte sie sich direkt an Rotmund: „Vielmehr interessiert uns, ob es stimmt, daß ihr mit Kräutern umzugehen versteht? Seid ihr in der Lage einen Liebestrank zu mischen?"

Kichernd wedelten sich die Damen Luft mit ihren Fazilettlein zu und sperrten die Ohren auf, um die Antwort zu hören. Rotmund rieb sich in gespielter Nachdenklichkeit den goldenen Flaum unter seinem Kinn und formulierte seine Antwort zögerlich.

„Es käme darauf an, für wen der Liebestrank bestimmt ist. Könnt ihr mir näheres sagen?"
Frivoles Gelächter folgte der ausweichenden Antwort. Rotmund hatte keinerlei Ahnung, was ein Liebestrank wohl bewirken sollte und so versuchte er mit einer Gegenfrage mehr zu erfahren.
„Nun, junger Herr, ihr wißt es schon! Er soll das fördern, was Frauen und Männer oft nur gelegentlich miteinander zu tun pflegen."
Wieder ein lustvolles Lachen der Zuhörer. Rotmund tappte im Dunkeln.
„Ich denke, Mann und Frau wohnen zusammen unter einem Dach. Sie kümmern sich um das Wohlergehen ihrer Kinder. Wenn sie fromm sind, gehen sie regelmäßig zur Messe ..."
Seine Gesprächspartnerin unterbrach ihn ungeduldig: „Das ist wohl wahr, aber dazwischen, junger Herr. Was führt dazu, daß Mann und Frau sich finden?"
Rotmund dachte einen Moment zu lange nach. Darauf hatte die elegante Dame nur gewartet.
„Ich sehe schon, ihr habt noch nicht viel Ahnung von diesen Dingen. Wollen wir ihm etwas Sachverstand zukommen lassen?" rief sie laut in die Runde. Es folgte großer Jubel. Als sich eine Türe in den Hof auftat, wandten sich alle Köpfe um. Elisabeth war wieder strahlend erschienen. Vor sich trug sie einen ausladenden, zugedeckten Zinnteller. In ihrem Gefolge betraten vier Mägde mit Platten, Krügen und Körben den Hof. Rotmund erkannte eine der Mägde an ihrer auffallend blauen Cotte. Sie hatte ihm den Weg gewiesen, als er im vergangenen Jahr durch die Stadt geirrt war. Sie schenkte ihm ein heimliches Lächeln. Eilends wurde der Innenhof für das Mahl zurechtgemacht. Nachdem alle Speisen enthüllt und sorgfältig zurechtgelegt waren, begann ein lustvolles Schmausen und Schlemmen. Da gab es verschiedenes Geflügel, Rebhühner, Perl-

hühner, Fasan und Brust vom Schwan, fertig in Schalen angerichtet, geräucherte Bachforellen und gesalzene Saiblinge. Getrocknete Früchte und Nüsse ergänzten das Mahl.
Neben Körben voller frischer Wecken wurde gesüßter Wein und Quellwasser gereicht. Zum Klang der Gambe gesellte sich noch Flöte und Trommel. Rotmund genoß das gute Essen und die weibliche Gesellschaft.

33

Beiden Ochsen stand der Schaum vor dem Mund. Werner trieb die Zugtiere mit Kehllauten und kleinen Schlägen über den Kirchhof. Mehrere Schüler waren damit beschäftigt, runde Baumstämme vor den Schlitten zu legen, auf welchem große Teile der Druckerpresse ruhten. Zwei Fenster der alten Schmiede hatte man in Länge und Breite erweitert, um mehr Licht in den Raum zu bekommen. Beide Flügel des Tores waren aus den Angeln gehoben worden. Dort klaffte jetzt ein großes schwarzes Loch. Noch vor Mittag standen alle Teile der Presse an ihrem vorgesehenen Platz. Günther und Johann überwachten die Endmontage. Stück um Stück wurde zusammengefügt, ohne einen einzigen Nagel. Die Konstruktion und Planung der Maschine war langwierig gewesen. Günther hatte den Schreinern eine genau gezeichnete Skizze der Presse vorgelegt. Viele Probleme hatten sich ergeben, da bewegliche mechanische Teile im Spiel waren. Erst der tägliche Einsatz würde zeigen, wie gut die Presse wirklich geraten war. Schließlich lief jegliche Anstrengung darauf hinaus, fertig gedruckte Seiten herzustellen. Alle Einrichtungen in der Druckwerkstatt waren jetzt an einem festen Platz. Neben dem großen Rauchfang der Esse ruhten schwere Barren aus Metall, ordentlich gestapelt. Auf einem Ständer hingen verschieden geformte Zangen mit langen Schäften. Eine Kelle mit langem Stiel lehnte an der Wand neben einer länglichen Gußform. Tragbare Werkbänke mit umlaufenden Einfassungen standen bereit, um Matrizen zu bearbeiten. Dank dieser Vorrichtung fiel nichts von den wertvollen Werkzeugen und Metallen zu Boden. Dosen, angefüllt mit Stempeln, Feilen und Drahtbürsten, standen

ordentlich in Regalen bereit. Eine zweite, etwas kleinere Feuerstelle unterhielt die Arbeit mit den Handgießgeräten. Rotmund setzte soeben hauchdünn geklopfte Bleistreifen zwischen die Metallettern, wo es ihm nötig erschien. Statt einem Manuskript klemmte eine Anopistographie von Seite fünf der Donate auf seinem Setzkasten. Dieser von Hand gefertigte Abzug war sehr hilfreich, um die endgültige Feinarbeit an den Schriftplatten durchzuführen.
„Wir brauchen mehr Papier. Wer geht in die Mühle zum Basten und besorgt welches?" fragte Rotmund zwei der jüngeren Schüler. Beide wollten in die Papiermühle, denn dort wurde mit Wasserkraft gearbeitet. Hünenhafte Wasserräder aus Holz lieferten dort die nötige Energie, um aus Lumpen hochwertiges Papier herzustellen. Die neue Technik übte eine starke Anziehungskraft auf die Buben aus. Rotmund beugte sich wieder über den Probeabzug. Es war noch viel Feinarbeit zu leisten, um ein harmonisches Schriftbild zu erreichen. Die Schriftlinien verliefen inzwischen deutlich gleichmäßiger. In den Setzkästen lagen reichliche Mengen von Lettern bereit. Die Arbeit an den Handgießgeräten ging stetig weiter, um für Nachschub zu sorgen. Rotmund hatte seine Stadtkleidung abgelegt und trug statt dessen wieder eine graue Kutte während der Arbeit. Günther und Johann konnten es kaum mehr erwarten, die Druckerpresse in Betrieb zu nehmen. Aber noch gab es einiges zu tun.
„Alle mal herhören! Ich zeige euch jetzt, wie ihr eine feine Druckerschwärze erzeugen könnt", rief Günther in die Runde.
„Es liegen mehrere Gefäße bereit, damit könnt ihr es mir gleichtun."
Gerne ließen die Schüler ihre Arbeiten liegen und scharten sich um die Zainer Brüder. Jeder nahm eine Schale und einen Holzspachtel zur Hand.
„Es kommt auf die rechte Mischung an", bemerkte Johann.

Günther gab Lampenruß und Firnis in ein Mischgefäß. Mit dem Spachtel mengte er den zähen schwarzen Brei in geduldigen Bewegungen über den Boden der Schale.
„Achtet darauf, daß kein Korn Sand oder Schmutz in die Farbe fällt."
Die Schüler vermischten die Zutaten in ihren Schalen.
„Benutzt stets sauberes Arbeitsgerät und sorgt für genügend Licht bei der Arbeit", ermahnte er seine Zuhörer.
„Durch das gleichmäßige Ausstreichen der Paste werden die Pigmente fein verteilt. Das ist wichtig."
Dann griff er in einen Korb und entnahm mehrere Eier.
„Jetzt kommt eine entsprechende Menge Eiweiß hinzu. Auch hierbei gilt: sorgfältig Eischnüre und Dotter abtrennen, sonst verunreinigt ihr die feine Schwärze." Schüler und Lehrmeister schlugen Eier auf und gaben das Eiweiß in die Mischgefäße. Jetzt bekam die zähe Farbe schöne Geschmeidigkeit.
„Das Eiweiß beschleunigt das Trocknen auf natürliche Weise."
Wieder und wieder wurde die satt glänzende Masse ausgestrichen.
„Und jetzt kommt noch feines Salz dazu, um die Schwärze haltbar zu machen."
Mit schnellem Griff unter seine Bruche zog Johann sein Glied heraus und urinierte wohl dosiert in den Mischbehälter.
„Aber vorsichtig! Nicht zu viel", mahnte er. Die Jungen schauten sich belustigt gegenseitig zu, wie sich ein jeder mühte, einige Spritzer Natursekt hervorzubringen. Es gab großes Gelächter, als der bleiche Franz sein Mischgefäß zum Überlaufen brachte.
„Nun haben wir die richtige Zusammensetzung erreicht. Bedeckt nun die Schalen, damit die Farbe nicht zu sehr austrocknet. Das gilt nicht für dich, Franz, deine Schwärze ist auch übermorgen noch flüssig."
Wieder entbrannte Gelächter und Franz wurde schamrot im Gesicht.

„Und jetzt bereiten wir den ersten Druck vor. Schaut gut zu. Diese Arbeit muß euch in Fleisch und Blut übergehen."
Johann nickte Günther wortlos zu und fuhr mit der Erklärung fort: „Durch ein Gewindeloch hier im massiven Querbalken läuft diese dikke Holzspindel senkrecht nach unten, wie ihr seht. Am unteren Ende der Spindel sitzt der Tiegel, welcher Satz und Papier gegeneinander pressen wird."
Dann deutete er auf einen langen Hebel, welcher in einer Bohrung durch die Spindel steckte.
„Hier wird die Rotation an der Spindel erzeugt", sagte er und sein Finger wanderte weiter, „auf dem unteren Verbindungsbalken läuft dieser bewegliche Karren auf Schienen."
Günther bewegte den Holzkasten vor und zurück.
„Jetzt stelle ich einen fertigen Satz in dem Kasten ab und verkeile ihn fest von allen Seiten. Das ist wichtig, damit die Fassung nicht aufbricht und die Lettern auseinanderfallen."
Während Johann den Kasten öffnete, feuchtete Günther einen Bogen Papier an und fuhr fort: „Wie ihr seht, ist ein Filz an der Innenseite des Deckels angebracht. Hier legt ihr den feuchten Bogen genau gegenüber dem Satz an. Und jetzt fahren wir den Kasten unter den Tiegel, ohne den Satz einzufärben."
Er schloß den Deckel und beinahe lautlos glitt der Kasten unter den Tiegel.
„Jetzt vorsichtig die Spindel andrehen, bis sie gerade soviel Druck erzeugt, daß die feinen Stege der Buchstaben nicht plattgedrückt werden. Zu wenig Druck ist auch nicht gut, dann wird die Schwärze unzureichend auf das Papier abgedrückt."
Günther justierte die Spindel und legte noch eine Filzbahn zwischen Kasten und Tiegel.

„So, und jetzt wird es richtig spannend. Schnell, Franz, lauf und gib dem Archidiakon Bescheid. Es ist soweit!"
Johann und Günther hatten sich bereits einen Farbtisch neben der Presse zurechtgemacht. In wenigen Augenblick würde die allererste gedruckte Seite in St. Peter und Paul entstanden sein. Der Archidiakon wollte diesem Vorgang unbedingt beiwohnen. Für ihn bedeutete die erste Seite die eigentliche Geburt der Druckwerkstatt.
„Und nun sorgfältig die Druckerschwärze auf dem Kalkstein ausstreichen."
Günther hatte eine kleine Menge Schwärze aus der Dose entnommen und strich in langen Zügen die Farbe von unten nach oben und dann von links nach rechts. Er wiederholte den Vorgang viele Male. Es war beinahe so, als wollte er die Farbe noch geschmeidiger und feiner reiben. Immer wieder prüfte er, indem er die Spachtel kurz anhob. Schweißperlen tropften von seiner Stirn und wurden ebenfalls Teil der Schwärze. Dann trat Johann hinzu, in jeder Hand einen Druckerballen. An einem hölzernen Stiel war jeweils ein Hut aus Leder befestigt. Der sah aus, wie der Schirm eines Steinpilzes und war mit Roßhaar gepolstert. Mit kreisenden Bewegungen nahm Günther Schwärze von der Steinplatte auf und verteilte sie durch gleichmäßiges Reiben zwischen beiden Ballen. Der Kasten mit dem Satz lag nun zu seiner Rechten.
„So, und jetzt ganz vorsichtig die Ballen auf die Lettern legen und gleichmäßig abreiben", Johann flüsterte beinahe und die Spannung sprang auf seine Zuhörer über. Ganz leise war der Archidiakon jetzt hinzugetreten, begleitet von Franz, der immer noch völlig außer Atem war. Günther legte einen flachen Holzrahmen über das Papier, welches immer noch auf dem Filz im Deckel haftete.

Dann kommentierte er: „Der Rahmen soll die nicht bedruckten Ränder vor Verschmutzungen schützen. Und jetzt befestige ich noch zwei Nadeln im Filz als Anlegemarken für die folgenden Bögen. So wird die ganze Auflage an derselben Stelle bedruckt."
Nun klappte er den Kasten behutsam zu und schob ihn unter den Tiegel. Eine kurze Zugbewegung am Hebel und die Spindel drückte den Tiegel auf den Kasten. Das war alles. Johann sah Günther an. Wortlos fuhr er den Kasten wieder aus. Als er den Deckel öffnete, sah man nur die weiße Rückseite des Bogens. Günther löste den leichten Widerstand. Ein feines Geräusch entstand, als er den Bogen vom Satz abzog. Vorsichtig nahm er den feuchten Bogen in die Höhe.
„Nun betrachtet euer Werk! Was seht ihr?" fragte er in die Runde.
Thomas antwortete ohne Scheu vor dem Archidiakon: „Die Schriftlinien sind immer noch etwas ungleichmäßig. Außerdem fehlen noch die Versalien. Und manche Buchstaben sind nicht richtig gedruckt."
Johann antwortete: „Das hast du gut gesehen. Die Schriftlinien bereiten mir Kummer. Vielleicht ist der Satz insgesamt verrutscht. Wir müssen das nachprüfen. Wenn wir den Druck auf den Tiegel noch etwas erhöhen, sollten alle Letter satt schwarz abgebildet werden."
Dann wandte er sich an den Archidiakon: „Wie ihr sehen könnt, ist der erste brauchbare Druckbogen im Entstehen. Wir ließen nach euch schicken, um mit euch die Freude über das gute Gelingen zu teilen."
Demütig neigten Johann und Günther die Köpfe. Der Archidiakon war mehr als zufrieden. Die anschauliche Demonstration hatte ihm auch noch den letzten Zweifel genommen, das ehrgeizige Vorhaben könne noch scheitern.
„Wenn ihr eure Arbeit heute niedergelegt habt, kommt in mein Amtszimmer. Dort sollt ihr den vereinbarten Lohn für eure unermüdliche Arbeit erhalten. So sei es!"

Er segnete die Brüder, indem er das Zeichen des Kreuzes in die Luft zeichnete und verließ dann zufrieden die Druckwerkstatt. Nun begann das geduldige Anpassen und Verbessern der Druckergebnisse. Auf diese Weise sammelten die Schüler wertvolle Erfahrungen im Umgang mit der komplizierten Technik. Rotmund war nicht immer ganz bei der Sache. In Gedanken war er in dem blühenden Innenhof bei den Frauen. Was hatte er sich nur dabei gedacht, sich auf das gefährliche Spiel einzulassen? Ausgerechnet jetzt, da seine Anwesenheit und Arbeitskraft gefordert war, sollte er den Damen der Stadt mit seiner Heilkunst auf die Sprünge helfen. Dabei war er sich nicht sicher, ob die Frauen nun tatsächlich seine Kenntnisse um die Wirkung der Pflanzen, oder was auch immer, in Anspruch nehmen wollten. Sein Pflichtgefühl stand in heftigem Widerstreit mit der Neigung, den Frauen zu gefallen. Seine erste Patientin sollte die Frau des Goldschmiedes sein, so hatte er es versprochen. Was die Entlohnung anbetraf, waren die Damen unterschiedlicher Meinung gewesen. Punktum sollte jede Behandlung nach Gutdünken von den Damen honoriert werden. Zudem hatte er geschworen, Stillschweigen zu bewahren. Rotmund sollte stets in der Kutte eines Betbruders Hausbesuche durchführen. Um keinen Skandal zu riskieren, hatten die Frauen sich einen solchen Aufzug ausbedungen. Eifersüchtige Ehemänner waren schließlich unberechenbar.

Aus der Papiermühle kamen schlechte Nachrichten. Der Papiermacher Basten konnte den Schülern kein Material aushändigen. Eine hölzerne Welle im Antrieb des Wasserrades war zerborsten und die laufende Produktion war bereits verkauft. Günther war verärgert. Somit war nach wenigen Stunden Arbeit an der Druckerpresse vorerst Schluß an diesem Tag. Rotmund nutzte die unvorhergesehene Pause, um Bruder Simon Lukas im Siechhaus einen Besuch abzustatten.

Als er den Hof Richtung Kräutergarten überquerte, begann es heftig zu regnen. Der Empfang im Siechhaus gab Rotmund stets das Gefühl, wirklich gebraucht zu werden. Vielleicht lag es daran, daß sich nur sehr wenige Besucher dorthin wagten. Zu groß war die Angst vor Ansteckung. Seit der schwarze Tod die Stadt die Stadt heimgesucht hatte, war es dort noch einsamer geworden. Bruder Simon Lukas stand empört vor einer Bahre. Als er Rotmund erblickte, huschte ein Lächeln über sein Gesicht und er machte seinem Ärger Luft.
„Sieh dir diesen armen Menschen an."
Auf dem Strohlager lag ein völlig ausgelaugter Mann. Auf seinem entblößten Oberkörper waren zahlreiche Schnitte und Stiche zu sehen.
„Was ist mit ihm geschehen? Wer hat ihn so zugerichtet?"
Rotmund stand jetzt hinter seinem Lehrmeister und reichte ihm Mörser und Stösel. Der Mönch wurde leidenschaftlich.
„Man hat den todkranken Mann für viel Geld zur Ader gelassen. Die Ärzte glauben so, die bösen Säfte aus dem Körper zu ziehen. In diesem Fall ein unsinniges Unterfangen!"
Mit seiner großen Hand befühlte er die fiebernde Stirn des zitternden Mannes.
„Sagt mir, was ist euer Beruf?"
Er beugte sich tief über das aschfahle Gesicht des Kranken. Mit leiser Stimme nuschelte dieser und gab Auskunft. Simon Lukas nickte zum Zeichen, daß er verstanden hatte.
„So, mit Irdenware und Glas geht ihr um. Ihr seid Töpfer von Beruf."
Der Kranke schloß kurz die Augen und bestätigte so die Vermutung des Mönchs.
„Bitte öffnet euren Mund."
Der Mann entblößte zwei Reihen gelber und faulender Zähne. Simon Lukas schob den Zeigefinger in dessen Backentasche und legte Zunge und Backenzähne frei. Dann wandte er sich an Rotmund.

„Hier, sieh her! Beachte den grauen Saum an Schneide- und Backenzähnen. Und hier auf der Zunge dieselben Ablagerungen. Das sind überschüssige Metalle. Über die Jahre hat er die Gifte bei der Arbeit aufgenommen", dann an den Kranken gerichtet, „versucht euren rechten Arm auszustrecken!"
Wieder an Rotmund gewandt sagte er: „Er vermag Ellbogen und Handgelenk nicht mehr gerade zu dehnen. Das ist ein weiterer Hinweis."
Rotmund betrachtete sorgfältig das Krankheitsbild und formulierte vorsichtig eine Frage: „Wir gehen in der Druckwerkstatt ebenfalls mit Metallen um. Ist das gefährlich?"
Der Mönch lächelte.
„Suchst wohl schon einen Grund, dich von dort fern zu halten!"
Rotmund errötete.
„Wenn du keine Verletzungen an den Händen hast und dich stets nach der Arbeit mit Sand und Wasser reinigst, besteht keine Gefahr. Allein die Dämpfe beim Gießen sind schädlich. Sorgt stets für gute Belüftung. Das hat dem armen Mann wohl bei seiner Arbeit über die Jahre gefehlt."
Rotmund nahm sich fest vor, die empfohlenen Vorsichtsmaßnahmen einzuhalten. Der elende Zustand des Mannes gab ihm zu denken.
„Und jetzt wollen wir etwas für den armen Kranken tun."
Simon Lukas verstand es, die Schwachen aufzurichten.
„Die Vergiftung geht mit schmerzhaften Darmkrämpfen einher. Wir verabreichen einen Einlauf von Tollkirschen. Auf die Wunden legen wir zerstoßene Blätter von der gemeinen Schafgarbe und Kohl auf."
Rotmund beeilte sich, die Zutaten zusammenzustellen, während Simon Lukas die Utensilien für einen Einlauf zurechtlegte. Schon kurz nach der Behandlung klangen die Bauchkrämpfe ab und der Kräuterbrei beruhigte die entzündeten Schnittwunden. Noch während

Rotmund ein sauberes Tuch über den Kranken legte, war dieser mit einem Lächeln auf dem Gesicht eingeschlafen. Rotmund lernte viele wichtige Dinge während der abendlichen Visite im Siechhaus. Und er sah die flackernde Hoffnung auf Genesung und das stumme Leiden in den Gesichtern. Der stets gegenwärtige Tod blieb ein undurchdringliches Geheimnis. Bruder Simon Lukas führte seinen Schüler geduldig in alles ein, was dem Leben förderlich war und Leiden verringerte.

Es war schon tiefe Nacht, als Rotmund das Siechhaus verließ. In der Stadt, im Hause der Zainer, hatte er eine komfortable Bleibe gefunden. Aber er führte das Dasein eines Einzelgängers. Johann und Günther gingen ebenso ihren Tätigkeiten voller Leidenschaft nach, wie er selber es tat. Es gab eigentlich keine weiteren Berührungspunkte. Gemeinsame Mahlzeiten im Stadthaus waren eher die Ausnahme. Jeder kam und ging, wie es ihm beliebte. Eigentlich hatte Rotmund die Hoffnung gehegt, die Freundschaft mit Johann würde sich vertiefen. Doch seit ihrer Aussprache war ein gewisser Abstand entstanden, welchen Rotmund nicht zu deuten wußte. Mit den angefüllten Tagen verblaßte die Erinnerung an jene denkwürdige Zusammenkunft und er hatte sich ganz der Druckerei und dem Studium der Heilkunst gewidmet.

Zarter Frühlingsduft vermischte sich mit den kühlen Aromen des Winters in dieser Nacht. Rotmund inhalierte die Düfte der vom Eis befreiten Wiesen tief ein. Bald schon waren seine Gedanken eins mit dem Keimen und Leben der Naturlandschaft. Vom Stadttor her hörte er ein feines Lachen. Eine flackernde Pechfackel warf ihr gespenstisches Licht auf das Holztor mit Eisenbeschlägen. Das Tor stand einen schmalen Spalt offen. Rotmund erkannte den Torwächter durch die Öffnung. Er war nicht allein. Eine Dirne lehnte an der Mauer und es war unzweifelhaft, daß sie sich in diesem Moment lustvoll vereinigten. Das Paar ließ sich nicht einmal stören, als sich Rotmund durch die Türöffnung an ihnen vorbeizwängte. Elisabeth kam ihm in den Sinn und er sehnte sich nach einer Berührung. Seinem plötzlichen Verlangen folgend, bog er nach rechts in die Gasse, welche am Zwinger entlang verlief. Warum ging er nicht einfach zu Bett? Es mochte gegen Mitternacht sein und die meisten Bürger schliefen in ihren Häusern. Obwohl er es für ein abwegiges Unterfangen hielt, stand er plötzlich vor dem Haus des Buchbinders. Kein Licht fiel durch eine der Fensteröffnungen, kein Geräusch deutete darauf hin, daß jemand noch wach war. Doch was nun? Er kannte nicht einmal das Fenster zur Schlafkammer seiner Angebeteten. Ihm fiel nichts weiter ein, als vielleicht durch Miauen die Aufmerksamkeit auf sich zu lenken. Vielleicht, so lautete seine zarte Hoffnung, wird sie ja aus dem Fenster sehen. So begann er also, inbrünstig zu miauen und mimte einen liebestollen Kater. Nichts geschah, alles blieb still. Sein Miauen wurde fordernder. Als er sich auf dem Höhepunkt seines Vortrags befand, wurde tatsächlich im Nachbarhaus eine Kerze entzündet. Rotmund nahm es wahr und wurde darin bestärkt, den Kater zu spielen. Das war verhängnisvoll. Ein Fensterladen wurde geräuschvoll entriegelt.

„Verschwinde saublödes Vieh!" rief eine erboste Stimme. Beinahe im selben Moment schlug der Inhalt eines Nachtgeschirrs auf ihm ein. Die Jauche tauchte Rotmund in einen übelriechenden Vorhang. So fand seine nächtliche Liebeserklärung ein jähes Ende. Da stand er triefend in der Dunkelheit, aller Empfindungen beraubt. Nach quälend langer Suche fand er einen Brunnen und reinigte sich notdürftig. Dann tastete er sich durch die Stadt, um seine Schlafstatt aufzusuchen.

Vor dem dunklen Aufgang in das Haus der Zainer verspürte er den Drang, sich zu entleeren. Er zog sich in den Schatten einer Gasse zurück und ging über einer Wasserrinne in die Hocke. Eben in diesem

Moment bemerkte er eine Bewegung im Bereich des Hauseingangs. Drei unkenntliche Gestalten waren im Begriff, das Haus zu verlassen. Rotmund kauerte unbeweglich über dem Boden und lauschte.
„Zum Wohle der heiligen Sache darf kein Hinweis in unsere Richtung führen. Vermeidet Spuren zu hinterlassen. Wenn ihr den Schnitt sauber ausführt, wird er keinem mehr etwas verraten können."
Stummes Einverständnis war die Antwort.
„Unschuldig oder tot! So lautet das Gesetz der Feme."
Wie ein Echo wiederholten die beiden anderen Personen den Satz wie einen Schwur und überkreuzten ihre Unterarme vor der Brust. Rotmund zuckte zusammen. Eine der Stimmen kannte er. Dann löste sich die Versammlung auf und die Männer liefen wortlos in unterschiedlichen Richtungen davon. Beinahe wäre einer von ihnen auf Rotmunds Kutte getreten. Er konnte den Luftzug seines wallenden Gewandes spüren, als der Geistliche haarscharf an ihm vorbeizog. Rotmund wagte sich nicht zu bewegen und das Blut pochte heiß hinter seinen Schläfen. Für Minuten wagte er nicht, sich zu bewegen. Was ging hier vor? Wer sollte sein Leben verlieren? Bevor Rotmund das Haus betrat, entledigte er sich seiner nassen Kutte und hängte sie über das Treppengeländer. Vorsichtig tastete er sich über die Stiege in die Dachkammer. An Schlaf war in dieser Nacht kaum mehr zu denken.
Als die Tante geräuschvoll das Morgenmahl zubereitete, schreckte er hoch und rieb sich unausgeschlafen die Augen. Im Dämmerlicht zog er die Stadtkleidung an, welche ihm Elisabeth überlassen hatte und begab sich in die Stube. Johann und Günther hatten das Haus schon verlassen. Tante Agnes war an diesem Morgen etwas einsilbig und trug Dörrobst und Ziegenmilch auf. Günthers junge Frau saß noch über einem heißen Getränk.

Als Rotmund eintrat erhellte sich ihr Gesicht: „Guten Morgen, junger Herr. Ich hoffe, ihr hattet eine ruhige Nacht. Wirklich schade, daß wir bald dieses freundliche Haus wieder verlassen müssen. Ich könnte mich an das sorglose Leben hier gewöhnen."
Damit lächelte sie der Tante zu, welche den Tisch abräumte.
Tante Agnes besah sich Rotmund und scherzte.
„Wie ich sehe, tragt ihr neue Kleidung. Die steht euch wirklich ausgezeichnet, selbst wenn ihr noch etwas verschlafen dreinschaut. Jede Jungfrau in der Stadt wird sich den Hals nach euch verdrehen."
Statt zu antworten, lief Rotmund rot an. Dann ging er mit vollen Bakken die Treppe hinunter. Am frühen Morgen schon Komplimente einzuheimsen, machte ihn verlegen.
Der Markt hatte sich an diesem Morgen schon in der ganzen Stadt ausgebreitet. Händler und Bauern hielten ihre Waren feil und Rotmund hatte Mühe, sich zwischen den Strömen von Käufern und Verkäufern zu bewegen. Mitten im Gewühl hielt ihn jemand von hinten am Wams fest.
„Mein Gott, Junge du bist es wahrhaftig!"
Er schaute in das strahlende Antlitz seiner Pflegemutter. Mit beiden Armen zog sie ihren Zögling an ihre Brust und küßte ihn abwechselnd links und rechts. Freudentränen liefen über ihre Wangen.
„Deine Schwester ist auch hier, sieh nur dort hinten."
Aus Rotmunds Erstaunen wurde Freude, als er auch noch Gerdas roten Haarschopf erkannte. Sie feilschte hart mit einem Händler um ein paar Eier und trug das vertraute Kleid, dessen Saum nochmals ein Stück nach oben gewandert war.
„Junge, du bist gesund, Gott Lob, laß dich anschauen!"
Und wieder herzte und küßte sie Rotmund im ganzen Gesicht und er ließ es sich gerne gefallen. Überwältigt von der herzlichen Begrüßung stammelte er: „Ich muß dir noch soviel erklären, Mutter."

Lintrud unterbrach ihn: „Das brauchst du nicht. Dein Bruder hat schon so einiges erzählt. Immer wenn er heimlich auf dem Hof war, hat er sein Herz ausgeschüttet."
Werner war einfach auf eigene Faust der Enge der Kirchschule entflohen und hatte den weiten Weg bis zum Weilerhof auf sich genommen. Rotmund schämte sich in diesem Moment und war auch enttäuscht. Sein Bruder hatte ihn nicht in sein Vorhaben eingeweiht.
„Ich komme bald vorbei, dann werden wir Wiedersehen feiern", versprach Rotmund wenig überzeugend.
Lintrud sah sich ihren Pflegling von Kopf bis Fuß an.
„Es stimmt also. Ein feiner Städter ist aus dir geworden. Ich wußte es schon, seit ich dich zum ersten Mal im Arm gehalten habe: Du bist zu Höherem bestimmt als zur Feldarbeit."
Das wollte er nicht hören und umarmte Lintrut.
„Ich bin und bleibe derselbe für dich, liebe Mutter, daran wird sich nichts ändern. Sag mir: Kann ich etwas für dich tun?"
Lintrud dachte kurz nach und erwiderte: „Da wäre schon was, Junge ...", sie zögerte, „mich plagen die Stechwarzen an den Fußsohlen. Du bist doch jetzt so eine Art Medicus. Gibt es wohl ein Kraut dagegen?"
Rotmund schmunzelte. Auch sein Interesse für die Heilkunst hatte Werner bereits ausgeplaudert.
„Ich denke, ich kann etwas für dich auftreiben. Wenn ich mich beeile, bin ich bald wieder hier."
Lindtrud winkte ab: „So eilig ist es nicht damit. Du wirst sicher schon erwartet."
Sie drückte ihm wohlwollend die Hände.
„Sage der Gerda noch schnell ein gutes Wort."
Lachend lief Rotmund davon und trat vorsichtig hinter seine Schwester. Er faßte der Schwester kräftig mit beiden Händen ans Gesäß.

Mit offenem Mund drehte sie sich um und blickte in das feixende Gesicht ihres Bruders. Noch bevor sie ihm die Eier an den Kopf knallen konnte, duckte er sich und war wieder in der Menge verschwunden. Gerda schnaubte vor Wut und lief zu ihrer Mutter hinüber, welche Rotmund glücklich hinterher sah.

„Dieser Esel hat nichts dazu gelernt!"

Dann mußten beide herzlich lachen.

„Aber ein richtig feiner Herr ist aus ihm geworden", bemerkte Lintrut mit leisem Stolz und sah wehmütig dorthin, wo Rotmund soeben in der Menge verschwunden war.

34

Im alten Gewölbekeller unter dem Skriptorium war der Tod eingekehrt. Ausgerechnet Werner entdeckte die aufgedunsene Leiche mit dem Kopf nach unten, auf dem Bauch liegend, in der ätzenden Kalkbrühe. Selbst noch jetzt im Tod wirkte die Gestalt des schwarzen Krampus respekteinflößend. Um seinen Hals war ein dickes Seil geschlungen, welches durch einen Knebel aus Holz seinem Leben ein Ende bereitet hatte. Jemand mußte ihm so heimtückisch von hinten den Kehlkopf eingedrückt haben. Von Angesicht zu Angesicht hätte er wohl keine Chance gehabt, den muskulösen Mann zu überwinden. Sein vermeintlicher Mörder saß mit starrem Blick am Boden gegen die Wand gelehnt. Ein dunkler Fleck färbte seine Kutte vom Saum bis zum Kragen. In seinem Hals klaffte ein Schnitt, welcher durch die Wülste seines Doppelkinns nicht sichtbar war. Der taube Bruno hatte den Mund im Tod weit geöffnet. Aber aus seinem Hals kam im Tod wie im Leben kein Laut mehr. Der schwarze Stumpf seiner abgeschnittenen Zunge ragte aus der offenen Mundhöhle.

„Es ist entsetzlich!" resümierte der Archidiakon, als er in Begleitung von drei Laienbrüdern den Tatort untersuchte. Werner saß auf den Stufen der Wendeltreppe zur Pergamentwerkstatt wie ein Häufchen Elend.

„Reinigt die Leichname und bahrt sie in die Sakristei auf", befahl der Archidiakon und drückte dem tauben Bruno die Augen zu. Jetzt sah er aus, als ob er mit offenem Mund schlafen würde. Die Nachricht von den Gewalttaten hatte sich wie ein Lauffeuer in St. Peter und Paul verbreitet. Das Tagesgeschäft war zum Erliegen gekommen.

Vor dem Altar in der Kirche hatten sich die meisten Brüder eingefunden, um für die armen Seelen der Dahingegangenen zu beten. Rotmund saß auf einem Holzschemel neben dem Farbtisch und war kreidebleich. Immer wieder ging er das nächtliche Komplott und die furchtbare Bluttat des Tages in Gedanken durch. Eine Verbindung drängte sich zwangsläufig auf. Aber wie konnte so etwas geschehen? Seine Welt lag in Trümmern. Es war die Stimme von Bruder Simon Lukas gewesen, welche er vor dem Haus der Zainer erkannt hatte. Er war es gewesen, der den furchtbaren Mord befohlen hatte. Rotmund weigerte sich innerlich, die schreckliche Wahrheit zu akzeptieren. Sein großes Vorbild lag in Scherben vor ihm. Dieser Mann, welcher ihm die Würde und den Wert des Menschen vorgelebt hatte, war offensichtlich in die Bluttat verwickelt. Zur vollen Stunde hatte der Archidiakon alle Brüder und Schüler in die Kirche berufen. Wie eine erschreckte Herde hatten sich alle eingefunden und suchten Trost beim Archidiakon. Der erhob seine Stimme: „Zwei aus unserer Mitte stehen vor dem Angesicht Gottes. Wie es scheint, starben sie einen gewaltsamen Tod. Nun sind wir alle verunsichert, weil sich ein Mörder unerkannt in unsere Mitte geschlichen hat."
Ängstliches Raunen und Fragen erhob sich.
„Wir werden den Täter finden und ihn dem weltlichen Gericht übergeben. Meine Türe wird jedem offen stehen, der mir Beobachtungen im Zusammenhang mit dem Ableben unserer Brüder mitteilen kann."
Bruder Anselm erhob sein Haupt und unterbrach die Ansprache des Archidiakon: „Vergebt mir, Hochwürden, daß ich euch ins Wort falle! War diese Türe auch geöffnet, als ich euch anflehte, eine heilige Allianz wider das Böse in St. Peter und Paul zu bilden, als noch niemand zu Schaden gekommen war?"

Anselms Augen funkelten, als er seinen verbalen Angriff abfeuerte. Der Archidiakon ließ sich viel Zeit, bevor er auf die schwere Anschuldigung reagierte.
„Selbstverständlich werde ich diesem Ansinnen nachkommen und einen solchen Schritt in Erwägung ziehen."
Die restlichen Mönche und Laienbrüder wagten kaum zu atmen. Der Stellvertreter des Bischofs hatte soeben einem Geistlichen mit viel niedrigerem Rang ein Versagen eingestanden. Am meisten erstaunt über das Schuldeingeständnis war wohl Anselm selbst. Schweigend zog sich der Archidiakon in die Sakristei zurück, um ein Gebet für die Opfer zu sprechen. Dann verließ er das Kirchengebäude. Betretenes Schweigen ging in hektisches Debattieren über. Mögliche Motive der Bluttat wurden in kleinen Gruppen diskutiert. Dabei entstanden wilde Mutmaßungen über den Tathergang. Einige gingen so weit, den Leibhaftigen als Täter in Betracht zu ziehen. Schließlich befand man sich auf geweihtem Boden und keinem innerhalb der Kirchenmauern war eine solch abscheuliche Greueltat zu zutrauen. Bruder Anselm enthielt sich der Diskussion. Rotmund beobachtete still das Treiben. Mit offensichtlichem Unbehagen entzog sich Anselm der Gemeinschaft. Als er an Rotmund vorüberging, zuckten seine Mundwinkel, so als wolle er ein Lachen unterdrücken. Dann verschwand er durch den Seitenausgang. In der Sakristei lagen die Toten aufgebahrt, wie zwei Schläfer. Nichts an ihren entspannten Gesichtszügen erinnerte mehr an ihr gewaltsames Ableben. Die Leichenwäscher hatten ganze Arbeit geleistet. An den Wänden der Sakristei tanzten die Schatten. Zum letzten Mal warf das flackernde Licht der Kerzen das Profil der reglosen Gesichter unter das Gewölbe. Rotmund zog sich zurück in die Stadt, weg von Tod und Trauer. Es dauerte drei Tage, ehe er sich überwinden konnte, das Siechhaus wieder zu betreten. Er fürchtete sich vor der Begegnung mit Bruder Simon Lukas.

„Hattest wohl sehr viel zu tun in der Druckwerkstatt", sagte der Mönch, als Rotmund vorsichtig eintrat.
„Wie du siehst, geht es hier auch drunter und drüber, jeden Abend stellen die Städter ihre Angehörigen vor dem Siechhaus ab und verschwinden, als sei ihnen der Teufel auf den Fersen. Die armen Kranken wissen gar nicht, wie ihnen geschieht. Gestern noch fidel und bei gutem Appetit, sind sie heute der Abschaum der Menschheit."
Rotmund waren die lauten Selbstgespräche seines Lehrers vertraut, aber heute nahm er keinen Anteil.
„Der Frühling treibt wieder das Lungenfieber heraus. Ich bete, es möge nicht wieder so schlimm wie im letzten Jahr werden", dann wandte er sich direkt an seinen Schüler, ohne ihn anzusehen, „du scheinst heute sehr nachdenklich zu sein."
Rotmund fühlte sich bei seinen finsteren Gedanken ertappt. Hatte sein Lehrer etwas bemerkt?
„Trägst wohl schwer an einer Sache? Nur heraus damit!"
Rotmund war hin und her gerissen. Einerseits verdankte er seinem Mentor so unendlich viel, andrerseits war da diese furchtbare Begebenheit. Immer wieder ging ihm die nächtliche Unterhaltung durch den Kopf, welche er unabsichtlich belauscht hatte. Es war die Stimme seines Lehrers gewesen, welche den Tod eines Menschen befohlen hatte. Und jetzt ging derselbe Mann von Lager zu Lager und trat entschieden Tod und Krankheit entgegen.
„Ich rede mit dir!"
Rotmund wurde aus seinen Gedanken gerissen. Der Mönch sah ihm jetzt direkt ins Gesicht.
„Verzeiht mir, es gibt so vieles, an was ich denken muß", stammelte er unbeholfen. Simon Lukas drückte ihm einen Stapel zerschlissene Tücher in die Arme.

„Hier, das ist eine Spende aus der Stadt. Reiß alles in Streifen und sortiere das Unbrauchbare aus."
Rotmund zog sich vor die Eingangstür zurück und begann die Tücher zu sortieren. Seit die Papiermühle in der Stadt ihre Arbeit aufgenommen hatte, waren Lumpen Mangelware geworden. Als wichtiger Rohstoff bei der Papierherstellung wurde nahezu alles wiederverwertet. Das Siechhaus war auf Spenden der Bürger angewiesen, um den laufenden Bedarf an Verbandsmaterial bereitzustellen. So lagen viele Kranke mit offenen Geschwüren auf ihren Lagern.
Der Befall offener Wunden durch schmarotzende Insekten war vor allem während der warmen Jahreszeit ein großes Problem. Dann legten große Fleischfliegen gerne ihre Eier in den offenen Wunden ab. In der Folge schlüpften die Maden und ernährten sich vom toten Gewebe. Rotmund hatte schon so manche Wunde gesäubert und die sich krümmenden Plagegeister aus dem offenen Fleisch entfernt. Aber ohne ausreichende Abdeckung der Wunden mit Verbandsstoff war dies ein unendliches Unterfangen. Noch war die Witterung zu kalt, aber bald würden wieder Wolken von Fliegen und Insekten die Holzbaracke heimsuchen. Rotmund schauderte. Was für hilflose Wesen Menschen doch im Grunde waren! An diesem Tag waren bereits drei Kranke am Lungenfieber gestorben und Bruder Simon Lukas legte die Stirn in Sorgenfalten. Mit Grauen dachte er an die Epidemie zu Beginn des letzten Winters.
„Wenn morgen noch mehr am Fieber erkranken, müssen wir um Hilfe in den Pflegehöfen ersuchen."
Er wußte es und Rotmund ebenfalls, daß nichts und niemand die schreckliche Krankheit aufhalten konnte.
„Zumindest müssen uns die Bestattungen abgenommen werden."
Asche war alles, was von den Unglücklichen zurückbleiben würde.

35

Die Reise über Land war angenehm im Vergleich zu den zurückliegenden Strapazen der Alpenüberquerung. Mehrere Male hing das Leben des Heinrich Krämer an einem seidenen Faden. Sein Stab aus Notaren, Ratgebern, Sekretären, Ärzten und Dienern hatte im Verlauf der Reise deutlich abgenommen. Wo immer der Dominikaner auftauchte, gab es Streit und wüste Auseinandersetzungen und nicht alle seiner Mitarbeiter teilten denselben unerschütterlichen Glauben. Und doch schien es seinem Gott zu gefallen, ihn durch alle Widerstände und Gefahren hindurch von Salzburg in Tirol bis hier ins schwäbische Land zu führen. Kein Haar war ihm gekrümmt worden in der einfachen Sänfte. Die Bewahrung seines Leibes führte er auf die Unerschütterlichkeit der guten Sache zurück, welche er eifrig verfolgte. Heinrich glaubte an einen Gott, der allmächtig und erbarmungslos die Mächte des Bösen auf Erden verfolgte und ausmerzte. Wer vor diesem Gott bestehen wollte, mußte sich als würdig vor ihm beweisen. Seine Mutter war unwürdig und schwach gewesen. Dafür hatte er sie verachtet und sich seinem strengen Vater zugewandt. Schon als kleiner Bub eiferte er seinem Vorbild nach. Immer wenn der gestrenge Mann in regelmäßigen Abständen seine Frau und den Jungen besucht hatte, war die Mutter hernach in einem erbärmlichen, körperlichen Zustand. Heinrich lernte schnell, daß die Mißhandlungen gnädiger ausfielen, wenn er nicht weinte und sich den Schmerz nicht anmerken ließ. Dann ließ der Vater von ihm ab und wandte sich stellvertretend wieder der Mutter zu.

Heinrichs liebster Jugendfreund war eine flügellahme Drossel gewesen. Er verbarg sie heimlich in einem Winkel des Elternhauses. Seine Mutter indessen war eine Katzenliebhaberin und umsorgte mehrere Tiere leidenschaftlich. Eines Tages öffnete sie unwissentlich einer der Katzen die Schranktür, an welcher sie beständig scharrte. Vor den Augen des Jungen tötete die Katze den darin verborgenen Vogel. Heinrich ließ sich seinen Schmerz nicht anmerken, wie er es gelernt hatte, und die Mutter überging den Vorfall. Von diesem Moment an haßte der Junge alles Weibliche und bestimmte Tiere. Heinrich erlebte eine freudlose Kindheit.

Die Wende in seinem jungen Leben kam mit der Ausbildung im Dominikanerorden. Hier zeigte sich sein großes Talent inhaltliche Sachverhalte mit scharfem Verstand zu erfassen und mit viel Intuition als wahrhaftig darzustellen. In Dingen des Glaubens erwarb er sich bald eine durchschlagende Überzeugungskraft, welche er meisterlich mit kreativer Phantasie zu gebrauchen verstand. Diese Fähigkeit war in geistlichen Kreisen hochgeschätzt und so war Heinrich zum Spiritual der dominikanischen Kirche aufgestiegen. Was den Dominikanern höchste Tugend war, sorgte bei weltlichen Autoritäten oft für Probleme. Jetzt holperte der geschlossene Wagen über die Alb und der Inquisitor nutzte die Zeit, seine umfangreichen Manuskripte zu sichten. Ein Bündel mit Briefen von seinem engen Mitstreiter Jakob Spengler steckte sorgfältig geschnürt in seiner Schatulle. Nicht einmal der Sturz in einen Gebirgsbach hatte den Pergamenten Schaden zugefügt. Wie durch ein Wunder hatte kein Tropfen Wasser die Tinte erreicht und die Korrespondenz beschädigt. Auch dies war ein weiteres gutes Zeichen für Heinrich. Sein Freund Jakob Spengler war Priester des Ordenskonventes in Köln und erwartete Heinrich sehnsüchtig. Zusammen wollten sie Erkenntnisse für ein Handbuch der Inquisition zusammentragen. „Maleus Maleficarum" stand in der markanten

Handschrift Heinrichs auf dem zusammengebundenen Bündel. In winzigen Buchstaben reihte sich Seite an Seite zu einem umfangreichen Werk. „Der Hexenhammer" war ein angemessener Arbeitstitel für die Aufzeichnungen, welche Heinrich wie einen Schatz in einer Holztruhe mit sich führte. Ein Handbuch für die Inquisition, Richter, Schiedsleute und weltliche Behörden. Das war das Ziel. Endlich sollte es allgemein möglich sein, das Wirken der Hexerei in allen möglichen Erscheinungsformen zu entlarven. Aber noch war es nicht soweit, zunächst galt es, für Heinrich die Erkenntnisse des Freundes und seine Arbeit zusammenzuführen. Der Weg nach Köln war beschwerlich und nicht einmal die Hälfte war geschafft. Hinzu kamen die zahlreichen Anfragen und Briefe, welche manchen Umweg notwendig machten. Als Spiritual seines Ordens konnte er diese Aufgaben nicht beiseite schieben. Meist handelte es sich um Anzeigen und Anfragen an den Orden, welche das Eingreifen der Inquisition vor Ort nötig erscheinen ließen. Am liebsten hätte er die Strecke bis Köln ohne Unterbrechung zurückgelegt, aber das Tagesgeschäft ließ dies nicht zu. Heinrich überflog mehrere Schreiben und entschied sich schließlich dem Ansinnen eines gewissen Bruder Anselm nachzugehen.

„Wir fahren bis Reutlingen!" rief er seinem Kutscher zu. Der nickte und schnalzte mit der Zunge, um die Zugtiere anzutreiben. In der Abenddämmerung preschte das Gespann über die Königsfurt. Beide Pferde dampften und bliesen feuchte Atemwolken durch ihre Nüstern. Die Wache am Mettmannstor stand stramm und studierte das Begleitschreiben der geistlichen Abordnung. Wohl schon wegen der übergroßen Siegel, welche von dem Pergament baumelten, beeilte sich der Mann, die Fernreisenden zügig abzufertigen. Einer der Torwächter war so überwältigt von dem hohen Besuch, daß er beinahe gegen ein Fallgatter gelaufen wäre. Mit Bücklingen bis zum Boden bezeugte er seine Ehrerbietung. Heinrich nahm es mit Wohlwollen hin und ließ sich den

Weg zur Kirche St. Peter und Paul erklären. Zu seinem Erstaunen vernahm er, daß die prächtige Kapelle zur guten Frau nur Filialkirche war und der Amtssitz des Archidiakon außerhalb des Zwingers lag.
Schon wenig später ratterte das Gespann im Gefolge einer berittenen Eskorte von Mitarbeitern über das Pflaster der Gassen. Der erste Gang in einer fremden Stadt führte gewöhnlich zur Kirche. Hier zeigte sich der Grad der Frömmigkeit der Stadtbewohner besonders eindrucksvoll. Die Strapazen der Reise steckten ihm und seinen Begleitern in den Gliedern. Die Ernährung war ein gewisses Problem und eng mit den Rastplätzen verbunden, welche die Reisenden anzusteuern gedachten. So erstreckten sich die Etappen meist von Stadt zu Stadt, da die Ordensbrüder hier auch über die nötigen Mittel verfügten, die Reisegruppe angemessen zu versorgen.
Mit unerschütterlicher Ruhe ertrug der Inquisitor die nicht enden wollende Schaukelei, welche ihm zu Beginn der Reise unsägliche Übelkeit beschert hatte. Die Strapazen brachten ihn seinem Herrn näher und schärften seinen Verstand. In Gedanken bereitete er sich auf die kommenden Tage vor. Die Arbeit des Inquisitors hatte schon Wochen vor seinem Erscheinen begonnen. Unter Zuhilfenahme des Canon Episkopi war es ein leichtes zu überprüfen, ob sich Gemeinschaften von Ketzern in den jeweiligen Städten eingenistet hatten. In der stets auf den neuesten Stand gebrachten Liste waren sie allesamt verzeichnet. In Frage kommende Verdächtige hatten schon eine schriftliche Ankündigung erhalten. Heinrich war ein Meister der Befragung. Er hegte schon Verdacht, wenn eine Gruppierung hartnäckig leugnete, es gäbe keine Hexerei. Schließlich war für einen guten Katholiken Hexerei eine offensichtliche Tatsache. Wer dies verneinte, machte sich seiner Meinung nach bereits der Ketzerei schuldig. Heinrich schmunzelte bei dem Gedanken an die in zahllosen Befragungen seiner Laufbahn. Im Angesicht der Wahrheit war schon mancher in

Hoffnungslosigkeit und Bestürzung versunken. Dann war es oft gar nicht mehr nötig, dem vermuteten Ketzer eine angemessene Frist einzuräumen, um sich selbst zu stellen. Heinrich war ohnehin kein Freund dieser Gnadenfrist und zog eine schnelle Entlarvung des Bösen vor. Er war der felsenfesten Überzeugung, daß die heilige Kirche und somit auch ihre gesegneten Vertreter nicht fehl gehen konnten. Diese Gewißheit war süß und befreiend für den Geist und er trug sie durch die Städte und Dörfer gerne zur Schau. Dennoch mußte die lästige Prozedur mit den weltlichen Gerichten eingehalten werden, obwohl Heinrich sich eine Beschleunigung des Verfahrens sehnlich herbeiwünschte. Genau an diesem Punkt entzündete sich regelmäßig Streit. Heinrich Krämer war unbeliebt bei der weltlichen Gerichtsbarkeit und seinen Vertretern. Dabei durchschaute er doch glasklar die raffinierten Schlichen des Bösen. Weltliche Richter ließen sich von Satan zu leicht hinters Licht führen. Heinrich stand über deren menschlichen Unzulänglichkeiten, als erwählter Spürhund des Herrn.

Er lächelte süßlich, als das Fuhrwerk vor dem Portal der Kathedrale ächzend stehen blieb. Die Kirche überragte triumphal sämtliche Giebel der Stadt. Der Inquisitor stieg gehüllt in die einfache Kutte der Dominikaner aus seinem Wagen. Ein kleiner Auflauf von Gaffern war entstanden. Fremde wirkten stets anziehend auf den Mob. Hochgestellte Geistliche aus fernen Städten haftete die selbe Anziehung an, wie den Fernkaufleuten. Im Bewußtsein seiner geistigen Kräfte betrachtete Heinrich das anwesende Volk mit sanfter Milde. Mit Mühe kämpften sich seine Begleiter durch Trauben von Bettlern und Bittstellern, welche Heinrich flehentlich bedrängten. Just in dem Moment, als der Inquisitor durch das Hauptportal schritt, zwängte sich eine Frau mittleren Alters aus der Kirche durch die Menge. Für einen kurzen Augenblick kreuzten sich ihre Blicke. Heinrich hielt kurz inne und nahm die Farbe ihrer Augen wahr. Die Frau zog ihre Hoike züchtig vor das blasse Gesicht und tauchte dann erschrocken in der Menge unter. Der Inquisitor hatte Fährte aufgenommen. Mit jeder Faser seines Körpers fühlte er die Anwesenheit des Bösen. Im Inneren des hoch aufstrebenden Kirchengewölbes herrschte Stille. Lichtbänder fielen von oben durch Schwaden von Weihrauch, welcher silbernen Räuchergefäßen entstieg. Heinrich Krämer und seine Mitstreiter fielen vor dem Altar nieder und lobten ihren Gott. Dann schritt Heinrich würdevoll auf die Kanzel und begann eine salbungsvolle Predigt. Binnen weniger Minuten füllte sich der Kirchenraum bis in den letzten Winkel. Heinrich legte ausführlich Auftrag und Zweck seines Besuches dar. Wie ein Flächenbrand verbreitete sich die Kunde vom Eintreffen der heiligen Inquisition in der Stadt. Die älteren Herren der Stadt samt Obristen und Schultheiß wurden von der Botschaft im Sitzungssaal überrascht. Hier hatte sich inmitten der neuen Holztäfelung die gesamte Stadtprominenz versammelt. Ehrbare Kaufleute und ratsfähige Studierte waren ebenso zugegen, wie Künstler und Zunftmeister. Anlaß des hochkarätigen Aufgebotes waren die bevorstehenden Feierlichkeiten zur Würdigung der freien Reichsstadt. Es entstand Unruhe, als ein Stadtknecht dem Rat eine förmliche Nachricht der heiligen Inquisition überbrachte.

36

Rotmund küßte den Hals von Anna, der Frau des Goldschmiedes. Ein feiner Duft von Blüten und wohlriechenden Essenzen lag über dem bunten Lager von Kissen in unterschiedlichen Größen. Wie Federspiralen hingen die rotblonden Locken der Frau bis hinunter auf die nackte Haut ihrer Schultern. Genußvoll hielt sie ihre Augen geschlossen und den Kopf in den Nacken gelegt, um die Liebkosungen entgegenzunehmen. Der Zeitpunkt ihrer Zusammenkunft war vorteilhaft gewählt. Der Goldschmied war abwesend. Eine wichtige Ratssitzung würde ihn für Stunden beschäftigen. Alles verlief reibungslos, das Treffen war gut vorbereitet und die Neugier war groß. Rotmund hatte das Haus wie vereinbart durch eine Seitenpforte betreten. Von der Straße aus hatte es ausgesehen, als wolle ein Betbruder eine milde Gabe erbetteln. Er ging gebeugt durch die Tür hinein und kam lange nicht mehr heraus. Dort hatte Anna ihn schon empfangen. Nach allen Seiten hatte sie sich versichert und sah ständig aus dem Fenster. Rotmund sagte gar nichts und beobachtete nur aufmerksam. Er hatte bei seinem ersten Treffen keine Ahnung, was ihn erwartete. Von einem Moment zum anderen begann Anna heftig zu schluchzen und weinte bitterlich. Rotmund konnte nicht anders und legte mitfühlend seine Hand auf ihren Arm. Da platzte es nur so aus Anna heraus:
„Ihr könnt euch nicht vorstellen, wie einsam ich mich oft fühle. Mein Mann liebt mich nicht mehr. Er kennt nur noch seine Arbeit bei Tag und oft auch bei Nacht. Leider konnte ich ihm bis zum heutigen Tag keine Kinder schenken. Wir haben alles versucht.

Heilige und unheilige Dinge haben wir getan, doch vergebens. Nun wächst die Angst in mir, er wird mich verstoßen und eine jüngere Frau zu sich holen."

Rotmund hörte einfach nur zu und ließ Anna reden.

„Sagt mir, gibt es vielleicht ein Kraut, welches meinen Mann wieder in Liebe zu mir brennen läßt?"

Sie betrachtete Rotmund hoffnungsvoll, als wäre er in der Lage, alle Eheprobleme mit einem geheimnisvollen Trank zu heilen. Er spürte den Erwartungsdruck und suchte nach einer Lösung. Einem Geistesblitz folgend kam ihm ein Bild in den Sinn.

„Seht, gute Frau, die Liebe ist einem Garten gleich. Ihr seht bekümmert zu, wie die lieblichen Rosen ihre Blütenblätter verlieren und könnt nichts dagegen tun. Warum schneidet ihr sie nicht zurück und erfreut euch dieweil an den anderen Blumen eures Gartens? So erhaltet ihr wenig später eine zweite Rosenblüte, liebreicher als die erste."

Eine Pause entstand. Anna dachte nach und dann lächelte sie wieder.

„Ihr seid noch so jung und das ganze Leben liegt vor euch."

Dann küßte sie die Hände des Jungen und strich ihm mütterlich eine Locke aus der Stirn. Der triste Anbau hatte sich in eine warme, lichte Stube verwandelt. Anna schnitt in Gedanken ihre Rosen zurück und erfreute sich an der jugendlichen Schönheit des hübschen Jungen. Ihr Zusammensein war eine Huldigung an das Leben und eine Verneigung vor der Vergänglichkeit des Augenblicks. Als ihre Lippen seinen Mund fanden, schmeckte sie den salzigen Geschmack winziger Schweißtropfen, welche wie Brillianten über seiner Oberlippe perlten. Dann die Süße seines jungen Mundes, der weich und federnd ihre Lippen aufnahm. Als die rosa Spitze ihrer Zunge die kühle Härte seiner blendend weißen Zähne umkreiste und um Einlaß warb, gab Rotmund nach. Wärme erfüllte seinen Mund und er folgte dem Spiel gelehrig mit seiner Zunge. Anna hielt die Augen geschlossen, während Rotmund ihren Hals mit den Lippen erforschte. Sanfter Flaum und sich aufrichtende Poren waren erste Anzeichen ihrer wachsenden Erregung. Rotmund hatte noch niemals zuvor eine erregte Frau erlebt und so war er unschlüssig, was zu tun sei. Das wiederum entfachte Annas Leidenschaft um so mehr. Fordernd nahm sie seine Hand und führte sie zu ihrer rechten Brust, welche unter ihrem Kleid verborgen lag. Rotmund fühlte die angenehme Wärme durch den dicken blauen Stoff. Mit sanftem Druck massierte er den Hügel und spürte, wie sich Annas Brustwarze unter dem Gewebe aufrichtete. Ihr Blick verschleierte sich zunehmend und ihr Atem ging schneller, während Rotmund seine Hand auch auf die linke Brust legte, um Anna noch mehr Freude zu bereiten. Rotmund atmete die Wärme ihrer Haut und den Duft ihres Leibes. Da geschah es, daß ihr Kleid wie von selbst nach unten glitt. Nur noch der weiße Schleier ihrer Kopfbedeckung bedeckte nun Haar und Oberkörper. Der leichte Stoff glitt beiseite, als sie sich heftig küßten und ihre weiße Brust sprang hervor. Rotmund hielt inne und Anna lächelte, während er mit riesigen Augen die rosigen Vorhöfe betrachtete, in deren Mitte eine steil aufgerichtete Warze prangte. Überwältigt von ihrer Anziehung begann Rotmund an einer Brust zu saugen. Anna schloß die Augen und beide wiegten sich in Leidenschaft. Noch standen sie beide im Öhrn an die Wand gelehnt. Rotmund saugte an der anderen Brust und knabberte ermuntert durch Annas Erregung an der Brustwarze. Ihre Bewegungen wurden ausladender in den Hüften und als Rotmund an dem tadellos rund geformten Bauch Annas hinunterschaute, entdeckte er ihre Scham, welche mit krausen Haaren bewachsen war, von derselben Farbe und Form wie die unter ihren Achseln. Ohne daß er etwas dagegen tun konnte, fing sein Glied an mächtig zu wachsen. Auch Anna mußte das

bemerkt haben, denn zielsicher wanderte ihre Hand unter die Kutte und umschloß seine pochende Rute mit festem Griff.
Anna sah Rotmund direkt in die Augen, als die Lust wie ein Feuer zwischen seinen Beinen brannte. Die Eindrücke waren gewaltig für einen Jungen, der sich bisher nur in seinen Träumen ergossen hatte. Rotmund stand der Sinn nach mehr und er ließ es seine Gespielin wissen. Fordernd griff er nach Anna, aber die entwand sich und legte ihm beschwichtigend die Finger auf die Lippen:
„Zu viel Süßes verdirbt den Magen. Denk daran, du mußt gehen, bevor mein Mann heimkehrt. Aber vielleicht treffen wir uns ja einmal zufällig im Badehaus? Was denkst du?"
Annas Blick war lüstern und aufreizend.
„Und jetzt geh geschwind! Was sollen die Leute von uns denken?"
Damit zog sich Anna wieder ihr Kleid in Ordnung und schob sich das Haar unter der Hoike zurecht. Rotmund war ein wenig enttäuscht. Zu gerne hätte er das Spiel zu Ende gespielt. Wenn alle seine Patientinnen eine solche Behandlung erwarteten, er war bereit, sie ihnen zu verabreichen. Wenig später verließ er das Haus des Goldschmieds, wieder gekleidet wie ein gewöhnlicher Betbruder.

37

Heinrich Krämer räumte den verdächtigen Ketzern eine Gnadenfrist bis zum ersten Läuten am nächsten Morgen ein. Nach seiner Erfahrung waren die reuigen Sünder, welche sich freiwillig stellten, nur die Vorhut für eine breite Masse an Verdächtigen. Dies war gängige Praxis, um an möglichst viele Ketzer heranzukommen. Heinrichs Interesse galt vielmehr den Todesfällen, welche sich in St. Peter und Paul zugetragen hatten. In seinen Unterlagen befand sich das Schreiben eines dort lebenden Mönches. Die Vorwürfe trugen zu Heinrichs freudiger Erregung bei. Es war unvergleichlich, den Subkubus Satans dort aufzuspüren, wo ihn niemand augenscheinlich vermutete. Hier in der Stadt würde sich alles wie gewöhnlich abspielen. Vermutlich würden sich die ersten Sünder in den Abendstunden freiwillig melden. Zur Strafe für ihre ketzerischen Umtriebe mußten sie fortan mit entblößtem Oberkörper und einer Rute in der Hand, insofern Anstand und Wetter es erlaubten, in der Kirche erscheinen. Als Zwischenspiel bei den Mysterien des Gottesdienstes würden sie dann regelmäßig ausgepeitscht. Eine billige Strafe im Vergleich zu ihrem Vergehen, wie Heinrich insgeheim dachte. Da war es nur recht und billig, daß die Abtrünnigen für den Rest ihres Lebens an den Festtagen jede Prozession zu begleiten hatten. Im Gegensatz zu anderen Inquisitoren lehnte er es strikt ab, solche Kandidaten nach angemessener Frist wieder zu begnadigen. Er gab der kleinen Wallfahrt in minder schweren Fällen den Vorzug. Diese Form der Buße sprach er gerne aus, wenn ihn Barmherzigkeit überfiel und er zeigen wollte, daß es einen Weg zurück zur Kirchengemeinde gab für alle, die von

Herzen ihre Taten bereuten. Der Bußfertige hatte sich an über zwanzig Heiligtümern, welche weit über das ganze Land verstreut lagen, zu Fuß einzufinden. Hier fand wiederum eine reinigende Geißelung statt, bevor der Pilger zur nächsten Station entlassen wurde. Heinrich war gutgelaunt. Die Vorfreude auf die Untersuchung im Archidiakonat stimmte ihn milde.

„Bekenne deine Sünden, Reumütiger, so wird der Herr deine Buße gnädig begleiten", leierte er ganz beiläufig herunter, ohne auch nur sein Gegenüber anzuschauen.

Zwei Landsknechte stützten einen Grauhaarigen unter den Armen. Der schluchzte und jammerte: „Ich habe mich zur Wehr gesetzt, weil die Nachbarn behaupten, meine Frau habe sich einem Dämon hingegeben. Ich habe behauptet, Hexerei existiere nur in ihren Köpfen und sie sollen sich um ihre eigenen Angelegenheiten kümmern."

Es war offensichtlich, daß der Mann vorausgeeilt war, um seine Frau vor Anzeige zu schützen. Jetzt bezichtigte er sich selbst, um von ihr abzulenken. Heinrich durchschaute glasklar das hilflose Versteckspiel Satans. Er sprach sein Urteil.

„Du wirst vom heutigen Tage an ein gelbes Kreuz auf jedem Kleidungsstück tragen. Das wird dich in Zukunft davor bewahren, die Unwahrheit zu sagen. Außerdem lege ich dir ein halbes Pfund Heller als Buße auf, zahlbar an die Kirchengemeinde."

Mit einer schnellen Bewegung durch die Luft deutete der Inquisitor ein Kreuz an. Ein Notar brachte alles in schriftliche Form und siegelte das Schreiben. Für den Rest seines Lebens war der Mann nun der gesellschaftlichen Verachtung ausgesetzt, doch das bekümmerte Heinrich wenig. Selbstverständlich würde die Frau noch verhört werden. Es war zu vermuten, daß sie Verkehr mit dem Antichristen gehabt hatte. Dieser Verdacht würde sich mit Leichtigkeit durch Zeugenaussagen erhärten lassen.

„Gelobt sei Jesus Christus, ich danke euch, danke, danke ..."
Der Angeklagte wimmerte ein vielfältiges Dankeschön, als die Wachen ihn hinausschoben. Ein Schreiber hielt akribisch alle erwähnten Namen fest. Als die Tinte trocken war, legte er das Schriftstück der Akte bei. Das Heer der Denunzianten vor der Kirche wuchs von Stunde zu Stunde. Jetzt war für die Stadtbevölkerung die Zeit gekommen, alte Rechnungen zu begleichen. Bis zum Hereinbrechen der Dunkelheit hatte Heinrich fünfundzwanzig Bußen verteilt. Außerdem hatte er weit mehr Verdächtige ausspioniert, als er in der kurzen Zeit seines Aufenthaltes verhören konnte. Doch das war ihm gleich. Was zählte, war die Professionalität, mit welcher er dem Satan in kurzer Zeit auf die Pelle gerückt war. Hernach würde er seine Erkenntnisse den weltlichen Behörden übergeben. Er würde die Stadt mit seinem Stab bereits verlassen haben, wenn die Scheiterhaufen brannten. Das war der Gang der Dinge.
Während einer seiner Mitarbeiter die Abschriften für die Vorladung Beschuldigter ausstellte, verließ Heinrich die Sakristei und zog sich zum Gebet zurück. Schon am nächsten Morgen würde ein Beamter der Stadt den Beschuldigten vorladen und eine Abschrift der erhobenen Vorwürfe übergeben. Eine immer wiederkehrende Vision tauchte vor seinem inneren Auge auf. Ihm war, als ginge er über den Wolken, wo alles in überirdisches Licht getaucht zu sein schien. Zu seiner Rechten ging ein Engel, hell wie die Sonne. Jener war die Quelle des Lichtes. Unter Heinrichs Füßen brodelte die Wolkenoberfläche. Eine düstere Masse abscheulicher Gestalten und Kreaturen wand und drehte sich unter ihm. Doch die Lichtgestalt hielt ihn sicher bei der Hand.
„Hochwürden, der Stadtkämmerer möchte wissen, ob ihr die Herberge in der Stadt nehmen wollt", flüsterte ein hagerer Dominikaner an der Seite Heinrichs. Der kniete tief in Meditation versunken auf einem

flachen Holzschemel vor dem Altar. Heinrich tauchte nur langsam aus dem Meer der Selbstversenkung auf. Dann überkam ihn eine körperliche Schwäche. Der Hunger zog schmerzhaft in seinem Gedärm. Auf den Ordensbruder gestützt, verließ er den Altarbereich. Durch die riesigen Glasfenster der Kirche drang nur noch ein schwaches Glimmen der untergehenden Sonne.
Heinrich befahl knapp: „Lehnt das Quartier ab. Wir werden in St. Peter und Paul Wohnung nehmen."

38

Johann entzündete eine weitere Öllampe und blies den brennenden Kienspan vorsichtig aus, wobei er mit der hohlen Hand die glühenden Funken abschirmte. Zusammen mit seinem Bruder Günther betrachteten die Drucker ihr Tageswerk. Wenn es um die Gestaltung einer Seite ging, waren beide gleichermaßen bei der Sache und teilten dieselbe Faszination. Mehrere Druckstöcke lagen, metallisch glänzend, nebeneinander auf dem Tisch. Die Sätze waren das spiegelverkehrte Abbild der gedruckten Seiten. Aufmerksam verglichen Johann und Günther das bedruckte Papier mit den mechanischen Druckstöcken. Mit einer Eisenklammer angelte Johann vorsichtig einen weißen Bogen vom Stapel. Günthers Hände ruhten auf der Tischplatte aus Eiche. Druckerschwärze und Fett verliehen seinen Fingern einen matten, schwarzen Glanz. Kleine Verletzungen auf dem Handrücken hatten längst aufgehört zu bluten. Die ließen sich beim Umgang mit Metall kaum vermeiden. Jetzt war er hochkonzentriert und las das Endprodukt seiner Bemühungen aufmerksam durch. Die inhaltliche Kontrolle war der letzte Teil der Seitenherstellung. Es galt, möglichst keinen Fehler zu übersehen. Trotz der spärlichen Beleuchtung traten die Buchstaben auf dem Papier satt schwarz hervor. Am Anfang des Textes leuchtete ein roter Versal. Der Großbuchstaben markierte eindrucksvoll die Wertschätzung, welche der Drucker seinem Werk beimaß. Johann hatte den Holzschnitt nachträglich in einem zweiten Druckgang eingefügt. So war es ihm möglich, eine individuelle Gestaltung einfließen zu lassen. Seine Versalien waren ein verbindendes Element zwischen Bildern und Symbolen. Die verwendete Schrifttype war unveränderlich in ihrer Ausprägung, aber der Versal ein bewährtes Gestaltungsmittel. Blätter und Ranken verzierten die Symbole und machten sie zu kunstvollen Gegenständen. Die letzte Seite der Erzählung wanderte zum Trocknen auf die Leine.

„Jetzt freue ich mich auf einen ordentlichen Krug vom roten Wein, was meinst du?"

Johann gähnte und streckte sich. Eigentlich wußte er schon, wie die Antwort seines Bruders ausfallen würde, aber er fragte trotzdem.

Günther antwortete: „Warum eigentlich nicht! Heute kann ich auch etwas Zerstreuung gebrauchen. Soll die Frau doch allein zu Bett gehen!"

Das gefiel ihm und er schlug schnell in die dargebotene Hand ein, um das seltene Ereignis zu besiegeln, bevor er es sich womöglich wieder anders überlegte. Die letzten Tage in St. Peter und Paul waren für die Zainer angebrochen. Bald schon würde jeder von ihnen seiner Wege gehen. Die Empfehlung und den Segen des Archidiakons hatten sie bereits in der Tasche. Jetzt kehrte langsam Wehmut bei ihnen ein. Die harten Lehrjahre in Straßburg, und die einmalige Gelegenheit, eine Offizin einzurichten, hatte beide erwachsen werden lassen. Ihre unterschiedlichen Auffassungen und Charaktermerkmale traten jetzt wieder in den Hintergrund.

Beide spürten den Abschied herannahen. Die Aufgabe in Augsburg und Ulm würde ihre ganze Kraft erfordern. Wer wußte schon, ob sie sich jemals wieder sehen würden. Als die Brüder die Werkstatt verließen, löschten sie müde und zufrieden die Öllampen. Das alte Holztor war eindeutig zu breit und zu schwer für eine gewöhnliche Werkstattür. Aber schließlich wurden in der alten Hufschmiede einst Pferde beschlagen. Knarrend fiel der Türflügel ins Schloß und wurde sorgfältig von außen verriegelt. Blaues Mondlicht fiel durch die Fensteröffnungen auf die Druckerpresse, als der Schließmechanismus

geräuschvoll einrastete. Ruhe war in der Druckwerkstatt eingekehrt. Schrittgeräusche verebbten im Kirchhof, bis es ganz still war. An der Verbindungswand zum Versorgungstrakt der Kirchschule entstand ein Riß, begleitet von hartem Schleifen. Ein heller Spalt wurde auf der düsteren Mauer sichtbar. Durch ihre natürliche Beschaffenheit war die Geheimtüre perfekt getarnt. Das Türblatt hatte dieselbe Oberflächenstruktur wie die Wand. Wenig Sand und Staub rieselte lautlos zu Boden. Im Schein einer gelben Laterne zwängte sich eine menschliche Gestalt durch die schmale Öffnung. Hände und Gesicht waren im Dunkel der Kutte verborgen. Schon einmal hatte der heimliche Besucher die Werkstatt betreten, um Feuer zu legen. Jetzt hielten die Augen im Dunkel der spitzen Kapuze Ausschau nach anderen Dingen. Langsam schlich die Gestalt an den zum Trocknen aufgehängten Druckbogen entlang. Es wäre jetzt ein leichtes gewesen, alles in Feuer und Rauch aufgehen zu lassen. Aber das hatte noch Zeit. Zuerst wollte er den Archidiakon samt seiner Brut vernichten, dann würde er hierher zurückkehren und alles den Flammen übergeben.
Ein plötzliches Geräusch ließ ihn erstarren. Der Eindringling hielt inne und lauschte. Als er nichts weiter vernahm, setzte er seine Suche fort und begann einzelne Bögen von der Leine zu picken, wie eine schwarze Krähe. Ein hinterhältiges Lachen drang aus seiner Kehle, als er einzelne Zeilen der Erzählung in aller Eile überflogen hatte. Als der Dieb den Raum wieder durch die geheime Tür verließ, blieb nur Eiseskälte in der Werkstatt zurück.

39

Rotmund verbrachte den ganzen Morgen in der Stadt. Zum ersten Mal war er nicht zur Arbeit erschienen. Und er hatte kein schlechtes Gewissen dabei. Nach dem Morgenmahl im Haus der Zainer hatte er sich von Johann und Günther nebst seiner Frau Agnes verabschiedet, um Elisabeth bei ihren Einkäufen zu begleiten. Sie zeigte großes Interesse für seinen Hausbesuch bei der Frau des Goldschmiedes. Mit unverfänglichen Fragen versuchte Elisabeth, ihm die Einzelheiten der Begegnung zu entlocken.
„Und? Bist du tatsächlich niemandem begegnet, als du das Haus betreten hast?"
Rotmund schüttelte den Kopf.
„Nein, habe ich doch schon erzählt. Erstens war ich wie ein Betbruder gekleidet und trug eine Almosenschale vor mir her, und zweitens gibt es da eine versteckte Pforte."
Elisabeth legte die Stirn in Falten und schmollte.
„Mir gefällt das nicht! Du könntest schnell in ein falsches Licht geraten. Überhaupt war das wirklich eine dumme Idee von den Frauen, dich herumzureichen. Du bist doch gar kein Arzt!"
Daher wehte also der Wind. Elisabeth war eifersüchtig. Rotmund registrierte, daß ihre bleichen Wangen Farbe bekamen. Vorsichtig versuchte er zu beschwichtigen: „Es ist ja nichts passiert. Der Frau war geholfen, als ich wieder gegangen bin."
Das war natürlich nicht wirklich ein Trost für das Mädchen. Rotmund versuchte den Schaden zu begrenzen.
„Eigentlich wäre ich ja viel lieber bei dir gewesen."

Nahtlos wechselte Elisabeth das Thema.
„Hast du schon gehört? Die Spürhunde des Herrn sind in der Stadt. Es heißt, die Dominikaner wollen in St. Peter eine Untersuchung einleiten."
Rotmund überfiel eine unbestimmte Vorahnung. Unterdessen hatten sie den Fischhändler erreicht.
„Die Saiblinge sollen frisch sein?"
Elisabeth wog einen Fisch kritisch in der Hand.
„Die schauen so glasig in die Welt, als wären sie vom Weihnachtsfest übriggeblieben!"
Elisabeth feilschte mit dem Händler, um den Preis zu drücken. Rotmund schweifte in Gedanken ab. Ein dunkler Schatten senkte sich quälend auf seine Seele.
„Was wollen diese Leute dort?" fragte er leise an sich selbst gewandt.
„Kannst du mir das abnehmen?"
Elisabeth drückte Rotmund einen Spankorb voller Saiblinge in die Arme. Sie ließ ihm keine Zeit zum Grübeln und zog mit energischem Tempo weiter, um die Einkäufe zu erledigen. Seit ihre Mutter tot und der Vater nicht mehr bei guter Gesundheit war, hatte sich viel für Elisabeth verändert. Der Markt der Armen bot ihr die Möglichkeit, mit den wenigen Einkünften, welche ihnen geblieben waren, zu haushalten. Wären nicht die heimlichen Zuwendungen vieler Freunde und barmherziger Verwandter gewesen, hätte es längst ein schlimmes Ende mit ihnen genommen. Wie ein warmer Strom floß wenigstens soviel in ihre Taschen, um das Überleben zu sichern. Nach außen versuchte das Mädchen, immer noch die Fassade der ehrlichen Bürgerfamilie von gutem Stand aufrecht zu erhalten. Seit dem letzten Auftritt der Inquisition in der Stadt trug ihr Vater die Stigmen des Büßers. Ein junger Dominikaner hatte ihn damals schwer belastet. Ausgerechnet der Revisor des Präzeptors hatte ihn ans Messer geliefert.

Der soziale Abstieg wog schlimmer als die verlorene Gesundheit des Vaters. Kaum noch ein Mensch wagte Geschäfte mit dem Buchbinder zu machen, ausgenommen der Archidiakon. Nur eine Begnadigung konnte ihnen den Weg zurück in eine ehrliche, bürgerliche Existenz ermöglichen. Elisabeth hatte fest vor, sich vor dem Inquisitor in den Staub zu werfen. Sie würde alles auf sich nehmen, um den Vater wieder zur Wiederherstellung seiner Ehrenhaftigkeit zu verhelfen. Das Mädchen hatte schon alles geplant und in Erfahrung gebracht. Es war ihre einsame Entscheidung gewesen, um die Schmach von ihrer Familie zu wenden. Elisabeth wußte, was auf dem Spiel stand.
„Was ist mit dir?" fragte Rotmund, „du siehst plötzlich so traurig aus."
Elisabeth lenkte ab.
„Ach, mir geht es gut! Komm, trage mir noch rasch die Einkäufe bis vor die Haustüre."
Zu gerne hätte sie sich Rotmund anvertraut, doch irgend etwas hielt sie zurück. Rotmund schien selber bedrückt zu sein. Dabei wäre es für beide eine Erleichterung gewesen, sich auszutauschen. Sie ahnten nicht, wie eng ihre Probleme miteinander verknüpft waren. Wenige Minuten später standen sie vor dem Haus des Buchbinders. Elisabeth entriegelte die Tür und Rotmund schickte sich an, die Einkäufe die Stiege hoch zu tragen. Elisabeth hielt ihn sanft zurück: „Bitte nicht! Mein Vater schläft sicher noch und ich möchte nicht, daß er erwacht. Laß uns hier Abschied nehmen."
Dann trat sie ganz nahe an Rotmund heran.
„Was würdest du tun, wenn du ganz schlimme Dinge über Menschen hörst, an denen dir etwas gelegen ist?"
Mit solch einer Frage hatte Rotmund jetzt wahrhaftig nicht gerechnet. Als er sich verlegen am Kopf kratzte, lenkte Elisabeth sofort ein: „War nur so eine Frage. Hätte mich halt interessiert."

Dann gab sie Rotmund einen sanften Kuß auf den Mund und drückte ihm vor der Nase die Türe zu. Mit geschlossenen Augen stand sie im Haus hinter der Tür und sprach sich selbst Mut zu.
„Du wirst sehen, alles wird gut."
Als sie ihre Augen wieder öffnete und lauschte, war Rotmund bereits verschwunden. Während er zügigen Schrittes in Richtung Stadttor eilte, weinte Elisabeth auf der Treppe und verbarg ihr feuchtes Gesicht in den Händen.

40

Schon sehr früh am Morgen erwachte Rotmund ohne ersichtlichen Grund. Im Schein einer flackernden Öllampe machte er sich bereit für den Dienst im Siechhaus und zog die praktische graue Kutte in der Taille fest. Er dachte an gestern, an Elisabeths überraschenden Kuß und ihre scheue Zurückhaltung. Am Mittag hatte er das Siechhaus aus einem unbestimmten Impuls heraus aufgesucht. Alles schien in geordneten Bahnen zu verlaufen. Bruder Simon Lukas war sehr erfreut gewesen, seinen Schüler zu sehen und hatte engagiert sein Wissen mit Rotmund geteilt. Doch heute schien alles anders zu sein, als in den vergangenen Wochen. Wieder herrschte diese drückende Spannung, welche Rotmund bereits beim Ausbruch der Lungenpest empfunden hatte. Bruder Simon Lukas saß am Lager einer sterbenden Frau. Rotmund trat unwillkürlich einen Schritt zurück, als er das Gesicht seines Lehrers sah. Noch gestern hatten sie unbeschwert im Herbarium Heilpflanzen bestimmt. Heute hatte Bruder Simon Lukas dunkle Ringe unter den Augen, so als hätte er tagelang nicht geschlafen. Rotmund setzte sich vorsichtig mit an das Lager der Kranken.
Bruder Simon Lukas sah ihn müde an und lächelte: „Gelobt sei Jesus Christus, du bist noch gesund!"
Er bekreuzigte sich, was er sonst nie tat.
„Gott möge dich beschützen bei deinem guten Werk."
Schwer atmend erhob sich der Mönch und hüstelte. Noch bevor Rotmund eine Frage stellen konnte, sagte er: „Es war eben nur eine Frage der Zeit, bis es Gott gefallen würde, mich ebenfalls für würdig zu befinden.

Die Schwestern wissen Bescheid. Es ist das Lungenfieber. Wenn es bei mir soweit ist, kannst du Rat bei ihnen suchen."
Er faßte sich in den lichten Kranz von Haaren.
„Was rede ich da überhaupt. Du warst ein gelehriger Schüler. Wahrscheinlich werden die guten Frauen dein Wissen in Anspruch nehmen, wenn ich nicht mehr bin."
Schwer atmend legte er die breite Hand auf Rotmunds Schulter. Der saß auf dem Rand der Pritsche und fühlte sich, als hätte man ihm soeben den Boden unter den Füßen weggezogen. Ein tiefer Schmerz erfaßte sein Inneres. Erst jetzt wußte er wirklich, was dieser Mann ihm bedeutete, ganz gleich ob er an einem Mordkomplott beteiligt gewesen war. Doch Rotmund blieb keine Zeit zu trauern. Auf dem Vorplatz zum Siechhaus waren wiehernde Pferde vernehmbar. Aufgeregte Männerstimmen drangen bis in die Krankenstube. Ungestüme Schläge an die Tür folgten.
„Wir müssen den heilenden Mönch sprechen, es ist von höchster Wichtigkeit!"
Eine der Klosterfrauen öffnete die Tür und wurde sofort von einem Recken beiseite geschoben. Simon Lukas stellte sich ihm entgegen.
„Ihr werdet die Schwelle diese Hauses besser nicht übertreten, wenn euch euer Leben lieb ist."
Der taubenblaue Umhang eines Edelmannes flatterte effektvoll im Morgenrot.
„Seid ihr der heilende Mönch von St. Peter und Paul? Verzeiht unser ungestümes Auftreten. Ich bin der Ritter Georg von Ehingen. Meine Frau ist die Tochter des Bürgermeisters Conrad Ulin zu Reutlingen. Sie riet mir, mich an euch zu wenden."
Er brachte sich vor der Türe in eine breitbeinige Position.
„Mein Freund und Fürst Graf Eberhard hat sich bei der Jagd schwer verletzt."

Noch bevor er fortfahren konnte, fiel ihm Bruder Simon Lukas ins Wort: „Warum schickt ihr nicht nach Urach? Euer Herr hat doch einen eigenen Spitalhof eingerichtet. Eine der Krankenschwestern wird wohl abkömmlich sein. Die tüchtigen Beginen verstehen sich vortrefflich auf die Pflege, so hört man."
Der Ritter, völlig in seinen Umhang gehüllt, strich sich mit dem Handschuh verlegen über die Nase.
„Ihr müßt wissen, das Land ist in großer Bedrängnis. Wir haben einen Händel mit den Habsburgern auszutragen und können unmöglich wieder umkehren. Ein Ritterheer steht auf dem Einsiedel bereit und braucht Eberhards Führung."
Betreten schaute der Edelmann zu Boden und dann wieder erwartungsvoll in Richtung des Mönches, welcher antwortete: „Nun, Ritter Jörg, ihr seid mir sehr wohl bekannt. Wenn ihr zu eurer Frau zurückkehrt, nehmt meine aufrichtigen Grüße mit. Allein ich fürchte, aus meiner Hilfe wird nichts werden. Ich bin am Lungenfieber erkrankt. Seid also Gott befohlen und kehrt zurück zu eurem Herrn, wenn euch euer Leben lieb ist."
Ritter Georg trat eine Schritt vor: „So habt doch ein Einsehen, werter Mönch, um Gottes willen! Nennt mir wenigstens einen Helfer in der Not. Ich fürchte, mein Herr wird sonst an den Folgen des Unfalls ernsten Schaden nehmen!"
Simon Lukas hielt inne und überlegte kurz.
„Ich kann euch einen meiner Schüler zur Seite geben, diese Hilfe sei euch gewährt!"
Ritter Jörg blickte über die Schulter hin zu einem weiteren Edelmann im Hintergrund, welcher nun das Wort ergriff: „Wenn dieser dem Fürsten helfen kann, soll es euer Schaden gewiß nicht sein."

Rotmund hatte die Unterredung mit verfolgt und fragte leise seinen Lehrer: „Sagt mir, welchem Schüler wollt ihr solch eine wichtige Aufgabe anvertrauen?"
Simon Lukas lächelte nur und antwortete mit großer Bestimmtheit:
„Du wirst sie begleiten. Sieh es als eine Fügung des Herrn. Ich werde dir alles mitgeben, was nötig ist."
Damit war die Sache entschieden und der Mönch zog Rotmund mit sich ins Haus. Rotmund schwirrte der Schädel. Was geschah mit ihm? Erst der dramatische Abschied von seinem Lehrmeister und nun gleich eine Aufgabe mit ungewissem Ausgang.
„Wahrscheinlich hat der Unglückliche eine böse entzündete Wunde", murmelte der Mönch und faßte in eine Nische unter dem Fenster. Dort stand eine bauchige Flasche aus Steingut.
„Dies ist ein wirksamer Auszug, um Wunden aller Art zu heilen. Wende das Mittel regelmäßig an."
Dann faßte er in seine Kutte und zog einen braunen Lederumschlag hervor. Vorsichtig wog er das Gewicht.
„Hier, nimm! Wenn dir eine Rezeptur zur Neige geht, steht hier alles niedergeschrieben, was sich in den Jahren bewährt hat. Lesen kannst du doch inzwischen etwas?"
Rotmund nickte.
„Ja, der Thomas hat es mir beigebracht", sagte er und dann nahm er das Erbe seines Lehrers entgegen. Simon Lukas lächelte und sagte mit großer Überzeugung in der Stimme:
„Ich könnt mir keinen besseren Vertreter vorstellen als dich, mein Junge. Und jetzt laß uns noch die restlichen Vorbereitungen treffen."
In Kürze waren alle Utensilien in zwei Kisten verstaut. Simon Lukas zögerte.

„Ich werde nur eine kleine Auswahl in ein handliches Bündel verpacken. Mit den schweren Kisten kommst du auf einem Pferd nicht zurecht. Laß einen Boten kommen, wenn du mehr benötigst."

Vor dem Siechhaus fraßen die Pferde bereits die letzten Reste aus den Kräuterbeeten. Aus ihren Nüstern drang geräuschvoller Atem und stieg als feine weiße Wolken empor. Beim Anblick der muskulösen Rösser verließ Rotmund der Mut. Noch nie war er auf einem solchen wertvollen Tier geritten. Er beäugte beunruhigt die Schwerter, welche die Ritter bei sich trugen. Obwohl die Recken weder Ringpanzer noch Harnisch trugen, sah man ihnen so an, was für einem Handwerk sie nachgingen. Der Edelmann, welcher sich im Hintergrund gehalten hatte, trug einen schwarzen Bart. Eine Narbe verlief quer über seine Stirn bis zum linken Ohr. Auf dem Kopf trug er einen leichten Helm mit einer Schürze aus Leder, welche bis tief in den Nacken reichte. Ritter Jörg trug nur ein langes Tuch, welches durch einen Reif eng am Kopf an lag. Eines der Enden hatte er schwungvoll über Mund und Nase geschlagen, zum Schutz gegen die Kälte. Ein strenger Duft von Pferdeschweiß schlug Rotmund entgegen, als er in ihre Nähe trat. Der Knappe führte einen rotbraunen Wallach zwischen den Streitrössern hindurch und bot Rotmund an, das Pferd zu besteigen. Große Erleichterung stand in den Gesichtern der Männer geschrieben, als Rotmund in den Sattel stieg. Nichts wäre wohl unangenehmer für die Abordnung gewesen, als unverrichteter Dinge bei ihrem Herrn zu erscheinen. Simon Lukas konnte seine Aufregung nicht mehr verbergen. Hastig nahm er Rotmunds Pferd beim Zaumzeug. Er reichte ihm sein Bündel, welches Rotmund hastig um den Bauch band und mit einem Knoten sicherte.

„Gib acht auf dich, Rotmund. Sieh nicht zurück, hier ist bald nur noch Tod und Verderben. Wenn du es geschickt anstellst, öffnet sich vielleicht eine Tür für dich. Und bewahre, was du von mir gelernt hast!

Wenn die Wunde brandig ist, mußt du alles daran setzen, das befallene Gewebe zu entfernen! Gott schütze dich, Rotmund!"
Es war das erste Mal, daß sein Lehrer ihn bei seinem Vornamen nannte. Als die Männer ebenfalls ihre Pferde bestiegen, staunte Rotmund, wie mühelos sie in die Sättel zu gelangen schienen. Ritter Jörg trieb sein Pferd an und seine Männer folgten ihm. Rotmund gab sein bestes, aber der Fuchs war anfangs ruppig und versuchte seinen Reiter ins Bein zu kneifen. Mit einem energischen Knuff gab ihm Rotmund zu verstehen, wer das Sagen hatte. Simon Lukas sah Rotmund nach, bis er zwischen den Weiden beim Fluß verschwand.
„Gott schütze dich ‚mein Junge", murmelte er müde und wischte sich eine Träne aus dem Augenwinkel.
Die Gruppe hielt sich an den Grenzen des Brühl, bis sie eine kleine Siedlung mit dem Namen Rabbolds Ofen passierten. Die Bauern auf dem Feld legten ihre Arbeit nieder, um den Reitern nachzustarren. Eine Schar von Kindern rannte wie von Sinnen dem Troß hinterher, welcher sich schnell Richtung Neckar entfernte. Die Männer trieben ihre schwitzenden Schlachtrösser heftig an. Rotmund wurde übel durchgeschüttelt. Nur mit größter Mühe konnte er sich auf dem muskulösen Pferd im Sattel halten. So gut es ging fing er die heftigen Stöße mit den Beinen ab. Seine wertvollen Stiefel unter der Kutte hielten ihn sicher im Steigbügel. Die Kutte war schon feucht vom umherfliegenden Speichel des Pferdes, als sie einen steilen Stich erreichten. Hier fiel der Weg in wenigen Serpentinen bis zum Fluß ab. Mit aller Gewalt stemmten sich die Männer in die Eisen. Die Pferde wieherten hysterisch und kamen langsam zum Stehen.
„Wir müssen die Rosse jetzt führen", rief einer der Ritter Rotmund zu, „ihr seht etwas mitgenommen aus, junger Mönch. Das war wohl der feurigste Chorstuhl, auf welchem er bisher gesessen hat."

Die Ritter lachten grimmig und schwangen sich spielend aus dem Sattel. Rotmund war nicht zum Lachen. Zwischen seinen Beinen brannte und pochte das Blut in den Adern, als hätte man ihm die Haut abgezogen. Der Wallach ließ sich willig führen, und Rotmund war froh, wieder festen Boden unter den Füßen zu haben. Vorsichtig stieg die Gruppe in den Abhang. Zögernd tasteten sich die Pferde über den schmalen Pfad in die Flußsenke. Ihre Hufe gruben sich bei jedem Tritt in die rote Erde und einige Male mußten die Männer ihre verängstigten Tiere beruhigen. Schließlich hatten sie den Abhang hinter sich gelassen und vor ihnen breitete sich das Flußtal aus. Eine Brücke überspannte den breiten Wasserlauf in drei Bögen aus Steinquadern. Teilweise war das alte Bauwerk in den Fluß gestürzt und das Wasser lief in reißenden Wellen gegen die Trümmer im Wasser. Langsam näherten sich die Reiter dem versackten Übergang über den Neckar.

„Die verdammte Schneeschmelze hat alles weggespült!" rief einer der Ritter Rotmund zu. Das Wasser rauschte so laut, daß kaum etwas zu verstehen war. Mit Mühe und viel gutem Zureden wagten sich die Pferde auf die morschen Bohlen des Bauwerkes. Im letzten Drittel des Überganges klaffte ein breites Loch. Ohne viel Aufsehens stiegen die Ritter in die Sättel und ließen die Pferde vorsichtig rückwärts gehen. Dann stießen sie den Tieren die Fersen in die Seiten und stürmten mit kleinem Anlauf auf den Spalt in der Brücke zu. Rotmund blieb der Mund offenstehen, als die schweren Rosse samt Reiter auf der gegenüberliegenden Seite der Brücke donnernd auf den Planken zum Stehen kamen.

„Auf wen wartet ihr, Mönch? Nur Mut, euer Pferd kennt sich hier aus. Laßt den Fuchs einfach anlaufen!"

Rotmunds Magen verkrampfte sich.

Mit trockenem Mund führte er sein Pferd an den äußersten Rand, um möglichst viel Anlauf zu gewinnen. Dann stieg er in den Sattel.

Er tat es den Rittern gleich und schlug mit den Fersen gegen die Weiche des Pferdes. Mit losem Zügel stürmte das Tier entschlossen nach vorne. Wie in Zeitlupe nahm der Junge den Flug über das schäumende Wasser wahr. Als die Vorderläufe des schweren Rosses auf dem gegenüberliegenden Ufer aufschlugen, fiel Rotmund kopfüber nach vorn gegen den Hals des Tieres. Er wäre sicherlich aus dem Sattel gehoben worden, jedoch zwei kräftige Arme zogen ihn zurück in den sicheren Sitz.

„Ihr müßt nicht den ganzen Neckar überspringen Mönch!"

Die Männer lachten herzhaft, als sie ihre schweren Schlachtrosse wieder antrieben. Rotmund hing benommen im Sattel. Das Blut pochte ihm immer noch im Hals, aber er hatte sich im Sattel gehalten. Das Pferd lief auch ohne sein Zutun in der Gruppe. Mit einer Hand tastete er sein Gesäß ab. Alles befand sich noch am Platz. Am gegenüberliegenden Saum des Tales empfing sie eine ausgedehnte Waldlandschaft. Rotmund entdeckte einige Unterschiede im Bewuchs des Bodens. Auf dem Sandstein hatte sich eine andere Pflanzengemeinschaft entwickelt, als auf den kalkigen Böden der Alb. Dort war die Wacholderheide vorherrschend. Hier stand ein mächtiger, zusammenhängender Forst mit alten Eichen, Buchen und Nadelbäumen. Rotmund hatte sich stets den Pflanzen tief verbunden gefühlt aber hier bekam diese Empfindung eine neue Dimension. Weit ausladende Baumriesen weckten in ihm ein Gefühl der Geborgenheit. Er genoß die Anwesenheit zahlloser Waldbewohner. Ein Rudel Wild brach durch das Unterholz und kreuzte ihren Weg. Tiefer und tiefer drangen die Männer in eine zauberhafte winterliche Welt voller schlafender Bäume. Die Reiter duckten sich oft unter den Ästen hindurch. Nun ging es wieder bergauf durch Reste von Schnee. Kleine Wasserläufe führten das Schmelzwasser in tiefen Furchen zum Neckar hinunter. In der Ferne öffnete sich der Wald und ausgedehntes Weideland erstreckte sich vor den Reitern.

„Das ist der Winterauchtert für die Pferde", erklärte Ritter Jörg, „gleich sind wir da!"

Auf der riesigen Lichtung stand noch gelbes Gras vom Vorjahr und eine kleine Herde Vieh stand äsend umher. Die Wiese bildete einen frischen Kontrast zu dem dunklen Saum der Wälder ringsum. Inmitten der Weidefläche entdeckte Rotmund eine ausgedehnte Zeltstadt. Schwärme von Krähen kreisten über dem Lager und warteten auf eine günstige Gelegenheit. Rotmunds scharfe Augen entdeckten zwei Knechte, welche dabei waren, einen Hirsch auszuweiden. Am Boden lag noch anderes erlegtes Wild und die Krähen stritten um die besten Brocken. Mehrere Reihen prächtig bunter Kastenzelte inmitten des Lagers signalisierten den hohen Rang ihrer Bewohner. An langen Stangen flatterten die Standarten und Wimpel mit den Insignien der anwesenden Ritter und Fürsten zwischen den bunten Giebeln ihrer Stoffbehausungen. Sie verursachten ein feines Schlagen und Klirren im Wind. In widersprüchlichen Bewegungen zog der Rauch einer Feuerstelle in den klaren Winterhimmel. Gruppen von Männern lagen oder kauerten um die Kochstelle, über welcher ein großer Kessel hing. Zwischen den Zelten standen abgehalfterte Streitrosse oder grasten weithin über die Lichtung verstreut. Als sich Rotmund in der Gruppe näherte, erhoben sich einige der Männer von ihrem Rastplatz.

Zwei junge Burschen, nur unwesentlich älter als Rotmund, liefen den Reitern entgegen. Neben Rotmunds Reittier gesellte sich ein junger Knappe, um das schwitzende Pferd in Empfang zu nehmen. Wortlos sattelte er den Fuchs ab und übergab Rotmund sein Bündel. Dann zogen sich die Knappen mit den Pferden zurück.

Die Ritter nahmen Rotmund in ihre Mitte und begaben sich eilig auf ein besonders auffällig gestaltetes Zelt zu, größer und höher als die anderen.
Über dem Zelteingang war in großen Buchstaben das Wort „ATTEMPTO" aufgenäht. Zwei stilisierte Palmen säumten den Schriftzug. Die beiden Männer sahen sich kurz an und traten zuerst in das Zelt. Rotmund stand mit seinem Bündel auf ausgebleichtem Stroh, welches zum Schutz gegen Schmutz und Nässe am Boden ausgelegt war. Nun spürte er die Folgen des Rittes in Form eines unangenehmen Brennens im Schritt. Hinter der dünnen Zeltwand wurde es plötzlich laut. Der Fürst stieß undeutliche Flüche aus und irgendein Gegenstand flog gegen den Stoff und fiel klirrend zu Boden.
Ritter Jörg erschien im Zelteingang: „Ihr könnt jetzt eintreten, Mönch. Er hat wieder die Besinnung verloren. Ich denke, es ist der viele Wein."
Als Rotmund das Zelt betrat, schlug ihm eine üble Mischung aus Alkoholdunst und Erbrochenem entgegen. Doch er hatte schon schlimmere Ausdünstungen überstanden. Der Fürst lag inmitten eines Feldbettes mit Baldachin. Liegen war vielleicht nicht der richtige Ausdruck für seine Haltung. Er hing röchelnd quer über zwei große Kissen gebeugt und seine Beine ragten frei in der Luft über der Bettkante. In der linken Hand hielt er ein Schweißtuch. Der Rechten war ein halbvoller Krug mit Malvasier entglitten. Eine große Menge des Weines hatte sich auf sein Laken ergossen. Zwei verängstigte Mägde taten ihr Bestes und brachten eilig wieder alles in Ordnung, was der bärtige Mann durcheinandergeworfen hatte.
„Was ist ihm zugestoßen?" fragte Rotmund den Ritter Jörg, welcher direkt bei ihm stand. Auf dem Rücken des Verletzten hatte er bereits einen Fleck von getrocknetem Blut auf dem Gewand entdeckt.

„Er wollte mit der Armbrust zwei Frischlinge erledigen. Da er keine gute Schußposition hatte, stieg er vom Pferd und hat zu Fuß sein Glück versucht. Den ersten Braten hat er sauber erlegt. Als er auf den Zweiten anlegte, brach die Bache durchs Unterholz und hat ihn zu Boden geworfen. Sie muß ihm wohl ein Stück Fleisch aus der Schulter gerissen haben. Auf jeden Fall hat er ziemlich Blut verloren."
Rotmund fragte weiter: „Wann war das?"
Ritter Jörg kratzte sich am Hinterkopf.
„Das war gestern zur Abendzeit."
Rotmund begann sein Bündel auszupacken.
„Ich versuche was in meiner Macht steht. Aber ein Wunder kann ich nicht bewirken."
Rotmunds ehrliche Antwort machte Georg von Ehingen nicht gerade glücklich. Er hatte schon viele Männer an geringeren Verletzungen sterben sehen.
„Verlangt nach mir, wenn ihr etwas benötigt, Mönch."
Rotmund nickte dem Ritter stumm zu, während dieser das Zelt verließ. Dann wandte er sich an die beiden Mägde, welche in einer Ecke des Zeltes standen und ihn anstarrten.
„Bringt mir rasch frisches Wasser und sauberes Leinen. Die Wunde eures Herrn muß schnellstens versorgt werden."
Eine der jungen Mägde bemerkte weinerlich: „Der Graf läßt keinen Menschen an die Wunde. Immer wenn er vom Rausch erwacht, bekommt er die Tobsucht. Seid gewarnt, er ist nicht bei Sinnen."
Dann entfernten sich die Frauen um die notwendigen Dinge herbeizuschaffen. Rotmund beschloß, die Bewußtlosigkeit des Fürsten zu verlängern. Der Mann schien sehr bösartig zu sein. Zwar hatte er sicherlich eine erhebliche Menge Wein zu sich genommen, aber das Risiko eines unliebsamen Erwachens während der Behandlung wollte Rotmund nicht eingehen. Mit Sorgfalt legte er seine Utensilien und

Werkzeuge zurecht. Nach einer kurzen Durchsicht öffnete er den Deckel einer kleinen Schachtel aus Spanholz. Er entnahm eine kleine braune Kugel. Das Harz des Schlafmohns klebte zwischen seinen Fingern. Vorsichtig entfernte er das Schweißtuch aus der Hand des Verletzten und wischte ihm damit den Mund ab. Dann schob er ihm die Droge in die Backentasche. Eberhards Kiefer waren zusammengepreßt und ließen sich nicht bewegen. Plötzlich riß er die Augen weit auf und packte Rotmund mit unglaublicher Kraft und Schnelligkeit an der Kutte.
„Du Dämon willst mich wohl schon holen? Aber daraus wird nichts ..."
Wie ein Schraubstock umklammerten seine Hände nun Rotmunds Arm. Dann flackerte Eberhards Blick und seine Augäpfel drehten sich nach oben weg. Sein Griff löste sich und seine Arme fielen kraftlos nach unten. Rotmund legte den Bewußtlosen vorsichtig zur Seite. In diesem Augenblick erschien Ritter Jörg mit einem Wasserkrug in den Händen im Zelteingang.
„Ich kann nicht abseits stehen, während mein Freund hier leidet. Gestattet mir euch zur Hand zu gehen."
Rotmund nickte und reichte Georg ein kleines Büschel mit Kräutern.
„Reinigt damit eure Hände."
Dann nahm er selber von dem Kraut und begann sich selbst mit Wasser aus dem Krug zu reinigen.
„Wir müssen ihn so lagern, daß die Wunde gut zugänglich ist. Helft mir, ihn zu wenden!"
Mit vereinten Kräften wuchteten die beiden den erschlafften Körper auf die Seite. Rotmund sorgte dafür, daß eine freie Atmung möglich war. Der Kopf des Fürsten ruhte nun bequem auf dem Kissen. Das Bettlager glich einer Schlachtbank. Ein großer Fleck von eingetrocknetem Blut breitete sich über das halbe Laken aus. Rotmund

ließ sich von dem süßen Geruch nicht ablenken und schnitt das Hemd der Länge nach auf. Es sah schlimmer aus, als er befürchtet hatte. Teile des Gewebes waren bereits fest mit der Wunde verbunden und klebten zusammen. Die Wunde hatte sich bereits geschlossen, aber eine starke Schwellung verriet einen Entzündungsherd unter dem frischen Schorf. Moos und Tannennadeln hatten sich mit Körpergewebe verbunden und machten es schwierig, die Ausdehnung der Entzündung genau zu bestimmen.

„Wir müssen den Schorf mit einem Kräutersud erweichen", erklärte Rotmund, während er die Flasche aus seinem Bündel entkorkte. Dann gab er reichlich von dem dunkelbraunen Sud auf die Schulter des Fürsten. Ritter Jörg war skeptisch.

„Sagt mir, wie setzt sich diese Medizin zusammen?"

Rotmund ließ sich nicht in Verlegenheit bringen und zog den Stapel mit Pergamenten aus seinem Beutel. Als er die richtige Seite mit der Überschrift „Essenz von Kräutern des Nordens" gefunden hatte, erklärte er: „Der Inhalt dieser Essenz ist hier wahrheitsgetreu von meinem Lehrer niedergeschrieben. Lest selbst, oder laßt euren Schreiber eine Abschrift anfertigen."

Damit hielt Rotmund dem Ritter die Schriftstücke unter die Nase.

„Nicht nötig, junger Freund, ich vertraue eurer Heilkunst. Ihr müßt meine Vorbehalte verstehen. Zu viele Scharlatane treiben in diesen Tagen ihr schändliches Werk und bringen so manchen Unglücklichen mit ihren Wundermitteln zu Tode. Dieser Argwohn sitzt tief in meinem Herzen und hat mich auf meinen Reisen vor so manchem Fehltritt bewahrt. Es ist schwierig, hier einen guten Arzt zu finden. Ihr erinnert mich an einen persischen Hofarzt, den ich im Land der Muselmanen kennengelernt habe. Obwohl ihr diesem Manne äußerlich nicht gleicht ... es ist eigenartig. Nennt mir euren Namen, Mönch!"

Rotmund entgegnete selbstbewußt: „Rotmund in den Weiden!"
Etwas besseres war ihm nicht eingefallen, aber es klang gut in seinen Ohren.
„Nun Rotmund in den Weiden. Ein ungewöhnlicher Name für einen Mönch", er sprach den Titel langsam aus und begann sich zu amüsieren.
„Ich werde euch von meinen Reisen erzählen, solange ihr meinen Freund behandeln werdet. Zu eurer Unterhaltung, dann bin ich auch zu etwas nütze."
Rotmunds Augen leuchteten und Ritter Jörg begann mit seinen Erzählungen.

41

„Meine Reise nach Palästina stand unter dem Stern der Verpflichtung, mich der Auszeichnung als Ritter würdig zu erweisen. Im Kampf auf Leben und Tod wollte ich mich bewähren, wie es der Geist des Rittertums gebietet."
Draußen hatte es zu graupeln begonnen. Unzählige kleine Eiskörner fielen leise raschelnd auf das Zeltdach.
„Der Wunsch meines Vaters an mich war, an seiner statt das heilige Land zu besuchen. So zog ich gut ausgerüstet mit Reisenden des Johanniterordens nach Venedig. Dort bestiegen wir ein Schiff nach der Insel Rhodos. Der Hochmeister der Johanniter bat mich und meine Männer, die Insel gegen die elenden Türken zu schützen. So übten wir uns mit höchstem Fleiß in militärischen Dingen, bis das Gerücht aufkam, Sultan Mehmet sei verstorben. So blieb die Insel vor Übergriffen verschont."
Georg machte eine Pause und betrachtete liebevoll seinen verletzten Freund auf dem Lager. Dann fuhr er fort: „Nach elf Monaten entließ mich der Großmeister mit großem Dank. Er schenkte mir einen Dorn von der Krone Christi des Herrn und andere Reliquien. Jetzt war ich frei, den Wunsch meines Vaters zu erfüllen und begab mich zu Schiff nach Zypern. Dort erfuhr ich, daß der heilige Jörg in Barutto einen scheußlichen Drachen erlegt hatte. Voller Neugier bestieg ich abermals ein Schiff, um den Ort der Heldentat zu besuchen. Ich schloß mich einer Karawane an, welche nach Süden zog. Und heute vermag ich es nicht mehr zu sagen, wie viele Orte ich auf diesem Wege besucht habe. Nur noch die Stadt Tyrus an der Küste ist mir im

Gedächtnis. Das ungewohnte Klima und die Wüste machten mir zu schaffen. Schließlich erreichten wir nach unsäglichen Qualen Nazareth. Wir durchquerten Galiläa und erreichten schließlich die heilige Stadt Jerusalem. Viele Heiligtümer habe ich dort aufgesucht, aber bald schon stand mir der Sinn danach das Katharinen-Kloster am Sinai zu erreichen, um von dort aus nach Kairo vorzudringen. Man warnte mich vor den großen Strapazen und weiten Wüstenmärschen, aber ich wollte alles auf mich nehmen. So schloß ich mich abermals einer Karawane nach Damaskus an. Dies ist eine vortrefflich ausgebaute Stadt mit vielen Sehenswürdigkeiten. Als wir Kamele für unsere Wüstendurchquerung ankaufen wollten, gerieten wir in einen Hinterhalt und wurden gefangengenommen. Nur mit Mühe gelang es mir, mich und meine Gefährten aus der Gefangenschaft freizukaufen. Hätte ich es nicht getan, wären wir auf der Stelle getötet worden. Wir umgingen das gefährliche Gebiet und ritten am heiligen Jordan entlang durch die Senke nach Gaza, wo der Nil in das Mittelmeer fließt. In Alexandria bestiegen wir völlig erschöpft ein Schiff, um wieder nach Zypern zu gelangen. Auf der Überfahrt verlor ich meinen Freund am Fieber.
Mit dem Empfehlungsschreiben des Hochmeisters fand ich Quartier am Hofe von König Johann. Mir mangelte es dort an nichts und ich verließ die Insel gut versorgt mit dem Schwertorden Zyperns an der Brust, um nach Rhodos einzuschiffen. Doch das Fieber, welches meinen Freund dahinraffte, hatte nun auch mich erfaßt. Der Leibarzt des Hochmeisters behandelte mich mehrere Wochen, bis ich wieder zu Kräften gekommen war. Jetzt hielt mich nichts mehr und ich fuhr zurück nach Venedig, überquerte abermals die Alpen und erreichte Kilchberg. Dort schloß mich mein Vater überglücklich in die Arme und ich überreichte ihm die Reliquien Christi. Das war meine Reise nach Rhodos und Palästina."

Georg sah Rotmund beim abermaligen Durchweichen der Wunde über die Schulter. Als Rotmund das Zentrum der Wunde abtupfte, trat Flüssigkeit aus dem verletzten Muskelstrang. Der Patient schwitzte inzwischen sichtbar und kratzte sich ständig an der Brust. Er empfand keine Schmerzen, aber das Jucken war eine Folge des Opiumrausches. Rotmund unterbrach die Behandlung, bis die Symptome abklangen. Inzwischen hatte sich die Dämmerung eingestellt und bleiernes Licht breitete sich im Zelt aus. Noch bevor es ganz dunkel wurde, erschien eine der Mägde mit zwei Öllampen, welche sie auf einer hölzernen Truhe abstellte. Der Ritter schien ganz in Erinnerungen versunken und verweilte in Gedanken an einem fernen Ort.
„Verzeiht, Herr, ich störe euch ungern. Wir brauchen mehr Licht, wenn ich die Wunde reinigen soll."
Georg kehrte aus seinen Erinnerungen zurück.
„Ich war nicht bei der Sache. Ich werde euch mit einer der Lampen zur Hand gehen."
Und so geschah es. Im Schein des flackernden Dochtes entfernte Rotmund mit sicherer Hand zunächst alle Fremdkörper wie ein erfahrener Wundarzt. Drei Risse wurden sichtbar. Die Verletzung war tief, aber nicht so bedrohlich, wie es ausgesehen hatte. Klare Wundflüssigkeit trat aus und schien den Rest der Verschmutzung auszuschwemmen.
„Wir werden die Wunde vorerst nicht bedecken. Solange sich euer Freund ruhig verhält, besteht keine Notwendigkeit."
Damit teilte er eine weitere Opiumkugel in zwei Hälften und schob dem Fürsten die Droge in die Backentasche.
„Fahrt fort mit eurer Erzählung, werter Ritter. Es ist schön, euren Geschichten aus der Fremde zu lauschen. Habt ihr noch mehr von der Welt gesehen?"
Georg setzte seinen Schilderung fort.

„Bald schon erwuchs mir eine große Unzufriedenheit, denn ich hatte mich bisher nicht als Ritter im Kampf beweisen können. Die Strapazen und Mühen waren zahlreich gewesen und ich erhielt viel Achtung und Anerkennung. Aber es war mir nicht genug. So plante ich erneut eine Ritterfahrt. Mit meinem Freund und Weggefährten Ramsyden wollte ich von Königreich zu Königreich ziehen, um unsere Ritterschaft zu beweisen. Erzherzog Albrecht stattete uns mit den nötigen Empfehlungsschreiben aus, mit Briefen an die Könige von Frankreich, Portugal, Spanien und England. Sogar einen erfahrenen Herold stellte er uns zur Seite, welcher mehrere Sprachen beherrschte. Also brachen wir auf mit zehn Pferden, dem Herold und einem Knecht Frankreich entgegen. Zu unserem Bedauern wurden die Ritterspiele am Hofe des Franzosenkönigs nicht sonderlich gepflegt. Erst eine Botschaft des spanischen Königs brachte die Wende. Wir folgten seinem Aufruf, gegen die mohammedanischen Nasriden in Grenada zu ziehen. Mit neuem Harnisch und Hengst entsandte uns der französische König zusammen mit einer fetten Reisekasse. Wir schlugen den Weg an der Loire entlang ein und fanden im Schloß der Anjou herzliche Aufnahme. Dort erhielten unsere strapazierten Pferde eine Ruhepause. Einige Wochen später verließen wir Angers wohl gestärkt und geehrt. Wir ritten über die Stadt Toulouse durch die Grafschaft Armagnac den Pyrenäen zu. Dort nahmen wir den berühmtem Pilgerweg nach Santiago de Compostela. Im Königreich Navarra erreichten wir schließlich die Hauptstadt Pamplona. Wir erhielten die Kunde, daß der Kriegszug Castiliens gegen Granada aufgeschoben war. Es wollte nicht gelingen, uns im Kampfe zu erweisen. Abermals waren alle unsere Pläne geplatzt. Voller Verzweiflung und Enttäuschung nahmen wir die Gastfreundschaft des König Johann von Navarra in Anspruch. Wir stürzten uns in allerlei höfische Vergnügungen und Kurzweil. Jagen, tanzen, feiern und andere Freuden ließen uns für zwei Monate unser Ziel vergessen. Doch bald schon drang neuerliche Kunde an unser Ohr. Der König von Portugal beabsichtigte, zu Land und übers Wasser mit den Heiden in Afrika Krieg zu führen. Also setzten wir unsere Reise auf dem Pilgerweg nach Santiago de Compostela über Bargos schleunigst fort und schifften uns im Hafen von La Coruna nach Lissabon aus. Wir wußten nicht viel vom König von Portugal und nahmen zunächst Quartier in einer Herberge. Nachdem wir unsere Ankunft bei Hofe gemeldet hatten, erhielten wir zunächst die Empfehlung, uns von den Strapazen der Überfahrt zu erholen. Alsdann wurde uns eine Audienz am Hofe von König Alfonso gewährt. Obwohl wir uns nur über unseren Herold in niederländisch brabentischer Sprache verständigen konnten, stieß unser Anerbieten auf große Zustimmung. Der König sagte zu, unsere Bitte zu erfüllen, sobald die Zeit hierfür gekommen sei. Vorher sollten wir doch am Hofe bleiben und Land und Leute kennenlernen. Und fürwahr! An diesem Hofe war gut sein. Soviel Ehren und Freuden wurde uns bisher nirgends zuteil. Bei meiner Seele! Dieser König war hübsch und wohlgestaltet. Dazu ein vorbildlicher Christ, wehrhaft und gerecht. Die folgende Zeit war angefüllt mit Ritterspielen zu Pferde und zu Fuß. Alfonso schätzte besonders Turniere und Zweikämpfe im ganzen Harnisch. Da tat sich mein langer und starker Freund Ramsyden ganz besonders hervor. Er übertraf alle Recken im Werfen von Stangen und Eisenbarren. Auch im Ringen war ihm keiner gewachsen. Und ich selbst wiederum war Ramsyden im ganzen Harnisch kämpferisch überlegen. Oh Mönch, ich sage dir, Portugal ist ein wohl bebautes Land! Korn, Salz, Wein, Zukker, Honig und die süßesten Früchte werden dort gewonnen. Viele schöne Schlösser und ehrenhafte Edelleute hat dieses Land hervorgebracht."

Georg war ins Schwelgen geraten und hielt die Lampe immer noch in den Händen. Rotmund lauschte verzaubert den Erzählungen aus

fremden Ländern. Georg setzte sich zurecht und berührte seinen schlummernden Freund liebevoll an der gesunden Schulter. Dann fuhr er fort.
„Doch endlich war es soweit! Mitten in ein festliches Tanzvergnügen platzte die Alarmnachricht des Großkapitäns von Ceuta. Der König von Fez mit der Unterstützung weiterer afrikanischer Könige rüstete gegen die Stadt. Wir waren nicht mehr zu halten. Ausgerüstet mit zwei trefflichen Streitrössern gingen wir an Bord zusammen mit portugiesischen Rittern und Truppen. Wir segelten von Gibraltar nach Ceuta. Diese Stadt ist weit größer als Köln und das ist fürwahr die gewaltigste Stadt, die ich bis dato gesehen hatte. Eine Seite ist dem Meer zugewandt, die andere ragt in die Küste hinein. Noch in derselben Nacht tauchten große Haufen von Mauren vor dem Verteidigungswall der Stadt auf. Ich erhielt vom obersten Hauptmann den Befehl über ein Viertel der stationierten Stadttruppen. Schon bald wehte das Wappen der Ehinger über dem anvertrauten Teil der Stadtmauer. Der Oberbefehlshaber bestellte uns und andere erfahrene Kriegsleute auf ein Schiff. Mit diesem segelten wir an der Küste entlang, um die Zahl der Feinde zu schätzen. Ich sage dir, es war ein sehr großes Belagerungsheer! Wohl an die zehntausend Mann."
Rotmund hatte keine Vorstellung, was diese Zahl bedeutete, aber er pfiff dennoch anerkennend zwischen den Zähnen hindurch.
„Das ist dreimal soviel wie das Heer, welches hier auf dem Einsiedel steht, wenn wir das Fußvolk hinzurechnen."
Jetzt hatte Rotmund eine vage Vorstellung und fieberte danach mehr zu hören.
„Doch wir waren guten Mutes und ließen uns nicht aus der Fassung bringen. Selbst wenn alle Heiden der Welt vor Ceuta gezogen wären, wir würden die Stadt halten bis zum Tode! Am Morgen, während der Messe, erging der Alarm und wir suchten rasch unsere Stellungen auf.

Du mußt wissen, auf der Landseite war die Stadt von trockenen Gräben umgeben, gesichert von einer Zwingermauer mit Wehrtürmen." Rotmund versuchte sich ein genaues Bild von dem Kriegsgeschehen zu machen.

„Dahinter umschloß eine Ringmauer die Stadt. Diese war besetzt mit vielen Männern, welche durch Schießscharten und Zinnen das ihre taten. Zwischen Ringmauer und Vorwerk hatte der Oberbefehlshaber mit seinen Recken Stellung bezogen, um alle Angreifer niederzumachen, die den ersten Verteidigungswall überwunden hatten. Das war eine treffliche Vorsichtsmaßnahme! Kaum waren wir vom Kirchgang in unsere Stellungen gelangt, als auch schon das Heer der Mauren wie die Ameisen über die Hügel vor der Stadt herankamen. Trotz des donnernden Feuers aus den Steinbüchsen drangen die Feinde gegen den Graben vor. Mit stählernen Bogen und langen Armbrüsten, wie ich sie noch nie zuvor erblickt hatte, schossen sie auf jeden Verteidiger, der es wagte, seine Deckung zu verlassen. Und was für ein Anblick! Ein Meer von Fähnlein und Bannern wogte auf die Stadt zu, begleitet vom Lärm der Pauken und Kriegshörner. Als die Nacht hereinbrach, verstärkten die Heiden ihren Angriff noch. Sie errichteten lange, beschlagene Hölzer mit Setzschilden und gruben sich ein. Trotz hoher Verluste gelang es den Heiden oft, die Vormauer zu ersteigen. Doch da war dann der Großkapitän zur Stelle und machte ihnen den Garaus. Das war die entscheidende Taktik. Der Widerstand raubte den Mauren den Mut. Sie gaben auf. Nachdem die Heiden die Stadtmauer drei Tage lang gestürmt hatten, wehte ein gräßlicher Leichengeruch über der Stadt wegen der vielen Toten. Wir aber folgten den Geschlagenen mit vierhundert Reitern und tausend Fußknechten."

Das Licht der Öllampe tänzelte auf Georgs Gesicht. Der Erzähler hatte Rotmund nun vollends in seinen Bann geschlagen. Nur ab und zu hörte man eines der Pferde leise wiehern. Mit Einbruch der Dunkelheit war es im Lager ruhig geworden.

„Immer wieder kam es zu Scharmützeln mit den Heiden, bis wir einen Berg einnahmen. Der Feind zog sich auf die gegenüberliegende Anhöhe zurück. In der Mitte dazwischen lag ein schönes Tal mit lieblichem Bewuchs. Am Abend bemerkten die Wachen einen baumlangen Heiden in der Ebene, welcher uns Ritter lautstark zum Zweikampf aufforderte. So sollte die Sache entschieden werden. Das war meine Stunde! Endlich war die Chance zur Bewährung gekommen. Ich bat unseren Anführer auf Knien, die Herausforderung annehmen zu dürfen. Und meiner Seele, es wurde mir gewährt! Nie werde ich vergessen, wie ich mein treffliches Streitroß bestieg. Mit meiner Lanze machte ich das Kreuzeszeichen und ritt in das Tal hinunter, dem Gegner entgegen. Ein Trompeter kündigte den Heiden mein Kommen an. Ich sah, wie sich die Mauren in ihren Haufen zurückzogen. Und dann traf ich auf meinen Gegner. Ein gewaltiger Streiter auf einem schönen Berberpferd flog mir in wildem Galopp mit angelegter Lanze entgegen. Auch ich trieb mein Roß an und stemmte meine Lanze fest auf den Ringhaken meines Harnisch. Mein Gegner stieß ein wildes Geschrei hervor, als er gegen mich anstürmte. Mit großer Wucht prallten wir zusammen. Meine Lanze warf den Mauren samt Pferd zu Boden. Jetzt wäre es ein leichtes gewesen, die Sache zu beenden. Doch seine Lanze hatte meinen Ringpanzer am Übergang zerbrochen und behinderte mich, so daß ich nicht imstande war, mich sogleich zu befreien. Während ich mich mühte, gelang es dem Heiden, sich zu erheben und das Schwert zu ziehen. Ich sprang vom Pferd und wir drangen stechend aufeinander ein. Der Heide besaß einen trefflichen Harnisch. Es gelang mir nicht, den Panzer zu durchdringen, obwohl ich so manchen Stich neben dem Schild führen konnte. Da faßten wir uns bei den Armen und rangen so lange, bis wir zu Boden fielen. Mein Gegner war mächtig stark und riß sich von mir los. Wir kamen beide auf den Knien hoch. Ich stieß ihn mit der linken Hand von mir. Mit einem schnellen Hieb quer über sein Angesicht gelang es mir, den Heiden zu blenden. Blut schoß ihm über die Stirn in die Augen. Ein weiterer Streich ins Angesicht ließ ihn zu Boden gehen. Nun war es ein leichtes, ihm den Hals abzustechen ..."

Rotmund wagte nicht mehr zu atmen. Die ganze Brutalität der längst vergangenen Szene traf ihn mit voller Wucht. Der Ritter hatte ihn mit seiner Erzählung so sehr in den Zweikampf gezogen, daß die nun folgende Pause schmerzlich lange andauerte.

„Als der Mann tot in seinem Blute lag, nahm ich ihm sein Schwert ab. Jubelnd wurde ich alsbald von meinen Männern umringt. Die schlugen dem Toten den Kopf ab und spießten ihn auf eine Lanze. Sein Pferd war so ermüdet, daß es sich willig abführen ließ. So zogen wir im Triumph in Ceuta ein und der Sieg war unser."

Der Ritter hatte ein zufriedenes Lächeln auf dem Gesicht, dann wendete er sich wieder sorgenvoll dem Verletzten zu. Die Erzählung war beendet und Rotmund konnte es kaum fassen, was er gehört hatte. Georg ermunterte den Jungen, etwas aus seinem Leben zu erzählen.

„Dergleichen kann ich euch nicht berichten, werter Herr Ritter. Bei dem was ich tue, geht es darum, Verletzungen zu heilen, statt sie jemanden zuzufügen. Ansonsten verstehe ich mich auf die Druckkunst. Aber dazu braucht es ebenfalls kein Kriegsgerät."

Georg mußte lachen.

„Das habt ihr trefflich formuliert. Aber ihr seid auch noch jung an Jahren, da wird sich sicher noch manches ereignen. Erzählt mir von der Druckkunst."

Rotmund tränkte die Wunde des Fürsten erneut und begann alles zu erzählen, was er von den Zainern gelernt hatte.

42

Der Archidiakon las die Zeile aus seinem Stundenbuch nun schon zum vierten Mal. Erregt klappte er den kleinen wertvollen Band zusammen und fuhr sich mit der Hand über die Tonsur. Das tat er nur, wenn er sehr nervös und aufgebracht war. Niemals in der ehrwürdigen Geschichte von St. Peter und Paul war es vorgekommen, daß die Inquisition das Archidiakonat zum Gerichtsplatz erkoren hatte. Er hatte noch keine Zeit gehabt, sich beim Bischof zu beschweren. Noch zögerte er, seinen Vorgesetzten von dem Umstand in Kenntnis zu setzen. Teils wollte er das Erscheinen von Heinrich Krämer nicht durch eine offizielle Eingabe an den Bischof aufwerten, teils ahnte er bereits, daß es der Inquisitor auf seinen Kopf abgesehen hatte. Ein erstes Gespräch hatte bereits stattgefunden. Der Dominikaner hatte in grenzenloser Selbstherrlichkeit die Bibliothek durchstöbert und zahlreiche ketzerische Schriften mit unflätigen Worten abgewertet. Das war noch zu verschmerzen, aber die Seele dieses Mannes hatte Schaden genommen. Das war Roland nach der ersten Begegnung klar geworden. Er hatte unbeabsichtigt einen heftigen Gefühlsausbruch bei dem schmächtigen, kleinen Mann mit dem weißen Gesicht ausgelöst. Zunächst war er dem Disput, welchen Heinrich ihm aufnötigte, gefolgt. Es ging um das allgemeine körperliche Leiden und das Lungenfieber in der Stadt. Krämer hatte akribisch Informationen in den Pflegehöfen der Stadt durch seine Mitarbeiter sammeln lassen. Nun brachte er dieses Phänomen mit den Morden und Todesfällen in St. Peter und Paul in Verbindung. Hier in dem prächtigen Amtszimmer wirkte der Dominikaner noch kleiner und farbloser.

Heinrich hatte es abgelehnt, auf einem dargebotenen Stuhl mit hoher Lehne Platz zu nehmen. Seine Augen wanderten in alle Winkel des Zimmers, so als wolle er das Böse gleich hier entdecken und unschädlich machen. Es roch leicht nach Weihrauch, welcher in verschlossenen Gefäßen hier aufbewahrt wurde.

„Nun, werter Archidiakon", bemerkte Heinrich herablassend, „ihr werdet mir sicherlich beipflichten, daß die Schuldigen für dieses abscheuliche Verbrechen schnellstens zur Rechenschaft gezogen werden."

Roland stimmte zu, indem er pflichtschuldig nickte.

Spitzfindig fuhr Heinrich fort: „Es gilt als bewiesen, daß die Dämonen durch die Künste von Hexen wirken."

Roland horchte auf.

„Sie können durch die Hilfe eines Mediums offenkundige Eigenschaften der Krankheit oder auch das Leiden anderer bewirken. Die Höllenmächte sind auf sich gestellt hilflos. Sie können nur dann das Böse vollbringen, wenn sie sich eines menschlichen Wesens bedienen. Das Fieber und die Morde stehen in diesem Zusammenhang. Ich werde die Person ausfindig machen, welche die Störung der Wohlordnung verursacht hat. Wie kam es dazu, daß vor wenigen Monaten mehrere Schüler ertrunken sind?"

Roland war sprachlos. Wie kam dieser unangenehme Mensch in kürzester Zeit an all diese Informationen?

Heinrich fuhr fort: „Ich werde es euch sagen, mein lieber Archidiakon, ihr habt eine Hexe in eurer Nähe."

Seine Augen zeigten Erregung, so wie die eines Jägers der ein seltenes Wildtier verfolgt. Roland hatte genug gehört und wollte sich Heinrichs Schlußfolgerungen nicht länger anhören.

„Die Knaben waren bekannt für ihren Ungehorsam. Sie haben die Schule in der Nacht ihres Todes ohne Erlaubnis verlassen.

Eine umgestürzte Öllampe hat einen Brand im Haus des Sattlers verursacht. Als sie durch den Flutkanal ungesehen in die Stadt gelangen wollten, haben die Stadtwachen die Wehre geöffnet und die Gassen geflutet, um das Feuer einzudämmen. Durch eine Verkettung unglücklicher Umstände haben die Kinder ihr Leben verloren. Ein dummer Lausbubenstreich mit tragischem Ausgang!"
Heinrichs Gesicht verwandelte sich in eine verbissene Fratze, und er würgte hervor: „Wärt ihr nicht der Archidiakon und ein geweihter Priester, brächte euch diese unbedachte Äußerung in die Nähe der Ketzerei!"
Dann wurde er laut und quoll über wie eine heiße Quelle.
„Es gibt Zeugen, welche unter Eid die reine Wahrheit hervorgebracht haben!"
Er ballte seine Finger zu einer Klaue.
„Hexen vermögen noch weit mehr als Kinder zu ertränken, um sie den Mächten der Finsternis zu übergeben. Sie breiten Seuchen aus, Stürme, Hagel und Gewitter beschwören sie herauf. Männer und Tiere verlieren ihren Fortpflanzungstrieb durch ihr schändliches Treiben."
In Heinrichs Augen tänzelte ein irres Feuer.
„Liebe und Haß pflanzen sie in die Herzen der Menschen, indem sie die Zukunft vorhersagen. Und dann fliegen sie durch die Luft, um ihr schändliches Werk zu betrachten."
Er starrte nun tatsächlich in die Höhe, so als flöge ein unsichtbares Wesen über sie hinweg.
„In Ravensburg konnte ich sechs Hexen im grünen Turm entlarven. Ich fürchte, auch in dieser Stadt hat der Böse seinen Samen ausgestreut."
Dann verzog er sein Gesicht, als hätte er sich verletzt. Tränen schossen dem Inquisitor in die Augen. Mit bebender Stimme führte er seinen Auftritt zu Ende.

„Und ihr wagt zu behaupten, diese schrecklichen Taten seien das Ergebnis einer Verkettung unglücklicher Umstände? Seid ihr vollkommen blind?"

Jetzt überschlug sich seine Stimme. Beinahe fühlte sich Roland schuldig. Heinrich hatte ihn fast überzeugt. In diesem Moment war Roland klar, was für eine große Gefahr von diesem Mann ausging. Als der Mitarbeiterstab der Inquisition die Sakristei in Beschlag nahm, entfernte sich der Archidiakon wortlos. Er mußte Vorsichtsmaßnahmen treffen.

43

Rotmund erwachte. Geschäftiger Lärm um das Zelt des Fürsten hatte seinen kurzen Schlaf beendet. Gellende Fanfaren vermischten sich mit dem Wiehern der Pferde und aufgeregten Menschenstimmen. Was geht da draußen vor, fragte er sich. Dann schüttelte er die restliche Schlaftrunkenheit ab. Langsam kam wieder die Erinnerung an die vergangene Nacht. Rotmund sah sich nach seinem Gesprächspartner um. Aber Georg hatte längst das Zelt verlassen. Die Flasche mit Kräutertinktur war beinahe aufgebraucht und eine feine Haut überspannte die offene Wunde. Rotmund stand leise auf, um nachzusehen, was draußen vor sich ging. Als er die Stoffbahn am Eingang zur Seite schlug, stockte ihm der Atem. Mit unglaublichem Getöse donnerte eine Horde schwer bewaffneter Ritter mit einem schweren Geschütz auf einem hölzernen Wagen am Zelt des Fürsten vorbei. Die Erde bebte unter der Wucht der schweren Schlachtrösser. Im Licht des anbrechenden Tages sah er ein Meer aus Zelten, Pferden und Menschen. Ein ganzes Heer war inzwischen auf dem Einsiedel aufmarschiert und dabei, das Lager zu befestigen. Dampfende Hengste scharten unruhig neben Wagen beladen mit allerlei Kriegsgerät. Einige Frauen und Kaufleute errichteten ihre behelfsmäßigen Behausungen am Rand der ausgedehnten Lichtung. Immer mehr neue Gruppen von Reitern und Fußvolk erreichten das Gelände. Georg von Ehingen kam auf das Zelt des Fürsten zu. Rotmund erkannte ihn zunächst nicht, denn er trug einen Harnisch der im Licht der aufgehenden Sonne gleißend hell strahlte.

„Ich sehe, ihr habt den Aufmarsch bereits bemerkt. Soviel Kriegsvolk gibt es in diesem Wald nicht alle Tage zu sehen. Die Herren vom Hohenkrähen werden tüchtig erschrecken, wenn wir ihnen auf die Pelle rücken."
Rotmund verstand nicht viel von dem, was Georg ihm zu erklären versuchte und nickte einfach zustimmend. Die lagernde Streitmacht war jedenfalls Respekt einflößend.
„Wenn euch der Lärm bei eurem Bemühen stört, werde ich ein paar Männer aufstellen, welche die Truppen fernhalten."
Jetzt hatte Georg das Zelt erreicht und stellte sich direkt neben Rotmund. Er zog langsam seinen rechten Lederhandschuh aus und legte ihn behutsam in die linke Handfläche.
„Sagt mir, Mönch, wann kann Graf Eberhard wieder in den Sattel? Es widerstrebt mir, einen Verletzten zur Eile zu drängen, aber ich fürchte, wir können den Feldzug nicht mehr länger hinauszögern."
Rotmund antwortete vorsichtig: „Das hängt davon ab, wie er sich selber fühlt. Der Blutverlust hat ihn sicher viel Kraft gekostet. Aber die Wunde wird bei guter Pflege sicher und schnell abheilen. Er muß jetzt unbedingt viel trinken und etwas zu sich nehmen."
Georg war erleichtert und machte aus seiner Zuversicht keinen Hehl.
„Ich werde sofort nach dem Koch schicken lassen und seine Lieblingsspeise ...", weiter kam er nicht, da er unterbrochen wurde.
„Das ist wahrhaftig eine treffliche Idee. Ich habe Hunger und Durst, wie lange nicht mehr!"
Fürst Graf Eberhard war unbemerkt aus dem Zelt getreten und stand auf eine Helmbarte gestützt mit nacktem Oberkörper in der frischen Morgenluft. Er war von eher schmächtiger Statur, aber sehnig und ausdauernd.
„Sei so freundlich, Jörg, und hilf mir in ein frisches Wams. Es ist doch noch erbärmlich kalt am frühen Morgen."

Dann zeigte er plötzlich Anzeichen von Schwäche. Georg sprang an seine Seite und stützte ihn unter dem Arm.
„Aber vorerst solltet ihr noch ruhen, damit ihr zu Kräften kommt."
Eberhard nickte schweigend und ließ sich wieder an sein Lager führen. Rotmund war ebenfalls hinzugetreten und stand abwartend am Fußende des Bettes. Georg zog ihn am Ärmel näher zum Fürsten heran.
„Er hat zusammen mit mir die halbe Nacht bei euch gewacht."
Ein schmales Lächeln huschte über Eberhards strenges Gesicht.
„Ich erinnere mich. Er hat mir etwas in den Mund geschoben. Meiner Seele, so tief habe ich noch im ganzen Leben nicht geschlafen! Und der Herr ist mir im Traum erschienen und hat gesagt, ich soll hier auf dem Einsiedel ein Stift errichten zu Ehren von St. Peter!"
Eberhards Gesicht nahm einen verklärten Ausdruck an. Rotmund war sich nicht sicher, ob es sich bei der Erscheinung um eine Auswirkung des Drogenrausches handelte.
„Seid mir willkommen Mönch", richtete Eberhard das Wort an Rotmund, „ihr sollt mir nicht von der Seite weichen auf diesem elenden Waffengang."
Rotmund spürte, daß es nicht ratsam war, sich dem Wunsch des Fürsten zu widersetzen. Eberhards kluge Augen erforschten Rotmund von Kopf bis Fuß.
„Wie ein Dummkopf seht ihr nicht aus, vielleicht noch etwas zu jung für einen Geistlichen ...", Eberhard kraulte sich den Bart.
„Könnt ihr lesen und schreiben?"
Rotmund nickte mit hochrotem Kopf. Eigentlich trug er nur die Kutte eines Laienbruders. Einen Moment lang glaubte er, der Fürst hätte die Hochstapelei durchschaut. Aber Eberhard beließ es mit der Befragung und wandte sich an Georg: „Sagt mir, Ritter Jörg, wann können wir aufbrechen?"

„Bis zum Morgen ist das gesamte Heer marschbereit, mein Fürst!" antwortete Georg voller Tatendrang.

Eberhard wandte sich wieder Rotmund zu: „Ihr habt es gehört, Mönch. Morgen muß ich wieder in den Sattel. Setzt eure ganze Heilkunst in den Dienst der Sache. Ich werde dem Archidiakon die Botschaft schicken, daß er auf eure Dienste für einige Zeit verzichten muß. Und fürwahr, ihr werdet euer Können brauchen, denn ein Waffengang ist ein blutiges Geschäft."

Rotmund wurde klar, daß er mit dem Ritterheer gegen die Herren von Friedingen ziehen würde und warf ein: „Verzeiht mir, Herr, aber der Bote könnte mir noch wichtige Dinge zu eurer Pflege aus dem Siechhaus mitbringen ..."

Eberhard starrte ihn kurz an und lachte dann schallend: „Hört, hört! Praktisch veranlagt ist er also jedenfalls, das gefällt mir. Ihr habt es gehört, Jörg. So soll es sein!"

44

Das Gewölbe war erfüllt von heißem Dampf, welcher unaufhörlich aus einer heißen Quelle aufstieg. Mosaiken und Fresken zierten den Boden und überzogen die Wände. Männer und Frauen fanden Entspannung und Heilung in dem Wasser, welches als ein Geschenk der Natur stetig an diesem vergessenen Ort verfügbar war. Ein ausgeklügeltes Röhrensystem führte heißes und kaltes Wasser in unterschiedlichen Leitungen heran. An diesem magischen Ort, nahe der Stadt, gab es keine Unterschiede zwischen den Menschen. Ehrliche Bürger und die Bauern der Umgegend mieden diesen Ort für gewöhnlich. Schweflige Dämpfe und stinkender Kohlenwasserstoff traten hier inmitten von Wiesen und Buschwerk zutage und erschufen eine Spuklandschaft. So hatte die verschworene Gemeinschaft diesen Ort ganz für sich alleine. Nach und nach hatten die Männer und Frauen die Therme aus alter Zeit freigelegt und ausgebaut. Jetzt war aus dem Ort der Erholung und Entspannung eine Zuflucht geworden für Intellektuelle, Schauspieler, Künstler und Gelehrte. Sogar ein paar Angehörige der Zünfte zählten zu dem Kreis. Sich jetzt in der Stadt zu versammeln wäre leichtsinnig, ja lebensgefährlich gewesen. Die Inquisition hatte ihre Spitzel überall. Es war nur eine Frage der Zeit, bis eine Spur hin zu dem geheimen Ort führen würde. Jeder der hier Versammelten war sich dessen bewußt. Jeder mußte das Risiko, der Ketzerei bezichtigt zu werden, selber tragen. Und dennoch herrschte eine gelassene, beinahe heitere Stimmung. Es kam nicht oft vor, daß so viele sich gleichzeitig zu einem Treffen einfanden. Aber in Zeiten der Bedrängnis tat es gut, füreinander da zu sein, um den Gleichgesinnten beizustehen.

Heute war Pythagoras ernst und feierlich, denn er hatte eine ernste Rolle zu spielen. In seinem schneeweißen Mantel sah der Mime aus wie ein Zauberer aus einer anderen Zeit. Wallendes graues Haar fiel ihm weit über die Schulter. Sein Kopf war bedeckt mit einer eigenartigen Kappe, welche auf beiden Seiten die Ohren umschloß. Ein gewaltiger Bart bedeckte seine Brust fast vollständig. Pythagoras erhob seine Hände. Beide Handflächen zitterten etwas und verrieten das fortgeschrittene Alter des Mannes. Das Publikum verstummte um dem Auftritt des Großmeisters zu lauschen. Einige weilten noch im Bad und andere saßen umher in warme Tücher gehüllt.

„Seid mir willkommen, Schwestern und Brüder! Wie ich sehe, seid ihr in großer Zahl erschienen, um hier an diesem geheimen Ort Gemeinschaft zu pflegen. Die heutige Zusammenkunft wird für lange Zeit unsere Letzte sein."

Unruhe entstand unter den Zuhörern. Einer rief aus: „Wir haben schon viele Verfolgungen überlebt!"

Ein anderer: „Die müssen uns erst einmal finden!"

Pythagoras hob abermals die Hände und bat um Ruhe.

„Dieses Mal haben wir es mit einem Feind zu tun, dessen Ruf ihm schon weit vorausgeeilt ist. Ich fühle, daß dieser Mann den Willen hat, uns alle zu vernichten. Er ist dem Satan, den er zu verfolgen vorgibt, ähnlicher, als alle anderen Inquisitoren, die ich bisher erlebt habe. Er wird nicht eher ruhen, bis der letzte freie Geist widerrufen hat. Es heißt, er trage ein Handbuch zur Entlarvung der Hexerei bei sich."

Wieder entstand Unruhe. Von rechts stürmte ein Schauspieler auf die improvisierte Bühne. Er war gekleidet wie ein Dominikaner, aber auf der Tonsur klebten zwei gekrümmte Hörner und an seinem Gesäß baumelte ein geflochtener Schwanz aus Tierhaaren. Die Menge johlte,

als der Gnom sich anschickte, unter den umherliegenden Damen nach Opfern für seine Possen zu suchen. Eine Frau mittleren Alters schrie aufgebracht: „In Ravensburg hat der Feigling sechs Frauen im grünen Turm solange unter Druck gesetzt, bis sie sich selbst belastet haben. Soll etwa dasselbe in unserer Stadt geschehen? Ich sage nein, wir müssen uns wehren!"
Bevor die Stimmung vollends umschlug, beschwor Pythagoras die Menge: „Laßt euch nochmals an die goldenen Regeln erinnern. Ehrt zuerst den unsterblichen Gott, wie es das Gesetz vorsieht. Haltet euren Eid hoch! Ehrt eure Eltern und nächsten Verwandten. Den Menschen in eurer Nähe mit den besten Tugenden nehmt zum Freund. Seid stets hilfsbereit und hört auf sanfte Worte. Streitet nicht mit euren Freunden wegen nichtigen Dingen, so es möglich ist, denn Können und Müssen liegen oft eng beieinander."
Es war wieder still geworden in der Menge.
„Folgende Leidenschaften müßt ihr beherrschen lernen: Die Eßlust, die Schlafsucht, die Geilheit und den Zorn. Hütet euch davor, miteinander Schande zu treiben. Auch nicht alleine. Schämt euch am allermeisten vor euch selbst. Übt stets Gerechtigkeit in Taten und Worten. Seid nicht unvernünftig in eurem Handeln. Denkt daran: Jeder von uns muß dereinst sterben. Jedem von uns beschert Gottes Fügung Schmerzen. Tragt euren Anteil geduldig und werdet nicht verbittert darüber."
Jetzt lauschten alle ohne Ausnahme der sanften aber festen Stimme des Schauspielers.
„Im Gegenteil! Wenn immer sich eine Gelegenheit bietet zu heilen, tut es! Echte Heiler sind selten unter den Menschen. Das allgemeine Gerede unter den Leuten soll euch nicht kümmern. Selbst wenn sie Lügen verbreiten, laßt sie reden! Laßt euch von niemandem hinreißen, etwas zu sagen oder zu tun, was nicht gut für euch ist.

Überdenkt euer gesamtes Tun, damit ihr keine Dummheiten macht. Armselig sind Mann oder Frau, wenn sie geistlos reden und handeln. Führt immer nur das aus, was euch später nicht ärgert. Tut nichts, was ihr nicht versteht, sondern laßt euch vorher alles beibringen, um es richtig auszuführen. So wird das Leben für euch höchst erfreulich werden!"

Seine Augen glühten warm und freundlich und seine wohltuende Ausstrahlung hatte alle ergriffen. Er war nun wirklich Pythagoras. Die Grenzen zwischen Wirklichkeit und Schauspiel verschwammen.

„Achtet auch auf eure Gesundheit. Haltet Maß beim Essen, Trinken und Üben. Maß ist immer soviel wie euch keinen Ärger einbringt. Macht euch reinliches und anspruchsloses Leben zur Regel. Geld ist etwas, was man gewinnt und wieder verliert. Hütet euch davor, mit eurem Besitz Mißgunst zu erwecken! Treibt keinen unpassenden Aufwand, aber seid auch nicht knauserig. Bevor du nicht sämtliche Werke des Tages dreimal einzeln durchdacht hast, schlafe abends nicht ein. Frage dich: Was war ein Fehler? Was habe ich zu Ende geführt? Wo ist etwas liegengeblieben? Überprüft alles gewissenhaft. Wenn du Böses getan hast, gehe in dich. Wenn du Gutes getan hast, freue dich! Diese Dinge müßt ihr sorgfältig einüben und liebgewinnen. Warum dies alles? Das ist der göttliche Weg der Tugend! Wenn ihr daran festhaltet, werdet ihr den Zusammenhang zwischen dem unsterblichen Gott und den sterblichen Menschen erkennen. Ihr werdet die Verbindung entdecken zwischen Erscheinung und Beherrschung des Lebens. Als sei es nur recht und billig, erkennt ihr die völlige Gleichheit der Natur. Nichts wird euch verborgen bleiben. Ihr werdet feststellen, daß die Menschen selbstverschuldet leiden, weil sie in ihrem Elend das Gute nicht sehen und nicht hören. Nur ganz wenige wissen, wie man sich dem Bösen entziehen kann. Dieses Verhängnis richtet Schaden an im menschlichen Geist. Unter endlosen Leiden fahren die

Geplagten hierhin und dahin. Die Streitlust ist uns angeboren, wie eine schlimme Gesellin. Man darf sie nicht reizen und muß ihr ausweichen und sie fliehen. Oh Gott im Himmel!"
Er riß die Arme hoch und sah nach oben. Dann fuhr er fort: „Es wäre für uns eine Erlösung aus vielen Übeln, wenn du uns allen vorführen würdest, was für einen Dämon wir in uns tragen! Aber laßt euch nicht entmutigen, die Sterblichen haben ihren Ursprung in Gott. Die Natur eröffnet uns alle Dinge. Wenn ihr daran teilhaben wollt, werdet ihr diese Vorschriften befolgen. Und wenn ihr einst euren Leib verlassen müßt, werdet ihr ganz in Gott sein auf ewig und immer."
Damit beendete er seinen Vortrag und es lag Stille über seinen Zuhörern. Nur das zarte Rauschen der heißen Quellen war zu hören. Dann brandete der Applaus hoch und das Publikum geriet außer sich. Die Vorstellung war vorüber. Wortlos begannen sich die Männer und Frauen zu umarmen und verabschiedeten sich voneinander. Manche weinten leise. Einer nach dem anderen verließ das alte Bad und kehrte in sein bürgerliches Leben zurück.
Auch Johann Zainer machte sich auf den Rückweg in das elterliche Haus. Für ihn war es ein Abschied auf unbestimmte Zeit, denn bald würde er die Stadt verlassen. In Gedanken war er schon in Augsburg. Die Arbeit in St. Peter war getan und sein Bruder bereits auf dem Weg nach Ulm.

45

Als der Archidiakon unter dem niederen Türsturz des Siechhauses stand, spürte er bereits die Anwesenheit des Todes. Es war kein Gefühl, eher ein Zustand, den er bereits unzählige Male erlebt hatte in den langen Jahren als Priester und Seelsorger. Obwohl das Sterben der Menschen so verschieden war, wie die Personen selber, die in seinem Beisein auf ihre letzte Reise gegangen waren, hatte der Tod in Rolands Wahrnehmung etwas durchaus Tröstliches an sich. Das Fieber hatte Simon Lukas niedergestreckt. Da lag er nun auf einem der Holzgestelle, wie einer der unzähligen Kranken, welche er im Laufe der Jahre behandelt hatte. Zwischen den einzelnen Fieberschüben röchelte er laut. Die Entzündung in seinen Lungen produzierte soviel Flüssigkeit, daß er kurz davor war zu ertrinken. Eine Ordensfrau saß bei ihm und kühlte unentwegt seine Stirn mit einem feuchten Tuch, daß sie gelegentlich in eine Schale mit Essigwasser tauchte. Roland sah die dunklen Ringe unter ihren Augen. Die Frau konnte sich kaum mehr aufrechthalten, aber mit einem unzerstörbaren Lächeln im Gesicht versah sie ihren Dienst am Nächsten. Der Archidiakon berührte ihren Arm, sie sah demütig zu Boden, verbeugte sich und zog sich still zurück. Roland sah müde zu seinem alten Weggenossen hinunter und setzte sich unmittelbar neben den Sterbenden. Simon Lukas öffnete die Augen zu einem schmalen Spalt und betrachtete sein Gegenüber. Seine Atmung war jetzt wieder ganz ruhig. Feine Schweißperlen überzogen sein Gesicht welches rosig und frisch wirkte.
„Willst dir wohl auch noch das Fieber holen", flüsterte er leise, „aber es ist schön, dich zu sehen."

Ehrlich gerührt drückte er die Hand, an deren Finger der wertvolle Siegelring glitzerte. Roland legte seine Rechte behutsam auf den Arm seines Freundes.
„Ich werde dich nicht alleine lassen. Hast du Schmerzen?"
Simon Lukas verzog das Gesicht.
„Nicht mehr als nötig Du weißt ja, mit den Pflanzen habe ich mich stets gutgestellt."
Roland nickte belustigt. Eine Pause entstand.
„Wirst du es schaffen?" fragte er schließlich unsicher.
Simon Lukas schüttelte nur leise den Kopf und schloß die Augen.
„Dieses Mal werde ich wohl nicht davonkommen."
Roland bemühte sich, seine innere Bestürzung zu verbergen, aber es gelang ihm nicht ganz.
„Was redest du da! Gott allein bestimmt die Stunde, wann er dich zu sich nehmen wird!"
Simon Lukas drückte die Hand des Archidiakon so fest er es vermochte.
„Hör mir gut zu, Roland. Die Geheimniskrämerei ist nicht gut für uns schwache Menschen. Ich habe meinen Frieden gemacht mit Gott und ich hatte wirklich Abscheuliches zu beichten. Sogar getötet habe ich für unsere Sache. Ich habe meinen Weg vollendet, aber du hast noch viel zu verlieren. Sei gewarnt, dieser Inquisitor ist ein gefährlicher Mann. Er wird es dir nicht leicht machen. Es ist ein Geschenk des Himmels, daß der Junge außer Gefahr ist."
Roland zuckte merklich zusammen. Simon Lukas nahm die Gefühlsregung sofort auf.
„Sei beruhigt. Ich nehme mein Wissen ins Grab. Immer wenn er hier zum Unterricht erschien, sah ich dich, als du in seinem Alter warst. Du hattest dieselbe kurze Nase und dieselben Ringellöckchen. Nur die Liebe zu den Pflanzen hat er wohl von seiner Mutter geerbt."

Roland machte nun keine Anstalten mehr, seine Gefühle zu verbergen. Langsam bahnten sich kleine feuchte Linien über seinen Wangen den Weg durch sein Gesicht. Jetzt war er einfach nur noch ein sorgenvoller Freund und Vater. Der mächtige Archidiakon weinte. „Ich habe ihn gar nicht kommen hören. Plötzlich steht er da und sieht mich an", flüsterte Simon Lukas und starrte vorbei an seinem Besucher in den dunklen Raum. Roland drehte sich um, konnte aber niemanden entdecken. Sie waren alleine im Zimmer.
„Ich bin so weit, wir können gehen!" rief der Sterbende und machte Anstalten, sich von seinem Lager zu erheben. Mitten in der Anstrengung erstarrte er. Sein Gesicht lief rot an und er riß die hellblauen Augen weit auf. Dann sank er langsam nach hinten auf das Strohlager.
Roland liefen die Tränen über das Gesicht. Schluchzend nahm er Abschied von dem treuen Freund seiner Jugend. Simon Lukas erlangte das Bewußtsein nicht mehr wieder. Roland saß noch lange am Bett und vollzog dann die heiligen Sakramente. Als er ein symbolisches Kreuz auf die Stirn des Toten zeichnete, registrierte er eine Bewegung hinter sich. Gefaßt erwachte er aus seinem tiefen Schmerz.
Eine der Ordensschwestern stand unter der Tür und stammelte mit brüchiger Stimme: „Da steht ein Herold des Landes vor der Sakristei und läßt sich nicht bewegen, auf euch zu warten. Er beteuert, daß er nur euch seine Nachricht übergeben darf. Er sagt, daß er sich gewaltsam Einlaß zu euch verschaffen wird, wenn es sein muß."
Roland sammelte sich und stand mit versteinerter Miene vom Sterbelager auf.
„Es ist gut, Schwester. Ich werde mich um den Mann kümmern. Wascht nun Bruder Simon Lukas und salbt ihn mit Nardenöl. Es soll ihm auf seinem Heimgang an nichts fehlen."

Bevor er das Siechhaus verließ, übergoß er seine Hände mit Weingeist und entzündete den Alkohol an der Flamme einer bereitgestellten Öllampe. Als er den Garten durchquerte, kam ihm der Herold bereits ungeduldig entgegen. Er führte sein Pferd am Zügel, welches immer noch dampfte nach dem scharfen Ritt.
„Ich habe eine Botschaft des Fürsten Eberhard für den Archidiakon, könnt ihr mich zu ihm führen, Mönch?" fragte der gutgekleidete Soldat unwirsch.
Roland hatte keine Veranlassung dem ungebührlichen Drängen des Mannes Beachtung zu schenken.
„Was führt euch zu mir?"
Der Herold war sichtlich erleichtert, endlich seine Botschaft loszuwerden. In seiner Hand, welche in einem eleganten Handschuh steckte, trug er ein Pergament mit dem Siegel Graf Eberhards zu Württemberg. Roland hatte es sofort erkannt, da er gelegentlich mit dem Fürsten zu tun gehabt hatte. Eberhards Ruf, ein freudiger Stifter für die heilige Kirche Gottes zu sein, fanden ebenso Rolands Sympathie wie dessen tragende Rolle bei der bevorstehenden Gründung der Universität zu Tübingen. Der Bedarf an Donaten mußte ständig befriedigt werden und so war die Universität eine stille Hoffnung für die Druckwerkstatt in St. Peter. Auch zu den Fraterherren pflegte sowohl der Archidiakon als auch der Fürst gute Beziehungen. Die Brüder vom gemeinsamen Leben, wie sie sich selber nannten, strebten nach einer Erneuerung des mönchischen Lebens. Roland war mit der Bruderschaft eng verbunden in dem Bestreben die Frömmigkeit zu pflegen. In St. Peter und Paul herrschte derselbe Geist wissenschaftlichen Ernst mit praktischen Tätigkeiten zu verbinden. Eberhard unterstützte die Bruderschaft in Urach nach Kräften. Sein Geschick durch Verträge die Wiedervereinigung des Landes zu erzwingen imponierte dem Archidiakon. Statt ein schwelgerisches

Ritterleben in Burgund zu führen, hatte er seinem Vetter Mömpelgard überlassen und war Württemberg treu geblieben.

Eben diese Treue trieb ihn jetzt wieder zu einem Feldzug gegen die Vasallen der Habsburger. Roland öffnete das Schreiben, indem er das rote Siegel brach und das Pergament entrollte. Rasch las er die Zeilen. Es war nicht die Handschrift des Fürsten, offenbar hatte er den Brief diktiert. Dennoch war dem Archidiakon die Erleichterung über den Inhalt des Schreibens anzusehen. Nach kurzer Überlegung nahm seine Miene wieder einen sachlichen Zug an. Er wandte sich an den Herold, welcher sein nervöses Pferd kaum am Platz halten. Jedesmal wenn der Gaul mit der Hinterhand auszubrechen versuchte, schwang die Helmbarte, welche der Ritter an seinem Gürtel trug, gefährlich in Rolands Nähe. Die kräftige Spitze nebst Beil waren über Stangenfedern mit einem Holzschaft verbunden. Der Handschuh des Herolds ruhte auf der furchtbaren Waffe und Roland zweifelte keinen Moment daran, daß der Mann damit umzugehen verstand. Dennoch ließ der Archidiakon sich von dessen militärischem Auftritt nicht einschüchtern.

„Euer Herr wünscht allerhand. Das läßt sich nicht alles im Handumdrehen erledigen."

Zu den Ansprüchen des Landesherren auf den jungen Mönch schwieg er, aber eine Last war ihm von der Seele geglitten.

„Folgt mir, ich werde sofort alles nötige veranlassen!"

In seinem Inneren keimte die stille Hoffnung, daß Rotmund vorerst sicher war. So weit reichte der Arm der Inquisition nicht. Wenige Stunden später kehrte der Herold wieder auf schnellstem Wege in den Einsiedel zurück. Sein Pferd war schwer beladen mit zwei hölzernen Truhen, welche an einem breiten Lederband über dem Rücken des Reittieres hingen. Das Antwortschreiben des Archidiakon lag sicher verwahrt in einem Lederköcher um den Hals des Herolds. Das ge-

samte Areal im Wald war nun übersät mit Zelten, Wagen und Kriegsvolk. Achthundert Reiter und zweitausend Mann Fußvolk hatte Eberhard aufgeboten, um den Österreichern entgegenzuziehen. Und immer noch trafen weitere Truppenteile ein.
Als der Fürst vom Rücken seines Pferdes aus über das Heer blickte, murmelte er: „Das wird dir nicht gefallen, Sigmund."
Die prächtige Ritterschar um Eberhard strahlte eine Überlegenheit aus, welche sich auf das ganze Heer übertrug. In der feuchten Kälte dampften die Schlachtrösser und bliesen feine Wolken aus ihren Nüstern. Ein Geruch von frischgelöschten Feuern erfüllte die Luft. Rotmund saß wieder im Sattel des Wallachs, welcher ihn schon zum Einsiedel getragen hatte. Als Pfleger des Fürsten hatte er keine Wahl, er mußte reiten. Noch immer spürte er die Druckstellen an den Innenseiten seiner Schenkel. Er mochte nicht daran denken, wie sich ein mehrtägiger Ritt auf das Wohlbefinden seines Hinterteiles auswirken würde. Die Truhen waren sicher in einem Versorgungswagen des Fürsten verstaut. Viele der Männer rätselten, was wohl deren wertvoller Inhalt sein mochte, wenn der Landesherr eigens einen Herold aussenden ließ, um sie herbei zu schaffen. Aber die Schlüssel hingen sicher verwahrt unter Rotmunds Kutte, welcher fröstelte, als Folge des wenigen Schlafes der vergangenen Nächte. Die Banner hingen noch schlaff an den aufgepflanzten Spießen. Dann gab Eberhard seinen Hauptleuten das Zeichen zum Aufbruch. Das gesamte Heer setzte sich unter ohrenbetäubendem Lärm in Bewegung. Es dauerte fast eine Stunde, bis sich die Lichtung geleert hatte. Dort wo die Zelte die Grasnabe bedeckt hatten, blieben gelbe Rechtecke von ersticktem Gras zurück. Alle Abfälle lagen sorgfältig im Wald vergraben. Schon bald würde wieder frisches Grün die Spuren des Lagers überwuchern. Um die Berge von abgenagten Knochen würden sich die Waldbewohner kümmern. Das Morgenrot ließ die Gipfel der schwäbischen

Alb erglühen. Von Osten nach Westen reihten sich die Erhebungen des Mittelgebirges wie eine Kette aus Rosenquarz aneinander. Die Vorhut war schon vorausgeeilt, um den Rastplatz für die kommende Nacht zu sichern. Es war nicht einfach, mit solch einer großen Ansammlung von Menschen und Tieren auf unbefestigten Straßen vorwärts zu kommen. Trotz größter Umsicht der Wagenlenker waren Schlammlöcher auf dem Weg ein echtes Hindernis. Schon ein festgefahrener Wagen im Morast an einer Stelle ohne Ausweichmöglichkeit konnte das Vorankommen des gesamten Heeres bremsen. Mehrere Kundschafter waren dafür verantwortlich, solche Vorkommnisse dem Führungsstab zu melden, um das Heer räumlich beieinander zu halten. Der Weg führte entlang des Mittelgebirges in westlicher Richtung der Burg der Herren von Hohenzollern entgegen. Weithin waren ihre Zinnen und Türme sichtbar und ihre Dächer glänzten silbern im Sonnenlicht.

46

Die Zeugenaussagen nahmen den ganzen Vormittag in Anspruch. Inmitten des Raumes baumelte ein Holzbrett an vier Seilen von der Decke. Eine Vorsichtsmaßnahme während der Verhöre. Sobald eine Hexe keinen Boden mehr unter den Füßen hatte, war ihre Zauberkraft gebrochen. Männer und Frauen aller sozialer Schichten brachten ihre Wahrnehmungen und Selbstanzeigen vor. Der Notar hatte alle Hände voll zu tun. Jede Kleinigkeit mußte akribisch niedergeschrieben werden. Immer dann, wenn etwas für die Ohren Heinrichs Wesentliches vorgebracht wurde, ließ er den Satz wiederholen. Neben dem Inquisitor war noch ein weiterer Dominikaner anwesend. Er hatte die Funktion des Anklägers inne und befragte die Zeugen. Ihm kam die Hauptarbeit zu, indem er die Fragen so stellte, daß schnell ein dienliches Ergebnis zustande kam. Viele brachen während der Verhöre in Tränen aus. Andere blieben gefaßt und beantworteten die Fragen kühl und berechnend. Als sei der Tag der Abrechnung gekommen, gingen ihnen die Verleumdungen aalglatt über die Lippen. In der Hauptsache handelte es sich um betrogene Ehemänner oder eifersüchtige Frauen. Sie zögerten nicht, einen einst geliebten Menschen der Inquisition auszuliefern. Heinrich kannte die Niederungen der menschlichen Seele aus zahllosen Verhören. Er nahm wahllos diese oder jenes Detail in sich auf, um auf die Spur des Bösen zu kommen. Nach seiner Überzeugung war stets eine Hexe am Unglück der Menschen beteiligt und es galt sie zu entlarven. Der Spürhund des Herrn hatte Witterung aufgenommen.

„Was genau hatte eure Frau in ihrem Bett versteckt? Ihr müßt uns schon genau berichten, Mann!" unterbrach Heinrich die Befragung des Anklägers. Immer wenn der Inquisitor das Wort ergriff, zog sich sein Mitarbeiter kurz zurück, um dann wieder sein Trommelfeuer an bohrenden Fragen fortzuführen. Der Goldschmied hatte kaum Zeit nachzudenken, aber das war der eigentliche Zweck dieser Verhörtechnik. Jetzt aber schwieg er völlig überfordert. Heinrich ließ nicht locker und musterte den untersetzten Mann mit stechendem Blick.
„War es vielleicht ein teuflisches Zeichen oder eine Alraunenwurzel?"
Jetzt kam der Goldschmied ehrlich in Bedrängnis. Eigentlich hatte er sich nur geärgert, weil seine Frau Teile der Haushaltskasse in ihrem Strohlager versteckte, damit er das Geld nicht im Wirtshaus ausgeben konnte. Jetzt aber wollte sich der Mann mit geröteter Nase vor den Herren keine Blöße geben und schüttelte gewichtig den Kopf, um Zeit zu gewinnen.
Der Ankläger nahm Heinrichs Frage auf und drang auf den Goldschmied ein: „Sah es vielleicht wie eines jener Dinge aus, die ihr hier auf dem Tisch seht?"
Er deutete auf eine Ansammlung eigenartiger Gegenstände. Der Goldschmied trat näher an den Tisch heran und sah sich mit zusammengekniffenen Augen um. Dann deutete er zögerlich auf ein Amulett aus Gold. Inmitten eines kunstvollen Pentagramms leuchtete ein wunderschöner Rubin. Ein kurzer Blick des Befragers zum Inquisitor verriet das Gewicht seiner Wahl. Die Spur verdichtete sich für Heinrich. Der Goldschmied wurde entlassen und von zwei Landsknechten nach draußen in den Kirchhof geführt. Heinrich wandte sich zufrieden an seine Mitarbeiter.
„Es scheint, wir sind dem Inkubus auf der Spur, mit dem die Hexe ihren schändlichen Verkehr getrieben hat."

Dann unterschrieb er das Vernehmungsprotokoll mit „Henricus Institoris". Die anwesenden Kleriker und Vertreter der städtischen Gerichtsbarkeit warteten auf ein abschließendes Wort des Inquisitors, um sich endlich dem Mittagsmahl zu widmen.
Heinrich erhob sich und alle taten es ihm gleich. Dann faßte er zusammen: „Der Kreis schließt sich."
Alle nickten mit den Köpfen.
„Es zeigt sich wieder einmal das unvollkommenen Wesen der Frau."
Der Notar half ihm in den Mantel.
„Sie ist von Natur aus ein unvollkommenes Tier, welches uns zu täuschen versucht. Die Frau ist von Natur aus lügnerisch und zweifelt schnell am Glauben. Ihr Anblick ist schön, aber die Berührung garstig und der Umgang mit ihr tödlich. Alles tut sie aus fleischlicher Begierde, die bei ihr unersättlich ist."
Keiner der Anwesenden traute sich zu widersprechen, außerdem wartete das Mittagessen.
Der Tag eilte seinem Höhepunkt entgegen. Alle hatten sich wieder in dem kühlen Raum in der Nähe der Sakristei versammelt um dem Schauprozeß beizuwohnen. Heinrichs kahlrasierte Schläfen zuckten erregt, sonst war an ihm nichts von seiner inneren Anspannung abzulesen. Die Beisitzer waren jetzt noch zahlreicher als am Morgen des Verhöres, aber trotz der drängenden Enge hielten alle respektvollen Abstand zur Mitte des Raumes.
Der Inquisitor erhob gebieterisch die Stimme: „Führt die gefallene Kreatur herein!"
Einige der Anwesenden bekreuzigten sich. Dann entstand Unruhe, als die anwesenden Richter und Geistlichen nervös an ihren mitgebrachten Beuteln zerrten, welche sie an Lederriemen und Ketten um den Hals trugen. Darin befanden sich geweihte Kräuter und Salz eigens am Palmsonntag eingesegnet, eingehüllt in ebenfalls gesegnetes

Wachs, ein wirksamer Schutz gegen jegliche Zauberkraft. Zwar hatte man davon gehört, daß Richter und die Inquisition immun gegen alle Formen der schwarzen Magie seien, aber obwohl man sich auf geweihtem Boden befand, wollte man kein Risiko eingehen.

Dann wurde geräuschvoll die Tür von außen geöffnet. Zwischen zwei dicken Stricken gefesselt, wurde eine unscheinbare Gestalt hereingeführt. Zwei Büttel hielten die Seile aus Hanf weit von sich gestreckt, um ja nicht durch versehentliches Berühren der nackten Handgelenke verhext zu werden. Als würde ein gefährliches Raubtier vorgeführt, wichen die Beisitzer unwillkürlich zurück. Noch war nicht erwiesen, daß die Frau eine Hexe war, aber vorsorglich ließ man sie rückwärts gehen, damit sie den Anwesenden nicht durch den bösen Blick schaden konnte. Das rechte Auge der Frau war geschwollen und ein Bluterguß verfärbte ihre rechte Gesichtshälfte. Die Nacht hatte sie hier in einem Kellergewölbe verbracht, in einem schnell errichteten Bretterverhau zwischen aufgespannten Pergamenten. Am Vorabend hatte man sie im Beisein ihres Mannes abgeholt. Ein Beamter der Stadt und zwei Büttel hatten sie an den unwirtlichen Ort geführt und dort eingesperrt. Gestern war sie noch Anna, die kinderlose aber wohlgelittene Frau des Goldschmiedes, gewesen. Jetzt kreiste der Inquisitor mit ruhig zur Schau gestellter Sachlichkeit über seinem Opfer. Anna war bleich und wirkte aufgelöst. In dem kalten und nassen Gewölbe hatte sie sich in der Nacht beinahe zu Tode gefürchtet, aber das war nur der Beginn einer erprobten Taktik. Heinrich wußte um die verheerenden Auswirkungen der Einsamkeit auf den menschlichen Geist. Grundsätzlich war er körperlicher Gewalt nicht abgeneigt, aber die Isolation führte meistens genauso zuverlässig zum gewünschten Ergebnis. Das ramponierte Gesicht der Frau konnte in diesem Stadium dazu führen, daß einzelne Beisitzer Mitleid mit der Hexe empfinden konnten. Das würde jedoch auf den Verlauf des Verhöres keinen Einfluß nehmen,

dessen war sich Heinrich sicher. Anna trug ihren Nuschenmantel, welchen sie bei ihrer Festnahme übergeworfen hatte. Die Nusche war zerbrochen und so hing das Kleidungsstück schräg über ihrer Schulter. Beim Rückwärts gehen trat sie versehentlich auf den Saum ihres Oberkleides. Als sie strauchelte, ging ein Raunen durch den Saal. Der Mantel fiel zu Boden und ihr violettes Oberkleid wurde sichtbar.
Einer der Kleriker schrie auf: „Bedeckt die Teufelsfenster! Sie versucht uns durch ihren Leib zu betören!"
Wieder bekreuzigten sich zahlreiche der Anwesenden. Durch seitliche Öffnungen in Annas Oberkleid war das enganliegende Unterkleid zu sehen.
„Auf das Brett mit ihr!" rief einer der Beisitzer.
Anna setzte sich willenlos auf die Schaukel, welche von der Decke baumelte und wurde ein Stück hochgezogen, so daß ihre Füße den Boden nicht mehr berührten. Jemand warf ihr den Nuschenmantel über die Schultern. Fahrig zog sie sich in das Kleidungsstück zurück, wie in eine Höhle, um sich zu schützen. Ihr rotblondes Haar hing in wirren Strähnen über ihr Gesicht, aber es störte sie nicht.
Heinrichs Spezialität war es, die Sache schnell zu entscheiden. Ohne sich von seinem Platz zu erheben, begann er augenblicklich mit der Befragung. Mit sanfter väterlicher Stimme begann er: „Ihr fragt euch sicher, weshalb ihr hier seid?"
Anna schwieg und blickte zu Boden.
„Nun, ich sage euch, daß drei Zeugen in besagter Sache ausgesagt haben, was der Inquisition der heiligen Kirche Christi somit als unumstößlicher Beweis gilt."
Heinrich blickte prüfend in die Runde und machte eine Pause. Dann spreizte er die Finger und legte die Kuppen gegeneinander. Sein Blick wanderte an die völlig im Dunkeln liegende Decke des Verhandlungszimmers. Dann fragte er Anna unvermittelt: „Glaubt ihr, daß es

Hexen gibt? Habt ihr schon davon gehört, daß sich schlimme Dinge ereignen in ihrer Gegenwart, wie Krankheit von Mensch und Vieh, gewaltsamer Tod von Kindern und ähnliches?"
Anna antwortete nicht. Nur das Knarren des Gebälks, an welchem die Schaukel unmerklich schwang, war zu hören.
„Antwortet mir!"
Anna zuckte zusammen. Zaghaft öffnete sie den Mund: „Nein, Hochwürden, ich glaube nicht an Hexerei."
Die Falle schnappte zu.
Heinrich fuhr fort: „Was, denkt ihr, geschieht mit Hexen, welche unschuldig verbrannt werden? Sind diese dann unschuldig verdammt?"
In diesem Moment wußte Anna, daß es kein Entrinnen mehr gab. Sie würde entweder als Ketzerin oder als Hexe ins Feuer gehen, ganz gleich, was sie antworten würde. Alle Augen ruhten auf ihr, als sie mit fester Stimme antwortete: „Zuallererst kommt Gott der Herr!"
Damit hatte Heinrich nicht gerechnet. Die Antwort war genauso klug, wie unumstößlich.
„Und daran werdet auch ihr nichts ändern!"
Jetzt wurde Heinrich laut: „Nimm den Namen des Herrn nicht in deinen dämonischen Mund, du Hexe!"
Er sprang auf und eilte zu dem Tisch mit den bereitgestellten Beweisstücken. Zornesröte breitete sich in seinem Gesicht aus.
„Willst du leugnen, daß dieses dämonische Zeichen dir gehört?"
Begleitet von einem Aufschrei der Anwesenden schleuderte Heinrich das goldene Pentagramm samt Kette auf den Holzboden direkt vor die Angeklagte.
„Zeugen haben gesehen, wie du im Wald auf dem Rücken liegend Schande getrieben hast! Mit entblößter Scham hast du mit einem unsichtbaren Inkubi Verkehr gehabt! Derselbe, welcher dir dieses abscheuliche Amulett überlassen hat, welches in deinem Lager

sichergestellt wurde. Ferner hat dich der Leibhaftige zu Hause besucht. Es wird bezeugt, daß du mindestens zwanzig männliche Glieder in deinem Schrank versteckt gehalten hast. Du sperrst sie dort wie Vögel ein und fütterst sie mit Körnern!"
Anna mußte lachen. Diese Beschuldigungen ähnelten eher einer Fieberphantasie als einer ernst zu nehmenden Zeugenaussage. Was brachte Menschen dazu, einen solchen Unsinn zu verbreiten?
„Dir wird das Lachen noch vergehen, aber solche Störungen der Sehorgane und schädlicher Einfluß auf die Vorstellungskraft der armen Opfer ist Teil der Hexenkunst!"
Alle Zuhörer nickten verständnisvoll mit dem Kopf, als wären die Anschuldigungen hiermit hinreichend erklärt.
Plötzlich erhob sich eine ruhige Stimme: „Ich kann mir nicht vorstellen, daß Anna eine Hexe ist."
Alle Augen suchten den unsichtbaren Redner, welcher soeben aus dem Schatten der Tür trat. Der Archidiakon legte höchst persönlich seine Stimme in die Waagschale.
„Ich kenne diese Frau schon sehr lange und weiß, daß sie eine gute Christin ist. Es ist ein Irrweg, Dämonen in ihrer Seele zu vermuten."
Hoffnungsvoll hob Anna den Kopf und lächelte Roland zu. Der erwiderte ihren Blick und gab Heinrich keine Gelegenheit mehr, sein Anschuldigungen fortzuführen.
„Ich verbürge mich für Anna, Frau des Goldschmiedes, und widerspreche den angeführten Zeugenaussagen."
Entsetzen und Ungläubigkeit stand den Anwesenden ins Gesicht geschrieben. Der Stellvertreter des Bischofs bot der heiligen Inquisition die Stirn und stellte deren Untersuchungsergebnisse in Frage.
Heinrich blieb erstaunlich gelassen und rief dann mit bebender Stimme in die Runde: „Bringt alle hinaus und nehmt die Hexe in Gewahrsam. Das Verhör wird später weitergeführt."

Roland wollte sich ebenfalls entfernen, doch der Inquisitor herrschte ihn an: „Ihr bleibt hier! Wir haben miteinander zu reden!"
Die anwesenden Dominikaner schienen verunsichert, doch schließlich folgten sie der Weisung. Langsam leerte sich der Saal. Heinrich saß mit geschlossenen Augen auf seinem eigens mitgebrachten Richterstuhl. Roland stand im Licht eines der großen Fenster. Das gotische Maßwerk zeichnete regelmäßige geometrische Schatten auf seine Kutte.
Heinrich wählte seine Worte mit Bedacht und ließ keinen Zweifel an seiner Entschlossenheit: „Ich will diese Hexe haben. Ihr treibt ein gefährliches Spiel mit den Mächten der Finsternis, wenn ihr euch gegen die gesicherten Erkenntnisse der Inquisition stellt."
In stoischer Gelassenheit zog er einen Stapel von Pergamenten aus einem der Aktendeckel aus Leder und hielt sie in die Höhe.
„Hier habe ich Erkenntnisse über eine geheime Ketzergemeinschaft, welche den Lehren des Pythagoras nacheifern."
Roland zuckte unmerklich zusammen, obwohl er mit derartigen Enthüllungen gerechnet hatte. Die Frage war, inwiefern der Inquisitor seine Person mit der Gemeinschaft in Verbindung brachte. Doch dann kam der Angriff aus einer ganz unerwarteten Richtung.
„In eurer Druckwerkstatt werden diese Ketzerschriften angefertigt."
Heinrich zog mehrere Papierbogen aus dem Stapel und warf sie triumphierend auf den Tisch, wo kurz vorher noch die teuflischen Beweistücke gelegen hatten. Es handelte sich um Probedrucke und Holzschnitte der Zainer Brüder. Ein Vorblatt war überschrieben mit dem Titel „Hypertomachina Poliphili". Die Holzschnitte zeigten erotische Szenen mit eindeutigem Inhalt. Zum Glück hatten die Drucker ihre Werke nicht signiert.
„Wollt ihr deren Herkunft leugnen?"

Rolands Gehirn arbeitete in rasender Geschwindigkeit und plötzlich waren ihm die Zusammenhänge klar. Die Morde in St. Peter, der Brand in der Druckerei, die heilige Inquisition in seinen Amtsräumen. Es gab nur einen Menschen, der aus all dem Nutzen ziehen konnte. Aber war er wirklich dazu fähig, solches Unrecht anzurichten, nur um dem Archidiakon zu schaden?
„Nun es gibt einen Zeugen!"
Heinrich hatte sich jetzt genüßlich nach hinten gelehnt und genoß die offene Bestürzung seines Widersachers.
„Was glaubt ihr geschieht, wenn offenbar wird, daß ihr Ketzerei unter dem Dach von St. Peter und Paul duldet? Laßt mich raten: Der Bischof wird euch eilends eures Amtes entheben. Dann seid ihr ein ganz gewöhnlicher Geistlicher ohne Anstellung, wie es deren Hunderte auf den Straßen gibt. Ich rate euch, steigt herunter von eurem Roß des Hochmutes. Es wäre mir ein leichtes, euch in die Niederungen der Bedeutungslosigkeit zu verdammen."
Jetzt holte Heinrich zu seinem letzten Schlag aus.
„Man erzählt, ihr hättet eure Sorgfaltspflicht gegenüber euch Anvertrauten verletzt. Anscheinend sind mehrere Knaben durch eure Unachtsamkeit zu Tode gekommen. Sagt mir! Wie lange kennt ihr die Hexe schon?"
Jetzt enthüllte er sein wahres Gesicht. Ehrgeiz und Wahn hatten sich bei diesem Menschen mit einer kranken Persönlichkeit verbunden. Was war nur mit der heiligen Kirche geschehen, daß sie solche Ungeheuer hervorbrachte? Roland sah dem Inquisitor furchtlos direkt ins Gesicht.
„Auf wessen Seite steht ihr, mein lieber Archidiakon?" triumphierte Heinrich.
Roland schwieg.
„Antwortet mir!"

Roland schwieg beharrlich und wandte sich um. Ohne ein weiteres Wort verließ er den Saal. Noch bevor er die Türe hinter sich schloß, hörte er Heinrich wie irrsinnig brüllen: „Sie soll brennen! Alle werden sie brennen!"
Als Roland über den Kirchhof eilte, zitterten ihm die Knie. Es war nicht die Kälte, sondern die Folge seiner inneren Anspannung. Er mußte eine Versammlung einberufen in St. Peter. Es schien zwar gefährlich, aber hier unter den Augen der Inquisition war momentan der sicherste Platz für eine Zusammenkunft. Noch am selben Tag fanden mehrere Bürger der Stadt einen Weidenzweig vor ihrer Tür liegen.

47

Trotz der feuchten Witterung hatte das Heer eine beachtliche Strecke zurückgelegt. In der Nähe des Lochen begannen die Soldaten, das Lager zu errichten. Die Hauptleute hatten sich um den Fürsten versammelt, um zu beratschlagen. Eberhard saß bleich und ausgemergelt auf dem Stamm einer umgestürzten Eiche und stützte sich mit beiden Armen auf sein Schild.
Ein Ritter mit einer Narbe quer über das Gesicht führte soeben an: „Es mag uns viel Kraft kosten, aber wir sollten versuchen den Weg zu verkürzen. Der Paß ist zwar recht steil, aber wir gewinnen zumindest einen Tag, wenn wir nicht die ganze Alb im Westen umgehen müssen. Wir sollten den Habsburgern keine Zeit lassen, sich vorzubereiten."
Zustimmung und Skepsis lag auf den Gesichtern.
Ritter Jörg gab zu bedenken: „Wir wissen alle, daß nichts schwerer wiegt als die Anreise zum ehrlichen Kampf. Auch ich brenne darauf, Sigmunds Vasallen in ihre Grenzen zu weisen. Aber sollten wir nicht unsere Kräfte schonen, bis wir endlich auf dem Schlachtfeld stehen?"
Dabei blickte er besorgt auf Eberhard. Der erwiderte den Blick seines Freundes, aber ignorierte den gutgemeinten Versuch, ihn zu schonen.
„Wir gehen über den Lochenpaß, morgen in aller Frühe. Da ist der Boden noch hart genug für das schwere Gerät."
Damit war die Sache für Eberhard entschieden. Nahe der Einfriedung eines Dorfes wurde alles mitgebrachte Schlachtvieh aufgetrieben. Der Bedarf an Frischfleisch war enorm. Jeden Tag wurden zwei bis drei Ochsen geschlachtet, dazu jede Menge Federvieh, um das Heer zu versorgen. Um die Speisekarte zu bereichern, griffen die Köche auch

gerne auf die Vorräte der ortsansässigen Bauern zurück. Die waren dann gezwungen, ihre Lebensmittel billig zu verkaufen oder umsonst herzugeben. Rotmund hatte es sich am Rande eines kleinen Weihers gemütlich gemacht. Die Sonne drang für kurze Zeit durch die Wolken und wärmte die Rinde eines umgestürzten Stammes. Nach einem weiteren Tag im Sattel waren die dicken Moosmatten eine erholsame Sitzgelegenheit, selbst wenn man davon einen nassen Hosenboden bekam. Am Ufer wühlten Hausschweine nach Wurzeln und Insekten im Schlamm.

Das Sonnenlicht weckte die Lebensgeister und hob die Stimmung unter dem Kriegsvolk. Einige der Ritter hatten ihre farbenfrohe Reisekleidung abgelegt und plagten sich mit Hilfe der Knappen in ihre Ringpanzer. Man übte sich im Schwertkampf und versuchte mit allerlei Körperertüchtigung Kraft und Beweglichkeit der Glieder zu erhalten. Rotmund streckte sich lang auf seinem warmen Moosbett und kaute auf einem Grashalm. Solange das Lager des Fürsten errichtet wurde, hatte er freie Zeit. Später würde er den Verband des Grafen erneuern. Die Holzkisten aus St. Peter ruhten sicher im Reisegepäckwagen und das Begleitschreiben des Archidiakons hielt er unter seiner Kutte verwahrt. Später würde sich sicher noch die Gelegenheit bieten, einen heimlichen Blick auf das Pergament zu werfen. Niemand sollte erfahren, daß er eigentlich nicht sehr sicher war mit dem Lesen.

Vom Lager her wehte das Klirren der Waffen und die kriegerischen Schreie der Ritter bei ihren Übungen. Bratenduft drang von den Lagerfeuern zu ihm herüber. Plötzlich packte ihn jemand von der Seite und versuchte ihn vom Baumstamm zu rollen. Mit Mühe verhinderte er einen Sturz in das brackige Wasser des Teiches.

„Was soll denn das werden?" schrie er ärgerlich und drehte sich um.

Werner grinste über beide Backen und schwang sich auf den Baumstamm.

„Das würde dir so passen, ohne mich in die Schlacht zu ziehen!"
Rotmund war so überrascht, daß er nur dümmlich fragte: „Wie kommst du denn hier her?"
„Auf zwei Beinen bis zum Boden hinunter! Oder was glaubst du?"
Rotmund nahm seinen Bruder in den Arm. Einen Moment lang waren alle Differenzen der vergangenen Monate vergessen. Rotmund konnte es kaum fassen und freute sich einfach überschwenglich.
Werner berichtete: „Die Anwerber haben mich einfach samt der Herde dem Heer einverleibt. So ergeht es den Leibeigenen. Wenn die Herren es wollen, müssen wir gehorchen. Zugegeben, ich habe etwas nachgeholfen, weil ich die ewige Beterei in der Kirche satt hatte."
Dabei sah er Rotmund ins Gesicht und grinste. Er wirkte wieder so unbeschwert, wie Rotmund ihn seit je her kannte.
„Die Städter werden es gar nicht mögen, daß ihre Ochsen plötzlich Soldatenfutter geworden sind."
Werner wirkte ganz so, als wäre ihm die Zwangsrekrutierung nicht ganz ungelegen gekommen. Dann schwärmte er: „Hast du die Ritter schon alle gesehen? Sogar der Georg von Ehingen soll dabei sein."
Rotmund beschloß die Katze nicht sogleich aus dem Sack zu lassen.
Werner fuhr fort: „Ich habe gedacht, ich sehe einen Geist, als ich dich hier in der Sonne liegen sah. In deinem Aufzug wirst du ja wohl nicht gerade in die Schlacht ziehen wollen!"
Er zupfte verächtlich an der Mönchskutte.
„Ich tue das, was ich am besten kann", antwortete Rotmund.
Werner legte die Stirn Falten.
„Erzähle mir nur noch, du hast einen Karren voller Donaten dabei ..."
Rotmund knuffte seinen Bruder in die Seite.
„Dummer Kerl! Der Graf hat eine üble Wunde und ich soll sie versorgen, damit er das Heer sicher in die Schlacht führen kann! Sieht so aus, als hätten wir den denselben Weg!"

Rotmund war beinahe wütend und schleuderte einen Ast in den Teich. Jetzt hatte er seinem Bruder doch verraten, weshalb er das Heer begleiten mußte. Werner legte sich beide Hände auf den Kopf.
„Mein Bruder mit den heilenden Händen."
Dabei verdrehte er die Augen, faltete die Hände und blickte scheinheilig zum Himmel, wie eine der Heiligenstatuen in St. Peter. Rotmund hieb Werner abermals derb in die Seite und im Nu waren beide lachend in ein Scheingefecht verwickelt.
„He, ihr da, Mönch!" tönte eine Stimme aus dem Hintergrund. Eine Gruppe von Rittern hatte zu Pferde das Lager erreicht. Die Tiere machten einen erschöpften Eindruck, als hätten sie einen langen Weg hinter sich.
„Wo finden wir das Zelt des Grafen Eberhard im Barte?"
Die ungewöhnliche Aussprache des jungen Edelmannes machte einen befremdlichen Eindruck auf die Brüder. Er fuhr fort, ohne eine Antwort abzuwarten: „Wir möchten uns im Kampf und in der Tugend der Ritterschaft erproben und uns eurem Herren antragen. Ich habe eine lange Reise von Norden her hinter mich gebracht. Zeigt uns in Gottes Namen den Weg und einen Platz, wo wir uns erfrischen können."
Die Pferde tranken gierig von dem brackigen Wasser, und die Ritter ließen sie gewähren. Rotmund stellte sich auf den Baumstamm und wies den Ankömmlingen den Weg zum Absattelplatz. Der Ritter bedankte sich und ritt mit seinem Gefolge in das Lager ein.
„Die sind nicht von hier", bemerkte Rotmund.
Werner war beeindruckt. Tatsächlich trafen noch mehrere kleine Gruppen von Rittern ein. Anscheinend waren viele junge Adelige erpicht darauf, sich in der Schlacht zu beweisen. Manche trugen phantasievolle Standarten an langen Spießen mit sich. Werner bemerkte:
„Man könnte meinen, sie wollen gegen einen Drachen ziehen."

Am Abend kamen die schweren Ochsengespanne an und machten die Streitmacht komplett. Viele der Recken umringten die stabilen Holzaufbauten, um einen Blick auf die neuesten Waffen zu werfen. Steinkugeln und Fässer mit Schießpulver lagen dort sauber aufgeschichtet neben Geschützrohren. Die meisten der Männer winkten verächtlich ab und umfaßten ihre trefflichen Stichwaffen, Schwerter und Armbrüste, welche sie schon oft im Kampf erprobt hatten. Als sich das Tageslicht verabschiedete und die Nacht hereinbrach, begann ein ausgedehntes Schmausen und Feiern. Die Ritter begrüßten einander überschwenglich, wenn sie auf alte Bekannte trafen und mit gebührendem Respekt und Hochachtung, wenn ein berühmter Mitstreiter sich ihnen vorstellte. Die Harnische waren alle auf Hochglanz gebracht und reflektierten das Lodern der Feuer ringsumher im Lager. Musikanten spielten auf und der Wein floß aus so manchem Faß. Graf Eberhard hatte soeben die Runde der Hauptleute aufgelöst. Nur noch Georg saß bei ihm auf einem Feldstuhl.

„Es ist so, als streiten zwei Seelen in meiner Brust. Zum einen möchte ich das Wissen verbreiten und das religiöse Leben fördern. Du bist mein Zeuge! Deshalb habe ich die Brüder vom gemeinsamen Leben ins Land gerufen. Urach, Dettingen, Dadenhausen, Herrenberg, Tübingen und schon bald im Einsiedel ... fürwahr, ich will meinem Gott dienen."

Nachdenklich blickten die beiden Männer auf die Feuer, welche warmes Licht auf die Zeltwände warfen. Georg schwieg. Er kannte den Hang seines Freundes zu Monologen bereits. Das tat er meist, wenn er eine Entscheidung gefällt hatte. Dann lastete die Verantwortung schwer auf seinen Schultern.

„Ein Land zu regieren ist das andere. Die vermaledeiten Habsburger rücken mir zu sehr auf die Pelle! Da selbst der Kaiser auf diesem Auge blind zu sein scheint, muß ich handeln! Es ist genug! Ich werde

Sigmund in seine Schranken weisen! Die Herren von Fridingen sind schließlich seine Gefolgsleute. Wer meinen Besitz überfällt und brandschatzt, bekommt es mit mir zu tun!"
Eberhard war nun ganz rot vor Zorn und schlug mit der Faust auf die Lehne seines Feldstuhles. Georg versuchte zu beschwichtigen.
„Ihr müßt euch noch schonen. Es war richtig, den Mägdeberg neu zu befestigen. Und daß ihr den Fridingern eine Besatzung in die Burg gelegt habt, war das Mindeste."
Eberhard beruhigte sich und faßte an die verletzte Schulter. Georg war besorgt und legte seine Hand auf die seines Freundes.
„Ich lasse den jungen Mönch rufen. Eure Wunde muß versorgt werden und er wird euch etwas gegen die Schmerzen geben."
Eberhard nickte wortlos und erhob sich schwerfällig, um in sein Zelt zurückzukehren. Wenig später betrat Rotmund die Unterkunft. Auf einem Metallrost inmitten des Zeltes lag ein glühender Haufen Kohlen und verbreitete angenehme Wärme. Es war draußen wieder sehr kalt geworden. Da Rotmund lang beim Feuer gesessen hatte, sah er zunächst kaum etwas in der schwach beleuchteten Unterkunft.
„Da seid ihr ja wieder, Mönch. Der Winter möchte uns wohl so schnell nicht verlassen. Das bedeutet Glück für die Schlacht, denn ein durchgefrorener Boden ist das allerbeste."
Rotmund machte sich schweigsam am Verband des Grafen zu schaffen. Eberhard ertrug die Prozedur willig. Ein bissiger Wind zerrte an den Zeltwänden. Es roch nach Schnee. Als Rotmund die offene Wunde mit Kräuteressenz zu betupfen begann, zuckte Eberhard merklich zusammen.
„Ich bin gleich fertig", beschwichtigte Rotmund.
Eberhard nickte und untersuchte seinen Harnisch, welcher über einem Gestell aus Holz aufgehängt war. Sein maßgerechter Lendner aus Rindsleder stand aufrecht am Boden. Die Kälte, welche unter die

Zeltbahnen kroch, hatte die Verstärkung völlig erstarren lassen. Eigentlich diente sie zum Schutz gegen umherfliegende Armbrustbolzen, aber auch die Hauer des unseligen Wildschweins hatten ihn nicht völlig durchdringen können. Eberhard wollte seine Rüstung stets in nächster Nähe zu seinem Schlafplatz haben. Jetzt betrachtete er den geliebten Harnisch und murmelte besorgt.
„Wenn mir selbst feines Tuch Schmerzen bereitet, wie soll ich dann in der Schlacht mein Rüstzeug tragen?"
Er erhielt keine Antwort, denn Rotmund hatte ihm nicht zugehört. Nur das Pfeifen des Blizzards war vernehmbar.
„Gib mir noch etwas von deinem Schlafmittel. Süße Träume werden mir jetzt Heilung bringen."
Rotmund zögerte. Eigentlich wollte er mit seinem kleinen Vorrat haushalten. Die Droge war ein mächtiger Verbündeter. Doch dann griff er in die kleine Holzschatulle und entnahm ihr eine Harzkugel. Vorsichtig teilte er die Masse und gab eine Hälfte dem Fürsten. Eberhard betrachtete den kleinen Klumpen interessiert.
„Ihr müßt mir mehr davon besorgen."
Eine halbe Stunde später lag der Graf in tiefem Schlummer. Die Wunde war versorgt und ein neuer Verband aus sauberem Leinen schützte das nachwachsende Gewebe. Rotmund saß noch einige Zeit am Feldbett des Fürsten und lauschte dem Zerren des Windes an den Zeltwänden und Spannleinen. Er war nicht erpicht, die Nacht in Kälte und Schneetreiben zu verbringen. Hier im Zelt war es angenehm warm. Als ihm die Augen im Sitzen zufielen, beschloß er, daß es höchste Zeit war, einen Schlafplatz zu suchen. Rotmund trat ins Freie. Dichtes Schneetreiben nahm ihm die Sicht. Es war stockdunkel und er wußte nicht, wo er sich hinwenden sollte. Jetzt zwischen den Mannschaftszelten umherzuirren, war ihm unangenehm. Da vernahm er ein leises Blöken. Rotmund zog seine Kapuze über und ging den tierischen

Lauten vorsichtig nach. Am Rande des Lagers stand eine Schafherde dicht beieinander. Die Tiere scharten sich um eine alte Fichte mit weit ausladenden Ästen. Einige Schafe lagen oder kauerten am Boden, um sich unter den Böen hinwegzuducken. Rotmund ertastete sich vorsichtig einen Weg durch die Herde bis hinter den Stamm des Baumes. Im Windschatten war die Kälte erträglicher und eine Kuhle zwischen dem Wurzelwerk war gerade groß genug, um sich bequem hineinzulegen. Die Leiber der Schafe mit ihrer dichten Wolle waren zwar etwas feucht, aber warm. Die Tiere rückten eng zusammen, als der Blizzard heftiger wurde. Inmitten des Schneesturms fand Rotmund so einen Platz der Geborgenheit. Alles um ihn her verschmolz zu einem Gefühl des Friedens und der Einheit mit der ihn umgebenden Welt. Rotmund war glücklich und schlief ein.

48

Als Elisabeth das Mettmannstor erreichte, hatte ihre innere Aufregung ein wenig nachgelassen. Das förmliche Einbestellungsschreiben der Inquisition steckte in ihrem Gürtel. Außerdem trug sie ein hölzernes Kästchen bei sich, welches Schlüssel, Geldbeutel, Besteck und eine Schere mit Nadeldöschen enthielt. Ohne diese Dinge ging sie ungern aus dem Haus. Da man ihr geraten hatte, die Geistlichkeit nicht durch unpassende Kleidung voreingenommen zu stimmen, hatte sie auf ihren Schmuck verzichtet. Besonders die Franziskaner führten einen aussichtslosen Kampf gegen die Gefährdung der Sittsamkeit durch zu weite Ausschnitte, zu kurze Röcke und zu enge Kleider. Eingehüllt in eine braune Heuke, sah sie aus wie ein Unschuldsengel und entschlossen, für ihren Vater eine Begnadigung erwirken. So schnell hatte sie keine Antwort auf ihre schriftlichen Eingaben erwartet. Jetzt war die Chance gekommen, daß Vater vielleicht wieder aus der Untersuchungshaft entlassen würde. Alles hing nun vom Inquisitor ab, dessen Ladung sie durch einen Boten erhalten hatte. Mit dieser Hoffnung im Herzen lief Elisabeth St. Peter und Paul entgegen. Ausgerechnet jetzt mußte sie an Rotmund denken. Vielleicht würde sie ihm ja begegnen. Sicher war er in der Druckwerkstatt beschäftigt. Nachdem alles geklärt sein würde, hätte sie so richtig Lust, ihn zu verführen. Schon lange brannte ein großes Verlangen nach diesem Jungen in ihr. Sie mußte den Frauen in der Stadt zuvorkommen. Zwei Landsknechte bewachten das Tor zum Kirchhof und Elisabeth mußte sich mit dem Einbestellungsschreiben ausweisen. Ein unbestimmtes Unbehagen befiel das Mädchen, als sie Einflußbereich von Kirche und

Staatsgewalt betrat. Mit gesenktem Blick beobachtete Elisabeth zahlreiche Beamte und Mönche, welche emsig ihren Beschäftigungen nachgingen, ohne ihr Beachtung zu schenken. Zimmerleute waren damit beschäftigt, eine hölzerne Plattform zu errichten. Ein Knecht warf Unmengen von Reisigbündeln von einem Karren in den Kirchhof, so geschnürt, wie man sie auch zum Brotbacken benutzte. Vor einem Nebengebäude hatte sich eine Menschenschlange gebildet. Elisabeth erkannte den Hufschmied und zwei ledige Schwestern, welche nahe der Stadtmauer ein kleines Haus besaßen. Die Temperatur war spürbar gesunken und der Winter kehrte nach dem ersten frühlingshaften Wetter wieder zurück. Elisabeth schob die Hände unter ihre Heuke und stellte sich ebenfalls an. Einige der bestellten Personen froren in ihren viel zu dünnen Kleidern. Das Warten schien kein Ende zu nehmen, doch nach zwei Stunden war Elisabeth an der Reihe. Ein Gerichtsdiener geleitete sie in das Anhörungszimmer. Zunächst erkannte Elisabeth gar nichts, bis sich ihre Augen an das Raumlicht gewöhnt hatten.
Hinter einem Tisch saß ein Dominikaner mit hervorquellenden, triefenden Augen. Er sah nicht einmal hoch, als der Gerichtsdiener ihm das Bestellungsschreiben entgegen hielt. Ohne die Augen von seiner Schreibarbeit zu lösen, griff er nach dem Pergament und legte es neben sich auf den Schreibpult. Der Gerichtsdiener wies Elisabeth an, Abstand zu halten und stellte das Mädchen in die Mitte des Zimmers. Durch zwei schlanke Öffnungen im Mauerwerk fiel nüchternes Tageslicht auf Elisabeths zierliche Gestalt. Feine Schneegraupel fielen durch das Gemäuer auf den kalten Steinboden, um dort langsam zu schmelzen. Elisabeth hielt den Blick gesenkt und wartete geduldig. Vor Aufregung meldete sich ihre Blase, doch sie wagte nicht, den Mönch bei seinem Aktenstudium zu stören. Heinrich beobachtete das Mädchen

vom Nebenzimmer aus. Eine kleine Öffnung mit Schieber in der Wand machte dies möglich. Er stand unter gewaltigem Zeitdruck. Die Untersuchung war zäher verlaufen als erwartet. Eigentlich hätte er schon lange den Weg nach Mainz fortsetzen müssen, um endlich aus dem Schmutz der Straße zu treten. Was war dagegen ein gefallener und schuldig gewordener Archidiakon? Der Vorfall war skandalös, aber nicht ungewöhnlich. Es kam oft vor daß hohe Würdenträger ein gefährliches Doppelleben führten. Heinrich wußte das und die heilige Kirche wußte es. Man duldete den Umstand, insofern es sich um private Vorteilnahme handelte. Der Archidiakon hatte sich vor die Hexe gestellt und das machte Heinrich einen Strich durch seine Zeitrechnung. Jetzt ging es darum, möglichst schnell erfolgreich die Stadt zu verlassen, ohne das Gesicht zu verlieren. Diese junge Frau im Nebenzimmer war seinem Ruf zum Richtplatz gefolgt. Das war ein Moment, welcher ihn stets bewegte. Mit diesen engelhaften Zügen war schon so manche Frau in seiner Gegenwart erschienen. Er würde nicht zögern, die Wahrheit unter der Unschuldsmiene hervorzuzerren und sei es mit Gewalt. Meist genügte aber schon die Ankündigung der Folter. Heinrich überflog im Geiste ihr schriftliches Gnadengesuch für einen bekannten Ketzer. Ein Urteil der Inquisition anzuzweifeln war mehr als leichtsinnig. Sie hatte sich selber das Gericht gesprochen. Die schwarzen Schlangen seines Geistes wanden sich bereits um Elisabeth.

49

Den ganzen Tag herrschte ein Kommen und Gehen im Badehaus. Jetzt war wieder alles still, bis auf das leise Tröpfeln von Wasser aus umgestülpten Wannen und Gießgefäßen. Noch zog der warme Dampf mit all seinen Gerüchen, wohlriechenden und befremdlichen, durch das Gewölbe. Eine einsame Öllampe beleuchtete schwach den nassen Steinboden. Überall waren Spuren des ausgedehnten Vergnügens übriggeblieben. Bis in die Nacht hatten die Handwerksgesellen ihr Bad am Montag genossen. Das war verbrieftes Recht gegenüber den Zunftmeistern. Zusammen mit willigen Lichtnerinnen hatte man Geschichten und Neuigkeiten aller Art ausgetauscht und ausgiebig gebadet. Das Feuer im Nebenraum glomm noch unter einer alten Esse. Schwere Töpfe mit Wasser hingen an einem Schwenkarm über der Feuerstelle. Durch einen Schieber in einer Rinne tröpfelte unablässig umgeleitetes Bachwasser und gluckste durch den Kanal, bis es wieder in der Wand verschwand. Fernes Lärmen aus den Gaststuben erinnerte an die Nähe zur Stadt. Dann das Geräusch eines Schlüssels, welcher die einfache Mechanik der Tür entriegelte. Fünf vermummte Männer betraten die feuchtwarmen Gewölbe. Es war nicht möglich, ihre Gesichter zu erkennen. An ihren Schuhen klebte noch der Schnee. Einer der Männer ging leicht nach vorne gebeugt. Zielstrebig liefen sie in den hintersten Winkel des Badehauses bis zur massiven Wand aus Tonziegeln. Ein mannshohes Regal aus Eichenbohlen stand hier in einer der Mauernischen mit Rundbogen. Zwei der Männer machten sich links und rechts an der Wand zu schaffen. Die Nische geriet mit einem schabenden Geräusch in Bewegung. Das schwere

Regal löste sich und schwang wie eine Drehtür über eine unsichtbare Achse. Eine dunkle Öffnung tat sich auf. Offenbar besaß das Gewölbe eine versteckte Fortsetzung. Die Gruppe verschwand in dem geheimen Gang. Das Regal schwang zurück und rastete wieder in seine Ausgangsstellung. Im Schein einer Pechfackel wurde eine Treppe sichtbar, welche in engen Windungen steil nach unten führte. Noch immer wurde kein Wort gesprochen. Nur das Scharren der Füße über dem Boden verlor sich unter Tonnen von Stein. Am Fuße der Treppe versperrte eine weitere Tür den Weg. Über das gesamte Türblatt verliefen waagerechte und senkrechte Beschläge und bewegliche Stangen aus Eisen. Das Schloß griff an drei Stellen tief in das Mauerwerk. Einer der Männer zog einen Schlüssel aus dem Gürtel, so lang wie der Unterarm eines Erwachsenen und setzte die komplizierte Mechanik in Bewegung. Der Schlüssel ließ sich mühelos mit einer Hand drehen. Stangen und Zahnräder setzten sich in Bewegung, gezogen von unsichtbaren Gewichten. Dann zogen sich die Riegel aus dem Mauerwerk zurück und gaben das Türblatt frei. Die zentnerschwere Türe schwang auf. Dahinter verbarg sich eine schlichte natürliche Höhle. Schon vor Jahrhunderten hatten die Mönche den Hohlraum als Bier- und Weinkeller genutzt. Dann war die Decke eingestürzt und man hatte die Höhle aufgegeben und zugemauert. Das Gerücht war entstanden, die Seelen schuldbeladener Mönche würden ihr unheiliges Wesen in der versunkenen Höhle treiben. Niemand wollte das überprüfen und so geriet der ehemalige Keller in Vergessenheit. Keiner nahm Anstoß daran, als eine Gruppe von Fernkaufleuten den Platz über der Höhle für gutes Geld erwarben und eine kleine Kapelle zum Dank für die Bewahrung auf ihren Reise errichten ließen. Niemand vermutete einen geheimen Versammlungsort in der Tiefe unter der Kapelle. Der Saal schimmerte im bläulichem Licht einer Rosette aus

gefärbtem Glas, welche den rituellen Platz überspannte. Ein Maßwerk aus
Sandstein hielt das kunstvolle Oberlicht zusammen. Das Mondlicht fiel geradewegs über kreisförmig angeordnete Silberspiegel auf dem Dach der Kapelle durch einen verborgenen Schacht auf die Glaskuppel. Von dort breitete sich dann ein geheimnisvolles blaues Glimmen in den unterirdischen Saal aus bis auf den kunstvollen Mosaikboden. Hier standen offene Sarkophage, aus Stein gefertigt und grob behauen. Der Zugang zur Krypta in der Kapelle führte nicht bis hier in die Tiefe, sondern in ein unscheinbares Gewölbe neben der Glaskuppel. Nur vage waren ungewöhnliche Zeichen und Symbole an Wänden und Boden zu erkennen. Das gebündelte Mondlicht lieferte gerade soviel Licht, daß die gesamte Ausdehnung des Gewölbes erkennbar war. Einer nach dem anderen streifte sich die Kapuze vom Kopf. Ihre Schädel glänzten glatt und blau in der ungewöhnlichen Deckenbeleuchtung. Die Fackel glomm nur noch schwach und war bei der Tür aufgesteckt. Mit freudigen Gesten reichten sich die Mönche die Hände. Als die Begrüßung beendet war ergriff Roland das Wort.

„Ich freue mich, euch bei guter Gesundheit anzutreffen. Danke, daß ihr dem verabredeten Zeichen gefolgt seid. Wir befinden uns alle in Gefahr, entdeckt zu werden. Die Inquisition beginnt sich für uns zu interessieren. Alles hat sich leider genau so entwickelt, wie wir es erwartet haben. Die Erneuerung der Kirche von innen heraus verlangt mehr, als nur ein gerechtes Leben als Mönch zu führen. Jetzt sind die Hunde des Herrn ganz in unserer Nähe. Dieser Heinrich Krämer ist ein fanatischer und gefährlicher Mann. Er wird unsere Stadt nicht verlassen, ohne Blut zu vergießen, soviel ist sicher."

Einer der Mönche räusperte sich: „Wir danken euch alle, daß ihr soviel Wagemut besessen habt, dem Unrecht entgegenzutreten, um Anna, die Frau des Goldschmiedes, zu verteidigen."
Alle Anwesenden pflichteten stumm bei. Die fünf Geistlichen tauschten einträchtige Blicke.
Nicht alles mußte ausgesprochen werden. In den langen Jahren des geheimen Widerstandes war ein festes Band zwischen den Männern entstanden. Aus dieser Verbundenheit heraus trafen sie oft folgenschwere Entscheidungen.
Roland ergriff wieder das Wort: „Wir haben einen Verräter in St. Peter und Paul. Bruder Anselm weiß, was in der Mordnacht geschah. Ich befürchte, daß er sich mit der Inquisition verbündet hat und Heinrich mit Informationen versorgt. Im Moment dürfte er sich völlig sicher fühlen, solange Heinrich von seinem Wissen profitiert. Er wird die Gelegenheit wahrnehmen, mich aus dem Amt zu drängen, und ich fürchte, der Bischof wird mich, ohne zu zögern, fallen lassen, wenn die Inquisition auch nur den Verdacht einer Mitwisserschaft erhärten könnte."
Die vier anderen Geistlichen waren entsetzt.
„Das müssen wir unter allen Umständen verhindern."
„Soweit darf es einfach nicht kommen!" war die Reaktion auf Rolands Eröffnungen. Einer der Brüder bat mit einer Geste um das Wort. Tiefe Furchen hatten sich als Folge des Alters in sein Gesicht gegraben. Er erhob seine dunklen Augen und das blaue Mondlicht blitzte lebendig auf seiner Iris.
„Ich konnte stets hinter unseren Entscheidungen stehen. So soll es auch heute sein. Wir müssen einen Weg finden, um unser Ziel zu erreichen. Erinnert euch daran, was für eine mächtige Waffe der menschliche Geist sein kann. Wir werden für die Inquisition ein Un-

geheuer mit unzähligen Köpfen sein. Schlägt sie einen Kopf ab, wachsen zwei neue nach."
Allgemeine Zustimmung wurde laut.
Roland hatte verstanden und faßte zusammen: „Wir sind uns also einig, daß gehandelt werden muß. Der Verräter hat sein Werk bereits weit vorangetrieben. Dennoch werden wir alles daran setzen, Heinrich in die Irre zu führen. Der Archidiakon wird sich aus dem Spiel zurückziehen. Ich werde eine wichtige Reise antreten, zumindest solange, bis die Untersuchung eingestellt worden ist. Und jetzt sollen die Kugeln darüber entscheiden, was mit Bruder Anselm geschehen soll."
Mit diesen Worten zog Roland einen kleinen Beutel aus braunem Ziegenleder hervor. Die Männer tasteten ebenfalls in ihren Gewändern und hielten schließlich eine weiße und eine schwarze Marmorkugel in Händen. Einer nach dem anderen ließ seine Kugel verdeckt in den Beutel fallen, wo sie mit einem Klick bei den anderen landete. Als jeder seine Wahl getroffen hatte, entleerte Roland den Lederbeutel geräuschvoll auf den Boden. Mit ausgebreiteter Hand hielt er die Murmeln zusammen. Dann hob er die Hand. Fünf schwarze Kugeln lagen am Boden und begannen langsam auf dem Mosaik davon zu rollen.

50

Ohne Zwischenfälle überquerten die schweren Gespanne die Brücke. Obwohl die Holzkonstruktion erbärmliche Geräusche von sich gab, hielt der Donauübergang den Lasten stand. Rotmund und Werner wollten am Abend gemeinsam ihre Mahlzeit einnehmen, um die Neuigkeiten des Tages auszutauschen. Es war keine leichte Aufgabe für Werner, die Herde in dem schwierigen Gelände zusammenzuhalten. Dennoch war er schneller als die Ochsengespanne mit ihren zentnerschweren Waffenarsenalen. Die brachen früh am Morgen in der Dunkelheit auf und trafen abends als letzte am Lagerplatz ein. Zudem wurde die Herde von Tag zu Tag kleiner, da jeden Abend köstliche Braten über dem offenen Feuern schmorten. Mit jedem weiteren Tag wuchs der Begleitzug von Kaufleuten und Prostituierten an. Für alle Bedürfnisse der Vasallen, Lehensmänner und Freien gab es ein reichliches Warenangebot und Dienstleistungen. Der bunte Haufen lagerte rund um die drei wichtigsten Abteilungen des Heeres.
Rotmund beobachtete interessiert einen riesigen Schwarm Krähen. Die Vögel zogen ihre Kreise über einem kahlen Waldstück ohne ersichtlichen Grund. Auch nahe der Stadt gab es eine ähnlich große Zusammenrottung der schwarzen Vögel. Man erzählte sich, die Krähen würden sich über die Hingerichteten hermachen, um von ihrem Fleisch zu essen. Rotmunds Pflegevater hatte oft mit großer Verachtung von den räuberischen Schwärmen gesprochen, welche das Saatgut aus der Krume stahlen. Mit Vogelscheuchen und hölzernen Rasseln ließen sich die intelligenten Tiere nur vorübergehend fernhalten. An einem Sommertag hatten Rotmund und Werner eine

flügellahme Krähe nahe dem Feld in einem Gehölz gefunden. Das verwundete Tier wich ihrem Blick nicht aus und verteidigte sich mutig. Das beeindruckte die Knaben und sie nahmen das Tier heimlich mit nach Hause. In einer alten Hasenkiste fand die Krähe Obdach. Am nächsten Morgen entwendeten Rotmund und Werner Reste aus dem Schweinetrog, um ihr neues Haustier zu füttern. Doch jemand hatte die Krähe aus dem Verhau befreit. Am folgenden Tag machten die Buben eine grausige Entdeckung. Der Vater hatte das Tier mit ausgebreiteten Flügeln an eine der Vogelscheuchen genagelt. Rotmund und Werner erfuhren so schmerzlich, daß keine Gefangenen in diesem Krieg zwischen Menschen und Krähen gemacht wurden.
Als der Schwarm sich lärmend auf einer riesigen Buche niederließ, fragte sich Rotmund, wie lange die Tiere diesen Baum wohl schon für ihre Versammlungen nutzten. Eigentlich sind sie uns Menschen gar nicht so unähnlich, dachte er bei sich. Wie das Heer, in dem er sich fortbewegte, strebten die Vögel im Schwarm nach einem gemeinsamen Ziel. Im Sattel eines Pferdes konnte man trefflich die Gedanken schweifen lassen. Waldstücke und offene Flächen wechselten im Hegau ständig und das Gelände wurde flacher. Rotmund dachte fasziniert an den Aufstieg beim Lochen. Er hätte nie gedacht, daß es möglich sein könnte, ein ganzes Heer über solch steile und enge Wege zu führen. Auf der anderen Seite ging es dann stetig bergab und die Strapazen waren schnell vergessen. Der Ritt durch die tiefen Täler entlang der Bära war voller Kurzweil gewesen. Eine stille Veränderung war unter den Männern vor sich gegangen. Waren die vergangenen Tage oft geprägt von ihrem lautem Prahlen und Scherzen, wirkten jetzt fast alle still und in sich gekehrt. Der Marsch neigte sich dem Ende zu. Die einzelnen Haufen hatten enger aufgeschlossen und die Kampfgenossen formierten sich. Als das Heer sich in eine ausgedehnte Senke hineinbewegte, sah Rotmund an der Spitze einen Fahnenträger.

Eine Vorhut aus Bogen- und Armbrustschützen hielten die Waffen schußbereit. In der Mitte liefen die Fußsoldaten, gefolgt von den Rittern zu Pferde. Ein großer Troß aus Wagen und Packpferden mit Proviant, Zelten, Waffen und Belagerungswerkzeugen bildete die Nachhut. Händler, Kaufleute und käufliche Frauen hatten sich in einiger Entfernung abgesetzt. Es ging der Schlacht zu, alle Zeichen deuteten darauf hin.
Doch der kurze Tag verstrich und vor Einbruch der Nacht wurde die Zelte nach dem Vorbild eines römischen Feldlagers aufgeschlagen, um einem Überraschungsangriff des Gegners trotzen zu können. Die Heeresfahne des Fürsten von Württemberg flatterte im Wind, als Rotmund die Wachen passierte, um seinen Patienten zu versorgen. Eberhard war guter Laune.
„Nimm Platz, Mönch. Wie man sieht, hat deine Pflege mir gutgetan. Du hattest einen guten Lehrer."
Er wies Rotmund an, sich neben ihn zu setzen.
„Morgen in der Frühe greifen wir an."
Rotmund staunte über die Offenheit des Fürsten.
„Ja so ist es! Gleich hinter der Anhöhe hat sich Sigmund mit seinen Männern verschanzt. Ich bin ehrlich überrascht, wie schnell er reagiert hat. Aber mir soll es recht sein. Die Schlacht soll über Recht und Unrecht entscheiden. Du wirst uns morgen früh die Messe lesen, bevor wir in die Schlacht ziehen."
Rotmund stockte der Atem. Was eigentlich als große Auszeichnung für seine Verdienste gedacht war, ließ ihm das Blut ins Gesicht schießen. Jetzt würde alles auffliegen. Er war kein Geistlicher und sein Latein war allenfalls ausreichend. Noch nie hatte er ein Meßbuch in der Hand gehabt. Mehrere Geistliche begleiteten das Heer und ausgerechnet ihn hatte sich der Fürst ausgewählt. Rotmund geriet in Panik. Was sollte er jetzt tun?

„Wollt ihr mir den Arm brechen, Mönch?"
Eberhard beugte sich lächelnd vor. Rotmund hatte in Gedanken versunken etwas zu heftig an dem Verband gezerrt, welcher die Schulter des Fürsten fixierte.
„Verzeiht Herr, aber ich war in Gedanken."
„Nun, junger Freund, sich Gedanken zu machen, ist noch keine Sünde, aber beeilt euch mit eurer Arbeit. Jetzt wird es ernst, ich muß bald in meinen Harnisch kriechen."
Rotmund hatte noch nichts gegessen und hielt den Atem an. Als er den Verband abwickelte, drehte er den Kopf beiseite, da er schlimme Ausdünstungen erwartete. Aber nichts dergleichen war der Fall. Unter der braunen Salbenkruste hatte sich eine neue rosige Haut gebildet. Der Kräuterbrei hatte die Heilung enorm beschleunigt und keine Entzündung oder Schwellung war mehr sichtbar.
„Wenn ihr so gut predigt, wie ihr heilen könnt, junger Mönch, werde ich euch für das Stift vormerken, welches ich auf dem Einsiedel zu errichten gedenke. Dann sollt ihr ein Kappenherr werden."
Eberhards großzügiges Versprechen verschlimmerte Rotmunds Zustand nur noch. Er besaß weder Kenntnisse in der Liturgie noch Übung in der freien Rede. Die Katastrophe schien unausweichlich zu sein. Zum ersten Mal kamen ihm Fluchtgedanken in den Sinn. Aber dann fielen ihm die verstärkten Wachen ein, welche ihn wohl nicht ohne Grund aus dem Lager entkommen lassen würden. In seiner Not beschloß er, Werner einzuweihen. Vielleicht hatte der ja eine Idee, wie man sich der Situation noch entziehen konnte. Doch dann kam alles ganz anders. Ein lautstarker Disput vor dem Zelt des Fürsten riß Rotmund aus seinem verzweifelten Brüten.
„Was geht hier vor?" rief Eberhard zornig, während er die letzten Spangen seines Wamses schloß.
Ein Wachsoldat in voller Rüstung erschien im Zelteingang.

„Verzeiht Herr, aber ein Herold des Kaisers verlangt, zu euch vorgelassen zu werden."
Eberhard stutzte und erwiderte sogleich: „Laßt ihn eintreten!"
Wenige Augenblicke später stand ein vornehm gekleideter Edelmann im Schein der Öllampen. Seine Kleidung war fremdartig und entsprach der neuesten Mode bei Hof. Aus seiner Kopfbedeckung ragten mehrere Pfauenfedern. Der Herold machte keinen Hehl daraus, wie sehr er die Situation verabscheute.
„Seid ihr der Fürst Graf Eberhard im Barte zu Württemberg und rechtmäßiger Empfänger eines Schreibens des Kaisers ..."
Eberhard unterbrach die Begrüßung ungeduldig: „Nun gebt schon her, bevor es Tag wird und Sigmund in seinem Blute liegt."
Der Herold stellte sich gerade, räusperte sich und erhob stolz den Blick. Der Fürst gab ihm den Rest.
„Das gefällt wohl eurer gepuderten Nase nicht allzusehr. Doch wenn ihr erlaubt, in diesem Zelt ist nicht der kaiserliche Hof das Maß aller Dinge. Ihr werdet jetzt einfach eure Botschaft abliefern und dann geschwind das Schlachtfeld verlassen. Oder wollt ihr riskieren daß meine Ritter euch mit dem Feind verwechseln?"
Sichtlich eingeschüchtert übergab der Herold schleunigst die Botschaft in einem Lederköcher mit den kaiserlichen Wappen. Dann verließ er fluchtartig das Zelt und folgte dem Rat des Fürsten unverzüglich. Eberhard lachte schallend und erbrach das Siegel. Im spärlichen Licht überflog er die Zeilen. Mit leerem Blick ließ er das Schreiben sinken. Er las zum zweiten Mal, als könne er nicht glauben, was die reich verzierte Handschrift ihm auferlegte. Rotmund saß wie ein Kaninchen still auf einem der Feldstühle und hatte die ganze Szene zwangsläufig mit verfolgt.

Nach einer schweigsamen Pause strich sich Eberhard zitternd durchs Haar und sagte mit ausdrucksloser Stimme: „Aus der Messe wird wohl nichts werden. Geh jetzt, Mönch, ich muß meine Hauptleute versammeln."
Rotmunds erlebte ein Wechselbad der Gefühle, aber frohlockte innerlich über die unerwartete Wendung. Als er seine Instrumente eilends verstaut hatte, verließ er erleichtert das fürstliche Zelt.

51

Elisabeth zitterte vor Kälte, denn sie war vollständig nackt. Wortfetzen aus den Verhören zogen wirr durch ihren Geist. Die bohrenden Fragen und Gedanken prallten beinahe körperlich gegen das Innere ihres Schädels und fanden keinen Ausweg. Kein Hoffnungsschimmer erhellte dieses elende Loch, in welches man sie geworfen hatte. Wie konnten diese Leute nur all diese furchtbaren Dinge behaupten? Ihre Lage war aussichtslos. Die Inquisition hatte Elisabeth und weitere fünf Personen zum Ziel ihrer Anstrengungen erkoren. Jetzt gab es nur noch wenige Möglichkeiten, wie sich ihr Geschick entwickeln würde. Entweder sie denunzierte wahllos unschuldige Menschen und folgte ihrem Vater in die Unehrlichkeit und Ächtung oder sie nahm alle Vorwürfe auf sich und würde verbrannt werden. Elisabeth hatte den geistigen Zerfall ihres Vaters miterlebt. Was war das grausamere Los? Egal wie sie sich entschied, ihr Untergang schien besiegelt zu sein. Jetzt begann sie zu verstehe, warum man ihr sogar die Haarnadel abgenommen hatte. Man befürchtete, sie könnte damit ihrem Leben ein Ende bereiten. Nicht einmal ein Hemd hatte man ihr gelassen, mit dem sie sich in der Zelle hätte erhängen können. Man war peinlich darauf bedacht, das Schauspiel zu Ende zu führen. Ihre Isolation war wortwörtlich und vollständig. Selbst die ehrbaren Frauen, welche man bestellt hatte, um sie zu entkleiden, hatten ihr schweigend alles abgenommen, ohne Scham. Man versagte ihr jegliches Mitgefühl. Elisabeth durchlief ein weiterer Kälteschauer. Alle Poren ihrer Haut zogen sich zusammen und verhärteten sich. Eine der Frauen war ihr gut bekannt.

Jetzt im Angesicht ihres Unterganges schien sie Elisabeth nicht mehr zu kennen. Das Zittern am ganzen Leib war nun nicht mehr zu kontrollieren. Aber Elisabeth wollte nicht einfach aufgeben und so riß sie sich zusammen. Sie mußte sich in dem engen Käfig zurechtfinden. Es war in dem Verschlag völlig dunkel. Plötzlich spürte sie eine weiche Berührung an ihrem linken Fuß, dann einen scharfen Schmerz. Ihre Hand schnellte abwehrend hinunter zu ihrem Knöchel. Sie fühlte ihr eigenes Blut. Ein leises Quieken verschaffte ihr Gewißheit. Ratten waren ihre Zellengenossen. Doch anstatt in Hysterie zu verfallen, hatte die Anwesenheit eines Lebewesens hier etwas Tröstliches.
„Ich werde dich auch beißen, wenn ich dich erwische!" zischte Elisabeth mit zitternder Stimme. Sie hatte den Kampf gewählt. Sie würde dem Druck standhalten und dem Unausweichlichen alles entgegenschmettern, was ihr in die Hände kommen würde. Zuerst mußte sie sich Klarheit verschaffen, was sich noch alles in der Dunkelheit ihres Gefängnisses befand. Vorsichtig tastete sie sich am Boden des Käfigs entlang. Nach einer knappen Körperlänge stieß sie mit dem Kopf gegen einen Balken, während ihre Hände immer noch ins Leere griffen. Sterne tanzten vor ihren Augen. Doch der Schmerz konnte sie nicht entmutigen. Sie kroch weiter auf dem kalten gestampften Lehmboden. Nach einer weiteren Körperlänge stieß sie auf einen Absatz. Dann fühlte sie kalten Stein. Das war also die Ausdehnung ihres Kerkers in dieser Richtung. Als sie ihren Arm nach rechts ausstreckte, ertastete sie eine Mauer. Folgerichtig bewegte sie sich nach links weiter und erschrak. Kaum die Länge eines Armes entfernt war das Verlies zu Ende. Es war nur ein schmaler Schlauch mit einer schräg nach oben verlaufenden Decke. Drei Wände aus Stein und eine hölzerne Wand umschlossen das enge Gefängnis. Elisabeth wurde klar, daß sie sich unter einer Treppe befinden mußte. Um der Gefangenen das Aufstehen unmöglich zu machen, waren eilends Holzbalken in geringer Höhe

eingezogen worden. Als Elisabeth zu dem Mauersockel zurückkroch, erwartete sie eine angenehme Überraschung. Irgendeine gute Seele hatte hier ein wenig Stroh ausgebreitet. Elisabeth umarmte den kleinen Haufen, als sei die Streu ein Geschenk des Himmels und weinte. Ihr Glücksgefühl nahm kein Ende, als sie neben dem Strohlager einen irdenen Krug mit Wasser ertastete. Beinahe hätte sie ihn umgeworfen. Gierig trank sie davon. Als ihr Durst gestillt war, machte sie es sich in der Mauernische bequem. Dann tauchte wieder das Bild ihres Vaters auf und brach ihr beinahe das Herz. Wer würde ihn versorgen, wenn sie nicht da war. Sie hatte keinerlei Vorsorge getroffen, als sie das Haus verlassen hatte. Doch sie hatte fest damit gerechnet, mit einer Begnadigung für ihren armen Vater heimzukehren. Aber jetzt war alles anders gekommen. Das Stroh reichte aus, um sich damit zu bedecken. Sie konnte sich nicht ganz ausstrecken, aber rollte sich ohnehin wie ein Tier zusammen. Dieses Stroh war ein wohlgesetztes Zeichen. Es mußte einen Wohltäter geben, der Elisabeth immer noch wohl gesonnen war. Diese Hoffnung begleitete sie in einen Dämmerschlaf.
Die Taktik der Inquisition ging fast immer auf. Um den Prozeß zu beschleunigen, bediente man sich der einfachen Wahrheit, daß Menschen Vertrauen schöpfen mußten, um gesprächig zu werden. Nach endlosen Stunden in absoluter Stille zerrten Geräusche Elisabeth aus ihrem Dämmerzustand. Schauer jagten durch ihren ausgekühlten Körper. Noch ein paar Stunden und die Kälte würde ihr nichts mehr ausmachen. Ich werde einfach einschlafen und erfrieren, kam es ihr in den Sinn. Sie war erstaunt, wie gleichgültig sie über ihren Tod nachdachte. Scharrende Geräusche über ihrem Kopf holten Elisabeth wieder vollends zurück in die gnadenlose Kälte des Eiskellers. Dumpfes Stimmengewirr und das Klirren von Metallgegenständen entstand über ihrem Kopf, auf der Treppe. Elisabeth drückte sich ängstlich in eine Ecke, als Schloß und Kette von der Tür entfernt wurden.

Voller Scheu verbarg sie ihr Gesicht in den schmutzigen Händen. Eine Fackel wurde in den Verhau geschoben. Drei Männer versuchten am Boden kniend die Dunkelheit mit ihren Augen zu durchdringen. Die Fackel war gleißend hell und dampfte zischend.
„Dahinten hat sie es sich gemütlich gemacht", scherzte einer der Büttel mit zahnlosem Mund. Er trug eine enganliegende Lederhaube und deutete in die Richtung, wo sich ein heller Fleck gegen die Schwärze abhob.
„Ihr bleibt hier draußen, laßt mich mit ihr reden. Nun macht schon Platz!"
Elisabeth kam die Stimme angenehm bekannt vor. Als würde ein dichter Vorhang zur Seite gestoßen, kam Freude in ihr auf. Hoffnungsvoll rief sie in Richtung des blenden Lichtes: „Seid ihr es, Herr Keller?"
„Kluges Kind, hast mich an der Stimme erkannt. Jetzt wird alles gut! Ich hole dich hier heraus."
Das Licht der Fackel tanzte schmerzhaft vor Elisabeths Augen. Noch immer konnte sie nichts sehen.
„Hier, das ist für euch. Es ist nur ein einfaches Gewand, aber ich dachte mir, es wird euch wärmen."
Der Präzeptor Keller kroch angewidert in das Loch. Wie eine Ertrinkende umfaßte Elisabeth seinen Hals und begann zu weinen.
„Na na, Mädchen, ist ja gut."
Er löste ihre Arme und drückte ihr sanft ein zusammengefaltetes Kleidungsstück auf die entblößte Brust. Der eitle Gelehrte frohlockte innerlich tief beglückt. Nun würde sich die junge Frau nicht mehr so einfach von ihm abwenden, wie sie es in der Vergangenheit getan hatte. Er hatte ihr schließlich wieder die Freiheit ermöglicht.
„Zieht das über, ihr holt euch sonst noch den Tod in dieser Gruft."

Die Umstände hatten das Blatt zu seinen Gunsten gewendet. Als ein Lakai der Inquisition ihm den Vorschlag unterbreitet hatte, der heiligen Kirche seine Ergebenheit zu beweisen, hatte er zunächst gezögert. Ihm wurde angetragen, den verständnisvollen Freund für die Angeklagte zu spielen. Um ihr weitere Qualen zu ersparen, sollte er das Mädchen ins Rathaus begleiten, wo man ihr eröffnen würde, alles sei nur ein großes Mißverständnis. Unter dem Versprechen auf Straffreiheit sollte der Befreier ihr dann ein Geständnis entlocken. So erreichte Heinrich dann meist, ohne die Folter anzuwenden, den begehrten Beweis. Der Präzeptor war so naiv und geblendet gewesen, daß er schließlich einwilligte. Doch inzwischen waren ihm Zweifel gekommen, auf was er sich da eingelassen hatte. Ihm war klar, daß die Inquisition ihn nur benutzte. Als er das Mädchen in seiner ganzen Hilflosigkeit sah, stritten zwei Seelen in seiner Brust.
„Ihr könnt wieder aufschließen!"
Vor der Kerkertüre machten sich die Stadtbüttel zu schaffen.

52

Die Stimmung im Zelt des Fürsten war mehr als angespannt. Alle Hauptleute saßen mit gesenkten Köpfen umher oder lehnten sich gegen das Zeltgestänge. Eberhard verlieh seiner Enttäuschung Ausdruck: „Sigmund du Teufel! Fürwahr, ich hätte dich gerne um den Mägdeberg gejagt! Beim Grabe meiner Mutter, die Helmbarte hätte ich dir zwischen die Rippen gestoßen! Ich mag es einfach nicht glauben! Die feinen Klosterherren haben unser Pfand verkauft. Das bindet uns mehr, als ich verschmerzen kann. Ich will es aus dem Mund des Abtes von der Reichenau hören, daß es wahr ist! Und keine Ausflüchte will ich hören sonst brate ich den Kirchenmann wie ein Stockbrot!"
Eberhard war aufgesprungen und stellte sich vor seinen getreuen Freund und Vertrauten. Dann legte er dem Ritter Jörg entschlossen die rechte Hand auf die linke Schulter.
„Ihr müßt mir Klarheit verschaffen. Nehmt euch ein paar Männer und reitet geschwind auf die Insel Reichenau! Der junge Mönch soll euch begleiten. Wenn die Kirchenleute einen der Ihren als Zeugen vor sich haben, werden sie es nicht wagen uns Lügen aufzutischen."
Georg nickte stumm und verließ unverzüglich das Zelt. Bereits eine halbe Stunde später saß Rotmund im Sattel inmitten von fünf bewaffneten Rittern. Werner hatte gemischte Gefühle, als sein Bruder im Wald verschwand. Zu gerne hätte er ihn auf die Insel Reichenau begleitet. Der Bodensee war zum Greifen nahe. Zu Hause erzählte man sich rätselhafte Dinge über das Gewässer. Er sei so tief, daß ein Mann nie wieder auftauchen würde, wenn er zufällig ins Wasser fiel.

Diesen Umstand nutzte man angeblich, um Verbrecher im See zu ersäufen. Werner kannte keinen Weiher in seiner Umgebung, der so tief gewesen wäre, daß man nicht den Grund hätte sehen können. Deshalb schenkte er dieser Version keinen rechten Glauben. Da gefielen ihm schon eher die schrecklichen Seeungeheuer mit ungeheurem Appetit auf Menschenfleisch, oder Fische so groß wie Scheunentore, welche man angeblich im See schon gefangen hatte. Kurzum, er würde die Wahrheit vorerst nicht erfahren, denn er mußte bei der Viehherde bleiben. Das war sein Platz, den er nicht verlassen durfte.
Das Heerlager war inzwischen ein einziger Schlammpfuhl. In der Nacht war der Boden aufgetaut und weich geworden. Mit jeder Bewegung gruben sich Menschen und Tiere tiefer in den feuchten Boden und nahmen dessen Farbe an. Die Krieger schlichen wie Geister umher und ließen ihre Wut an allem aus, was sich ihnen in den Weg stellte. Nichts war schmachvoller, als mitten den Vorbereitungen zum Kampf einen Maulkorb angelegt zu bekommen. Keine zwei Steinwürfe entfernt lag die Vorhut der Habsburger und höhnte dem Gegner lautstark. Die Knappen hatten sich ängstlich in die Wälder verkrochen, um dem wachsenden Zorn ihrer Herren zu entgehen. Ein Ritter hieb wie ein Besessener mit einem schweren Schlachtschwert auf eine knorrige Eiche ein, so daß die Rinde seitlich davonspritzte. Seine Hände bluteten bereits. Er drosch sich die Enttäuschung von der Seele. Die Hauptleute ritten zwischen den Reihen von Zelten, um die ungestümen Männer zu beschwichtigen.
Eberhard beobachtete das Treiben und sah innerlich einer großen Niederlage entgegen. In diesen Momenten bedauerte er es doppelt, nicht mehr Bildung genossen zu haben. Das Regieren war oft ein launisches und undankbares Geschäft. Wissenschaftliche Ausbildung hingegen ein Fundament, auf welches man bauen konnte. Es mangelte ihm ja nicht an raschem Aufnahmevermögen und hohem Verstand.

Eberhard war ein kluger Regent und hielt die Gelehrten in Ehren. In Gedanken verweilte der Fürst vor seinem Zelt.
Zur selben Zeit holperte ein Pferdefuhrwerk ins Lager. Nur mit viel Mühe war es Roland gelungen, eingelassen zu werden. Die Wachen waren in erhöhter Alarmbereitschaft. Nach einer ausgiebigen Kontrolle und aufgrund seiner Kleidung, welche ihn als Mann der Kirche auswiesen, hatte man ihn schließlich passieren lassen. Sein Reisewagen samt Kutscher mußten draußen bleiben. Statt dessen setzte man ihn auf eines der Fuhrwerke, welches Belagerungswerkzeug zum anderen Ende des Lagers bringen sollte. Die Fahrt über die Alb und durch das Hegau war anstrengend gewesen. Roland war froh, der Enge seiner Kutsche entkommen zu sein und war guter Dinge. Jede Wagenlänge Abstand zu dem Treiben der Inquisition hatte seine Seele erleichtert. Hier war er vor dem Zugriff Heinrichs vorerst sicher. Als Vertreter des Bischofs war es nichts Ungewöhnliches, weit entfernte Sprengel zu besuchen. Mit einem gewaltigen Rumpeln blieb das Fuhrwerk im aufgeweichten Boden stecken. So mußte Roland die letzten Meter zu Fuß zurücklegen. Er versuchte so vorsichtig wie möglich in den nassen Schlamm zu treten. Kein leichtes Unterfangen, wie sich herausstellte, denn bei jedem Schritt glitt er tiefer in den Morast. Eberhard kniff die Augen zusammen und allmählich erschien ein Lächeln auf seinem Gesicht.
Roland rief ihm zu: „Es scheint heute ist ein schlechter Tag, um dem Fürsten seine Aufwartung zu machen! Wenn ihr es wünscht, verschwinde ich sogleich im Morast", dabei zog er sich die Kapuze vom Kopf, damit Eberhard ihn erkennen konnte.
„Das ist mir zur Abwechslung heute ein freudiges Ereignis. Ihr findet mich völlig überrascht, werter Archidiakon! Was führt euch bis an die Grenzen des Landes?"

Eberhards Laune verbesserte sich schlagartig. Der Besuch würde ihm die zermürbende Wartezeit verkürzen. Er eilte seinem Gast entgegen. Roland war in seiner Bewegungsfreiheit sehr eingeschränkt, da schwere Lehmklumpen seine Kutte am Saum nach unten zogen.
„Ihr bewegt euch noch beschwerlicher als meine Ritter in eurem heiligen Gewand", scherzte Eberhard, „so tretet ein in mein bescheidenes Heim und betrachtet euch als sehr willkommen!"
Mit diesen Worten bat er Roland in sein Zelt. Dem fiel ein Stein vom Herzen. Er hatte schon befürchtet, abgewiesen zu werden.
„Nehmt Platz. Ihr müßt entschuldigen, daß ihr mich im Harnisch vorfindet, aber so Gott will werde ich heute noch eine Entscheidung herbeiführen müssen."
Eberhard genoß es, sich mit einer neutralen Person austauschen zu können. Roland setzte sich gerne auf einem der Feldstühle nieder. Eberhard öffnete seinen Brustpanzer unterhalb seiner Verletzung und machte es sich ebenfalls bequem.
„Wie ich sehe, befindet ihr euch wieder bei guter Gesundheit, mein Fürst. Gott Lob! Unsere Gebete sind erhört worden."
Eberhard erklärte frei heraus: „Ihr seht nur meinen glänzenden Harnisch. Meine Schulter macht mir unter dem störrischen Leder arg zu schaffen. Aber ihr seid vermutlich von der beschwerlichen Reise erschöpft, ich lasse euch etwas auftragen. Auch ich bedarf einer kleinen Stärkung."
Eberhard erteilte seinen Knappen kurze Anweisungen. Wenig später trugen zwei Mägde duftende Backwaren und warmes Bier auf.
„Wie ich vernommen habe, bringt die Schule in St. Peter und Paul viel Segen hervor. Das ehrt euch, sehr werter Archidiakon, und verdient meine Anerkennung. Meine Fraterherren in Urach hätten es nicht besser machen können."
Eberhards Überschwang brachte Roland in Verlegenheit.

„Nichts im Vergleich zu eurem Weitblick und Durchsetzungsvermögen. Mit der Universitätsgründung werdet ihr euch in Tübingen für alle Zeit ein gutes Andenken sichern. Es ist euer Verdienst, daß bald wieder edle Wissenschaft und Frömmigkeit in Württemberg blüht."
Roland vermied es, seine Laudatio mit lateinischen Phrasen zu spikken. Aus früheren Gesprächen war ihm bekannt, daß Eberhard nie Latein gelernt hatte und dies sehr bedauerte.
Roland fuhr fort: „Um euer Vorhaben in Tübingen gebührend zu unterstützen, haben wir eine Druckwerkstatt in St. Peter und Paul errichtet. Wir denken daran, Donaten für die Studenten zu produzieren, wenn Bedarf besteht."
Eberhard schmunzelte.
„Tüchtig, tüchtig! Ihr seid auf der Höhe der Zeit. Doch nun sagt mir frei heraus, das ist doch nicht der eigentliche Grund eures Besuches?"
Roland lächelte.
„Man kann euch eben nichts vorgaukeln mein Fürst", dann faltete er die Hände.
„Da sind freilich noch einige Dinge, welche ich mit euch besprechen will."
Roland machte eine kurze Pause.
„Man hört, ihr seid willens, ein neues Stift im Einsiedel zu gründen?"
Eberhard beugte sich vor.
„Nun, mein lieber Archidiakon. Das habe ich fest vor! Ihr wißt, ich nehme nicht gerne ein Blatt vor den Mund. Ich verabscheue zutiefst die Mißstände in den Klöstern, welche uns untertan sind. Die Aufführung der Tübinger Augustiner als auch der Frauen im Offenhauser Kloster werde ich so nicht mehr lange dulden!"
Roland hatte den Nerv richtig getroffen. Eberhard wurde leidenschaftlich.

„Sie widersetzen sich hartnäckig jedem guten Wort. Saufen, fressen und huren ist nicht die Sache des Leibes Christi! Ohne die tätige Hilfe der Mönche und Nonnen geht der gemeine Mann mit allerlei Krankheiten umher und findet kein gutes Vorbild für seine geplagte Seele. So wird es nicht bleiben!"
Nun schlug er mit der Faust energisch auf die Lehne seines Stuhles.
„Das sage ich jedem, der es hören will: Ich werde sie allesamt auf die hinterste Alb versetzen und statt dessen Dominikaner nach Tübingen holen, falls sich nicht bald Besserung einstellt!"
Roland versuchte nun, das Gespräch sanft in eine gemäßigtere Richtung zu lenken.
„Da stimme ich euch zu, mein Fürst. Was für eine reiche Quelle der Frömmigkeit und Erkenntnis können Brüder und Schwestern sein, welche unter dem Namen des Allmächtigen zusammen leben und arbeiten! Die Brüder vom gemeinsamen Leben gehen mit gutem Beispiel voran. Obwohl ich ein Gelübde abgelegt habe, sehe auch ich die freie Gemeinschaft von Klerikern und Laien unter einem Dach als fruchtbaren Boden. Frömmigkeit und Wissenschaft kommen so in neuem Glanz zusammen. Das Ergebnis seht ihr in dem jungen Schüler, welcher euch auf eurem Waffengang begleitet hat."
Jetzt hatte Roland geschickt die Überleitung zu seinem zweiten Anliegen eingefädelt. Eberhard fuhr sich nachdenklich durch den Bart.
„Der junge Mönch ist wahrlich begabt und vielversprechend. Er versteht sich trefflich auf die Heilkunst und ist obendrein noch mit der Druckkunst vertraut. Daß er kein Gelübde abgelegt hat, wie ich annehme, stört mich wenig. Der Wille und die Leistung zählt. Er soll mich nach Urach begleiten, wenn es euch recht ist. Dann kann er entscheiden, ob er wieder zu seinen Donaten nach Reutlingen zurückkehren will oder ein Kappenherr wird! Und was euch betrifft: Das Stift

auf dem Einsiedel wird bald gebaut werden. Wenn ihr eures Amtes müde werden solltet, dort ist stets ein Platz für euch."
Rotmund befand sich in Sicherheit. Roland schloß erleichtert die Augen, bevor er antwortete.
„Das Gebäck ist vorzüglich und das Bier wärmt ordentlich von innen heraus."
Eberhard stimmte ein in das belanglose Geplauder. Die Unterhaltung ließ ihn für eine Stunde die Sorge des Regierens vergessen. Als Roland schließlich wieder aufbrechen wollte, hatte sich der Graf ganz entspannt.
„Ich lasse euch zu eurem Wagen bringen", dann ganz ohne Zusammenhang, „der Junge sieht euch wirklich sehr ähnlich."
Roland sah dem Fürsten ins Gesicht.
„Ich habe ein Gelübde abgelegt, wie ihr schon wißt."
Während er zu seiner Kutsche gefahren wurde, dachte er über Eberhards Worte nach. War es möglich, daß der schlaue Fuchs in seiner Seele gelesen hatte? Ohne Probleme konnte er das Heerlager wieder verlassen. Sein Kutscher hatte es sich inzwischen neben dem Wagen gemütlich gemacht und ein Feuer entzündet.
„Wir fahren noch nicht zurück, Franz. Ich habe noch eine Audienz beim Bischof in Konstanz."
Der nickte stumm und schüttete das Feuer mit dem Fuß zu. Dann bestieg er den Kutschbock. Roland setzte sich neben ihn, er hatte keine Lust, schon wieder in den engen Kasten gesperrt zu werden.

53

Dichter Nebel verbarg den See wie ein feuchtes Leichentuch. Gerüche von faulenden Pflanzen vermischten sich mit Brandgeruch aus den Räucheröfen der Dörfer am Seeufer. Dort lagen schwere Nachen angefüllt mit Fischernetzen und Reusen am Ufer. Rotmund fröstelte und starrte in die dichte Nebelsuppe. Am ganzen Körper drang die Nässe durch jede Öffnung in der Kleidung und sickerte von oben in die Stiefel. Dicke Tropfen perlten von den Rüstungen der Ritter.
„Laßt die Pferde einfach laufen. Sie sollen sich selber einen Weg durch das Schilf suchen", rief Jörg seinen Gefährten zu.
Das Gelände entlang des Sees war völlig aufgeweicht und durchzogen von überwucherten Kanälen. Trat ein Pferd in eines der Sumpflöcher, war die Gefahr eines Sturzes groß. Mehrmals versanken die schweren Tiere mit den Hinterläufen im weichen Morast, konnten sich aber immer kraftvoll selbst befreien. Kein Weg und keine Straße war erkennbar. Nur ungern hatten die Männer eine direkte Route entlang des Ufers eingeschlagen, aber die Zeit drängte. Die Einheimischen versteckten sich furchtsam in ihren Hütten und es war nicht möglich gewesen, einen ortskundigen Führer anzuwerben. Mit einem schrillen Wiehern strauchelte eines der Pferde und begrub seinen Reiter unter sich. Der Ritter hatte Glück im Unglück. Unter dem Gewicht des Pferdes war er in dem weichen Morast unverletzt geblieben. Das Tier steckte triefend naß, mit hängender Mähne bis unter die Brust im Schlamm.
„Das reicht jetzt! Wir reiten keinen Schritt weiter", rief Ritter Jörg. Aus seinem Bart quollen fette Wassertropfen.

„Zwei Mann bleiben hier bei den Pferden. Der Rest geht mit mir. Irgendwo finden wir ein Boot. Wir setzen über."
Der Plan wurde gutgeheißen und sofort in die Tat umgesetzt. Nach kurzer Suche und Verhandlung mit den Eigentümern bestieg die Abordnung zwei Holzboote bei Allensbach. Die Fischer weigerten sich zunächst, den direkten Weg über den See zur Reichenau einzuschlagen. Im Nebel sei es weit gefährlicher hinauszufahren, als am Ufer entlang zu stochern. Aber dann sei es nicht möglich, bis vor Einbruch der Dunkelheit St. Georg zu erreichen. Die Soldaten wechselten kurze Blicke. Im nächsten Moment hatten die Bootsführer ein Messer an der Kehle. So überzeugt trieben sie ihre Nachen auf den verhangenen See hinaus. Rotmund stand bis über die Knöchel im Wasser, welches im Bootskörper umherschwappte. Schwimmen hatte er nie gelernt und so überkam ihn eine unangenehme Beklommenheit über der Tiefe des Sees. Verschiedene Wasservögel schwammen zwischen dem Seegras umher und flogen erschreckt auf, als die Boote aus dem Nebel auftauchten.
Gleißendes Licht verwandelte langsam die Nebelschwaden in einen glühenden Vorhang. Die runde Sonnenscheibe stand flach über dem Horizont im Westen inmitten des Wasserdampfes. Mit einem Schlag riß die Nebelbank auf und die Boote fuhren auf dem spiegelglatten See, welcher in wunderbarer Klarheit vor ihnen ausgebreitet lag. Die Schönheit des Ausblickes verschlug selbst den hartgesottenen Kriegern die Sprache. Inmitten der spiegelnden Fläche lag die Insel Reichenau wie ein grünes Band ausgebreitet auf dem See. Das Schlaglicht verwandelte die flache Erhebung in einen Reigen von Farben mit klar umrissenen Formen. Im Hintergrund erhoben sich die schneebedeckten Gipfel der Alpen gegen einen stahlblauen Himmel. Rotmund nahm die ganze Fülle des Bildes in sich auf. Wie ein Teppich aus unzähligen Sternen glitzerte das Sonnenlicht auf der Wasserober-

fläche. Auf der Inselerhebung waren wenige markante Gebäude zu erkennen. Ein Schilfsaum umrahmte das Eiland und bildete eine natürliche Barriere zum Wasser hin. In unregelmäßigen Abständen führten lange Stege bis zum See hinaus. Die Männer wechselten sich mit den Fischern beim rudern ab. Die waren erleichtert über den glücklichen Ausgang. Der Ritter Jörg klang nun wieder hoffnungsvoller, als er sich an die Bootsbesitzer wandte.
„Wir steuern direkt auf St. Georg zu. Dort werdet ihr uns wieder aufnehmen, wenn wir unsere Mission erfüllt haben."
Rotmund genoß die restliche Bootsfahrt: So schön hatte er sich den See nicht vorgestellt. Ein feines Schleifen und Scheuern entstand, als die Boote das Schilf durchquerten. Rotmund beobachtete emsige Wasservögel auf schwimmenden Nestern. Dann legten die Boote an und üppiges Grün empfing die Abordnung. Uralte Weiden säumten die Ufer und erinnerten Rotmund an die Bäume entlang der Echaz. Gruppen von Bäumen und Büschen versperrten die Sicht auf das Kirchengemäuer. Vom Ufer aus war auf einer unbedeutenden Anhöhe nur die Kirchturmspitze von St. Georg zu sehen. Verwilderte Gärten und Anbauflächen reichten bis unmittelbar zum Seeufer. Die große Zeit der einst bedeutenden Insel schien vorüber zu sein. Überall sah man Spuren des Verfalls.
Inmitten des überwucherten Ackerlandes stand ein Mensch und mühte sich mit der Grabgabel. Mit starken Armen stieß er das Werkzeug in den Humus und legte die Schollen wieder umgedreht zurück. Dabei entfernte er die Stengel der Stauden vom letzten Jahr. Er war so sehr bei der Arbeit, daß er die kleine Schar von Besuchern nicht bemerkte. Erst als ihn Ritter Jörg aus nächster Nähe ansprach, sah der Mann erschrocken auf und schimpfte los: „Bei allen Heiligen! Wollt ihr, daß ich auf der Stelle tot umfalle? Man schleicht sich nicht an hart arbeitende Leute heran!"

Eine Tirade von Vorwürfen prasselte auf den Ritter hernieder. Für einen Bauern war der Mann eindeutig zu wortgewandt. Inzwischen hatte er einen roten Kopf bekommen und wurde erst etwas leiser, als er Rotmunds Kutte inmitten der Kriegerschar entdeckte.
„Wie ich sehe, habt ihr geistlichen Beistand bei euch."
Ohne noch eine Silbe an den Anführer zu verschwenden, ging er auf Rotmund zu und drückte ihm herzlich beide Hände.
„Verzeiht mir Bruder. Mein unbeherrschtes Wesen geht manchmal mit mir durch. Wie oft habe ich schon den Herrn gebeten, er möge mich mit Langmut segnen. Mein Name ist Walahfrid und ich heiße euch herzlich willkommen auf der Reichenau, lieber Bruder. Fühlt euch zu Hause in unserem kleinen Refugium."
Rotmund faßte sofort Vertrauen zu dem kräftigen Mann, der einfach geradeheraus sagte, was er dachte.
„Sagt mir, wie seid ihr unter dieses Kriegsvolk geraten? Es ist nicht gut für eure Seele, junger Freund, mit solch gewalttätigen Menschen Gemeinschaft zu pflegen."
Walahfrid scherte sich nicht im geringsten um die düsteren Mienen der Ritter, welche anscheinend allmählich die Geduld verloren. Rotmund wollte nicht riskieren, daß die Soldaten dem Mann womöglich Gewalt antaten.
„Ich will es euch gerne erklären. Doch sagt mir zuerst, wo wir den Abt finden können. Es geht um eine Angelegenheit von höchster Wichtigkeit. Das Leben vieler Menschen hängt womöglich davon ab."
Rotmund versuchte dem Anliegen das nötige Gewicht zu verleihen. Doch Walahfrid schüttelte bedauernd den Kopf.
„Ihr kommt zu spät. Der Abt liegt schon seit Monaten zur Pflege nieder. Nur Gott allein weiß, ob er den Frühling noch erleben wird. Aber ihr könnt statt seiner die Brüder in St. Peter befragen. Das sind die einzigen Mönche, welche noch das geistliche Leben den Verlockungen

des Fleisches vorziehen. Nun gehabt euch wohl, ich muß arbeiten und will keine törichten Fragen mehr beantworten."
Unruhe entstand unter den Rittern. Sie waren es nicht gewohnt, sich von einem gemeinen Mann so abfertigen zu lassen. Rotmund ließ nicht locker.
„Es ist wirklich wichtig, daß ihr uns den Weg dorthin genau beschreibt. Diese Männer brauchen unbedingt eine Auskunft für den Fürsten von Württemberg. Wenn ihr erlaubt, werde ich euch hier solange zur Hand gehen."
Rotmund rechnete nicht wirklich damit, daß der Mann auch nur den Finger für den Fürsten rühren würde, aber Walahfrid schien der Vorschlag zu gefallen. Und so ließ er sich endlich dazu bewegen, den Rittern den Weg entlang des Ufers zu erklären. Am Schluß fügte er noch hinzu: „Wenn ihr den Rat eines einfachen Diener Gottes befolgen wollt, werte Herren, laßt eure Waffen und Rüstungen hier zurück. Kein Mönch ist beim Anblick eines Schwertes sehr gesprächig und ohne Pferde werdet ihr zu Fuß schwer an eurer Ausrüstung tragen."
Georg und seine Männer berieten sich kurz. Dann fingen sie an, wenigstens Arm- und Beinschienen abzulegen. Helme und Schilde hatten sie bereits am anderen Ufer bei ihren Pferden zurückgelassen. Doch auf ihre Waffen wollten sie auf keinen Fall verzichten. Die Abordnung setzte sich unverzüglich in Bewegung. Rotmund blieb zurück und sah ihnen nach. Dann spuckte Rotmund in die Hände. Er fühlte die Kraft seiner Jugend selbstbewußt in allen Gliedern. Wie liebte er es doch, im Freien zu arbeiten. Wohlriechende Pflanzen und der Duft frischer Erde erfüllten ihn mit großem Glück. So warf er die langen Wintermonate ab wie eine alte Haut. Gemeinsam mit Walahfrid grub er den Acker um. Der staunte über die kraftvolle Leichtigkeit, mit der Rotmund den Grabstock handhabte. Nach einer knappen Stunde war die Arbeit getan.

„Sehr gut! Ich sehe ihr habt Freude an der Feldarbeit. Ich denke, wir verdienen eine kleine Stärkung. Begleitet mich zur Kirche."
Rotmund nickte freudig und wischte sich die Stirn trocken.
„Das unselige Kriegsgerät lassen wir hier im Gebüsch zurück. Dafür interessiert sich hier niemand in unserer Abwesenheit, außer vielleicht ein paar Schlangen. Von denen gibt es hier eine Menge."
Rotmund zögerte kurz und wog das Risiko ab. Da weit und breit keine Menschenseele zu sehen war, schlug er alle Bedenken in den Wind und folgte Walahfrid durch eine kleine Allee von Kastanienbäumen. Durch dichtes Buschwerk lugten bereits die alten Mauern. Im Laufe der Zeit hatten Flechten und Moose die Steinmauern besiedelt und die Vögel bauten auf jedem Vorsprung ihre Nester. Entlang der Mauern standen Steine mit Inschriften und gaben Aufschluß über die gesellschaftliche Bedeutung, welche die Insel einst inne hatte. Jetzt wucherte das Grün durch alle Ritzen und das Laub der Bäume hatte fast alle Gräber zugedeckt. Außer Walahfrid gab es keinen mehr, der sich um die Anlagen kümmerte. Er wandte sich im Gehen an Rotmund:
„So sieht es aus, wenn sich das geistliche Leben auf dem Rückzug befindet. Aber ich verrate dir jetzt ein Geheimnis. In der Kirche befindet sich ein ganz besonderer Schatz, der immer noch seine Botschaft aussendet."
Dabei tat er so geheimnisvoll, daß Rotmund wirklich gespannt war, was ihn in dem alten Gemäuer erwarten würde. Der Vorplatz zum Kirchengebäude war überdacht. Als Walahfrid die schwere Eichentür mit Rundbogen hinter ihnen schloß, drang kein Laut mehr an Rotmunds Ohren. Jetzt standen sie vor dem eigentlichen Portal zur Kirche. Walahfrid zog einen riesigen Schlüssel aus einer dunklen Nische in der Mauer.

„Sei so gut, Bruder, und schließe für mich auf. Ich habe das Reißen in den Händen und die kleinen Bewegungen machen mir arg zu schaffen."

Er hielt den Eisenring, an welchem der Schlüssel baumelte, Rotmund entgegen. Tatsächlich waren die Knochen an seiner Hand stark verwachsen und die Gelenke mit Knoten verdickt.

„Ihr solltet Wurmfarnwurzeln abkochen und eure Hände darin baden. Auch die Blätter der großen Klette sind eine wirksame Medizin. Einfach frisch zerdrücken und den Brei auf die schmerzenden Stellen auftragen."

Rotmund gab weiter, was er von seinem Lehrmeister gelernt hatte. Walahfrid sah ihm direkt in die Augen.

„Ich sehe, ihr wißt um die Heilkräfte der Pflanzen, junger Freund. Sagt mir, wer hat euch gelehrt, die Kräfte zu gebrauchen?"

Rotmund erzählte vom Siechhaus und Bruder Simon Lukas.

„Leider kenne ich euren Lehrer nicht persönlich, aber wenn ihr mit mir in unsere kleine Bibliothek kommen wollt, werdet ihr sicher euer Wissen erweitern können."

Und ob Rotmund das wollte. Eine Bibliothek hatte er hier nicht erwartet. Rotmunds Herz pochte aufgeregt vor lauter Vorfreude. Allein dieses Wort übte einen Zauber auf ihn aus. Er dachte an Franz und die wunderbaren Lateinstunden inmitten der Sammlung des Archidiakon, oder an die aufregenden Schilderungen der Zainer Brüder, welche umfangreiche Bibliotheken mit vielen Handschriften besucht hatten. So war Rotmund in Gedanken versunken, als die stabile Kirchentür aufschwang. Das Licht floß wie Balsam durch den Kirchenraum und schuf eine heilsame Atmosphäre. Rotmund trat in eine kleine Welt der Farbflächen, welche den ganzen Raum umlaufend bedeckten. Nie zuvor hatte Rotmund Bilder in dieser Qualität gesehen. Ein ganzer Kosmos tat sich vor ihm auf.

Walahfrid beobachtete die Wirkung der Fresken auf den Jungen. Er lächelte milde, als er erklärte: „So haben unsere Vorfahren das Leben Jesu Christi gesehen und mit Farben auf den Kalk gemalt. Daran haben sie einfach und ehrlich geglaubt. Schau dir nur alles in Ruhe an. Ich warte auf dich in der Sakristei."
Walahfrid entfernte sich erheitert, um einen guten Schluck Apfelmost zu genießen. Rotmund sah ihm kurz nach und gab sich dann wieder der Bildergeschichte hin. Die Darstellungen und Szenen waren so lebendig und erzählten aus den Evangelien. Die Wundertaten und Begebenheiten aus dem Leben eines lebendigen Mannes waren hier abgebildet. Hier war Jesus von Nazareth der wundersame Heiler, ein wahrhaftiger Mensch unter Menschen. Nicht nur eine unnahbarer Heiliger, welcher über allen stand und das Gericht über die Menschheit sprach. Und was Jesus tat, war zutiefst das, was Rotmund als heilige Sehnsucht empfand – er ging unter den Menschen umher und tat Wunder. Krankheit und Dämonen flohen in seiner Gegenwart und mußten vor ihm weichen. Das war all das was Rotmund auch mit seinem Leben tun wollte. Bisher kannte er nur das Martyrium dieses Mannes. Hier stand das Heilen und Wirken im Vordergrund. Die Darstellungen von dem schrecklichen Tod am Kreuz, wie er sie bisher gesehen hatte, konnte Rotmund nicht diesem Leben zuordnen. Was war nur geschehen? Warum mußten sie den Sohn Gottes töten? Und dann Jesu als der von den Toten Auferstandene, im Triumphzug direkt in den Himmel. Die Geschichte war hier so dargestellt, als wäre sie soeben passiert. Neben der Treppe zum Chor entdeckte Rotmund eine Gruppe von vier Teufeln. In ihrer Mitte hielten sie eine aufgespannte Kuhhaut. Dort saß ein weiterer Dämon mit einer Schreibfeder, welcher soeben einen Text auf das Leder geschrieben hatte, so schien es. Rotmund ging näher heran und entzifferte die alten Worte: „Ich will hie shribun ... von diesen tumpen wibun ... was hie wirt plapla

gusprochun ... üppiges in der wochun ... das wirt allus wol gudaht ... so es wirt für den Rihter braht."
Er verstand nicht einmal die Hälfte.
„Das sind weise Worte und haben immer noch Gültigkeit."
Rotmund erschrak. Walahfrid war mit einem gefüllten Krug zurückgekehrt und stand nun hinter ihm und übersetzte: „Da steht – Ich will hier aufschreiben – von diesen dummen Frauen – was da blabla geschwatzt wird soviel – die ganze Woche – aber an all das wird erinnert, wenn es vor den Richter kommt."
Rotmund sah Walahfrid etwas verständnislos an. Der sah von dem Wandbild hin zu dem Jungen und sagte nur: „Du wirst das verstehen, wenn du älter bist. Komm, wir gehen nach draußen und erfrischen uns. Mir wird langsam kalt hier drin."
Rotmund trennte sich nur ungern von dem üppig ausgemalten Raum, welcher noch soviel barg, was er gerne länger betrachtet hätte.
Walahfrid schob ihn vor sich her.
„Warte nur, bis du einen der Codices zu Gesicht bekommen hast, dann begreifst du, was Illustratorenkunst vermag", philosophierte der weise Mann und machte es sich auf einer warmen Mauer gemütlich. Eine Eidechse blinzelte schläfrig in der Sonne. Kohl- und Blaumeisen flogen in kleinen Gruppen umher und suchten in den geschichteten Steinen nach Insekten. Rotmund hielt die Augen geschlossen und ließ sich die Sonne ins Gesicht scheinen. Ein sanfter Wind streichelte seine Haut. Alle Strapazen der vergangenen Wochen waren vergessen.
„Wohlan! Nimm einen kräftigen Schluck Apfelmost, dann brechen wir auf zum Marienmünster."
Walahfrid schien es plötzlich sehr eilig zu haben.
„Wir gehen am Ufer entlang, dann kannst du noch einen Blick auf den Kräutergarten werfen."

In Sichtweite zum See zog sich der Uferweg in lieblichen Windungen um die ganze Insel. Im seichten Wasser in Ufernähe tummelten sich zahlreiche Wasservögel mit wolligem Nachwuchs. Die Küken folgten ihren Eltern piepend und pfeifend durch das Schilf. Der See lag im Licht und verströmte seinen frischen Geruch.

54

Die Oberen der Stadt lehnten es energisch ab, das Rathaus für die Ermittlungsarbeit der Inquisition zur Verfügung zu stellen. So blieb Heinrich nur noch die Burg auf der Achalm über der Stadt. Die Pechfackeln knisterten und zischten, wenn sich Feuchtigkeit auf ihnen niederschlug. Sonst war es totenstill im Wald. Nachdem Elisabeth und Anna sorgfältig eingekleidet worden waren, brachte man sie eskortiert von drei Stadtwachen auf die Achalm. Die beiden Frauen wagten nicht, miteinander zu sprechen. Nur ab und zu sahen sie sich ängstlich um. Beiden war anzusehen, daß sie gelitten hatten. Trotz der frischen Kleidung und einem sauberen Gesicht fühlten sie sich beschmutzt.
Die Begleiter schlugen den Weg zur Burg ein. Was unter normalen Umständen eine Ehre für jede Frau in der Stadt bedeutet hätte, war heute nichts als ein Schauspiel. Die Herren von der Achalm hatten keine Einwände, daß die Inquisition ihre Burg für ihre Zwecke nutzte. Eine überraschende Einladung auf die Burg war der entscheidende Teil des Verhöres. Die Gefangenen sollten sich zuerst in Sicherheit wiegen und dann aus freien Stücken ein Geständnis unterschreiben. Das würde ihnen eine peinliche Befragung unter der Folter ersparen. Die Vertrauten der Angeklagten spielten dabei eine wichtige Rolle. Und so lief der Präzeptor Keller mit ausgreifenden Schritten über den Anstieg durch den Wald. Fast hätte man meinen können, der Gang zur Burg sei für ihn ein Spaziergang. Er war bester Laune und pfiff eine muntere Melodie.
„So macht doch nicht ein so griesgrämiges Gesicht, Jungfer Elisabeth! Ihr seid bald wieder frei und könnt tun und lassen, was euch beliebt."

Die Lüge kam dem dicklichen Mann glatt wie Wasser über die Lippen. Elisabeth schwieg. Nicht eine Sekunde hatte sie der angeblich freudigen Wendung ihres Schicksals Glauben geschenkt. Elisabeth verließ der Mut. Wie sollte sie diese Mauern überwinden? Und dann wußte sie plötzlich, was zu tun war. Die Burg auf der Achalm lag in tiefem Dunkel, als sie ein heruntergelassenes Fallgitter erreicht hatten. Entweder schlief die Besatzung oder die Herren von der Achalm waren unterwegs. Die Stadtwachen schlugen heftig gegen das Gitter. Nichts regte sich. Auch der Präzeptor wurde ungeduldig und trommelte seinerseits gegen die massiven Eichenbalken. Ein Hund fing an zu bellen. Dann wurde ein kleiner Fensterladen in luftiger Höhe aufgestoßen. Darauf steckte eine alte Frau ihren Kopf durch die schmale Öffnung.
„Wa witt?" keifte die Alte. Ihre Haare hingen in wirren Strähnen vom Kopf. Sie hatte offensichtlich schon im Bett gelegen.
Einer der Männer trat näher und rief empor: „Wir sind angemeldet! Schnell, berichte deinem Herrn, die Inquisition begehrt Einlaß!"
Die Alte hörte angestrengt zu und rief dann nach unten:
„Mir hent älles, mir wellet nix!"
Damit war für sie das Thema erschöpfend behandelt und der Fensterladen flog zu. Nachdem er wieder geräuschvoll verriegelt war, hörte man, wie sie sich entfernte, um wieder ihr Bett aufzusuchen. Damit schien keiner der Männer gerechnet zu haben. Zunächst schaute einer betreten zum anderen, dann schlugen sie mit vereinten Kräften gegen das Fallgitter. Endlich kam wieder Bewegung auf hinter den Mauern und dieses Mal war es ein heftig fluchender Knecht. Wieder flog der Fensterladen auf.
„Verzeiht, werte Herren, aber die Ahne ist fast taub und sieht schlecht! Ich lasse euch sogleich ein."
Wenig später hörte man eine schwere Kette rasseln, Schlösser wurden entriegelt und Stangen beiseite geschoben. Eine Mechanik setzte sich

in Bewegung. Dann endlich öffnete sich der Aufgang zum Burghof. Der Knecht stand mit einer riesigen Laterne unter dem Tor. Offensichtlich war er schwer angetrunken und schwankte bedenklich. Wenn die Herren nicht in der Burg weilten, genehmigte er sich gewöhnlich einen heimlichen Humpen. Alle schienen erleichtert und so sah man über den unfreiwilligen Aufenthalt vor verschlossener Tür hinweg. Präzeptor Keller fühlte sich berufen, nochmals die Wichtigkeit ihrer Mission herauszustellen. Er baute sich vor dem betrunkenen Knecht auf und nahm eine schulmeisterliche Stellung ein.
„Nun, guter Mann, wollen wir nicht mehr viele Worte verlieren. Seid so gut und zeigt uns unverzüglich das Quartier für die Nacht. Wie ihr wohl schon bemerkt, haben wir zwei Damen unter uns, wenn ihr versteht, was ich meine."
Mit einem frivolen Lächeln befeuchtete er sich mit der Zunge die Lippen. Der Knecht schien wenig beeindruckt und bemerkte nur knapp: „Ich sehe nur eine."
Dann wandte er sich um und würgte mit einem häßlichen Geräusch einen Schleimklumpen hervor und spuckte ihn auf die Erde.
Erst als der Waldrand erreicht war, verlangsamte Elisabeth das Tempo. Wie eine Gemse war sie in gerader Linie den Abhang hinuntergerannt. Gesicht, Arme und Beine waren vom Dornengestrüpp übel zerkratzt, aber sie ignorierte den brennenden Schmerz. Wichtig war jetzt nur, daß sie ihr Leben gerettet hatte. In höchster Konzentration war sie die ersten Meter geschlichen wie eine Katze, um keine Aufmerksamkeit zu erregen. Dann ging sie so weit unterhalb der Burgmauer entlang, bis sie riskieren konnte, in der Fallinie durch den Wald zu türmen, ohne gehört zu werden. Sie rang nach Luft und preßte ihre Hand in die Hüfte gegen das Seitenstechen. Angetrieben von der Sorge um ihren Vater schlug sie sich, stets Deckung suchend, von einem Feldgehölz zum anderen den Abhang hinunter. Die Angst, verfolgt zu

werden, saß ihr in den Gliedern. Sie dachte kurz an Anna. Die hatte es nicht gewagt zu fliehen. Fünf Schritte war Anna mitgelaufen, dann hatte sie der Mut verlassen. Elisabeth wollte sich nicht ausmalen, was ihre Leidensgefährtin erwartete. Dazu hatte sie jetzt sowieso keine Zeit. Im Laufen entwickelte sie einen Plan. Langsam kroch Angst in ihr hoch. Noch nie war sie nach Einbruch der Dunkelheit außerhalb der Stadtmauern gewesen. Alle Geschichten von Greueln und bösen Umtrieben tauchten aus dem Dunkel auf und sie fürchtete sich sehr. Der Aberglaube saß tief und Panik begann sich in ihr breit zu machen. Doch es gelang ihr, sich wieder zu beruhigen. Sie hatte todesmutig beschlossen, den grauenvollsten Ort aufzusuchen, den sich ein Stadtbewohner nur vorstellen konnte. Sie hatte einen Platz ausgewählt, an den kein ehrlicher Bürger je seinen Fuß setzen würde. Ihr Ziel in der Dunkelheit waren die Hütten der Leprakranken. In ihrer aussichtslosen Lage klammerte sie sich an jeden Funken Hoffnung. Am Rande eines Ackers fand sie einen Haufen Roßmist. Weniger ihre Augen als mehr ihre Nase hatten sie dorthin geführt. Aus den Erzählungen einer Nachbarin, deren Bruder am Aussatz erkrankt war, wußte sie, daß etliche Arme sich im Mist wälzten, um sich Einlaß im Leprosorium zu erschwindeln. Ihr Plan war, sich unbemerkt unter einen Haufen Leprosen zu mischen, welche in den frühen Morgenstunden in die Stadt schlichen, um Almosen von ihren Verwandten zu erbetteln. Das wurde geduldet, obwohl es die Obrigkeit nicht gerne sah. Oft hatte sie die gebeugten Gestalten vom Fenster aus beobachtet. Die Leprosen waren im Gegensatz zu den Bettlern und Armen leicht an den blauen oder grauen Kutten zu erkennen. Gestreifte Kleidung sei ihnen verboten, hatte ihr Vater erklärt. Außerdem trugen sie stets Handschuhe und ein Trinkgefäß bei sich. Elisabeth wollte sich ein Leprosengewand verschaffen. Während sie sich angewidert den Dung ins Gesicht schmierte, beschloß sie, an der Echaz entlang zu schleichen.

Sie wußte, daß die Leprosen verpflichtet waren, zweimal die Woche zu baden. Deshalb lag das Leprosorium in unmittelbarer Nähe zum Bach. Die Echaz würde sie in der Dunkelheit sicher ans Ziel führen. Sie bedauerte fast, daß sie nicht mehr über die Ärmsten der Armen in ihrer Stadt wußte. Jetzt war sie ihnen näher als jemals zuvor in ihrem Leben. Alles hatte sich verändert. Ohne Schuld war sie auf die unterste Stufe der Gesellschaft gesunken, die nicht zögern würde, sie zu vernichten. Sie war nun eine Vogelfreie. Jeder Bürger durfte sie töten, ohne mit Bestrafung rechnen zu müssen. Wer ihr ab dem heutigen Tag Speise und Wohnung gab, mußte ganz offiziell mit Konsequenzen rechnen. Voller düsterer Gedanken folgte sie dem Bachlauf. Immer wieder mußte sie Wildrosen- und Schlehenbüschen ausweichen. Plötzlich hatte sie das Gefühl, nicht mehr allein zu sein. Dann folgte ein greller Blitz in ihrem Kopf. Elisabeth fiel kopfüber in das dunkle Wasser.

55

„Hat er etwas Verwertbares gestanden?"
Heinrich Krämer blätterte ungeduldig in den Protokollen, welche sein Schreiber auf einem säuberlichen Stapel abgelegt hatte. Der Angesprochene mit frischrasierter Tonsur sah kurz von seinem Schreibpult auf und antwortete.
„Er redet nur noch wirr und das Blut rinnt ihm aus den Ohren."
Der Inquisitor haßte die bäuerische Roheit, mit der die Folterknechte zu Werke gegangen waren. Solche Ungeschicklichkeit führte zu keinem sauberen Ergebnis. Er verabscheute jegliche Szene, in der Blut floß. Die Gefahr bestand darin, daß man Mitleid mit einem teuflischen Ketzer empfand. Der Dämon sollte möglichst so lange in seinem irdischen Gefängnis gefangen bleiben, bis man den Leib des Ketzers dem Feuer übergab. Heinrich nahm den Gefolterten kühl in Augenschein, um das Ausmaß der Verletzung einschätzen zu können. Der rechte Arm des Buchbinders war ausgekugelt und hing verdreht am Körper. Das war nichts Beunruhigendes, aber durch einen ungeschickten Schlag mit einer Feuerzange hatte er eine Hirnblutung erlitten.
„Befragt ihn ein letztes Mal!"
Krämer wandte sich diskret ab und putzte sich die Nase. Es war recht frisch in dem Kellergewölbe unter dem Skriptorium. Hierher hatte man die peinliche Befragung verlegt. Der gesamte Mitarbeiterstab war zugegen, außerdem zwei Vertreter der städtischen Obrigkeit. Dann hatte Heinrich wieder eine seiner Eingebungen. Er wandte sich an den Schreiber.

„Macht eine Notiz zu meinem Manuskript. Der Titel des Buches soll lauten ‚Maleus Maleficus'."
Jetzt war wieder die höhere Berufung an die Stelle des Tagesgeschäftes getreten. Heinrich fühlte die selige Sehnsucht, sich endlich wieder seinem Lebenswerk zu widmen.
„Wir übergeben heute noch die Hexen der Obrigkeit und morgen in aller Frühe brechen wir auf. Veranlaßt alles Notwendige!"
Seine Reisegefährten kannten diese abrupten Szenenwechsel bereits. Der Inquisitor wurde gleichsam an unsichtbaren Fäden seiner Bestimmung entgegen gezogen. Sein Sendungsbewußtsein war dann so stark, daß er oft mitten in einer Untersuchung das Zeichen zum Aufbruch gab. Nun galt es schnell und aufeinander abgestimmt das begonnene Werk zu beenden. Schlußfolgerungen wurden niedergeschrieben und mit den Zeugenaussagen verglichen. Dokumente wurden bestätigt und gesiegelt, um der weltlichen Obrigkeit die Ausführung zu überlassen. Zuletzt galt es noch, Proviant und Verpflegung für die Reise in der Stadt zu organisieren.
Unglücklicherweise war der Archidiakon auf dem Weg zum Bischof. Dieser Umstand würde die eigene Reisekasse schmerzlich belasten, denn der Archidiakon verwaltete die Finanzen der Diözese. Das geschäftige Treiben drang nicht mehr in das Bewußtsein des alten Buchbinders. Seine letzten Gedanken waren voller Sorge um seine Tochter Elisabeth gewesen. Er hätte so gerne alles auf sich geladen, um von ihr abzulenken, aber sein ohnehin geschwächter Körper war zerbrochen. Da seine Leiche bereits mehrere Stunden auf dem Streckbett gelegen hatte, war die Totenstarre eingetreten. Als die Knechte seine Fesseln lösten, verblieb der Leichnam in einer unnatürlichen Stellung. Einer der Dominikaner nahm den Toten mit kühler Sachlichkeit in Augenschein. Anschließend schrieb er den Totenschein nieder. Als Todesursache vermerkte er die Einwirkung eines dämonischen Subkubus,

welcher sich des Buchbinders Leib bedient hätte. Dann banden die Knechte den Leichnam in ein fleckiges Tuch und verschnürten das Paket. Im Kirchhof hatte sich bereits der Henker eingefunden. Er war damit beschäftigt, die Scheiterhaufen zu inspizieren. Ein guter Durchzug von unten nach oben war ihm wichtig, damit das Holz schnell und kraftvoll loderte. Zu Füßen der Verurteilten hatte er gerne einen soliden Haufen mit Buchenscheiten. Die sorgten für einen kraftvollen Brand, der genügend Energie besaß, um einen menschlichen Körper vollständig einzuäschern. Reisigbüschel erzeugten einen guten Feuereffekt, aber brannten sehr schnell nieder. Fachmännisch überprüfte er mit dem Stiefel die Festigkeit des Holzhaufens. Als er die schwitzenden Knechte mit ihrem Leichenbündel aus dem Keller auftauchen sah, hielt er inne.

„He, ihr beiden da, wollt ihr mich um mein Brot bringen?"
Mißmutig verschränkte er die Arme über seinen feuerroten Robe.
„Ungeschickte Tölpel seid ihr! Soll ich jetzt einen Scheiterhaufen wieder abtragen, oder was?"
Die Knechte schwiegen belemmert.
„Man sollte euch wahrhaftig die Zunge herausreißen!"
Jetzt grinsten die Männer. Zwischen den Ruinen ihrer Zahnreihen gab es nur noch längst vernarbte Stummel.
„Verzeiht mir! Ich vergaß, daß ich sie euch ja bereits herausgerissen habe."
Alle drei schütteten sich aus vor Lachen. Mit einem häßlichen Geräusch fiel der Nesselsack auf den Karren, wo schon mehrere Leichenpakete zum Abtransport bereit lagen.

56

Am Turm des Münsters hatten sich Gruppen von Zugvögeln niedergelassen, um zu nisten. Zahllose Singvögel begleiteten die beiden Wanderer durch den üppig grünen Ufersaum. Rotmund liebte ihr unvergleichliches Konzert. Der Frühling kündigte sich lautstark an. Vor der Basilika war ein Kräutergarten angelegt. Eine umlaufende Mauer diente als Windschutz und Wärmespeicher. Walahfrid verscheuchte zwei Ziegen, welche sich über die saftigen Kräuter hergemacht hatten. „Die Viecher wissen nur zu gut, daß sie hier nichts zu suchen haben!" keuchte Walahfrid, „es sieht so aus, als seien eure Begleiter noch beschäftigt."
Unter einem ausladenden Baum dösten zwei Ritter in der Sonne, während Georg von Ehingen vermutlich seine Nachforschungen im Kloster anstellte. Rotmund studierte den Reigen von Kräuterpflanzungen. Er bestimmte mühelos Salbei, Kerbel, Sellerie, Liebstöckel und Fenchel. Langsam ging er an den sauber abgegrenzten Reihen von Beeten entlang. Rotmund entdeckte ein klare Geometrie in der Aufteilung des Kräutergartens. Zwei Reihen zu je vier Beeten bildeten ein vollkommenes Quadrat. Diese innere Form war wiederum nach außen durch vier Beete begrenzt. So war es möglich, auf kleinem Raum bequem zwischen den Kräutern umherzugehen.
Walahfrid erklärte gerne: „Das ist die alte Cultura Hortorum. Ein früher Namensvetter von mir hat ihn angelegt. Er war einst Abt in diesen Mauern und hieß Walahfrid Strabus. Wir versuchen jedes Jahr aufs neue, die Kräuter in seinem Sinne zu ordnen, aber ich bin mir nicht mehr sicher, ob alles am Platze ist."

Rotmund fragte nach: „Gibt es einen Plan für die Ordnung der Anpflanzungen?"
Walahfrid seufzte: „Das glaube ich wohl. Er hat sein Wissen hier niedergeschrieben. Aber wenn wir nicht mehr sind, wird es wohl verlorengehen."
Er genoß es, wie Rotmunds Interesse entflammte. Wie ein Schatzsucher tastete er sich von Beet zu Beet, um die Vielfalt der Pflanzungen zu ergründen. Doch jetzt drängte Walahfrid zum Aufbruch. Er wollte unbedingt den Brüdern im Refektorium den Gast vorstellen. Es kam nur noch selten Besuch, und dieser Junge hatte gute Anlagen, den rechten Weg zu gehen, wie er meinte.
„Ihr habt Glück. Ich werde euch noch schnell zu unserem Tonsor bringen, bevor wir zum Mahl gehen."
Dabei befühlte er seine kahle Kopfhaut, welche mit Altersflecken überzogen war. Sie betraten gemeinsam die kühle Stille des Klosters. Zwei ältere Mönche unterhielten sich angeregt auf dem Gang.
Walahfrid näherte sich leise und sprach einen der beiden an. Rotmund verstand nicht, was verhandelt wurde. Der Tonsor, ein kleiner Mönch mit heraustretenden Augen, gab Rotmund ein Handzeichen. Dann verschwand er über den Gang durch ein schmale Tür. Rotmund lief artig hinterher. In einem kleinen Raum mit Türe zum Gang standen Tisch und Stuhl bereit. Der Tonsor wies Rotmund an, auf dem Stuhl Platz zu nehmen. An der getünchten Wand hing eine Zeichnung. Auf dem gelblichen Pergament war ganz klar der Umriß eines Menschen zu erkennen. Rotmund wußte nicht recht, was ihn hier erwartete und so betrachtete er das Bild aufmerksam. Derweil machte sich der Tonsor hinter ihm zu schaffen und breitete sein Werkzeug aus. Die Zeichnung war mit schwarzer Tusche gefertigt und nicht sehr genau. Einfache Linien sollten die Blutbahnen darstellen, wie eine Landkarte. Jetzt nahm der Tonsor andächtig und konzentriert ein

scharfes Werkzeug, welches in der Form einem Messer ähnelte, aus einer kleinen Holzlade, welche in den Tisch eingelassen war. Rotmund brach das Schweigen mit einer Frage.
„Sagt mir, was soll die Zeichnung an der Wand bedeuten?"
Der Tonsor prüfte die Schärfe der Klinge.
„Nun, mit der Fliete kann man nicht nur Bärte und Tonsuren stutzen, sondern auch trefflich zur Ader lassen."
Erfreut über das unerwartete Interesse lief er nach vorne und benutzte das blanke Instrument als Zeigestock.
„Was ihr hier seht, sind die drei Hauptadern, welche mit dem Blutsaft den Körper des Menschen durchfließen."
Der Tonsor war in seinem Element und gab in einem Anflug von gelehrtem Hochmut sein Wissen zum Besten.
„Am wirkungsvollsten ist ein Längsschnitt in die Kopfader, da diese mit vielen Gefäßen in Verbindung steht, welche Säfte führen."
Er strich mit der stumpfen Seite des glatten Stahls an besagter Stelle über Rotmunds Haut.
„Bei Problemen mit Lungen, Herz, Schmerzen sowie allen Formen der Schwermut schneidet man die Mittelader an."
Jetzt fuhr er Rotmund in Höhe der Brust über das Gewand. Rotmund spürte die Kälte des chirurgischen Instrumentes durch den Stoff.
„Habt ihr Atembeschwerden, Schwindelanfälle, Milz- oder Leibschmerzen? Nein? Sonst würde ich euch die Leberader öffnen."
Rotmund war erleichtert, daß keines der Leiden auf ihn zutraf.
„Und alle drei Adern treffen sich hier, in der Armbeuge."
Damit nahm er Rotmunds Arm und schob den Ärmel bis über den Ellbogen, um die Demonstration anschaulich zu gestalten.
„In Quer- oder Längsrichtung wird geschnitten, durch Druck oder Schlag!"

Mit Entsetzen sah Rotmund die Fliete Richtung Armbeuge sausen. Um Haaresbreite vor der Hautoberfläche stand sie still. Der Tonsor lächelte und sah Rotmund ins Gesicht. Der war vor Schreck kreidebleich geworden.
„Wirklich schade!" sagte der Tonsor.
„Ihr habt vortreffliche Adern. Aber wir wollen heute ja nur eure Tonsur auffrischen."
Rotmund atmete auf und war froh, nochmals entkommen zu sein. Sein Kopf wurde sanft nach hinten gezogen über eine tiefe Mulde in der Lehne des Stuhles.
„Wann habt ihr eure letzte Rasur erhalten?"
Rotmund log.
„Ich bin schon sehr lange auf Reisen und erinnere mich nicht mehr."
Der Tonsor prüfte den Haarschopf.
„Nun, dann habt ihr aber einen mächtig starken Wuchs. Ich kann keinen Ansatz erkennen."
In diesem Moment erschallte eine kleine Glocke, welche zum Mittagsmahl rief.
„Wir müssen uns ranhalten, sonst werden wir das Gebet verpassen."
Unglaublich schnell fielen Rotmunds Locken zu Boden. Nach wenigen Augenblicken erschien die rosafarbene Kopfhaut. Der Tonsor beendete sein Werk mit einem guten Rat.
„Gebt acht in den nächsten Tagen mit der Frühjahrssonne. Die Haut ist empfindlich nach dem langen Winter."
Gekonnt fegte er die hellblonden Locken zusammen.
„Rasch jetzt!"
Mit dem Zeigefinger am Mund gebot er Rotmund zu schweigen. Im Refektorium hörte man bereits einen dünnen lateinischen Gesang. Fünf Mönche saßen an einer viel zu großen Tafel. Eine Schüssel mit Wasser stand auf dem Tisch. In stiller Andacht wusch sich jeder die

Hände und trocknete sie an einem Leintuch. Ein großer Topf Gerstenbrei wurde aufgetragen und Walahfrid teilte große Laibe von Roggenbrot aus. Der Brei war mit viel Butterschmalz aufgerührt und sättigte vorzüglich. Dann machten große Humpen mit Bier die Runde. Rotmund lehnte entschieden ab.
„Verzeiht, aber ich trinke lieber Wasser!"
Nach den bösen Erfahrungen in der Stadtschenke wollte er nicht glauben, daß die Mönche den Sud freiwillig zu sich nahmen. Walahfrid erklärte sachlich: „Dies Gebräu ist in Maßen genossen heilsam und hilfreich. Das richtige Bier zur richtigen Zeit kann den teuren Arzt ersetzen. Seht hier Bruder Jonas. Er neigt zum Schlaganfall."
Walahfrid verwies auf einen feisten Bruder mit hochroten Backen.
„Er trinkt Lavendelbier und erfreut sich seither bester Gesundheit. Ebenso hilft das Wacholderbier bei Gicht und Farnkrautbier bei Leberleiden."
Rotmund lehnte trotzdem höflich ab und nahm statt dessen noch einen Teller Brei. Nach der Mahlzeit und einem kurzen Dankgebet stellte Walahfrid seinen Gast vor.
„Liebe Brüder. Hier haben wir einen Schüler aus dem berühmten Skriptorium in Reutlingen."
Rotmund staunte nicht schlecht. Wie hatte der Mönch das herausgefunden?
„Er hat die lange und beschwerliche Reise auf sich genommen, nur um hier einen Blick auf die Perikopenücher werfen zu dürfen."
Walahfrid schwindelte frei heraus und die Mönche nickten wohlwollend.
„In seinem Namen bitte ich darum, das Anliegen zu unterstützen."
Er setzte sich wieder und wartete auf den Konsens der Brüder. Keiner hatte Einwände vorzubringen und somit war die Erlaubnis erteilt. Alle gingen wieder ihren weltlichen Aufgaben nach. Es gab viel zu tun, um

die kleine Gemeinschaft am Leben zu erhalten. Walahfrid war zufrieden und wandte sich an Rotmund.
„Laß uns sogleich in die Bibliothek eilen, bevor deine Begleiter fündig geworden sind. Mit der Ordnung um die Bücher steht es nicht zum besten. Ein wenig Zeit hast du noch."
Auf dem Weg dorthin fragte Rotmund erstaunt: „Sagt, wie habt ihr erraten, daß ich in einem Skriptorium gearbeitet habe?"
Walahfrid schmunzelte.
„Das war ganz leicht! Ihr habt immer noch Schatten von Tinte an euren Unterarmen und die schwarzen Punkte am Daumen habt ihr euch sicher versehentlich mit der Feder unter die Haut gestoßen."
Rotmund war verblüfft über die Beobachtungsgabe seines Gastgebers.
Die Sammlung war in einem luftigen Speicher untergebracht.
„Wir haben die Reste unserer Schätze hier zusammengetragen. Eigentlich ist es eine Kornkammer aber wir hatten große Probleme mit Schimmel und Feuchtigkeit im Erdgeschoß."
Rotmund sah Stapel von Büchern und Dokumenten wahllos durcheinander liegen.
„Wie ich schon sagte, es herrscht keine Ordnung mehr und man muß froh sein, daß überhaupt noch etwas da ist."
Walahfrid fühlte sich in der Pflicht die Situation zu erklären.
„Ja, unsere Bibliothek war einst bis über die Grenzen hinaus berühmt. Da stand Buchrücken an Buchrücken in dunklen Regalen aus Eichenholz. Das was du hier siehst, ist der kümmerliche Rest, den uns die Österreicher noch nicht gepfändet haben. Seit unser Abt Friedrich von Wartenberg Wildenstein nicht mehr ist, geht es bergab. Die Habsburger Herzöge mischen sich in jede Angelegenheit und versuchen uns zu bevormunden. Acker um Acker haben sie uns schon gepfändet, um die unselige Schuldenlast zu tilgen. Jetzt sind unsere Einkünfte kaum mehr der Rede wert und reichen geradeso aus, um

nicht am Hungertuch zu nagen. Und irgendwo da drin ...", er deutete auf zwei mannshohe Stapel mit Akten, „ ... da steckt wohl auch die Abtretungskunde des Mägdeberges an den Sigmund von Tirol."
Rotmund schluckte und platzte dann heraus: „Aber ihr habt die Ritter doch um die halbe Insel nach St. Peter geschickt."
Walahfrid unterbrach ihn.
„Ganz recht. Ich wollte etwas Zeit gewinnen und außerdem tut es diesen aufgeblasenen Pinkeln ganz gut, sich in der frischen Luft zu bewegen, ohne alles kurz und klein zu schlagen. Die Brüder dort werden sie wohl eine Weile beschäftigen, bevor sie wieder hier aufkreuzen. Wir haben langsam Übung darin, uns vor den Begehrlichkeiten des Adels zu schützen. Ich gebe zu, der Landesfürst scheint sich in einer peinlichen Situation zu befinden. Aber was ist das schon im Vergleich zu dem, was sich hier abgespielt hat."
Rotmund war beeindruckt. Sein Gegenüber hatte wirklich die Ruhe weg.
„Aber nun möchte ich dir etwas zeigen!"
Walahfrid bewegte sich zielsicher zwischen den Stapeln hindurch und zog einen Hocker aus einer Nische. Dann murmelte er unverständliche Worte und zog ein schweres Buch hervor. Vorsichtig und beinahe zärtlich wischte er mit dem Ärmel den Staub vom Einband.
„Dort hinten ist auch noch ein Stehpult abgestellt. Sei so gut und trage es hierher zum Licht!" rief er Rotmund zu. Der hatte das Möbel bereits entdeckt und zog den Pult geräuschvoll über den Holzboden unter eine der Dachluken. Walahfrid stellte den wertvollen Band auf die Schräge und setzte sich wieder auf den Hocker. Vorsichtig öffnete Rotmund den Buchdeckel. Voller Ehrfurcht blätterte er in der Titelei, den ersten Seiten, des handgeschriebenen Werkes.

57

Zielstrebig bahnte sich der Archidiakon einen Weg durch das Dickicht. Links und rechts vom Grund des Tobels ragten schroffe Felsen empor, unbezwingbar und kalt. Am Fuß der Felsen floß ein kleiner Bach und bildete glasklare Teiche am Sockel der grauen Steinungetüme. Kein Weg und kein Pfad führte mehr zu der alten Einsiedelei. Seit ein Mönch aus der Abtei Cluny die Klause in der Wildnis errichtet hatte, war der Wald noch undurchdringlicher geworden. Eingewachsen und umrahmt von einem Mantel aus Blattwerk lag die kleine romanische Kapelle beinahe unsichtbar, eingebettet in die Kalkformationen. Ein schlichter Raum, eingedeckt mit zahllosen Kalkplatten. Über mehrere Jahrhunderte hinweg hatten Pflanzen, Tiere und Jahreszeiten das Mauerwerk bearbeitet. Langsam wurde aus dem Gebäude wieder Natur. Eine Ringelnatter mit schöner Zeichnung auf dem langen schlanken Leib sonnte sich auf dem erwärmten Dach. Als das Reptil die menschliche Witterung mit der Zunge aufnahm, verließ sie schnell ihren Platz. Geräuschlos glitt das Tier durch das Gebüsch und verschwand.
Roland ging durch den niederen Türsturz. Mit bloßen Händen machte er sich daran, Wurzelwerk, Blätter und Erde zu entfernen. Stunde um Stunde räumte er das Gotteshaus aus. Sein Atem ging schwer, denn er hatte nicht mehr die Kraft seiner Jugend. Und dennoch war die körperliche Arbeit befreiend. Am frühen Abend war die Arbeit getan. Mit einem Bündel dünner Zweige fegte er den Boden.

Schließlich fügte er zwei Äste zu einem Kreuz zusammen und befestigte es auf dem Altar, indem er sein Werk zwischen zwei Steine aus Muschelkalk verkeilte.

Einen kurzen Moment blieb Roland stehen, um alles zu betrachten, was er geleistet hatte. Dann fiel er nieder. Beide Arme in der Form eines Kreuzes auf der kalten Erde ausgestreckt, verharrte er in stillem Gebet. Er hatte diesen heiligen Ort lange nicht mehr aufgesucht, um vor Gott zu treten. In der Stille suchte seine Seele nach dem Herrn. Nicht als mächtiger Kirchenmann, als bedürftiger Mensch voller Fehler lag er mit dem Gesicht nach unten auf dem Boden. Hier an diesem Bach hatte er einst mit Claudia ein Kind gezeugt. Wie hatten sie einander begehrt und alle Gelübde gebrochen! Sie hatten beide vom Baum der Versuchung gegessen. Nicht nur einmal. Nie mehr hatte er eine glücklichere Zeit gehabt, als damals mit der Geliebten. Noch heute besuchte sie ihn in seinen Träumen. Wie hatten sich seine Lehrer bemüht, ihm die Selbstbefleckung als größte Gefahr für sein geistliches Leben vorzuführen! Der jahrelange Kampf gegen die eigene Geschlechtlichkeit erschien ihm nun als ein Vergehen an Gottes Schöpfung. Das ständige Verneinen der eigenen Körperlichkeit hatten ihn von Gott entfernt und nicht näher gebracht. Anstatt sich morgens und abends zu geißeln, wie es die Kirchenregel empfahl, genoß er seine Männlichkeit. Trotz der Gefahr entdeckt zu werden und alle Ämter und Privilegien zu verlieren. Und dann begegnete er Claudia. Das Feuer der Leidenschaft brannte hell, wenn auch nur im Verborgenen. Von dieser kurzen Zeit zehrte er nun schon so viele Jahre. Sie war in seiner Vorstellung immer das junge Mädchen geblieben. Mit jedem Jahr wurde es ihm schwerer, ihr Bild zu bewahren. Lange hatte Roland geglaubt, sein Geheimnis würde die Zeit überdauern. In diesem Bewußtsein schloß er sich auch einem Geheimbund an mit dem erklärten Ziel, der verhaßten Regel zu entkommen und Einfluß auf die

Verhältnisse zu nehmen. Aber der Verrat lag in seinem eigenen Handeln verborgen. Er hatte einen Sohn, zu dem er sich nicht bekennen durfte. Nun hatten sich die Umstände so zugespitzt, daß alles über ihm einzustürzen drohte. Der Bischof in Konstanz hatte ihm eine grobe Abfuhr erteilt. Er war nicht einmal angehört worden. Seine Feinde waren schneller gewesen. Der sinnlose Prozeß gegen zwei Frauen, welche ihm auf unterschiedliche Weise nahestanden, lastete auf seiner Seele. Anna war die Tochter seines Bruders und Elisabeth die große Liebe seines Sohnes. Feindschaft und Verrat in St. Peter und Paul hatten ihn zum Äußersten genötigt. Und er war untrennbar in die schrecklichen Ereignisse verwoben. Roland zappelte wie ein Fisch im Netz der ins Boot gezogen wird.
„Mea culpa!"
Ein erstickter Schrei drang aus seinem Mund. Und nochmals:
„Mea culpa! Vergib mir!"
Dann stürzte er in einen Strudel der Gefühle, haltlos, endlos floß Verzweiflung und Schuld aus seiner Seele. Als er wieder erwachte, war es längst Nacht. Und dann sprach sein Gott zu ihm. In vollkommener Klarheit tauchte ein Weg vor ihm auf. Roland erkannte, was er zu tun hatte. Hastig sprang er auf und verließ Hals über Kopf das geliebte Versteck. Hoffentlich war es noch nicht zu spät. Weiteres Unrecht mußte verhindert werden.

58

Elisabeth erwachte in einem Alptraum. Zunächst überrollte sie eine Woge des Schmerzes. Sie versuchte die Augen zu öffnen, aber es gelang ihr nicht. Ihre Lider waren rot angeschwollen und heiß. Der Druck auf ihrer Brust löste eine Panikreaktion aus. Mit der Kraft der Verzweiflung gelang es ihr, das Gewicht beiseite zu schieben. Dann spürte Elisabeth, wie Kälteschauer durch ihren Körper jagten. Einen furchtbaren Moment lang dachte sie, wieder in dem unmenschlichen Kasten gefangen zu sein. Mit der linken Hand erfaßte sie ein Grasbüschel. In einem Verlies wuchs kein Gras. Ein durchdringendes Pfeifen und Pochen umgab sie von allen Seiten, als sie versuchte sich aufzurichten. So blieb sie wieder ermattet liegen. Doch ihr Instinkt warnte sie, liegen zu bleiben und so versuchte sie es wieder. Das Pfeifen und Pochen kam noch näher, aber es gelang ihr, sich umzudrehen. Lehmschollen stießen hart an ihre Wange. Jetzt kamen die furchtbaren Geräusche direkt aus ihrem Kopf. Mit einer gewaltigen Anstrengung kam Elisabeth auf die Knie und stützte sich schwankend mit den Händen auf dem kalten Erdreich. Endlich saß sie und untersuchte ihr Gesicht. Verkrustetes Blut hing ihr an Ohren und Nase. Dank der Kälte empfand sie nur wenig Schmerz. Ihr Unterleib war blutverschmiert. Unwillkürlich preßte sie ihre Hände dorthin, wo es am meisten brannte. Verzweifelt versuchte sie wieder und wieder die Augen zu öffnen. Schließlich lüftete sich der rote Vorhang vor ihrem linken Auge. Durch einen schmalen Schlitz nahm sie ihre Umgebung endlich wieder wahr. Doch was sie sah, erfüllte sie mit grenzenlosem

Grauen. Sie saß inmitten zahlreicher lebloser Körper. Verdreht in bizarren
Stellungen, weit aufgerissene Münder, halb verdeckt durch schmutzige Stoffetzen. Auf dem Richtplatz warteten die Toten darauf, verscharrt zu werden. Elisabeth fühlte sich mißbraucht und dann weggeworfen. Das Gewicht auf ihrem Leib war ein Leichensack gewesen, aus dem ein grauer Arm baumelte. Sie lag schon in der Grube, um mit Kalk zugedeckt zu werden. Die Geräusche in ihrem Kopf verdichteten sich zu einem stechenden Schmerz im ganzen Körper. Elisabeth begann aus ihrer vorübergehenden Starre zu erwachen. Das Blut in ihren Adern begann wieder schneller zu fließen und brachte den Schmerz. Und wieder flammte ein zorniger Trotz in Elisabeth auf. Sie wollte einfach diese Nacht überleben, bis es wieder hell wurde. Sie griff nach einem der Leichentücher und schlang es um ihren unterkühlten Körper. Auf allen Vieren kroch sie aus der Kalkgrube. Nur weg von dieser Stätte des Todes hin zum Leben. Das war jetzt ihr einziger Gedanke. Als die Kräfte sie verließen, fiel sie unter einen Holunderstrauch. Eine Vision schob sich vor ihr Bewußtsein. In schillernden Farben sah sie eine Kapelle im Wald. Auf dem Dach lag eine riesige schwarze Schlange. Statt eines Kreuzes prangte ein feuriges Zeichen auf dem Dach. Ein Mönch betrat das Bild und kehrte Elisabeth den Rücken. Elisabeth fühlte weder Schmerz noch Freude, sie war nur Zuschauerin und verfolgte das Geschehen. Die Schlange richtete sich auf. Ihre Schuppen raschelten über den Boden. Aus toten schwarzen Augen sah sie auf ihr Opfer, während sie züngelte. Elisabeth wollte den Mönch warnen, doch kein Laut drang aus ihrem Mund. Der Mönch erhob die Hand und ließ ein Bündel Kräuter zu Boden fallen. Sofort wendete sich das Reptil zur Flucht. Als er sich umwandte, erkannte Elisabeth Rotmunds Gesichtszüge. Aber nicht der Rotmund, den sie kannte. Ein erwachsener Mann betrachtete sie liebevoll.

„Sie lebt noch! Hilf mir das arme Ding auf den Karren zu heben."
Dann war wieder Stille und zeitlose Schwärze wie in einem tiefen Brunnenschacht. Elisabeth lag weich und trocken auf einer Strohschicht. Während der schwere Marktkarren auf das Land hinausfuhr, rieb die Bäuerin Elisabeth mit einer Hand voll Stroh ab. Genau so wie sie es mit einem neugeborenen Kalb getan hätte, um den Kreislauf anzuregen. Dann barg sie das Mädchen dicht an ihren warmen Körper unter einem Mantel aus dichtem Scharlach.
„Mann, fahr schneller! Ich möchte, daß dieses Mädchen überlebt. Sie verliert Blut und ich kann hier nichts für sie tun."
Der Bauer grunzte nur unzusammenhängende Worte und spukte auf den Boden. Er schnalzte laut mit der Zunge und trieb das Maultier an. Seiner Frau wagte er nicht zu widersprechen. Elisabeth konnte sich später nicht mehr daran erinnern, wie sie vom Richtplatz neben den Fahrweg gelangt war. Sie stellte sich oft die Frage, ob nicht doch alles ein finsterer Alptraum gewesen war.

59

„Ihr seid mir zu treuen Händen unterstellt worden. Was denkt ihr, wird der Fürst mir erzählen, wenn ich berichte, daß ihr euch lieber durch Stapel von Büchern arbeitet, als euren Lehnsherren in die Schlacht zu begleiten?"
Georg war wütend über die schlechte Kunde. Das widerspenstige Ansinnen des jungen Geistlichen stellte seine Geduld auf eine Zerreißprobe.
„Ich versuche euch doch zu erklären, wie es sich verhält. Ohne eine Abschrift wird euch Graf Eberhard schwerlich glauben, daß der Mägdeberg als Pfand verkauft worden ist. Darum laßt mich hier sitzen, ich finde das Dokument mit Walahfrids Hilfe. Dann fertige ich die Abschrift an und stoße wieder zum Heer."
Rotmund sprach leise, aber bestimmt. Georg von Ehingen war müde und entnervt. Den halben Tag hatten sie sinnlos auf der Insel verschwendet. Eigentlich hatten sie gehofft, die Sache würde sich als Irrtum oder eine listige Finte des Feindes herausstellen. Aber jetzt wurde es zur Gewißheit. Der vom Kaiser verordnete Waffenstillstand war rechtens. Und Recht mußte niedergeschrieben werden, insofern hatte der Junge das bessere Argument. Eberhard würde unter allen Umständen etwas Schriftliches verlangen. Georg traf seine Entscheidung.
„Sammelt die Männer, wir verlassen diesen Ort und werden dem Fürsten berichten."
Dann wandte er sich an Rotmund.
„Bringt eure Schreibarbeit zu Ende und säumt nicht, dann wieder auf schnellstem Weg dem Grafen unter die Augen zu treten!

Der hätte wohl die Macht, euch für geringeres an den nächsten Baum zu hängen."

Rotmund hatte verstanden. Sein Mut kühlte sich etwas ab, als er an die möglichen Folgen seiner Kühnheit dachte. Georg gab das Zeichen zum Aufbruch. Als die Ritter allesamt den Speicher verlassen hatten, begab sich Rotmund wieder schleunigst zum Stehpult. Neben Tusche und Federkiel lag dort eine wertvolle Handschrift aufgeschlagen. Die „Cultura Hortorum", vor vielen Jahren niedergeschrieben, beschäftigte Rotmund schon seit Stunden. Er hatte fest vor, eine Abschrift anzufertigen. Bald schon würde es dunkel werden. Rotmund lief die Zeit davon. Stunde um Stunde war er damit beschäftigt gewesen, die Verse zu entziffern und aneinanderzufügen. Alles verstand er nicht, da seine Lateinkenntnisse nicht ausreichten. Rotmund übertrug voll konzentriert und penibel genau den Wortlaut auf Pergament. Das wertvolle Material hatte ihm Walahfrid zusammen mit dem Schreibwerkzeug beschafft. Walahfrid indessen durchstöberte das Archiv nach dem unseligen Vertrag. Überraschend schnell wurde er fündig.

„Da haben wir ja Glück gehabt! Ich werde dir eine Öllampe in eine der Zellen stellen. Da kannst du weiter schreiben. Hier ist es verboten, offenes Feuer zu entzünden."

Mit einer Hand spielte er an einem Kreuz, welches er an einem Lederriemen um seine Hüften trug. Wohlwollend betrachtete er den Jungen bei der Arbeit. Dann verließen sie die Bibliothek. Mitten in der Nacht legte Rotmund die Rohrfeder beiseite. Er bestäubte noch schnell die nassen Tintenstriche mit feinem Puder, um das Trocknen zu beschleunigen. Die Arbeit war getan. Dann sank er auf die Pritsche nieder und fiel in tiefen Schlaf. Mit einem leisen Flackern erlosch der Docht der Öllampe. Viel zu früh war die Nacht vorüber. Walahfrid stand in der Tür und wartete, bis der Junge sich gesammelt hatte. Er war ihm behilflich, die Pergamente zu rollen und in ein Stück Nesselstoff zu wickeln. Dann steckte er Rotmund ein kleines Bündel mit Proviant zu.

„Jetzt hattest du nicht einmal die Zeit, die Reichenauer Codices zu studieren, wie schade. Das wenige, was uns noch geblieben ist, hätte ich gerne mit dir geteilt. So bleibt mir nur noch, dich zu segnen."

Er zeichnete Rotmund ein Kreuz auf die Stirn und entließ ihn. Stille lag über dem See. Durch zarte Nebel schimmerte die Morgensonne und zeichnete zarte Pastelltöne von Hellblau bis Purpurrot auf die spiegelglatte Wasseroberfläche. Hinter ihm erhoben sich die Hügel der Voralpen in feinster Staffelung, als blickte man durch Glas. Die Szene wirkte so friedvoll auf Rotmunds Gemüt, daß er sich aufrichtig wünschte, an diesen Ort wieder zurückzukehren. Er dachte an die lebendigen Bilder in St. Georg und den ungeordneten Bücherschatz. Seine Hand umschloß die Pergamentrolle. Sein Aufenthalt war so kurz gewesen, daß er nicht einmal das Münster betreten hatte. In der Ferne sah er die Fischer in ihren Booten beim Einholen der Netze und Reusen. Nun gab es für ihn keine Fähre über den Gnadensee. Er mußte die Insel über eine schmale Landbrücke Richtung Osten verlassen, um den seichten Wasserarm zu umgehen. Aber das scherte Rotmund wenig. Vergnügt genoß er die frühen Morgenstunden und die frische Seeluft. Voller Kurzweil vergingen die Stunden beim Wandern durch die herrliche Landschaft. Als er den Hohentwiel im Westen erreichte, lag der See hinter ihm, wie ein blaues Band. Das Gelände sah jetzt in der Sonne völlig anders aus als bei der Anreise. Der bedrohliche Charakter war einer lieblichen Stimmung gewichen. Wald und Wiesen reihten sich locker aneinander. Rotmund genoß es, mit Bäumen und Pflanzen alleine zu sein. Alles um ihn her atmete und spendete sich gegenseitig Kraft. An jedem Wegrain sammelte er Blumen und Kräuter, welche ihm unbekannt schienen. Heute war die Natur sein Lehrmeister. Neben einem munter glucksenden Bach machte er Rast.

In dem Bündel, welches die Klosterbrüder ihm geschnürt hatten, fand sich reichlich geräucherter Fisch und Gerstenbrot. Außerdem dunkles Latwerge aus eingedicktem Zwetschgenmus mit reichlich feinem Gewürz. Nachdem er reichlich gegessen hatte legte Rotmund sich zurück ins Gras mit der milden Sonne im Gesicht. Es dauerte nicht lange und er schlief fest. Ein dumpfes Grollen hob ihn unsanft aus seinem Schlummer. Ungläubig setzte er sich auf und schaute sich um. Wie lange hatte er geschlafen? Schlaftrunken schüttelte er einige Waldameisen ab, die es sich unter seiner Kutte bequem gemacht hatten. Eine dunkle Gewitterfront schob sich über das Land und hatte ihn schon beinahe erreicht. Auf der Frühlingswiese gab es keine Möglichkeit, sich vor dem drohenden Regenschauer zu schützen. Kaum hatte er zu Ende gedacht, als auch schon die ersten dicken Tropfen fielen. Der Regen steigerte sich schnell zum Wolkenbruch. Rotmund rannte zu einer einzeln stehenden Linde. Naß bis auf die Haut erreichte er das schützende Blätterdach. Er machte sich Sorgen um die Pergamente, aber glücklicherweise waren sie trocken geblieben. Mit einem alles zerfetzen wollenden Krachen fuhr ein Blitz in die Krone des Baumes. Rotmund sah und hörte nichts mehr. Als seine Wahrnehmung wieder zurückkehrte, schlug ihm das Herz bis zum Hals. Die Baumkrone stand in Flammen. Rotmund versuchte aufzustehen, aber seine Beine wollten ihm nicht gehorchen. Er bekam es mit der Angst zu tun und stammelte:
„Lieber Gott, lasse mich nicht so sterben!"
Zischend erstickte das Regenwasser den Brand. Ganz unbedeutend und klein kam er sich vor und kauerte am Boden. Ängstlich beobachtete er, wie die Naturgewalt über das Land herfiel. Als der Donner schließlich nur noch in der Ferne grollte und der Regen nachließ, saß Rotmund am Fuß der Linde und dankte Gott für die Bewahrung.

Wie ein neuer Beginn brach die Sonne wieder hervor und die Wiesen dampften. Rotmund setzte seinen Marsch geläutert und nicht nur äußerlich gereinigt fort. Er hatte ein langes Gespräch mit Gott begonnen. Da waren viele Fragen, auf die er keine Antwort wußte. Auf unerklärliche Weise vermißte er den Archidiakon, der kannte sich aus mit allen Fragen des Glaubens. Er dachte an die vergoldeten Illustrationen aus den Perikopenbüchern. Farbenfrohe Szenen aus der Offenbarung des Johannes beschäftigten seine Phantasie. Die heilige Schrift steckte voller Überraschungen und er kannte sie nur bruchstückhaft. Die reich bebilderte Welt der Reichenauer Illustrationen hatten in Rotmund das Verlangen geweckt, mehr von der Bibel zu erfahren. So durchwanderte er die Landschaft und näherte sich dem Mägdeberg. Noch bevor er das Heerlager erreichte, roch er die Feuer und Ausdünstungen der Krieger.

60

„Ihr könnt nicht einfach abreisen, euer Werk ist noch nicht vollendet. Der Dämon treibt noch immer sein unheiliges Werk!" kreischte Anselm völlig hysterisch und hielt einen Fuß des Inquisitors umklammert. Heinrich war gerade dabei gewesen, seinen Reisewagen zu besteigen, doch der lästige Mönch wurde handgreiflich. Wie ein Pilger kroch er auf dem Boden und küßte den Saum von Heinrichs Robe.
„Ereifert euch nicht! Eure Stunde wird bald kommen", stieß Heinrich hervor, während er Blickkontakt mit seinen Mitarbeitern aufnahm.
„Wir haben eine Hexe zweifelsfrei entlarvt, eine zweite ist flüchtig. Nun ist es Sache der weltlichen Obrigkeit, sie dem Feuer zu übergeben. Wir haben nichts mehr damit zu tun. Es wird Zeit für uns, die Stadt zu verlassen."
Anselm glaubte sich verhört zu haben. Doch Heinrich Krämer hielt noch einen Brocken für den Verzweifelten bereit. Er neigte sich aus der Kutsche und flüsterte: „Der Archidiakon steht im Verdacht, ketzerische Umtriebe zu fördern. Wenn es euch gelingt, genügend Beweise zu sammeln, wird er seiner gerechten Strafe nicht entgehen."
Anselm bekam feuchte Lippen und der fanatische Glanz in seinen Augen verriet seine Anspannung. Unterwürfig erfaßte er ein letztes Mal die Hände des Inquisitors und küßte sie. Heinrich ließ es angewidert zu. Er haßte körperliche Berührung, gleich welcher Art, aber heimliche Zuträger wie dieser Mönch taten oft gute Dienste. Heinrich gab dem Kutscher einen Wink. Der dunkle Kasten setzte sich sogleich in Bewegung.

Anselm lief neben dem Gefährt und rief: „Aber wie kann ich euch erreichen?"
Heinrich setzte sich zurecht und bemerkte beiläufig: „Wendet euch an den Dominikanerorden."
Damit war für ihn das Gespräch beendet. Im Kirchhof blieb der hagere Anselm zurück. Da stand er allein im Gebet mit gefalteten Händen. Endlich war es soweit. Er würde aus dem Schatten des Archidiakon heraustreten. Die langen Jahre des demütigen Wartens hatten nun ein Ende. Jetzt würde er bald den Platz einnehmen, welcher ihm in seiner Einbildung zustand. Der Bischof war ihm Dankbarkeit schuldig. Ohne sein Zutun wäre die Diözese weiterhin den Umtrieben eines unfähigen Archidiakones ausgeliefert. Damals hatte man ihm Roland vorgezogen, obwohl er, Anselm, der geeignetere Kandidat für das Amt gewesen wäre. Statt dessen war er vom verhaßten Archidiakon in das Skriptorium abgeschoben worden. Im Hochgefühl des bevorstehenden Erfolges lief Anselm durch den Säulengang, welcher zu den Unterkünften der Kirchschule führte. Roland saß im Sonnenlicht zwischen den Säulen aus Sandstein. Anselm erstarrte, als hätte er einen Geist vor sich. Roland sah ihm unbewegt entgegen und suchte seinen Blick. Wie ein Geist war er aufgetaucht und seine Anwesenheit versetzte Anselm in Schrecken. Die einfache Kutte, welche er trug, sah aus wie das Gewand eines Bettlers. Er hatte nichts mehr von seiner natürlichen Autorität. Roland war als Bittsteller gekommen.
„Wir müssen miteinander reden, Anselm."
Rolands Tonfall war sanft und flehentlich. Anselm machte Anstalten, ihm auszuweichen.
„Ich wüßte nicht, was wir uns noch zu sagen hätten!" zischte er haßerfüllt.
Roland wiederholte: „Wir müssen reden, Anselm! Erkenne es!"

Damit legte er dem hageren Mönch die Hand sachte auf die Schulter. Anselm wich der Berührung aus wie einem glühenden Eisen.

„Wage nicht mich anzufassen, Satanas, ich erkenne deine wahre Gestalt! Weiche von mir!"

Mit irrem Blick beschrieb er ein Kreuz in der Luft.

Roland warnte: „Du bist in großer Gefahr. Vertraue mir, dann wirst du leben!"

Anselm baute sich vor Roland auf. Trotz seines fortgeschrittenen Alters machte er noch einen vitalen Eindruck.

„Wer bist du, daß du über Tod und Leben entscheiden willst?" geiferte er Roland entgegen.

„Öffne die Augen, du Narr! Du hast versagt! Deine Ränke nützen dir nicht mehr! Nun wirst du den Preis für dein schändliches Werk bezahlen! Du und dein mißratener Sohn, ihr werdet das Höllenfeuer kosten!"

Die Worte trafen Roland wie Keulenschläge. Anselm kannte sein Geheimnis. Als hätte er nur auf ein Anzeichen von Schwäche gewartet, fuhr er fort.

„Ja, es war einfach nicht zu übersehen! Derselbe Hochmut, dieselben Gesten, dieselben Schwächen! Wen glaubtest du hinters Licht zu führen? Es bedurfte nicht viel herauszufinden, wer die Hündin war, die euren Bastard zur Welt gebracht hat ..."

Roland hielt sich beide Ohren zu und schrie: „Genug!"

Doch Anselm dachte nicht daran.

„Und damit nicht genug! Ihr vergeßt, daß auch ich lesen kann, nicht nur eure ketzerischen Freunde! Ihr seid unvorsichtig und nachlässig gewesen. Es ist euer grenzenloser Hochmut, der euch zu Fall gebracht hat. Und ihr wagt es, mir Vorschriften zu machen? Das Skriptorium wird noch bestehen, wenn eure Teufelsdruckmaschine längst

verbrannt ist! Dafür werde ich sorgen und dieses Mal wird es mir gelingen!"
Unbändiger Haß und tiefste Verachtung quollen aus seinem Inneren.
„Krampus und Bruno haben geerntet, was sie gesät haben! Jahrelang habt ihr still die widernatürliche Liebe der beiden zueinander geduldet. Die Sünder wollten lieber sterben, als getrennt zu werden."
Anselm genoß es, Roland leiden zu sehen. Es war ihm Genugtuung und Befriedigung für die tägliche Schmach der Vergangenheit.
„Ich kam dazu und habe ihnen dabei geholfen!"
Jetzt lachte Anselm irre mit einem Rinnsal von Speichel vor dem Mund. Als sich seine Gesichtszüge wieder entspannt hatten, wandte er sich triumphierend um und setzte seinen Weg in die Küche fort. Roland blieb in stillem Entsetzen zurück. Dann sank er auf die Knie und betete mit geschlossenen Augen um Zuflucht vor der nackten Wirklichkeit zu suchen. Er zitterte am ganzen Leib. Als Anselm in der Küche kräftige Schlucke aus einem Krug Most nahm, wie er es jeden Tag zu tun pflegte, war er in Hochstimmung. Da das Getränk längst vergoren war und einen pelzigen Nachgeschmack auf der Zunge hinterließ, bemerkte er nichts von dem herben Geschmack des Schierlings. Er leerte den ganzen Krug und verspeiste einen halben Laib Gerstenbrot.

61

Anna öffnete den winzigen Lederbeutel. Einer der Wächter hatte ihn ihr zugeschoben. Er enthielt zwei braune Harzkugeln. Hastig verbarg sie die Drogen in ihrer Hand. Auf dem Beutel war ein kleines Pentagramm eingebrannt. Ein zartes Lächeln huschte über ihr Gesicht. Dann wurde ihr wieder übel, als der hölzerne Käfig, welcher knapp über dem Zellenboden hing, zu schwanken begann. Seit dem Beginn der Verhöre waren nur wenige Tage vergangen, aber ihr kam es unendlich lange vor. Die Folter war ihr erspart geblieben, da sie auf der Achalm ein Geständnis unterschrieben hatte. Als Elisabeth flüchtete, hatte sie sich dazu entschieden, keinen Widerstand zu leisten. Man hatte sie in eine warme Kammer geführt und ihr zu essen gegeben. Ein väterlicher Freund hatte sich im Namen aller bei ihr entschuldigt. Anna nahm ihm nur zu gerne ab, daß es sich um eine tragische Verwechslung gehandelt hätte. Auch als man ihre angeblichen Entlassungspapiere zur Bestätigung vorlegte, schöpfte sie keinen Verdacht. Arglos unterschrieb sie das Pergament, welches sofort durch einen Notar gesiegelt wurde. Dann hatte man sie in den Holzkasten gesperrt, welcher sorgfältig mit einem geweihten Tuch abgedeckt wurde, wie ein Vogelkäfig. Anna wußte, was bald kommen würde. Ohne zu zögern steckte sie sich beide Kugeln in den Mund. Das Harz schmeckte scharf und leise Tränen rannen über ihr weiches Gesicht. Nach kurzem Kauen schluckte sie die Überdosis und hoffte darauf, das Gift bei sich zu behalten. Als der Karren mit dem hölzernen Käfig vor dem Stadttor haltmachte, lehnte Anna bereits ohne Bewußtsein an den senkrechten Streben. Ein Knecht schob ihren Arm mit einer

Stange zurück in den Käfig. Alle Schergen trugen geweihte Amulette um den Hals. Es wurde viel über den bösen Blick gemunkelt. So waren die Männer erleichtert, daß die Hexe bewußtlos war, als man ihr einen Sack über den Kopf stülpte. Zwei Stangen wurden unter dem Käfig hindurchgeschoben.
„Gebt acht, daß euch die Hexe nicht verführt und atmet nicht die tödlichen Chiasmen ein, welche sie ausströmt", raunte ein ältlicher Dominikaner den Männern zu.
Gewöhnlich waren Hinrichtungen vor der Reichsstadt nicht von der Aura des Bösen und Magischen begleitet. So hatten sich erwartungsgemäß viele Leute auf dem Richtplatz versammelt, um dem Spektakel beizuwohnen. Es hatten sich bereits zahlreiche Händler und Gaukler eingefunden, welche das Volk bis zum Entzünden des Scheiterhaufens mit allerlei Kurzweil unterhielten. Auch für das leibliche Wohl war gesorgt. Eine Suppenküche mit Genüssen, wie in Essig gesottenes Hirschgeweih und Suppe aus Gräten und Köpfen vom Karpfen, wurde feilgeboten. Feuerspeier und Jongleure vollführten ihre Künste zum Klang von Schalmei und Trommel. Bei gutem Wetter steigerte sich die allgemeine Stimmung und erwartungsvolles Lachen mischte sich mit dem Gesang der Lerchen, welche in den blauen Frühjahrshimmel stiegen. Die gesamte weltliche Obrigkeit der Reichsstadt gab sich die Ehre und war zu dem seltenen Ereignis erschienen. Man hatte kurzerhand hölzerne Tribünen vor der Stadtmauer errichtet, um der Prominenz standesgemäße Sitzplätze anbieten zu können. Im Gefolge des Schultheiß erschienen die älteren Herren und Obristen. Patrizier und Angehörige der Oberschicht belegten die besten Plätze mit freiem Blick auf den Scheiterhaufen. Unter den Zuschauern befanden sich bemerkenswert viele Frauen, welche mit ihren Reizen nicht geizten, und die Blicke der Männer auf sich zogen. Es war eben Frühling und der Ausflug vor die Stadt eine Abwechslung nach der eintönigen

Winterzeit. Die Angehörigen der Mittelschicht saßen etwas tiefer und räumlich getrennt von den vorteilhaftesten Sitzplätzen. Viele Handwerksmeister waren zugegen und trugen die Zeichen ihrer Zünfte um den Hals an wertvollen Ketten. Gesellen, Mägde und Tagelöhner mußten sich damit begnügen auf der Wiese zu stehen. Arme und Unehrliche säumten den Weg, welche der Karren auf den Richtplatz nehmen sollte. Einige Torwächter waren damit beschäftigt, eine Gasse freizuhalten, denn ein Strom von Bettlern, Kranken und Arbeitslosen vermischte sich mit Dirnen und fahrendem Volk zu einem lärmenden Mob. In aller Eile hatte der Henker den Scheiterhaufen den Gegebenheiten angepaßt. Aus dem Material von zwei Holzstößen war ein gewaltiger Holzstoß aufgeschichtet worden. Genug um fünf Ochsen gar zu braten, wie der Mann in seiner roten Robe treffend bemerkt hatte.
Die Plattform samt Pfahl, auf welchem die Verurteilte stehen würde, befand sich in beträchtlicher Höhe. Man hatte eigens eine große Tanne gefällt und tief in den Boden gerammt, damit der Pfahl genug Festigkeit besaß, um dem Feuer lange genug standzuhalten. Schließlich sollte sich die Verurteilte, hinterrücks an den Stamm gefesselt, möglichst lange selbständig auf den Beinen halten. Der Scharfrichter prüfte nochmals alles auf festen Sitz, dann verließ er den Scheiterhaufen über eine hölzerne Stiege. Wo immer er lief, stieben die Menschen auseinander. In seiner roten Robe erinnerte er entfernt an einen Kardinal. Und dann kam der Ochsenkarren inmitten einer entfesselten Menschenmenge auf den Richtplatz gefahren. Der Scharfrichter erwartete das Gefährt mit reglosem Gesicht und verschränkten Armen. Dann zog er eine rote Kapuze aus dem Gürtel und zog sie sich vollständig über den Kopf. Nur die Mundpartie blieb frei und zwei Sehschlitze sorgten für die nötige Sicht. Das Kleidungsstück verschaffte ihm die nötige Distanz zu seiner Arbeit. Der Ochsenkarren kam zum Stillstand. Mit einem einzigen Ruck zog der Scharfrichter das

Tuch von dem Holzkäfig. Ein Raunen ging durch die Menge und der Mob zog sich ängstlich einige Schritte zurück. Ein Kind begann zu weinen und Stille kehrte ein. Der Holzkäfig stand frei auf der Ladefläche, für jedermann gut zu sehen. Annas Haare leuchteten auf ihrer weißen Haut. Sie war der ganzen Situation enthoben. Ihr Bewußtsein war von unvergleichlichen Traumbildern erfüllt. Sie atmete sehr langsam und ihre Pupillen waren nur noch so groß wie der Kopf einer Stopfnadel. Kein Laut drang zu ihr durch, als die Menge sie beschimpfte. Sie sah nicht mehr die verzerrten Fratzen. Ihr ganzer Leib war von einer Leichtigkeit, als würden Engel ihr Gewicht tragen. Mit Stöcken und Krücken schlugen sie auf den Käfig ein, um die Hexe zu züchtigen. Grenzenloser Haß ergoß sich auf ein armes hilfloses Bündel Mensch. In ihren Visionen lief Anna federleicht wie ein Kind über eine wundervolle Wiese. Lieblich duftende Blumen schmeichelten ihren Sinnen und farbenfrohe Vögel umflatterten den herrlich strahlenden Körper ihrer Seele. Ein großes warmes Licht am Horizont bewegte sich ihr stetig entgegen. Die Luft schmeckte süß und lebendig, während ein feines Rinnsal Blut aus ihrer Nase lief. Die Menge kochte und brodelte vor Erregung. Des Inquisitors Reisewagen stand in einiger Entfernung auf der Ausfallstraße zur Stadt. Aus der Ferne pflegte Heinrich den letzten Akt seines Werkes zu beobachten. In wenigen Augenblicken, wenn der Scharfrichter das Feuer an den Scheiterhaufen legen würde, pflegte er den Ort der Gerechtigkeit verlassen. Es erfüllte ihn stets mit einer Mischung aus Angst und tiefer Befriedigung, die Vollendung seines Werkes noch flüchtig mitzuerleben. Seine Karriere verlief ausgesprochen gut. Eine Stellung als Spiritual der dominikanischen Kirche war ihm angeboten worden. Er hatte sich selber das Versprechen gegeben, dreitausend Hexen zur Strecke zu bringen. Und er war auf gutem Weg diese Quote zu erreichen.

„Findet heraus, ob diese Phythagoreer bereits im Canon Episkopi aufgenommen worden sind", sagte er zu seinem Schreiber, ohne den Blick vom Richtplatz in der Ferne zu wenden. Der saß mit offenem Mund im Dunkel der Kutsche und schlief fest.
Anna flog schmerzlos in das blendend helle Licht. Als die Flammen ihr schönes Haar erreichten, zischte es nur kurz und feine Asche wurde von der ungeheuren Hitze nach oben gerissen. Protest regte sich in der Menge. Einige fühlten sich betrogen. Keine Schmerzensschreie und wüste Flüche drangen aus dem lodernden Mund der Hexe. Keine Gegenwehr im Angesicht des Todes, nicht einmal ein Anflug von Leiden. Lehmklumpen flogen ins Feuer. Dann wurden die Proteste lauter und Äste und Steine prasselten plötzlich auch in Richtung Tribüne der Honoratioren. Der Mob fühlte sich um sein Vergnügen betrogen. Als plötzlich ein kleines Kind rief: „Sie ist gar keine Hexe!", brach offener Tumult los. Heinrichs Kastenwagen holperte längst über die ausgefahrenen Steinquader einer alten Römerstraße, als er den Feuerschein am Himmel wahrnahm.
„Die Hexe brennt. Der Herr erbarme sich der armen Seele."
Er würde sich nie an das furchtbare Holpern des Wagens gewöhnen.

62

Es war zu dunkel gewesen, um zu erkennen, wo sie sich befand. Elisabeth träumte von ihrem Vater. Klagend rief er ihren Namen wieder und wieder, so wie er es immer tat, wenn er Hilfe benötigte, um sich zu erleichtern oder am Brunnen zu waschen. In kurzen Momenten des Erwachens nahm sie die Schatten großer Tiere wahr, welche schnaubend aus großen Augen zu ihrem Heulager herüberblickten. Doch sie war nicht fähig, sich zu bewegen. Was war geschehen? Elisabeth konnte sich nicht erinnern. Wie war sie hierher gekommen? Die Bäuerin hatte ihr das Leben gerettet. Als sie das halbnackte Mädchen am Straßenrand liegen sah, hatte sie sich nicht abgewendet. Sie redete ihrem Mann barsch ins Gewissen. Schließlich hatte er widerwillig zugestimmt, sie vorübergehend bei den Kühen und Ziegen im Stall hausen zu lassen. Aber nur so lange, bis sie wieder selbst auf den Beinen stehen konnte oder den Tod fand. Am nächsten Morgen tränkte die Bäuerin das Mädchen mit verdünnter Ziegenmilch aus einem Holzlöffel. Dann kämmte sie ihr liebevoll die verfilzten Haare. Die Frau roch stark nach Schweiß, aber sie vermittelte dem Mädchen ein Gefühl der mütterlichen Geborgenheit. Immer wenn sie im Stall zu tun hatte, kam sie vorbei und unterstützte Elisabeth mit kleinen Handreichungen. Nach und nach entstand eine wohltuende Verbundenheit mit der derben Frau. Immer wenn der Bauer in der Tür auftauchte, erschrak Elisabeth so sehr, daß sie am ganzen Leib zu zittern begann und flüchten wollte. Der Anblick des Mannes versetzte sie ungewollt in Panik. Doch die Bäuerin hatte längst die Umstände

ihrer Verletzungen erkannt und schickte ihren Mann jedes Mal unter wüsten Beschimpfungen aus dem Stall. Dann kam das Fieber.
In Elisabeths Träumen tobte ein bedrohlicher roter Zwerg, welcher überall zu sein schien und loderndes Feuer hinterließ. Jeder Atemzug wurde zur Qual und die Hustenattacken schmerzten im Brustkorb. Sie drohte in ihren eigenen Lungensäften zu ertrinken. Doch wieder stand die Kämpferin in ihrem Inneren auf und trotzte der schweren Infektion. Unermüdlich versuchte die Bäuerin mit Essigumschlägen und Wadenwickeln das Fieber zu senken. Sogar nachts schlich sie heimlich aus der Schlafstube und bereitete dem Mädchen heiße Milch auf der Feuerstelle. Der Bauer wurde von Tag zu Tag grimmiger.
„Die Kreatur muß vom Hof, bevor es die Nachbarn bemerken. Dem Tod soll man nichts entreißen, was er schon besessen hat. Das bringt Unglück, Weib!"
Diesen Aberglauben wiederholte er fast täglich und schlürfte lautstark seine heiße Brühe.
„Was du immer für Unsinn von dir gibst, Mann!" ranzte die Bäuerin ebenso regelmäßig.
„Die denken doch alle, sie sei längst unter der Erde", schimpfte sie dann wütend.
„Kerle wie du haben ihr das angetan. Erschlagen sollte man euch alle dafür, aber das wäre noch zu gnädig."
Der Bauer zog das Genick ein. Wenn seine Frau in Rage geriet, war nicht gut Kirschen essen mit ihr.
„Halte dich vom Stall fern, das Mädchen ist meine Sache. Sie wird hier arbeiten, sobald sie in der Lage dazu ist, weiß Gott! Eine Magd können wir hier gut gebrauchen."
Der Bauer verließ das Haus und ließ seine Frau einfach stehen. Er hatte andere Pläne mit dem Mädchen. In den kleinen Marktflecken ringsumher bestand immer Bedarf an ortsfremden ledigen Frauen.

Es dürfte nicht schwer sein, sie in einem der Töchterhäuser feil zu bieten. Er kannte eine Frauenmeisterin bei Tübingen. Die würde sogar eine hübsche Summe für das junge Fleisch bezahlen. Der Bauer wollte jedoch noch abwarten, bis die junge Frau wieder ansehnlich genug war, um sie anzubieten. Deshalb hielt er still. Von Tag zu Tag besserte sich Elisabeths Zustand, aber immer noch sprach sie kein Wort. Sie beobachtete die Bäuerin aufmerksam bei den Verrichtungen im Stall. Jeden Morgen wurde zuerst die altersschwache Milchkuh versorgt. Das Tier mußte zügig gemolken werden, damit keine Entzündung am Euter entstehen konnte. Der Stall war eine neue Erfahrung für das Stadtkind. Am meisten faszinierte sie, wenn die Bäuerin die Ziegen melkte. Mit einer fließenden Bewegung zog sie sich die Muttertiere zwischen die Beine und hielt sie dort fest. So kam sie bequem an das pralle Gesäuge heran, um es zu entleeren. Die kräftige Ziegenmilch brachte schließlich die Wende für Elisabeths Gesundheitszustand. Ihre Wangen bekamen wieder Farbe und die Kräfte kehrten langsam wieder zurück. Nur der Glanz in ihren Augen verriet noch, was sie erlebt hatte. Ihre Seele war tief verletzt, obwohl ihr Körper wieder an Kraft gewann. Für die Bäuerin war Elisabeth ein Glücksfall. Im Dorf war sie schon lange nicht mehr gewesen und das Mädchen vertrieb die Einsamkeit, welche sie seit Jahren mit ihrem Mann empfand. Nur die Arbeit zählte für ihn und seit ihre beiden Söhne tot waren, gab es keine Hoffnung mehr für den Fortbestand des Hofes. Ihre Parzellen waren nicht übermäßig groß, aber gut verteilt auf die Gewanne rings um das Dorf. Die meisten Felder waren nur über die Nachbargrundstücke zu erreichen. Im Süden bildeten die Erhebungen der Alb eine natürliche Grenze. Die Allmende jenseits des Acker- und Wiesengürtels wurde im Sommer als Weide genutzt. Eine Ziegenherde kam auch in steilen Hanglagen zurecht. Hoch oben im Bergwald war ein Unterstand mit Übernachtungsmöglichkeit in den Hang gegraben worden.

Früher hatte die Bäuerin mit ihren Kindern dort bei den Ziegen oft ihr Nachtlager aufgeschlagen. Immer dann wenn der Bauer sie im Sommer zu sehr bedrängte, benutzte sie die einfache Hütte als Zuflucht. Dort stellte sie einen schmackhaften Ziegenquark her, der sich auf den Märkten gut verkaufen ließ. Aber eigentlich ging sie dort oben ihrem Mann aus dem Weg, wenn er getrunken hatte. Und ausgerechnet dort wollte der Bauer das Mädchen nun unbedingt unterbringen.
„Glaube mir, Frau, das ist das Beste für uns und die Magd."
Inzwischen war Elisabeth kein wertloses Ding mehr für ihn. Die Bäuerin blieb argwöhnisch.
„Ich weiß nicht recht, was du im Schilde führst, Mann. Hier im Stall ist das Mädchen gut aufgehoben. Auf dem Berg ist die Witterung streng und ich weiß nicht, ob man das Kind sich selbst überlassen kann."
Der Bauer machte sich die Fürsorge seiner Frau zunutze.
„Du kannst sie ja da oben versorgen. Verziehst dich ja sowieso wieder hoch zu deinen Viechern, wenn es wärmer wird. Stelle der Magd doch ein paar Ziegen auf den Berg, dann hast du jeden Tag einen Grund nach ihr zu schauen, um die Milch abzuholen. Melken wird sie ja inzwischen können. Hier kann sie auf keinen Fall bleiben. Die Nachbarn wundern sich schon, warum du das Haus nicht mehr verläßt. Es heißt, eine Vogelfreie sei flüchtig in der Gegend. Gib acht, daß man uns nichts anhängt."
Geschickt verschleierte er seine wahre Absicht.
„Ich muß morgen sowieso auf den Berg und stelle die Bienenkörbe auf. Ich nehme die Magd mit, dann kann sie sich die Hütte in aller Ruhe ansehen."
Da kaum zu erwarten war, daß sie dort behelligt werden würde, schien dies eine gute Lösung zu sein. Nach einigem Hin und Her willigte die Bäuerin ein. Die Rechte in der Almende waren durch die Herren von

der Achalm so eingeschränkt worden, daß wohl kaum ein Dorfbewohner es wagen würde, in den Bergwäldern zu jagen. Erst im letzten Jahr hatten sie dem Jungen des Mayern zur Strafe die Augen ausgestochen, weil er in der Almende trotz Verbot gefischt hatte. Als Elisabeth die Neuigkeit erfuhr, ergab sie sich still in die Vorstellung, die Geborgenheit des Stalles zu verlassen. Überhaupt redete sie immer noch kein Wort, sondern nickte nur oder schüttelte den Kopf. Die Einsamkeit des Waldes machte ihr weniger Angst als die begehrlichen Blicke des Bauern, wenn er morgens an der offenen Stalltüre vorbeischlich. Der sah in dem Ortswechsel eine Chance, das Mädchen ohne viel Aufhebens an ein Freudenhaus zu verkaufen. Diese stille Reserve stimmte ihn milde in Bezug auf die junge Frau. Die Bäuerin sah mit Wohlwollen, daß er sich entspannte. Am Abend kam die Bäuerin mit einer Öllampe in den Stall. Über dem Arm trug sie ein Gewand und in der Hand eine Schere.
„Komm zu mir, mein Kind. Wir werden jetzt einen strammen Hirten aus dir machen, damit du unbehelligt bleibst auf den Albwiesen."
Sie entfaltete einen langen Umhang aus gefilzten Tierhaaren.
„Damit bleibst du warm und trocken."
Elisabeth versank beinahe in dem derben Kleidungsstück, aber nahm es dankbar an. Dann wog die Bäuerin das schartige Schurwerkzeug in der Hand.
„Es ist zu deinem Besten, wenn wir deine Haare ganz kurz schneiden", dann fügte sie noch tröstlich hinzu, „es ist sowieso ganz und gar verfilzt und wächst dann wieder schön nach."
Elisabeth wich zurück bei dem Gedanken, wie ein Schaf geschoren zu werden. Doch die Bäuerin blieb fest: „Du mußt mir schon vertrauen. Als Junge hast du es leichter allein auf der Weide." Elisabeth dachte kurz nach und neigte dann ergeben den Kopf. Mit größter Vorsicht begann die Bäuerin, Strähne um Strähne abzuschneiden.

63

Rotmund fand den Lagerplatz am Mägdeberg völlig verlassen vor. Nur noch niedergetretenes Gras und tiefe Wagenspuren waren übriggeblieben. Ein riesiger Krähenschwarm ließ sich auf einer riesigen Linde nieder und erzeugte ohrenbetäubenden Lärm. Als Rotmund neugierig um den Baum herumlief, blieben die großen schwarzen Vögel selbstbewußt sitzen. Dann erkannte er auch den Grund. Auf der gegenüberliegenden Seite hingen die Vögel in Trauben an zwei schwankenden Körpern. Von den Gehängten war kaum etwas zu sehen, so groß war der Andrang an dem Futterplatz. Rotmund entfernte sich schnell von den schauerlich im Wind schwankenden Leichen. Ohne es zu wollen, dachte er an den Grafen und seinen ohnmächtigen Zorn. So marschierte er den ganzen Tag in wachsender Unruhe. In unmittelbarer Nähe zur Donau teilte sich die Fährte. Rotmund versuchte aus dem Gedächtnis heraus den richtigen Weg einzuschlagen. Angestrengt bemühte er sich im Gelände den Spuren der Ziegen und Kühe zu folgen. Aber auch das gestaltete sich als schwirig, da in jedem Weiler Vieh auf den Weiden und in den Ställen stand. Schließlich verliefen die markanten Spuren, mitsamt den Hufabdrücken der Schlachtrösser, in unterschiedliche Richtungen. Rotmund bangte um seine Holzkisten und um sein Leben. Es half nichts, er mußte den Zug des Fürsten erreichen. In den Kisten lag das wertvolle Erbe und Handwerkszeug seines Lehrmeisters. Er dachte an die Gehängten und die Ermahnungen des Ritters Georg. Mit klopfendem Herzen entschloß er sich, einem Zweig der Fährte zu folgen. Der Vorsprung konnte nicht mehr groß sein. Mit den schweren Wagen ging es nur langsam voran. Aber als es dunkel wurde, hatte er immer noch nicht aufgeschlossen. Dann wurde es schnell unmöglich, die Spuren noch zu erkennen.

Rotmund verbrachte eine unruhige Nacht allein in einem Wäldchen. Immer wieder schreckte er auf, wenn er ein Geräusch in den Bäumen wahrnahm. In der frühen Morgendämmerung setzte er die Suche fort und erreichte endlich die Nachhut. Zunächst verfolgte er den Troß in angemessener Entfernung, bis er sich sicher war, die Versorgungswagen des Grafen vor sich zu haben. Er hatte Glück. Am Abend erreichte er den fürstlichen Rastplatz auf einer Wiese nahe der Bähra. Dort ragten schroffe Kalkfelsen auf, in welche das Wasser einst natürliche Höhlen gegraben hatte. Pferde und Wagen standen in loser Ordnung im Nieselregen. Mehrere Feuer erhellten die Höhleneingänge. Rotmund suchte vergebens nach seinem Bruder. Werner mußte wohl in einem anderen Haufen mitgelaufen sein. Langsam wurde es ungemütlich, denn von der Krempe seiner Kapuze rann ihm Regenwasser direkt ins Genick. Außerdem bangte er um die Pergamente unter seiner Kutte. Nach mehreren Stunden alleine in der Dunkelheit überwand er seine Furcht. Er stahl sich vorsichtig an eines der Feuer, um endlich im Trockenen zu sitzen. Die meisten der Männer hatten sich bereits niedergelegt. Selbst die beiden Wachen waren in ihren schweren Umhängen am Feuer eingenickt. Ganz vorsichtig kletterte Rotmund auf allen Vieren den Anstieg in die Höhle hinauf. Der Feuerschein wurde von den geschwärzten Felsen kaum zurückgeworfen, so war es recht dunkel am Boden. Rotmund erkannte am Atmen und Schnarchen der Männer, ob jemand vor ihm am Boden lag. Prasselnd ging ein weiterer Schauer über dem Gebüsch nieder, welches den Höhleneingang säumte. Aus dem hinteren Teil der Höhle drangen Stimmen. Rotmund machte es sich an einem der Feuer bequem und streckte seine klammen Finger in die Wärme. Ein sanftes Prickeln machte sich bemerkbar, als er wieder auftaute.

„Da sieh her, unser Mönch hat den Heimweg auch noch gefunden."

Rotmund fiel vor Schreck beinahe vornüber ins Feuer. Die Stimme Eberhards erklang klar und deutlich hinter seinem Rücken. Als Rotmund sich umwandte, erkannte er das Gesicht des Fürsten. Die Glut spiegelte sich sanft in seinen müden Augen.
„Etwas spät für meinen Geschmack."
Eberhard wirkte völlig entspannt. Er mußte bereits hier gesessen haben, als Rotmund sich ans Feuer geschlichen hatte.
„Doch was ist dem Menschen die Zeit, wenn er jung ist", fuhr er fort und warf einen kleinen Zweig ins Feuer. Mit einem kleinen Zischen ging er in Flammen auf.
„Wenn erst einmal die Verantwortung drückt, kann man die Stunden verrinnen sehen, endlos ohne Erbarmen und Schlaf."
Er machte eine Pause und winkte Rotmund zu sich.
„Setze dich zu mir, ich möchte mich unterhalten!"
Rotmund gehorchte, aber zitterte am ganzen Leib.
„Ihr sollt die nassen Kleider ablegen, Mönch, sonst holt ihr euch noch den Tod. Zieht eure Kutte aus und wickelt euch in eines der Banner."
Rotmund wagte nicht zu widersprechen. Als er die Kutte ablegte, fielen die Pergamente zu Boden. Eberhard griff danach und blätterte in den Seiten.
„Ritter Jörg hat mir bereits getreulich berichtet, was ihr auf der Reichenau vorgefunden habt. Es scheint ihr seit sehr fleißig gewesen."
Eberhard betrachtete mehrere der Bogen.
„Eins von diesen Blättern ist wohl die Abschrift des unseligen Vorganges ...", er machte ein Pause und faßte sich an die Nasenwurzel.

Dann fuhr er fort: „Aber ich sehe hier auch noch andere Aufzeichnungen. Sagt mir, was hat euch bewogen, diese Aufzeichnungen anzufertigen?"

Rotmund nahm sich ein Herz und begann zu erzählen. Eberhard unterbrach ihn nur, wenn er Details erfahren wollte. Als Rotmund bei der Abschrift des Horus angelangt war, bemerkte er eine beinahe kindliche Neugier des Fürsten an den eilig hingeworfenen Skizzen und Ausführungen.

„Ich sehe alles in Latein. Übersetzt mir einen Auszug davon!"
Damit hatte Rotmund nicht gerechnet. Mit viel Mühe und noch mehr Stottern versuchte er, den Inhalt wiederzugeben. Wo sein Kenntnisse nicht ausreichten, fügte er ihm sinnvoll erscheinende Ergänzungen aus dem Gedächtnis an.

Eberhard erlöste ihn mit den Worten: „Ich denke, ihr habt euch da ein trefflich gelehrtes Werk ausgesucht. Nun, abgesehen davon daß euch die lateinische Sprache nicht gerade wie Öl über die Lippen geht, ein ehrbares Projekt will ich meinen."

Er verschwieg, daß er selbst überhaupt keine Lateinkenntnisse besaß.
„Setzt den Text in einer ordentlichen Buchform ab und druckt es. Ich werde euch dabei unterstützen."

Rotmunds Augen leuchteten wie am heiligen Christtag.
Eberhard fuhr fort: „Erzählt mir mehr von den heimlichen Kräften der Pflanzen!"

Begeistert entführte Rotmund den Fürsten in die Welt der Kräuter. So verging die Nacht wie im Flug. Als es zu dämmern begann, bemerkte der Fürst: „Eine neue Tagzeit hat begonnen und ich habe das Gefühl, sie wird mir weniger Verdruß bereiten als die vergangene. Ich werde bald heiraten. Legt euch noch ein wenig nieder, bevor ihr in den Sattel steigt."

Rotmund hätte gerne gesagt, daß er nicht beabsichtigte, je wieder auf ein Pferd zu steigen, aber Eberhard hatte sich schon ein Bärenfell über die Schultern gezogen. Nach wenigen Augenblicken war auch Rotmund eingeschlafen. Viel zu früh wurde er durch heftiges Fluchen aus

dem Schlaf gerissen. Vor der Höhle versuchten zwei Männer einen festgefahrenen Karren aus der aufgeweichten Wiese zu schieben. Ihre leichten Kettenhemden waren bereits völlig verdreckt. Die Ochsen legten sich einfach nieder und waren auch durch Schläge mit dem Ochsenziemer nicht mehr weiterzubewegen. Der Fürst hatte längst das Lager verlassen. Nur sein Bärenfell war zurückgeblieben.
Rotmund war immer noch in ein rotes Banner eingewickelt. Er suchte nach seiner Kutte und fand sie ordentlich zusammengelegt neben seinem Schlafplatz. Dort lagen auch die Pergamente, fein säuberlich in Stoff eingeschlagen. Schlaftrunken zog er die Kutte über.
„Guten Morgen Herr, ich hoffe ihr hattet einen erholsamen Schlaf."
Ein junger Knappe strahlte Rotmund an, während er ein Pferd am Zügel führte. Es war der Wallach, welchen Rotmund bereits geritten hatte. Zu beiden Seiten des Rosses hingen die Holzkisten samt Inhalt.
„Ich heiße Edgar und bin euch zu Diensten während der Heimreise. Möchtet ihr jetzt euer Morgenmahl einnehmen, Herr?"
Der Knappe senkte ergeben den Kopf. Noch niemand hatte Rotmund je mit Herr angesprochen und schon gar nicht ein Junge in beinahe demselben Alter.
„Ähm ... ja wäre nicht schlecht!"
Kaum hatte Rotmund geantwortet, da war der Knappe schon verschwunden. Wenig später kehrte er mit einem Teller warmen Gerstenbrei zurück.
„Verzeiht bitte, aber es war leider nichts anderes mehr aufzutreiben."
Rotmund war verlegen und fand das unerwartete Privileg befremdlich.
„Also ich heiße Rotmund und wenn es dir recht ist, nenne mich nicht Herr."
Edgar hatte verstanden und lächelte freundlich. Die restliche Reise ins Albvorland verlief angenehm. Edgar war ein wirklich pflichtbewußter Knappe und sie hatten viel Spaß miteinander. Eberhard hatte mit

Georg von Ehingen indessen längst die Albhochfläche erreicht. Der Fürst liebte die lieblichen Ausblicke auf das Unterland ebenso wie die herbe Schönheit der Bergregion. Vom Rücken eines Reittieres aus war die Landschaft atemberaubend anzusehen. Die Männer entspannten sich nach den unerfreulichen Vorfällen der letzten Tage. Eberhard wirkte schmächtig und seine Adlernase über dem Vollbart gab ihm ein charaktervolles Aussehen.
„Ich wollte heute morgen mit niemand anderem reiten als mit dir, lieber Jörg!"
Sein Freund fühlte sich geehrt und vermittelte auch ohne Worte seine echte Verbundenheit mit dem Landesherrn.
„Jetzt da wir alleine sind, will ich dich um einen Gefallen bitten."
Georg wartete gespannt, doch Eberhard schien ein wenig verlegen.
„Frei heraus, mein Fürst, ihr wißt, ich werde euch keine Bitte abschlagen, so es in meiner Macht steht!"
Eberhard kraulte sich den Bart, während die Pferde ohne Zügel in der Morgensonne liefen.
„Nun, ihr kennt doch den Albrecht Achilles. Er hat mir viel erzählt von seiner Reise an den Hof von Mantua. Für unsereins ist es nicht leicht, eine passende Partie zu finden. Nun, der Himmel hat es wohl so gefügt, daß er ein Bildnis der Tochter einer Nichte des Kurfürsten bei sich hatte. Ohne lange Vorrede, ich beabsichtige mich zu verheiraten und ihr sollt mein Brautwerber sein. Jetzt ist es heraus, was denkt ihr?"
Georg zog die Zügel, dann stieß er einen lauten Freudenschrei aus.
„Das nenne ich fürwahr eine gute Nachricht! Morgen schon werde ich nach Mantua reisen und die Braut für euch werben, mein Fürst!"
Eberhard lachte auf und wie in alten Zeiten gaben die Männer ihren Schlachtrössern die Sporen und jagten donnernd über eine Wiese.

64

Der Knappe des Fürsten begleitete Rotmund bis vor die Tore von St. Peter und Paul. Edgar half noch das Pferd zu entladen, dann nahm er den Braunen beim Zügel und verabschiedete sich.
„Der Fürst läßt euch durch mich ausrichten, daß er euch in Urach bei sich haben will. Er ist wohl noch für drei Wochen auf Reisen. So lange habt ihr noch Gelegenheit Vorkehrungen zu treffen."
Edgar reichte Rotmund freundschaftlich die Hand.
„Ihr habt großes Glück, in der Gunst des Fürsten zu stehen. Zwei der Männer, die mit euch auf der Reichenau waren, haben die schlechte Kunde mit dem Leben bezahlt. Es heißt, sie hätten gemeinsame Sache mit den Habsburgern gemacht!"
Dann spornte er sein Pferd an und ritt davon. Rotmund blieb kreidebleich zurück. Er hatte unverschämtes Glück gehabt. Das Tor zum Kirchhof war verschlossen und es herrschte eine merkwürdige Stille. Keine Menschenseele ließ sich an diesem wunderbaren Frühlingstag blicken. Als er sich umsah, kam ihm alles irgendwie verändert vor. Es blieb ihm nichts übrig, als die Holzkisten zu schultern. Im Siechhaus würde er sicher mehr erfahren. As er den Garten betrat, erwartete ihn eine böse Überraschung. Alle Kräuter waren zertrampelt oder bis auf den Boden abgefressen. Irgendein dummer Mensch hatte eine Ziegenherde in die sauber gepflegte Pflanzung geführt. Mit wildem Geschrei versuchte Rotmund die äsenden Tiere zu verscheuchen. Aber hinter seinem Rücken kehrte die Herde sofort wieder zurück, um die Mahlzeit fortzuführen. Erst als Rotmund mit einem Stock wild auf das Leittier einschlug, stieben die restlichen Ziegen auseinander und verzogen

sich zur Echaz hin. Der Schaden war beträchtlich, und es würde viele Stunden dauern, die Pflanzung wieder aufzurichten.
In einer düsteren Vorahnung rannte er zum Siechhaus hinunter. Die Tür war abgesperrt und durch die Fenster flogen Vögel ein und aus. Als er den Hof über den Garten von hinten betrat, bot sich dasselbe Bild. Die Kirche und sämtliche Gebäude waren verschlossen und verriegelt. St. Peter und Paul war verlassen. Keine Schüler, keine Mönche und keine Laienbrüder bevölkerten mehr die Gebäude rings um den Kirchhof. Was war geschehen in seiner Abwesenheit? Er mußte es in Erfahrung bringen. Entschlossen verstaute er die Holzkisten an einem trockenen Platz hinter dem Brunnen und machte sich auf den Weg in die Stadt. Er beschloß unverzüglich das Haus der Zainer in der Mettmannsgasse aufsuchen. Vielleicht war Tante Agnes zu Hause. Die wußte meistens etwas zu berichten und sei es auch nur das Gerede der Leute. Rotmund atmete richtig auf, als er das Haus in der Stadt erreichte. Er trommelte geräuschvoll gegen das Tor und tatsächlich steckte Agnes wenig später ihren Kopf zum Fenster heraus. Sie jauchzte laut vor Freude: „Der Rotmund ist es! Gütiger Himmel, daß ihr den Weg zu mir wiedergefunden habt!"
Es tat gut, endlich einen vertrauten Menschen zu sehen, aber der Überschwang war doch ziemlich heftig. Das Tor wurde geräuschvoll entriegelt.
„Tretet schnell ein, ja so eine freudige Überraschung! Ich habe Speisen auf dem Feuer und frisches Brot im Ofen!"
Das freundliche Gesicht der Tante kam über ihn wie ein warmer Kloß, gerade so als hätte sie auf ein williges Opfer gewartet. Und heute war Rotmund sehr gerne das Opfer, denn ihm rauchten vor Hunger bereits die Nasenlöcher. In der Stube hatte sich rein gar nichts verändert. Aber der riesige Tisch bog sich fast unter der Last von unzähligen Speisen in Töpfen, Pfannen, auf Platten, Brettern und Schüsseln.

„Ihr habt Glück, daß ihr mich noch im Hause antrefft. Das ist alles für den Geburtstagsschmaus des Apothekers. Eigentlich hätte ich es ja nicht nötig. Mein Bruder hat mich nach seinem Tod gut bedacht, und die beiden Neffen verzichten auf das elterliche Haus, solange ich lebe. Aber ich koche nun mal für mein Leben gern und ein paar Pfennige nebenbei sind mir auch willkommen. So und jetzt müßt ihr einen Blick auf meine Werke werfen. Ich glaube, mit diesem Mahl habe ich mich selber übertroffen!"
Agnes winkte Rotmund in die Speisekammer. Dort standen sauber auf Platten angerichtet erlesene Köstlichkeiten. Tante Agnes ließ es sich nicht nehmen, die einzelnen Gänge des bevorstehenden Gelages zu kommentieren.
„Hier zur Rechten seht ihr verschiedenes Fleisch. Spanferkel grün gefärbt mit dem Saft von Petersilie. Gefülltes Geflügel mit Safran und Blattgold verziert. Dort eine karmesinrote Hühnerpastete. Dann weiter mit Kornblumen blau gefärbtes Mus von Morcheln, schwarzes Birnenmus und mein ganzer Stolz: Kastlingshüte vom Ochsen!"
Rotmund hatte keine Vorstellung, was sich hinter den gezuckerten Kugeln verbarg.
Agnes klärte auf: „Man macht Weizenteig ab mit Eiern, Zucker, Kaneel, Muskatblume, Pfeffer und ein wenig Butter. Man arbeitet ihn gut durch und reibt ihn mit dem Treibholz aus. Dann beschmiert man Hoden vom Ochsen mit Butter, macht sie heiß und zieht den Teig darüber. Was an Teig nach unten hängt wird abgeschnitten und setzt dann alles in den Ofen. Ihr müßt oft umwenden, damit nichts anbrennt! Wenn sie gar sind, mit Rosenwasser, Honig oder Sirup bestreichen.

Dann noch zum Schluß weißen oder roten Zucker darüber streuen. Inzwischen sind sie schön trocken. Man ißt die Kastlingshüte mit Konfekt, Rosmarin oder schmackhaften Blumen."
Rotmund stand der Mund offen bei all der Farbenpracht.
„So, und jetzt müßt ihr erst einmal ordentlich zugreifen!"
Agnes verschwand in der Küche und kehrte mit einer gewaltigen Portion dampfendem Fleisch zurück.
„Hier, das bekommt ihr nicht alle Tage! Echtes Wildbret vom Frischling und Spitzwecken."
Rotmund ließ sich nicht zweimal bitten und legte sich ordentlich auf. Die stets gegenwärtigen Spitzwecken der Tante waren der schiere Genuß. In Verbindung mit dem zarten Wildschwein, übergossen mit Rotwein, eine Offenbarung. Tante Agnes sah es zu gerne, wenn es anderen schmeckte. Das war wohl mit ein Grund, weshalb sie das Kochen so liebte.
„Ich glaube es immer noch nicht!" hauchte sie über den Tisch und bedachte Rotmund mit einem prüfenden Blick
„So sagt schon, ich vergehe fast vor Neugierde. Wie ist er so?"
Rotmund antwortete mit vollen Backen, während er nochmals einen Wecken zerteilte.
„Wen meint ihr?"
Agnes verdrehte die Augen.
„Der Graf natürlich! Es stimmt doch, ihr seit jetzt der Leibarzt des Grafen Eberhard."
Jetzt endlich verstand Rotmund und schmunzelte über den Umstand, wie schnell ein Gerücht Beine bekam.
„Langsam, langsam Agnes. Davon kann keine Rede sein. Ich habe ihn begleitet und ein paarmal behandelt. Das war schon alles!"
Agnes grinste über beide Backen.

„Also stimmt es doch. Natürlich bist du nun sein Leibarzt! Wer hätte das gedacht, ich sitze mit dem Leibarzt des Landesfürsten an einem Tisch."

Rotmund wurde die Unterhaltung langsam peinlich. Er war weder Arzt, noch hatte er besondere Verdienste errungen. Also beschloß er das Thema zu wechseln.

„Sag mir Agnes, was hat sich in St. Peter und Paul ereignet? Ich stand vor verschlossenen Türen. Keine Menschenseele ist mehr da."

Tante Agnes setzte ein bedauerndes Gesicht auf.

„Armer Archidiakon. Es ist so furchtbar und unsäglich traurig. Niemand versteht weshalb! Keiner hätte so etwas gedacht! Wie konnte so etwas nur geschehen?"

Rotmunds Geduld wurde arg auf die Probe gestellt.

„Ist ihm etwas zugestoßen? Nun rede schon, was hat sich ereignet?"

Und dann erzählte Agnes alles, was sie wußte haarklein und ausführlich.

„So, jetzt weißt du, was vorgefallen ist. Es heißt, der Archidiakon sei unter den Bann gefallen, bis die Vorgänge untersucht worden sind. Da war sicher Hexerei im Spiel, soviel ist sicher. Kirche, Schule und Siechhaus bleiben auf Weisung des Bischofs geschlossen. Man hat alle einfach vor die Türe gesetzt. Die Leute munkeln, die Seelen der Ermordeten gehen dort um. Du solltest dich unbedingt von der Kirche fernhalten."

Agnes Bericht wirkte nicht sehr hoffnungsvoll auf Rotmund.

„Weiß man, wo sich der Archidiakon jetzt aufhält?"

Agnes zuckte mit den Schultern.

„Es heißt, er lebt in einer Klause irgendwo im Wald und tut Buße."

Mit dieser Aussage war nicht viel anzufangen, aber immerhin wußte Rotmund nun, wie sich die Dinge zugetragen hatten.

Annas schreckliches Ende auf dem Scheiterhaufen entzog sich völlig seiner Vorstellungskraft. Auch Bruder Anselms unglücklicher Tod berührte ihn, obwohl er nie Sympathien für den strengen Mönch empfunden hatte. Er mußte den guten Roland finden und mit ihm reden. Tante Agnes war schon wieder beim Tagesgeschäft angelangt.

„Gute Agnes, sei mir nicht gram, aber ich muß los und herausfinden, wo sich der Archidiakon aufhält. Das ist wirklich wichtig für mich!"

Rotmund erhob sich vom Tisch und umarmte die Tante zum Abschied.

„Danke für deine Gastfreundschaft und das gute Essen."

Agnes verschwand abermals in der Speisekammer und kam mit Spitzwecken und Rauchfleisch zurück.

„Hier, mein guter Junge, steck das ein, du wirst es brauchen. Und sei Gott befohlen! Wenn du eine Bleibe in der Stadt brauchst, dieses Haus steht dir immer offen."

Rotmund nahm den Proviant gerne an und verschwand über die Stiege zur Tür hinaus. Er mußte sich Gewißheit verschaffen. Wie von einem Magneten wurde er durch die Stadt gezogen, hin zum Haus des Buchbinders. Als er die schmale Gasse am Zwinger entlang lief, öffnete der verhangene Himmel seine Schleusen. Dicke Tropfen fielen auf das Pflaster. Nach wenigen Minuten im Regen war Rotmund durchnäßt. Aber ebenso wie sich die Gasse in eine dampfende Schlucht verwandelt hatte, lichtete sich der Himmel wieder. Endlich stand er vor dem Haus des Buchbinders und wünschte sich insgeheim, Elisabeth würde aus dem Fenster schauen und ihm zulächeln. Aber auch hier war alles verriegelt und das Haus wirkte unbewohnt. Im Nachbarhaus wurde die Tür einen Spalt breit geöffnet und eine alte Stimme nuschelte kaum hörbar.

„Der Teufel geht um in dem Haus und sucht die Hexe. Flieht, junger Herr, bevor sie euch holen kommt und in die Lüfte reißt!"

Dann wurde die Tür wieder geschlossen. Rotmund war ratlos. Wohin sollte er sich jetzt wenden? Hier bleiben konnte er nicht. Im Haus der Zainer war es zwar bequem, aber er würde den Archidiakon so nie finden. Ziellos streifte er in der Stadt umher und steuerte einem inneren Impuls folgend auf das Mettmannstor zu. Er ging hindurch und wich den Pfützen aus, welche sich auf dem Weg gebildet hatten. Dann hielt er sich rechts über die nassen Wiesen, um abzukürzen. Im Kirchhof hatte sich nichts verändert, nur einige Wasserlachen erinnerten noch an den vorangegangenen Schauer. Rotmund lief nochmals alle Gebäude ab, ob nicht doch irgendeine Tür offenstand. Als er vor der alten Schmiede stand, war er noch ratloser wie am Morgen. Er mußte sich Gewißheit verschaffen. Die erweiterten Fensteröffnungen waren mit schweren Holzläden gesichert. Mit einem entsprechenden Werkzeug wäre es sicher möglich, die Läden aus der Verankerung zu heben. Aber Rotmund fand rein gar nichts, was tauglich gewesen wäre, einen Einbruch auszuführen. Als er wütend mit der Faust gegen einen der Läden schlug, gab dieser einfach nach und schwang nach innen. Ohne zu zögern, kletterte er durch die Fensteröffnung. Die Druckwerkstatt schien in aller Eile geplündert worden zu sein. Dort wo noch vor kurzer Zeit die Druckerpresse gestanden hatte, lagen Balken und Beschläge in sinnloser Zerstörung übereinander. Auf den Werkbänken trippelten zwei Mäuse auf der Suche nach Futter. Er entfernte einige Bretter von den Fenstern, welche man notdürftig zugenagelt hatte. Im Licht wurde es ihm Gewißheit. Alles Werkzeug war verschwunden. Nur noch ein zerbrochener Winkelhaken stakste aus dem Boden. Rotmund zog ihn aus dem Lehm und betrachtete das zerstörte Instrument. Jetzt waren ihm nur noch seine Manuskripte und die beiden Holzkisten geblieben. Voller Zorn warf er den zerstörten Winkelhaken in die Ecke. Dann kletterte er wieder ins Freie und lief zum Brunnen, um nach seinen Kisten zu sehen. Alles war noch dort, wo er es zurück-

gelassen hatte. Er zog sie aus dem Versteck in Richtung Garten und setzte sich darauf. Eigentlich hatte er sich an den Anblick der Leprosen gewöhnt. Tag für Tag pflegten sie unauffällig die Pflanzungen rund um das Siechhaus. Aber heute war die blaue Kutte für Rotmund ein Signal aus einer verloren geglaubten Welt. Tief gebeugt schnitt die vermummte Gestalt die Reste von Rosmarin ab, welche die Ziegen noch übriggelassen hatten. Als Rotmund sich bis auf wenige Schritte genähert hatte, sagte er freudig: „Wie schön, noch einen Menschen hier anzutreffen! Darf ich euch etwas fragen?"
Statt einer Antwort erhielt Rotmund nur einen Entsetzensschrei und der Leprose rannte wankend davon.

65

Werner trieb die kleine Herde über den Pfad zur Hochweide. Er betrachtete sie als seine Kriegsbeute. Man mußte die Gelegenheit eben nutzen, die sich bot. Während die Ritter mit gesenkten Köpfen heimwärts zogen, pfiff der Hirte ein fröhliches Lied in den blauen Himmel. Eigentlich hätte das Heer den lebenden Proviant längst vertilgt, aber die verhinderte Schlacht war wohl allen auf den Magen geschlagen. So lief Werners Herde nun eigene Wege und keiner scherte sich drum. Er hatte vorsorglich alle Tiere mit Brandzeichen den Köchen überlassen. Nur Vieh, welches unterwegs von den Weiden der Bauern mitgelaufen war, hatte er behalten. So würde man ihm keine nachträglichen Fragen stellen. Auf einem der zahlreichen Viehmärkte würde die Herde sicher eine gute Summe einbringen. Jetzt mußte er nur noch seine Beute über die Alb in den Stall der Eltern führen. So war sein Plan.
Werner beobachtete zwei Hirten inmitten einer kleinen Ziegenherde, welche in einiger Entfernung im Hang standen. Jetzt hieß es vorsichtig sein und kein Aufsehen erregen. Es sah so aus, als würden die Hirten miteinander streiten. Sie schienen ihn gar nicht zu bemerken. Der eine erwies sich bei genauerem Hinsehen der Kleidung nach als Bauer. Der andere war wohl sein Knecht, denn der Bauer drosch unvermittelt auf ihn ein. Der schmächtige Hirte ging nach wenigen Schlägen zu Boden. Werner lief in einigem Abstand, aber selbst auf diese Entfernung war erkenntlich, daß der Bauer getrunken haben mußte. Er schwankte bedenklich und begann die Beinkleider herunterzulassen.

Dann stürzte er sich halbnackt auf den reglos am Boden liegenden Knecht. Mit einer Hand drückte er den Unterlegenen zu Boden, mit der anderen begann er ihm die Kleidung vom Leib zu reißen.
Ein verzweifelter Schrei ließ Werner beinahe das Blut in den Adern gefrieren. Das war kein Knecht, der am Boden lag, das mußte eine Magd sein! Werner handelte, ohne lange nachzudenken. Hier ging etwas nicht mit rechten Dingen zu. Werner setzte zu einem waghalsigen Sprint über die Grassoden an, welche die steile Wiese bedeckten. Er riß den Bauern in vollem Lauf mit sich zu Boden. Elisabeth lag mit entblößtem Oberkörper auf dem Rücken und sah noch, wie ihr Peiniger die Tracht Prügel seines Lebens verabreicht bekam. Dann sank ihr Kopf nach hinten und ihre Augen schlossen sich. Als Werner von dem Bauern abließ, floh dieser Hals über Kopf den Abhang hinunter. Er lief zurück und betrachtete die Bescherung, welche der Bauer angerichtet hatte. Vorsichtig bedeckte er ihre Blöße und nahm sie von der kalten Erde hoch. Sie war leicht wie eine Feder und das schönste Geschöpf, das Werner je in seinen Armen gehalten hatte. Obwohl ihre Haare wüst gestutzt waren, verliebte sich Werner auf der Stelle in die Unbekannte. Da er nicht wußte, wohin mit dem bewußtlosen Mädchen, nahm er sie einfach mit. Ohne viel Aufhebens legte er sie auf einen Ochsen, welcher bereits ein Joch mit seinen wenigen Habseligkeiten trug. Dann zog er weiter. Schon bald fing Elisabeth an zu wimmern und zu weinen. Werner ging neben dem Ochsen her und hielt einfach ihre Hand. Ihre linke Gesichtshälfte war geschwollen und entstellt durch die Faustschläge des Bauern. Werner hatte schon davon gehört, daß es Männer gab, die Frauen Gewalt antaten. Es waren nur die erbärmlichsten Feiglinge, welche sich an Schwächeren vergriffen. Jetzt hieß es schnell zum Weilerhof abzusteigen.

Bis nach Hause war es immer noch eine stramme Strecke durch den Wald an den Abhängen der Alb entlang, aber er durfte kein Risiko eingehen, gesehen zu werden. Es wäre zu schade gewesen, die Ochsen an die Wegelagerer zu verlieren. Aber dem Mädchen konnte jetzt nur die Mutter helfen. Werner verstand nichts vom Heilen und diesen Dingen.

„Wird es denn noch gehen?" fragte er unbeholfen, als Elisabeth gar nicht mehr aufhören wollte zu wimmern. Als Antwort drückte sie schwach seine Hand. Werner lächelte und sie sah ihn aus verquollenen Augen an.

„Ich bringe dich heim zu meinen Eltern. Das sind gute Leute. Wir wollen sehen, was wir für dich tun können."

Tief in der Nacht schließlich watete Werner vorsichtig durch den Fluß. Der Mond glich einem Apfelschnitz in dieser Nacht und beleuchtete seinen Weg. Trotz der erschwerten Umstände waren sie zügig vorangekommen. Bei Einbruch der Dunkelheit jedoch hatte er ein provisorisches Gatter im Wald errichtet. Er wollte zuerst das schlafende Mädchen nach Hause schaffen und dann die Ochsen im frühen Morgengrauen abholen. Elisabeth ruhte geborgen auf Werners Armen. Es erfüllte ihn mit einer unerklärlichen Freude, sie zu tragen. Im Schlaf hatte sie sich wie ein zweites Gewand an ihn gedrückt. Aber nun kam er doch langsam körperlich an seine Grenzen. Den ganzen Tag ohne ein anständiges Mahl zu marschieren, war schon anstrengend genug. Elisabeth schlief jetzt und er wollte sie auf keinen Fall wecken. Im Wald übernachten mochte er so kurz vor dem Ziel ebenfalls nicht. Endlich erreichte er den Weilerhof. Als er gegen die Eingangstür hämmerte, geschah zuerst gar nichts. Ein Flackern in der Küche verriet ihm, daß noch ein Feuer im Herd brannte. Das hieß, es war noch jemand wach. Öl für Lampen war Luxus, den sich die Eltern nur selten leisteten. Obwohl es ihnen jetzt doch recht gut ging.

Mit dem geliehenen Pferdegespann war es nun viel einfacher, den Akker zu bestellen. Das alles verdankten sie dem Archidiakon und seinen verläßlichen Zuwendungen. Er hatte dafür gesorgt daß die Miete für das moderne Ackergerät nicht ihre Erträge auffraß.
Lintrut hörte das Pochen an der Tür zuerst. Veit war mit der Pfeife im Mund auf der Bank in der Stube eingeschlafen und schnarchte. Ihr Herz schlug bis zum Hals, als sie mit einem flackernden Kienspan in der Hand die Türe öffnete, in der anderen hielt sie einen Stock.
„Jessas, Maria und Josef, es isch mai Bua!" rief sie aus. Im nächsten Moment hielt sie schon das schlafende Mädchen in den Armen.
„Paß auf, Mutter! Sie hat ziemlich was ins Gesicht abbekommen."
Werner sackte außer Atem auf der Treppe zusammen. Mit Weh und Ach schaffte Lintrut die zierliche Elisabeth in die gemeinsame Schlafstube. Auch Werners Schwestern hatten dem Tumult an der Treppe bemerkt und begrüßten ihren Bruder überschwenglich.
„Wo ist der Vater?" fragte Werner besorgt.
Gerda beruhigte ihn: „Der schläft auf der Bank. Wenn du ihm nicht die Pfeife aus dem Mund ziehst, bleibt er da liegen bis morgen früh."
Werner atmete auf.
„Wenigstens das hat sich nicht geändert. Aber du bist eine richtige kleine Frau geworden", schmeichelte er, „bis auf die Hasenzähne, aber die bleiben dir für den Rest deines Lebens."
Gerda schlug mit gespielter Entrüstung auf ihren Bruder ein.
„Du frecher Kerl! Haben sie dir immer noch nicht den Schalk ausgetrieben!"
Sie lachten gemeinsam und dann bekam Werner in der Küche von Gretel eine extra Portion Roggenbrei mit zerlassener Butter kredenzt.
Elisabeth verstand sich von Anfang an blendend mit seiner Mutter und den beiden Schwestern.

Bald war es so, als gehörte sie schon immer zur Familie. Nur ihre Sprache fand sie nicht wieder. Eines Tages nahm Lintrut Werner bei der Feldarbeit beiseite.
„Junge, ist dir bewußt, daß unser Gast ein Kind erwartet?"
Und hätte seine Angebetete ein schiefes Gesicht und drei Füße gehabt, er wäre ihm egal gewesen. Mochte seine Mutter denken, was immer sie wollte. Werner liebte Elisabeth und das von ganzem Herzen. Er fand seine eigene Form der Werbung. Nicht laut und fordernd, sondern still und geduldig. Jederzeit war er bereit zurückzustehen, wenn es seiner Geliebten nicht nach Nähe zumute war. Elisabeth schätzte die feine Art des Viehhirten mit der weichen Seele. Vielleicht würde sie ihm eines Tages sogar Liebe entgegenbringen können. Jetzt war ihr das einfach unmöglich. Ihre Seele litt noch Höllenqualen und sie war eine Vogelfreie.

66

Die riesigen Weiden entlang des Bachufers rauschten im Wind. Rotmund liebte diese feine Melodie, welche ihn an diesem Morgen geweckt hatte. Auch der Gesang des Rotkehlchens war ihm vertraut. Der kleine Vogel betrachtete ihn interessiert aus schwarzen Knopfaugen und flog aufgeregt von Ast zu Ast.

„Danke, ich bin schon wach", sagte Rotmund und schlüpfte wieder etwas tiefer ins Heu, denn es war noch sehr kühl im Freien. Werners altes Lager auf dem Brühl war noch weitgehend intakt. Ein Gefühl der Vertrautheit verband ihn mit diesem Ort. Hier hatte er in kurzer Zeit wertvolle Erfahrungen gesammelt. Und doch fühlte er sich betrogen. Die Zeit der Ausbildung war viel zu kurz gewesen. Agnes hatte ihm berichtet, daß Bruder Simon Lukas am Fieber gestorben war. Sein Tod und der Verlust der Druckwerkstatt belasteten Rotmunds Gemüt schwer. Der Feldzug mit dem Heer des Landesfürsten samt den Begegnungen auf der Reichenau waren weit mehr, als ein junger Mann in seinem Alter gewöhnlich zu erleben pflegte. Jetzt waren Türen in ihm aufgestoßen worden und die Neugierde wuchs, was sich hinter ihnen verbarg. Er überließ sich einfach den Eingebungen des Augenblickes. Rotmund spürte den Drang, etwas Sinnvolles zu tun. In drei Wochen würde er wahrscheinlich schon in Urach verweilen. Bis dahin wollte er den Kräutergarten neu anlegen. Tatsache war, daß bald die großen Ackerkratzdisteln, Beifuß und Hornklee alles überwuchern würden. Viele der Pflanzendrogen waren im Wettbewerb um Licht und Wasser dem Drängen der einheimischen Pionierpflanzen unterlegen. In Gedanken versuchte er nachzuvollziehen, nach welchen

Gesichtspunkten sein Lehrer die wertvollen Kräuter zusammengetragen hatte. Die gesamte Gärtnerarbeit hatte ihn bisher nicht sonderlich interessiert. Es war etwas anderes einen Acker zu bestellen, als den unterschiedlichsten Ansprüchen von Arzneipflanzen gerecht zu werden.

Rotmunds Magen meldete sich lautstark. Seit gestern nachmittag hatte er nichts mehr gegessen. Also nun doch raus, aus dem warmen Heulager. Voller Tatendrang verließ er den Brühl und suchte wieder den Kirchhof auf. Der unbestimmte Eindruck von Verlassenheit lag selbst an diesem herrlichen Morgen auf allen Gebäuden rings um den Hof. Die Menschen innerhalb der Stadtmauer blickten ängstlich nach St. Peter und Paul. Agnes hatte recht gehabt. Die Leute fürchteten sich vor einem unsichtbaren Fluch. Das Kirchengebäude und alles was dazugehörte, wurde gemieden. Rotmunds anfänglicher Respekt vor den verschlossenen Türen wich bald dem Drängen nach dem Lebensnotwendigen. Mit einem häßlichen Knirschen brach das Schloß aus der Tür zur Küche. Die Speisekammer war in Eile ausgeräumt worden. Auf dem Boden lagen umgekippte Vorratsbehälter und die Reste von geräucherten Schwarten, welche selbst die Mäuse verschmäht hatten. Das Apfelfaß enthielt noch einige fleckige Früchte vom Vorjahr. Rotmund durchstöberte die Küche sorgfältig und entdeckte einen Vorratsbehälter mit Deckel unter einem ganzen Stapel von Kochgeschirr. Den hatten die Plünderer wohl in der Eile übersehen. Ein Sack voll trockener Gerstengraupen kam zum Vorschein. Das würde für die nächsten Tage reichen müssen. Salz und Gewürze waren noch vorhanden. Rotmund beschloß Feuer im Kirchhof neben dem Brunnen zu machen. Mochten die Bürger in der Stadt denken, was sie wollten. Mangel an Brennholz herrschte nicht. Dann schleppte er einen Dreifuß aus Metall samt Kupferkessel aus der Küche ins Freie.

Rotmund graute davor, sich länger als nötig in den verlassenen Gebäuden aufzuhalten. Solange es nicht regnete, würde er hier im Freien sein Lager aufschlagen. Drei mit Stroh gefüllte Säcke hatte er aus dem Schlafsaal der Schüler entwendet.
Als das Wasser im Topf endlich kochte, gab er zwei Hände Graupen dazu und kochte das Getreide, bis es zu einem zähen Brei aufquoll. Der Pudding war heiß und schmeckte nicht besonders. Aber zusammen mit Spitzwecken und Rauchfleisch von Agnes war der Magen gefüllt, und nach einem Apfel zum Nachtisch war Rotmund satt und zufrieden. Dann machte er sich daran, den Garten vor den gefräßigen Ziegen zu schützen. Zu diesem Zweck errichtete er zwischen den Hecken und auf den Trampelpfaden zum Bach kleine Gatter. Äste fand er am Bach und Hanf zum Verknoten in der Scheune. Als der Tag sich neigte, hatte er beinahe alle Schlupflöcher geschlossen. Den Rest würde er am nächsten Morgen erledigen. Rotmund legte nochmals einen Buchenscheit in die weiße Asche. Schon bald glomm wieder ein Feuer aus der verborgenen Glut. Es sah nicht nach Regen aus, doch Rotmund hatte sein Nachtlager unter dem Vordach zur Scheune eingerichtet. So hatte er das Gebäude im Rücken und ein Dach über dem Kopf. Außerdem hatte er so Einblick in den Garten und konnte einschreiten, falls die Ziegen wieder auftauchten.
Doch noch dachte er nicht daran, sich niederzulegen. Er öffnete die beiden Holztruhen. Im Schein des Feuers blätterte er in der Abschrift, welche er auf der Reichenau in aller Eile angefertigt hatte. Eine quadratische Skizze veranschaulichte die Anlage der Beete in der Cultura Hortorum. Die Zeichnung war ein Kernstück des Manuskriptes von Walahfrid Strabo. Rotmund konnte nur wenige der lateinischen Pflanzennamen übersetzen. Dennoch war er sich sicher, daß er etwas Wertvolles in seinen Händen hielt. Wieder vermißte er schmerzlich seinen Lehrer. Hier lag der Plan für einen geheimnisvollen Kräutergarten,

aber er vermochte ihn nicht zu lesen. Auch aus den wenigen Aufzeichnungen von Bruder Simon Lukas wollte er nicht recht schlau werden, da er die Handschrift des Mönchs nur schwer entziffern konnte. Unzufrieden legte Rotmund die Pergamente beiseite und stocherte im Feuer. Die sich stetig verändernde Glut lenkte ihn ab. Ein schleifendes Geräusch ließ ihn aufmerken. Ein aufgescheuchter Wasservogel flog geräuschvoll in die Nacht hinaus. Das Knallen seines Flügelschlages verebbte und das Knistern des Feuers sorgte für eine entspannte Atmosphäre. Rotmund sah die Schatten nicht, welche sich langsam in einem großen Kreis um den Innenhof von St. Peter und Paul versammelten.

67

„Die Ochsen zu verkaufen, kannst du dir gleich aus dem Kopf schlagen! Ohne einen Stempel von der Obrigkeit in der Stadt kannst du nicht einmal die Schwänze auf dem Markt feil bieten."
Werner schwieg und war wütend. Der Vater gönnte ihm offenbar seinen Erfolg nicht. Aber Veit kannte die Regeln auf den Viehmärkten. Es würde sehr schwer werden, fünf herrenlose Ochsen loszuschlagen.
„Die kennen sich doch alle und wissen, woher sie ihre Ware beziehen. Die werden sich doch nicht mit einem abgerissenen Bauernsohn auf einen Handel einlassen. Was hast dir nur dabei gedacht, mit Schlachtvieh des Fürsten durchzubrennen?"
Jetzt platzte Werner der Kragen.
„Alles ist doch hier Eigentum irgendeines Herrn, das Land, auf dem du gehst, der Acker, von dem du dich ernährst und jeder einzelne Atemzug! Hat der Herr je Gutes an uns getan, ohne es hernach wieder hundertfältig zu fordern?"
Nun kam auch der Vater in Fahrt.
„Versündige dich nicht, Sohn! So war es schon seit Generationen, ob es uns gefällt oder nicht, wir leben auf geliehenem Land!"
Werner suchte nach einer Lösung, um doch noch die Sache zum Guten zu wenden.
„Und wenn ich die Herde in der Nacht an einen der Ochsenwege führe? Vielleicht ist ja gerade ein Auftrieb und ich kann doch noch eine kleine Summe mit einem der Treiber aushandeln."
Veit lachte und winkte ab.

„Da wirst du schön angehen. Die Männer kommen mit ihren Herden von weit her aus der Moldau und Walachei. Du würdest nicht ein einziges Wort verstehen. Und willst du etwa Tage und Wochen neben dem Ochsenweg zubringen?"
Das leuchtete Werner ein und langsam weichte sein Widerstand auf. Vielleicht hatte der Vater ja doch recht. Es war jedenfalls nicht verkehrt, sich seinen Rat anzuhören. Werner lenkte ein: „Und glaubst du, es gibt doch noch eine Möglichkeit, die Ochsen loszuschlagen?"
Veit grübelte ernsthaft, dann sagte er: „Ja Sohn, ich denke, es gibt nur eine Möglichkeit, um ohne Schaden aus der Sache herauszukommen."
Er schaute Werner direkt ins Gesicht und lehnte sich zurück an die Stalltür.
„Du mußt die Ochsen dem Fürsten zurück nach Urach bringen. Und stelle dich recht dumm, daß er dich nicht aufknüpfen läßt! Das heißt, wenn uns bis dahin nicht schon die Nachbarn die Obrigkeit auf den Hals gehetzt haben."
Er warf ärgerlich einen Kuhstrick ins Heu und führte das Pferd ins Freie. Werner dämmerte es langsam, daß er mit seinem Verhalten die ganze Familie in Gefahr gebracht hatte. Dabei war er so stolz über seinen Handstreich gewesen. Jetzt hatte ihn die Realität eingeholt. Ärgerlich fuhr er fort, den Stall auszumisten.
„Bringe mir das Zuggeschirr für den Gaul!" rief Veit durch die halbgeöffnete Stalltüre. Werner gehorchte und nahm die schwere Lederausrüstung von der Wand. Wenn es doch nur schon Nacht wäre, dann würde er mitsamt den unseligen Ochsen über die Alb nach Urach ziehen. Es regnete schon den ganzen Morgen und auf den Wegen standen Pfützen. Die Frauen machten sich alle bei diesem Wetter im Haus nützlich.
„Ich brauche deine Hilfe. Das Pferd muß zum Hufschmied und wir müssen reden."

Werner war erstaunt. Es war das erste Mal, daß sein Vater ihn offen zu einem Gespräch unter Männern einlud. Das Kaltblut stand geduldig im Regen, während die Nässe an seiner langen gelben Mähne abtropfte. Inzwischen kam Werner mit dem Aufzäumen zurecht. Es war anders, mit dem Gaul umzugehen als mit den Ochsen. Das Pferd war anspruchsvoller und wendiger als die eigensinnigen Ochsen. Das machte sich vor allem beim Eggen und Pflügen bemerkbar. Veit nannte den Gaul ein frommes Lamm, dennoch traute sich Werner nicht, die Zügel zu führen. Wenig später saßen Vater und Sohn vorne auf der Pritsche des Wagens. Der Wechsel vom Kuh- zum Pferdebauern hatte dem Weilerhof sozialen Aufschwung gebracht. Der Archidiakon hielt schützend die Hand über den Hof. Die Ernte war gut gewesen und er hatte den doppelten Anteil wie gewöhnlich für sich behalten dürfen.

„Was, meinst du, sollen wir dieses Jahr ausbringen?"

Werner war noch nie vom Vater nach seiner Meinung gefragt worden. Schon gar nicht, wenn es um die Landwirtschaft ging. Er antwortete nicht gleich, dann aber im selben einsilbigen Ton wie der Vater.

„Rispenhirse, Emmer, Roggen, Hafer und Rüben wären nicht schlecht."

Wieder entstand eine Pause, während der Wagen über den Weg holperte. Der Gaul roch streng und blies geräuschvoll Atemluft durch die Nüstern.

Werner fügte seiner Vorrede hinzu: „Vielleicht noch allerlei Gewürze, Kräuter und Senf. Die Städter sind ganz wild darauf."

Veit musterte seinen Sohn von der Seite, sagte aber nichts. Der einfache Erntewagen ächzte und quietschte. Immer wenn sich ein besonders tiefes Loch auf dem Weg auftat, bewegten sich die Planken auf dem einfachen Fahrgestell.

Veit brummelte: „Die Weibsleute brauchen noch Backbüschel und wir ein Legel Wein für deine Hochzeit."

Veit spie in hohen Bogen in den Acker. Das war seine Art, das Gesagte zu bekräftigen. Werner tat es ihm gleich und auch seine Spucke machte einen ansehnlichen Bogen, bevor sie sich in einem Gebüsch verfing.

Lächelnd sah er zu Vater hinüber und murmelte: „Habe sie noch nicht mal gefragt."

Veit hielt die Zügel lose in der Hand und sagte nur: „Dann wird es Zeit. Du bekommst das Afterlehen auf den Hof, wenn das Kind da ist."

68

„Der Graf weilt nicht im Schloß. Er ist auf dem Weg nach Mantua auf Brautschau."
Roland ließ sich seine Enttäuschung nicht anmerken.
„Nun, so wende ich mich an euch, lieber Bruder. Seht ihr eine Möglichkeit, daß ich hier auf ihn warte?"
Gabriel Biel lächelte und antwortete.
„Ihr seit uns hier stets willkommen Roland. Eberhard hält große Stükke auf euer Werk in St. Peter und Paul. Es entspricht weitgehend dem, was wir in unserer Gemeinschaft nach dem Vorbild der apostolischen Urgemeinde pflegen."
Gabriel trug die hohe runde Mütze der Kappenherren und hatte schlohweißes Haar. Er verwies auf den Umtrieb in den Gassen rings um das Gebäude.
„Wie ihr unschwer bemerken konntet, sind die Vorbereitungen zur Hochzeit im vollen Gange. Vielleicht gibt es ja die Möglichkeit euch nützlich zu machen. Ich spreche mit dem Vergenhans und mit dem neuen Probst der Kappenherren."
Roland war den Tränen nahe. Die Erschöpfung der vergangenen Tage war ihm anzusehen. Gabriel war ein erfahrener Seelsorger und kannte die Zeichen der Buße.
„Ganz gleich was vorgefallen ist, ihr sollt wissen, daß wir nicht unbedingt den Entscheidungen der Bischöfe beipflichten. Um es genauer auszudrücken: Der Bischof ist ein Hornochse, einen fähigen Mann wie euch mit dem Bann zu belegen.

„Pech für die Diözese, aber ein großer Gewinn für uns! Die Brüder vom gemeinsamen Leben sind kein neuer Orden und müssen sich nicht an die Weisungen Roms halten. Keiner von uns hat ein Gelübde abgelegt."
Roland ließ sich anstecken und ein zaghaftes Lächeln löste seine Verkrampfung. Seit Tagen befand er sich am tiefsten Punkt seines Lebens. In der Einsiedelei hatte er keinen Frieden gefunden. Wieder und wieder hatte er die Ereignisse im Geiste durchlebt. Es gab keinen Zweifel, er hatte schwere Schuld auf sich geladen. Und jeder Versuch, den Kreislauf zu durchbrechen, war gescheitert. Gott hatte ihm verziehen, aber es war unendlich schwer, sich selber zu verzeihen. So hatte er sich Buße auferlegt, indem er streng fastete und nur Wasser zu sich nahm. Gabriel Biel besaß die Gabe, tief in Menschen hineinzublicken.
„Wir werden euer Talent an einer würdigen Aufgabe erproben."
Er sah sich belustigt um.
„Dabei werdet ihr sowohl Verhandlungsgeschick wie auch euer ganzes Einfühlungsvermögen benötigen. Seit ihr bereit, eine Aufgabe von höchster Wichtigkeit zu übernehmen?"
Roland ergab sich in seine Hände und nickte.
„Ja, in aller Demut will ich es versuchen. Was es auch immer sei."
Gabriel war sehr zufrieden und erklärte: „Sehr gut! Euch schickt der Himmel. Ihr müßt wissen, der Vergenhans mag ein weiser Berater und großartiger Menschenfreund sein. Er hätte es gerne, wenn ihn alle nur den Naukler nennen würden. Das ist wohl so Brauch unter Humanisten, sich selbst einen Namen zu geben. Eberhard schenkt ihm sein ganzes Vertrauen. Nur wenn es um die Vermittlung der guten Sache geht ist er, nun ja!"
Gabriel suchte vorsichtig nach den richtigen Worten: „Vielleicht ein wenig hölzern, und so geht manches daneben und muß neu ausgerichtet werden. Ihr sollt ihm dabei zur Hand gehen und unauffällig

an seiner Seite stehen, bis Eberhard wieder eintrifft. Ich werde dafür Sorge tragen, daß er euch in der Ausführung freie Hand gewährt. Ihr habt gehört, daß die Vermählung des Grafen ansteht. Das ist ein Akt höchster politischer Brisanz für unser Land. Auch die Bischöfe von Augsburg und Speyer sind geladene Gäste. Der Bischof von Konstanz wird die Einsegnung des Paares vollziehen."

Gabriel machte eine Pause und sah zum Fenster hinaus.

„Das ist eine gute Gelegenheit zu zeigen, was wirklich in euch steckt. Bruder Christian wird euch zu eurem Quartier bringen."

Ein Kappenherr mit rundem Gesicht erschien in der Tür und lächelte freundlich. Roland erhob sich und machte Anstalten, vor Gabriel niederzuknien.

Der wehrte ab mit den Worten: „Nicht doch! Nicht doch! Macht mir die Freude und nehmt wieder ordentliche Nahrung zu euch. Ihr braucht Kraft für die neue Aufgabe."

Roland war wieder den Tränen nahe, aber hielt sich aufrecht. Gemeinsam mit Bruder Christian verließ er die Sakristei der Amanduskirche. Auf dem Platz zwischen der kleinen romanischen Kirche und dem Schloß herrschte helle Aufregung. Straßenkehrer säuberten jeden Winkel und jede Ritze in der Stadt und das mehrmals. Kühe, Ochsen, Ziegen und Schweine bevölkerten den Platz.

Christian erklärte: „So geht das schon seit Tagen. Es fehlt eine ordnende Hand. Wir brauchen den Platz in den Ställen, aber die Leute trauen sich nicht so recht, ihr Vieh im Zwinger unterzustellen."

Er warf Roland einen bedeutungsvollen Blick zu. Der begann bereits zu ahnen, was auf ihn zukam. Turmhoch mit Futter beladene Wagen blockierten die Gassen. Alles in allem herrschte ein fürchterliches Durcheinander. Roland war erleichtert, als er seine Wohn- und Schlafzelle im Stift direkt neben der Kirche zugewiesen bekam.

Bruder Christian überreichte ihm eine Abschrift der Hausordnung mit allen wichtigen Informationen und verließ ihn wieder.
Am nächsten Tag wurde Roland klar, was Gabriel Biel im Bezug auf den Naukler gemeint hatte. Nach der Morgenandacht fand sich Roland in aller Frühe im Schloß ein, um Johannes Vergenhans zu unterstützen. Ein Knappe empfing ihn an der Pforte und ließ ihn warten. Schließlich wurde er vorgelassen. Auf der Treppe kam ihm der Naukler bereits entgegen. Der Knappe half ihm soeben in eine braune Schaube mit Pelzfutter. Sein Mantel schleifte fast am Boden und betonte die stattliche Körpergröße des Naukler. Er schien es mehr als eilig zu haben, das Schloß zu verlassen. Als er Roland entdeckte, strahlten seine blauen Augen, welche unter dichten schwarzen Brauen hervorlugten.
„Ich freue mich redlich, daß mir der Biel einen fähigen Vertreter zur Seite stellt. Ihr seht mich in großer Zeitnot. Eigentlich sollte ich längst auf dem Weg nach Tübingen sein. Dort erwarten mich zwanzig Studenten und hier steht alles Kopf. Kurz heraus gesagt; ich übertrage euch gerne die Vollmacht, mich hier zu vertreten. Verwahrt mein Siegel und freut euch auf einen Tag in der Hölle."
Damit drückte er Roland einen Stapel Korrespondenz in die Arme und rauschte davon. Während der kommenden Stunden studierte Roland Einladungslisten, Baupläne für ein Tanzhaus aus Holz, Anforderungen für eine verstärkte Feuerwache und eine Eingabe zur Erhöhung der Wachmannschaften. Neben zahllosen Listen, welche die Unterbringung der Gäste samt Pferde, Futter, Betten und Lebensmittel zum Inhalt hatten, gab es noch Anforderungen der Privatsekretäre geladener Persönlichkeiten, samt gutgemeinten Vorschlägen, wie Zeremoniell und Aufenthalt aus dem jeweiligen Blickwinkel am besten abzulaufen hatte. Als Roland die Vorschläge der Küche zur

Verköstigung der zweitausend Gäste überflog, schmolz seine anfängliche

Zuversicht wie Butter in der Sonne dahin. Er fragte sich ernsthaft, wie eine solche Menge an Lebensmitteln und Wein je beschafft werden konnte. Das Hochzeitsmenü war bereits bis ins Detail niedergeschrieben worden. Roland beschloß sich ein genaues Bild vor Ort zu machen.

69

Leises Flüstern erfüllte die Dunkelheit ringsum. Rotmund nahm viele Nuancen wahr. Die Stimmen waren zahlreich, aber die zugehörigen Personen waren für ihn am Feuer unsichtbar. Eine heisere Stimme sprach zu ihm: „Wir kennen dich. Du warst die rechte Hand unseres Siechenmeisters."
Die Anspannung war beinahe unerträglich. Rotmund saß immer noch am Boden neben dem Feuer und bewegte sich nicht.
„Du machst dich über unseren Garten her, ohne zu fragen. Du verbrennst unser Holz und liegst auf unserem Stroh", die Stimme hatte jetzt einen bedrohlichen Unterton.
„Was kannst du uns dafür geben?"
In der Frage schwang Bitterkeit und Zorn mit.
Rotmund verteidigte sich: „Ich bin vor kurzem hier noch ein- und ausgegangen. Wir haben stets von dem gelebt, was hier geerntet wurde. Warum steht ihr im Dunkeln und kommt nicht zum Feuer?"
Ein bedrohliches Raunen ging von Mund zu Mund. Rotmund war sich nun sicher, daß die Kranken aus dem Leprosorium dort draußen standen. Dann erhob sich ein ohrenbetäubender Lärm von allen Seiten. Rotmund hielt sich beide Ohren zu, während die Holzratschen die Luft zerfetzten. Genau so schnell wie der Lärm einsetzte war, wieder Stille eingekehrt.
Die Stimme fuhr mit dem Verhör fort: „Wenn du uns nichts geben kannst, dann halte dich fern von uns!"

Zorniges Gekreische entstand unter den Umstehenden. Jetzt war Rotmund auf den Beinen und schrie in die Dunkelheit: „Ist das etwa der Dank, den ihr Bruder Simon Lukas schuldet?"
Er hatte sich nicht einschüchtern zu lassen.
„Ich kann euch nicht euren Siechenmeister ersetzen, aber ich habe gelernt, wie man das Leiden lindern kann. Das kann ich euch anbieten."
Unruhe entstand unter den Aussätzigen. Sie schienen verunsichert und verhandelten leise miteinander. Dann meldete sich der Anführer wieder:
„Wir müssen uns zurückziehen und beraten. So lange kannst du bleiben!"
Die vermummtem Gestalten zogen sich lautlos in die Dunkelheit zurück. Rotmund zitterte am ganzen Leib. Furchtsam schürte er das Feuer und lauschte angestrengt in die Nacht. Er hatte mehr versprochen, als er halten konnte. Der kleine Vorrat an Pflanzendrogen war fast aufgebraucht. Bis wieder genügend frische Kräuter nachgewachsen waren, würden Monate vergehen. Rotmund hatte die schrecklichen Folgen der Lepra gesehen, wenn sein Lehrer sich barmherzig der Ärmsten der Armen angenommen hatte. Jetzt lernte er die Ausgestoßenen von einer anderen Seite kennen. Sie verteidigten ihr Territorium genau so verbissen, wie die Bürger ihre Stadt. Eine natürliche Angst vor der unheilbaren Krankheit hatte ihn ergriffen. Wie lange würde es wohl dauern, bis der Bischof den Bann von St. Peter und Paul nehmen würde? So lange würden die Leprosen hier regieren, denn sie standen bereits außerhalb der christlichen Gesellschaft. Aber war es nicht unbarmherzig, die Aussätzigen einfach sich selbst zu überlassen? Die Kirche stand mächtig und verlassen in der Morgendämmerung. Mit dem Tageslicht kam die Feuchtigkeit, welche sich überall als perlende Tropfen niederschlug. Rotmund war neben dem Feuer eingenickt.

Eine Amsel stimmte ihr morgendliches Lied an und sein Gesicht lag entspannt auf dem angewinkelten Arm. Er stillte seinen Durst am Brunnen und aß die Reste des Getreidebreis vom Vortag. Als er über die unheimliche Begegnung der vergangenen Nacht nachdachte, verlor der Vorfall seinen Schrecken. Er hatte sich behauptet und hatte von den Leprosen nichts zu befürchten, solange er sich mühte, das gute Werk von Bruder Simon Lukas fortzuführen.

So begann er im verlassenen Siechhaus wieder Ordnung herzustellen. Zuerst verscheuchte er Ratten und Vögel, welche sich im Erdgeschoß eingenistet hatten. Dann räumte er die verschmutzten Pritschen beiseite und reinigte alles mit einem Reisigbesen. Zerbrochenes und schadhaftes Mobiliar stapelte er im Kirchhof, um es nach und nach in den kühlen Nächten zu verbrennen. Als er in den Kräutergarten blickte, entdeckte er drei vermummte Leprosi in blauen Gewändern. Die Gärtner legten sorgfältig ein neues Beet an, dort wo die Ziegen alles mit Stumpf und Stiel abgefressen hatten. Einer riß die jungen Sprößlinge der Ahornbäume aus, welche überall zu keimen begannen. Der Zweite lockerte den Boden mit einem Grabstock. Der Dritte setzte frische Stecklinge ein, so wie sie es von Bruder Simon Lukas gelernt hatten. Am Abend stand ein Gefäß mit Hirsebrei und ein kleiner Krug Wein an Rotmunds Lagerplatz im Kirchhof. Die Leprosen entlohnten seine Arbeit schnell. So vergingen mehrere Tage mit konzentriertem Arbeiten, bis sich wieder die notwendige Ordnung im Kräutergarten und Siechhaus eingestellt hatte.

Dann hielt Rotmund endlich seine erste Sprechstunde ab, ganz so wie er es bei seinem Lehrer und Mentor abgeschaut hatte. Zunächst suchten ihn nur Patienten mit leichteren Beschwerden auf. Er mischte Kräuteressenzen aus den getrockneten Pflanzen des Vorjahres und legte selbsthergestellte Wundbreie auf die schorfigen Verwüstungen, welche der Aussatz verursacht hatte. Und wieder machte er die

Erfahrung, daß einfühlsame Worte und aufmerksames Zuhören den Patienten oft mehr Linderung verschaffte als die eigentliche Behandlung ihrer Gebrechen. Darin war sein Lehrer Meister gewesen und er versuchte ihm nachzueifern. Rotmund verwendete alles, was das Herbarium noch zu bieten hatte. Getrocknete Bockshornkleespitzen, Gunderreben und Königskerzen vermengte er zu Breiumschlägen. Aufgüsse von Gänseblümchen, Beifuß und Schwarzerle dampften in irdenen Töpfen. Bruder Simon Lukas hatte ihm eine ganze Litanei an hilfreichen Pflanzen niedergeschrieben, welche Linderung bei Hautgeschwüren versprachen. Seine Patienten erwiesen sich als äußerst dankbar und verloren schnell ihre anfängliche Scheu. Es war ihm bewußt, daß er mit seinem Dienst auf Messers Schneide ging. Es wurde peinlich darauf geachtet, daß er keinen der Männer und Frauen direkt berühren mußte, aber er wußte, daß die alles verzehrende Krankheit auf Dauer vor ihm nicht Halt machen würde. Er wünschte sich eine der Ordensfrauen aus den Pflegehöfen der Stadt herbei. Aber aus unerklärlichen Gründen kümmerten sich die Nonnen anscheinend nicht mehr um die Ärmsten vor der Stadtmauer. So war Rotmund gezwungen, alle Handreichungen selbst auszuführen. Schon nach Sonnenaufgang begann sein Tag und reichte bis zum Einbruch der Dunkelheit. Eine junge Frau versorgte Rotmund still mit einem Teil der Speisen, welche die Bürger aus der Stadt ihren Angehörigen Tag für Tag spendeten. Niemals bekam er ihr Gesicht zu sehen. Ihr Antlitz war stets unter einer Kapuze mit Sehschlitzen verborgen. Tief verhüllt in ihren blauen Umhang verstand sie es, ihm die Mahlzeiten appetitlich anzurichten. Rotmund gewöhnte sich schnell an ihre tägliche Gegenwart und schließlich bezog er sie in die Pflege mit ein. Willig und ohne ein Wort tat sie alles, was Rotmund ihr auftrug. Wie eine zweite rechte Hand begleitete sie seine Sprechstunden und zog sich rasch zurück, wenn sie es für geboten hielt. Unter den Leprosen

befand sich auch ein ehemaliger Gelehrter. Rotmund versorgte regelmäßig den Stumpf seiner rechten Hand. Während Rotmund den Verband wechselte, unterhielten sie sich über dies und jenes. Der Mann war interessiert und begierig, Neues zu erfahren.
„Erzählt mir mehr von den Pergamenten, die ihr jeden Abend beim Feuer studiert. Sie bereiten euch Kopfzerbrechen. Habe ich recht?"
Rotmund wunderte sich über die scharfe Beobachtungsgabe. Offenbar entging den Aussätzigen nichts.
Ich war ein Mann des Geistes, bis mich der Zorn Gottes traf. Laßt mich einen Blick auf die Pergamente werfen, vielleicht kann ich behilflich sein!"
Rotmund legte seine Utensilien beiseite und zog das Lederbündel mit der Abschrift aus der Kiste. Er entrollte die lose Sammlung und legte dem Gelehrten die Abschrift und den gezeichneten Plan der Cultura Hortorum vor. Der begann sofort mit glänzenden Augen die Zeichnung zu studieren.
„Da sind die Namen von Pflanzen verzeichnet. Alles kann ich nicht auf Anhieb übersetzen, aber bis morgen habt ihr eine genaue Übersetzung. Seht nur hier zum Beispiel Papaver. Das ist Schlafmohn. Direkt daneben Lilium. Das ist einfach: Die Lilie. Gleich darunter abrotanum und menta, Eberraute und Minze also!"
Rotmund war begeistert.
„Langsam, langsam! Ich muß mitschreiben. Wartet einen Moment, ich besorge Tinte, Pergament und Feder. Im Skriptorium gibt es sicher noch etwas davon."
Er wollte sofort loslaufen.
„Nicht nötig, junger Herr. Ich schreibe mit der linken Hand. Die hat Gott mir noch gelassen. Sagen wir bis morgen? Wenn ihr so lange auf den Plan verzichten könnt, übersetze ich ihn für euch.

Für die Verse werde ich mehr Zeit brauchen. Und ihr sagt, ihr habt das alles in einer Nacht abgeschrieben? Seht nur, das sind alles Hexameter."
Rotmund hatte noch niemals ein Versmaß bestimmt. Er hatte nur getreulich die vierhundert vierundvierzig Zeilen in Windeseile kopiert.

70

Schon mehrere Tage spürte sie ein Ziehen in der Brust. Ein sicheres Zeichen, daß ihr Körper sich auf den Nachwuchs einstellte. Trotzdem ließ sich Elisabeth nicht davon abhalten, Werner bei seinem Viehtrieb nach Urach zu begleiten. Sie lief die meiste Zeit neben dem Ochsenkarren her. Das war deutlich angenehmer, als sich ständig durchschütteln zu lassen. Der kleine Zug erweckte keinerlei Argwohn. Ein junger Bauer war mit Wagen und Herde unterwegs zu einem der Viehmärkte. Insgeheim war Werner recht unwohl bei dem Gedanken, was ihn in Urach unter Umständen erwarten könnte, aber er ließ es sich nicht anmerken. Sie zogen auf einem breiten Pfad durch das Zellertal. Zuerst ging es gemächlich voran. Dann wurde das Tal enger und steiler. Durch die Schneeschmelze gespeist, schoß ein eiskalter Bach inmitten der Talsohle der Echaz entgegen. Im hinteren Teil des Tales wurde das Gelände extrem steil.
Werner und Elisabeth hatten alle Hände voll zu tun, die Ochsen über enge Serpentinen zu treiben. Der Ochsenkarren drohte mehrmals vom Weg zu stürzen, so eng ging es zu. Endlich hatten sie es geschafft und erreichten die Albhochfläche. Jetzt stieg auch Elisabeth auf den Ochsenkarren. Werner nahm etwas von dem Heuvorrat, welchen sie mit sich führten und polsterte die harte Holzpritsche so gut es ging. Alles zwischen ihnen ging ohne Worte ab. Elisabeth hatte ihre Sprache nicht wieder gefunden und Werner war es recht. Das meiste ließ sich mit einfachen Gesten mitteilen. Mit dem Ochsengespann kannte er sich aus. Links ging das „zuderhändige" und rechts das „vonderhändige" Tier, ganz so wie Werner es kannte. Auf der Hochebene blies ein

unangenehmer Wind von Osten her. Die Leute im schwäbischen nannten ihn den Bayerwind. Heute war das frühlingshafte Wetter wieder dichten Wolken gewichen, welche unaufhörlich über das Land zogen. Die ausgedehnte Wacholderheide bildete eine reizvolle Abwechslung zu den dunklen Wäldern in den Tälern. Werner hatte von seinem Vater eine ungefähre Beschreibung der Wegstrecke erhalten.

„Ziehe so weit nach Osten über die Alb, bis dir ein tiefes Tal in die Quere kommt. Fahr die Steige hinunter, bis die Leute dir sagen, daß du in Urach angekommen bist!"

Mit dieser Wegbeschreibung hatte er seinen Sohn auf große Fahrt geschickt. Die wenigen Orte und Flecken auf der Hochebene kannte er nicht mit Namen. Werner hatte Mühe, sich zu orientieren, denn die Sonne verbarg sich während des ganzen Tages. So folgte er mit dem Gespann den Ochsenpfaden und Spuren von Viehherden, welche die wenigen Höfe miteinander verbanden. Er hoffte, so bis nach Urach zu gelangen. Es wäre sicher möglich gewesen, die Strecke mit einer Schafherde an einem Tag zu bewältigen. Nicht aber mit einem Haufen hungriger Rindviecher. Bei jeder Gelegenheit versuchten die Tiere die würzigen Gräser am Weg zu äsen und blieben stehen. Es blieb Werner nichts weiter übrig, als vom fahrenden Karren zu springen und die Herde mit dem Ziemer auf Trab zu halten. Elisabeth nahm derweil die Zügel in die Hand und trieb das Gespann an. Gegen nachmittag waren die Ochsen nicht mehr zu bewegen, einen Schritt zu tun. So schlugen sie am Rande eines Gehölzes auf offenem Feld ihr Lager auf. Während die kleine Herde genüßlich wiederkäute, trug Werner Feuerholz zusammen. Elisabeth richtete eine kleine Feldküche ein. Gerda und Lintrud hatten fürsorglich einen Sack mit allem Nötigen zusammengestellt und auf den Karren gepackt. Alles ging Hand in Hand. Werner zog einen dicken Filz über die Leitern des Gefährtes. So ent-

stand ein überdachter Schlafplatz auf der Pritsche. Am Rande der Glut
simmerte schon bald ein Topf mit Gerstenbrei und duftete verführerisch. Die Mahlzeit schmeckte ausgezeichnet am prasselnden Lagerfeuer. Als die Dunkelheit hereinbrach, pflockte Werner die Ochsen an. So saßen sie bis in die Nacht um das Feuer. Werner war inzwischen derartig müde, daß er ständig eindöste. Doch weder er noch Elisabeth trauten sich unter die Plane auf dem Karren zu kriechen. Die Scheu war einfach zu groß. Schließlich hüllte sich Werner in seinen Mantel und rollte sich neben dem Feuer zusammen. Elisabeth stieg auf die Pritsche des Wagens und schlüpfte unter die behelfsmäßige Überdachung. Sie machte es sich im Heu bequem und schlief sofort ein.
Im Morgengrauen erwachte sie, als Regentropfen auf die Plane trommelten. Werner saß eingehüllt in seinen Mantel auf der Kante der Pritsche im Regen und machte einen erbärmlichen Eindruck. Elisabeth kroch nach vorne und zog ihn sanft am Ärmel ins trockene Heu. Dann half sie ihm aus den triefend nassen Kleidern. Werner zitterte und Elisabeth nahm ihn in die Arme, um ihn zu wärmen.
Am Morgen war der Himmel wie blank geputzt und die Sonne durchflutete die Wiesen und Hügel. Zarte Nebel stiegen aus der nassen Erde und die Lerchen erhoben sich steil in die Luft, um in weiten Bögen mit ihrem Gesang die Weibchen anzulocken. Werner und Elisabeth waren ein zartes Paar geworden. Ohne viele Worte waren sie einander zugeneigt. Der Weg führte durch eine veränderte freundlichere Welt für die jungen Leute. Schließlich stießen sie auf ein schmales Tal, welches sich in mehreren Bögen nordöstlich erstreckte. Aber nur ein schmaler Pfad führte hinunter. Werner trieb die Herde einen befestigten Weg entlang in der Hoffnung, bis zur Steige hinunter nach Urach zu gelangen. In einiger Entfernung entdeckten sie auf der Albhöhe eine

riesige Menschenmenge. Es schien fast so, als seien die Einwohner sämtlicher umliegender Dörfer auf den Beinen. Aber als sie näher kamen, erkannten sie auch zahlreiche Bürger und Adlige zu Pferde. Damen und Herren der vornehmen Gesellschaft hatten sich herausgeputzt und waren auf die Alb gezogen. Werner hielt den Karren an, um sich ein Bild des merkwürdigen Auflaufes zu machen. Junge Burschen stießen schrille Schreie aus, um die Mädchen auf sich aufmerksam zu machen. Alles Volk strömte lärmend zum Zentrum des Geschehens. In einigem Abstand zu dem Schauspiel hatten die Soldaten einen weitläufigen Bereich abgesperrt. Schwer bewaffnete Wachen standen mit starrem Blick reglos auf der Wiese. Nicht einmal die mutigsten jungen Männer trauten sich an den überkreuzten Helebarden vorbei. Inmitten der Wiese flatterte unübersehbar das Banner des Grafen Eberhard.
Werner mußte schreien, damit Elisabeth ihn hören konnte: „Siehst du da hinten! Der Palmbaum des Fürsten!"
Längst waren sie samt der Herde ein Teil der wogenden Menge geworden. Aus dem abgesperrten Bereich erklangen Fanfaren und Trommelwirbel.
„Das Scharfrennen beginnt!" raunte die Menge. Dann wurde es still. Elisabeth sah überhaupt nichts. Die Menschen drängten sich so dicht um den Ochsenkarren, daß sie den Schweiß an ihren Kleidern riechen konnte. Werner sah zu ihr hinüber und rief: „Komm, setz dich auf meine Schultern! Da hast du einen besseren Überblick!"
Elisabeth nahm das Angebot an und stieg auf die Pritsche. Dann setzte sie sich vorsichtig in Werners Nacken. Jetzt sah sie über die Menge hinweg. Hinter den Wachen standen endlose Reihen von Pferden sorgfältig angepflockt. Es mochten über zweitausend Tiere auf dem Feld stehen. Knappen und Pferdeknechte hatten alle Hände voll zu tun, die Tiere ruhig zu halten. Elisabeth sah einen weißen Hengst auf

den Hinterbeinen stehen. Das Pferd bebte vor Angst und unbändiger Kraft. Nur mit großer Mühe gelang es den Knechten, das Tier zu beruhigen. Eine kräftige Wolke von Pferdeduft hing über der Landschaft. Aber da waren auch noch fremde Gerüche in der Luft, welche Elisabeth wahrnahm. Inmitten der Wiese hatte man eine Tribüne mit Baldachin aufgebaut. Noch niemals zuvor hatte Elisabeth eine solche Ansammlung von feinstem Tuch und glitzerndem Schmuck gesehen. Fürsten und Geistliche hatten es sich auf den Rängen in der Sonne bequem gemacht und ließen sich unter freiem Himmel umsorgen und unterhalten. Dutzende von Dienern in einheitlich blauer Kleidung trugen Erfrischungen und kleine Leckereien auf, um die Gäste bei Laune zu halten.

In erhöhter Position unter einem Baldachin aus Scharlach saß Graf Eberhard neben seiner jungen Braut. Barbara von Gonzaga wirkte auf diese Entfernung wie eine sehr weltliche Heilige in dunkelroten Purpur und Seide gepackt. Auf ihrem Kopf türmte sich eine hohe mit seidenen Haaren durchsetzte Frisur. Ihr Oberkleid betonte ihre ohnehin üppige Oberweite. Eberhard in glänzendem Harnisch und mit Gold bestickten Handschuhen ließ sie keinen Moment aus den Augen.

Er ist verliebt, dachte Elisabeth in diesem Moment und schmunzelte.

Werner sah nach oben und fragte: „Und? Siehst du was?"

Elisabeth lächelte nach unten und freute sich wie ein kleines Kind. Ringsumher waren die Menschen in die Bäume gestiegen, um das Scharfrennen zu beobachten.

„Da ist einer der Tjostierer!" schrie ein Bauer ganz in der Nähe des Ochsenkarrens. Tatsächlich hoben mehrere Knappen soeben einen Ritter in den Sattel des weißen Hengstes, welchen Elisabeth bereits bewundert hatte. Aber jetzt wurde das Pferd über Kopf und Leib in eine prachtvoll wallende Decke eingehüllt. Das Tier tänzelte jetzt etwas ruhiger als zuvor, da man seine Augen mit einem silbernen Stirnpanzer bedeckt hatte. Als der Ritter im Sattel zu sitzen kam, machte das Streitroß einen Satz nach vorne. Aber der Reiter saß so tief im Sattel, als sei er mit den Panzerungen an Vorder- und Rückseite verwachsen. Das Tier wieherte schrill, so daß die anderen Pferde in seiner Nähe ängstlich an ihrem Zaumzeug rissen.

„Da ist der andere!" schrieen mehrere Zuschauer. In einiger Entfernung trabte ein schwarzes Schlachtroß donnernd in Richtung Tribüne. Auf dem Tier saß ein ebenso schwarzer, wie furchterregender Ritter mit feuerroten Federn auf dem Helm. Bei jeder Abwärtsbewegung des Pferdes wippten die buschigen Kiele und tanzten im Wind. Elisabeth mußte die Augen zusammenkneifen, so sehr blendete sie der Harnisch des Ritters auf dem weißen Hengst. Mindestens drei Knappen in bunter Kleidung machten sich an ihrem Herrn zu schaffen. Einer sicherte die Steigbügel und wienerte die Beinschienen ein letztes Mal mit einem Tuch. Ein zweiter reichte dem Ritter seinen Helm nach oben. Blaue Federn waren auf ihm befestigt und er glänzte ebenso in der Sonne wie die gesamte Erscheinung des Tjostierers. Der dritte Knappe hängte eine Turnierlanze mit kurzer Spitze in zwei Ringhaken, welche seitlich hinten und vorne aus dem Harnisch ragten. So lagerte die Waffe genau waagrecht in Stoßrichtung am Körper des Ritters. Der beruhigte indessen sein feuriges Roß und flüsterte ihm sanfte Worte zu. Er legte die Hand prüfend hinter einen kegelförmigen Aufsatz inmitten der Waffe und überprüfte den Sitz des runden Schildes an seinem linken Arm. Dann machte er einige Stoßübungen mit der Lanze und deutete gleichzeitig das Weglenken des gegnerischen Stoßes mit dem Schildarm an. Die Spannung stieg und die Erwartungen waren groß an die Tjostierer. Schließlich wollten beide das Scharfrennen für sich entscheiden. Als der Recke die Vorbereitungen abgeschlossen hatte, ließen die Knappen das Tier los und traten schnell zurück. Der Hengst machte einen gewaltigen Satz nach vorne und bäumte sich auf. Während die Vorderläufe wieder den Boden berührten, schepperte und klirrte die gesamte Panzerung und das Pferd donnerte in wildem Galopp davon. Vor der Tribüne brachten die Tjostierer ihre Pferde zum Stehen. Ein Herold trat vorsichtig heran und nahm ihre Wappenrollen entgegen. Schnell entfernte er sich wieder und fiel beinahe über seine Füße zum allgemeinen Gelächter.

„Sie stechen über den Diel!" rief ein Bauer vom Baum.

Elisabeth versuchte zu ergründen, was er damit meinte. Tatsächlich ritten die Tjostierer entlang einer hölzernen Bande und wendeten am Ende angekommen ihre Pferde. Dann wurde es mucksmäuschenstill. Die Ritter riefen einander zu, so laut es unter dem Helm möglich war: „Wannu-wannu-wa ein Ritter der Tjostierens geere? Der sol komen heraheere!"

So verstand es Elisabeth undeutlich über das Feld. Offenbar forderten sie sich zum Kampf heraus. Dann richteten sich alle Augen in Richtung des Brautpaares. Eberhard und Barbara erhoben sich. Die Prinzessin gab das Scharfrennen frei, indem sie einen seidenen Schal schwenkte. Unverzüglich gaben die Rivalen ihren Pferden die Sporen. Alle hielten den Atem an.

71

Während der letzten Tage hatte Roland kaum Schlaf gefunden. Aber dem Naukler erging es ebenso. Beide waren erleichtert, als Eberhard das Schloß verlassen hatte, um seine Braut auf der Alb willkommen zu heißen. Ein Zug von über zweitausend Pferden hatte am Morgen Urach verlassen. Das Klappern der Hufe in den Gassen der Stadt wollte kein Ende nehmen. Längst war noch nicht die ganze Hochzeitsgesellschaft eingetroffen. Die Anzahl der Gäste auf den Listen belief sich auf über dreizehntausend und nur einzelne waren zu Fuß in Urach eingetroffen. Insgesamt hatte der Naukler viertausend Pferde veranschlagt, aber nach Rolands jüngster Zählung waren es rund dreihundert mehr. Das lag wohl auch daran, daß Persönlichkeiten wie der Markgraf Karl von Baden und Philipp von der Pfalz ihre Lieblinge auch während der Feierlichkeiten in ihrer Nähe haben wollten. Auch die Vertreter der Städte und der umliegenden Landschaft hatten das Bedürfnis zu zeigen, was man hatte. So kam es zu einem unerwarteten Engpaß. Kurzerhand ließ man sämtliche ebenerdigen Stuben in der Stadt leerräumen, um sie als Ställe oder Scheunen zu nutzen. Diese Hochzeit war eine organisatorische Meisterleistung. Unzählige Hände griffen wie die Zahnräder eines Uhrwerkes ineinander, um das große Fest gelingen zu lassen. Roland trug inzwischen die blaue Kutte der Kappenherren. Einzig auf das Wappen mit den gekreuzten Schlüsseln und der päpstlichen Krone auf der linken Brust hatte er verzichtet.

„Die Winzer vom Neckar kommen auf den letzten Drücker", beklagte sich der Naukler.

„Beinahe so wie meine Studenten. Jedesmal muß man den Bären spielen, wenn man etwas erreichen will."
Roland lächelte weise. Er kannte die Niederungen der menschlichen Schwächen sehr genau.
„Es wird alles gelingen. Alles zu seiner Zeit."
Jetzt war es an Naukler zu lächeln.
„Eines muß man euch lassen, guter Roland. Selbst wenn sich unter euren Füßen die Hölle auftut, ihr habt immer einen sanften Spruch auf den Lippen."
Jetzt lachten beide befreit von der Last der vergangenen Tage.
„Und schließlich werden die drei Weinbrunnen doch noch fließen, auch ohne unser Zutun!" schloß der Naukler und winkte ab.
„Bald ist es an der Zeit, uns zurückzulehnen und das Fest zu genießen!"
Roland verließ das Schloß und ging durch die Stadt. Kolonnen von Fuhrwerken lieferten schon seit dem frühen Morgen frisches Brot und verderbliche Lebensmittel an. Jeder Bäcker im Umkreis einer halben Tagesreise schuftete seit Mitternacht, um das Brot für das Fest möglichst frisch anzuliefern. Und so sollte es von Sonntag bis Mittwoch weitergehen. Schließlich waren etwa hundertfünfundsechzigtausend Stück Brot veranschlagt, um alle Gäste satt zu bekommen. Keiner der Handwerker konnte sich etwas unter einer solchen Zahl vorstellen. Zusätzlich hatte man sämtliche Backhäuser im Umkreis befeuert und die Frauen in den Dörfern auf der Alb verpflichtet Brot anzuliefern. Dort wurde ohnehin nach Meinung des Fürsten das beste Brot gebacken. Roland sah zu, wie mehrere Bäckergesellen die noch dampfenden Laibe auf Brettern in die Speisekammern trugen. Wagen an Wagen warteten die Bäcker und Leibeigenen, um ihren Beitrag abzuliefern. Aber kaum ein ärgerliches Wort war zu hören, außer wenn eines der Brote vom Brett rutschte. Die Untertanen nahmen Anteil an

dem freudigen Ereignis. Für eine kurze Zeit rückte ihre Arbeit in den Glanz der Macht. In der Nähe des Baches wurden die verderblichen Speisen aufbereitet. Dort war es stets etwas kühler und die Schlachter hatten genügend Wasser für ihr blutiges Handwerk.

In der Nacht hatte hier ein beispielloses Gemetzel stattgefunden. An langen Stangen hingen sauber aufgereiht Armeen von Hühnern, Ferkeln, Wildbret und mehrere Ochsen. Ein Schleifrad mit Wasserkraft betrieben schärfte die Messer der Metzgergesellen. Das war eine unerhörte technische Neuerung und wurde allseits bewundert. Süßlicher Blutgeruch lag in der Luft und der Bach hatte sich für Stunden rot gefärbt. In Reihen von Fässern schwammen Forellen, Hechte und Flußkrebse. Mehrere Laienbrüder waren damit beschäftigt, die Fische auszunehmen und Filets zu schneiden. Wo immer Roland auftauchte, zollte man ihm Respekt. Schließlich hielt er zusammen mit Vergenhans die organisatorischen Fäden in der Hand. Er war Ansprechpartner und Entscheidungsträger für alle Delange der zuarbeitenden Handwerker. Im Vorübergehen sah er kurz in die Schloßküche. Eigentlich befand sich der größte Teil der Küche jetzt nicht mehr im Schloß, sondern außerhalb unter einer stabilen Überdachung ohne Seitenwände mit einer riesigen Esse. Die vielen Feuerstellen gaben eine enorme Hitze ab. Zahllose Kessel und Pfannen, welche eigens für die Hochzeit hergestellt worden waren, standen bereit, um zweiundzwanzig Gänge für die fürstlichen Herren, zwölf für die Edeldamen, Grafen und Freiherren zu braten, sieden und kochen. Um die sechs Gänge für das Gesinde wurde nicht viel Aufhebens gemacht. Es würde sicherlich genügend für alle abfallen. Der Kochmeister wies ein ganzes Heer von Gesellen ein. Die hätten alleine schon ausgereicht, die Kirche zu füllen. Roland erinnerte sich nur ungern an das Ungemach mit den Bergen von Holzkohle für den Unterhalt der Feuerstellen. Es gab einfach zu wenig Platz in den Kellerräumen der näheren Umgebung,

um das benötigte Volumen an Kohlen aufzunehmen. Und dann kam die Weinkolonne. Schwere Ochsengespanne, beladen mit je drei mannshohen Eimern, krochen die Gasse zum Schloß entlang. Roland hatte die Anforderung im Kopf. Bereits eingetroffen waren vier Eimer Malvasier und zwölf Fässer Elsässer Wein. Die Winzer vom Neckar waren noch rund die Hälfte der fünfhundert bestellten Eimer schuldig geblieben. Wie es den Anschein hatte, hielten sie doch noch rechtzeitig Wort. Ein großes Problem war die Anzahl der zu erwartenden Fuhrwerke und Gespanne gewesen. Roland hatte kurzerhand einen Einbahnverkehr eingerichtet, welcher von den Stadtbütteln geregelt wurde. Trotzdem staute sich der Verkehr auch heute am Tag der Hochzeit bis lange vor die Stadt. Es war sehr weise gewesen, die Braut auf der Alb mit samt dem Großteil der Gäste von Rang und Namen zu empfangen. So blieb genügend Freiraum im Tal, um die nötigen Vorbereitungen zu treffen. Johannes Vergenhans wurde seinem Ruf als umsichtiger Berater gerecht. Dennoch entwickelte das Ereignis eine Eigendynamik, die sich nicht mehr ohne weiteres steuern ließ. Roland wußte das und versuchte nicht mehr als nötig Einfluß zu nehmen. Vieles erledigte sich auf diese Weise ganz selbstverständlich ohne sein Zutun. Er ging um das eigens erbaute Tanzhaus und inspizierte die letzten Arbeiten der Maler an der Fassade. Die Täuschung war beinahe perfekt. Obwohl die Halle ganz aus Holz erbaut war, sah sie aus wie eine fürstliche Residenz aus Stein und Fachwerk.
Neben dem Pflegehof der Beginen fand er endlich etwas Ruhe. Ein kleiner Garten mit Brunnen lud zum Verweilen ein. Doch er ging zielstrebig an der Einfriedung entlang. Hier erstreckte sich eine alte Mauer, an deren Fuß zahlreiche Ordensbrüder und Schwestern ihre letzte Ruhe gefunden hatten. Er besuchte den Friedhof regelmäßig. Vor einer unscheinbaren Steinplatte mit Inschrift in der Mauer blieb er stehen. Dann zog er einen Zweig mit Weidenkätzchen unter seiner Kutte

hervor und legte sie auf der Mauer nieder. Die hatte die Mutter seines Sohnes so geliebt. Endlich konnte er sich öffentlich zu der Liebe seines Lebens bekennen. Mit jedem Besuch am Grab seiner Geliebten fiel etwas von der eisernen Erstarrung seiner Seele ab. Was er im Leben mit ihr nicht haben konnte, schenkte sie ihm jetzt an ihrem Grab. Er sehnte sich, seinen Sohn bei sich zu haben, aber er fürchtete sich auch vor dem Moment der Wahrheit. Sein Sohn, der seinen leiblichen Vater nicht kannte. Roland blieb eine ganze Weile stehen und ging dann wieder zurück zum Schloß. In wenigen Stunden würde der Hochzeitszug über die Steige zur Vermählung eintreffen. Bis dahin mußten alle Lieferanten die Stadt verlassen haben. Und wenn der Knappe des Fürsten Wort hielt, war Rotmund bereits auf dem Weg nach Urach.

72

„Und habe ich euch zuviel versprochen?"
Rotmund atmete den grandiosen Ausblick über die Albhöhe und antwortete: „Es ist wunderschön und meinem Hintern scheint der Ritt ebenfalls gut bekommen zu sein."
Edgar lächelte und drängte zur Eile.
„Wenn wir den direkten Weg durch den Heselbuch und die Buckenläre einschlagen, sind wir in einer Stunde am Hann. Dort führt eine steile Steige ins Tal. Ganz sicher heute nichts für ein Gespann, aber wir können es wagen."
Rotmund vertraute sich der Ortskenntnis seines Führers an. Der Aufstieg über den Schluchtweg vorbei an der Teufelsküche war schon ein Abenteuer gewesen für einen ungeübten Reiter. Doch der braune Wallach trat sicher und hatte offenbar Erfahrung mit schmalen Waldwegen. Rotmund blieb keine Zeit zum Nachdenken. Der Frühling hielt Einzug in Wiesen und Wäldern ringsum. Eine schwangere Mischung aus frischen Düften hüllte die beiden Reiter ein. Eine Rotte von Wildschweinen kreuzte ihren Weg und große Raubvögel zogen ihre Kreise am blauen Himmel.
Edgar wandte sich im Sattel um: „Habt ihr noch etwas anderes zum Anziehen bei euch?"
Damit hatte Rotmund nicht gerechnet. Er sah an sich hinunter. Seine graue Kutte hatte schon bessere Tage gesehen und seine Stadtkleider lagen wohl verwahrt in St. Peter und Paul.
„Ich fürchte nein. Der Aufbruch kam so überraschend."
Edgar zog die Brauen hoch.

„Oh!" bemerkte er knapp. Es entstand eine peinliche Pause, aber der Knappe des Grafen wußte Rat.

„Das ist nicht weiter schlimm! Ich habe noch ein Paar Beinkleider und ein Wams, das ich euch ausleihen kann."

Rotmund fühlte sich heimlich zu Edgar hingezogen. Obwohl der Knappe in weitaus vornehmeren Verhältnissen lebte, half er, wo es möglich war. Gerne hätte er diesen Jungen zum Freund gehabt. Früher als erwartet erreichten die beiden die Hanner Steige. In steilen Serpentinen ging es ins Tal hinunter. Für ein Gespann auf dem steinigen und schlüpfrigen Boden wäre der Abstieg in dieser Jahreszeit halsbrecherisch gewesen. Selbst die erfahrenen Pferde rutschten oft auf nassem Laub aus, und man mußte sich gut im Sattel halten, um nicht abgeworfen zu werden.

Schon von weitem konnte Rotmund die Festlichkeit riechen. Holzfeuer, Bratenduft und Weinaromen breiteten sich im ganzen Talkessel aus und krochen die Hänge hinauf bis tief in den Wald hinein. Als sie sich dem Zentrum des Umtriebes näherten, kamen ihnen Massen von Menschen aller Schichten und Stände entgegen. Es herrschte ein solcher Wirrwarr daß man leicht die Orientierung hätte verlieren können. Aber Edgar war hier zu Hause und lotste Rotmund sicher durch das Meer von Menschen und Bauten. Die Aufregung war groß und langsam schoben sich die Massen zur Steige hin in östlicher Richtung. Offenbar stand die Ankunft des Hochzeitszuges unmittelbar bevor und jeder wollte einen Blick auf das Brautpaar erhaschen, bevor sie in der Kirche neben dem Schloß vermählt werden würden. Edgar mußte laut schreien, damit Rotmund ihn verstehen konnte: „Ich soll euch beim Stellvertreter des Vergenhans abliefern, so wurde es mir aufgetragen! Aber wir müssen die Pferde außerhalb unterstellen und zu Fuß in die Stadt laufen. Die Stallungen im Zentrum sind für die herrschaftlichen Gäste reserviert!"

Rotmund ließ den Wallach mit losem Zügel hinter Edgars Pferd gehen. Wenig später erreichten sie die Wiesen vor der Stadt. Hier hatte man lange Banden und Unterstände für Pferde errichtet. Es standen bereits viele Reittiere auf der Wiese und wurden versorgt. Gleich nach ihrer Ankunft mußten sich beide beim Stallmeister melden, welcher sie ordentlich in eine Liste eintrug. Schließlich sollte jeder Gast sein Reittier nach dem Fest wieder vorfinden. Ein Bursche hielt die Hand auf und Edgar gab ihm eine kleine Münze als Futtergeld.
„So! Zuallererst wollen wir uns erfrischen! Wir haben es verdient nach dem langen Ritt!" befand Edgar.
Rotmund gefiel der Gedanke nicht schlecht und so stürzten sich die Jungen erwartungsvoll in das Getümmel. Gaukler und Spielleute hielten sich noch zurück. Ihr Auftritt war für später geplant. Jetzt galt das ganze Interesse dem Hochzeitspaar. Alle Bürger waren herausgeputzt und trugen ihre farbenprächtigsten Gewänder. Ein Meer aus Hüten wogte dem Schloß entgegen.
„Die italienischen Gäste kannst du leicht an der Art ihrer Kopfbedeckung erkennen", erklärte Edgar.
„Da die Frauen mit dem großen Stoffwulst um den Kopf, wie ein Turban. Sie sagen Balzo zu dem Wunderwerk. Oder die da mit den Filzhüten!"
Tatsächlich konnte man so schnell einige Ausländer in der Menge erkennen. Die einheimischen Hutformen hatte Rotmund bereits in der Reichsstadt kennengelernt, wenn er durch die Gassen geschlendert war, um die Leute zu beobachten. Da waren die kegelförmige Hennin aus Metall und Leinenstreifen in verschiedenen Längen, der Mandil, welcher das Haupthaar und die hoch rasierte Stirn bedeckte, Schmetterlings- und Hörnerhauben. Viele Bürgerinnen hatten ganz der adligen Mode entsprechend gezupfte Augenbrauen und die Haare an Schläfen und Stirn rasiert, die Wangen mit einer Schminke aus

Brombeersaft betont. Jedermann trug seinen Schmuck zur Schau. Die Finger verschwanden unter zahlreichen Ringen und Edelsteine jeder Farbe hingen gefaßt an Ketten, Broschen und Schmucknadeln. Waren die Frauen bereits herausgeputzt, so übertrafen die Männer sie noch an Kühnheit und Hang zur Selbstdarstellung. Strumpfhosen aus dehnbarem Scharlach waren hier in Rot, Blau, Grün, Braun, Schwarz und Weiß die Attraktion. Jede erdenkliche Farbkombination war erlaubt. Und Rotmund traute seinen Augen kaum, die dreieckigen Hosenlätze waren mit Schleifen und Fransen ausstaffiert, so daß man gar nicht anders konnte, als dort hinzuschauen. Die Damen der Gesellschaft schienen die Darstellung männlicher Herrlichkeit zu genießen. Diesen Eindruck hatte Rotmund jedenfalls. Trotzdem konnte er sich das Lachen nicht verkneifen, als ein bunter Geck verschämt seine verrutschte Schamkapsel wieder an den richtigen Platz schob. Die Männer in der Menge trugen fast allesamt Baretts auf dem Kopf. Rotmund wunderte sich, wie viel Bänder, Broschen Federn und Edelsteine befestigt werden konnten, ohne daß die seitlich getragene Kopfbedeckung zu Boden fiel.
Plötzlich kam Unruhe in der Menge auf und alle Augen wandten sich in eine Richtung. Der Hochzeitszug war in Urach angekommen. Die Menschen jubelten und zogen bunte Tücher aus den Taschen. Rotmund und Edgar konnten sich dem Geschiebe und Gedränge nicht mehr entziehen. So trieben sie gemeinsam mit der entfesselten Menge dem festlichen Zug entgegen. Dann sah Rotmund Elisabeth in der Menge stehen. Zuerst wollte er nicht glauben, was er sah. Hinter ihr stand sein Bruder Werner und hielt die Arme um sie geschlungen. Beide lächelten und hatten nur Augen füreinander. Rotmund war unfähig, seine Augen abzuwenden. Er sah weder den festlichen Aufmarsch der Mächtigen noch das prächtige Brautpaar. Rotmund sah nichts mehr als dieses Bild: Die geheime Liebe seines Herzens in den

Armen seines Bruders! Unfähig einen klaren Gedanken zu fassen, wollte er nur noch weg von diesem Platz, raus aus der Menge, irgendwohin wo er alleine war. Er wandte sich an Edgar, der schon völlig im Bann der Ereignisses stand: „Ich muß kurz ganz dringend verschwinden!"
Gerade so, als müßte er austreten. Er wandte sich um und wollte davonstürzen. Da lief er direkt in die Arme des Archidiakon, der nur wenige Schritte hinter ihm stand. Vollkommen überrascht und unfähig sich zu äußern, ließ er die Arme sinken.
Roland lächelte erfreut: „Gib mir etwas Zeit, es dir zu erklären", schrie er gegen den anschwellenden Lärm der Menge an. „Aber nicht hier! Ich kenne einen besseren Platz!"
Rotmund schwankte noch, ob er einfach davonlaufen sollte. Doch Roland umfaßte seine Schulter und schob ihn sanft durch die Menge. Wenig später gingen sie durch schmale Gassen und überqueren den Bach über eine schmale, bogenförmige Brücke aus Tuff. Hier war es nun fast nichts mehr vom Trubel zu hören, nur das Rauschen des Baches begleitete sie. Rotmund ließ sich lotsen wie ein Betäubter. Als sie den Garten neben dem Spital der Beginen betraten, platzte Rotmund heraus: „Wie kommt ihr hierher? Und überhaupt was wird hier gespielt? Zuerst Werner und Elisabeth und dann taucht ihr plötzlich auf! Ich verstehe nicht ..."
Roland unterbrach ihn.
„Langsam, langsam! Alles der Reihe nach! Ich war es, der nach dir schicken ließ. Als mir der Knappe des Grafen von einem Schüler in St. Peter und Paul berichtete, den er dort vor kurzer Zeit abgeliefert hatte, bin ich natürlich neugierig geworden. Er wußte sogar noch deinen Namen. Leider hatte ich bisher keine Gelegenheit, mit dem Fürsten über seine Pläne mit dir zu sprechen."

Rotmund erwiderte: „Dann habt ihr mich hierher holen lassen, und nicht der Fürst?"

„So ist es!" antwortete Roland.

„Ich sah keine andere Möglichkeit, mich mit dir zu treffen. Du hast ja sicherlich erfahren, daß der Bischof einen Bann über mich verhängt hat. Was blieb mir also anderes, als dich unter einem Vorwand nach Urach zu holen."

Rotmund war noch längst nicht zufrieden.

„Aber weshalb ist St. Peter und Paul vollkommen verlassen? Keine Brüder und keine Schüler mehr! Das Skriptorium geschlossen und die Druckwerkstatt geplündert! Das kann doch der Bischof nicht gewollt haben!"

Roland sah ein, daß er mehr erklären mußte, als ihm lieb war.

„Ich habe selbst noch nicht alles durchschaut, mein Junge. Die Ereignisse haben eine solch unglückliche Verkettung erfahren, daß alles erloschen ist, was ich aufgebaut habe. Sicher trage ich auch Schuld an dem, wie es jetzt dort aussieht. Gott möge mir verzeihen, was ich getan habe!"

Die dünne Haut, welche ihm inzwischen wieder über seine Seele gewachsen war, gab nach und Tränen liefen über seine Wangen. Rotmund bereute sofort und war eigenartig berührt über die Gefühlsäußerung seines großen Vorbildes. Alles war aus den Fugen geraten und wollte sich nicht mehr recht zusammenfügen lassen.

„Ich möchte dir noch etwas zeigen, du hast ein Recht darauf, es zu erfahren."

Roland wischte sich die Tränen aus den Augen und führte Rotmund entlang der Erms, bis sie das Spital erreichten. Entlang der Einfriedung blühten bereits Gänseblümchen zwischen den Ruhestätten der Toten an der Mauer. Ein Rotkehlchen beobachtete die Besucher aus nächster Nähe und flog aufgeregt umher. Bienen summten in den ersten

blühenden Büschen des Gartens. Vor einer der Inschriften blieb Roland stehen. Er sah jetzt noch unglücklicher aus als Minuten zuvor. Aber jetzt gab es kein Zurück mehr.
„Hier liegt die Frau, die dich einst zur Welt gebracht hat."
Tränen erstickten seine Stimme. Rotmund stand vor der Mauer, wie vom Donner gerührt. Er sah von dem Gedenkstein hin zum Archidiakon und wieder zurück, als hätte er nicht verstanden, was er zu sagen versuchte. Doch zunächst war nur sein Kopf beteiligt. Er trat einen Schritt vor und las den Namen, welcher dort in den weichen Stein gehauen stand. Roland hatte sich wieder gefaßt und ging den Weg zu Ende, den er begonnen hatte.
„Deine Mutter hieß Claudia, mein Junge, und ich habe sie geliebt und tue es immer noch."
Rotmund fühlte, wie der Boden unter ihm nachgab. Schlag für Schlag sickerte die Wahrheit in sein Bewußtsein. Es war, als würde ein Vorhang aufgezogen. Als er zusammensackte, war Roland zur Stelle und hielt seinen Sohn zum ersten Mal in seinen Armen. So lange hatte es gedauert, bis verbunden war, was zusammengehörte. Zur selben Zeit gab Eberhard seiner Barbara das Jawort unter den gestrengen Augen des Bischofs von Konstanz. Der Wind fing sich in den Weiden am Bach und die silbernen Blätter raschelten auf ihre ganz eigene Weise.

Epilog

Edgar und Rotmund ritten meistens zusammen. In dem lieblichen Tal jenseits der Alpen war der Frühling längst eingekehrt. Brixen lag hinter ihnen und das Klima hatte sich drastisch verändert. Jetzt froren auch die verwöhnten Damen in ihren schmucken Kutschen nicht mehr. Vom Morgen bis zum Abend hatten sie in ihrer Landessprache allen männlichen Begleitern die Ohren voll gejammert, wie abträglich die noch verschneite Bergwelt ihrer Gesundheit sei. Rotmund hatte nicht viel verstanden. Trotzdem war er nicht müde geworden, ein kleines Riechfläschchen mit ätherischen Ölen herumzureichen. Das hatte ihm manchen freundlichen Blick bei der weiblichen Verwandtschaft von Barbara Gonzaga eingebracht. Wenn die Frauen dann zu kokettieren begannen, lächelte er stets freundlich, obwohl er kein Wort verstand. So verlief die Reise nach Mantua voller Kurzweil. Edgar war ihm ein richtiger Freund geworden, mit dem er über Gott und die Welt reden konnte. Da es recht warm geworden war, hatte er den schweren Umhang hinter dem Sattel verstaut. Die blaue Kutte der Brüder vom gemeinsamen Leben stand ihm ausgesprochen gut. Sein Gesicht hatte ein feine männliche Note bekommen. In jedem Dorf der Lombardei verdrehten sich die jungen Mädchen die Köpfe nach den beiden jungen Männern. In seiner Tasche trug Rotmund ein Empfehlungsschreiben des Grafen an den Schwager des Fürsten den Marchese von Gonzaga. Er brannte darauf, sein Wissen zu erweitern und Neues kennenzulernen.

„Hast du schon einmal das Meer gesehen?" fragte er seinen Begleiter und hielt voller Sehnsucht Ausschau.